徽文化撷英丛书

徽州诗经学史

朱宏胜 著

黄山书社

安徽省教育厅人文社科基金重点项目（SK2015A521）
黄山学院博士科研启动项目（2012xskq00）
黄山学院中国语言文学重点学科（zdxk201805）

图书在版编目(CIP)数据

徽州诗经学史/朱宏胜著.—合肥:黄山书社,2018.11

ISBN 978-7-5461-7780-9

Ⅰ.①徽… Ⅱ.①朱… Ⅲ.①《诗经》-诗歌研究 Ⅳ.①I207.222

中国版本图书馆CIP数据核字(2018)第248937号

徽州诗经学史　朱宏胜　著

出品人	王晓光
责任编辑	周振华
责任印制	戚　帅　李　磊
装帧设计	熙宇文化
出版发行	时代出版传媒股份有限公司(http://www.press-mart.com) 黄山书社(http://www.hspress.cn) 营销部电话:0551-63533768　63533788
地址邮编	安徽省合肥市蜀山区翡翠路1118号出版传媒广场7层 230071
印　刷	合肥锐达印务有限责任公司
版　次	2018年11月第1版
印　次	2018年11月第1次印刷
开　本	700mm×1000mm　1/16
字　数	420千
印　张	24
书　号	ISBN 978-7-5461-7780-9
定　价	68.00元

服务热线　0551-63533706

销售热线　0551-63533761

官方直营书店(http://hsssbook.taobao.com)

目　录

下 编

导　言

梁启超先生云:“现存先秦古籍,真赝杂糅,几于无一书无问题,其精金美玉字字可信可宝者,《诗经》其首也。”①钱穆先生亦云:“中国五经,其影响后世最大者,当首推《诗经》。”②夏传才先生则云:“《诗经》是中华文化的元典,她与希腊史诗、莎士比亚戏剧鼎足而立,并称为人类古代文学遗产。”③此皆对《诗经》历史地位和社会文化影响作出了充分的肯定。正因为如此,诗经学成为了中国古代学术研究的重镇之一。何谓“诗经学”?胡朴安认为,所谓诗经学乃是“关于《诗经》之本身,及历代治《诗经》者之派别,并据各家之著作,研究其分类,而成一有统系之学也”。本此定义,胡先生以为诗经学有三层内涵:“(一)诗经学者,学也。学也者,以广博之征引,详慎之思审,明确之辨别,然后下的当之判断也。所以诗经学者,非《诗经》也。《诗经》者,古书之一种。诗经学者,所以研究此古书也。……(二)诗经学者,关于《诗经》一切之学也。《诗经》之本身,仅三百篇而止。《诗经》一切之学,即历代治《诗经》者之著作是也。《诗经》之本身,除文章学外,无他学术上之价值。《诗经》一切之学,授受异而派别立,派别立而思想歧。思想之影响于时代,社会道德之变迁,国家政治之因革,皆有关系焉。所以诗经学,一为研究《诗经》时代之思想,一为研究《诗经》者各时代之思想,而并求其思想变迁之迹。(三)诗经学者,关于《诗经》一切之学,按学术之分类,而求其有统系之学也。”④胡先生此论使我们对诗经学研究的对象、内容及其方法有了一个明确的认识。

---

① 梁启超:《要籍解题及其读法》,《国学要籍研读法四种》,国家图书馆出版社 2008 年版,第 224 页。

② 钱穆:《中国学术思想史论丛》(一),三联书店 2009 年版,第 157 页。

③ 夏传才:《〈诗经〉新注释本的创造性实践——评刘毓庆〈诗经图注〉》,中国诗经学会编《诗经研究丛刊》(第二辑),学苑出版社 2002 年版,第 306 页。

④ 胡朴安:《诗经学》,王元化主编《胡朴安学术论著》,浙江人民出版社 1998 年版,第 111—112 页。

纵观中国的诗经学,大致分为四个阶段:先秦时期的意义建构;两汉时期的经典崇拜;宋明道德自觉;清代的理性审视。而清代的诗经学又可以分成三个阶段:前期,即顺治、康熙时期。此阶段的《诗经》研究可概括为汉宋兼采,复古之风兴起。中期,即乾嘉时期。宋学衰微,注重考据之学,汉学古文经学大兴。晚期,即道光、咸丰至清末,今文三家诗逐渐复兴[①]。就经学演变的大势而言,汉人建立了训诂考据的经学学风,到了宋代,学者们认为汉学未能尽"圣人"之精微,甚至讥刺"汉儒穷经而经绝",遂大反汉儒经学,着力阐发义理,从而建立起"宋学"经说系统。此后,宋学代汉学而立。但是明中叶以后,理学从讲义理走向空谈心性,甚至窜改经文本义以合己意,经学渐失古义而成为无本之学,遂逐渐衰败不振。于是明末清初的学者又对宋学进行反省修正,他们重新重视经学研究中的文字、音韵、训诂工作,由宋返汉,涤除传注中非"圣人"所传者,直探经文本义,经学又以汉学的面目复兴。此乃宋明理学对汉代经学的否定和清代朴学对宋明理学再否定的可称之为否定之否定的历史行程。这个历程就诗经学的内涵而言,包括《诗经》文本研究和学术史考论两个方面。而学术史考论,则可以是整体考察,也可以是断代考察;可以是全方位考察,也可以是地域、流派等角度的考察。本人不菲薄于鄙浅的学力,怀着对古代文化敬畏和热爱的心情,选择诗经学作为我的博士论文,而且从地域文化角度,特别选取徽州诗经学进行研究。为什么选择徽州诗经学作为研究对象呢?

徽州文化灿烂辉煌,12—18 世纪的徽州一直是中国传统学术文化典范之区[②]。而作为传统学术大国的诗经学,徽州地区不仅著述数量多,且代有力作:有理学家的诗经学,如朱熹,其《诗集传》为诗经学史上的第三个里程碑,宋以后的诗经学差不多均是在他的影响下发展起来的;有朴学家的诗经学,如戴震,戴氏以其卓越的考据功力和非凡的识见,将《诗经》名物训诂向前推动了大大的一步;有科举时文之学的诗经学,如许天赠,许氏诗经学虽从经学意义上无甚发明,却和明代许多诗经学研究者一起推动了《诗经》的文学研究;还有怀疑派(或称独立思考派)的诗经学,如姚际恒,姚氏《诗经通论》充满着怀疑和批判精神,是现代《诗》学产生前的曙光;还有彻底打倒经学,主张将《诗经》视为民俗歌谣进行研究的现代《诗》学派,如胡适,胡适具体《诗经》研究虽成就不大,却在五四前后,不仅号召和领导了打倒经学的新文化运动,而且将《诗》回归到诗的本

① 按,此用洪湛侯《诗经学史》的观点。

② 参见周晓光《徽州传统学术文化地理研究》等相关研究成果。本文多处参考了刘伯山、黄德宽、洪湛侯、周晓光等学者徽州文化研究成果,恕不一一指出。

位,在研究精神和研究方法上为后学指明了方向。为什么朱熹、戴震、姚际恒、胡适这样一些极具影响力的大师均产生于徽州大地,这本身就是一个值得研究的课题。而对这些诗经学著作进行研究,不仅对《诗经》文本的解读具有积极意义,而且能通过观点的变化、方法的改变,以地域文化、流派文化为个案,董理诗经学从理学到朴学、从经学到文学的历史的、逻辑的嬗变,将徽州诗经学学术成果进行较系统的总结和发掘,突出地域文化特色,既具有学理价值又具有工具性价值。

一、徽州诗经学的研究对象

徽州位于今安徽省的东南端,地处皖、浙、赣三省的交界处,是以钱塘江上游新安江流域周围的小盆地为中心的自然区域。它不仅是一个行政区划概念,更是一个地理历史文化概念。早在两千多年前,秦始皇就置黟、歙二县属会稽郡,后属鄣郡;汉属丹阳;三国时吴分割黟、歙,设黟、歙、新(歙南地域)、始新(歙东乡地)、黎阳、海阳六县,立新都郡;西晋武帝太康元年(280),新都郡更名为新安;隋开皇九年(589)则将新安江中下游立为睦州,余置歙州,领有黟、歙、海宁、婺源、祁门、绩溪六县;唐时亦称歙州(一度亦名新安郡);宋徽宗宣和三年(1121)睦州方腊之乱既平,六县地域基本不变,而改歙州为徽州,治所在歙县;元升为路,明清置徽州府,而基本地域保持不变。

徽州之名始于宋徽宗时期,在唐中叶以前,隶属广狭远近分合兴废不一,包括新安江中下游流域的睦州(严州)之淳安、遂安、寿昌等县,地处其北境的池州的石埭、乃至宣州的广德、饶州之浮梁,都曾是它的辖区范围。其行政区域大约是在唐开元至永泰(713—765)之际被最终定下来,并延及宋、元、明、清四朝而未改(仅海宁县改称休宁)。主要辖有歙县、黟县、休宁、祁门、绩溪和婺源六县。中华民国元年后(1912),徽州府被撤销,随后1934年婺源划归江西,徽州地区被肢解。新中国又于1987年撤销徽州地区成立黄山市,绩溪县划入宣城地区,作为地域概念的"徽州"在祖国版图上消失,从此进入黄山文化发展的新时期。值得注意的是,徽州之名自确立以来一直沿用至1987年撤销徽州地区成立黄山市。徽州之名既定之后,在非正式场合,人们出于尊古、拟古,仍多习惯称"新安",故"徽州""新安"新旧二名并行不悖。黄山市成立后,徽州、新安二名逐渐淡出日常交际而变成学术、文化的专名了。

徽州地域偏僻狭小,却曾经创造了颇具特色的"新安文明"或者说"徽州文化",当代学术界以之为研究对象而形成了一门新的学科——"徽(州)学"①。所谓徽学,当指发生与存在于历史上徽州的以及由此发生辐射、影响于外的地域文化。黄德宽指出:"徽学的研究范围不是整个中国文化或汉文化,而是有着特定空间和时间的界定的。空间上以历史上的徽州一府六县为基本范围,时间是以宋代徽州之名的正式确立到清代末年。徽州文化存在着'小徽州'与'大徽州'的关系,徽州区域文化是特定时期和特定地域形成的中国文化系统中的一个子系统,它与中国文化的总体密不可分。徽州人既给徽州带来了其他区域的文化,同时又把徽州文化传播到其他地域,并参与到中国大文化的循环中。因此也可以说,徽州文化与中国文化是小文化与大文化的关系。"②从这个定义出发,徽州文化的基本性质问题至少需要从以下五个方面加以限定:

其一,徽州历史至少有五六千年,在这所有时段中创造的文化均为徽州文化研究的范围(广义徽州文化概念),但严格意义上的徽州文化(狭义徽州文化概念),崛起于北宋宣和三年(1121)徽州府的设立,在明清达到鼎盛,止于1912年徽州"一府六县"的最初解体。

其二,我们说的徽州文化主要指历史上徽州区划范围内的文化,其地理区域范围包括当年徽州府所辖的六个县,即歙县、黟县、休宁、祁门、绩溪和婺源。

其三,徽州文化首先是徽州本土上存在的文化,其次还包括根植于徽州本土,由本籍、寄籍、侨居外地的徽州人创造并辐射于外、影响于外的文化。这其中的关键是要有对徽州的强烈认同,如朱熹,尽管生在福建,主要活动也在福建,学界亦常名其学为闽学,但其祖籍在徽州,其本人对徽州有着强烈的认同,从来号称"新安朱熹"。同时,徽州人更是强烈地认同朱子,视朱熹为徽州人的骄傲。这种认同,从表面看是宗族、籍贯、亲友、师弟关系等的认同,实质上则是

① 关于徽学,迄今并无较为统一的看法。有人认为"徽州学就是一门专以徽州历史为研究对象的综合性学科";也有人认为是"一门以徽州历史文化为研究对象的地方史学"。有人认为徽州学研究对象是"中国封建社会后期——特别是封建社会衰落时期,在徽州出现的具有异常显著特点的徽州文化产生、繁荣、衰落的发展过程。徽州学就是研究这个特殊矛盾产生、运动和消亡的学问";也有人反对"时限"说,认为"南宋至清末的徽州文化应是徽学研究的主要内容而不应是唯一内容"。有人强调限于徽州"一府六县";也有人提出不能仅限于徽州"一府六县",并提出狭、阔两个空间。还有人认为,徽州文书的发现直接催生徽州学,强调徽州文书与徽州学的关系。可参见《徽州学丛刊·发刊词》、郑家琪《徽州学的研究对象和学会的工作任务》、赵华富《论徽州学的研究对象和意义》、刘伯山《徽州文化的基本概念及其研究价值》、周绍泉《徽州文书与徽学》以及曹天生《本世纪以来国内徽学研究概述》等。

② 黄德宽:《论徽学》(上编)之《徽学研究的学术价值和现实意义》,安徽大学出版社2004年版,第51—55页。

学风和文化的认同。

其四,徽州文化并非单由徽州人独立创造出来,它还包括为官或寓居徽州者,以及虽未生活于徽州,而师承徽州,传承徽州学风和技艺的外籍人。

其五,徽州文化概念中的"文化"是一个广义概念,不仅指学术理论、文化艺术,还包括商业经营、宗法伦理、精神信仰、风俗民情、文献著作、社会经济、土地制度、历史人物等等。

如此界定的徽州文化概念,实际是将徽州历史文化作为独立、多元、系列的整体,既有显明的地理空间和时间流程上的界定,又有内容实质上的限定,以及由此本质包括的对自身限定的一体化超越。同许多学者一样,我们不同意割除宋之前及鸦片战争以后的徽州历史文化,将徽学的研究对象仅仅限定为是研究中国封建社会后期,在徽州这个封闭、落后、贫穷的山区出现的一种具有丰富性、辉煌性、独特性、典型性、全国性五大特点的徽州文化产生、繁荣、衰落的规律的学问。历史不能简单、武断地人为分割,亦不能将分割后的片段化成独立板块。南宋至清末的徽州文化无疑是徽学研究的主要内容或重点内容,但决不是唯一内容。我们也不同意没有徽州文书的发现就没有徽州学的观点,从而忽视甚至否定徽州传统学术的典型标本意义。徽州文化的概念虽然后起,新安理学、徽派朴学等以徽名学的徽州文化研究却为早有的学术存在。徽州文书的发现只不过在新的历史时期掀起了徽学研究的高潮,并改变了徽学研究的内容重点而已。徽州学有传统学术、现代学术两个既相互联系又相互区别的范畴。诗经学属于传统学术范畴,自然应该作为徽州学的研究对象和内容。又因为徽州诗经学发端、繁荣于南宋,解体于"五四"时期,与徽州传统学术发端、繁荣、解体步伐基本一致,故本文将徽州文化时间限于徽州府从设置到解体,地域亦只限于"一府六县",即持狭义徽文化观。

有了上述狭义徽文化观,故本文在进行徽州诗经学研究时作如此限定:一、本课题用"徽州诗经学",而不用"徽派""皖派"这样的术语。这基于两个原因:1.我们是以宋代徽州府设立为标志来确立本课题的研究对象和内容的,"徽派""皖派"术语一般用来专指清代朴学,而徽州清代以前的传统主流学术乃是"新安理学","徽派""皖派"之类术语不足以囊括所有对象。2."徽派""皖派"是学术流派术语,不只包括徽州籍学者,且包括非徽州籍的学者。使用这样的术语,不仅使研究对象扩大,且会使得学风兼容,既传承于徽学又精进发展、独立成新学派的学者选入与否难以取舍(如王念孙、汪中等)。总之,就学术而言,"徽派"主要是指乾嘉时期的徽州朴学,"徽派"概念不能无原则地扩大适用范围。

至于用皖派指称徽州学其不当更是无需置辩。有学者使用"皖南学派"来修正"皖派",虽较"皖派"恰当得体得多,亦为我所不取。二、徽州诗经学研究对象入选标准为:1.徽州本土籍的学者(如程大昌、戴震、汪梧凤)是主要研究对象。2.祖籍徽州,同时又与徽州联系紧密,明显有徽州学风,对徽州地区学术有影响,又自己以徽州人自居的学者(如朱熹、程晋芳)亦予以收录。虽祖籍徽州却非徽派学风、与徽派无明显联系(如程颢、程颐);或虽明为徽派学风却非徽州籍的学者(如段玉裁)原则上一概不收。

徽州文化发端于宋代,标志为北宋宣和三年(1121)改歙州为徽州。从新安文化跨入徽州文化时期后,徽州社会经济、文化发生了巨大的飞跃,徽州诗经学就此发端。徽州诗经学下限则可以 1918 年 9 月胡适《中国哲学史大纲》发表以及 1925 年 9 月的讲演《谈谈〈诗经〉》为标志。之所以如此划定,首先考虑到,中华民国元年(1912)后,徽州府被撤销,随后 1934 年婺源划归江西,徽州地区被肢解。徽州府作为一个行政区划的消失标志着传统意义上的徽州文化成为历史,徽州文化进入了新的发展时期。其次,胡适《中国哲学史大纲》《谈谈〈诗经〉》的发表,标志着作为经学的诗经学研究时代成为历史,新的《诗》学时代已经到来。综合这两个因素,我们发现,其历史进程基本上是一致的,所以以胡适为徽州诗经学的终结点,是比较恰当的,既有历史依据,又有学理支撑。

二、徽州文化与徽州诗经学

徽州诗经学是灿烂辉煌的徽州文化的一个具体表现,我们研究徽州诗经学,自然不能脱离这个文化土壤。卞利、刘伯山、周晓光等学者均对徽州文化的发展阶段、各阶段的基本文化成就进行了较为详细的研究,这里使用《徽州文化十二讲》[1]等研究成果,对徽州文化进行简单的梳理,从而理清徽州诗经学发生、发展以及流变情况。

第一,徽州文化的孕育阶段。此阶段有一个漫长的演进过程,包括南越文化(从远古至春秋战国)、山越文化(战国中后期至三国)和新安文化(东汉末年至北宋宣和三年)三个历史文化发展时期。南越、山越文化因中原南迁的儒家文化同化而湮没,除考古偶有发现外,少有文献可征。新安文化阶段是徽州社会发展的一个十分重要时期。由于中原地区战争频仍,西晋末期的"永嘉之

① 参见汪良发主编《徽州文化十二讲》,合肥工业大学出版社 2008 年版。

乱”，唐末的“黄巢之乱”，北宋末年的“靖康之乱”，导致许多名门望族、仕宦人家、平民百姓为避战祸，纷纷南迁。徽州位居江南，四面环山，自成一统，山水秀丽，如世外桃源，于是，南迁世家大族纷纷定居徽州。大量北方汉人的迁入，带来了北方先进的生产技术和生产工具，使得“鄙野”之地逐渐变成“富州”。还带来了以孔孟儒学为核心的北方文化，使徽州社会融入中华文化大家庭之中，并迅速发展和壮大，由“崇武”变成“尚文”。由于此间设新安郡（晋太康元年，280 年），故学者称之为新安文化阶段。

新安文化阶段虽然漫长，徽州传统学术文化（主体和核心为儒文化）则直到唐代才开始萌芽和发展。开风气之先者，首推吴少微。吴少微（659—743），名远，字仲芳，又字仲材，号遂谷。武则天长安元年（701）中进士。宋罗愿《新安志》记载：“吴御史少微，新安人，第进士。长安中累至晋阳尉，与武功富嘉谟同官友善。先是天下文章以徐庾为宗，气调益弱。独少微、嘉谟属词本经学，雄迈高雅，时人慕之，文体一变，称为吴富体。”[①]生平著述主要有《文集》五卷和《经籍志》十卷。稍后于吴少微的祁门人张志和（714—774）是另一开徽州学术文化风气之先的人物。张志和早年以明经及第，任翰林待召，以诗画扬名天下[②]。吴、张之后，徽州未见有影响的学术人物面世，直到南唐舒雅和吕文仲出现，才延续了徽州学术文化之脉。舒雅，字子正，南唐状元。入宋后，曾参与编撰史籍，以舒州知州致仕，为“西昆体”重要诗人之一。罗愿《新安志》谓：“自太平兴国中编纂《文苑英华》，淳化中校《史记》、前后《汉书》。至道中修《续通典》，校定《周礼》《礼记》《公羊》《穀梁》传疏及别纂《孝经》《论语》正义。咸平中校《七经》疏义，雅必预焉。”[③]吕文仲，字子臧，南唐进士，入宋累迁少府监丞，与修《太平御览》《太平广记》《文苑英华》，终仕刑部侍郎、集贤院学士，以“富词学，有器韵，善应对”著称[④]。许承尧《歙事闲谭》云：“武劲之风，盛于梁、陈、隋间，如程忠壮、汪越国，皆以捍卫乡里显。若文艺则振兴于唐、宋，如吴少微、舒雅诸前哲悉著望一时。”[⑤]将“吴少微、舒雅诸前哲”视为徽州学术文化之开山祖，此说于

---

① 罗愿：《新安志》卷六《先达》。吴少微籍贯有二说：《新唐书》和《旧唐书》皆称新安人，《祥符图经》具体著录为歙人；《唐御史台记》则言其为渤海人。自罗愿《新安志》始，徽州地方文献均作歙县人。

② 周晓光认为，除了张志和外，开徽州学术文化风气之先的人物还有洪经纶，其引弘治《徽州府志》卷七《人物传》“稍暇与士人讲论，为宣歙文学首倡”为证。然我遍查该书，未见此则资料，姑不从周先生之论而待考。

③ 罗愿：《新安志》，《四库全书》第 485 册，上海古籍出版社 1987 年版，第 429 页下。

④ 罗愿：《新安志》，《四库全书》第 485 册，上海古籍出版社 1987 年版，第 430 页上。

⑤ 《歙风俗礼教考》，许承尧《歙事闲谈》（李明回、彭超、张爱琴点校），黄山书社 2001 年版，第 602 页。

史有据。不过,“上述零星学术人物的学术文化,虽可致其名重一时,但尚不足以全面影响徽州,更谈不上在徽州出现统一的学术理念。从史料记载来看,徽州统一的学术文化理念,出现在南宋朱熹对徽州开展理学教育活动之后”①。

正因为如此,新安文化阶段,徽州虽有舒雅参与校定《七经》疏义,却没有出现较有影响的《诗经》研究学者,产生有分量的诗经学著述。不过,此期北方儒文化在此间开始生根、发芽和壮大。儒家经典的学习和研究渐成风气,为后来诗经学发展和繁荣储备了人才,开创了学风。

第二,徽州文化的发生阶段。北宋宣和三年(1121)改歙州为徽州,公元1132年,南宋王朝由于北方金人的不断南侵,不得不迁都江南临安,从此,整个中华民族的政治、经济、文化中心也移向江南。徽州由于紧靠临安,一千多年的新安文化发展又使它积蓄了力量,于是一旦切合了民族文化中心大转移的契机,遂占尽天时、地利、人和,经济和文化全面崛起。

其一,一千多年前开始的新安文化时代,使得徽州社会由山越文化为主的半原始社会向南迁汉人儒文化为主的封建社会进行跳跃性转化。到南宋时,土著的山越人已彻底被北方的封建汉人所同化,半原始的丛林经济被发达的农业经济替代,徽州经济发展为较成熟的农业经济,文化上的土著越人已不见留存,封建社会文化及意识形态在徽州已落地生根。

其二,新安时代的由外地向徽州的移民,到了这一时期,已趋达饱和,并逐渐呈露出人多地少的矛盾。此期,徽州本土向外移民现象开始出现,而向外移民又主要是通过科举、经商的形式实现,而这很大程度上决定了此后徽州文化发展的走向和特点。

其三,徽州人重儒、重教、重文的风气已彻底形成。黄巢起义期间及此前移往徽州的中原大族,多宗奉儒学。宋代确立科举制度后,凭其家学渊源而取得科举仕宦成功者甚多。罗愿于《新安志》云:“黄巢之乱,中原衣冠,避地保于此,后或去或留,俗益向文雅,宋兴则名臣辈出。”②元代休宁学者赵汸在《东山存稿》中则称:“新安自南迁后,人物之多,文学之盛,称于天下。当其时,自井邑田野,以至于远山深谷,民居之处莫不有学,有师,有书史之藏。”③

① 周晓光:《徽州传统学术文化地理研究》,安徽人民出版社2006年版,第29页。

② 罗愿:《新安志》,《四库全书》第485册,上海古籍出版社1987年版,第345页下。

③ 赵汸:《东山存稿》,《四库全书》第1221册,上海古籍出版社1987年版,第287页上。

其四，作为了徽州文化之内核的程朱理学产生于这一时期，徽州是“程朱阙里”[①]，是程朱理学的发祥地。理学这一宋代兴起的新儒家学派的特点是：治经多以阐释义理，兼谈性命为主，认为“理”先天地而存在，“理”是永恒而且至高无上的，它主宰着自然界与人类社会，因此主张为学须“即物而穷其理”[②]。作为徽州府的设定是公元 1121 年，宋王室迁都临安的时间是 1132 年，而程朱理学集大成的朱熹是生于 1130 年，卒于 1200 年，这些都不是历史的偶然，而是有其深刻的必然。徽州是理学集大成者朱熹的桑梓之邦，出于尊崇乡贤的传统意识，加上地域的纽带与师友传承等原因，南宋时期新安理学便已蔚然成派[③]。典型意义上的徽州文化在南宋以后开始崛起，而徽州诗经学也就在这样的历史条件下发端和发展起来。

宋代学者充满着怀疑精神，不像汉儒那样重视传统，恪守门户，而是敢于向传统挑战，以己意解经，从而掀起了历时二百余年的疑辨思潮。疑辨思潮引起了社会思想、文化的巨变，促进了诗经学的革新。洪湛侯先生以为主要表现以下四个方面：(一)学术思想发生重大变化，包括(1)提倡怀疑精神；(2)采用辨伪的方法；(3)重视阐述义理；(4)着重探求新义。(二)善与他经进行比较沟通。(三)不信《诗序》，唯从本文求解。(四)涌现大批新的研究著作[④]。世风所及，徽州出现了朱熹、程大昌、王炎、程永奇、朱鉴、方岳、程元凤、程时登、程羽文、钱时、江恺、汪大发、朱承甫等《诗经》学者。其中朱熹是徽州诗经学的开山始祖，且是徽州诗经学最杰出的代表，其《诗集传》是徽州乃至全国的一座高峰。徽州诗经学从一开始发展就走上了巅峰，后代几乎完全在朱熹的影响下发生和发展着，有完全的拥护，也有激烈的反对，构成了一道轰轰烈烈的人文风景。

第三，徽州文化的发展阶段。进入元代，徽州文化受到一定的冲击和影响，但根基不曾动摇，还保持了它的发展惯性。到了元末明初，新安理学更是获得了空前的发展，其“师友渊源，后先辉映，如霞蔚云蒸”[⑤]。从程曈《新安学系录》可知，自南宋至明初，新安理学卓然成家者有 101 人，其中不少生活在元末明

---

① 关于徽州人“程朱阙里”的提法，后文有所辨正，但不管实际情况如何，徽州人向来以“程朱阙里”自居，这种对圣贤的强烈认同思想深深地影响了徽州文化的发育和成长确属无可争议的史实，故本文不仅不回避使用“程朱阙里”的说法，还由此展开对徽州文化的探讨。

② 朱熹：《四书集注》，《朱子全书》第 6 册，上海古籍出版社、安徽教育出版社 2002 年版，第 20 页。

③ 参见周晓光《南宋新安理学略论》，载《徽州社会科学》1989 年第 4 期。

④ 洪湛侯：《诗经学史》(上册)，中华书局 2002 年版，第 291—297 页。

⑤ 施璜：《还古书院志》卷七卷首小序，《中国历代书院志》丛书第八册，江苏教育出版社 1995 年版(影印本)，第 586 页。

初。这些理学家们一方面潜心著述，以阐发朱熹学说的本旨为务，凡诸儒之说，“其畔于朱子者刊而去之”，朱氏书中的“微辞隐义引而伸之，其所未备补而益之，于是朱子之学焕然以明”①。另一方面，他们创办或主持书院，致力于传播朱熹的学术思想，出现了“六合之广，四海之外，家诵其书，人攻其学”②的学术局面，朱熹之学更加深入人心。新安理学的发展进一步推动了徽州诗经学的发展，并使其带上了新的时代思潮特色。

徽州地区理学的进一步繁荣当然与这一地区的文化土壤、文化氛围密切相关；而更为重要的原因还在于最高统治者的大力提倡与扶持。元代为落后民族，以政治军事征服了文化先进的汉族，但在文化上，征服者反被征服，他们接受儒家文化，将程朱理学定为科举考试内容。明朝建立，以程朱理学为代表的儒家思想的权威更是受到空前的重视。正是因为最高统治者对理学的大力提倡与推崇，以朱子思想为归依的“新安理学”便受到了特别的眷顾与青睐。明太祖朱元璋说：“朕惟洙泗集群圣之大成，新安为文公之阙里，先后相望，斯文昌盛。况新安之有人，与前贤而同氏。”③不仅如此，朱元璋对新安理学家如朱升、汪克宽、赵汸等更是恩礼有加，多次接见，延请上京观礼以及延聘修撰《元史》④。在统治阶级的重视下，新安理学得到长足发展，徽州社会的宗法性、保守性日益严重。徽州诗经学则沦为朱子一家之学，维护朱学的权威性、纯洁性成为此期显著的文化特色。

不仅新安理学，元明以来科举考试的新规定也深深地影响了徽州诗经学。元延祐中行科举法，规定诗义采用朱熹之说，并参用古注疏。明永乐年间，编纂《诗经大全》时以刘瑾《诗传通释》为蓝本，开始单独采用《诗集传》试士，实际上就如同西汉时期立于学官的三家诗成为国定教科书一样。数百年来虽有少数拥毛、郑者时怀反侧，而多数学者都谨奉朱说，教授儿童也用《诗集传》作读本，如果不专门研究《诗经》，甚至对毛《传》与郑《笺》一无所知，在这样的社会历史条件下，作为代表官方意识形态的经学研究自然不可避免地走上了保守之路。虽然此间徽州诗经学著述数量亦然可观，但再也看不见有学术影响力的著述。

第四，徽州文化的鼎盛阶段。明中叶（16 世纪）以后，以乡族关系为纽带的徽州商帮在全国崛起，并在嘉靖和万历之间与晋商一起成为控制商界的两大商

---

① 程曈：《新安学系录》（王国良、张健点校），黄山书社 2006 年版，第 224—225 页。

② 汪克宽：《环谷先生集》，《四库全书》第 1220 册，上海古籍出版社 1987 年版，第 699 页上。

③ 朱元璋：《翰林院侍讲学士朱升诰　陶主敬行词》，朱升《朱枫林集》（刘尚恒校注），黄山书社 1992 年版，第 1 页。

④ 参见《明史》卷一百三十六《列传・朱升传》，卷二百八十二《儒林・汪克宽传》《儒林・赵汸传》。

帮。徽商是徽州文化发展的酵母,有徽商经济的支撑,徽州文化赢得了新的发展。在此阶段,徽派建筑、徽州戏剧、徽州医学、徽派刻书、徽派篆刻、新安画派、徽墨、歙砚、徽菜(全国八大菜系之一)、徽雕(砖雕、木雕、石雕)等徽州技艺都达到辉煌,成为当时中华民族文化的发展在这些领域里的精粹,或各领风骚,或一枝独秀。就学术而言,此间产生的徽派朴学,作为乾嘉学术的翘楚,影响极大。清江藩评价说:"三惠之学盛于吴中,江永、戴震诸君继起于歙,从此汉学昌明,千载沉霾,一朝复旦。"[①]在文化发展的有些领域,徽州或许尚未形成自己的派别,却也出现了许多著名学者和杰出人物。如政治家、军事战略家、理学家朱升;音乐家张曙;数学家程大位、汪莱;物理学家郑复光;铁路工程专家、中国铁路事业的创始人詹天佑;马克思在《资本论》中所提到的唯一的中国人,经济学家王茂荫;伟大的人民教育家陶行知;"五四"新文化运动的旗手胡适等都对中国文化的发展作出过突出贡献,他们的学术思想、科学成就,不仅是徽州文化的重要内容,也是中国文化乃至世界文化的重要内容。

这一时期,徽州经济和思想均有较大的变化和发展。徽州经济的变化则表现为成化、弘治以来,徽州商人及时抓住"开中折色"盐业新法颁布的机遇而迅速崛起,并以不可遏止的蓬勃发展之势,迅速做大做强,扩展到典当、钱庄、茶业、木业等部门,以致形成"无徽不成镇"的局面。随着徽商经济的发展,徽州教育、徽州刻书、藏书等文化事业更加蓬勃兴盛,而这无疑是徽州诗经学新的发展的有力保证和支持。不仅如此,在徽商的带动下,徽州地区形成了特有的"走出去——跑回来"的经济、文化模式,这个模式,不仅壮大了徽州经济,造就了无数巨商富豪,还进一步打开了封闭的徽州社会,带来外面世界的新鲜思想,为徽州学术文化的发展注入了新的血液。思想界的巨大变化首先表现为明成化、弘治时期的程敏政撰述《道一编》等哲学著作,其以为朱、陆始异终同,虽以和合朱、陆为目的,却为独尊朱学道统、学统的徽州社会吹进一股新风。第二个变化则在入清以后,明遗民学者感慨于宋学的空疏误国,纷纷提倡实学,汉学在新的历史时期得以重倡。清统治者亦及时调整文化政策,扶持汉学。宋儒之说受到越来越多的批判,朱子之学独霸天下的地位最终被动摇。在江永、姚际恒、戴震等学人的努力下,包括诗经学在内的徽州传统学术又迎来了新的繁荣和昌盛。

第五,徽州文化的转型阶段。太平天国运动被清军镇压期间,受战乱影响最严重的长江中下游地区,正是徽州商帮经营活动最主要的区域,徽商遭到重大打击。历史上的徽州很少遭遇战乱,而此时徽州成了清军与太平军拉锯战的

① 江藩:《国朝汉学师承记》,中华书局1983年版,第6页。

重要战场，徽商家园屡遭兵燹，不但徽商“富藏”被洗劫一空，而且生灵涂炭，许多教育文化设施受到严重破坏，徽州文化的元气大伤。清道光年间，清政府将“纲盐制”改革为“票盐制”，自此，徽州盐商失去了生存舞台，加上战乱，整个徽商集团逐渐瓦解和衰落，徽州文化发展的经济基础发生了动摇。鸦片战争后，天朝大国的美梦被西方列强彻底击碎，变法图强成为时代最为强烈的呼声。进入中华民国元年后，徽州府被撤销，随后1934年婺源划归江西，徽州文化赖以生存的空间被肢解。新中国成立后，徽州地区经济文化的发展迎来了新的局面，1987年撤销徽州地区成立黄山市，绩溪县划入宣城地区，作为地域概念的“徽州”从此在祖国版图上消失，而黄山文化发展的新时代也由此开启。

此期，经今文学大兴，徽州朴学渐入末路，徽州学术出现新的特点。随着五四新文化运动兴起，胡适等徽州学人，顺应时代潮流，挺身而起打倒孔家店，科学和民主成为时代的学术文化思潮。自此，《诗经》神圣的“经”字招牌被砸烂，旧的诗经学彻底破产，以文学解读为特色的现代《诗》学则蓬勃发展起来。

三、徽州诗经学繁荣的成因

徽州诗经学属于徽州传统学术，与徽州传统学术文化繁荣成因相一致。徽州文化能够繁荣并保持几百年不衰不是无缘无故的，而是有着十分坚实的基础和内在的原因。

首先是特殊的地理环境。

“徽之为郡在山岭川谷崎岖之中”①，徽州环山，东有大鄣之固，西有浙岭之塞，南有天目山之阻，北有黄山之阨，基本上是一个封闭的月牙形山间盆地。境内则有新安江、龙田河水系下汇钱塘，阊江、婺江水系西入鄱阳湖，又有数水北注长江，江河四射，便利的水路交通又将徽州与外界相联通。由于四面环山，山清水秀，犹如世外桃源，所以千百年来，往往成为动乱时期人们理想的安居避难的理想场所。但是徽州山多田少地瘠，八山一水一分田，粮食向来难以自给。唐“黄巢之乱”和宋“靖康之乱”两度向徽州高峰移民后，徽州人口达到饱和，以致“非经营四方，绝无生治策”，“天下之民寄命于农，徽民寄命于商”②，徽民遂

---

① 顾炎武：《天下郡国利病书 · 凤宁徽 · 徽州府志 · 形胜》，《四部丛刊》第21册，上海书店1985年版，第61页。

② 康熙《徽州府志》卷八《蠲帐》《汪伟等奏疏》。

又不得不充分利用便利的水路交通,向外大力发展商业。就这样逐步形成了“迁进来(安居避难)——跑出去(赚钱养家糊口)——走回来(叶落归根)”的既封闭又开放的经济文化模式。

其二,中原世家大族等移民的迁入是徽州文化产生和发展的酵母和人才储备。

从考古发现可知,古徽州早在六七千年以前就有人类文明出现,封闭的地域环境使得古徽州形成远远落后并与中原不同的山越文明。但这种情况随着北方世家大族以及一般百姓的陆续迁入逐渐得以改变,并酝酿和发展起光辉灿烂的徽州文化。据史志及徽州家谱、家乘记载,自两汉以来,历朝历代都有不少北方中原世家大族和平民百姓迁入徽州。方、汪、舒、程、邵、余、金、黄、叶、戴、吴等族姓是两汉、西晋动乱时期迁入徽州的中原姓族。黄巢起义和靖康之难期间更是有七十多个北方族姓大举入徙徽州。民国《歙县志》曰:“邑中各姓以程、汪为最古,族亦最繁。……其余各大族,半皆由北迁南,略举其时,则晋、宋两南渡及唐末避黄巢之乱,此三朝为最盛。”[①]古徽州是一个典型的移民社会,古徽州历代移民既有大量躲避战乱的北方移民,还有隐士、方士、热爱徽州大好河山者、被朝廷封赐予徽州的官宦家族,以及被秦始皇派往南方打仗而北返滞留定居于此的士兵等。中原世家大族等移民的迁入,不仅给徽州带来了中原地区的先进生产技术、生产工具,而且带来了以孔孟儒学为核心的中原文化,为徽州文化产生和发展带来了酵母和人才储备。

其三,徽商经济的发展是徽州文化持续发展和繁荣的经济基础。

文化虽不必然与经济同步,但它总是受到经济基础的制约和支持。强大的物质基础,往往会促进高度发达的文化的产生。事实上,徽州文化的产生、发展和繁荣,基本上是与徽商经济发展轨迹同步的。我们完全可以这么说,没有强大的徽商经济的物质支撑,就没有徽州文化的辉煌。

徽州人很早就外出经商,经商风气至迟可上溯至东晋[②],到宋代则出现了号称“祝半州”“十万大公”“十万二公”的徽州巨贾,但号称“徽商”的徽州商帮直到明代中叶才形成。明弘治、正德以后,徽州“弃儒服贾”“弃农经商”极为普遍,以致出现“无徽不成镇”的局面。归有光说:“今新安多大族,而其地在山谷之间,无平原旷野可为耕田,故虽士大夫之家,皆以蓄贾游于四方。”[③]王世贞说:

---

① 许承尧:《歙县志·舆地志·风俗》(民国刊本)。

② 参见《晋书·五行志》。

③ 归有光:《震川集》,《四库全书》第1289册,上海古籍出版社1987年版,第200页下。

“大抵徽俗，人十三在邑，十七在天下；其所蓄聚十一在内，十九在外。”①汪道昆则曰：“新都业贾者什七八，族为贾而隽为儒，因地趋时则男子所有事，外言不入于梱。”②

徽州子弟投身商海，或因“困于场屋”、或因“家计维艰”、或因“承祖、父之遗业”，然绝大多数“本为儒，去而从贾，非其志也”③，故“虽为贾者，咸近士风”④，成为典型的儒商。他们供奉朱熹夫子而不是财神之类，并以朱熹“以义取利”“义先利后”为从商的指导思想。在经商致富后，往往致力于发展家乡和经商之地的文化教育，他们修建书院、族塾、义学，置学田，购买、刊刻书籍，延请名师，并制订了奖励和提携后学的各种措施。就这样，不仅徽人学习环境和条件大为改善，而且进一步推动了重教尚文社会风俗的形成。教育的兴盛直接促进了徽州科举的历史辉煌，而大量徽州学子的中举入仕又反哺家乡，促进和保证了徽商经济、徽州教育的进一步发展。

许多徽商本就出身于文化世家，也有的本身就从事的是文化产业的开发和经营（如徽墨、徽砚、刻书等），这些文化产业的开发和经营，创造出了许多知名的文化产品品牌，历史影响极其深远。徽州商人即使经营一些简单平常的生活日用品，也竭力追求精美、完善，并创造出具有特色的知名品牌，从而形成相关产品文化，如王致和豆腐、胡玉美豆酱、张小泉剪刀、万安罗盘、祁门红茶等。这些知名品牌的打造，不仅推动了徽商经济的发展，而且丰富了徽州文化的门类和内涵，扩大了徽州文化的社会历史影响。我们完全可以这么认定，徽商经济，不仅是徽州文化持续发展和繁荣的经济基础，甚至就是徽州文化的重要内涵。

徽商积极兴办书院、塾学，还积极网罗人才，进行讲学活动，对徽州文化的发展起到巨大的推动作用。歙县不疏园则在徽州朴学形成过程中，更是功不可没。不疏园为徽商汪泰安创办的供后人读书之所，该园设施精全，环境优美。康乾时期，园主汪梧凤提供饮食供具，礼致江永、戴震。又斥资大量购买书籍，招徕“好学之士”，故成为了当时徽州地区学术交流中心。先后有江永、郑虎文、刘大櫆等名流讲学于此；又有郑牧、汪肇龙、戴震、汪梧凤、程瑶田、方矩、金榜、吴绍泽等研学园中（后除吴绍泽改学词章外，余七人皆习经学而有成，号称江门七子）。这些人汇聚不疏园，研讨学问，终使不疏园成为了徽州朴学的策源地。

---

① 王世贞：《弇州四部稿》卷六一《赠程君五十叙》，明万历五年王氏世经堂刻本，第22页。

② 汪道昆：《太函集·阜成篇》，《续修四库全书》第1347卷，上海古籍出版社2002年版，第12页下。

③ 歙县《溪南江氏族谱·故处士沙南江公墓志铭》。

④ 戴震：《戴节妇家传》，《戴震全集》，清华大学出版社1995年版，第2697页。

更为甚者,徽州商人“耽于吟咏”“讲论诗文”“喜读经史”,他们本身就多是传统学术文化的积极参与者。歙县程晋芳家族“治盐于淮。时两淮殷富,程氏尤豪侈,多蓄声伎狗马”,而晋芳“独愔愔好儒,罄赀购书五万卷,招致多闻博学之士,与共讨论”①。袁简斋谓其“束发愔愔便苦吟,白头才许入词林。平生绝学都探遍,第一诗功海样深。”②歙县黄文茂“善于治生,商游清源”,“赀日饶益,业日丰大,雄于齐鲁、新安间”。其人“性行淑均,孝友谦让,雅好儒术,博览多通……喜与文士游,清源名流,屈己纳交,暇日琅琅讽诵经史”。③ 歙县凌顺雷,家贫采薪养母,年长后业贾致富。其人“雅嗜经史,尝置别业,暇则披览于其中。教诸子以读书为务”④。婺源王鸿鉴“挟策走吴楚,业见裕”,“构讲堂,延师课读,人文丕振,群藉兴育之力”,“性耽书史,老不怠”⑤。

其四,二程、朱子等有全国影响的乡贤的示范影响。

徽州号称“东南邹鲁,程朱阙里”,是程朱理学的发祥地。朱熹父朱松由婺源迁建宁,传朱熹仅一世,视朱熹为典型的徽州人比较符合古人的籍贯故里观念。即使对此不认可,亦断难否定其祖籍徽州。而谓程颢、程颐祖籍歙县篁墩(亦作黄墩)则迂远难信。程颐《明道先生程纯公行状》指出河南之程出自中山博野。欧阳修《冀国公元白神道碑》则指出中山博野之程出自灵洗。程昌谓二程“胄出中山,中山胄出自新安之黄墩,实忠壮公之裔也”⑥。胡云峰亦谓“河南实吾新安黄墩忠壮公后也”⑦。程灵洗子孙迁博野,又迁河南,凡二十余世,其间少有确凿文献可以征实二程出此程灵洗裔孙之外迁者,故前人多不信二程祖籍新安之说。吴琦谓明代方弘静“尝睹程伯子书于豫章唐氏,有忠壮公裔之章”,并据此云“千载疑之而一朝决之也”⑧。赖一图章而决疑难以服人,近人许承尧就颇觉牵强。然徽州人常以“程朱阙里”而自居,朱熹又曾师从二程,徽州地区很早就建乡贤祠祭祀二程,故二程对徽州文化产生深远影响,当为不争的事实。如御史程材就“以裔出于程而生于新安,故一意程朱之学”。

相比二程,朱熹对徽州的影响至为深远,主要表现为朱熹与徽州存在着内

---

① 昭梿:《啸亭杂录·程鱼门》,清代史料笔记丛刊本,中华书局1980年版,第295页。

② 许承尧:《歙事闲谭·程鱼门〈刘姬行〉》,黄山书社2001年版,第70页。

③ 歙县《竦塘黄氏宗谱》卷六《黄公文茂传》(李明回、彭超、张爱琴点校)。

④ 凌应秋:《沙溪集略》(抄本)。

⑤ 民国《重修婺源县志》卷二九《人物·孝友》。

⑥ 程昌:《祁门善和程氏谱》。

⑦ 程曈:《新安学系录》(王国良、张健点校),黄山书社2006年版,第42页。

⑧ 吴琦:《新安程朱阙里记》。

在的双向认同。朱熹本人就从来号称“新安朱熹”,他两次回徽扫墓[1]皆讲学授徒,论定高足者至少有 12 人。在徽州,朱熹为其朱氏及他姓,撰源考、作谱序、题牌匾、留诗局等等,文迹甚众,留墨甚多。同时,徽州人对朱熹更是强烈认同,引以为豪,内在自觉地接受朱子思想的影响,“一以郡先师朱子为归”。正如清休宁《茗洲吴氏家典》中所云:“我新安为朱子桑梓之邦,宜读朱子之书,服朱子之教,秉朱子之礼,以邹鲁之风自待,而以邹鲁之风传之子若孙也。”[2]而徽商在全国各地建立会馆,皆崇祀朱子。于是,朱子的思想,程朱理学的教训,不仅深深影响徽州入仕、入学、入贾之人,也深入民众意识,使徽州构成儒家思想进而兼容着佛道思想的厚重沉淀区,并形成新安理学。这些都内在深深地左右和指导着徽州文化的发展,使朱子之学成为了徽州文化发展的强大思想意识上的支柱,构成徽州文化之内核。

其五,是徽州文教之风与教育的基础。

徽州历史上文风昌盛,教育发达,府县学、书院、社学、私塾、文会极为昌盛。据统计,自宋至清,徽州六县共建书院、精舍、书屋、书堂等宋代 25 所,元代 26 所,明代 51 所,清代 61 所[3]。“远山深谷,居民之处,莫不有学师”,“十户之村,无废诵读”,就是当时徽州文化昌盛的写照。其中紫阳书院延续时间最长,影响最大。紫阳书院由郡守韩补疏请建于南宋淳祐六年(1246),宋理宗曾御书“紫阳书院”匾额。此后数百年,虽多次修葺、搬迁和重建,但从未间断过办学。书院《院规》基本上是朱熹《白鹿洞书院院规》的翻版,教学依据朱熹论定的四书五经,按“学、问、思、辨、行”的程序进行,而历代山长和讲席多由理学醇儒担任。紫阳书院在长期办学过程中,还形成了一项重要的“讲会”制度,从而完成学术交流活动。《紫阳讲堂会约》《紫阳规约》不仅规定了讲会宗旨、会讲仪式和程序,还规定每月定期举行二会,每年九月举行大会折中经旨,阐扬书义,讲求身

---

① 关于朱熹回徽扫墓次数,有两次和三次两种说法。三次说认为,宋宁宗庆元二年(1196)朱熹回徽州,主教于歙县天宁山房。在天宁大会上,答弟子问十四条,与会者有后来创办紫阳书院的郡守赵师端兄弟及徽州弟子滕璘、程洵等三十人。江永曾作《郡城天宁寺朱子会讲辨》以为“事属子虚”。三次说自此为学界否定。

② 《茗州吴氏家典·序》。

③ 此据周晓光统计。此外还有 61、64、70、93、114、124、260 所等不同说法。造成不一的主要原因在于对命名“精舍”“书屋”的看法不一致。有将其划入蒙学,有将其划入经学学府。故徽州书院数难有一致的数据。道光《徽州府志》卷三《营建志·学校》有云:“元明间,姚连、唐仲等作精舍讲学。嘉靖十年,知府冯世雍葺为书院。”可见精舍虽有类似书院者,却不是书院。又婺源《董氏宗谱·凤游山书屋记》谓“(徽州)一家一村,亦各有书屋。书屋者,即古所谓家塾也。”可见书屋亦非书院。本文旨在说明徽州教育发达情形,非研究书院制度,故用周晓光囊括精舍、书屋的统计。

心性命之学。由于教育发达,所以人才辈出。据有关专家统计,明清两代科举及第者,仅徽州本籍就有举人996人;中进士者,仅徽州本籍,宋代624人,明代392名(占明代全国进士总数的1.55%),清代226名(占清代全国进士总数的0.86%);再加上寄籍外地的一起,则就多得惊人。状元也很多,如仅清代,本籍加寄籍合计17人,占全国总数的14.9%,仅次于苏州府,全国名列第二。

徽州诗经学的繁荣除了以上一般原因外,还与朱熹的示范影响(特别是《诗集传》的示范影响)、徽州人的学术理念、人生信念等因素相联系。

朱熹的示范影响下文有述,此不具。我国是一个宗法社会、礼仪之邦,徽州宗法社会向来较其他地区更为高度发展。赵吉士指出:"新安各族聚族而居,绝无一杂姓掺入,其风最为近古,出入齿让,姓各有宗祠统之,岁时伏腊,一姓村中千丁皆集,祭用朱文公家礼,彬彬合度。父老尝谓新安有数种风俗,胜于他邑:千年之冢,不动一抔;千丁之族,未尝散处;千载谱系,丝毫不紊。主仆之严,数十世不改,而宵小不敢肆焉。"[①]赵氏此言很好地概括了徽州宗法社会的特点。正是由于徽州人强烈的宗法观念、礼仪思想导致了徽州人素来重视礼仪制度的学习和研究,而《诗》、礼向来紧密不分,且《诗经》为六经之一,为科举考试重要内容之一,故《诗经》的学习和研究素为徽州学术重镇之一。

徽州虽徽商经济发达,商风炽于他邑,但徽州人出于光宗耀祖、光大门楣的目的,特别热衷于仕进,研习经学更甚于行商致赀。由于有了家家不废诵读的良好学习风气,又拥有徽商经济支撑的良好的教育设施和教学资源,包括《诗经》在内的儒经研习繁荣发达自是必然之事。而其中又往往有高行特出之士,视功名如粪土,自觉传承儒家学脉,发明圣经,躬行文教,立德立言,与庸庸利禄之徒自是不可同日而语。物以类聚人以群分,此类特出之士又颇能招致同类,形成学术团体,疑义相与析,显示了不同气象。

总之,徽州地区特有的自然条件、人文环境是徽州诗经学整体繁荣的基本原因。

四、徽州诗经学的本质及其历史地位

儒家文化为中华文化的内核和精华,其发展有四个主要阶段:第一阶段为

---

① 赵吉士:《寄园寄所寄·故老杂纪》,《续修四库全书》第1197册,上海古籍出版社1995年版,第127页上。

经典儒家阶段。以孔子和孟子为代表，建立起以“仁”为核心，达“礼”为目的的思想体系，强调建立“君君，臣臣、父父、子子”的封建等级制度。第二阶段为“天命论”儒学阶段。以董仲舒为代表。汉武帝时期，董仲舒提出“罢黜百家，独尊儒术”，不仅正式确定了儒家文化作为中国封建文化的核心地位，且将孔孟思想加以极端和神学化，以天命论形式改造孔孟儒学，提出“三纲五常”，强调“天不变，道亦不变”。两宋理学为第三阶段。有宋理学将儒学理论化、哲学化，从而建立更系统、严谨的体系，实现了在经历南北朝以来战乱摧毁和外来佛教、本土道教的双重侵袭后的中兴。二程和朱熹为代表。第四阶段为朴学时期。此期儒家文化得到了全面地整理和发掘，并在发展到顶峰后开始衰退。明清以后，启蒙思潮、反理学思潮出现，是为早期启蒙运动，平民思想和要求开始冲击统治阶级意识形态的话语霸权，实学愈来愈受到重视。到了“五四”新文化运动时期，在“打倒孔家店”，提倡“德先生”和“赛先生”的口号指导下，发动起新文化，封建统治最终被推翻，儒家文化被彻底颠覆。

上述基本发展阶段，从理学阶段开始就与徽州结下不解之缘。

首先是理学。虽然理学创始人的程颢、程颐祖籍歙县篁墩，将他们视为徽州人很是勉强，徽州人却因为这种血脉渊源以及朱熹承继了二程学统，而将二程视为乡里先贤。程朱理学，特别是朱子之学在徽州影响至深。朱子理学以“理”为思想核心，其“理—气—物—理”的哲学逻辑结构、“理一分殊”的哲学命题、“气”化生“物”的辩证法思想、“格物致知”的认识论等等，皆为徽州理学家所接受和传承发展。徽州人以朱子之学为归依，精研理学，进而形成了具有地域色彩的新安理学学派，新安理学“严尊师道，精悟师训”，著述甚丰，源远流长，影响甚大。更为甚者，徽州人自觉承继朱子道统，以朱子学统之正宗自居，不仅有力推动了朱子学的发展，还维护了朱子学的纯洁性，抵御了来自心学的挑战和避免了佛道二教的侵蚀。新安理学是程朱理学在徽州地区的典型投影，亦是典型缩影。

其次是在早期启蒙运动时期。著名思想家休宁戴震是早期启蒙运动的一面大旗，以戴震为代表，徽州学人对理学进行了清算性地批判。戴氏从根本上否定程朱理学“理”在“气”先的观点，肯定“气”在“理”先，其自然观表现出了唯物主义倾向；其又明确否定程朱理学“理欲对立”观点，提出“理存乎欲”的伦理观点和“体民之情，遂民之欲”的社会理想，对理学家“以理杀人”进行了彻底的批判。段玉裁谓戴氏的学说“专与程朱为水火”，“发狂打破宋儒家中太极图”[①]。梁启超则谓戴氏：“欲以‘情感哲学’代‘理性哲学’，就此点论之，乃与欧洲文艺复兴之思潮之本质绝相类。……戴震盖确有见于此，其志愿确欲为中国文化转一新方向；其哲学之立足点，真可称两千年一大翻案；其论尊卑顺逆一段，实以平等精神，作伦理学上一大革命。”[②]这些评论皆肯定了戴震哲学思想在中国思想史上的特殊地位和影响。

其三是“五四”新文化运动时期。从小就接受了徽州文化熏陶的绩溪人胡适，在“五四”运动中提倡文学改良，反八股文言；提倡中西文化结合，主张要接受西方文明；引入实用主义，倡导“大胆假设，小心求证”。胡适提倡新学，却不否定传统文化，其发起“整理国故”运动，不仅为传统文化传承作出了贡献，还拓展了现代学术领域。胡适是世人公认的“五四”新文化运动的最重要、最突出的代表之一，其思想和实践影响深远。唐德刚说：“胡适之先生是现代中国最了不起的大学者和思想家。他对我们这一代，乃至今后若干代的影响，是无法估计的。”[③]

综观发端于南宋的徽州文化（狭义）的这三个阶段，可以朱熹、戴震和胡适为代表。白盾先生指出徽州文化所培育的这三位大师“划出了中国文化发生、发展与变异的线路”[④]。朱熹集理学之大成，建构了封建后期主流文化的思想体系；戴震以复孔孟为旗帜，以反程朱为宗旨，宣告了“理学的终结”，显示了一定的启蒙意义；胡适则主张对传统文化、对包括朱熹、戴震在内的儒家思想，彻底进行价值重估和系统整合，借鉴西方的民主思想和科学理论，再造现代中国的思想文化。

总之，宋以后徽州学术思想的发展是完整地、典型地体现和反映了晚期中国封建社会哲学意识形态思想发展的基本内容，和从“中兴”到“末路”再到“革新”和“再造”的发展线索。徽州文化是中国后期封建文化形态在徽州地域的典型投影和标本体现。徽州文化是在中国封建社会发展到后期，封建政权、思想、文化充分高度集权和加强一体化时期形成并获得极大繁荣的区域文化，封建性应是它的本质属性。徽州文化基础之一的徽商就是一个典型的中国封建商帮，贾儒结合、贾仕（官商）结合、重亲谊、重乡谊等都是其封建性的具体表现；以儒家经典为教学内容的徽州教育更是一种封建教育，其教材选定、课程安排、教授

---

① 段玉裁：《经韵楼集》卷七《答程易田丈书》。

② 梁启超：《清代学术概论》，中国人民大学出版社 2004 年版，第 168 页。

③ 唐德刚：《写在书前的译后感》，《胡适口述自传》，安徽教育出版社 2005 年版，第 9—10 页。

④ 白盾：《一个巨大的否定之否定》，《徽州学研究》第一卷，中国文史出版社 2006 年版，第 9 页。

形式、教授目的等无不内在体现中国封建社会的内容和要求;更主要是,作为徽州文化指导思想和内核的程朱理学,是中国封建社会的官方哲学,其一切都是在维护中国封建社会。也由于徽州文化的封建性本质,当历史的脚步发展到近代,随着中国封建政权的结束,徽州文化随之一体化地衰退了,辉煌属于过去。然而,曾保持兴盛几百年的徽州文化,在中华民族文化史上具有独特的、重要的历史地位。五千年传统的中华民族文化可以说是一以贯之的中国封建文化,而中国封建社会在南宋以后进入了其发展的后期,徽州文化在这一时期崛起并繁荣起来,它的全面性、丰富性、辉煌性使之成为中国后期封建社会文化发展的亮点,同时又由于徽州文化的独特性、典型性、全国影响性,又使之成为中国后期封建社会文化发展的缩影,从而确定了它典型代表和标本的地位。

徽州诗经学作为传统学术的重要组成部分之一,其本质和历史地位从属于徽州文化。我们既要充分认识和发掘其中的宝藏,又要认识到其封建经学的本质,在整理、研究的过程中,既要作出合乎历史的价值判断,又要在正确理念和方法的指引下,对其进行董理和批判。

五、徽州诗经学研究现状

与徽州诗经学繁荣不相称的是,目前学界关注的目光仅限于朱熹、程大昌、姚际恒、戴震等几个大家,整体研究几乎还是一片空白。

对朱熹诗经学的研究成果最丰富,自朱子学产生之日起到今天难以一一列举。近人研究中比较有影响的专书有王春谋《朱熹诗集传"淫诗"说之研究》、许英龙《朱熹〈诗集传〉研究》、檀作文《朱熹诗经学研究》、张祝平《朱熹〈诗经〉学论稿》、邹其昌《朱熹〈诗经〉诠释学美学研究》等。另外,黄忠慎《南宋三家诗经学》、向熹《〈诗经〉语文论集》、夏传才《〈诗经〉研究史概要》、洪湛侯《诗经学史》、戴维《诗经研究史》、张启成《〈诗经〉研究史论稿》等均有专门研讨。至于单篇论文,数量极多,兹不列举。对姚际恒的研究,主要有陈柱《姚际恒〈诗经通论〉述评》、何定生的《关于〈诗经通论〉》、胡念贻的《〈诗经通论〉简评》、顾颉刚点校并出版《诗经通论》、夏传才《〈诗经〉研究史概要》、洪湛侯《诗经学史》、戴维《诗经研究史》、日本坂井唤三《姚际恒及其著述》、日本村山吉广《姚际恒的学问(下)——关于〈诗经通论〉》、吴培德的《姚际恒的〈诗经〉研究——〈诗经通论〉读后》、赵制阳的《姚际恒〈诗经通论〉评介》、简启祯的《姚际恒及其〈诗经通论〉研究》、林庆彰《姚际恒对朱子〈诗集传〉的批评》、李景瑜《姚际恒〈诗经通论〉之研究》、文铃兰《姚际恒〈诗经通论〉之研究》、左川凤《姚际恒与戴震〈诗经〉研究之比较》等。对戴震的研究，主要有岑溢成《诗补传与戴震解经方法》、吴时英《戴东原的诗学》、洪湛侯《戴震与诗经研究》《〈诗经考〉为戴震诗经研究的奠基之作》、杨应芹《关于〈戴氏经考〉即〈毛诗补传〉的考证》，杨应芹、徐道彬《戴震诗学的基本观点与〈孔子诗论〉》、蒋立甫《戴震〈诗经〉研究的贡献》、王政《戴震〈毛诗补传〉的释诗特点与诗学理论价值》、郭全芝《戴震说〈诗〉旨》、程嫩生《戴震〈诗经〉学研究》、孙改芳《戴震"以诗证诗"的〈诗〉学研究》、陈海燕《戴震与朱熹诗经学比较研究》、左川凤《姚际恒与戴震〈诗经〉研究之比较》。另外，江藩、周中孚、陈澧、皮锡瑞、梁启超、胡朴安、洪湛侯、戴维等皆有论述。对于程大昌的研究，则主要有夏传才《诗经研究史概要》、黄忠慎《南宋三家诗经学》和洪湛侯《诗经学史》。

诗经学之外的传统学术研究集中在新安理学、徽州朴学等领域，如王集成《绩溪经学三胡先生传》、沈筱瑜《绩溪三胡氏通论》、朱芳圃《程瑶田年谱初稿》、蒋元卿《黟县著述人物考略》《休宁县著述人物考略》、洪湛侯《徽派朴学》、李开《戴震评传》、张海鹏《朱升和〈朱枫林集〉评议》、周晓光《新安理学》《徽州传统学术文化地理研究》等。

正如刘伯山先生所言，徽州文化"被誉为是后期中国封建社会的典型标本。学术界对其的研究，至少经历了大半个世纪，80 年代以后更趋火热，逐渐形成了一门相对独立的地方学——'徽学'，被誉为是并列于敦煌学和藏学的中国三大走向世界的地方显学之一"。刘先生还指出，徽州文化研究的学术意义在于："一、可借以考证中国封建社会的真情；二、具有中国封建社会后期社会文化发展典型的标本研究价值；三、具有地理文化单元的人类文化学研究价值；四、具有移民文化研究价值。"[①]综观现存徽州文化研究成果，主要包括：一、徽州传统学术文化研究。徽州传统学术文化以儒家经典为对象，历史上产生了新安理学和徽派朴学，对中国文化产生了很大影响，故此为徽州文化研究的传统领域，起步较早。这些研究可分为三个方面，首先是关于徽州传统学术人物的研究。此类集中于朱熹、程大昌、郑玉、朱升、赵汸、程曈、程敏政、江永、姚际恒、戴震、程瑶田、胡秉虔、胡匡衷、胡培翚、俞正燮、江有诰等学者。其次是关于新安理学的研究。第三则为徽派朴学的研究。二、进入现代学术时代以来，诸如徽商、徽派建筑、新安画派、徽州医学、徽州戏剧等研究渐成热门。近年来，发现大量徽州

① 刘伯山：《徽州文化研究的学术意义》，《新华文摘》，1998 年第 4 期，第 153—154 页。

文书,学者们又将目光投向文书整理和研究工作。更值得注意的是,在“打好黄山牌,作好徽文章”的口号引领下,徽州文化中,那些既能弘扬传统文化,又能成为旅游资源的文化遗产愈来愈被重视,有了较为全面的研究和发掘。徽州经济文化历史上的高度繁荣,无疑可供现代区域经济文化建设提供经验参考。徽商的成功商业运作,新安医学、徽派建筑等的文化成果,在传统中国社会产生了巨大影响,进一步深入的研究具有极大的社会文化意义。它不仅能为传统文化的现代转型作出贡献,而且会为区域文化建设提供更多有价值的历史借鉴,全面推动经济社会的和谐发展,为全面建设小康社会作出新的贡献。但是我们应该认识到,徽州文化毕竟是封建文化,徽商经济和儒家文化在徽州大地是双头发展、互相促进的,何况当时无疑是以“六经”为主体的儒家思想和文化更占有主体和核心地位。轻视甚至舍弃包括《诗经》在内的经学而进行的徽州文化研究,即使不是本末倒置,亦是有相当程度的阙失,这种做法并不利于对古代文化的批判继承。

幸而还有许多学者耐得住寂寞,不受商品经济的影响而继续于徽州传统学术的研究。洪湛侯、张海鹏、王春瑜、张健、周晓光、唐宇元、陈寒鸣、解光宇、戴敬标、杨应芹、孙成岗等学者或研究徽州学术人物、或探讨新安理学、或考论徽派朴学,率皆取得丰硕成果①。不过,具体到徽州诗经学,虽然徽州有朱熹等理学家的诗经学,有戴震等朴学家的诗经学,有许天赠等科举时文之学的诗经学,还有姚际恒等充满怀疑精神的诗经学,更有胡适等的现代诗经学;虽然对这些人中的大家不乏研究,但是不将其纳入徽州文化进行一个整体关注,就不可能归纳出何以在徽州这么一个封闭的弹丸之地产生如此众多的具有全国乃至世界影响的大家。当然要做到这一点,仅靠徽州诗经学的研究还是不能达到的,我们不仅要将徽州文化进行全面清理和研究,更要将其纳入到中华文化大系中进行整体关注,只有这样才能有所发现。

六、本书主要关注的问题和研究方法

基于以上认识,本书主要关注以下几个问题:

1.对徽州诗经学进行著述考辨,尽可能穷尽地发掘徽州诗经学学者、著述、

① 徽州传统学术研究可参阅周绍泉、赵亚光辑《徽学研究系年》。这里所列仅为近年来较为突出的研究者。

主要观点和方法、传播情况、社会影响、前人评述等。

2.徽州诗经学有理学家的诗经学,如朱熹;有朴学家的诗经学,如戴震;有科举时文之学的诗经学,如许天赠;还有文学解读派的诗经学,如姚际恒。对这些诗经学著作的研究,不仅可以对《诗经》文本的解读具有积极意义,而且能通过观点的变化、方法的改变,以地域文化、流派文化为个案,理清诗经学从理学到朴学、从经学到文学的历史的、逻辑的嬗变。

3.徽州诗经学家颇有能克服单纯学人治诗之弊,朱熹、姚际恒、戴震皆能关心民瘼,重视世道人心,积极于诗教体系的构建。透视三家诗教体系,有助于了解他们的圣经理念、教化思想的嬗变。

4.《诗序》问题,朱熹发废序之端,存废之争自此大兴。追溯本问题的历时状况,有一定的理论和现实意义。

5.淫诗说,朱熹发端,是诗经学又一个大的理论课题。将其放在徽州本土文化中进行研究,将会在新的视角中获取意想不到的收获。

6.叶音说,亦由朱熹发端。在批判朱熹夹注叶音的历史进程中,古音韵学研究逐渐发达,对此给予追踪无疑会对《诗》韵研究历史有更清晰的了解,受到更多的启发。

7.宋学在《诗经》研究中贯之以“理”,新安理学家如何在《诗经》研究中坚守朱学,推销理学思想。

8.徽州人素重《礼》,徽州人(如朱熹、戴震、姚际恒、汪梧凤、朱濂、胡培翚)又是如何“以诗证礼”“以礼笺诗”的。

9.清代徽州朴学达到前所未有的高峰,《诗经》字词训诂的贡献巨大。对徽州诗经学训诂成果进行研究必将有不少收获。

10.科举派诗经学的得失。

11.怀疑派(或称独立思考派、文学解读派)诗经学的贡献。

12.徽州诗经学在徽州地域外的传播和影响。

学术课题的研究方法应该与特定的研究对象相适应。诗经学研究应根据其内容、意义确定行之有效的研究方法。胡朴安以为“其研究之方法,可分为四项,次第行之”。这四项方法包括:“(一)搜集材料:搜集关于《诗经》一切学之著作。(二)分别精粗:将所搜集之材料,分别精粗而弃取之。(三)辨析门类:将所取之材料,辨析属于国学之何类。(四)依类编纂:将辨析已明者,归依各类,并贯穿之。”[①]徽州诗经学研究积累宏富,跨越文本与学术史两个领域,对研

① 胡朴安:《诗经学》,王元化主编《胡朴安学术论著》,浙江人民出版社1998年版,第112页。

究者提出了相当高的要求。鉴于宏观研究难以面面俱到,或不免于略而不明;微观研究又为选题所限,失之于琐屑而不够闳通,本课题兼用宏观探研与微观考察两种方法。二者结合,既能使研究立足于较高的学术基点,避免"一叶障目"的弊病,也能从细微处入手,以微显著,见微知著,避免空疏的论述,还能保证课题提纲挈领,全方位考辨徽州诗经学学术发展与流变,使课题兼有史的广度与论的深度。再者徽州诗经学史的探讨,既是从徽州地域文化的角度进行的研究,那么,自然要联系徽州思想史、政治史、文化史、文学史等诸多方面,不能孤立地进行单纯的研究,否则势必流于空泛肤浅。故本课题考论,文史结合,兼顾文献分析与社会思潮考察,从静态和动态两个方面切入剖析。与此同时,徽州诗经学又是我国诗经学中的一个的地域分支而已,我们不仅要从徽州诗经学内部去探讨继承、发展和相互影响,还要将其放到整个诗经学发展长河中去考察,既追根溯源,又注意与其他地域、流派诗经学的异同和相互作用。具体地说:

1.考据法:对徽州诗经学著述进行考辨,尽可能穷尽地发掘徽州诗经学学者、著述、主要观点和方法、传播情况、社会影响、前人评述等。

2.历史和逻辑相结合的方法:徽州诗经学有理学家的诗经学,如朱熹;有朴学家的诗经学,如戴震;有科举时文之学的诗经学,如许天赠;还有文学解读派的诗经学,如姚际恒。对这些诗经学著作的研究,不仅可以对《诗经》文本的解读具有积极意义,而且能通过观点的变化、方法的改变,以地域文化、流派文化为个案,理清诗经学从理学到朴学、从经学到文学嬗变的历史的、逻辑的发展过程。

3.比较法:有跨地域、跨时间不同学术文化背景下诗经学的比较研究,还有相同文化背景下治诗方法和理念的比较;有内部比较,还有外部比较;有内容比较,还有形式比较。如,在"以礼笺诗""以礼证诗"学风中,姚际恒为何反对以礼笺《诗》而主张以《诗》证礼。又如,朴学家对《诗经》字词名物制度考证成果的比较等。

4.历时研究和共时研究相结合的方法:历史追述,发展逻辑探讨,专人、专书研究,纵向比较(如朱熹与戴震),横向比较(如徽派与扬州学派)等。

方法之外,推陈出新也必须借助新材料,近年的文物考古为我们提供了极大的便利,这也是我们远较前贤幸运之处。本课题还参考新的考古发现,祖绍王国维先生的"二重证据"之法,以纸上材料与地下材料对比印证,力求对徽州诗经学作出客观公正的评价。

由主要关注的问题和研究方法所决定,本书结构作如下安排:

首先,本书分上下两编,上编主要为徽州诗经学史研究,下编为个案研究。

其次,徽州诗经学大家朱熹、姚际恒、戴震的诗经学研究成果颇夥,为避免重复研究,本书不列专章,而是将他们主要的诗经学思想观点和方法贯穿在整书中。对于朱熹,特别强调四书之学对其诗经学的影响以及朱熹在徽州诗经学史上的特殊地位和影响;对于姚际恒,侧重分析其兴比赋观、《诗》《礼》观以及其诗经学为何在经学时代被边缘化而到五四时期独放异彩成为思想解放的武器;对于戴震,则突出其对诗经学基本理论的重释和对诗教体系的重构,以期澄清学界将戴氏诗经学目为单纯考据的误解。

再次,下编个案专章主要从代表性角度给予安排。如程大昌为早期考据代表;汪梧凤、程晋芳颇能代表乾嘉考据,且前者侧重主旨考论,后者侧重异同比较;江永是诗经音学方面的代表;许天赠、范王孙则是八股学风中,经学没落期的典型;此外朱霈、朱濂、俞正燮为乾嘉之后颇有成就的学者,朱霈善于质疑、朱濂精于治礼、俞正燮长于归纳推论,三家皆具代表性。

最后,胡适为徽州诗经学的终结者,又为新《诗》学的开创者。其与前述诸家视《诗经》为圣经不同,故在结论部分以附论形式述及。

上　编

第一章　异军突起　迅成高峰

与徽州传统学术文化初步形成并繁荣于南宋相一致，徽州诗经学亦发端并繁荣于此期。与中原地区相比，徽州诗经学发端较迟，但后来居上，迅成高峰，出现了朱熹、程大昌等具有全国影响的诗经学大家。南宋徽州诗经学由朱熹、朱熹学问之友及其弟子共同创造，而其中朱熹的《诗集传》是整个诗经学史上的第三个高峰。

第一节　初步形成统一学术文化理念的南宋徽州学术

林叶连在讨论宋代学术背景时指出，有宋一代经学背景为：(一)重文轻武之政策；(二)崇尚气节；(三)刊印经书；(四)学校与书院；(五)理学发达；(六)科举制度与王安石变法。在分析、讨论宋朝经学之发展趋势时则以为，宋初为唐学之余响；庆历以降则大有变革，具体表现为：(一)舍训诂而趋义理；(二)喜好新奇，好以己意解经；(三)疑经、改经之风盛行[①]。林氏此论要而不繁，较准确地概括了有宋一代经学研究新风气形成的原因和特点，洵为有见。徽州传统学术就是在这样的社会历史背景中，顺着学术主流的发展发生、发展起来，并且后来居上，迅成高峰。除此以外，新安文化时期的人才储备和文化积累等因素乃是徽州经学迅猛发展的前提。而以下特殊的历史机缘更是不可忽视：

---

① 林叶连：《中国历代诗经学》，台湾学生书局 1993 年版，第 217—246 页。

首先,北宋宣和三年(1121)改歙州为徽州。改歙州为徽州,主观上是因为方腊起义,统治者为了加强地方统治;客观上却形成了徽州政区、境域,并由此带来社会秩序的相对稳定,而这些恰恰是区域学术文化形成和发展的重要基础和条件。兴废无常的政区和归属不定的境域,通常难以凝聚固定的文化受众,也就不能够形成群体趋同的文化心理,产生为群体所接受的统一文化观点和思想,从而构建独立的文化单元。有较为固定的政区、境域,却没有较为安定的社会秩序,不能够提供必需的文教资源,学术文化活动则无法开展。总之,自从北宋加强徽州地区的统治后,徽州大地政区、境域固定了,社会秩序安定了,经济也逐渐繁荣起来,从而使得儒家文化得以较为广泛的传播,徽州地区的儒家经典的学习和研究日益兴盛。如果说此前新安文化的崛起,是由于中原大族的南迁定居带来了先进的中原文化,那么此间徽州府的设立则进一步使得儒家文化在此地生根发芽,并逐渐形成了极具特色的区域文化。

其次,公元 1132 年,南宋王朝南迁临安,整个中华民族的政治、经济、文化中心也移向了江南。徽州紧靠临安,四面环山,易守难攻,为临安西北门户,军事地位极为重要。基于巩固统治和抵御北方政权入侵的考虑,南宋统治者全面加强了对徽州地区的政治、经济、军事和文化建设。北方文化的影响自此更深入、更全面,徽州文化终于以不可遏止之势发展起来。

最后,徽州文化刚刚产生,就出现了程大昌这样具有全国影响的理学家,更出现了被封建社会奉为圣人的朱熹,且二程祖籍歙县篁(黄)墩,与徽州亦颇有渊源。在乡圣先贤的影响下,徽州社会风气为之一变,由原来的“崇武”变为“尚文”,并最终形成了统一的学术文化理念。

新安文化时期,古老的徽州大地呈现出“崇武”的社会风尚。早期的徽州为古越文化圈,原住民为断发文身的南越、山越人,素有“蛮越”之称。他们“依阻山险,不纳王租”①,“民多果劲”,“俗好武习战,高尚力气”②,故史称“山越好为叛乱,难安易动”③,“锐兵任死,越之常性也”④。据史书方志记载,从秦始皇置黟、歙二县属会稽郡始,至隋唐时期,历经一千多年,南越、山越才被彻底征服,而此间土著越人叛乱频仍,徽州崇武之风劲吹,涌现了一大批尚武豪杰。有号称“太极拳原始”的歙人程灵洗;有以三十七式太极拳传世的许宣平;还有起兵

① 司马光编著、胡三省音注:《资治通鉴》卷五十六注,古籍出版社 1956 年版,第 1817 页。
② 陈寿:《三国志·吴书十九》,中华书局 1963 年版,第 1431 页。
③ 陈寿:《三国志·吴书十五》,中华书局 1963 年版,第 1395 页。
④ 袁康、吴平辑录:《越绝书》卷八,上海古籍出版社 1985 年版,第 58 页。

抗隋，入唐封为越国公，被后世徽州人奉为“新安之神”的汪华[①]等。许承尧说：“武劲之风，盛于梁、陈、隋间，如程忠壮、汪越国，皆以捍卫乡里显。”[②]经过了漫长的历史演进，徽州逐渐从“崇武”变为“尚文”。《后汉书》云：“（建武）六年，（李忠）迁丹阳太守。是时海内新定，南方海滨江淮，多拥兵据土。忠到郡，招怀降附，其不服者悉诛之，旬月皆平。忠以丹阳越俗不好学，嫁娶礼仪，衰于中国，乃为起学校，习礼容，春秋乡饮，选用明经，郡中向慕之。垦田增多，三岁间流民占著者五万余口。十四年，三公奏课为天下第一，迁豫章太守。”[③]梁中大通三年，徐摛任新安太守，其人“至郡，为治清静，教民礼义，劝课农桑，期月之中，风俗便改”[④]。唐代博陵人崔淙字君济出任歙州刺史，“下车而简其约束，期月而明其信誓，既去害郡之奸，遂宁挺险之俗”[⑤]。汉族政府的武功文教并举，使徽州社会风俗大为改变，随着北方大族不断迁入徽州，外来人口数量超过了当地“土著”人口数量，入迁大族所带来的中原儒风也渐渐成为了徽州地区的主流风尚，“俗益向文雅”[⑥]。南宋时期，随着国家政治文化中心的南移，徽州地区最终完成了从“崇武”到“尚文”的转变。康熙《休宁县志》云：“自南迁之后，人物之多，文学之盛，称于天下。”[⑦]此后，不仅“崇武”人物史书方志已很少有记录，文士学者和著述数量激增，而且书院大量涌现，刻书事业开始繁荣，讲学之风兴盛。

南宋徽州学者[⑧]和著述骤然增多，不仅反映了此期从“崇武”到“尚文”的转变，还透露出学术文化发达的信息。自此，徽州开始以“文献之邦”而闻名于世，有谓“大江之南畿辅为郡九，而以文献称者吾徽为最”[⑨]。道光《休宁县艺文志序》亦谓“邑自文简公程大昌、格斋先生程永奇而下，师友渊源，贤哲林立，其鸿篇巨制，见于宋明史志、陈氏《解题》、晁氏《读书志》、马氏《经籍考》者，盖彬彬

① 汪华信仰为徽州特色文化现象之一，不仅影响深远，还随着徽州人的足迹传向他方。参见方利山《徽州学散论》之《隋唐歙州汪华平议》。

② 许承尧：《歙事闲谭·歙风俗礼教考》（李明回、彭超、张爱琴点校），黄山书社 2001 年版，第 602 页。

③ 范晔：《后汉书·李忠传》，中华书局 1965 年版，第 756 页。

④ 姚思廉：《梁书·徐摛传》，中华书局 1973 年版，第 447 页。

⑤ 罗愿：《新安志》，《四库全书》第 485 册，上海古籍出版社 1987 年版，第 496 页上。

⑥ 罗愿：《新安志》，《四库全书》第 485 册，上海古籍出版社 1987 年版，第 345 页下。

⑦ 康熙《休宁县志》卷一《风俗》。另，有关徽州“崇武”风气转变为“尚文”的论述可参阅周晓光《徽州传统学术文化地理研究》，第 50—52 页。

⑧ 所谓学者，主要指有著作传世者，或虽著述不传而学术史上榜上有名者，还可包括科考有功名者。

⑨ 《新安歙北许氏东支世谱》卷五《寿昌许公八秩序》。

矣”①。周晓光据道光《徽州府志》卷十五《艺文志》统计,宋代徽州学者著述总量达 504 种,其中经部 126 种、史部 102 种、子部 115 种、集部 161 种。此数据虽系有宋一代的数字,从作者来看,大多为南宋时期作品。又据蒋元卿《皖人书录》统计,宋代徽州有著述传世者 131 人。且据《中国地方志集成》统计,宋代徽州有科举功名者 781 人②。这虽是相对精确的数据,却较好地说明了宋代徽州学术的发达程度。徽州学术文化最早发达的县份之一为婺源。代表人物有朱松、程鼎、滕恺、李缯、汪应辰、王炎、朱熹、程洵、胡师夔、滕璘、滕珙、李季札、汪清卿、汪润身、胡允、朱鉴、马廷鸾、江恺等。歙县、休宁亦为徽州六县中学术文化较早发达的县份。歙县著名学者有祝穆、吴昶、钱时、刘伯谌、吕溱、方恬、罗愿、章如愚、汪仪凤、吴云龙、章元崇、程元凤、程时登、朱承甫等;休宁则有程大昌、吴儆、吴垕、黄何、程若庸、吴锡畴、黄智孙、程永奇、汪大发等。相比婺源、歙县和休宁而言,南宋绩溪、祁门和黟县的学术文化起步晚、成就小。绩溪仅有汪晫、汪梦斗;祁门亦只有谢琎、方岳;而黟县更少,仅汪义和一人而已。

书院为我国旧时代特有的教育组织形式,兴起于唐、五代。宋代以降,成为衡量一个地区学术文化发达程度的重要标志之一。据周晓光不完全统计,宋代徽州有书院 25 所。其中歙县有灵山精舍、紫阳书院、秘阁书院、友山藏书楼、西畴书院、友陶书院③、江东道院、岑山书院;休宁有西山书院、竹洲书院、秀山书院、柳溪书院;绩溪有桂枝书院、乐山书院、槐溪书院、云庄书堂、东麓书院;祁门有梧冈书院、白杨书院;婺源有龙川书院、四友堂、醉经堂、万山书院、山屋书院、心远书院。此 25 所为可确考者,除黟县书院无考外,各县皆有。徽州学人不仅在徽州地域创建书院,还多有外出创办和教学者。其中影响最大的当推朱熹。朱熹不仅先后扩建、修复白鹿洞书院和岳麓书院,还创办寒泉精舍与武夷精舍,为理学传播作出了巨大贡献。其为白鹿洞书院制定的学规,还成为了徽州乃至全国书院教育的方针和指南,社会文化影响极其深远。

刻书业是与学术文化紧密相连的一个行业,亦可反映一个地区学术文化发达的程度。徽州刻书业勃兴于宋室南渡之后,也就是徽州文化开始形成和发展的时期。宋代徽州刻书业呈现官刻、私刻并举且以理学著作居多的特征。就诗经学而言,从现在文献可知,官刻机构为徽州学,又名新安郡学,还有州署等,是

---

① 道光《休宁县》卷十五《休宁县艺文志序》。

② 参见周晓光《徽州传统学术文化地理研究》,安徽人民出版社 2006 年版,第 17—24 页和第 131 页。

③ 李琳琦据康熙《徽州府志》认为由汪维岳建于元初。

安徽地区最大的官刻机构。南宋淳祐六年(1246)在今歙县城(故徽州治)南门外,为纪念朱熹生前两次来徽州讲学而建的紫阳书院,亦为官刻机构。这些官刻机构刻印的《毛诗》,今天还有存本。南宋属徽州籍在外地或本地刻书的大家有程大昌、朱熹、汪纲、祝穆等,外籍在徽州任上以官刻为主的出版家有洪适、魏克愚等。朱熹在漳州任上刻《易》《诗》《书》《左氏春秋》,合称"四经"。徽州不仅刻有朱熹的《诗集传》20卷,淳祐十二年(1252)还刻有朱熹门人汪珌续编的《朱子语录》40卷,世称"徽本"。宋末,徽州府刻朱熹《诗集传》,字体秀劲,线条绵密,版面精致柔活,可与临安书棚本相媲美。此外,程大昌门人刻《考古编》10卷《续》10卷,《演繁录》14卷《续》6卷等。朱鉴在兴国刻吴必大整理朱熹讲学及与门人对话的著作《师海》,在富川郡学刻《诗集传》20卷。新安郡斋则刻印了魏了翁汇集诸家注疏而撰的《九经要义》,其中就有《毛诗要义》,据《周易要义》方回跋称,《九经要义》梓成后,书版存歙县城南紫阳书院,至丙子岁(1276)因元兵入徽州而版片全毁。

此期,徽州不仅完成了从"崇武"风气向"尚文"的转变,且在这一历史进程中,形成了统一的学术文化理念。而理念的形成与朱熹和徽州的双向认同密切相关。

朱熹,字符晦,后改仲晦,晚号晦翁,又号晦庵等。南宋高宗建炎四年庚戌(1130)出生于福建尤溪,一生的主要生活和学术活动也大都在福建,故后人称其学为"闽学"。但朱熹乃徽州婺源朱氏九世孙。其父朱松以徽州籍入仕后先后任职建州、尤溪,并非迁籍,朱松为徽州人确凿无疑。故按惯例,朱熹籍贯可从父朱松亦为徽州人[①]。朱熹平生以"知本思源"为念,不忘徽州为父母之邦,对徽州故土一往情深。他在《名堂室记》中曾称其父"未尝一日而忘归也"。其寄书徽州人汪楚材,则更直接地表达了思念故乡之情,他说:"熹于足下,虽得幸同土壤,而自先世流落闽中,以故少得从故里之贤人君子游,顾其心未尝一日而忘父母之邦也。"[②]在这种终生不衰的故乡情愫中,朱熹对故土格外关心和留意。首先,朱熹借两次回乡扫墓机会,探访亲朋故旧,讲学授徒,传播理学思想。如南宋高宗绍兴二十年(1150)朱熹第一次回故乡婺源祭祖时,"和乡里学人讲学论道,交流诗赋文章,收新安弟子三十多人"[③]。施璜《紫阳书院志》记载:"文公

---

① 政和八年(1118),朱松任建州县尉,时方腊起义,父朱森卒而不能归葬乡里,遂葬政和县,为庐墓计,自此入籍建州。

② 程曈:《新安学系录》(王国良、张健点校),黄山书社2006年版,第163页。

③ 方利山:《徽州学散论》,中国戏剧出版社2009年版,第55页。

归里，乡先正受学者甚众。今论定高第弟子十二人，列于从祀。”[①]这十二人分别是婺源程洵、滕璘、滕珙、李季札，绩溪汪晫，歙县祝穆、吴昶，休宁程先、程永奇、汪莘、许文蔚，祁门谢琎。南宋孝宗淳熙三年（1176）四月，朱熹第二次回婺源省墓，不仅将程氏《遗书》《外书》《文集》《经说》、司马氏《书仪》、高氏《送终礼》、吕氏《乡仪》《乡约》等书赠予学中，还讲学于汪敬斋处。徽州学者日执经请问，朱熹随其资质高下，诲诱不倦，至六月初旬始归。其次，朱熹还通过书信往来，答疑解惑，指导徽州后学。淳熙二年（1175），滕璘、滕珙兄弟“修书辞以请教，先生报书，示以为学之要”[②]。在《朱文公文集》中，就存录了不少朱熹答复徽州学人求学的书信。此外，朱熹更是直接将徽州后学召入门下，悉心培养。程先“闻晦庵夫子为世儒宗，以扫墓还婺源，担簦见之。夫子示以圣学大要。时先生年已七十余，不能从，遣其子事入闽”[③]。“其子”即是后来成为新安理学前辈人物的程永奇，其就朱子问学至建安，逾年乃返。歙县吴昶则徒步到福建建安，质经问疑，并得朱熹亲笔《四书注稿》归新安。歙县祝穆、婺源胡师夔、李季札等则先后成为朱熹及门弟子，受到朱子的悉心栽培。徽州学术文化，自南宋时起，就深受朱子影响，具有代表性的学术文化人物，有些是朱子学问之友，如程大昌和吴儆，大多数则为朱熹门弟子。除朱熹在徽州12“高第弟子”外（其中祝穆父亲康国为朱熹内弟，汪晫母祝氏系朱熹母之姑），还有婺源胡师夔、汪清卿、汪润身、胡允，歙县钱时、吴云龙，休宁吴垕、程若庸、吴锡畴、黄智孙，绩溪汪梦斗（汪晫子[④]）、周颂，黟县汪义和（与朱熹为中表之亲）等[⑤]。

朱熹的努力不仅为徽州培养了人才，还彻底改变了徽州地区的学风。首先，倡导了徽州研习理学的风气。徽州素来重视文化教育，徽人热衷于创建书院，延请名师讲学，形成了“早夜弦诵，洋洋秩秩，有洙泗之风”[⑥]的人文景观。但是，在朱熹亲入讲学之前，学人所学以及所务，偏重于科举进取之途，故朱熹批评道：“熹故县人，尝病乡里晚学见闻单浅，不过溺心于科举程式之习。其秀异者，又颇驰骛乎文字纂组之工而不克专其业于圣门也。是以儒风虽盛而美俗

① 施璜编、吴瞻泰补：《紫阳书院志·列传》（吴瞻泰、吴瞻淇整理），黄山书社2010年版，第191页。

② 滕璘：《题晦庵先生真迹后》，程敏政《新安文献志》，《四库全书》第1375册，上海古籍出版社1987年版，第296页下。

③ 方回：《东隐程先生（先）墓表》，程敏政《新安文献志》，《四库全书》第1376册，上海古籍出版社1987年版，第175页下。

④ 按，亦有作“汪晫之孙”者，姑存待考。

⑤ 周晓光于《徽州传统学术文化地理研究》中指出，自南宋时起，徽州学术文化就出现了朱学一统的现象。此说忽视了程大昌等徽州学人的历史地位和影响。今不从。

⑥ 康熙《休宁县志》卷二十一《艺文纪述》。

未纯，父子兄弟之间其不能无愧于古者多矣。”[①]在朱熹等的努力教育培养下，徽州学风为之一变，原来醉心于科举的学人，转而“多明义理之学”[②]。理学中极有影响的一个地域支派新安理学[③]因之而形成。《婺源县志》曰：“自唐宋以来，卓行炳文，固不乏人，然未有以理学鸣于世者。至朱子得河洛之心传，以居敬穷理启迪乡人，由是学士各自濯磨以冀闻道。”[④]自有朱熹倡导，徽州不仅人才辈出，且以“理学之邦”名世。汪克宽说：“近代以来，濂洛诸儒先继出，吾邦紫阳夫子集厥大成，揭晦冥之日月，开千载之盲聋。于是六合之广，四海之外，家诵其书，人攻其学；而吾邦儒风之丕振，俊彦之辈出，号称东南邹鲁，遐迩宗焉。”[⑤]其次，朱熹好学乐学，治学严谨，充满怀疑精神和创新勇气。他的这些品质，深深地影响了徽州后学，推动了徽州文化的发展。朱熹一生，在政治上并不得意，“自筮仕以至属纩，五十年间，历事四朝。仕于外者仅九考，立于朝者四十日”[⑥]。但是，作为理学集大成者和一代宗师，他始终致力于著述与讲学。庆元二年(1196)，选人余嚞上言，乞斩朱熹以绝“伪学”[⑦]。即使在这种危难处境下，朱熹依然“日与诸生讲学不休”[⑧]，向世人展示了其好学、乐学的态度和精神面貌。朱熹治学，富于怀疑精神和创新勇气，其治《诗》敢于怀疑，勇于攻《序》；不专主一家，断然摒弃毛、郑之误；能张新说，对孔子“思无邪”作出新的解释，提出“淫诗”说。虽然这一切是时代的产物和需要，其最终落脚点仍在尊孔守经上，但他的这种精神和勇气，激励着徽州后学，推动了徽州诗经学研究的发展。徽州学人，无论是具有独立思考精神的姚际恒，还是鞭笞理学“以理杀人”的戴震；不论是反对将《诗经》“资之以为文章”的汪梧凤，还是将经学彻底砸烂，视《诗经》为一部民歌谣集的胡适，无不受到朱熹的影响。

朱熹念念不忘徽州，徽州人也一直以朱熹为荣。朱熹对徽州文化的影响还表现为徽州人对朱熹思想和精神的认同。宋、元、明、清四朝，新安理学人物辈出，无一不以维护发扬朱子学为己任。如：“我新安为朱子桑梓之邦，则宜读朱

---

① 朱熹：《书徽州婺源县〈中庸集解〉板本后》，程敏政《新安文献志》，《四库全书》第1375册，上海古籍出版社1987年版，第291页。

② 弘治《徽州府志》卷一《风俗》，天一阁藏明代方志选刊本，第10页。

③ 关于新安理学，见第二章相关论述。

④ 光绪《婺源县志》卷三《风俗》。

⑤ 汪克宽：《环谷先生集》，《四库全书》第1220册，上海古籍出版社1987年版，第699页上。

⑥ 黄榦：《朱文公行状》，程敏政《新安文献志》，《四库全书》第1376册，上海古籍出版社1987年版第88页上。

⑦ 参见冯琦原编，陈邦瞻增辑《宋史纪事本末》卷八〇《道学崇黜》。

⑧ 参见《宋史》卷四百二十九《列传第一百八十八·道学三·朱熹、张栻》。

子之书，服朱子之教，秉朱子之礼，以邹鲁之风自待，而以邹鲁之风传之子若孙也。”①新安之学“一以郡先师子朱子为归”，新安士人所学、所教、所传，无外乎“经朱子论定”的六经传注，以至“朱子之学虽行天下，而讲之熟、说之详、守之固，则惟新安之士为然”②。这就是说，朱熹集大成的学说，成为新安理学一以贯之的宗旨。朱熹本人作为新安理学开创人物备受推崇，被称为“徽国宗主”，受到广泛的祭祀，《朱子家礼》等理学思想则成为徽州宗族普遍尊奉的准则：“盖人伦不明，宗法废弛，民俗颓弊甚矣。幸而皇宋诞膺景运，五星聚奎。于是吾郡朱夫子者出，阐六经之幽奥，开万古之群蒙，复祖三代之制，酌古准今，著为《家礼》，以扶世教。其所以正名分，别尊卑，敬宗睦族之道，亲亲长长之义，灿然具载。而欧、苏二子亦尝作为家谱，以统族属。由是海内之士，闻其风而兴起焉者，莫不家有祠，以祀其先祖，族有谱，以别其尊卑。”③徽州不仅广祀朱熹，所修方志，皆列朱熹于世家。《婺源县志》说：“《宋史》区道学、儒林为二，濂洛关闽诸儒不与经生羼列。今歙州郡县各志进朱子于世家，直如史迁尊仲尼体例，其推崇视《宋史》尤过。盖一方之志，与国史记载不同，所以进乡先生为后人矜式，宜从而张之。”④徽州文化对朱熹的思想和精神的认同影响到了文化和生活的各个领域，成为了徽州文化的灵魂和最根本的学术文化理念。

朱熹之外，朱松、程大昌、吴儆、程鼎、汪应辰、王炎、滕恺、李缯等人对徽州传统学术的形成和发展作出了较大的贡献。我们肯定朱熹在徽州学术文化史上特殊的作用和领军地位，亦不能忽视这些学人的启迪、传播之功。

在南宋新安理学学派形成时期，程大昌是与朱熹齐名的最重要人物之一，周益公谓其为“士之指南，国之宝臣”⑤。明万历四十一年(1613)，休宁建“理学名儒坊”，九贤之中，首推程大昌。其对后世的影响是多方面的，甚而至于“英国皇家学会会员，著名现代科学家李约瑟博士的《中国科学技术史》曾多次引用《演繁露》中的内容”⑥。王炎在《程大昌复谥议》中说：“其学富赡而不杂，其识精密而渊深。其发为文章则根柢六经，与韩退之、柳子厚相依仿，而驰骋笔力，

---

① 《茗州吴氏家典·序》。

② 赵汸：《东山存稿》，《四库全书》第1221册，上海古籍出版社1987年版，第287页上。

③ 《新安黄氏会通宗谱·集成会通谱叙》。

④ 光绪《婺源县志》卷首《李鸿章序》。

⑤ 周必大：《程公大昌神道碑》，程敏政《新安文献志》，《四库全书》第1376册，上海古籍出版社1987年版，第176页上。

⑥ 《安徽省志·人物志》，方志出版社1999年版，第935页。

骎骎上薄西汉，续作者之派流，立后学之准的。”①程大昌长朱熹8岁，常以文章相往来，翰墨之交甚笃。朱熹《答程大昌书》称大昌《禹贡图论》“披图按说如指诸掌”，又称赞其《〈易〉〈老〉通言》曰：“病中得窥《易》《老》新书之秘，有以见立言之旨，深远奥博，非先儒思虑所及。”②朱熹弟子吴昶与程大昌为文字友，大昌《雍录》《禹贡图》《演繁露》等十余书，吴昶“皆为之折衷”③。吴儆（1125—1183），字益恭，休宁商山人。早年与兄吴俯齐名太学，时人有“眉山三苏，江东二吴”的说法。其“资禀雄浑，学该体用，上下数千年间世变升降、制度因革，灿然若指诸掌，而能剂量之以道；出入诸子百家、天官稗说，靡不洞究，而能折中之以圣人之经。故其发为文辞，含蓄演养，严浩渊奥，每一引笔，若飘风骤雨不可止遏，初若未尝屑意也”④。清初学者赵吉士《寄园寄所寄》著录宋元明14位最有影响的新安理学家，吴儆位列其中。程卓《吴儆行状》称，朱熹、张南轩（栻）、吕东莱（祖谦）等其时数十学术大师“皆与公友善”。吴儆长朱熹5岁，二人常有文字之交，朱熹读吴儆《尊己堂记》喜曰：“往者张荆州（南轩）、吕著作（东莱）皆称吴邕州（儆）之才，今读其记文，又有见其所存。”⑤

程大昌与吴儆均重视讲学。大昌曾任国子监司业、祭酒，“成就人才不可计，凡今老师宿儒，多公门生也”⑥。据地方志记载，程大昌还在休宁建“西山书院”，不少新安学者投到程氏门下，从而步入理学奥堂，其中卓著者如黄何（字景肃）、程卓（字从元）等，终成新安理学名家⑦。吴儆则曾与其兄吴俯“授徒棣华旁，近数州之士从之游者，岁常数百”⑧。

---

① 王炎：《龙图阁学士赠特进程公大昌覆谥文简议》，程敏政《新安文献志》，《四库全书》第1375册，上海古籍出版社1987年版，第339页下。

② 程曈：《新安学系录》（王国良、张健点校），黄山书社2006年版，第106页。

③ 《友堂吴先生（昶）小传》，程敏政《新安文献志》，《四库全书》第1376册，上海古籍出版社1987年版，第88页上。

④ 康熙《休宁县志》卷一二。

⑤ 程卓：《吴儆行状》，程敏政《新安文献志》，《四库全书》第1376册，上海古籍出版社1987年版，第169页下。

⑥ 周必大：《程公大昌神道碑》，程敏政《新安文献志》，《四库全书》第1376册，上海古籍出版社1987年版，第161页上。

⑦ 《休宁县志》卷二《考废》。

⑧ 吴儆：《竹洲集》卷首，《四库全书》第1142册，上海古籍出版社1987年版，第208页下。

第二节　从无到有，迅成高峰的南宋徽州诗经学

诗经学发展到宋代进入了一个新的发展阶段，“疑辨思潮促进《诗》学革新”[①]。洪湛侯先生认为，较之前代，学术思想发生重大变化。表现为提倡怀疑精神，采用辨伪方法，重视阐述义理，着重探求新义。宋人治经善与他经进行比较沟通，治《诗》不信《诗序》，唯从文本求解，因而涌现出大批的研究著作[②]。首先，欧阳修结撰《诗本义》，揭示《毛序》各序的自相矛盾，直探《诗》本义，从而结束了唐代以继承为主的资料汇编式的《诗经》研究方式，开创了宋代疑经风气。接着，苏辙著《诗集传》、郑樵著《诗辨妄》、朱熹《诗集传》、王质著《诗总闻》，绍继欧阳修，对毛、郑发起了更全面、更深入的批驳。其中，朱熹汇集众说，大胆怀疑，详加考辨，断以己意，从而结撰出了诗经学史上具有划时代意义的经典著作《诗集传》。在朱熹的引领下，徽州诗经学迅速从无到有，且后来居上，成为诗经学史上又一座高峰。

此间可考的诗经学学者及著述，婺源有五家：朱熹《诗集传》、王炎《诗经考疑》、朱鉴《诗传遗说》、马廷鸾《六经传集》、江恺《诗经讲义》；歙县六家：章元崇《诗学管见》、程元凤《经筵讲义》、钱时《学诗管见》、程时登《诗传遂意》《诗讲义》和《古诗订义》、朱承甫《三经集》、程逵《五经解题》；休宁三家：程大昌《诗论》、程永奇《六经讲义》、汪大发《九经要义补》；绩溪一家：汪梦斗《经义讲议》；祁门一家：方岳《诗疑》和《景献府讲诗》；黟县无。而此前的新安文化阶段，仅有宋初歙县人舒雅参与校定《七经》疏义，但没有独立撰写诗经学著作。两宋之间的歙县人程俱（1078—1144）则撰有《汉儒授经图》，该作虽有益于《诗经》学，然非诗学专著。两相比较，不难看出南宋徽州诗经学的发展态势。

（一）徽州诗经学发端于朱熹

最早的徽州诗经学著作有朱熹的《诗集传》和程大昌的《诗论》。程大昌生于北宋徽宗宣和五年癸卯（1123），朱熹则生于南宋高宗建炎四年庚戌（1130），比程大昌小八岁。但朱熹进士及第的时间为绍兴十八年（1148），程大昌进士及第则为绍兴二十一年（1151），比朱熹晚三年。朱熹最早的诗学著作《诗集解》

---

① 洪湛侯《诗经学史》（上）第三编，中华书局 2002 年版，第 291 页。

② 参见洪湛侯《诗经学史》（上）第 291 至 297 页相关论述。

作于南宋高宗绍兴二十九年己卯(1159),而《诗集传》的写作则始于1178年,成于1184年。程大昌《诗论》撰写时间不详,但其中举后即丁父忧,服除乃著《十论》,其他著作皆晚于此,如淳熙四年七月(1177)上《禹贡论》。即使包括《诗论》在内的《考古编》作于此期,亦不会早于《诗集传》,更不会早于《诗集解》。将朱熹《诗集传》视为早于《诗论》的徽州诗经学最早著述,应该没有多大问题。

(二)朱熹及其师友的诗经学

朱熹是中国历史上具有较大文化影响的圣贤之一。其诗经学著述有《诗集传》二十卷,《诗序辨说》一卷,《诗风雅颂》四卷《序》一卷,以及《诗传音释元》。此外,《朱子语类》中亦有论诗内容。

《诗集传》为朱熹诗经学代表作,是整个诗经学史上的第三个高峰。朱熹在欧阳修、苏辙、郑樵等疑经思想的影响下,既汇集众说,具有集解体特征,又择善而从,断以己意,具有传笺体的优点。他不仅破除了对《毛诗序》的盲信态度,勇倡“淫诗”说,恢复了《诗经》中情诗的本来面目,还借用吴棫的“叶音”学说,为《诗经》标注音读。此举虽非着力于古音研究,且后人往往批评其随意临时改变读音,但是,古音韵研究因朱熹此举而更为学界注意,说朱熹对更为科学的古音研究有开启之功并不为过。又由于朱熹穷毕生精力研治“四书”,在退“五经”尊“四书”运动中发挥了无人替代的作用,其思想系统化和成熟的标志为“四书”思想体系的构建。故朱子诗经学研究受到“四书”体系的思想、方法和精神影响较大,从而呈现出儒家思孟学派的特点。此外,朱熹《诗集传》《诗序辨说》还是在同尊序派的对立融会、论辩斗争过程中不断修正、完善起来的。这一过程中,吕祖谦及其《吕氏家塾读诗记》对朱熹的影响最大。刘毓庆曰:“朱子《诗集传》,集众之长,删繁就简,求之于经文本,而弃汉唐儒者诸多附会之论,辞约意明,故其一出,即为世所注目,遂而为研经者所推崇。……朱子《诗传》,后儒争议最多者有二,一是关于弃《序》问题,一是‘淫诗’问题。……再则朱子于《序》态度前后之变化,亦世儒议论之焦点。……朱子《诗集传》集众家之长以为说,此非凡之举,颇为后儒所重。”①

《诗序辨说》,原本附于《诗集传》后,今则单行。《辨说》主在攻《序》,故分析了《序》说致误的原因,并提出新解。其书时言“说见《纲领》”“说见本篇”,知其完成于《集传》之后,乃其晚年之论。反《序》、废《序》始于郑樵,然因朱子乃一代儒宗,故其影响远大于郑氏,其亦因此而遭后儒非议。

《诗风雅颂》四卷,《序》一卷,见陈氏《书录解题》《文献通考》及《安徽艺文

① 刘毓庆:《历代诗经著述考》(先秦—元代),中华书局2002年版,第199—202页。

考·诗》。陈氏曰:"晦庵所录。以为序出后,不当引冠篇首,故别录一卷。"刘毓庆曰:"疑此即临漳刊《诗经》定本。"①

《朱子语类》卷八十、八十一收有朱熹诗经学语录。包括:一、纲领。主要论及诗经学基本问题;二、论读诗;三、论解诗;四、论及《周南》《召南》《邶》《豳》二《雅》《周颂》《鲁颂》《商颂》等相关篇目。由于所收多为其弟子亲临教诲的笔录,较真实地反映了朱子的诗经学观点。又因多为朱子《诗集传》成书后的讲学,颇能反映朱子诗经学思想观点的发展,故常被后世朱学研究者征引。不仅可补《诗集传》的不足,还可勾勒、还原朱子诗经学发展轨迹,文献价值极高。

在徽州学人中,与朱熹为师友关系者不少。其中程鼎,字复亨,自号韩溪,婺源人。长于《左传》和《诗经》,但无著作传世。王炎,字晦叔,一字晦仲,号双溪,亦为婺源人。王炎与朱熹相契,朱子集中《和炎寄弟诗》有"只今心事同千里,静对箪瓢独喟然"之句。炎亦多与朱子往还之作,交谊颇笃②。其诗文博雅精深,其议论纯粹引据典确,皆有根柢。程敏政《新安文献志》辑采颇多。所著《诗经考疑》为其《诸经考疑》之一种,惜佚不传。

此外便是休宁人程大昌。大昌为南宋与朱熹齐名的理学家,然其所撰《诗论》三卷为考据学著作。该书篇幅不长,亦不曾考论具体诗篇,但在整个诗经学史上,占有一定的学术地位。朱彝尊《经义考》引陆元辅曰:"程氏《诗议》十七篇,一论古有《二南》而无《国风》之名;二论《南》《雅》《颂》为乐诗,诸国为徒诗;三论《南》《雅》《颂》之为乐无疑;四论四始品目;五论《国风》之名,出于《左》《荀》;六证《左》《荀》创标风名之误;七论逸诗有《豳雅》《豳颂》而无《豳风》,以证风不得抗《雅》;八论《豳诗》非《七月》;九辩《诗序》不出于夏;十辩《小序》缀语出于卫宏;十一辩《序》不可废;十二据季札序《诗》篇次,知无'风'名;十三论《毛诗》有古序,所以胜于三家;十四论采诗、序诗因乎其地;十五论南为乐名;十六论《关雎》为文王诗;十七论诗乐及《商》《鲁》二颂。唐应德称其文义蔚然,绎其论议,洵多独得之见。然《风》《雅》《颂》之名,《周礼》《左传》《荀子》有之,季札亦言之,而程氏必谓有《二南》而无《国风》,凭臆妄决,无所称据,亦难乎免于穿凿之讥矣。"③可见,诸如诗乐关系、国风命名等诗经学基本问题皆

① 刘毓庆:《历代诗经著述考》(先秦—元代),中华书局2002年版,第209页。

② 按,程敏政《新安文献志》卷九于王炎《与朱元晦先生论谅闇中开讲书》后注曰:"世传双溪与朱文公不合,未见所出。考《双溪集》有与文公论谅闇开讲事,文公集无答书,岂即谓此耶?"可见王炎治学并非每与朱熹合。

③ 朱彝尊:《经义考》第4册(许维萍、冯晓庭、江永川点校),台湾研究院、中国文哲研究所筹备所1997年版,第31—32页。

由程氏此书开启，而《诗经》体制、《毛诗序》作者、《三家诗序》《豳》诗等问题亦因程氏而有进一步的探讨。

（三）朱子后学的诗经学

朱熹、程大昌之后，有宋时期徽州诗经学家及著述虽然较多，但大多数著作业已散佚，无从窥见其原貌。从现存不多的一些著述来看，整体学术成就率皆不高，且主要为对朱子诗经学的整理、辑佚、笺释和传播，故多为朱学功臣，亦有益于诗学，不可目为可有可无之著述。属于朱子后学阵营的有章元崇、程永奇、朱鉴、方岳、程元凤、马廷鸾、汪大发、钱时、汪梦斗、程时登、江恺、程逵等。

程永奇（1150—1221），南宋经学家，字次卿，号格斋，休宁陪郭人。程全孙，程先子。江西制阃请为白鹿洞书院山长，辞不就。受学于朱熹，为新安朱熹十二高弟子之一。朱熹手书"持敬明义"之说百余言勉之，归后遂以"敬义"名其堂，致力于治学讲授，邑人弟子从者云集。著有《六经疑义》二十四卷、《四书疑义》十卷、《朱子语粹》十卷、《中和考》三卷、《格斋稿》四十卷。

朱鉴（1190—1258），字子明，婺源县城人，朱熹嫡长孙，朱熹长子朱塾之子。生于光宗绍熙元年，卒于理宗宝祐元年，享年六十九岁。朱子卒时，鉴已十一岁，以荫补迪功郎，官至奉直大夫，湖广总领。编《朱文公易说》二十三卷，《诗传遗说》六卷（又作《朱文公诗传遗说》），今存。

方岳，字巨山，号秋崖，祁门何家坞人。绍定五年（1232）进士，官至朝散大夫。所著《诗疑》一篇，存，收《新安文献志》卷三十四。又有《景献府讲诗》，佚。其《书景献府讲诗终篇》曰："某猥以疏芜，滥尘讲席。起《采芑》止《殷武》，凡百二十有九篇，虽不能析微阐幽，该贯融彻，而依忠依孝，未尝敢不谨焉。惟尊闻不贵博而贵精，惟行知不贵敏而贵力。迩之事父，远之事君，岂但多识草木鸟兽之名而已者？一字之训，一事之义，盖有先儒之书在，承宣为学日益，其自得于遗编者久矣。"①

程元凤，字瑞甫，一字申甫，宋歙县槐塘人。邵定元年（1228）进士，授江陵府教授，淳祐初（1241）迁宗学博士，于荣王府讲授《诗》《礼》，旁讽曲谕，随事规正，多所裨益。所撰《经筵讲义》，今佚不存。

程时登，字登庸，号述翁，宋末歙县人，迁饶州乐平梅岩，乐平乃今山西昔阳，故诸多文献皆将程氏著录为山西乐平人。时登为宋太学生，为时硕儒，入元不仕，学者称述翁先生。著有《诗传遂意》《古诗订义》《孔子世系图》《伊洛渊源续录》《读书会意录》等书。许瑶《行状》云："先生教人，类以孝敬笃实为先，不

① 方岳：《秋崖集》卷三十八，《四库全书》第1182册，上海古籍出版社1987年版，第599页下。

务葩华以钓名声。其于《周易》则确守程朱传义,而不惑于玄虚之论;《书》则备读诸家而求其疏通知远之实;《诗》则要性情之发而验其兴观群怨之机;《礼》则审于节文度数之宜而略其繁文缛节之末;《乐》则考于蔡氏之书而求夫声气之元;《春秋》则厌夫括例之拘而直探圣人笔削之旨;历代史籍亦莫不究兴衰治乱之由而品其人才之高下、考制度沿革之详而核其设施之当否。”①刘毓庆则谓:“《诗传遂意》,道光《徽州府志》《歙县志》作《诗经遂意》。其所谓‘遂意’者,或即‘要其性情之发’者欤?”②

第三节 四书之学对朱熹诗经学的影响

纵观儒学发展史,两宋以前,发生在意识形态中最引人注目的现象是尊“五经”;两宋以后“五经”退而“四书”尊。退“五经”尊“四书”运动是一个历史进程,在经历中唐酝酿期、北宋表彰期后,至南宋确立体系、大规模贯彻。其间代表人物有韩愈、李翱、宋仁宗、宋徽宗、司马光、二程和朱熹,而南宋“四书”体系确立朱熹起到了极为关键的作用。朱熹通过一系列的努力,特别是《四书章句集注》的著述,对四书进行整理、诠释和重构,从而将四书紧密结合起来,建立起一个较严密思想体系。李方子说:“《论》《孟》二书,世所诵习,为之说者亦多而析理未精,释言未备。《大学》《中庸》,自程子始表章之,然《大学》次序不论,阙遗未补;《中庸》虽为完篇,而章句混沦,读者亦莫知其条理之粲然也。先生(指朱熹)搜集先儒之说而断以己意,汇别区分,文从字顺,妙得圣人之本旨,昭示斯道之标的。又使学者先读《大学》以立规模,次及《语》《孟》以尽其蕴奥,而后会其归于《中庸》。尺度权衡之既当,由是以穷诸经,订群史,以及百氏之书,则将无理之不可精,无事之不可处矣。”③

退“五经”尊“四书”运动的结果是使“四书”成为了明性之书、明道之书、明教之书,从而在意识形态领域取代“五经”成为统治阶级的指导思想。“四书”体系的建立表明战国时期儒家思孟学派在新的历史条件下的复活,以及儒家思

---

① 许瑶:《宋故辟雍造士程公先生(时登)行状》,程敏政《新安文献志》,《四库全书》第1376册,上海古籍出版社1987年版,第185页下—186页上。

② 刘毓庆:《历代诗经著述考》(先秦—元代),中华书局2002年版,第335页。

③ 按,此引李方子之语(见其所撰朱子行状),宋李幼武纂集《宋名臣言行录外集》(见该书卷十二)与此略异。

想在释道等思想冲击下的重放异彩，亦表明朱学统治地位的确立，统治阶级为维护长治久安在思想建设方面的成功。

“四书”为朱熹穷毕生精力研治的对象，在退“五经”尊“四书”运动中朱熹发挥了无人替代的作用，其思想系统化和成熟的标志为“四书”思想体系的构建。朱子诗经学研究受到“四书”体系的思想、方法和精神影响较大，其直接引用“四书”就有将近30处之多，至于暗用、借用、化用就更多了①。从而呈现出儒家思孟学派的特点：一、明天理；二、法先王；三、护纲常；四、道中庸；五、重率性。

四书之学的影响首先表现为朱熹对说诗宗旨的确立和诠释。朱熹说诗，以“思无邪”为宗旨，该宗旨来源于《论语·为政》篇：“子曰：‘诗三百，一言以蔽之，曰“思无邪”。’”朱熹《论语集解》注曰：

> “思无邪”，《鲁颂·駉篇》之辞。凡《诗》之言，善者可以感发人之善心，恶者可以惩创人之逸志，其用归于使人得其情性之正而已。然其言微婉，且或各因一事而发，求其直指全体，则未有若此之明且尽者。故夫子言《诗》三百篇，而惟此一言足以尽盖其义，其示人之意亦深切矣。程子曰：“思无邪者，诚也。”范氏曰：“学者必务知要，知要则能守约，守约则足以尽博矣。经礼三百，曲礼三千，亦可以一言以蔽之曰毋不敬。”②

朱熹于此对“思无邪”做出了自己的解释，其将《诗经》篇章从内容上分为两类：一类为“善者”，一类为“恶者”。孔子所谓的“思无邪”并非说《诗经》所有篇章的内容皆为“无邪”，而是说“善者可以感发人之善心，恶者可以惩创人之逸志，其用归于使人得其情性之正而已”。并引程子“思无邪者，诚也”，强调惩恶扬善全在一个“诚”字上。不仅如此，朱熹还引而申之，更引范氏之言，以为“经礼三百，曲礼三千，亦可以一言以蔽之曰‘毋不敬’”。这样，朱熹将孔子的“思无邪”之说纳入了其理学体系，为其诗经学的构建，特别是“淫诗”说的提出找到了理论依据，学术意义非常重大。

其次，四书之学影响了朱熹对《诗经》的认识和理解。朱熹重视《国风》之二《南》，将二《南》视为诗经学之本。他说：

---

① 按，《四书集注》成书迟于《诗经集传》，但“四书”和《诗经》为朱熹毕生所治，存在着相互影响是毫无疑问的。

② 朱熹：《四书集注》（朱杰人、严佐之、刘永翔主编），《朱子全书》第6册，上海古籍出版社、安徽教育出版社2002年版，第74—75页。

本之二《南》以求其端，参之列国以尽其变，正之于《雅》以大其规，和之于《颂》以要其止，此学《诗》之大旨也。[①]

朱熹是以二《南》为本，建构起其义理诗学思想体系的。他以为，《诗》三百篇中，“惟《周南》《召南》亲被文王之化以成德，而人皆有以得其性情之正，故其发于言者，乐而不过于淫，哀而不及于伤，是以二篇独为风诗之正经”[②]。首先，在朱熹看来，二《南》体现了文王之世的风化，贯穿了义理，足以为后世效法。他说：

周公相之（指成王），制作礼乐，乃采文王之世风化所及民俗之诗，被之管弦，以为房中之乐。而又推之以及于乡党邦国。所以著明先王风俗之盛，而使天下后世之修身、齐家、治国、平天下者，皆得以取法焉。[③]

其次，朱熹认为二《南》体现了正家之道，为治天下之先。其引程子语曰：

天下之治，正家为先。天下之家正，则天下治矣。二《南》，正家之道也。陈后妃、夫人、大夫妻之德，推之士庶人之家一也。故使邦国至于乡党皆用之，自朝廷至于委巷莫不讴吟讽诵，所以风化天下。[④]

在四书之学的影响下，有宋理学家们竭力标举“修齐治平”这样的人格修养以及入世的方法和路径。在朱熹看来，身正即家正，家正则天下治，家正为天下大治的关键。故朱氏极为重视正家之道，从而亦极为重视体现了正家之道的二《南》。为什么二《南》体现了正家之道呢？朱熹说：

（《周南》）此篇首五诗皆言后妃之德。《关雎》举其全体而言也。《葛覃》《卷耳》言其志行之在己，《樛木》《螽斯》美其德惠之及人，皆指其一事而言也。其词虽主于后妃，然其实则皆所以著明文王身修家齐之效也。至于《桃夭》《兔罝》《芣苢》，则家齐而国治之效。《汉广》《汝坟》则以南国之

① 朱熹：《诗集传序》，《朱子全书》第1册，上海古籍出版社、安徽教育出版社2002年版，第351页。
② 朱熹：《诗集传序》，《朱子全书》第1册，上海古籍出版社、安徽教育出版社2002年版，第351页。
③ 朱熹：《诗集传》，《朱子全书》第1册，上海古籍出版社、安徽教育出版社2002年版，第401页。
④ 朱熹：《诗集传》，《朱子全书》第1册，上海古籍出版社、安徽教育出版社2002年版，第421页。

诗附焉，而见天下已有可平之渐矣。若《麟之趾》则又王者之瑞，有非人力所致而自至者，故复以是终焉。而《序》者以为《关雎》之应也。夫其所以至此，后妃之德，固不为无所助矣。然妻道无成，则亦岂得而专之哉！今言诗者或乃专美后妃而不本于文王，其亦误矣。①

(《召南》)《鹊巢》至《采蘋》言夫人、大夫妻，以见当时国君、大夫被文王之化，而能修身以正其家也。《甘棠》以下，又见由方伯能布文王之化，而国君能修之家以及其国也。其词虽无及于文王者，然文王明德新民之功，至是而其所施者溥矣。抑所谓其民皞皞而不知为之者与？唯《何彼秾矣》之诗为不可晓，当阙所疑耳。②

总之，朱熹的这种见解"反映了宋代理学重视伦理道德包括家庭男女道德的培养，由修身到齐家，由家治到天下国家治的思想"③。这个理想无疑来源于《大学》所标举的"诚意、正心、修身、齐家、治国、平天下"理论。

再次，四书之学又影响了朱熹对诗教和为学路径、方法的体认。孔子云："兴于诗，立于礼，成于乐。"朱熹注曰：

兴，起也。《诗》本性情，有邪有正，其为言既易知，而吟咏之间，抑扬反覆，其感人又易入。故学者之初，所以兴起其好善恶恶之心，而不能自已者，必于是而得之。④

《诗》本性情，感人易入，故诗教自是他经所不可替代的。在孔子和子贡对"如切如磋，如琢如磨"的讨论基础上，朱熹以为：

此章问答，其浅深高下，固不待辨说而明矣。然不切则磋无所施，不琢则磨无所措。故学者虽不可安于小成而不求造道之极致，亦不可骛于虚远而不察切己之实病也。⑤

---

① 朱熹：《诗集传》，《朱子全书》第1册，上海古籍出版社、安徽教育出版社2002年版，第411页。

② 朱熹：《诗集传》，《朱子全书》第1册，上海古籍出版社、安徽教育出版社2002年版，第420页。

③ 蔡方鹿：《朱熹〈诗经〉学析论》，林庆彰主编《经学研究论丛》第七辑，台湾学生书局1999年版，第168—169页。

④ 朱熹：《四书集注》，《朱子全书》第6册，上海古籍出版社、安徽教育出版社2002年版，第133页。

⑤ 朱熹：《四书集注》，《朱子全书》第6册，上海古籍出版社、安徽教育出版社2002年版，第74页。

学者不可安于小成,亦不可好高骛远,只有从自身实际出发,打好了坚实的基础,才有可能“求造道之极致”。

《论语》又有:“子曰:‘小子！何莫学夫诗？诗,可以兴,可以观,可以群,可以怨。迩之事父,远之事君。多识于鸟兽草木之名。’”朱熹在对兴、观、群、怨、事父、事君、多识鸟兽草木作出自己的理解后,说:

> 学诗之法,此章尽之。读是经者,所宜尽心也。[①]

总之,在四书之学的影响下,朱熹说诗,极为重视“理”“性”“诚”“敬”“善”等,而以“理”为核心,甚至有时偏离诗之本义而大谈性理,将《诗经》变成阐发、宣扬其理学思想的工具。所以蔡方鹿认为朱熹经学的特点之一乃“以‘四书’学为基础,以义理解经”[②]。例如《小雅·鹤鸣》,朱熹《诗集传》注曰:

> 此诗之作,不可知其所由然,必陈善纳诲之词也。盖鹤鸣于九皋而声闻于野,言诚之不可掩也。鱼潜在渊而或在于渚,言理之无定在也。园有树檀而其下维萚,言爱当知其恶也。他山之石而可以为错,言憎当知其善也。由是四者引而伸之,触类而长之,天下之理其庶几乎![③]

朱熹此论,姚际恒曾有批评:“解此篇最纰缪者,莫过《集传》。……后二比虽言用人,亦蒙混。且此言用人而上言‘诚’言‘理’,迥不类。盖其意以第一比合《中庸》‘鬼神之为德’章;第二比合《论语》‘仰之弥高’章;后二比合《大学》‘修身、齐家’章。以《诗》为言理之书,切合《大》《中》《论语》,立论腐气不堪,此说《诗》之魔也。”[④]姚氏一眼洞穿朱熹说诗的特点和价值取向,指出朱熹比合“四书”,将《诗经》变为言理之书,当为定谳,但其对此一笔抹杀,说“立论腐气不堪,此说《诗》之魔也”,则又未免矫枉过正了。事实上,无论是“我注六经”,还是“六经注我”,均为经学研究之正途。探求《诗经》本义的研究和通过《诗经》研究传达义理思想一直是治诗的两条路径,不可厚此薄彼,硬分高下。不仅如此,在经学时代,统治阶级的思想意志主要是通过对儒家经典的阐发和推广

---

① 朱熹:《四书集注》,《朱子全书》第6册,上海古籍出版社、安徽教育出版社2002年版,第222页。

② 蔡方鹿:《朱熹经学与中国经学》,人民出版社2004年版,第491—519页。

③ 朱熹:《诗集传》,《朱子全书》第1册,上海古籍出版社、安徽教育出版社2002年版,第575页。

④ 姚际恒:《诗经通论》(顾颉刚标点),中华书局1958年版,第195页。

来实现的,因此,“六经注我”不仅具有学理性价值,还兼具工具性价值。姚氏批评朱熹,意在净化诗经学研究,用诗情而不是诗理来完成诗教重任。其动机虽正,却忘记了既视《诗》为经,就必然讲求义理,诗情无非是诗理传达的途径和方式,强调涵泳诗情无非是使得诗理更加深入人心罢了。这样看来,在重建儒家思想体系的历史使命面前,我们可以讨论朱熹以理入诗的得失,不可以妄加评说其是非。

再如《灵台》第一章,朱熹曰:

国之有台,所以望氛祲,察灾祥,时观游,节劳佚也。文王之台,方其经度营表之际,而庶民已来作之,所以不终日而成也。虽文王心恐烦民,戒令勿亟。而民心乐之,如子趣父事,不召自来也。孟子曰:“文王以民力为台为沼,而民欢乐之,谓其台曰‘灵台’,谓其沼曰‘灵沼’,此之谓也。”①

《维天之命》:

此亦祭文王之诗。言天道无穷,而文王之德纯一不杂,与天无间,以赞文王之德之盛也。子思子曰:“维天之命,于穆不已,盖曰天之所以为天也。于乎不显,文王之德之纯,盖曰文王之所以为文也,纯亦不已。”程子曰:“天道不已,文王纯于天道亦不已。纯则无二无杂,不已则无间断先后。”②

《烈文》:

又言莫强于人,莫显于德,先王之德所以人不能忘者,用此道也。此戒饬而劝勉之也。《中庸》引“不显惟德,百辟其刑之”,而曰:“故君子笃恭而天下平。”《大学》引“於乎,前王不忘”,而曰:“君子贤其贤,而亲其亲。小人乐其乐,而利其利。此以没世不忘也。”③

此三则通过对“文王之德”的彰显,传达了“法先王”的理学思想,为后世人君树立起一个可供效法的榜样。

---

① 朱熹:《诗集传》,《朱子全书》第1册,上海古籍出版社、安徽教育出版社2002年版,第669页。
② 朱熹:《诗集传》,《朱子全书》第1册,上海古籍出版社、安徽教育出版社2002年版,第723页。
③ 朱熹:《诗集传》,《朱子全书》第1册,上海古籍出版社、安徽教育出版社2002年版,第724页。

这样的例子在《诗集传》中还有很多，兹不赘述。此外，朱熹还根据《四书》所引，对《诗经》进行校勘。如《我行其野》第三章“成不以富，亦秖以异”句，朱熹在诗句中夹注道：“《论语》作‘诚’。”①又如《中庸》第十七章引《大雅·假乐》曰：“嘉乐君子，宪宪令德。宜民宜人，受禄于天。保佑命之，自天申之。”朱熹注曰：

《诗》，《大雅·假乐》之篇。假，当依此作嘉。宪，当依《诗》作显。申，重也。②

再如，《商颂·烈祖》“鬷假无言，时靡有争”朱熹注道：

（鬷），《中庸》作“奏”，今从之。

鬷，《中庸》作“奏”，正与上篇义同。盖古声“奏”“族”相近，族声转平而为鬷耳。③

朱熹在这里根据《中庸》，定“鬷假无言”之“鬷”为“奏”，并进一步分析了《诗经》作“鬷”，乃是由于古声“奏”“族”相近，族声转平后误作“鬷”。

当然，影响是相互的，朱熹诗经学对其四书之学亦有较大的影响。例如，朱熹在注《孟子·梁惠王下》孟子引《大雅·绵》：“古公亶甫，来朝走马。率西水浒，至于岐下。爰及姜女，聿来胥宇。”解梁惠王“寡人有疾，寡人好色”之忧时曰：

杨氏曰：“孟子与人君言，皆所以扩充其善心而格其非心，不止就事论事。若使为人臣者，论事每如此，岂不能尧、舜其君乎？”愚谓此篇自首章至此，大意皆同。盖钟鼓、苑囿、游观之乐，与夫好勇、好货、好色之心，皆天理之所有，而人情之所不能无者。然天理人欲，同行异情。循理而公于天下者，圣贤之所以尽其性也；纵欲而私于一己者，众人之所以灭其天也。二者之间，不能以发，而其是非得失之归，相去远矣。故孟子因时君之问，而剖

---

① 此注四库所收八卷本《诗集传》无，此据二十卷本，转引自胡一桂《诗集传附录纂疏》，《续修四库全书》第57册，上海古籍出版社2002年版，第398页下。

② 朱熹：《四书集注》，《朱子全书》第6册，上海古籍出版社、安徽教育出版社2002年版，第42页。

③ 朱熹：《诗集传》，《朱子全书》第1册，上海古籍出版社、安徽教育出版社2002年版，第753页。

析于几微之际，皆所以遏人欲而存天理。其法似疏而实密，其事似易而实难。学者以身体之，则有以识其非曲学阿世之言，而知所以克己复礼之端矣。①

孟子引《大雅·绵》旨在释解梁惠王“好色”的疑虑，大王亦好色，却能推己及人，励精图治，可见，好色并不可怕，它并不影响仁政的施行。朱熹则引而伸之，大谈存天理而遏人欲，克己复礼之类的理学思想。孟子断章取义，朱熹也在断章取义。

第四节　朱鉴《诗传遗说》所整理辑录的朱子诗学

朱鉴(1190—1258)，字子明，号环溪，幼名恩老，朱熹嫡长孙，朱熹长子朱塾(1153—1191)之子。朱子卒时，鉴已十一岁。以荫补迪功郎，官至奉直大夫，湖广总领。编《朱文公易说》二十三卷，《诗传遗说》六卷。

《诗传遗说》六卷，朱鉴《自序》曰：“先文公《诗集传》，豫章、长沙、后山皆有本，而后山校雠最精。第初脱稿时，音训间有未备，刻板已竟，不容增益，欲著补脱，终弗克就，未免仍用旧板，葺为全书，补缀趱挪，久将漫漶。朅来富川，郡事余暇，辄取家本，亲加是正，刻置学宫，以传永久。抑鉴昔在侍旁，每见学者相与讲论是书，凡一字之疑、一义之隐，反复问答，切磋研究，必令心通意解而后已。今《文集》书问、语录所记载无虑数十百条，汇次成编，题曰‘遗说’。后之读《诗》者，能兼考乎此而尽心焉，则无异于亲承诲诱，可以得其意而无疑于其言矣。若《七月》《斯干》二诗，书以遗丘子服者，尚可考见去取位置《小序》之法，因附于后。”②可见《诗传遗说》本为羽翼朱子《诗集传》而辑录编纂。故《四库提要》谓：“是编乃理宗端平乙未，鉴以承议郎权知兴国军事时所成。盖因重椠《朱子集传》而取《文集》、语录所载论诗之语足与《集传》相发明者，汇而编之，故曰‘遗说’。……以朱子之说，明朱子未竟之义，犹所编《易传》例也。”③

---

① 朱熹：《四书集注》，《朱子全书》第6册，上海古籍出版社、安徽教育出版社2002年版，第267—268页。

② 朱鉴编：《诗传遗说》，《四库全书》第75册，上海古籍出版社1987年版，第500页。本节以下凡引该书，皆在文中直接标注页码。

③ 《诗传遗说提要》，《四库全书》第75册，上海古籍出版社1987年版，第499页下。

《诗传遗说》为朱子论《诗》资料汇编，所引各条资料皆注明出处、撰著年代或记录者姓名，颇便于观览。全书不仅结构整严，所据资料亦颇为丰富。但由于此书不录《诗经》文本，仅摘录朱熹论《诗经》之语，对朱熹之语，既无笺注，亦无按语，其旨仅在以朱补朱，编者诗学见解难以窥见。故此书与胡一桂《诗集传附录纂疏》颇为不同，而类似于朱熹再传弟子阳枋编于嘉熙二年（1238）的《晦庵诗谱》（该书今佚不传）。焦竑《国史经籍志》卷二将《诗传遗说》收入"传注"类则误，按其分类，当入"问辨"类为宜。刘毓庆曰："朱氏此编，旨在以朱子之说，明《集传》未竟之义，与《集传》表里参看，可得朱子《诗》学之大观。"[①]石立善则谓："全书汇聚朱子文集、注释书及语录中论《诗》语，以朱补朱，于阅读理解《诗集传》及朱子《诗经》学体系，诚不无少补。后世祖述发明《诗集传》，则以此书为嚆矢。"[②]

此书所据《文集》诗文有《书说》《答吕祖俭书》《答吴必大》等二十多种。所据注释书则有《四书章句集注》《楚辞辨证》《楚辞集注》《四书或问》《仪礼经传通解》等五种。所引朱子语录分量最多，多出自杨与立编《朱子语略》《精舍朋友杂记》两种，然亦有非出此两种语录书者。据日本石立善研究，朱鉴所据语录书有四种：李贯之编池州本语录，杨与立编《朱子语略》《精舍朋友杂记》及吴必大编《师诲》，其余则据诸弟子之笔记。全书汇集语录记录者有万人杰、叶贺孙、沈僩、潘时举、李方子等三十七家弟子。其中有吕德明（名炎）、黄显子、蔡念成、黄有开、周僩五家之记录，诸家语录书均不见记载。《诗传遗说》今存版本主要有《通志堂经解》本和《四库全书》本（《四库全书》本底本为《通志堂经解》本，但有少量改动）。由于朱鉴所引文集、注释及语录书等皆南宋善本或古本，加之《诗传遗说》自身翻刻不多，得以保留大部分原貌，故所引诸书内容与通行本略有差异，可用来考订误、脱、衍、佚，文献价值较高。如日本石立善就曾以纳兰成德辑《通志堂经解》本为底本，《四库全书》本为对校本，与《朱子语类》（明成化九年陈炜刊本）进行细致的比照，考辑出《诗传遗说》所收朱子语录佚文 118 条，并一一给予案断[③]。

《诗传遗说》所收朱子诗经学论述，几乎涉及所有诗经学问题。卷一《纲领》，主要收录朱熹关于诗经学基本问题的论述。包括：关于"诗言志"命题、孔

---

① 刘毓庆：《历代诗经著述考》（先秦—元代），中华书局 2002 年版，第 258 页。

② 石立善：《〈诗传遗说〉考略——兼辑朱子论〈诗〉语录佚文》，彭林主编《中国经学》第四辑，广西师范大学出版社 2009 年版，第 191 页。

③ 相关研究可参见石立善《〈诗传遗说〉考略——兼辑朱子论〈诗〉语录佚文》一文。

子删《诗》说、《诗》的世次和编次等；关于以《论语》为主的孔子诗经学，以及曾子、孟子、苏辙、欧阳修、二程等的诗经学论述等；关于熟读、讽诵、涵咏，以及体会《诗经》艺术、情性、义理等。卷二《序辨》，包括：对《诗序》以及因《诗序》而衍生的诗经学基本问题的辨说和讨论；诗旨探讨等。从本卷所录，可以了解朱熹如何对“思无邪”进行新的解释，如何将“淫诗说”与“思无邪”的“诗教”统一起来，构建出较为完整的诗学体系。卷三《六义》，解说、考辨“六义”，重点在赋、比、兴。另外还涉及“思无邪”说和“正变”说等。卷四《国风》、卷五《雅》、卷六《颂》，辑录朱熹对《国风》《雅》《颂》中相关诗学问题的解说，其中卷四对二《南》的研讨尤详，应该予以足够的重视。而卷六还辑录了朱熹对逸诗、诗乐、叶韵等问题的看法。笺《诗》夹注叶韵，是与朱熹废《序》言《诗》，首倡“淫诗”说价值等同的创举。然亦一样颇遭后人诟病。如史荣《风雅遗音》就因朱鉴此书《自序》而认定“今本《集传》音叶多鉴补苴，非朱子所手定”[①]。然朱鉴此编收录了大量朱熹对“叶韵”的讨论，故知朱熹与《诗经》叶韵的关系不容简单否定。

一、朱熹“三经三纬”说，朱鉴此录为首见

> 或问：《大序》“六义”注中有“三经三纬”之说。先生曰：三经是赋、比、兴，是做诗底骨子，无诗不有，才无则不成诗。盖不是赋便是比，不是比便是兴。如风雅颂却是里面横串底，都有赋比兴，故谓之三纬。（《诗传遗说》第533页上）

“三经三纬”说，首见于本书卷三。宋代黎靖德所编《朱子语类大全》、元代许谦《诗集传名物钞》及清代陈梦雷、蒋廷锡所编《古今图书集成》所录皆同此文。但现在流传的说法却是风、雅、颂为三经，赋、比、兴为三纬。故学界多以为朱鉴此录为误，如冯浩菲就持此观点。鲁洪生虽认可朱鉴此录，却指出“宋人已有风、雅、颂为三经，赋、比、兴为三纬之说”，今日所传“三经三纬”说“是误传朱熹语”并得出“虽是误传，却似稍胜朱熹原意”[②]的结论。可见其对朱鉴所录朱熹的“赋、比、兴为三经，风、雅、颂为三纬”说亦不以为然。

---

① 《四库全书总目》，中华书局1997年版，第125页下。

② 鲁洪生：《关于朱熹赋比兴理论的几点考辨》，中国诗经学会编《第四届诗经国际学术研讨会论文集》，学苑出版社2000年版，第1278页。

二、“思无邪者，诚也”

朱熹不仅对孔子“思无邪”说作出了自己的解说，为自己的“淫诗”说找到了学理依据，还将“思无邪”与理学家极力推崇的“诚”“敬”联系起来。如其《论语集解》解孔子“思无邪”说就曾引程子“思无邪者，诚也”范氏“学者必务知要，知要则能守约，守约则足以尽博矣。经礼三百，曲礼三千，亦可以一言以蔽之曰毋不敬”等说法①，并沿此路数而有更深入的阐发。朱熹说：

> 问：《诗》说“思无邪”与《曲礼》说“毋不敬”意同否？曰：“毋不敬”，正是用功处，所谓正心诚意也。“思无邪”，思至此自然无邪，功深力到处，所谓心正意诚。若学者当求无邪思而于正心诚意处着力，然不先致知，则正心诚意之功何施？所谓敬者何处顿放？今人守得一个“敬”字，全不去择义，所以应事接物皆颠倒了。（《诗传遗说》第537页下）
>
> 杨士训问：“思无邪”“毋不敬”。曰：《礼》言“毋不敬”是正心诚意之事，《诗》言“思无邪”是心正意诚之事。盖毋者禁止之辞，若自毋不敬，则亦心正意诚之事矣。又曰：孔子曰：“博学于文，约之以礼。”颜子曰：“博我以文，约我以礼。”孟子曰：“博学而详说之，将以反说约也。”今若只守着两句，如何做得？须是读了《三百篇》，有所兴起感发，然后可以谓之思无邪。真个坐如尸，立如齐，而后可以言“毋不敬”。（《诗传遗说》第537页下—538页上）
>
> 问：思无邪，诚也。非独是行无邪，直是思无邪，方是诚。曰：公且未要说到这里，且就《诗三百》如何“一言以蔽之曰‘思无邪’”。《集注》说要使人得情性之正，情性是贴思，正是贴无邪。此如做时，文相似只恁地贴方分晓。若好善恶恶皆出于正，便会无邪。若果是正，自无虚伪、自无邪；若有时也自入不得。（《诗传遗说》第540页上）

朱熹曾谓：“如程子云：‘涵养须用敬，进学则在致知。’分明自作两脚说，但只要分先后轻重。论先后，当以致知为先；论轻重，当以力行为重。”②又谓：“大

① 朱熹：《四书集注》，《朱子全书》第6册，上海古籍出版社、安徽教育出版社2002年版，第75页。

② 黎靖德编：《朱子语类·学三》，《朱子全书》第14册，上海古籍出版社、安徽教育出版社2002年版，第299页。

抵子思以来教人之法惟以尊德性、道问学两事为用力之要。今子静(陆九渊)所说,专是尊德性事,而熹平日所论,却是问学上多了。……今当反身用力,去短集长,庶几不堕一边。"[①]朱熹接受"思无邪,诚也"的观点,表明其注重涵养。又反复强调不能将"应事接物皆颠倒"了,不能凭空"求无邪思而于正心诚意处",须先"致知""博学","须是读了《三百篇》,有所兴起感发,然后可以谓之思无邪"。表明又注重求知,尊德性须以道问学为基础和前提。朱熹以"诚"说"思无邪",是其理学家思维方式的必然。而在倡"诚"的同时,反复强调"致知""博学",其拯救有宋"空疏"学风的苦心可见一斑。后人常讥朱熹"支离",这不能不说是一个不应该有的误解。与倡"诚"相一致,朱熹进一步指出:

> 程子言,圣贤千万语,只是要人将已放之心反复入身来。并言孟子学问之道无他,求其放心而已。谓如学礼,也只是求放心;学乐,也只是求放心。读书、读《诗》,致知力行,皆只是求放心也。与"《诗三百》,一言以蔽之"之义同。《诗》只是要"思无邪"。(《诗传遗说》第 541 页下—542 页上)

读《诗》就是求"诚",用"敬",就是提高修养使自己的思想无邪,归根结底就是"求放心"。就这样,朱熹将孔子的"思无邪"说与理学家思想体系成功地链接了起来。

三、"《诗》有二《南》,犹《易》有《乾》《坤》"

在朱熹的义理诗学思想体系中,二《南》的地位非同一般,被视为诗经学之本。朱氏重视二《南》不仅在《诗集传》中有集中的体现,而且还贯穿在其日常言论和各种论著中。本书就收录了许多与二《南》相关的论述。如,朱熹承继二程之说,将《诗》之二《南》比作《易》之《乾》《坤》,从而形象地说明了二《南》的重要性:

> 问:程氏云"《诗》有二《南》犹《易》有《乾》《坤》",莫只是以功化浅深言之?曰:不然。又问:莫是王者、诸侯之分不同?曰:今只看《大序》中说

① 朱熹:《答项平父书》,《朱子全书》第 23 册,上海古籍出版社、安徽教育出版社 2002 年版,第 2541 页。

> 便可见。《大序》云:"《关雎》《麟趾》之化,王者之风,故系之周公。《鹊巢》《驺虞》之德,诸侯之风,先王之所以教,故系之召公。"只看那"化"字与"德"字及"所以教"字,便见二《南》犹《乾》《坤》也。(《诗传遗说》第 542 页下)
>
> 问:《周南》《召南》,程子曰:"《周南》《召南》如《乾》《坤》。"《诗传》注云:"乾统坤,坤承乾。德明之意,恐是必先有《周南》之化然后有《召南》之德。"曰:然。但程子只说如《乾》《坤》,未知其意是与不是。如此乃熹之意,如此说盖化是自上而化下,德是自下而承上。(《诗传遗说》第 543 页上)

《周南》同乾一样具有化道作用,而《召南》则同坤一样有育德;前者自上而下,后者自下而上。故《周南》《召南》如同《乾》《坤》。此不仅可见二《南》在朱熹诗教体系中的重要地位,且可知,二《南》地位和作用又有所不同。事实上,二《南》之中,朱熹尤重《周南》;而《周南》之中又最重《关雎》。对《周南》及其首篇《关雎》的特别重视,使得朱子透过诗篇看到了严于律己的修身和防微杜渐、从小细节处做起的哲理。

> 读《关雎》诗,使人有齐庄中正意思,所以冠于《三百篇》,与《礼》首言"毋不敬"、《书》首言"钦明文思"皆同。(《诗传遗说》第 543 页下)
>
> 李燔说《周南》,先生曰:他大纲领处,只是戒谨恐惧上,只是"关关雎鸠",便从这里做起,后面只是渐渐推得阔。(《诗传遗说》第 543 页上)

朱熹对《关雎》以及整个《周南》的把握,充盈着"中庸"思想和忧患意识。前者的渊薮为《中庸》,后者的渊薮则为《易经》。这表明,朱子诗学不只有如前所论,受"四书"之学影响。朱子打通群经,融会贯通,将先儒的思想结晶发挥到了极致。由于这些融会、发挥常在不经意中流露和表现出来,故常为后学所忽视。将朱子经学之这样的成果发掘出来,无疑具有极大的学术价值。

四、论叶韵

朱熹运用"叶韵"学说的新成果注诗,有人颇为非议,有人则竭力回护。清史荣《风雅遗音》,曾据朱鉴此书之《序》而以为《诗集传》的音叶非朱子所手定。

对此,《四库提要》评论道:“其说似非无因,然则以音叶之误议朱子,与以朱子之故而委曲回护吴棫书者,殆均失之矣。”馆臣之论,虽为公正,却是骑墙之见,无益于问题的解决。

那么,事情的真相究竟如何呢?先看本书卷二所录朱子语:

因学者问《大学》“敖惰处”而曰:熹尝谓如有人问《易》不当为卜筮书,《诗》不当去《小序》、不当叶韵,及《大学》“敖惰处”,皆在所不答。(《诗传遗说》第531页下)

朱熹此答明确表示,若问“《诗》不当去《小序》、不当叶韵”,“在所不答”。可见笺《诗》用叶韵为朱熹视为与去《小序》说《诗》同样不容置疑。此则资料向我们传达的信息是,怀疑朱熹夹注叶音的观点为无稽之谈,朱熹本人不仅夹注叶韵,且对叶韵相当自信。

此外,本书卷六收录朱熹探讨叶韵的语录达17条之多。如果说仅卷二收录的一条,乃为孤证,不足为信的话,那么有了这17条语录,问题便立即明朗化了。现在我们再回过头来看朱鉴之语:“先文公《诗集传》,豫章、长沙、后山皆有本,而后山本雠校为最精第。初脱稿时,音训间有未备,刻版已竟不容增益,欲着补脱,终弗克就,未免仍用旧版,葺为全书,补缀趱那,久将漫漶。朅来富川,郡事余暇,辄取家本,亲加是正,刻寘学宫,以传永久。”①朱鉴只是说已刻版的《诗集传》“音训间有未备”,其所为亦只是“辄取家本,亲加是正”。可见,史荣今本《诗集传》叶音“非朱子所手定”之说乃为误读朱鉴。

解决了朱熹究竟有没有夹注叶音的问题后,现在再看朱熹叶音从学理上看究竟误不误的问题,这就得细究17条语录了。

《诗经》为韵文,押韵是没有疑问的,何况先秦散文亦多押韵呢?对此,朱熹有明确认识:

问:《诗》用叶韵,得非诗本乐章,播诸声歌,自然叶韵,方谐律吕,其音节本如是耶?曰:固是如此。然古人文章亦多是叶韵。因举《王制》及《老子》叶韵处数段。又曰:《周颂》多不叶韵,疑自有和底篇相叶。“《清庙》之瑟,朱弦而疏越,一唱而三叹”,叹即和声也。(《诗传遗说》第593页上)

问:《诗》叶韵。曰:古人文自是有叶,今泉州有《诗谱》,绍兴有《韵

① 朱鉴:《诗传遗说序》,《四库全书》第75册,上海古籍出版社1987年版,第500页下。

谱》，皆吴才老做。陆德明《释文》中亦有此类甚多。(《诗传遗说》第 593 页上)

从朱熹这些答问可知，其所谓"叶韵"即"押韵"，非谓为了协韵而临时改变音读。清江永曾指出："唐人叶韵之'叶'字，亦本无病，病在不言叶音是本音，使后人疑诗中又自有叶音耳。叶韵，六朝人谓之协句。颜师古注《汉书》谓之合韵。'叶'即协也，合也，犹俗语言'押韵'。故'叶'字本无病，自陈氏有'古无叶音'之说，顾氏从之。又或以古音有异，须别转一音者为叶音。"[①]由此可知，朱熹沿用"叶韵"这个术语无可厚非。朱熹又云：

古音能、拏、代叶又、乃、代。盖于篇首，发此一端，以见篇内。凡韵皆叶，非谓独此字为然，而他韵皆不必协也。故洪本载欧阳公、苏子容、孙莘老本于"多艰夕替"下注：徐铉云："古之字音多与今异，如臭亦音香，芀亦音仍，他皆放此。"盖古今失传，不可详究。如"艰"与"替"之类亦应叶，但失其传耳。夫《骚》韵于俗音不叶者多，而三家之本独于此字立说，则是他字皆可类推而独此为末，何也？黄长睿乃谓，或韵或否，为楚声，其考之亦不详矣。近世吴棫才老始究其说，作《补音》《补韵》，援据根原甚精且博。而余故友黄子厚及古田蒋全甫祖其遗说，亦各有所论著，今皆已附于注矣。(《诗传遗说》第 594 页下)

可见，朱熹夹注叶音乃是主张押韵字读古音。朱熹夹注叶音，本于吴棫，又自有创获：

又曰：叶韵多用吴才老本，或自以意补入。(《诗传遗说》第 593 页上)

问：《诗集传》叶韵有何所据而言？曰：叶韵乃吴才老所作，熹又续添减之。盖旧日人作诗皆押韵，与今人歌曲一般，今日信口读之，全失古人咏歌之意。(《诗传遗说》第 593 页下)

吴棫和朱熹的叶音乃是归纳所得，非随文生音，临时定读：

或问：吴氏协韵何所据？曰：他皆有据。泉州有其书，每一字多者引十

① 江永：《古韵标准》，《四库全书》第 242 册，上海古籍出版社 1987 年版，第 487 页下。

余证，少者亦两、三证。他说元初更多，后删去，姑存此耳。然犹有未尽。因言《商颂》："天命降监，下民有严。不僭不滥，不敢怠遑。"吴氏曰："严"字恐是"庄"字，汉人避讳改作严字。熹后来因读《楚辞·天问》见"严"字都押入刚字、方字韵。去又此间乡音，严作庄刚反。乃知严字自与遑字叶。然吴氏岂不曾看《楚辞》？想是偶然失之。又如《伐木》诗"兄弟阋于墙，外御其侮。每有良朋，烝也无戎。"[①]吴氏复疑"侮"当作"雺"，以叶"戎"字。熹却疑古人训戎为汝，如"以佐戎辟"，"戎虽小子"，则戎、女音或通。后来读《常武》诗，有云："南仲大祖，大师皇父。整我六师，以修我戎。"则戎与汝叶明矣。因言古之谣谚皆押韵，如夏谚之类。又如散文亦有押韵者，如《曲礼》"安民哉"协音兹，则与上面"思""辞"二字叶矣。又如"将上堂，声必扬。将入户，视必下。"下叶音护。《礼运·孔子闲居》亦多押韵，《庄子》中尤多。至于《易》之《彖辞》《爻辞》，则皆韵语也。（又云《礼记》五至三处皆叶）（《诗传遗说》第593页下—594页上）

朱熹夹注《诗经》音读，乃是归纳先秦典籍所得。这些归纳既有吴棫所作，又有朱熹所作。吴棫、朱熹既以先秦古籍为语料而归纳之，又以陆德明《经典释文》为标准而参校比照[②]。由此可以肯定朱熹的叶音，非随文生音，临时定读。不过，朱熹只主张韵脚字改读古音以便叶韵，且叶音确定以头一韵为准。而当今音与古音不同的字词不出现在韵脚时，即使与在韵脚处改读古音的字词相同，亦只依今音（本音）读：

叶韵恐当以头一韵为准。且如"华"字叶音敷，如《有女同车》是第一句，则第二句"颜如舜华"当读作敷字，然后与下文"佩玉""琼琚""洵美且都"皆叶。至如《何彼秾矣》《唐棣之华》是第一韵，则当依本音读，而下文"王姬之车"却当作"尺奢反"，如此方是。今只从吴才老旧说不能，又创得此例。然《楚辞》"纷余既有此内美兮，又重之以修能"，"能"音耐，然后与

① 按，引诗出自《常棣》而非《伐木》，应为误记。

② 按，史荣云："朱子作《集传》为不信《小序》耳，其于《传》《笺》及《孔疏》，义训相仍者，殆十之五六，岂反置《释文》不用哉？"（《风雅遗音序》）朱杰人云："史荣以为，朱子注《诗集传》音切，应该是以《经典释文》为准。笔者将八卷本、二十卷本的音切与《释文》对勘，发现凡八卷本改动的地方都与《释文》不同，而二十卷本却与《释文》一致。这就证明史荣的推断是正确的，这反证了八卷本的改动是错误的。"（《论八卷本〈诗集传〉非朱子原帙，兼论〈诗集传〉之版本——与左松超先生商榷》，载林庆彰主编《经学研究论丛》第五辑）

下文"纫秋兰以为佩"叶。若"能"字只从本音,则"佩"字遂无音,如此则又未可以头一韵为定也。(《诗传遗说》第594页下)

古音失传,很难将每一个字都恢复古音,非韵脚字读今音,当是最简便可行的办法。这样,既可使得像《诗经》这样的上古韵文,读起来朗朗上口,又不至于使无古音学专业知识的人茫然无措。

不过,朱熹以今音为本音,正犯了江永所谓的"不言叶音是本音"之病。其以头韵为准来确定古音的做法本来就不可靠,又以今音为本音,不在韵脚上不改读古音,结果常常出现不同诗篇读音不同。这就给人以错觉,以为乃为协韵而临时改变音读。造成这种错误的原因主要在于对"地有南北,时有古今"的音变现象,没能科学合理地认识和判断。这是音学理论研究和应用探索阶段必然要付出的代价。我们认为,吴棫提出"叶韵"说,以期解释和解决以今音读《诗经》等古书不协韵的现象,无疑是一次有积极意义的理论探索,虽然这个探索最终证明是不科学的,但对科学的古音学的产生无疑有积极的激发和推动作用。朱熹借鉴这一最新研究成果,是符合他的治学精神和创新勇气的。我们大可不必为尊者讳,为其开脱,认为朱熹不曾使用"叶音"注《诗》,而将责任全推到朱鉴的身上。朱熹的借用,放到历史的原有坐标上,有无容否定的进步意义。江永说:"朱子取《韵补》释《诗》,所以便学者诵读,意不在辨古音。故'桃之夭夭,灼灼其华。之子于归,宜其室家','昼尔于茅,宵尔索绹','其桐其椅,其实离离','岂弟君子,莫不令仪',此类今音可读,即不复加叶音。今书意在辨古音,此类势不得复仍旧贯。凡吴氏之叶音,《集传》从之而不安者,亦不得不行改正,书之体宜尔。且朱子于经书既得其大者,古韵一事不暇辨析毫厘,亦何损于朱子?笃信先儒,固不在此区区也!"[①]今人洪湛侯则以为:"其实,朱熹有关叶韵的误说,非仅见于《诗集传》一书,他处亦常言及,如本书卷六'叶韵'部分所述足以为证。关于叶韵问题,本来应该从音韵学史上去探讨它的原因,任何就事论事的评论,或者简单的肯定或否定,都不可取。"[②]

① 江永:《古韵标准·例言》,《四库全书》第242册,上海古籍出版社1987年版,第488页上。
② 洪湛侯:《诗经学史》(上),中华书局2002年版,第384页。

第五节　朱熹诗经学在徽州的地位和影响

朱熹的《诗集传》是诗经学史上的第三个里程碑。其扎实的学风、严谨的方法、完整的体系，特别是怀疑精神和创新勇气，无不为徽州后学打下基础、开启方向和提供动力。我们完全可以这么说，徽州诗经学就是在传承和发展、坚守和批判朱熹诗经学的对立统一中发展起来的。换句话说，没有朱熹，或许就没有历史上徽州诗经学的繁荣与发达。朱熹对徽州诗经学的影响，除前文谈到的人才培养、学风改变和精神认同外，还表现为如下几个方面。

一、朱熹解经原则和方法的影响

刘毓庆说："朱熹《诗集传》则以平和之气，弃序不用，就诗论诗，酌采毛、郑，以意逆志。其论平实，多得风人之旨，代表了宋代'诗经学'的最高成就。其特点大略有二，一是摆脱前人'附诗于史'的附会之谈，强调对诗的独立感受；二是强调理会诗之义理，以求达到心性修养的目的。他认为'此诗之为经，所以人事浃于下，天道备于上，而无一理不具也'。宋儒虽然把《诗经》从汉儒所加的政治与历史的桎梏下解放了出来，却又给它套上了人伦道德的枷锁，最终将其纳入了理学的樊囿。但无论怎样，宋儒在诠释《诗》义的道路上，少了一份附会，多了一份求真，比汉儒大大地迈进了一步。同时宋以经理说《诗》，实是中国主流文化精神的一次重大变革。"①刘先生此说其实总结了朱熹解经原则和方法，下面在此基础上做进一步阐发。

1.解经兼顾义理与训诂

朱熹认为解经要兼顾义理与训诂，他说：

> 只为汉儒一向寻求训诂，更不看圣人意思，所以二程先生不得不发明道理，开示学者，使激昂向上，求圣人用心处，故放得稍高。不期今日学者乃舍近求远，处下窥高，一向悬空说了，扛得两脚都不着地！其为害反甚于

---

① 刘毓庆：《从经学到文学——明代〈诗经〉学史论》，商务印书馆 2003 年版，第 28 页。

向者之未知寻求道理，依旧在大路上行。今之学者却求捷径，遂至钻山入水。①

我们知道，以二程为代表的宋儒为了纠正汉儒章句之学的烦琐，大倡义理之学。但是，随着宋学的发展，逐渐发展成不事训诂而空谈义理，显现出空疏之弊。朱熹此语就是针对这种空疏学风而言的。在朱熹看来，在寻求义理的同时，还需吸收汉儒章句之学的优点，义理和训诂并重，只有这样脚踏实地，才有益于寻求道理，使学术走上健康的道路。有了这样的学术自觉，朱熹便能够在高谈阔论的宋代学术氛围中返本溯源，从训诂着手，开展学术研究。他在自述解经方法和特点时说：

某解书，如训诂一二字等处，多有不必解处，只是解书之法如此。亦是教人知得，看文字不可忽略。②

某寻常解经，只要依训诂说字。③

朱熹固然重视训诂，认为训诂和义理密不可分，但他更重视义理。他将名物训诂看成是理会义理的方法和途径。他说：

大凡理会义理，须先剖析得名义界分各有归著，然后于中自然有贯通处。虽曰贯通，而浑然之中所谓粲然者，初未尝乱也。今详来示，似于名字界分未尝剖析，而遽欲以一理包之，故其所论既有巴揽牵合之势，又有杂乱重复、支离涣散之病。而其所谓先难下学实用功处，又皆倒置错陈，不可承用。④

正是因为朱熹更重视义理，宋后屡有批评朱熹说《诗》入理者；而在偏执于

① 黎靖德编:《朱子语类》,《朱子全书》第 18 册,上海古籍出版社、安徽教育出版社 2002 年版,第 3600 页。

② 黎靖德编:《朱子语类》,《朱子全书》第 17 册,上海古籍出版社、安徽教育出版社 2002 年版,第 3446 页。

③ 黎靖德编:《朱子语类》,《朱子全书》第 16 册,上海古籍出版社、安徽教育出版社 2002 年版,第 2419 页。

④ 朱熹:《答吴晦叔》,《朱子全书》第 22 册,上海古籍出版社、安徽教育出版社 2002 年版,第 1918 页。

理的宋代,理学家们则因朱熹重视名物训诂而批评他“支离”。其实,这两种批评非公正之论,皆将朱熹之学片面地割裂开来。在朱熹看来,读经目的在于理会义理,而理会义理须先剖析名义界分;剖析名义界分就是字词的训诂。换句话说,领会字词的意思是理会义理的前提,训诂目的是为了把握义理,绝不是为了训诂而训诂。如果名义界分明确了,即训诂明确了,文义也就自然贯通了。为了把握义理,贯通文义,训诂马虎不得:

> 大抵解经不可便乱说,当观前后字义也。①
>
> 解书,须先还他成句,次还他文义。添无关紧要字却不妨,添重字不得。今人所添者,恰是重字。②

训诂不能孤立地把字词抽离出文本之外,而是要联系上下文,将之前后关联,在整体中把握其意义。这与现代西方阐释学所讲的整体和部分的诠释循环颇有相通之处。名物训诂和义理阐发无非是将圣贤之语解开,使经文易读:

> 解经谓之解者,只要解释出来。将圣贤之语解开了,庶易读。③

朱子简易而不故作高深,解经只是使读者易读。虽然融入了个人的理解和时代观点,但率皆文本是从,所有生发适可而止,从不为训诂而训诂,为义理而义理。他并没有将自己的经学著作变成考据专书,也没有将其变成自己的理学渊薮。这或许是朱子之学能够流行和受到普遍欢迎的原因之一吧。

2.反对“自做一片文字”,“令注脚成文”

正是因为唯文本是从,所作生发适可而止,从不为训诂而训诂,为义理而义理,所以朱熹反对“自做一片文字”,“令注脚成文”的解经方式。其批评传世《毛诗》“引经附传”的做法云:

> 《汉书》传训皆与经别行。“三传”之文不与经连,故石经书《公羊传》

---

① 黎靖德编:《朱子语类》,《朱子全书》第16册,上海古籍出版社、安徽教育出版社2002年版,第1928页。

② 黎靖德编:《朱子语类》,《朱子全书》第14册,上海古籍出版社、安徽教育出版社2002年版,第352页。

③ 黎靖德编:《朱子语类》,《朱子全书》第14册,上海古籍出版社、安徽教育出版社2002年版,第351页。

> 皆无经文。《艺文志》云："《毛诗经》二十九卷，《毛诗故训传》三十卷。"是毛为故训，亦不与经连也。马融为《周礼注》，乃云，欲省学者两读，故具载本文。然则后汉以来始就经为注。未审此《诗》引经附传，是谁为之？其《毛诗》二十九卷，不知并何卷也。①

朱熹认为，自从《诗》经、传并列，"引经附传"后，《诗》之经、传失去原貌，虽能省学者两读，却出现以传注代经，以经就《序》之弊。故朱熹提出了经、传相分的原则：

> 此得之于吕伯恭，《风》《雅》之正则为经，《风》《雅》之变则为传。如屈平之作《离骚》，即经也。如后人作《反骚》与夫《九辩》之类则为传耳。②

朱熹视《正风》《正雅》为经，《变风》《变雅》为传，故认为说《诗》当以《正风》《正雅》为准的，这样就为废《序》说《诗》、以《诗》解《诗》确立了新的学理依据。经传分离了，"自做一片文字"和"令注脚成文"之弊也就可以克服了。而"自做一片文字"解经的功效还不如汉儒的只说训诂不讲圣人意思。他说：

> 盖平日解经，最为守章句者，然亦多是推衍文义，自做一片文字，非惟屋下架屋，说得意味淡薄，且是使人看者将注与经作两项工夫做了，下稍看得支离，至于本旨，全不相照。以此方知汉儒可谓善说经者，不过只说训诂，使人以此训诂玩索经文，训诂、经文不相离异，只做一道看了，真是意味深长也。③

反对"自做一片文字"，就要求以经为中心，忠于经义，而不是喧宾夺主，自立己意；"令注脚成文"，则误导读者忽视经文而错过了圣人之言。朱熹说：

> 今学者不会看文字，多是先立私意，自主张己说，只借圣人言语做起

① 黎靖德编：《朱子语类》，《朱子全书》第 17 册，上海古籍出版社、安徽教育出版社 2002 年版，第 2763 页。

② 黎靖德编：《朱子语类》，《朱子全书》第 17 册，上海古籍出版社、安徽教育出版社 2002 年版，第 2767 页。

③ 朱熹：《答张敬夫（十二月）》，《朱子全书》第 21 册，上海古籍出版社、安徽教育出版社 2002 年版，第 1349 页。

头,便自把己意接说将去,病痛专在这上,不可不戒。①

解经不必作文字,止合解释得文字通,则理自明,意自足。今多去上作文字,少闲说来说去,只说得他自一片道理,经意却蹉过了。②

凡解释文字,不可令注脚成文,成文则注与经各为一事,人唯看注而忘经。不然,即须各作一番理会,添却一项工夫。窃谓须只似汉儒毛孔之流,略释训诂名物及文义理致尤难明者,而其易明处,更不须贴句相续,乃为得体。盖如此,则读者看注即知其非经外之文,却须将注再就经上体会,自然思虑归一,功力不分,而其玩索之味,亦益深长矣。③

不"自做一片文字"而"令注脚成文",就必须先驱除"私意""己说",做到"惟文本本意是求",读者看注须"将注再就经上体会"方才有益。但"今之谈经者"根本做不到。他说:

今之谈经者,往往有四者之病:本卑也,而抗之使高;本浅也,而凿之使深;本近也,而推之使远;本明也,而必使至于晦。此今谈经之大患也。④

那么,如何才能真正做到"惟文本本意是求"呢?朱熹认为最好的方式莫过于"随经句分说":

传注,惟古注不作文,却好看。只随经句分说,不离经意最好。疏亦然。今人解书,且图要作文,又加解说,百般生疑。故其文虽可读,而经意殊远。程子《易传》亦成作文,说了又说。故今人观者更不看本经,只读《传》,亦非所以使人思也。⑤

---

① 黎靖德编:《朱子语类》,《朱子全书》第18册,上海古籍出版社、安徽教育出版社2002年版,第3681页。

② 黎靖德编:《朱子语类》,《朱子全书》第17册,上海古籍出版社、安徽教育出版社2002年版,第3422页。

③ 朱熹:《记解经》,《朱子全书》第24册,上海古籍出版社、安徽教育出版社2002年版,第3581页。

④ 黎靖德编:《朱子语类》,《朱子全书》第14册,上海古籍出版社、安徽教育出版社2002年版,第351页。

⑤ 黎靖德编:《朱子语类》,《朱子全书》第14册,上海古籍出版社、安徽教育出版社2002年版,第351页。

随文解义。[1]

解书之法，只是不要添字。[2]

不添字解经，克服了以己意解经之妄；“随经句分说”“随文解义”则克服了汉唐以来许多治诗家先有一个圣人理念横贯在心中，然后按图索骥去附会的错误。朱熹于此明确指出了如何“惟文本本意是求”，为经学研究打开了通途。但是由于一词多义现象的存在，“随经句分说”“随文解义”又往往会导致同样的字词句在不同篇章会有不同的诠释，故后人对此多有诟病，讥其“随文生义”。“随文解义”不能违背字义、文法、章法通则，不过，这种系统研究的观念和方法到清代才渐成风气，我们不可苛求朱熹。

特别值得注意的是，朱熹重视本义探寻，却又不仅限于本义。他并不反对推求旁义、侧义、引申义之类，只不过他坚信弄懂本义才是最基本的，最主要的，必须在本意的基础上旁求他义。此乃朱熹“随经句分说”“惟文本本意是求”等主张的实质。“大凡朱子说经主求本义，本义既得，乃可推说，一也。经之本义只有一是，不能二三其说，二也。有非经之本义而说自可存者，三也。”[3]钱穆此论，洵为得之。

3.为学须于身心上著切体认

朱熹认为文字上的解经很重要，不从文字入手，就茫然不知；但光解文字不去践行体认，则又无所收益。他说：

人之为学，也是难。若不从文字上做工夫，又茫然不知下手处；若是字字而求，句句而论，不于身心上著切体认，则又无所益。[4]

这就是说，读书的最终目的是穷理和实践，知是为了行。所以，朱熹主张解经不仅要使经书易读、易理解，还要为读者提供切实可行的下手处，即解经要使学者便于实践。

---

① 黎靖德编：《朱子语类》，《朱子全书》第 14 册，上海古籍出版社、安徽教育出版社 2002 年版，第 351 页。

② 黎靖德编：《朱子语类》，《朱子全书》第 17 册，上海古籍出版社、安徽教育出版社 2002 年版，第 2810 页。

③ 钱穆：《朱子新学案》，巴蜀书社 1986 年版，第 1438 页。

④ 黎靖德编：《朱子语类》，《朱子全书》第 14 册，上海古籍出版社、安徽教育出版社 2002 年版，第 653 页。

学问，就自家身已上切要处理会方是，那读书底已是第二义。自家身上道理都具，不曾外面添得来。然圣人教人，需要读这书时，盖为自家虽有这道理，须是经历过方得。圣人说底，是他曾经历过来。①

读书穷理，当体之于身。②

朱熹的解经原则和方法对徽州诗经学的影响是广泛和深远的。徽州学人不仅重视训诂和诗旨的厘定，主张求真求古，还坚持穷理践知，经世致用，如此等等，莫不得益于朱子。

二、《诗集传》简明完备的体例的影响

《诗集传》简明通俗，适合一般读者的阅读；其体例完备，考论严密，既汇集众说，又断以己见，因而学术性较强。这些对徽州后学（当然不仅仅是徽州后学）的影响较大，这里对其完备的体例加以概括。

第一，经文大字，注文双行小字。同苏辙的《诗集传》、范处义的《诗补传》皆经文与注文并为大字相比，更为清晰、醒目。

第二，对四诗（《国风》《小雅》《大雅》《颂》）均有简明扼要的总体说明。对十五《国风》及三《颂》则进一步予以专题说明。

第三，先列经文，再进行注释。章与章之间用"○"隔开，每章开头不再另起一段。经文部分时有夹注，夹注以注音为主③。注音在用直音法时，多标出"音"字，如："殷，音隐。"用反切法注音多标出"反"字，如："掇，都夺反。"而且多标出叶音，如："永，叶戈亮反。"注释部分则按这样的步骤进行：首先，标明写作手法（赋比兴）；其次，进行词语笺释（训诂）；再次，阐释诗旨；最后，串讲该章诗意。

第四，每篇诗歌之后，指明该诗的章数和每章的句数。

第五，笺注有未尽之意，便以附注的形式加以申述。

第六，凡十五国风、大小雅组诗及三颂之后，均有篇数、章数和句数的总计。

---

① 黎靖德编：《朱子语类》，《朱子全书》第 14 册，上海古籍出版社、安徽教育出版社 2002 年版，第 313—314 页。

② 黎靖德编：《朱子语类》，《朱子全书》第 14 册，上海古籍出版社、安徽教育出版社 2002 年版，第 331 页。

③ 按，有学者以为夹注可分五种类型：1.有关读音的；2.有关押韵的；3.异字说明；4.用韵说明；5.通假、脱文、绝句说明。可参阅台湾学者左松超《朱熹〈诗集传〉二十卷本和八卷本的比较》一文。

各单元尚有未尽之意的，便申述己意或引他人之言加以说明。

徽州后学在进行《诗经》研究时，或侧重字词训释，或侧重诗旨考辨，或重视章法研究，或重视音韵探讨，但无论怎样，这些诗经学著作大多能够做到简明扼要，体例完备，考论严密，多见阙疑，种种优良学风无不沾溉于朱熹。

三、治学态度、怀疑精神和创新勇气的影响

朱熹治学，富于怀疑精神和创新勇气。其治《诗》敢于怀疑，勇于攻《序》；不专主一家，断然摒弃毛、郑之误；能张新说，对孔子"思无邪"作出新的解释，提出"淫诗"说。虽然这一切是时代的产物和需要，其最终落脚点仍在尊孔守经上，他的这种精神和勇气，却激励着徽州后学，推动了徽州诗经学研究的发展。徽州学人，无论是具有独立思考精神的姚际恒，还是鞭笞理学"以理杀人"的戴震；不论是反对将《诗经》"资之以为文章"的汪梧凤，还是将经学彻底砸烂，视《诗经》为一部民歌谣集的胡适，无不受到朱熹的影响。

四、重要诗经学思想观点的影响

朱熹诗经学大要，周予同先生认为可以从三个方面加以认识："一、反对《诗序》，以为不足凭信；二、不专主毛、郑，而间采今文《诗》说；三、提出新解，以《诗经》中二十四篇为男女淫佚之作。"[①]这三个方面皆为徽州后学诗经学研究的重要课题。事实上，徽州诗经学主要关注的是：一、《诗序》的存废；二、汉宋、今古诗学的扬弃；三、淫诗的信疑等，这些诗学问题皆由朱熹开启。此外，朱熹以叶音学说注《诗》，亦颇招徽州后学注意，赞同和反对者比比皆是，诗经音学的兴盛与之有很大关联。至于朱熹的许多具体诗经学研究结论更是或直接被后学所接受，或引发辩论，使问题研讨深入，甚至最终解决，更是不胜枚举。

总之，朱熹对传统经学进行了较为全面的清理，进一步确立了孔孟道统，重新架构了经学，完善了以"天理"论为核心的理学思想体系，进一步完善了经学教育的程序。朱熹诗经学实为大辂椎轮，其影响不是一个徽州所能说明的，它远远超出了他所处的那个时代，还超出了国界。

---

① 周予同：《周予同经学史论著选集》，上海人民出版社 1996 年版，第 157 页。按，周先生的概括基本上是正确的，唯第三方面不太准确，一则朱氏所认定的淫诗不止二十四首；二则朱熹叶音注《诗》影响亦不可忽视。

第二章　继承发展　朱学一统

随着朱熹之学在徽州的进一步传播，南宋时期开始形成的新安理学到了元代更是获得了空前的发展和繁荣，徽州诗经学理学色彩日益浓厚，朱子诗经学独步徽州，取得绝对的话语霸权。

第一节　新安理学进一步发展的元代徽州学术

元代（1271—1368）统治时期，国家政权由文化相对落后的蒙古族掌握，徽州文化一度受到冲击和破坏。但徽州处于封闭、偏僻的皖南山区，经济文化底蕴深厚，战后很快就得以恢复。元朝为异族入主中原，故徽州学人大多"不肯一俯首就试有司"[①]为元朝统治服务统治。由于元朝统治者废弃科举制度多年，士人失去了仕进之途。又将全国人民分为蒙古人、色目人、汉人、南人四等。正官需用蒙古人、色目人，次官才得用汉人、南人。故徽州士人纷纷隐居，或闭门著述，或设馆授徒。较著名的就有程龙[②]、胡一桂、程直方、陈栎、汪逢辰等。在这样的历史条件下，徽州文化不仅没有中断，相反沿着宋代开创的朱学之路继续发展，新安理学日益深入人心。

首先教育事业有重大发展。以书院为例，据学者统计，元代所建书院具有一定规模的有 26 所，其中歙县 10 所、休宁 3 所、绩溪 1 所、祁门 4 所、婺源 6 所、

---

① 赵吉士：《寄园寄所寄》，《续修四库全书》第 1197 册，上海古籍出版社 1995 年版，第 119 页上。

② 据《新安文献志》卷九十五上，元军攻下临安，程龙被擒。巴延丞相以文学士释之，辟差同知江西赣州路总管府事，勒令之任。龙中道走归，隐居养母，匿影藏形者十余年，后虽入为元官，乃因当局胁迫所致。

黟县 2 所[①]。这些书院或由著名学者兴建，或聘请名家讲学其间。如湖山书院，元初胡一桂建；遗经楼，元初汪泰初建，延休宁倪道川为师；晦庵书院，至元二十四年汪元圭建，后改称紫阳书院；明经书院，至大三年胡淀、胡澄建，延胡炳文为山长讲学其中；阆山书院，至正五年汪同建，延赵汸为师；东山精舍，至正间赵汸建；商山书院，至正间汪同建，延朱升、陈光为师；师山书院，至正间，鲍元康建，郑玉曾讲学于此；查山书院，元末祁门汪时中建，汪克安、王时中曾讲学于此；中山书堂，元末祁门汪应建，汪克宽讲学于此；三峰精舍，元末建，唐桂芳讲学于此；风池书院，姚琏讲学于此。

其次，元代徽州各县皆出现了有影响的学术人物。其中婺源有许月卿、胡一桂、程直方、汪炎昶、程龙、赵仲然、程显道、胡斗元、胡炳文[②]、程复心、程可绍、汪九成、程质、张学龙、张存中、徐骧、俞皋、王偁、汪睿等。歙县有曹泾、吴霞举、方回、吴龙翰、洪焱祖、汪逢辰、唐元、周原诚、江庆元、程大年等。休宁有程逢午、陈栎、程荣秀、汪一龙、吴浩、吴彬、叶龙、程存、叶大有、朱克正、金若愚、金震祖、朱模、程植等。祁门则有汪华、汪相、李伟、汪时中等。而绩溪虽数度修儒学，敦教化[③]，但未见有建树的学术人物有所著录。元代黟县学术文化亦有所发展，其中最著名者为汪泰初。

婺源许月卿，字太空，后字宋士，时人称山屋先生。师从董梦程，董氏为朱熹门人程正思高足，月卿因得朱子之学嫡传。元军下钱塘，月卿“深居一室……于是不言，五年而卒”[④]。汪炎昶，字懋远，自号古逸民，学者称古逸先生。其学本于程朱性理之学。赵仲然，字勉耘，师事草庐吴澄，学术出于朱熹一脉。程显道，字元吉，号松谷，家世业儒，曾师从徽州学术名家黄智孙，与休宁理学大家陈栎为同学。所著《孝经衍义》被视为是一部阐扬朱子之学的力作。胡斗元，字声远，为徽州明经胡氏后裔。祖父胡师夔曾登朱熹之门，斗元本人则师从朱熹裔孙朱小翁，受《书说》和《易》学，故无论家学或师承，其学术均出于朱熹嫡传。程复心，字子见，号林隐，师从朱熹从孙洪范。曾任徽州路儒学教授。其学本朱熹之说，而以治《四书》见长。所著《四书章图》《纂释》，“发明濂洛诸儒未尽之旨，有功于后学”[⑤]。

---

① 此据周晓光统计数据。赵华富《元代新安理学家》(《学术界》1999 年第三期)则统计为 22 所：婺源 8 所，歙县 5 所，休宁 3 所，祁门 3 所，黟县 2 所，绩溪 1 所。

② 周晓光《徽州传统学术文化地理研究》将胡斗元、胡炳文定为元代黟县学术人物，误，今不从。

③ 参见嘉庆《绩溪县志》卷十一周万石《重修儒学记》。

④ 《许山屋行状》，程曈《新安学系录》(王国良、张健点校本)，黄山书社 2006 年版，第 189 页。

⑤ 《程林隐传》，程曈《新安学系录》(王国良、张健点校本)，黄山书社 2006 年版，第 234 页。

歙县曹泾,字清甫,号宏斋,与方回齐名。“八岁能通诵五经,不专攻举子业,研穷经学,尤精诣朱子书,为文典古有法”。曾受丞相马廷鸾之聘,教其子端复、端临。马端临后以博学闻名,著有《文献通考》,而“其学实出自泾”①。至元中,曹泾返回徽州,出任紫阳书院山长,招致生徒,创辟学门,在传播学术方面,其功甚大。至正十九年(1359)辞教席不复仕,州里士人宗之。所著有《讲义》四卷等多种②。吴霞举,字孟阳,自号默室,曾任县教谕10余年。其高祖吴昶为朱熹及门弟子,父吴龙翰为南宋咸淳乡贡,曾参编实录,霞举世其家学,学术出于朱熹一脉。

黟县汪泰初,字希贤,先世以儒学传家。方志记载,泰初“闻休宁倪道川先生士毅之贤,筑室里中,礼请为诸子师,且请先生奉二亲挈家来居焉。日与诸子讲明朱子之学,一时名儒如陈定宇栎、赵东山汸、汪环谷克宽皆与游。又于所居之左,构遗经楼,多集经史,以便来学之士”③。由是汪府成为黟县一时之学术交流中心。

在由宋入元的历史进程中,特别值得注意的是,朱子之学宗主地位的确立,它不仅直接促进了徽州学术的兴盛,还影响了其内容和走向。我们知道,南宋自宝庆(1225)以后,朱熹之学盛行,治经者莫不尊崇朱说。但由于宋室偏安一隅,南北道绝,北人虽闻朱子,却未能尽见其书,故“程(朱)学盛于南,苏(三苏)学盛于北”④,朱熹之学北方不传。后元兵南下江、汉,姚枢得赵复以归,朱子之书始传于北方。姚枢、许衡、窦默、刘因辈翕然从之,自此朱熹之学影响到大江南北,故《元史》说:“北方知有程朱之学,自赵复始。”⑤南宋既亡,南方士大夫张颈、金履祥、许谦、胡一桂、胡炳文、陈栎等,咸以朱子之传,相与教授、讲习和著述,朱子之学更加如日中天。

伴随朱熹宗主地位的确立,新安理学更是获得了空前的发展。新安理学是理学一个比较重要的分支,它起源和发展于徽州地区,形成于宋,发展于元,兴盛于明,终结于清。由于徽州历史上曾设立新安郡,故这个哲学流派被称作新安理学。新安理学从形成到衰落历经600多年,虽然在其不同的发展阶段呈现出一些不同的阶段特征,但奉朱熹为开山宗师,以维护继承、发扬光大“朱子之学”为宗旨的学术旨趣却基本未变。新安理学既探讨世界本原、心性修养等抽

---

① 施璜编、吴瞻泰补:《紫阳书院志·列传》(吴瞻泰、吴瞻淇整理),黄山书社2010年版,第212页。
② 黄宗羲、全祖望:《宋元学案》卷八十九《介轩学案》,中华书局1986年版,第2972页。
③ 嘉庆《黟县志》卷六《儒行》。
④ 皮锡瑞:《经学历史》,中华书局1959年版,第281页。
⑤ 宋濂等:《元史·儒学·赵复传》,中华书局1983年版,第4314页。

象的哲学命题，还特别强调积极的入世精神，主张将学术付诸实践。新安理学虽然只是一个地方性哲学流派，但它的发展演变对12世纪以后的中国哲学史、思想史和学术史的发展产生了重大影响[①]。

元代为新安理学的发展时期，代表人物有婺源的许月卿、胡允、胡一桂、程复心、胡炳文；休宁的程若庸、吴锡畴、黄智孙、程逢午、陈栎，这些新安理学家大多是朱熹的二传、三传或四传弟子。在他们看来，"圣人之学，至新安子朱子广大悉备。朱子既没，天下学士群起著书，一得一失，各立门户，争奇取异，附会缴绕，使朱子之说翳然以昏"[②]。所以皆努力探寻朱学本旨，排斥异端，纠正朱子后学及时人对朱子学的曲解，竭力维护朱学的纯洁性。许月卿、程复心、胡炳文、胡一桂、陈栎等五人是其中的典型。许月卿花30年心血撰成《四书章图》，取朱熹《大学章句》《中庸章句》《论语集注》《孟子集注》，分章为图，间以自己的心得阐扬朱子学未尽之说，是元代一部理学名著。胡炳文从小就"笃志于朱子之学"，年长后则因朱熹后学饶鲁等虽倡义理之学，"其为说多与朱子抵牾"[③]，故而著《四书通》《性理及朱子启蒙》《春秋集解》《五经今意》等，阐明朱学本旨，维护朱学正统地位，严防对朱学的歪曲和篡改。胡一桂则著《周易本义附录纂疏》《诗集传附录纂疏》等，既广采朱子文集、语录，又旁征博采辅翼朱说；与朱说异者则少有所取，严守朱学门户无以复加。陈栎"以有功于圣人莫盛于朱子，惧诸家之说乱朱子本真"，乃著《〈四书〉发明》《〈书〉传纂疏》《〈礼记〉集义》等书数十万言，"其畔于朱子者刊而去之，其微辞隐义引而伸之，其所未备补而益之，于是朱子之学涣然以明"[④]。因而被誉为"朱子功臣"[⑤]，明代纂修《四书大全》引其说颇多。赵吉士曰："新安自紫阳峰峻，先儒名贤，比肩接踵。迄今风尚醇朴，虽僻村陋室，肩圣贤而躬寔践者，盖指不胜屈也。"[⑥]赵氏此语乃是元代新安理学繁荣和尊朱子盛况的准确概括。

仁宗延祐二年(1315)重开科举后，在利禄的驱动下，儒家经典的学习和研究更加兴盛。而延祐时所定科举之法，《易》用朱熹《本义》，《诗》用朱熹《集

---

① 对"新安理学"的详细介绍，可参见汪良发主编的《徽州文化十二讲》等书。

② 程曈：《新安学系录》(王国良、张健点校)，黄山书社2006年版，第224页。

③ 程曈：《新安学系录》(王国良、张健点校)，黄山书社2006年版，第231页。

④ 揭傒斯：《墓志铭》，程曈：《新安学系录》(王国良、张健点校)，黄山书社2006年版，第224—225页。

⑤ 赵吉士：《寄园寄所寄·新安理学》，《续修四库全书》第1197册，上海古籍出版社2002年版，第124页下。

⑥ 赵吉士：《寄园寄所寄·新安理学》，《续修四库全书》第1197册，上海古籍出版社2002年版，第119页下。

传》,《书》用蔡沈《集传》。以上三经兼用古注疏,《春秋》则用三传及胡安国传,《大学》《中庸》《论语》《孟子》并为一经,用朱子章句集注,唯《礼记》犹独用郑注。观诸经所主,显然侧重朱学。《春秋》《礼记》朱熹无所作,故不获采用。皮锡瑞说:"汉学至郑君而集大成,于是郑学行数百年;宋学至朱子集大成,于是朱学行数百年……以经学论,郑学、朱学皆可谓小一统时代。"①所说洵为不虚。

值得注意的是,元朝科举,《易》《书》《诗》《春秋》犹兼用古注疏,唯侧重朱子之学②,"是元人尚不废汉唐之学"③。不过,元朝科举取士以德行为本,试艺以经术为先。其试经义,本于宋熙宁中王安石所立墨义之法,但亦兼用古注疏而已。故其时学者著作株守宋儒之书,于注疏所得甚浅,是以"元不及宋"④。

总之,元代徽州学术文化有了长足发展,在新安理学和科举制度的影响下,维护朱子之学的纯洁性和权威性,以朱子是非为是非,成为此期徽州学术的主流学风和价值取向。

第二节　恪守朱子之学的元代徽州诗经学

新安理学的繁荣使得元代徽州诗经学烙印上了浓厚的理学色彩,更使得元代徽州诗经学成为了朱子之学。赵沛霖说:"由于理学家的介入,从理学的观点审视《诗经》,使宋人对《诗经》性质的看法发生了重大转折:在理学家的观念中,《诗经》已经从原来的一般儒家经典,一跃而成为圣人明道设教的圣典,包容了所有的天理和人事;相应地,读诗的目的也由原来的掌握传统诗教和兴观群怨的功能,悄然变成了明理和求道,亦即认识、体悟天理和道,诚心敬意,从精神上向圣人靠拢的途径。为了得圣人之心传,经义和道统承传的纯洁性和正统性被空前重视,而朱熹是当时公认的得孔孟真传,集道学之大成的正宗时圣。所以'有元一代师从和追随朱熹及其学说,思想观点和学术见解上奉朱熹为圭臬,

① 皮锡瑞:《经学历史》,中华书局 1959 年版,第 281 页。

② 《元史》卷八十一《选举一》:考试程式:蒙古、色目人,第一场经问五条,《大学》《论语》《孟子》《中庸》内设问,用朱氏章句集注……汉人、南人,第一场明经经疑二问,《大学》《论语》《孟子》《中庸》内出题,并用朱氏章句集注……经义一道,各治一经,《诗》以朱氏为主,《尚书》以蔡氏为主,《周易》以程氏、朱氏为主。

③ 林叶连:《中国历代诗经学》,台湾学生书局 1993 年版,第 322 页。

④ 皮锡瑞:《经学历史》,中华书局 1959 年版,第 283 页。

按朱熹的观点去阐发经义，早已是翕然成风……’定学术于一尊，极大地束缚了学者的创造性和开拓精神。”①

此间可考的徽州诗经学著述有十家，其中由宋入元的方回（1227—1307）诗经学带有过渡性质。其治诗颇重考证，又多阐发义理，既尊朱学而又有是正。程龙（1242—1322），婺源龙陂人。性明好学，初从伯祖就学汉东滕氏，滕氏之学出于朱熹。弱冠馆于德兴程村道西坑口董氏，亦朱子后学。程龙入元后，隐居养母，匿影藏形者十余年。后因当局威逼而出仕，亦终归隐。为学以《尚书》名家，其诗经学著述《毛诗传释疑》已佚，不知其详。

胡炳文，字仲虎，号云峰，婺源考川人，与倡“晦庵之学”的吴澄有往来。云峰幼承家学，复潜心于朱子之学，上溯伊洛，以接洙泗，渊源无不推究。以《易》名家，“东南学者宗之”。一生淡泊功名，讲学不辍，门下弟子众多，其中不少为徽州籍，后皆成为此期新安理学之干将。据程曈记载，有程可绍、王偁、汪九成、程质、张存中、胡默、徐骧、吴国英八人最为知名②。可见其对徽州传统学术发展的贡献。生平著述颇丰，《五经会意》有诗经学方面的内容，今已不传，然有踪迹可考。海陵储瓘《云峰文集序》云：“先生于诸经、四书，皆有纂疏，以平畅之文张幽眇之说。盖先生学之所自，繇其考孝善先生，受学于朱子从孙小翁之门，先生闻而修之于家久矣。既长，游道日广。临川吴文正公方倡晦庵之学，先生挟其得于父师者就正，内资外取，探其精粹，乃著《四书通》《易通》诸书，羽翼晦庵之说，会同辩异，卓然成一家言。”③可见其学源于朱熹，诸经皆有著述，治学以维护和发明朱子之学为宗旨。又，邓文安《四书通序》云：“今新安云峰胡先生之为《四书通》也，盛取纂疏集成之戾于朱子者，删而去之，有所发挥者，则附己说于后，如谱昭穆，以正百世不迁之宗，不使小宗得后大宗者，惧其乱也。”④此虽就《四书通》而言，然可推知其诗经学著述大约亦是汇纂诸家之说，而删去与朱说不合者，并附自己对朱子之说的发挥。朱子后学治诗，此种体式较为常见，如胡一桂《诗经集传附录纂疏》即如此，云峰之书虽不必尽同，然差可比拟。

程直方，婺源人。幼失怙，能自励读书，尝十年不下楼，务精道德性命之学，无书不读，无物不格，通诸经，尤深于《易》。所著诗经学著作《学诗笔记》今佚

---

① 赵沛霖：《现代学术文化思潮与诗经研究——二十世纪诗经研究史》，学苑出版社2006年版，第205—206页。

② 《门人无记述文字者》，程曈《新安学系录》（王国良、张健点校），黄山书社2006年版，第301—304页。

③ 程曈：《新安学系录》（王国良、张健点校），黄山书社2006年版，第233页。

④ 程曈：《新安学系录》（王国良、张健点校），黄山书社2006年版，第232页。

无考。

陈栎，休宁陈村人，朱升的老师，大朱升47岁。治学以朱子之学为归依，竭力维护朱学的纯洁性，“其畔于朱子者刊而去之，其微辞隐义引而伸之，其所未备补而益之”①。其诗学著述《诗经句解》今佚，《经义考》注曰“未见”，但抄录保存了陈栎自序。《序》云：“今述文公之《传》为《句解》，以授幼学。又以《序》与诗异处不便观览，乃依毛氏，《序》列各篇之首，但高下其行以别之，庶使《序》之得失，开卷了然，而诗之意义易于推寻云。”②可见，陈栎治《诗》全宗朱熹。故其云：“盖以《诗》虽三百篇之多，大要不出美善、刺恶二者，读美善之诗，可以感发吾之善心；读刺恶之诗，可以惩创吾之逸志，皆所以正吾心而使无邪思者。学者识赋、比、兴之体以读《风》《雅》《颂》之诗，而一以无邪之思为主焉，则《诗》之一经可学矣。”③此外，据《千顷堂书目》、钱大昕《补元史艺文志》及倪灿、卢文弨《补辽金元艺文志》等知，陈栎尚有《诗大旨》《读诗记》等诗经学著述，然皆散佚，无以知其全貌。

吴彬，字仲文，号古墩，休宁古墩人。祖执敬，父惟深，均以《诗》名噪一时。吴彬秉承家学，于《诗》之研究尤为用功。彬少颖敏，师事舅氏名儒陈栎。栎门徒数百人，独曰：“能传吾学者，吾甥也。”凡所著书，必俟彬参订而后始出，故于诸经，悉造其阃奥。时吕成公释“思无邪”，谓诗人以无邪之思作之，学者以无邪之思读之。方秋崖谓《墙有茨》诸诗决在刚，例秦火之烬，汉儒乱之。王鲁斋谓《桑中》《溱洧》非淫奔者自为之诗，旁观者有羞恶之心，故形于歌咏，以刺讥其丑。诸说纷纭，莫之或一。尝质请于师陈栎曰：“为善而发于歌咏，则令闻益彰，为恶而发于歌咏，则遗臭益远。所以读诗者，因诗之善恶，而有感发惩创之心也。自古淫乱之人，未有不杀身亡家者也。圣人所以著之于经者，使后世为恶者，知虽暗室深闺之所为，亦无隐而不显。圣人既存之以示万世，后人读之，岂不可以为戒？如麀聚之丑，牝晨之凶，则其可丑可恶之尤者，使圣人删之，则后世之昏淫秽乱于奥户绮疏之间，自谓隐密，其谁知之，将肆于为恶，而愈无忌惮矣。圣人存之，将以扶植天命民彝，其关世教而存鉴戒。又况诗人之用心忠厚，讥而不诟，刺而不诋，其词纡徐而不暴，含蓄而不露，舒徐而不切，委蛇而不直，往往取夫草木禽鱼寓意焉。是人之恶固深矣，其刺之欲言而复默，而不欲尽言

---

① 程曈：《新安学系录》（王国良、张健点校），黄山书社2006年版，第224—225页。

② 朱彝尊：《经义考》，台湾研究院、中国文哲研究所筹备所，1997年版，中华书局1998年版，第131—132页。

③ 朱彝尊：《经义考》，台湾研究院、中国文哲研究所筹备所，1997年版，中华书局1998年版，第131页。

之,使人逆意而读之,意在言外,是讥刺之中有忠厚之意也。孔子曰'放郑声',而存郑风淫奔之诗者,何也?盖存之所以见风俗而存鉴戒,绝其声于乐以为法,而存其词于诗以为戒,二者并行而不相悖。"陈栎对吴彬此说十分欣赏①。吴彬此说虽无甚创见,却从孔子"思无邪"说出发,明辨圣人录存"淫诗"而不删的"存之所以见风俗而存鉴戒"的教化旨意,在对朱熹"淫诗"说之诠释和接受莫衷一是的情况下,对朱子之说是有力的支持,维护了其纯洁性。无怪乎陈栎对吴彬之说十分欣赏了。

此外,元代散佚的徽州诗经学著述尚有汪逢辰的《七经要义》;张学龙的《诗经训释》;以及曾仲埜的《诗经讲义》等。流传至今并产生一定影响的则有方回的《鹿鸣二十二篇乐歌考》和《彤弓考》各一篇,以及胡一桂的《诗集传附录纂疏》二十卷、《诗序辨说附录纂疏》一卷和《读诗》一篇。

第三节 方回对燕礼、乡饮酒礼所用乐歌的考论

乡饮酒礼也单称乡、或飨,是"周代乡学中举行酒会的礼节"②。燕礼则是"从古老的乡饮酒礼中变化而出的",主要是"政治外交场合的燕饮酒礼","乡饮酒是宗族性的,燕礼是政治性的"③。由于乡饮酒礼、燕礼在周代肩负着统合宗族、完成政治外交等重大使命,故历来为学者重视。方回《续古今考》就对"燕礼""乡饮酒礼"所用乐歌(诗篇)进行了专门的考论。

方回"学问议论,一尊朱子。崇正辟邪,不遗余力,居然醇儒之言。就文言文,要不可谓其悖于理也"④。其《续古今考》三十七卷为续魏了翁《古今考》而作。是书先载魏了翁所述,再附论于后,并用"鹤山先生曰""紫阳方氏曰"相区别:"然了翁所考多在制度,回则以在宋之日献媚贾似道,似道势败又先劾之,既反复阴狡为世所讥,及宋亡之时,又身为太守举城降元,得官总管,益为清议所不齿。老而无聊,乃倡讲道学以谋晚盖,故其中多参以理语……然回人品心术虽不足道,而见闻尚属赅洽,所考多有可取者。"⑤可见,方氏治学以发明义理为

---

① 程瞳:《新安学系录·吴古墩传》(王国良、张健点校),黄山书社 2006 年版,第 254—255 页。
② 杨宽:《"乡饮酒礼"与"飨礼"新探》,《古史新探》,中华书局 1965 年版,第 280 页。
③ 李山:《诗经的文化精神》,东方出版社 1997 年版,第 83 页。
④ 《四库全书总目》,中华书局 1997 年版,第 1423 页下。
⑤ 《四库全书总目》,中华书局 1997 年版,第 1023 页上。

目的，考证非其措意所在。其对二十二篇飨燕乐歌的考论，创获甚少，但不盲从朱子之说，亦不空谈义理，与元代徽州诸家恪守朱学颇有不同，带有过渡性质。

一、考论《鹿鸣》。《鹿鸣》，《诗序》谓"燕群臣嘉宾也"。朱熹则进一步指出"朝则君臣，燕则宾主"。方氏不同意朱熹的说法：

> 人君不与其臣亲献，故立宰夫、膳夫为主人以献。宾酢之，主人酬之，而后主人献。君、天子、诸侯皆然。"朝则君臣，燕则宾主"，其说未安。①

方氏通过对礼经的考证，认为君不亲献，立宰夫、膳夫为主人以献。故宾虽为群臣，主却不是人君。其说令人信服。其后姚际恒谓"嘉宾"即"群臣"，不可兼指四方宾客和乡之宾。姚氏过执礼经后于《诗经》而不以礼证诗，对朱说虽有辩驳，但未能切中要害②。

二、考论《皇皇者华》。所考有三点值得注意，他说：

> 在文王时至周公制礼作乐后，凡遣使臣无不用是诗以遣之，然"礼乐"二字只当是燕礼乐歌，如后世送别置酒唱《阳关》之意。惟文、武、成王、周公至诚恻怛，使乐工歌之，可也。否则，具文而已。使臣何以华为？"皇皇者华，于彼原隰，駪駪征夫，每怀靡及"，草木之华皇皇然，兴也。"于彼原隰"，使臣之所往也。"駪駪征夫"，使也，介也，凡同行者皆是也。"每怀靡及"惟恐缓，惟恐后，人臣之义也。"我马"凡四歌之，指使臣之马也。"诹""谋""询""度"，易韵以足诗章之义，其音节必有可以感人者。（《续古今考》第550页下）

方氏认为《序》"君遣使臣也。送之以礼乐，言远而有光华也"之"礼乐"二字实指燕礼所用乐歌，与后世送别置酒唱《阳关》相似，不可将此诗泛化，以为传授礼乐教化之。又以"我马"为使臣之马；"诹""谋""询""度"四字，意义无别，唯易韵以足诗章之义。所论三点，涉及此诗颇有争论处，其论凿凿，可备一说。

三、考论《采薇》。方氏考论《采薇》，不仅对诗篇通过景物描写表现戍卒哀乐之情有深刻体会，且因戍卒戍期过长体会出戍卒的辛酸。他说：

---

① 方回：《续古今考》，《四库全书》第853卷，第549页。以下本节凡引此书皆直接在文中标注页码。

② 姚际恒：《诗经通论》（顾颉刚标点本），中华书局1958年版，第173页。

末章“昔我往矣，杨柳依依。今我来思，雨雪霏霏。行道迟迟，载渴载饥。我心伤悲，莫知我哀”。此则兼指士卒之情怀，而知彼之哀也。“莫知我哀”，非实不知也。今年春往戍，至戍所夏矣。我代彼戍，彼以秋归，而冬始至家。一戍近乎两年，更相往来。此文王之诗，不知实谁所作。后来成、康，四十余年，刑措不用，天子守在四夷。此诗于周公之后，其用乎？其不用乎？（《续古今考》第553页下—554页上）

值得注意的是，后代对古代轮戍制度多有不明，有一年说，二年说等。方氏支持二年说，其论比较符合当时的兵役制度。

四、考论《鱼丽》。方氏曰：

《鹿鸣》之什第十诗曰：“鱼丽于罶，鲿鲨。君子有酒旨且多。”继以“鲂鳢”“鰋鲤”，“有酒多且旨”“多且有”。此章，章三句一意。物之众多，莫如鱼，亦兴也。感于此，而言君子之酒。君子指文武也。罶，音柳，寡妇之笱。“多旨”“旨多”，互文也，言物富之一也。后三章，章二句：“物其多矣，维其嘉矣。”“物其旨矣，维其偕矣。”“物其有矣，维其时矣。”“多”“旨”“有”，酒下先三字，添“嘉”字、“偕”字、“时”字，则一节胜一节。嘉则美矣；偕则万物并美也，无不美也；时则万物不徒盛，而又及时也。此诗者岂非文王暮年三分有二、国家富极之时，文王功成治定之后，无事而饮酒，则歌此诗乎？序诗者谓“文、武以《天保》以上治内，《采薇》以下治外。”分前九诗六为内，三为外，已非矣。此诗万物富盛，遂谓“终于逸乐”者，此一诗也；始于忧勤者，彼九诗也。程子不取其说，洛学终是过人一头地。（《续古今考》第554页上—下）

方氏此论有四点值得注意：首先，其论《鱼丽》章法，谓“酒”字下先下“多”“旨”“有”三字，又继以“嘉”“偕”“时”三字，而嘉则美，偕则万物无不美，时则万物盛且及时。三字三进，文意愈转愈深，境界愈转愈阔。方氏此论，颇见文学眼光。其次，认为此诗作于文王暮年，其时三分天下有其二，国家富裕，功成治定，“无事而饮酒，则歌此诗”。其说虽不必为定论，然与诗相洽，不失为一说。再次，方氏还以为《序》谓“文、武以《天保》以上治内，《采薇》以下治外”两分法不当。此诗写万物富盛，表现了“终于逸乐”，而前九诗则表现“始于忧勤”，主张以前九、后一篇为不同的两个单元。最后，引程子之说为己证。此外，其认定洛学“终是过人一头地”，则又透露出其说《诗》的价值取向。

五、不同意笙诗有声无诗（辞）说。方氏曰：

乡饮酒用诗十七而六亡诗皆在其内。孔氏谓：《召南》三篇，越《草虫》而取《采蘋》，盖《采蘋》旧在《草虫》之前。孔子以后，简札始倒。张氏曰：人或言亡诗六篇，古无其诗，既无诗，安得有此篇？必有是诗，其辞所以亡者，良由施之于笙，非若歌之可习。董氏以为笙入者，有声而无诗。东莱谓其说不为无理。然《国语》叔孙豹聘于晋，合箫咏歌《鹿鸣》之三。《鹿鸣》三篇既可与箫相和而歌，则《南陔》下岂不与笙相和而歌乎？朱文公谓：意篇题之下必有谱焉，如《投壶》“鲁鼓”“薛鼓”六节而亡之四。谓今琴谱，勾、剔、打、摘、吟、揉等合为一字，而一字数声，乃有声而无诗者也。近人长篇古乐府不必皆可歌，有诗而不用于声者也。欧阳公《醉翁亭记》，东坡《赤壁赋》世人以为歌，熟之而后可也。方诗亡矣而有声，则犹有笙也。今古之乡饮礼不备矣，其笙之声亦不可得闻矣。（《续古今考》第555页下—556页上）

方氏不同意笙诗有声无诗（辞）说。其因乐府不一定可歌，而一些本非可歌的作品如欧阳修的《醉翁亭记》、苏轼的《赤壁赋》，世人却以之为歌，以及古之乡饮礼今已失传，从而指出不可轻易论断笙诗仅施之于笙而不可歌。所说较前贤更为通达。

六、考论《肆夏》为《陔夏》之误。方氏曰：

《仪礼·大射礼第八》，诸侯射礼也。天子大射礼、大夫大射礼，亡。“公升即席，奏《肆夏》”。注：《肆夏》，乐章名，今亡。吕叔玉云：《肆夏》，《时迈》也。《时迈》者，大平巡狩祭山川之乐歌。其诗曰：“明昭有周，式序在位。”又曰：“我求懿德，肆于时夏。”奏此以延宾，其著宣王贵德劝贤欤？《周礼》曰：“宾出，入奏《肆夏》。工六人，四瑟。”工谓瞽蒙善歌讽诵诗者也。“乃歌《鹿鸣》三终。”注：《鹿鸣》，《小雅》篇也。人君与臣下及四方之宾燕，讲道修政之乐歌也。言已有旨酒以召嘉宾，又乐嘉宾，有孔昭之明德可则效也。歌《鹿鸣》三终，而不歌《四牡》《皇华》，主于讲道，略于劳苦与谘事。“乃管《新宫》三终”，管谓吹簜以播《新宫》之乐。其篇亡，其义未

> 闻。"宾醉,降,奏《陔》",陔,夏乐章也。其歌颂类也,以钟鼓奏之,其篇今亡。"礼器其出也,《肆夏》而送之",注云:谓诸侯之宾也。礼毕而出,作乐以节之。《肆夏》当为《陔夏》。如此,则"陔夏"之"陔"误为"肆"也。(《续古今考》第556页上—下)

方氏同意《肆夏》为《时迈》的说法,在此基础上,依据《周礼》经文及注,详细考论了《肆夏》当为《陔夏》,"陔"误为"肆"。

七、考论《肆夏》《陔夏》《采荠》等。方氏曰:

> 因考《鹿鸣》以下燕乐歌诗,遂及大射礼《鹿鸣》三终,《新宫》三终,内有《肆夏》与《陔》之说。则不容不检《周礼》乐师之《肆夏》《采荠》,钟师之《九夏》以书于此。稍变注疏之文从俗,然则读书之难,可知也。夸一目十行之速,而无详玩细阅之功,可乎?"乐师教乐仪,行以《肆夏》,趋以《采荠》"。注:教乐仪,教王以乐出入于大寝朝廷之仪。《肆夏》《采荠》皆乐名。或曰皆逸诗,谓人君行步以《肆夏》为节,趋疾于步则以《采荠》为节,若今时行礼于大学,罢出以鼓《陔》为节。康成谓:行者谓于大寝之中,趋谓于朝廷。《尔雅》曰:堂上谓之行,门外谓之趋。然则王出,既复至堂而《肆夏》作,出路门而《采荠》作;其反入至应门、路门,亦如之。此谓步迎宾客。王如有车出之事,登车于大寝西阶之前,反降于阼阶之前。《尚书传》曰:天子将出,撞黄钟之钟,右五钟皆应。入则撞蕤宾之钟,左五钟皆应。大师于是奏乐。"荠"或作齐,除私反。康成之释多于司农,以下文有"车亦如之,环拜,以鼓钟为节"也。然不释"环拜"二字。今考王昭寓有解曰:"《玉藻》曰'趋以《采荠》,行以《肆夏》,先趋而后行者,以外而入内也。此先行而后趋者,从内而出外也。行、趋以《肆夏》《采荠》,此王接宾之仪。环拜以钟鼓为节,此又宾拜之仪也。环拜谓列而拜者,非一也。有大礼则必有大乐以和之。环拜者,礼之大也。钟鼓者,乐之大也。"(《续古今考》第556页下—557页上)

方氏考论出趋以《采荠》为节,行以《肆夏》为节,且行趋为王接宾之仪;而环拜以钟鼓为节,为宾拜之仪。并指出"环拜"为列队而拜的大礼,非一人独拜。方氏此考足以补正郑玄。

八、考论《菁菁者莪》,方氏说:

《序》曰:“乐育材也。君子能长育人材,则天下喜乐之矣。”《序》语良是。《六月》诗《序》下说“《小雅》燕乐二十二诗,《菁菁者莪》废则无礼仪矣”,则殊不然。《菁菁者莪》“在彼中阿”“中沚”“中陵”,皆兴也。“莪”谓萝蒿。今潮水不到处,舒州、江州渚间,春生蒌蒿,可食甚美。菁菁其盛在阿、在沚、在陵,兴也。人主能长育人材也。说者以为天子行礼学校燕饮之歌。郑康成、朱文公皆以为养士。“既见君子”四言之,学校之士喜见天子之至也。“乐且有仪”“我心则喜”“锡我百朋”“我心则休”四句,皆指士类喜乐之心。而求之深者揭“乐且有仪”一句为天子之乐之仪,又于“仪”字上生出“礼”字、“敬”字,皆好高之论。君子能长育人材,必有其道,不当以“仪”之一字创为礼仪之说;且四句一体,“乐且有仪”谓士类乐而有所仪法仪刑,有威仪,有礼仪,何不可?何必归之于人君之身?“我心则喜”“我心则休”与此句同意。“锡我百朋”,士类乐锡予之厚、禄养之富,亦四句一意。回欲改曰“《菁菁者莪》废,则无人材矣”,岂不痛快!第因“乐且有仪”之“仪”曰“菁菁者莪废,则无礼仪矣”?其意如此,乃谓此诗一废天子无礼仪也,不通。先儒曲说人君,必以礼敬长育人材,迂矣哉!(《续古今考》第562页上—563页下)

于宣王伐北之篇,历序小雅燕乐二十二篇之义,然语多有疵,间有不得诗之意而妄下三字者。如《菁菁者莪》“乐且有仪”,止是学校士人喜见成王之来,心乐而体庄。或指此为人主乐而有礼,敬为之主,足以长育人材。殊不知下文“我心则喜”“锡我百朋”“我心则休”四句一意也,独摘此一句,归于人主之身,非也。其曰“《菁菁者莪》废则无礼仪矣”,于十六句诗中专摘一“仪”字,此诗此意废则无礼仪,指人主乎?指士类乎?故曰语多有疵。(《续古今考》第563页下—564页上)

方氏不同意从“乐且有仪”之“仪”字生发,揭出“礼”字、“敬”字,创为礼仪之说。认为此乃先儒曲说人君必以礼敬长育人材,属于迂腐之论,若依其说“菁菁者莪废,则无礼仪”,则表明此诗一废,天子就无礼仪,此必不通。故,方氏主张改为“《菁菁者莪》废,则无人材矣”。从此论可见方氏虽讲道学,好参理语,但其治诗,与其时腐儒抓住个别字眼,任意附会,妄生义理,大为不同。

此外,方氏还考论了钟师《天保》《九夏》《彤弓》《驺虞》《狸首》《采蘋》《采蘩》等。其论《天保》指出“后世人主,圣节有宴,致语乐歌,归美于上,以祝圣寿,盖此意也”,指明了此诗对后代的影响。论《彤弓》反对“说诗太巧,求诗太深”。论《湛露》谓:“玩味文、武、成康太平之天下,周公制礼作乐之盛,想象羡慕心喜神悦。秦之酷至于尽扫礼乐。汉之兴,一叔孙通因陋就简,可痛矣哉!”虽非说《诗》正体,然对上古礼乐制度缅怀之情跃然纸上。

第四节　胡一桂对《诗集传》的汇纂和注疏

胡一桂《诗集传附录纂疏》,未经采进,故《四库全书》未收录。《千顷堂书目》《经义考》《补元史艺文志》俱作八卷。朱彝尊注曰“未见”,又倒其名为《纂疏附录》。今复旦大学图书馆藏明抄本,为八卷本,与诸家目录合。而北京图书馆藏元刻本,则为二十卷本,《续修四库》据该本影印收录(含《诗序辨说附录纂疏》一卷)。粗略比勘二本,二十卷本不仅先出,且较之精准,当为胡氏原帙。明人科考多用八卷本《诗集传》,故《纂疏》亦有八卷的节略本刊出。

胡一桂之学“出于其父玉斋先生方平,玉斋师介轩董氏梦程,介轩学于勉斋黄氏榦(干)、盘涧董氏铢。渊源有自,谨守师傅。故所著书,一以朱子为宗”[①]。《诗集传附录纂疏》包括:1.《诗集传》;2.《附录》;3.《纂疏》;4.案断四个部分。如同郑玄、孔颖达之于《毛传》,胡氏此书意在专门笺疏《朱传》。该书全录朱熹的《诗集传》,再以《附录》《纂疏》和案断的方式对《集传》给予笺释,故胡氏名之为《诗集传附录纂疏》。所谓《附录》,乃采自朱子文集、语录中与《诗经》相关的内容,因附于《集传》经注之后,故名。所谓《纂疏》,指排在《附录》之后的部分,主要为采摘诸家诗说中,可辅翼《集传》的内容。间有注云“姑备参考”者,收录与《集传》颇不相同之说。《纂疏》之后,则往往有标识“愚案”“愚谓”之类名目的内容,此乃胡氏自己对相关诗学问题的看法。可见,胡氏在宗法《集传》的价值取向中,不仅通过汇辑材料而有取有舍的方式,表达自己对朱熹诗学的理解,还能独立传布自己的识解。该书虽不免深文周纳之弊,然能恪守朱学,多有精彩发明;亦能不时发掘朱子未尽,乃至不善之义。又由于胡氏多采诸儒之说,在比较、对照、拓展、深化的过程中,将朱子诗学放置于一个较大的学术背景中进行透视,结果,能使后学在对相关诗学问题较为全面了解的前提下,更深入地把握朱学。另外,胡氏还颇能选用善本、古本,多本对校,校改俗本窜易,恢复《集传》之旧、之真。从而使该书具有较高的文献价值。

---

① 《续修四库全书总目提要》,中华书局 1993 年版,第 317 页。

一、竭力阐发，回护朱学

《钟鼓》一诗，论者多因诗附会，或从其他文献中牵合典故，强为之解，唯朱熹审慎，宁阙而不妄断。朱熹曰："此诗之义有不可知者，今姑释其训诂名物，而略以王氏、苏氏之说解之。未敢信其必然也。"胡一桂深得朱子之心，其案断道：

> 愚按：欧文忠公之论曰："《鼓钟》，《序》但言刺幽王，不知刺何事？据诗文则是作乐于淮上矣。"然旁考《诗》《书》、史记，皆无幽王东巡之事。《书》曰："徐、夷并兴。"盖自成王时徐戎及淮夷已皆不为周臣。宣王时，尝遣将征之，亦不自往，初无幽王东至淮、徐之事，然则不得作乐于淮上矣。当阙其所未详。横渠张子以为淮水为害，幽王不恤作乐，不止诗人忧而伤之。今以《书》所谓"汤汤洪水方割"观之，则"汤汤"固可言淮水为害也。若下文"湝湝""三州"，又不得谓为害矣。严氏谓："古事亦有不见于史而因经以见者。《诗》即史也。"其论固当，然而诗文亦不明言其为幽王也。故《集传》以为"未详"。又曰："未敢信其必然得之矣。"①

《诗》虽即史，然所述史实大多简略，难得究竟。其他典籍，特别是史书，虽多有详尽记述，但并非能一一征实《诗》篇。以《诗》证史和以史证《诗》，虽于学理上可行，但须谨慎小心，切不可照猫画虎，乱点鸳鸯。唯有详加考证，待到有十分把握时，才可予以案断。朱熹熟读经史，笺《诗》之际，往往宁缺毋滥，并不牵合史实，治学极为严谨。但是，有的学人，才有一鳞半爪之得，便妄加指点，较之高叟说诗为甚而不知，结果贻笑大方。胡氏于此，大张朱子之旗，力图导引正确学风，可谓有识。

又如《何彼秾矣》第二章，胡氏按道：

> 以为东迁之王，齐国之侯，与《春秋》甚协，而黄氏所谓"齐襄淫僻，何足为美"不足为惑。盖此诗特自其婚姻之初时美之也。然以东周之诗得入《召南》之风，而黄氏所谓周太师编后经吾夫子手，不应若此。其失伦者诚

---

① 胡一桂：《诗集传附录纂疏》，《续修四库全书》第 57 册，上海古籍出版社 1995 年版，第 416 页下—417 页上。以下本节凡引此书皆只于文中标注页码。

为可疑。岂秦火之余，汉儒区区修补不免简编错杂之患耶？是未可知也。然则此说只当如《集传》作“或曰”以附之，俾读者知其说可也。（《诗集传附录纂疏》第322页下）

胡氏附和朱说，驳斥了黄氏（黄櫄）[①]“齐襄淫僻，何足为美”的论断，认为该说只能以“或曰”的形式列备参考。《诗集传》通常首书通过自己考定的诗解，此为朱熹认定的确解。若该问题有不同说法，该说又言之成理或有一定影响，则以“或曰”方式附录之。此不仅可以广见闻，听由读者选择，还可以推动研究的深入。胡氏推崇此法，其将黄櫄等的论断列为“或曰”，足见其取舍。

胡氏对朱子的回护，有时不免牵强，失之谨严。如《匏有苦叶》，《序》曰：“刺卫宣公也。公与夫人并为淫乱。”朱熹以为“未有以见其为刺宣公、夫人”[②]，故只泛言“此刺淫乱之诗”。胡一桂竭力从诗中寻找内证，他说：

愚谓，味“士如归妻”之辞，可见是刺淫者，若责之曰：士如欲归妻，自有婚姻正理，何得如此淫乱也？若刺宣公，不当以士言。（《诗集传附录纂疏》第327页下）

在胡氏看来，既称“士”，其身份自然就不是王了。不过，古人刺王，往往不直斥王本人，而转言其臣民。这种微婉讽谏之法，《诗经》中并不少见。胡氏宁不解此乎？朱熹不认同诗为刺宣公之作，是因为没有确凿的证据；其又不断然否定，亦是基于同样的考虑。胡虽欲回护朱子，然两相比较，高下自见。

二、博采众说，比较对照

胡氏此编，专列“附录”和“纂疏”两个部分，广采朱子《集传》之外的论断和他人相关识解，从而与朱子《集传》之说形成比照。其所引他说，以吕祖谦《吕氏家塾读诗记》、严粲《诗缉》、李樗和黄櫄《毛诗李黄集解》最多。如《凯风》第四章，胡氏纂辑严、孔、苏、曾诸家之说，并给予案断，以明汇辑意图：

---

① 黄氏曰：《春秋》庄公九年夏，书送王姬；秋，书筑王姬之馆于外；冬，书王姬归于齐。鲁庄之九年即庄王之四年也，故以平王为周平王。然《春秋》所书王姬与齐襄公之淫僻又何足美。诗自周太师之所编，而后又经吾夫子之手，岂若此其失伦哉！（《毛诗李黄集解》卷四）

② 朱熹：《诗序辨说》，《四库全书》第69册，上海古籍出版社1987年版，第12页。

纂疏：严氏曰：《檀弓》华而睆，明貌也。睍，从目，从见，亦以色言之。孔氏曰：言黄鸟有睍睆之容貌，则又和好其音声，以兴孝子当和其颜色、顺其辞令也。言母之欲嫁，由颜色不悦、辞令不顺故也。自责言黄鸟之不如也。苏氏曰：鸟犹能好其音以说人，而我独不能说吾母哉？曾氏曰：凯风盛于夏时，黄鸟鸣于夏木；寒泉亦夏所宜耳。寒泉能使人甘之，有子而使母劳苦；黄鸟能使人乐之，有子而莫慰母心。（《诗集传附录纂疏》第327页上）

愚谓：睍睆，严氏、孔氏之说与《集传》相殊，然《集传》与苏说合。或曰：黄鸟即黄莺，在乔木、幽谷，好音一也，何尝有意于悦人？其音清和流转，能使人乐之。曾氏之说有补于《集传》，严氏、孔氏于睍、睆二字有据并存之。（《诗集传附录纂疏》第327页上）

胡氏既引与《集传》相合的苏说，又引有补于《集传》的曾氏之说，表现出尊朱的倾向。同时又因严、孔二家之说有据，并不因其与《集传》异而摈弃之，显现了严正的学风。

再如《摽有梅》首章，朱熹云："南国被文王之化，女子知以贞信自守，惧其嫁不及时，而有强暴之辱也。故言梅落而在树者少，以见时过而大晚矣。求我之众士，其必有及此吉日而来者乎？"胡氏先附录摘引《朱子语类》：

问《摽有梅》一诗何以得入于正风？曰：此乃当文王与纣之世，方变恶入善，未可全责备。（可学）问：《摽有梅》诗固是出于正，只是如此急迫，何耶？曰：此亦是人之情。尝见晋宋间有怨父母之诗，读诗者于此，亦欲达男女之情。（文蔚）（《诗集传附录纂疏》第321页上）

这两则语录，讨论《摽有梅》编入《正风》和情辞急迫的原因，正可补《集传》之阙而释后学之疑。接着，胡氏又汇纂宋贤疏说，与朱说相对照，从而使后学对朱说有更深入理解：

一说黄氏曰："'迨其吉兮'以为众士之求我，必择吉士以从之。'迨其今兮'以为当其时也。'迨其谓之'以为男女固欲及时而亦必以正，虽盛年之当嫁,亦必待父母之命、媒妁之言也。”[①]欧阳公曰:“古者婚礼不自为主人,‘求我庶士’非男女自相求。……诗人引梅以兴物之盛时不可久,以言召南之人,顾其男女方盛之年,惧其过时而至衰落,乃求于庶士以相婚姻也。……吉,宜也。求其相宜者。今者,时也,欲及时也。谓,相语也,遣媒妁相语以求之也。”[②](《诗集传附录纂疏》第321页上)

最后,胡氏以按语的方式,说明自己汇集黄櫄、欧阳修之说的用意。由此可知胡氏以理学家“存天理,灭人欲”的理念说《诗》倾向极其明显。他说:

此二说虽非文公说,亦未必果得诗人本意。第黄意甚善,亦可以少抑深闺读诗之女欲动情胜之心。欧公之意乃为人父母之责也。故并纂之以备览焉。(《诗集传附录纂疏》第321页下)

三、勤加案断,时有独立见解

胡氏尊崇朱学,并不代表他毫无原则地盲从。事实上,他常以“附录”“纂疏”收录不同观点,然后以“此说与朱子不同”“此说与朱子小异”等广见闻的方式,对朱说有所是正。如《泉水》:

附录:问《泉水》末章注云“安得出游于彼,而写其忧哉?”恐此莫只是因思归不得,故欲出游于国,以写其忧否?曰:夫人之游,亦不可轻出,只是思游于彼地耳。(时举)

纂疏:曹氏曰:《汉·地理志》:东郡有须昌县,故须句(音劬)国。郑氏曰:卫在须;邶在漕。

愚按:此篇卫女思归之诗。一章托泉水以起兴,而谋之于诸姬也。二

① 李樗、黄櫄《毛诗李黄集解》(文渊阁四库全书版)与此略有不同。黄櫄曰:“‘求我庶士,迨其吉兮’诸家多以为取其时之吉,予以为众士之求我,而必择其吉士以从之。‘迨其今兮’,毛郑以为急辞,予以为当其时也。‘迨其谓之’,毛郑以为‘男女之相奔不禁’固已害理,少南谓此时可以言许也,亦未为尽。予以为男女固欲及时而亦必以正,虽盛年之当嫁,亦必待父母之命媒妁之言也。然《桃夭》言婚姻及时,而此诗言得以及时云者,谓仅及时也。以时云者,从容乎其时也。二诗之作,亦有间矣。”

② 此引与欧阳修《诗本义》卷二(文渊阁四库全书版)略异。“吉者,宜也。求其相宜者也。今者,时也。欲及时也。谓者,相语也。遣媒妁相语以求之也。”

章述初嫁时,宿饯卫郊泲、祢之地,既远父母兄弟,今父母又终,但欲归以问诸姑伯姊之安耳。三章遂欲效初嫁时宿所嫁国之干,言脂舝归卫,第未知果不瑕疵乎?抑亦有害于义理也。此正谋诸姬之语。四章既不可归,于是但思肥泉,思须、漕以重卫国悠悠之景慕,欲出游以写其忧而已。终能以礼自防,不复为卫之归。此所谓发乎情止乎礼义者也。此诗严氏与《集传》同而小异。愚又小异严氏以广《集传》之旨。(《诗集传附录纂疏》第330页下)

以辑录的方式修正朱说,是胡一桂诗学一大特色。此处胡氏说:"此诗严氏与《集传》同而小异。愚又小异严氏以广《集传》之旨",将此书这一有特色的条例不动声色地揭示出来,昭示了其良苦用心。由于胡氏的表达十分恭敬和委婉,多以"某说与《集传》同而小异,愚又小异某说以广《集传》之旨","诸家皆本某说,谩备诸说以备参考"之类形式表达,并不直接议论朱子得失是非,故读胡氏之书,须别具只眼,不可草草看过。此外,其于《郑风》诸诗,兼存《序》说;论《鲁颂》四篇,皆为史克所作,在鲁文公时;《閟宫》亲庙,即僖公庙作泮宫;克淮夷是僖公实事,非颂祷之辞等等,为《续修四库全书总目提要》所赞赏的论断,基本上都是以这种方式表达出来的。

胡氏不仅以辑录的方式修正朱说,有时则径直表达不同于朱说的见解。如其论《关雎》第二章曰:

愚谓:流,只是言荇菜顺流于水中。荇菜方流于水中以兴淑女未得而方求之也。及其既采以兴淑女方得而友之也。及其既芼以兴淑女既得而乐之也。(《诗集传附录纂疏》第314页下)

此章"流"字,毛亨云:"流,求也。"朱熹则云:"顺水之流而取之也。"朱熹解为"顺水之流而取之",则与下文"左右采之"相犯,非为确解,不如毛氏解之为"求",作寻求、寻找解来得的当。胡氏则别解为"流,只是言荇菜顺流于水中",很容易使我们联想到近人徐志摩的《再别康桥》中"软泥上的青荇,油油的在水底招摇"的句子。胡氏此解,确乎可备一说。

又如《汝坟》第三章,胡氏按道:

此章说者皆就"鲂鱼赪尾"上说妇人闵其夫行役之劳。"王室如毁"以下说妇人勉其夫以正。恐不但以《小序》说《诗》,反成以《诗》说《小序》。

此先生去《小序》而未尽也。窃谓诗人自说“鲂鱼赪尾”以兴“王室如毁”一句，若曰鲂鱼则赪尾矣，王室则如毁矣。“赪”与“毁”二字相应。又曰虽则如毁，而文王之为我父母则甚迩也。岂妇人见其夫之归而相与慰劳之辞乎？合《序》可乎？鲂鱼尾本赤，不必言劳而后赤。按，李氏引《说文》及《字林》皆曰“鲂，赤尾鱼”。又引晋《安海物记》曰“橘鬌鱼，犹今鲂鱼，尾赤。鬌，似橘。”且曰：“观此数说，其实言尾本赤也。”（《诗集传附录纂疏》第 317 页下—318 页上）

胡一桂于此引《说文》《字林》和《安海物记》指出，鲂鱼尾本赤，不应解为劳而后赤，而朱熹以为“鱼劳则尾赤。鲂尾本白而今赤，则劳甚矣”。并以为此句兴妇人闵其夫行役之劳。胡氏不仅对朱熹之说进行了修正，而且指出朱熹此举“恐不但以《小序》说《诗》，反成以《诗》说《小序》”。并指出“此先生去《小序》而未尽也”。胡氏深刻地认识到朱熹有一个从尊信《诗序》到废《序》说《诗》的学术演进过程，这种不盲从《诗集传》，能正确辨析、取舍的态度和方法，在唯朱学是瞻的元代洵乎难得。

再如《日月》一诗，朱熹将其目为赋体诗，胡氏却以为兼有比义：

此篇庄姜分明是作于庄公之时。“胡能有定”只是说庄公心志回惑反覆无定之意，故“不我顾”“不我报”，“俾也可忘”而“报我不述”也。“日居月诸，照临下土”意姜以日月比公，以下土自比。若曰，日月则照临下土，公胡不以古道与我相处也？后二章则以日月比公而以东方自比。此诗虽赋体，恐亦兼比义。（《诗集传附录纂疏》第 325 页下）

此外，如《简兮》诗中“西方美人”，朱熹认为指西周之显王，胡氏则引吕祖谦之说，间接对朱说给予反对：

《集传》以此诗为仕伶官者作，故指“西方美人”为西周之显（案，《集传》作盛）王。诸家以为诗人刺不用贤，故指“美人”为伶官之贤者。东莱云：见硕人而慨然有怀西周之贤士大夫也。“彼美人兮，西方之人兮”指硕人也。嗟美其真西周之人，而非今世之人也。江左诸人喜言中朝名臣，亦此意也。姑备一说。（《诗集传附录纂疏》第 330 页上）

四、善本精刻，考订比勘

胡氏为《集传》纂疏，颇能择善本，故能保存《集传》之旧。坊间所刻俗本多有不同，与通行本（可以《四库全书》所收八卷本为代表）亦多有差别。这些差别主要集中在夹注音读上。比较二书，对于研究朱熹的《诗经》音读本来面目，《诗集传》的版本及流变等具有重大学术意义。下面以《吉日》为例，看二书夹注音读的异同。

《诗集传》（文渊阁四库全书本）：

> 吉日维戊（叶莫口反），既伯既祷（叶丁口反）。田车既好（叶许口反），四牡孔阜。升彼大阜，从其群丑。○吉日庚午，既差我马（叶满浦反）。兽之所同，麀（音忧）鹿麌麌（音语）。漆沮（平声）之从，天子之所。○瞻彼中原，其祁孔有（叶羽已反）。儦儦（音标）俟俟（叶于纪反），或群或友（叶羽已反）。悉率左右（叶羽已反），以燕天子（叶奖里反）。○既张我弓，既挟我矢。发彼小豝（音巴），殪（音意）此大兕。以御宾客，且以酌醴。①

《诗集传附录纂疏》：

> 吉日维戊（叶莫吼反），既伯既祷（叶丁口反）。田车既好（叶许口反），四牡孔阜（符有反）。升彼大阜，从其群丑。○吉日庚午，既差我马（叶满浦反）。兽之所同，麀（音忧）鹿麌麌（愚甫反）。漆沮（七徐反）之从，天子之所。○瞻彼中原，其祁孔有（叶羽已反）。儦儦（表骄反）俟俟（叶于纯反），或群或友（叶羽已反）。悉率左右（叶羽已反），以燕天子（叶奖里反）。○既张我弓，既挟（子洽反）我矢。发彼小豝（音巴），殪（于计反）此大兕（徐履反）。以御宾客，且以酌醴。（《诗集传附录纂疏》第395页上—下）

此篇《诗集传》共有15个夹注，而《诗经传纂疏》则为18个，多出3个。这三个是：阜，符有反；挟，子洽反；兕，徐履反。皆为反切。15个共有的夹注，完全相同的有9个，不同的6个。6个不同的夹注音读，有三个类型：一、反切用字不

① 《四库全书》第72册，上海古籍出版社1987年版，第823页。

同。此类有二字。戊,《集传》注“叶莫吼反”,而《纂疏》注“叶莫口反”。反切下字虽不同,但音实同。俟,《集传》注“叶于纪反”而《纂疏》注“叶于纯反”。亦为反切下字不同,考之韵脚字,则《纂疏》“纯”字不恰,当为椠工之误。二、《诗集传》用直音,而《纂疏》用反切。此类有三个字。虡,《集传》注“愚甫反”,《纂疏》注“音语”。儦,《集传》注“表骄反”,《纂疏》注“音标”。殪,《集传》注“于计反”,《纂疏》注“音意”。三、《集传》只标注音调,而《纂疏》注反切。此类有一字。沮,《集传》注“平声”,《纂疏》注“七徐反”。

可见,二书夹注差别很大。亦可见二书并非出于一个版本系统,八卷本为二十卷本的朱熹自己的节本的说法并不见得成立。又,胡氏《纂疏》亦有八卷本,其与《集传》八卷本夹注亦有差别,而与《纂疏》二十卷本差别相对要小些,此可见《集传》八卷本为后人妄改。当然,此为不完全统计得出的结论,确切统计且待他日。

胡氏还广泛参校他书,考证经文异同,使得其《纂疏》成为《诗集传》系列著述中精本,亦使之颇有文献参考价值。如,《四月》第二章“爰其适归”下,注:“《家语》作‘奚’。”(《诗集传附录纂疏》第414页下)又如《无将大车》第一章在经文中有夹注:“祇自疧兮”下,引“刘氏曰当作痻,与瘨同,眉贫反”[①]。并于附录引黄罃所记朱子语作为考证结论:“‘疧’当作‘痻’。”(《诗集传附录纂疏》第416页上)再如《维天之命》“假以溢我”之“假”下,注曰:“《春秋传》作‘何’。”“溢”下,注曰:“《春秋传》作‘恤’。”(《诗集传附录纂疏》第470页上)还如《天作》,胡氏于“彼徂矣岐”下注曰:

> 沈括曰:“《后汉书·西南夷传》作‘彼岨者岐’。”今案,彼书岨,但作徂,而引《韩诗薛君章句》亦但训为往独矣,字正作者如沈氏说。然其注末复云:“岐虽阻僻,则似又有岨意。”韩子亦云“彼岐有岨”,疑或别有所据。故今从之而定读“岐”字绝句。(《诗集传附录纂疏》第470页下)

此处,朱熹注曰:“‘何’之为‘假’声之转也。‘恤’之为‘溢’字之讹也。”读者于此多茫然不解,不知朱熹何以作出如此论断。胡氏加注后,问题便一目了然。像这样的笺注,不仅保存了文献,还为后学厘定字词、考订诗义打下了基础。

---

① 按,顾炎武《诗本音》:“宋刘彝曰:疧当作□(当是‘痻’字),病也。音民。按,《唐石经》此字作疧,从氏。唐人避太宗讳,凡字从民者皆省而为氏。今人书昬为昏,犹其遗法也。”

第三章　嬗变分流　终成附庸

明代徽州诗经学更加盲目信从朱子之学，朱熹注疏集注为学问之大端，有悖于朱熹学说的言论被视为"异端邪说"，遭到口诛笔伐，新的著述了无新义。高潮之后，其势必衰，朱子诗经学无以为继，心学乘机进军徽州占据了大量原本属于朱学的学术领地，心学与朱学杂存的学术局面逐渐形成。而朱子后学则在艰难的局面中，冀图通过和合朱陆的方式继续发扬光大朱学。此外，八股取士的科举制度也影响到《诗经》的学习和研究，诗经学研究沦为时文之学。

第一节　心学与朱学杂存的明代徽州学术

明初学术流变梗概，《明史·儒林传序》有如下评述：

> 原夫明初诸儒，皆朱子门人之支流余裔，师承有自，矩矱秩然。曹端、胡居仁笃践履，谨绳墨，守儒先之正传，无敢改错。学术之分，则自陈献章、王守仁始。宗献章者曰江门之学，孤行独诣，其传不远。宗守仁者曰姚江之学，别立宗旨，显与朱子背驰，门徒遍天下，流传逾百年，其教大行，其弊滋甚。嘉、隆而后，笃信程、朱，不迁异说者，无复几人矣。要之，有明诸儒，衍伊、洛之绪言，探性命之奥旨，锱铢或爽，遂启歧趋，袭谬承讹，指归弥远。至专门经训授受源流，则二百七十余年间，未闻以此名家者。经学非汉、唐之精专，性理袭宋、元之糟粕，论者谓科举盛而儒术微，殆其然乎？[1]

① 张廷玉等：《明史·儒林一》，中华书局1974年版，第7222页。

此序将朱明一代二百多年的学术分为前后两期:朱学(理学)一统期和王学(心学)大行期,并对整个明代经学给予否定。此论为众多学者所首肯。徽州地区学术文化与明代整体步伐基本一致,亦可划分为前后两期。不过,后期就全国而言为王学(心学)完全压倒朱学,而徽州则为心学与朱子之学杂存。

明帝国建立之初,内部政局动荡不安,经济凋敝,天灾频仍;外部则有元朝残余势力仍在窥视大明新生政权。内忧外患,形势非常严峻,故明初统治者采取了一系列维护和巩固统治的措施。统治者在军事上,进行了北伐,基本铲除了北元残余势力。随着朱明王朝完成对元的毁灭性打击,社会局势逐渐安定下来,朱元璋便开动国家机器逐步解决其他各种社会问题。首先朱元璋大力强化中央集权专制政体,废除延绵了一千多年的丞相制度,并广设特务机构监视和镇压图谋不轨的官吏和乱民。其次,明初在思想和意识形态领域也实行了强权管理政策,严格规定尊崇以"四书""五经"为代表的儒家思想而不得逾越,与此同时又大力发展教育,推广科举取士制度。再次,实施"与民休息"的经济政策,整顿和减轻赋役,移民垦荒,兴修水利,施行民屯和军屯统治,从而使社会经济恢复了生机,社会财富日渐增多,社会日渐安定繁荣。与大力兴农相反,明初对商人实行了严厉的限制和打击,并实行闭关政策,从而使得内外商业贸易几乎停滞。朱明王朝的经济政策为传统学术的复兴准备了条件,而专制主义的文化政策,又使得经学完全沦为统治阶级的思想工具,失去学术研讨的空间,经书变成学人科场的敲门砖。

元明之交社会动荡和明初一系列政策的实施给徽州社会带来了巨大影响。首先,元末战争使徽州地区经济遭到严重的破坏。元至正十二年三月,徐寿辉的一支红巾军攻陷徽州,"江东大扰"。从该年起,至至正十七年七月邓愈攻克并控制徽州地区止,六年时间里徽州地区战事不断。长期的拉锯战使得大量徽民惨遭荼毒,庐室灰飞烟灭,家产资财洗劫一空。其次,明初打击商业经济的政策,使商业贸易几乎停滞,进一步给徽商经济带来了毁灭性打击。徽州地区"闾右以赀自焚者,十室而五"[①],徽商经济一度沉寂。但是,由于有元代大量隐居家乡的士人从事文教活动,始终维持着徽州地区传统学术文化学脉的延续;又由于民族复兴口号的召唤,广大徽州士人积极投身到抗击元朝统治的战争,并为新生的大明政权的政治、经济文化建设献计献策。徽州文化在这样一个激荡的时代,不仅保持了稳定的发展,还带上了新的时代特点。

---

① 吴士奇:《绿滋馆稿征信编》卷五《货殖传》,《四库全书存目丛书》集部第 634 册,齐鲁书社 1997 年版,第 634 页上。

明代前期，徽州地区出现了许多较有影响的学术人物，兴起于宋、发展于元的新安理学，至明代达到了顶峰。从明初有影响的学术人物来看，婺源有程文、胡默和王友直等；歙县有郑玉[①]、唐桂芳、姚琏、鲍元康、鲍同仁、郑琏、郑忠、郑潜、吴逊、鲍頫、唐子彰、黄训、鲍观等。休宁有朱升、赵汸、朱同、范准、汪循、黄枢、程昆、杨琢等。黟县有孙宽、汪士谦、王钢城等。祁门则有汪克宽、汪思敬、叶琦、王廷珍等。

胡默，字孟成，元末明初人，故有将其收入元代。程文，字以文，其"研穷六经，博考诸子百氏"，颇得时人推许，前人谓胡默、程文为"师山（郑玉）同调"[②]。王友直，字季温，初师从程文（黟南），后程文令其助教于郑玉（师山）。

入明后，绩溪突破了元代学术人物的空白状况，出现了周颂、郑汝砺、胡尚吾、周尚义等学术人物，其中周颂和郑汝砺二位较有影响。周颂，字德音，号光霁。早年为诸生，"励志圣贤之学"，曾捐祖业造明伦堂和文公祠。嘉靖初年任山东蒲台训导，"以身示法教学者，以朱子为宗，于《六经》《语》《孟》多所发明"。著有《四子讲义》《光霁集》等书。

此期的新安理学家们，一方面潜心著述，以阐发朱熹学说本旨为务，凡诸儒之说，"其畔于朱子者刊而去之"，朱氏书中的"微辞隐义引而伸之，其所未备补而益之，于是朱子之学焕然以明"[③]；另一方面，他们或创办、或主持书院，致力于传播朱熹的学术思想，为朱熹学说在徽州乃至全国广泛流传做了大量工作。明初徽州学者赵汸是这样自豪地描述当时徽州地区朱学传播繁荣盛况的：

> 新安自南迁后，人物之多，文学之盛，称于天下。当其时，自井邑田野，以至于远山深谷，民居之处莫不有学，有师，有书史之藏。其学所本，则一以郡先师朱子为归。凡"六经"传注，诸子百氏之书，非经朱子论定者，父兄不以为教，子弟不以为学也。是以朱子之学虽行天下，而讲之熟，说之详，守之固，则惟新安之士为然，故四方谓东南邹鲁。[④]

---

① 今按，有将郑玉、朱升、汪克宽收入元代者，此三人皆元明之交人。朱升和汪克宽主要政治、学术活动及其影响皆在明代，故归入明代更为合理。唯郑玉，《江南通志》云："明兵至，守将欲要致之。玉曰：'吾既不能慷慨杀身以励风俗，犹当从容就死以全节义。'遂自缢死。"可见其应收入元代。然其学术与朱升、赵汸一致，且对明初影响较大，故亦姑且一并入明初。另，周晓光将朱升、朱同父子著录为歙县人，误，今不从。

② 黄宗羲、全祖望：《宋元学案》卷九十四《师山学案》，中华书局 1986 年版，第 3131 页。

③ 程曈：《新安学系录》（王国良、张健点校），黄山书社 2006 年版，第 224—225 页。

④ 赵汸：《东山存稿》，《四库全书》第 1221 册，上海古籍出版社 1987 年版，第 287 页上。

当时另一位徽州学者汪克宽亦有类似的描述：

> 近代以来，濂洛诸儒先继出，吾邦紫阳夫子集厥大成，揭晦冥之日月，开千载之盲聋。于是六合之广，四海之外，家诵其书，人攻其学；而吾邦儒风之丕振，俊彦之辈出，号称东南邹鲁，遐迩宗焉。[①]

明代新安理学的兴盛，全面地促进了朱子之学的研究和传播，朱子思想日益深入人心。但是，自元代朱子之学“显学”地位确立以来，朱子独尊的局面导致了许多消极影响。在学术方面突出表现为：一是以朱熹注疏集注为学问之大端，死抱一字一义之说教，对朱熹学说“无敢疑贰”；二是视有悖于朱熹学说的言论为“异端邪说”，口诛笔伐，不容半点争鸣和商榷；三是随着朱子之学研究的深入，朱子学的精义阐发殆尽，大量新出的著述叠床架屋，拾人唾余，毫无新意。为了克服这种盲目信从，知其然而不知其所以然，墨守成说而无创新，党同伐异而独占话语霸权的不良学风，在新的形势下继续发扬光大朱学，在新安理学三大家朱升、郑玉、赵汸的引领下，元末明初出现了以“求真是之归”为口号，独立思考、唯真是从的新学风，即要求真正明了“朱子之学”的真谛，而不是人云亦云，随声附和。因此“朱升‘旁注诸经’发明朱学；郑玉、赵汸‘和会朱陆’弘扬本门宗旨的不同学术风格”[②]。朱升认识到“濂、洛既兴，考亭（朱熹）继作，而道学大明于世。然后学者往往循途守辙，不复致思其已明者。既不求其真知，而未明者遂谓卒不可知”[③]。故提出：“其先儒之说顺附经文，而或有不类、不妥者，则必再三玩索体认，以求真是之归，此学者穷经最得力处，必身亲为之，然后历其难而知其味也。”[④]郑玉从朱陆之学大本相同的认识出发，反对“未知本领所在，先立异同”，主张和会朱陆，他说：“三纲五常，仁义道德，岂有不同者哉？况同是尧舜，同非桀纣，同尊周孔，同排佛老，同以天理为公，同以人欲为私，大本达道，无有不同者乎！”[⑤]故郑玉既积极读书穷理，又能向内用功，用心去体认天理。赵汸则认为朱、陆虽“入德之门”存在差异，但始异终同，故自觉融会两家。其重视读书，认为“古之圣人亦必由学而至。学者之功，必可至于圣人”；又主张

① 汪克宽：《环谷先生集》，《四库全书》第1220册，上海古籍出版社1987年版，第699页上。

② 周晓光：《新安理学》，安徽人民出版社2005年版，第116页。

③ 朱同：《朱学士（升）传》，程敏政《新安文献志》，《四库全书》第1376册，上海古籍出版社1987年版，第268页下。

④ 朱升：《朱枫林集·论语孟子旁注序》，黄山书社1992年版，第33页。

⑤ 郑玉：《师山集》，《四库全书》第1217册，上海古籍出版社1987年版，第25页上。

“澄心默坐，涵养本源，以为致思之地”[①]。避免了朱学“支离”之弊，又吸收陆学精于默思之长。郑玉、赵汸虽“和会朱陆”，却皆以朱子之学为本体和归依，皆非弃朱学而从心学。他们吸收心学成果，无疑有益于朱学的发展，与元代徽州学人竭力维护朱学的纯洁性不同。

进入明中叶以后，徽州地区经济文化发生了巨大变化。由于政策变化，加上旧有的基础，徽商经济迅速复苏和繁荣起来。“新都业贾者什七八”[②]，“贾人足迹几遍天下”[③]。据万历《歙志》记载：“邑之以盐策祭酒而甲天下者，初则有黄氏，后则有汪氏、吴氏，相递而起，皆由数十万，以汰百万者。”又曰：“今之所谓大贾者，莫有甚于吾邑。虽秦晋间有来淮扬者，亦苦朋比而无多。”[④]谢肇淛亦称：“富室之称雄者，江南则推新安，江北则推山右。新安大贾，鱼盐为业，藏镪有至百万者，其他二三十万，则中贾耳。”[⑤]故日本学者藤井宏教授说，自明中叶以后，“新安商人逐渐以经营盐业为中心，雄飞于中国商界”[⑥]。徽商经济实力雄厚后，颇能注重家族和地方的文化投入，徽州文化事业更为兴盛。

整个明代，徽州书院总数达 51 所，分布在徽州六县。其中歙县 12 所、休宁 8 所、绩溪 6 所、祁门 8 所、婺源 14 所、黟县 3 所[⑦]。比较有名的则有斗山书院、崇正书院、天都书院、还古书院、海阳书院、东湖精舍、虹东书院、世贤书院、尊罗书院、明德书院、富教堂、东山书院、石龙精舍、碧阳书院、颍滨书院、鹿苹书院等。明代徽州府刻书数量多，质量高，与诗经学相关的刻书，有文献可征的，如官刻有《朱子语录》等；私刻有《诗说解颐总论》（胡宗宪刻）；《朱子大全》（吴养春与吴勉学合刻）；《六经图》《音声纪元》（吴继仕刻）。朱崇沐以刻朱子著述为己任，刻有《朱子语类》《诗集传》《朱子大全集》《紫阳文公先生年谱》等。而坊刻名家吴勉学校刻《毛诗》《十三经》（又名《十三经注疏》）、《诗经集传》。汪应魁亦刻有朱熹《诗集传》。明代徽州书院和徽州刻书，虽不必尽皆出现于明代中后期，但明代中后期更为繁荣是不争的事实。

此期，陆、王心学渗透到素有“程朱阙里”之称的徽州。从有关文献可知，传

---

① 程曈：《新安学系录》（王国良、张健点校），黄山书社 2006 年版，第 274 页。

② 汪道昆：《太函集・阜成篇》，《续修四库全书》第 1347 册，上海古籍出版社 1995 年版，第 12 页下。

③ 张翰：《张恭懿松窗梦语・商贾记》，《续修四库全书》第 1171 册，上海古籍出版社 1995 年版，第 460 页上。

④ 万历《歙志》卷十《货值》。

⑤ 谢肇淛：《五杂组（俎）》卷四《地部二》，《续修四库全书》第 1130 册，上海古籍出版社 1995 年版，第 412 页下。

⑥ ［日］藤井宏：《新安商人的研究》，《徽商研究论文集》，安徽人民出版社 1985 年版。

⑦ 以上数据参见周晓光《徽州传统学术文化地理研究》，安徽人民出版社 2006 年版，第 223 页。

入徽州的心学主要为王阳明和湛若水两支。一时之间，王守仁的高足王艮、钱德洪、王畿、邹守益、刘邦采、罗汝芳等齐集徽州，主讲盟会。湛若水及其门徒则主要讲学祁门，祁门成为心学在徽州传播的重镇。当时信奉心学的学者，歙县有汪道昆、汪尚宁、程大宾、郑烛；休宁有程默、毕翰、金瑶、刘昊等；黟县有李希士、韩懋德、汪济、王岩英、余心、朱之英；婺源有方瓘、洪垣、潘士藻、江彦明；祁门心学信徒众多，其中最著名的有谢显、谢芊等。《紫阳书院》称，明中后期，徽州"文成之教盛行，讲会者大多不诣紫阳"[①]，《还古书院》亦谓徽州"闽洛绝响，遵者寥寥"，而"新建之说，沦人骨髓"[②]。李琳琦指出："明中后期，阳明心学不仅统治了徽州书院讲坛，而且深入到民间乡里，主导徽州四百年之久的朱子之学则走向衰落。"[③]而朱昌荣则曰："自阳明心学入徽后，对当地学术文化的发展带来了深刻的影响：一方面，'南宋以来朱子学在徽州一统天下的格局被打破'。另一方面，'新安理学学派中形成了二个不同的学术阵营'。此后王学、朱学在徽州地区组成各自的阵营，规模影响相当。"[④]说朱学衰落，一统格局被打破，是不争的事实；但说闽洛绝响，心学深入到民间乡里，明显夸大了心学的影响。因为此期仍有大量学者恪守朱学：歙县有洪德常、江恒；休宁有程曈、范涞、吴汝遴、汪璲、汪学圣、程珮、汪佑；黟县有许天赠、孙济聘、汪鼎、汪宗讯、汪有恒、程文明、汪文宗、朱存仁、王钢；婺源有游震得、汪应蛟、余懋衡、汪旭奇、詹渭、游显达、程原德、余纯照。即使像祁门这样的心学传播重镇，亦非心学独霸天下，朱学仍有传播，如被人誉为"圣世名儒"的王讽，就著有《宗朱录》[⑤]。周晓光指出："从两大阵营来看，明代中后期徽州学术文化朱子之学与心学杂存是一个不争的事实。就讲学而言，心学占据了上风；而从有代表性的学术人物及其影响力度看，则朱子之学强于心学。此期徽州具有全国性影响的学术代表人物，大多倾向于朱学。这里包括两种情形，一是程曈等极力抵御心学者，二是程敏政等和会朱陆者，他们的基本立场都偏向朱子之学。此外，徽州人的人伦规范、日常行止、宗族活动等，一如既往以朱子之学为准则和指南。因此，在明代中后期徽

① 施璜编、吴瞻泰补：《紫阳书院志·列传·汪县尹》（吴瞻泰、吴瞻淇整理），黄山书社2010年版，第236页。

② 施璜：《还古书院志·吴抑庵先生》，《中国历代书院志》丛书第八册，江苏教育出版社1995年（影印本），第596页。

③ 李琳琦：《徽州书院略论》，周绍泉、赵华富主编《'98国际徽学学术讨论会论文集》，安徽大学出版社2000年版，第451页。

④ 朱昌荣：《皖派朴学述论》，《清史论丛》2005年号，中国广播电视出版社2005年版，第239页。

⑤ 此期，绩溪无有影响的学者著录，心学和朱学在绩溪传播情况不明。

州统一的传统学术文化特色——理学之中,朱子之学仍可谓是基本色调。"此论甚确①。

程敏政(1445—1499),字克勤,号篁墩,休宁人。其在《道一编》中提出朱陆始异终同之说。他立足于"道一"思想,将朱熹和陆九渊之学由异而同的进程分为三个阶段:一是"始焉如冰炭之相反";二是"中焉则疑信之相半";三是"终焉若辅车之相倚"。虽然明初徽州就有郑玉、赵汸等"和会朱陆",但系统、细致论证朱陆之"道"本质无二,"始异终同",则程敏政为第一人和唯一人。程氏朱陆始异终同说在当时颇遭"非议",认为他"抑朱扶陆","辱朱荣陆",今人亦有认为其乃以迂回曲折的方式推出陆九渊的心学,以与朱熹的理学体系相抗衡,从而全面、具体地表达了不满文化专制,反对朱学独尊的思想。章培恒说:"与此相应,正宗的儒学开始衰退。在王阳明之前,徽州的程敏政就已提出朱熹晚年认同陆象山心学的理论,以'修正'朱熹学说的手段为心学张目,这也正是后来王阳明的策略;而如所周知,以李贽为旗帜的晚明新思潮正是从继承了陆象山心学的王阳明心学的基础上发展起来的。可以说,在明代中期,朱熹学说在徽州思想界的统治地位就已经动摇了。"②其实,程氏坚信"求孔子之道,必自程朱"③,其始终是站在朱子之学的立场上进行学术活动。说其修正朱熹学说则是,而说其为心学张目以与朱熹的理学体系相抗衡则非。程敏政与王阳明的做法一样,目的却不同。王阳明是为了张心学,而程敏政则为了张朱学。在程氏看来,朱陆之"道"既然本质无二,就不必斤斤于朱陆异同,视朱陆为水火。直可以援陆入朱,发展朱学。程氏此论确为朱学发展打开新途,惜乎多有误解而未能发挥应有作用。

程曈(1480—1560)④,字启皦,号练江,又号莪山,休宁富溪人。程曈不像郑玉、赵汸、程敏政那样,以"和会朱陆"来张大朱子之学,而是继承了元代新安理学家力排异见的作风,主要通过"辟邪说"来维护朱学之正统。康熙《休宁县

① 周晓光:《徽州传统学术文化地理研究》,安徽人民出版社2006年版,第115页。

② 章培恒:《序》,韩结根《明代徽州文学研究》,复旦大学出版社2006年版,第2页。

③ 程敏政:《篁墩文集》,《四库全书》第1252册,上海古籍出版社1987年版,第241页下。

④ 程曈一生行实,史籍所载甚简。从《休宁县志》《紫阳书院志》《还古书院志》等简短记载知,曈早年失怙,弱冠即弃举子业,一生不举不仕,专务实学。著有《闲辟录》《阳明传习录考》《朱子晚年定论考》《新安经籍志》(一名《续新安文献志》)、《紫阳风雅》和《新安学系录》等。所著《新安学系录》16卷,收集了自宋至明徽州112位学者传记和遗事等资料,"与朱子合者存,背者去"(《江南通志》语)。是书为凝聚程氏一生心血的力作,是第一部新安理学的"学案"。另,其生卒年,诸家皆不著录,多只谓与程敏政同时。然施璜《还古书院志》卷七《传》载曰"(程曈)与原配孺人吴氏同生于成化庚子十六年正月二十六日,并登八旬",乃"前古所无奇寿",则知其生于成化十六年(1480),而卒年应为嘉靖三十九年(1560)。

志》曰："其于六经性理之要，莫不研精覃思，以求真是之归。当正、嘉之际，禅陆盛行，曈独立狂澜，觝排攘斥，崇正道，辟邪说。"[①]道光《徽州府志》则云："程太史敏政著《道一编》，以朱、陆之学始异而终同。曈叹曰：'今日以朱子为同，他日必有斥朱子为异者。'乃疏为之说，名曰《闲辟录》。"《紫阳书院志》亦云："程篁墩著《道一编》，谓朱、陆早异晚同。先生深以为非，乃采朱子年谱、文集、语类，有辨陆学者考其岁月先后，以明《道一编》之颠倒，名其书曰《闲辟录》。"可见，程曈反对程敏政早异晚同说，竭力维护朱学正统性和纯洁性。四库馆臣对程曈此书不满，谓："门户之见太深，词气之间，激烈已甚，殊非儒者气象，与陈建《学蔀通辨》均谓之善骂可也。"[②]馆臣提到的《学蔀通辨》[③]作者陈建（字廷肇，号清澜），为当时又一著名的激烈反对陆、王之学的学者，其见程曈之书，即喟然叹曰："斯世也，而有斯人耶？斯世而有众醉独醒、无偏无党之士如莪山者？何处得来耶？其主意正矣，用心勤矣，卫道严矣，有功朱子矣！"[④]将程曈引为难得的同道。

值得注意的是，此期恪守朱学派学术上多无建树；和合朱陆派从产生之日起就遭到围攻而影响甚微；心学派虽对朱学有巨大冲击却未能动摇其根基。不过，和合派和心学派开创的修正、批评朱子之学的学风则不绝如缕，并积少成多，由微渐著，到清乾嘉时期，终成徽州学术文化的主流，明代学人的开启之功实不可没。

学术风气的转变常常受到当局文化政策的巨大影响。永乐年间，《五经大全》编纂和颁行，自此之后，经义试士以此为准则，汉唐古注、宋人新疏率皆抛弃。故《四库全书总目》谓"盖自胡广等《五经大全》一出，应举穷经，久分两事"[⑤]。科举文式在英宗天顺（1457—1464）以前，敷衍传注，或对或散，并无定格。宪宗成化二十三年（1487）会试后，八股之制定型并被严格要求和限定起来。科举出题限于四书五经，以八股文格式写作。考生作文必须"代圣人立言"，不许自发议论。

历史发展到这时，天下之士功名富贵寄于时文，一生精力尽耗于八股。明

① 康熙《休宁县志》卷一二《人物》。

② 《四库全书总目》，中华书局 1965 年版，第 810 页中。

③ 《学蔀通辨》十二卷，明哲学家陈建著。是书分前、后、续、终四编，恪守程、朱学说，力纠陆、王之"偏"，被视为明代反陆王之学的代表作。

④ 施璜：《还古书院志 · 列传》，《中国历代书院志》丛书第八册，江苏教育出版 1995 年版（影印本），第 594 页。

⑤ 《四库全书总目》卷十六《〈诗故〉提要》，中华书局 1965 年版，第 129 页中。

人于慎行指出,八股文对时人的影响“沉酣濡胾入骨已深”,即使是到了“业志已酬,思以文采自见”之时,“己亦不知,人亦不知也”——八股文写作已深深融入他们的思维方式,成为下意识。八股文要求“代圣人立言”,又极大程度上钳制了思想。受此影响,经学逐渐衰落,为科举所用,亦走上形式主义的道路。时人于时文趋之如鹜,于经义则少有从事,大多数人将儒家经典当作步入仕途的敲门砖,以时文之法去读儒经,死背经文和笺注,揣摩章法和笔意,率皆只为科场写出能赚取利禄的八股之文。顾炎武曰:“愚以为八股之害,等于焚书;而败坏人材,有甚于咸阳之郊,所坑者但四百六十余人也。”①又说:“八股行而古学弃,《大全》出而经说亡。”②

不过,八股取士的影响并非全部都是消极的。它的出现使得经义研究没落,却又促进了对这些经典的文学探讨。八股文作为一种文体,是中国各种文学技巧的结晶和集大成者。日本学者横田辉俊指出“八股文是由中国文学长久传统孕育出来的最高峰,是中国文章构造的极致”,尤其是对明清文学而言,“如果忽略了八股文,便无法把握它的真精神”③。从八股文制式可以看出“八股文的写作必须围绕着题目来结构文章,行文之际要讲究起承转合,并摹拟古人口吻说话,代圣贤立言。所以,八股文技法可以概括为:(一)‘尊题’,即突出主题;(二)在结构上围绕题目‘起、承、转、合’;(三)‘代言’。”④为了写出足以打动阅卷考官的八股文,时文家深入细致地揣摩包括《诗经》在内的优秀诗文,以期总结前人的创作经验,找出规律性的方法技巧。故八股技法不仅促进了明清的文学创作和文学批评,还影响到诗经学的文学研究。

第二节　以时文之学为主的明代徽州诗经学

明代诗经学,洪湛侯主张分为早、中、晚三个时期:早期为朱学一统期,其标志为胡广等奉敕编纂的《诗经大全》的颁行;中期复古之风强劲,出现宗《小序》,宗毛郑的新倾向,代表人物有李先芳、朱谋玮、郝敬和何楷等;晚期则沦为

---

① 顾炎武:《日知录》卷十六“拟题”条,商务印书馆1933年版,第48页。

② 顾炎武:《日知录》卷十八《书传会选》,商务印书馆1933年版,第105页。

③ 转引自邱江宁《八股文“技法”与明清戏曲、小说艺术》。

④ 邱江宁:《八股文“技法”与明清戏曲、小说艺术》,载《文学研究》2009年第5期,第82页。

科举制艺的附庸，无复研究可言①。洪先生的分期并不适用徽州诗经学，明代徽州诗经学研究受新安理学的影响，始终是朱子的天下。其间虽在心学挤压下，朱学在徽州失去了大量的阵地，且为适应挑战而积极"改良"，和合朱陆，但朱学根基并未因此而动摇。经学是封建社会学术研究最顽固的堡垒，其发展变化总是相对滞后，新的学风一时很难占据主流思想地位。即使发展到清代，出现了姚际恒这样与朱学势同水火的经学研究者，其在当时，仍不足以撼动朱学统治地位。明代徽州诗经学著述虽有三十多家，然皆拾朱子唾余，屋中建屋，床上架床，创获不多，无甚成就。而与此不同的是，徽州在徽商经济的支撑下，对科举入仕异常热衷，故明代教育和科举取士制度对徽州经学研究的内容、形式、价值取向等存在着极大的影响。不明乎此，便很难认识和理解明代徽州经学。

首先，新安理学的繁荣使得徽州诗经学的发展带上了鲜明的理学特色，并使之成为了朱子诗经学的附庸。汪仁峰（循）说："元季国初之间，在休则陈定宇（栎）、倪道川（士毅）、朱枫林（升）、赵东山（汸）、朱石门（同）、范云溪（准）诸先生，其所以为学，皆务淑诸身心，尊乎德性，言必有裨于师训，行必取法乎古人。"②朱升、汪克宽的诗经学可视为此类代表。

朱升"自幼为学，即以列圣传心为主，践履致用为工，上穷道体，幽赞化原"③。他认为"夫读书不可无注解"④。"先儒传注之意，所以求经之明也。而近世举业，往往混诵经注。既不能体味乎传注，而反断裂其经文，使之血脉不通，首尾不应，知味乐学，何所自乎？"故奋起旁注诸经，且谓："旁注之作也，知其粗者，以为小学之入门，悟其妙者，知其为研精造道之要法。"⑤朱升尝谓："《诗》者，人情之宣也。"又谓："汉儒传《诗》者四家，毛苌后出，乃独行者，理胜于三家也。孔子曰'《关雎》乐而不淫，哀而不伤'，而齐、鲁、韩以《关雎》为刺诗焉。此其传之所以不行乎！朱子之于《诗》也，本欧阳氏之旨，而去序文；明吴才老之说，而叶音韵。以《周礼》之六艺三经而三纬之，赋、比、兴各得其所，可谓无憾也已。"⑥可见其治经路径和旨归。朱氏《诗旁注》，《经义考》注曰"存"。光绪《安徽通志》作《诗经旁训》，八卷，注曰"未见"。刘毓庆疑上海图书馆藏元刻本《诗

---

① 参见洪湛侯《诗经学史》（上），中华书局 1999 年版。

② 康熙《休宁县志》卷十二《人物》。

③ 朱同：《学士朱升传》，朱升《朱枫林集》附录，刘尚恒校注本，黄山书社 1992 年版，第 137 页。按，程敏政《新安文献志》有收，题名《朱学士（升）传》。"幽赞化原"作"幽探元化"。

④ 朱升：《朱枫林集·小四书序》，黄山书社 1992 年版，第 51 页。

⑤ 朱同：《学士朱升传》，朱升《朱枫林集》（刘尚恒校注），黄山书社 1992 年版，第 137 页。

⑥ 朱升：《朱枫林集·六经源流》（刘尚恒校注），黄山书社 1992 年版，第 92 页、第 94 页。

经旁注》四卷即该书，此疑得到刘尚恒先生的确认[①]。概而言之，朱升治学基本倾向虽仍在朱子学之途，理学色彩浓厚，但在追求“真知”的过程中，善于融会诸家之说，颇有独到见解，不同于其时新安诸子的盲从。

汪克宽为朱门第四代弟子，元季隐居著述，教书授徒，“临郡学者皆宗师之”[②]。入明应召同宋濂等与修《元史》，被称为明朝史局布衣第一人。著有《春秋胡传附录纂疏》《礼经补逸》《易传音义考》《诗集传音义会通》《左传分纪》《周礼类要》《四书音证考异》《环谷集》等书。宋濂《序》其诗经学著述曰：“《诗集传音义会通》若干卷，引古今之书凡百余家，疑者辨之、阙者补之、朱子之欲更定而未及者亦从而正之。稽其用心固欲孔、陆无异。然而简而弗繁；精而不疏，则有大过于人者矣。”[③]汪氏之书今虽不传，然由此可见其著述特点。刘毓庆以为“这代表了当时大多数学者演义‘朱传’的动机”[④]。

朱升、汪克宽之外，还有汪思敬、郑佐、江彦明、汪应蛟、鲍应鳌、舒尚功、汪尹耕、吴汝遴、凌云鹏、方纯仁、游应乾、赵时用等，他们的诗经著述虽多不传，然率皆深受新安理学影响，祖述朱学而较少独得之见。

汪应蛟所著《学诗略》一卷和《诗礼品节》，皆佚。《经义考》注曰“存”，且引汪应蛟自序曰：“先王于《诗》教岂不重哉，自朝廷宫闱下迨国都闾巷，皆弦诵风雅以涵咏性情，而约之至正。春秋时，诸侯、卿大夫聘会燕飨，犹相与赋诗见志，盖其讽喻婉而感人深也。说者谓古诗三千余篇，夫子仅存其什一。篇什虽简，而忠孝恭顺、礼义廉耻之节，森然悉具，以言乎兴观群怨、事父事君则备矣。子谓《诗》可以一言蔽，曰思无邪，夫学《诗》者诚求端于无邪也，兹《略》已多乎哉。”[⑤]

鲍应鳌所著《诗经同门稿》亦佚，其自序曰：“意者其有得于《诗》之性情，而于温柔敦厚之教，必有涵濡浸灌之独至者矣。昔匡衡说《诗》而颐解，兹集出，倘亦有匡衡之遗味乎？或谓季子观乐而骘古今，唐人诵诗而闻国政，盖声音之道与治通也。今诸君行，且为政而又以深于《诗》者为之，其何所不达？然我不敢知有诸君诗稿在，吾知其深于《诗》而已矣。”[⑥]

---

① 朱升：《朱枫林集》（刘尚恒校注），黄山书社 1992 年版，第 6 页。

② 李贤等：《明一统志》卷十六《徽州府》，《四库全书》第 472 册，上海古籍出版社 1987 年版，第 381 页下。

③ 朱彝尊《经义考》，台湾研究院、中国文哲研究所筹备处 1997 年版，第 156 页。

④ 刘毓庆：《从经学到文学——明代〈诗经〉学史论》，商务印书馆 2001 年版，第 40 页。

⑤ 朱彝尊：《经义考》，台湾研究院、中国文哲研究所筹备处 1997 年版，第 222 页。

⑥ 鲍应鳌：《瑞芝山房集》卷一，《四库禁毁书丛刊》集部第 141 册，北京出版社 1998 年版，第 64 页。

吴汝遴终生绝意仕途,以讲学为毕生事业。平日阅读诸儒语录,见有崇尚朱子者,必手录。一生不惜以身捍卫程朱之教,凡是见谈及佛道即忧形于色,有搀入陆王者,亦必争辩不休,必反于正而后已。所著《葩经臆说》《诗经集解》以捍卫朱说为要。

如前所述,新安理学之外,科举制度对明代徽州诗经学的影响亦极为明显。明清之际,有大量服务于科举的应用性诗经学著作产生,为表述方便起见,我们有时径将其称为八股派诗经学,从而将其与较纯粹的传统诗经学区别开来。据洪湛侯的研究,八股派诗经学著作大致可以分为以下几类:一是用评点时文的方法评《诗》。二是用科举制义的程式论《诗》。此类又可大致分为两小类,即所谓的"高头讲章"和专门推敲文字、寻求语脉的读本。三是编纂为科举服务的读本。此类亦可分为几个小类:训蒙用书、汇编、摘编、抄撮①。徽州诗经学中,典型地属于八股学派的有许天赠和范王孙。前者乃是用科举制义的程式论《诗》;后者用抄撮的方法编纂为科举服务的读本。

在明代诗经学史上,有一值得注意的事件,那就是丰坊伪造的子贡诗学。丰坊《诗传》《诗说》虽系伪造,不能代表子贡、申培诗学思想,却因著述颇有新见,一时影响极大,许多学人信以为真。姚应仁《诗述述》一卷,就是在迷信伪诗传的学风影响下的产物。姚氏既然自认为在传述子贡诗经学,而子贡传述的是孔子诗经学,乃述子贡之所述,故以"述述"名其书。其书多依附《诗传》《诗说》,于《诗》义既鲜所发,于《传》《说》之妄诞,亦复信而不疑,又每多臆说。《续修四库提要》云:"自丰坊撰《诗传》《诗说》,而托之子贡、申培,隆、万以来儒者治《诗》,多采其说,浸假而成风尚。夫丰氏说《诗》,虽多臆说,然其变易《诗》次,诋诽旧说,亦间有创获。然必托之子贡、申培,遂使晚明诸子,奉之为圣门传《诗》嫡冢,而应仁亦误信其说,以为述孔氏之真,斯故难乎免于识者所笑。……盖晚明儒者,少见古书,故终不免乡塾之说也。"②

明代诗经学以杨慎、陈第为代表,开启了较为科学的《诗经》音学研究。在徽州,则有程元初、杨贞一、吴继仕等对《诗经》古音进行了研究。程元初,歙县人,著《诗经叶韵》四卷,《诗经反切音释》一卷,皆佚。《经义考》又著录程元初有《诗经音释》,当为《诗经反切音释》之简称③。程氏《诗经叶韵》为徽州诗经音韵研究较早者,惜其不传,未能产生应有的影响。杨贞一博洽通经,深于《诗》

① 参见洪湛侯《诗经学史》(上),中华书局 2002 年版,第 445—455 页。

② 《续修四库全书总目提要》,中华书局 1993 年版,第 326 页。

③ 参见刘毓庆、贾培俊《历代诗经著述考》(明代)。

学,其以为朱熹《毛诗叶韵》未为尽美,因取吴棫《韵补》、熊忠《韵会举要》之意,参考而成《诗韵辨略》三卷。该书实则以《洪武正韵》为准,于音韵源流,未及博考。休宁人吴继仕于1611年撰成《声音纪元》一书,不仅较系统地研究了上古声母系统,还于卷四《审音》部分对《诗经》的十二《古诗谱》,进行了审查和修订,改正了传写之误,完善了乐律,使之可歌可奏。吴氏不仅保存和整理了古老的音乐资料,而且为我们复原《诗经》时代的音乐提供了借鉴。

明代徽州还出现一些以图表形式传述诗学的著述。吴继仕《六经始本原流》和《七经图》,虽以摹抄、修订旧本为主,无关经义,然有保存文献之功,所用图表简洁明了,对初学者不无帮助。此外,还有江彦明的《五经图考》和吴苍舒的《七经图考》,皆佚而不知其详。

第三节　以时文入讲,颇重章法意脉的许天赠诗经学

许天赠《诗经正义》二十七卷,《经义考》注"未见"。中国科学院图书馆则收藏有明万历刻本,该本刻工精良,唯稍有缺页。《四库全书存目丛书》收有该刻的影印本。卷首列有修订人名单,皆为许氏门人,包括进士、举人各十人,王应麟赫然列入其中,可见许氏诗学在当时的影响。另外,据张本编《新刻诗经八进士释疑讲意》所引,许氏还有题名为《诗经讲意》的诗经学著作,该书未见。刘毓庆、贾培俊曰:"明人刻书,往往有一书数题者,盖书商以趋利也。此疑即许氏《诗经正义》之异名。姑存疑。"[①]不过,许书卷首所列有修订人名单中有其妻弟舒崇功。舒崇功有《诗经讲义》为《黟县志》著录[②]。《诗经讲意》和《诗经讲义》一字之别而义同,很可能就是同一本书,则题名为许天赠所作的《诗经讲意》,很可能是舒崇功著述的误录。

许氏《诗经正义》无确切著述年代,刘毓庆、贾培俊以为著于嘉靖至隆庆间

① 刘毓庆、贾培俊:《历代诗经著述考》(明代),中华书局2008年版,第129—133页。

② 按,《诗经讲义》《诗经讲意》,皆佚,可能即为一书而误题著述人。然,《诗经讲义》亦有不同著录。《徽州府志·人物志》曰:"舒尚功,字谦夫,黟人。万历丙辰进士,历知衢州府,捐橘林之租,罢云雾山采木之议,以抑奸商,衢人专祠祀之。升福建兵备副使,卒于官。所著有《诗经讲意》。"《皖人书录》曰:"舒崇功,字谦夫,黟县人。万历丙辰(1616)进士,历知衢州府,升福建福宁道兵备副使,卒官。《诗经讲义》,《黟县志》著录。"《安徽人物大辞典》同《皖人书录》亦作"舒崇功"除姓名不同外,字号、籍贯、履历皆同。故知应为同一人。

中。其治《诗》以时文入讲，所说受方应旂《方山诗说》[①]对朱《传》发明的影响较大。许天赠《诗经正义引》云：

惟《方山诗说》深得诗人之旨，而词复未备，心甚苦之。乃穷朱子传注之旨，考诸家异同之说，参以一己之见，汇成讲义数册，朝夕观览大略，祖方山公之意而文饰之。[②]

可见其书规模《方山诗说》而资料更为详赡，分析叙写更为细密。由于遍考诸家异同，参以己见，许书成为了当时以时文入讲《诗经》的集大成之作。学子一书在手，便能遍览无遗，大大有益于时文写作。故付梓之前，便广为门生、故吏传阅，得到他们的高度赞扬：

是不惟有裨于经学，抑永为世教助矣。（《查志隆序》，《四库全书存目丛书》经第 61 册，第 267 册—268 页）

此书近则为初学之指南，远则为圣先之羽翼，小则为政治之梯筏，大则为宅揆之谋犹，其所系信匪琐琐细也。（朱琏《谨识诗经正义后》，《四库全书存目丛书》经第 61 册，第 271 页）

《正义》之作，非别传注为椎凿也，直阐传注所包括，而别诸家异派总归一源耳。故其言浅而实深，淡而实腴，始义经纬，各导其窾，明白该洽，令观者因是以会《诗》作者精神，了若面觌。而昔尼父删述意，且冥契自今矣，岂非传注羽翼、来祀正鹄哉？（王弘诲《序重订诗经正义》，《四库全书存目丛书》经第 61 册，第 273 页）

说许氏诗学“不惟有裨于经学，抑永为世教助”很大程度上出于门户之私，有拔高之嫌。但是说其书严正、有条理、明白该洽，“令观者因是以会《诗》作者精神”，可作为“政治之梯筏”，还是深得书旨的。许氏对此有清醒的认识，其《诗经正义引》云：

---

① 今按：方应旂有诗经学著述有二：一为《方山诗说》，《经义考》注曰“存”。一为《诗经窗文》，该书见张本编《新刻诗经八进士释疑讲意》引，二书今皆佚。

② 许天赠：《诗经正义引》，《四库全书存目丛书》经第 61 册，齐鲁书社 1997 年版，第 264—265 页。以下本节凡引此书皆于文中直接标注页码。

予所集不过文章之糟粕、举业之绪余云耳,无得于道也,乌足以传后哉?诸士曰:不然,圣贤之言无长说也,但后学不明,则不得不多其词,使人易晓,有所据而入。是编也,虽非传道也,独不可使业《诗》者之易晓哉?(《四库全书存目丛书》经第61册,第265页上—下)

此虽许氏谦词,却表明其认识到所著乃"举业之绪余","无得于道"。许氏是编先据朱熹《诗集传》笺释《诗》篇主旨,再结合诗文对朱熹之说进行串讲;然后一章章、一句句,阐发节旨、句意。重点在时文写作时,如何入讲,才不失诗旨,不失朱子之意,从而代圣人立言。综而言之,许氏是以时文家的眼光来考较诗篇的,其以《诗经》为时文写作之范本,对学子进行时文写作训练。其书大致相当于今天的应试作文训练教程。由于许氏讲解细致入微,从诗旨到章法到具体诗句,皆有针对性较强的讲解,甚而就初学者以及流行写家可能出现的错误而予以特别的告诫。初学者只要顺此勤加揣摩,终能登堂入室,写出合乎范式的时文。故此书一出,学子争相传诵。难怪《四库全书总目》谓:"是书不载经文,但标章名节目,附以己说,颇为弇陋。如于《采蘋》章云:'大夫妻,讲中不可说出。此就说诗者言,非诗人口气。'书中大率如此,盖全为时文言之也,经学至是而弊极矣。"①不过,是书虽于诗旨无甚发明,但只要抛开经学成见,从文学解读角度来考量,便可见其在《诗经》文学解读派兴起的历史进程中占有一席之地。

一、紧扣节旨、章旨:尊题

许氏极为"尊题",其反复申说,特别注重如何突出节旨、章旨入讲。如《小星》,有如此解说:

《小星》　全

诗人两兴己进御之勤而安于命,所以美夫人也。

此众妾美夫人之诗,亦《周南·樛木》《螽斯》之类也。全诗二章一意,要见美夫人意;注中"深以得御于君"二句作时义,只于末处用之,以见美夫人之意,不必重讲。

① 《四库全书总目》,中华书局1965年版,第140页上。

慧彼小星　　首章

诗人兴己进御之勤而安于命，美夫人之意有在矣。

四句分。“三五在东”，要点出宵夜字，方与下文相应。“肃肃”是敬其事而不敢忽之意。“宵征”谓见星而往还也，不必云夙焉。见星而往还，夜焉见星而往还，盖此只就一时所见而言，非兼指昏旦而言也。又有云“夜焉见星而往，夙焉见星而还”者，亦非。盖如此，则是当夕矣。只云见星而往，见星而还，便是夙夜。当云或夙焉在公，或夜焉在公，方见不敢当夕之意。末一句是言己之分不同于夫人，非彼此不同之谓也。夫人之惠，于“寔命不同”下见之。

南国夫人承后妃之化，能不妒忌以惠其下，故众妾美之如此。若谓情义每隔于上下之睽，而嫌隙易生于衽席之地。夫人于我则不然也，彼星明于夜者也，但见嘒然而微之。小星或三焉，或五焉，错落于天之东矣。况我肃肃然当此宵夜之际，见星而往，见星而还，或夙焉在公所，不敢以自逸也，或夜焉在于公所，罔敢以自专也。斯则往来之勤，固不若当夕者之逸矣。所以然者，非夫人所其逸而遗我以劳也。盖以命禀于有生之初，而贵贱之分已一定而不可易。夫人贵者也，吾之贱不同夫人之贵，虽欲同享其逸，不可得矣。然则我之得御于君，固夫人之赐也，而敢以为怨邪？

嘒彼小星　　末章

诗人兴己进御之劳，而因安于命焉。

上章言东方之宿，此章言西方之星。“报衾与裯”，兼往还言。

然不惟星之见于东也。“嘒彼小星”，则维参焉，维昴焉，而错落于天之西矣。况我肃肃然当此宵夜之时，见星而行。其往也，固抱是衾与裯也；其还也，亦抱是衾与裯也。斯则进御之劳固不若正位之安矣。所以然者，非夫人故为是以苦我也，盖以命定于赋形之始，而上下之分已判然而不可移。夫人尊者也，我之卑不犹夫人之尊，虽欲同处其安，不可得矣。然则我之得以进御，亦夫人之惠也，而敢以为劳耶？噫！夫人无妒忌之行，而众妾安于命，所谓上好仁而下好义者也，非被化之深，其能然哉？（《四库全书存目丛书》经第 61 册，第 302 页上—303 页上）

首先，许氏强调《小星》章旨为“美夫人”，指出入讲要见美夫人意，表现出强烈的尊题意识。其次，指出首章节旨为兴已进御之勤而安于命，入讲时要突出勤，还要突出不仅无怨且心生感激；不仅不敢自逸，且不敢自专。最后，指出末章节旨为兴已进御之劳而因安命,入讲时要从见东方之宿而往,见西方之星而返;报衾与裯而往,报衾与裯而还两方面突出一个“劳”字,还要突出夫人之恩惠。许氏于经义少有新的阐发,于诗学无甚价值。但士人记住此等文字,作起八股文来,直可以紧扣篇旨入讲而文不加点矣。

不过,许氏并非一味重复旧说而不敢逾越一步,有时亦有精彩立论。如《关雎》一诗,孔子以为“乐而不淫,哀而不伤”。朱熹将孔子此语阐发为“此言为此诗者得其性情之正”。且云“至于寤寐反侧,琴瑟钟鼓,极其哀乐而皆不过其则焉。则诗人性情之正,又可以见其全体也”。可见朱熹将性情之正理解为“忧止于寤寐反侧,乐止于琴瑟钟鼓”。许氏不同意这样的理解,他说:

> 是则其忧也,以淑女之未得也,虽忧而不至于伤;其乐也,以淑女之既得也,虽乐而不至于淫。……说者讲诗人性情之正,或以“忧止于寤寐反侧,乐止于琴瑟钟鼓”言之,非也。皆本德上来,故其忧当忧、其乐当乐,若施之他人则为过矣。(《四库全书存目丛书》经第61册,第277页上)

许氏以为诗人不矫饰,淑女未得之时则忧,淑女既得之后则乐,“其忧当忧、其乐当乐”,而其“虽忧而不至于伤”,“虽乐而不至于淫”,这就是“得其性情之正”。并非是“忧止于寤寐反侧,乐止于琴瑟钟鼓”。此论显然非朱子原意,却更合情理,令人耳目一新。

二、重情重道:“代圣人立言”

许氏治诗既以服务于八股文写作为目的,故特别注重研究如何“代圣人立言”。“代言”手法不仅明代八股文有运用,古老的《诗经》亦有运用,甚至于要求“实录”的史书亦时有运用。“代言”又称“托言”“托词”“悬想”等。明人陆时雍说:“诗之妙在托。”“夫所谓托者,正之不足而旁行之,直之不能而曲致之。情动于中,郁勃莫已,而势又不能自达,故托为一意、托为一物、托为一境以出之。”(《古诗镜》)钱锺书先生亦在研究《左传》等史书时探讨过“代言”手法。黄强先生说:“‘入口气’的八股文是地道的代言体。”[①]八股写作要求“代圣人立言”,故需模拟圣人气象而更经常地运用“托言”艺术。为了像模像样的“代

① 黄强:《八股文与明清文学论稿》,上海古籍出版社2005年版,第51页。

言”，做到真正“入口气”，明人对代言艺术做了极深入的研究。“托言”实质上属于文学创作中的虚构，因此，对《诗经》的“托言”艺术的探讨无疑推动了《诗经》的文学研究。如《卷耳》，许氏说：

后妃于君子之在外，必屡托言而极思念之情也。

此诗要看诗柄“思念”二字。通篇皆是托词，以见思念之情，非惟采物登高是托言，并饮酒亦是托言，总是思念君子。后三章与首章一意无浅深。或以下三章作“望”，对首章“思”看者，非也。（《四库全书存目丛书》经第61册，第279页上）

“从《诗经》开始，中国诗歌就有专以描摹口吻为工的各种拟代依托之作，唐宋词中每每有‘男子而作闺音’的奇特文学现象。”[①]《诗经》中《卷耳》《涉岵》《东山》等诗篇，“便已有了征夫‘悬想’父母、妻子如何牵念自己，室妇遥揣丈夫如何登山望乡的情境描写”，即运用了“代言”抒情艺术，但是“《诗经》中的悬拟，在全篇中往往只占一小部分；诗中的抒情主人公，终究还是歌唱者自己”[②]。故对《卷耳》诗中“饮酒”叙写，历来争论不休。或以为实写思妇，或则以为登高饮酒非女子所当为，故是写行役君子。许氏于此指出，不仅采物登高是托言，并饮酒亦是托言，皆是表现思念君子之情。许氏确有文学眼光，很好地解读出了《诗经》的抒情艺术，较之诸家之迂之固，自是气象不同。

“代言”既属于文学创作，须“入口气”，故重情。综观许氏之书，多有论情之处。其所论之情，有人情、有世情，还有诗情。如《卷耳》：

后妃以君子不在而思念之，故托言如此。意谓不可解者夫妇之情而相离，则思者又人情之不容已者也。我于君子之不在，其能以忘情哉？彼周行之上，卷耳生焉，可以为利用之资者也。我也方有事于卷耳之采，薄言采之，倾筐犹未盈也，是宜博采以待其盈矣，讵意情动于有事之时，思出于所为之外，嗟我怀人，望之不见而忧思之情弗能以自已焉。是以事因情夺而为之不终，手与心违而采之不继，生于大道之旁者置之大道之旁，听其自生自育而已矣，岂能以复采乎？（《四库全书存目丛书》经第61册，第279页下）

---

① 黄强：《八股文与明清文学论稿》，上海古籍出版社2005年版，第51页。

② 潘啸龙：《楚汉文学综论》，黄山书社1993年版，第289页。

许氏以为"思念"为《卷耳》一诗的诗柄,围绕"思念",正确地解读出"我"因思念君子之情不能自已,故情迷心乱,"事因情夺而为之不终,手与心违而采之不继",结果采了半天的卷耳,筐里还没有啥东西。甚而最后索性采不下去了,弃之不采,倾情远眺。后来汪梧凤对此诗的文学解读,与之如出一辙,可能是受到了许氏的影响。

再如《静女》,许氏同朱熹一样,以为"此淫奔期会之词"。然其对"期会"女子之情有较为准确地把握:

> 其始也,以期会之故,而俟我于城隅之间、幽僻之地焉。盖欲见我以慰其情也。夫何爱我也虽深,而我之至也,适后虽欲见之不可得而即见焉。斯时也,搔首长望,既前而复却也,方退而复进也。拟乎其状,殆有踟蹰然者矣。其情之切也何如哉!(《四库全书存目丛书》经第61册,第336页下—337页上)

又如《燕燕》,许氏说:

> 三章分。上是历叙已送之之情,而末章则美其人之贤也。风人之意含蓄不尽,此诗但叙别离之恨,而子弑国危之戚已隐然在于不言之中矣。颂诗者宜玩之。(《四库全书存目丛书》经第61册,第312页下)

许氏于此,不仅解读出诗篇所写之情,还品读出了诗人写情高超的艺术技巧。书中此类较多,兹不多举。至于其论《丘中有麻》,大谈淫风世俗;论《木瓜》畅言"好乐者,吾人之至情;报施者,天下之常礼"。如此等等,对诗中蕴含的世情亦有一定的把握。限于篇幅,亦不具论。

但八股文立言是为圣人立言,故特别重道,而宋明理学视域下的圣人之道无非是性命之学。故许氏《诗经正义》既讲人情之微,又讲性命之正。许氏说:

> 《诗》之为经也,本人情之微,通乎性命之正,必知道者而后能言之,亦必知道之言而后可传也。(《四库全书存目丛书》经第61册,第265页上)

在情和道中,许氏更重"天道""天理",人欲、人情必须毫无条件地服从于"理"。且看许氏对《野有死麕》的解读:

南国被文王之化，女子有贞洁自守而不为强暴所污者，故诗人因所见而兴其事以美之。若曰男女固人情之同欲，而礼义实人道之大闲。吾于贞女而见其自守之操不可犯矣。今夫野有死麇，特一兽之微耳，取之者犹以白茅而藉之，是取物者亦必有道也。况此女当仲春之时而有婚姻之怀，求之以礼，固所愿也，而彼吉士乃从而诱之，不求之以礼，而乃诱之以情，其不正甚矣。贞女岂可诱者耶？（《四库全书存目丛书》经第 61 册，第 304 页下—305 页上）

许氏虽承认“男女固人情之同欲”，“仲春之时而有婚姻之怀”，但以为以情相诱“其不正甚矣”，须求之以礼，男女结合应该建立在礼而不是感情基础之上。由于许氏执理论诗，论情而受制于理，故其不可能有较彻底的文学眼光，其论诗终究还是回到了理学的老路上来，这是其无法逾越的局限。

三、重章法结构：“起、承、转、合”

八股文，不仅讲究代言，还特别讲究“起、承、转、合”。故许氏论诗，在首明诗旨之后，往往详细分析各章是怎样围绕诗旨而展开叙写的，对诗歌的结构艺术常常颇有心得。如《野有死麇》：

诗人美贞女之自守必两兴诱者之非而因述其拒人之词也。

次章分。上兴其见诱，以见贞女之不当诱也；下则述其拒诱者之词，皆是美之之意，非单以末章为美也，但必到末章方见诗人本旨。若无此三言，则淫奔之诗而已。此与《行露》《摽有梅》同类，所美专在女子，事虽不正，而女子之心则正也。盖淫风方革之时，其诗如此。（《四库全书存目丛书》经第 61 册，第 304 页下）

许氏认为《野有死麇》为“总—分—总”结构，首章总提，中间分写“诱”和“拒”，末章点明本旨。

再如《车邻》：

秦人夸其君之所有，而因欲两兴见君之乐焉。首章是创见其君之所有而致夸美之词。二章是既见其君而致相乐之意。未见君子与既见君子相应,盖因寺人之令而得见之也。(《四库全书存目丛书》经第61册,第413页上)

许氏于此指出了诗篇前("未见君子")后("既见君子")照应的结构特点。又如《小雅·四月》:

诗人历叙已遭时之乱而因表其作诗之情也。七章分。上是历叙己遭乱之深,下是表在已作诗之意。首三章忧祸乱之日也;四章怨其上之词;五章言祸乱之不息;六章复怨其上之词;七章言祸乱之无所逃;至于末章,自表其作诗之意,维以告已之衰,盖冀乎王心之一悟而已。

("四月维夏",一章)诗人兴己不见恤于先人,忧乱之意切矣。此下三章,夏而秋,秋而冬,时之日进也。以兴忍而瘼瘼,而害祸之日进也。(《四库全书存目丛书》经第61册,第560页上)

许氏于此指出了《四月》层层递进的结构特点,很好地把握了诗篇所表现的害祸日进,诗人忧思日甚的情态。

总之,许天赠《诗经正义》服务于举子之业,是目的在于揣摩如何把握诗篇中的微言大义和章法结构,从而写出深中法式的八股时文。其于诗经学义理阐发并无多少新见,但还是在后人进一步脱离经学羁绊,使《诗经》研究走上文学研究之路的历史进程中作出了一定的贡献。

第四节　汇辑诸家诗说，颇重多识的范王孙诗经学

范王孙,字士文,休宁人,寄籍钱塘。其诗经学著作主要为《诗志》二十六卷。四库馆臣以为该书"皆杂采诸说而成,于同时人中多取沈守正《说通》及陈际泰《五经读》、顾梦麟《说约》,不甚研求古义也"①。并讥为"抄撮之学"而列之存目。刘毓庆将范氏目为"汇辑派",并指出:"晚明学者解《诗》,特别爱杂辑前人著述。如,凌濛初《圣门传诗嫡冢》、韦调鼎《诗经备考》、张溥《诗经注疏大

① 《四库全书总目》,中华书局1965年版,第143页中。

全合纂》等,纯属汇编旧著。而更多的学者则喜欢杂引同时代人之作。他们不是引来理论是非,而是于所引不置一词,最多只是于所引之外,别树己见,并没有引他人之说以证己见的迹象。所谓‘汇辑派’即指此类。此可以张以诚《毛诗微言》、范王孙《诗志》为代表。”[①]刘先生还认为该书大致作于泰昌至崇祯间,且谓“是书无甚创意,然多摘时人之说。明人《诗》说赖得存者甚夥”[②]。可见《诗志》的汇辑性质和文献价值。范氏《诗志》,《四库全书存目丛书》据中国科学院图书馆藏明末刻本而有影印。

综观《诗志》可知,范氏所辑,驳杂无端。如《卷耳》:

《序》曰:《卷耳》,后妃之志也。又当辅佐君子,求贤审官,知臣下之勤劳,内有进贤之志而无险诐私谒之心,朝夕思念至于忧勤也。归云:妇人无外事,故云志耳。《正义》曰:言又考系前篇之辞。艳妻方煽,七子在朝。成汤谢过,妇谒盛欤?险诐私谒,是妇人之常态,圣人犹恐不免,后妃能无此心?

《尔雅》:卷耳,苓耳。或曰,形如鼠耳,丛生如盘。《陆疏》云:白叶细茎,蔓生,可煮为茹,滑而少味。四月中生,子如妇人耳中珰,或谓之耳珰。《广雅》以为枲耳。《本草经》云:枲耳,实味苦甘温,叶味苦辛,久服益气,耳目聪明,强志轻身。

《礼书》云:倾筐,其浅者也。懿筐,其深者也。

《正义》曰:襄十五年,《传》引《诗》曰“嗟我怀人,置彼周行”能官人也。王及公诸侯伯子男采卫大夫,各居其列,所谓周行也。《笺》云:我,我使臣也。以兵役之事行出离其列位,身勤劳于山险,而马又病。君子宜知其然也。我,我君也。臣出使,功成而反,君且当设飨燕之礼,与之饮酒以劳之。我则以是不复长忧思也。《疏》云:恐君子不知耳。君子知之,故不复忧也。

《传》曰:姑,且也。《笺》云:言且者,昔赏功臣或多于此。

《春秋考异邮》云:地,主月。月精为马,月数十二,故马十二月而生。人乘马以理天下,王者驾马,故其字以王为马头。马援《上铜马式表》云:行天莫如龙,行地莫如马。马者,兵甲之本,国之大用。安宁则以别尊卑之序,有变则以济远近之难。《埤雅》云:“旧说相马,望之大,就之小,筋马也;

① 刘毓庆:《从经学到文学——明代〈诗经〉学史论》,商务印书馆2001年版,第411页。
② 刘毓庆、贾培俊:《历代诗经著述考》(明代),中华书局2008年版,第433页。

望之小,就之大,肉马也;前视见目,旁视见肉[1],后视见足,骏马也;毛束皮,皮束筋,筋束肉,肉束骨,五者兼备,天下之马也。”

《说文》云:罍,龟目酒樽也。木刻为云象,其施不穷。《周礼》:六尊皆有罍,诸臣之所酢。《礼记》:庙堂之上,罍樽在阼,牺尊在西。按,《博古图》:镂为迴文,以其似畾字而名也。畾古雷字。如《论衡》引《礼》云:刻尊为雷形,一出一入,一屈一伸,为相较者是也。,今图画力士执椎如雷公状,鄙俚可笑。

《笺》云:觥,罚爵也,飨燕所以有之者。《礼》,自立司正之后[2],旅酬必有醉而失礼者,罚之,亦所以为乐。

《燕礼》立射人为司正之后,乃云:“北面命(卿)大夫。君曰:‘以我安!’卿、大夫皆对曰:‘诺!敢不安?’”又曰:“宾反入,及卿、大夫皆脱屦,升就席。公以宾及卿、大夫皆坐,乃安。”又“司正升受命,君曰:‘无不醉。’”宾及卿、大夫皆兴,对曰:“诺!敢不醉?”于此以后,恐其失礼。

《礼器》云:宗庙之祭,贵者献以爵,贱者献以散;尊者举觯,卑者举角觥。是觚觯角散之外,别有此器。《韩诗说》云:觥,廓也。所以著明之貌。君子有过,廓然著明,非所以饷不得名殇。地官闾胥掌此觥挞罚之事。春官小胥职亦云觥其不敬者。陆司农云:《老子》曰,兕无所投其角,兕善触,故先王之制罚爵以兕角为之。酒,阳物也。而善发人之刚。其过则在抵触。故先王制此以为酒戒。《尔雅》:兕似牛,犀似豕。陈藏器云:犀之雌者是兕,而形不同。

《子贡传》曰:文王遣使求贤,而闵其役之艰也。劳之以《卷耳》。归云:《关雎》之乐美淑;《卷耳》之念勤劳。皆见其大者,盖上智之所为。《诗揆》云:写出后妃经天下,虑直命,曰房中奔走御侮官可也。

杨用修曰:如朱子解可也。但妇人思夫,陟冈饮酒,携仆望砠,即为托言,亦伤大义。盖后妃思文王行役而云也。陟冈,文王陟之也。马玄黄,文王之马也。仆痡,文王之仆也。金罍兕觥,冀文王酌以消忧也。盖身在闺门,思在道途,若后世云“计程应说到凉州”“计程应说到常山”耳。

《曲礼》:君车将驾,则仆执策立于马前;已驾,仆展軨效驾奋衣由右上,取贰绥跪乘,执策分辔驱之,五步而立,君出就车,则仆并辔受绥。凡仆人之礼,必授人绥。若仆者降等则受,不然则否。若仆人降等,则抚仆之手,

---

① 《埤雅》原文作:“前视见目,旁视见腹”。

② 原《笺》为:“《饮酒礼》,自立司正之后”。

不然则自下拘之。《周礼》大仆：王出入，自左驭而前驱；大驭：掌御玉路以祀；戎仆：掌御戎车；齐仆：掌驭金路以宾；道仆：掌驭象路，以朝夕、燕出入；田仆：掌御田路，以田以鄙；驭夫：掌驭贰车、从车、使车。《礼》书曰：有以同等为之仆者；有以降等为之仆者；有以弟子为师仆者；有以贵为贱仆者。君命召，虽贱人、大夫、士必自驭之，此贵者为贱人仆也。

徐玄扈曰：未满倾筐，正宜采也。只动一个嗟我怀人念头，便尔都无意绪，便欲登高酌酒而不胜其忧叹。于此体贴，可以得诗人之性情。以上二章诗，从容玩味，有无限意味。人情天理，本非二事；夜叉罗刹，即是菩提也。如此一诗，不过闺门情态，而用之得正，便足以美教化，厚风俗。稍一邪僻，便有几许伤义之事，便有几许丧国忘家之祸。几微之端，不可不审，故先王以此为教。而夫子言诗，则曰"一言以蔽之，曰思无邪"，思无邪者，如此诗，其较著者也。

《佛经》云："能知大地，皆属想持，如是得成初发心菩萨。"若人了得此义，方可读诗。徐云："后妃何以异于匹妇之闺情乎哉？夫能尽乎匹妇之至情之谓后妃也夫。"黄云："《卷耳》一诗，正所以端匹夫匹妇之怀而规之正者也"。

《朱子章句传》以为羑里拘幽之日而作。黄幼玄曰：文王之蒙难也。九侯之祸延于外，邑考之忧闻于内。此亦忠臣殒涕，贞妇操心之时也。"涉彼砠矣，我马瘏矣，我仆痡矣，云何吁矣"，斯言也，何其凄以穷也。其谓宜生、闳夭之徒，奔命四方而无所出。鲂鱼赪尾之家，置之燬室而无所止者乎？又曰：后妃之忧君子，犹文王之忧其君也。[①]

范氏所辑不仅有经书，还有《春秋考异邮》之类的纬书；不仅有工具书还有礼制、博物等类的书；不仅有《诗序》《毛传》《郑笺》和《正义》，还有《子贡传》之类的伪书，连佛经都搬了进来。从所引内容看，有关于诗旨的，有关于字词训诂的，有关于博物的，有关于礼制的，还有关于作者、诗篇创作时代及背景的。刘毓庆曾谓："（范氏）对于诸家训诂，多不收录，而只录其对诗义的新见，其中亦有不标出处者，即为作者自己的意见。从中可以看出范氏自己也重在揣摸诗义，

① 范王孙：《诗志》，《四库全书存目丛书·经部》第71册，齐鲁书社1997年版，第355—358页。以下本节凡引此书皆只注页码。

兼及《诗经》的文学意义。”[①]说范氏自己也重在揣摸诗义，兼及《诗经》的文学意义，确实不虚。但说于诸家训诂，多不收录，而只录其对诗义的新见，则不太确切，范氏亦时时收录训诂成果。不过，范氏过分讲求“多识”，以致走得实在太远，除了炫博夸奇外，与《诗》学毫无关联，绝无益处。如上所引，就抄录《春秋考异邮》《上铜马式表》和《埤雅》关于马，以及《博古图》《论衡》与罍相关的文献。难怪四库馆臣讥其为“抄撮之学”了。不过，这并不表明《诗志》没有存在的价值，其价值至少表现为以下两个方面：

一、对《诗经》的文学解读

刘毓庆指出：“与张氏（按，指张以诚）相比，范氏更能体会诗中情境。但他与张氏一样，在很大程度上，他并不是领会诗之文本，而是体会旧的注解。在旧的注所创造的世界中，捉摸诗情。”[②]刘毓庆此言揭示出范氏对《诗经》文学解读的两种情形：一是以旧注文本为中心的诗情捉摸；一是以诗篇为中心的情境体会。如《葛覃》篇，旧以为是写后妃，他便在后妃身上做文章而云：

> 深宫无缘畴之想，则其人乏远旷之神，不足以佐开成之事，而审人官物曲之宜，葛其小者耳。妇人无君子之志，则其人少高大之思，不足以端一代之风，而绵卜世、卜年之绪，治葛、归宁其一端耳。此诗于首章见其异样丰神，于末章见其规模宏远。不然，徒斤斤一梭一杼，一杵一砧，村庄妇女之能事耳，何足为后妃咏哉！（《四库全书存目丛书》第71册，第354页）

范氏所谓的“异样丰神”“规模宏远”，其实都非诗中所有，而是从旧的笺注，主要是《序》“后妃之本”这样的主旨出发而做出的文本体验。后妃虽处深宫，却有“缘畴之想”，却心怀“君子之志”，故其治葛、归宁，皆与村庄妇女不同，有“化天下以妇道”之大功，自然是异样丰神，规模宏远。

范氏以诗篇为中心进行情境体会时，能够做到“知人论世”，从而把握诗中

---

① 刘毓庆：《从经学到文学——明代〈诗经〉学史论》，商务印书馆2001年版，第414页。另外，刘毓庆还说：“《诗志》因属教学之暇所编撰的著作，因此其内容也多少与教学有些关系。他不但分析诗义，也兼及名物训释。”（同书第423页）两说似乎抵牾。

② 刘毓庆：《从经学到文学——明代〈诗经〉学史论》，商务印书馆2001年版，第415页。

人物精神。如《定之方中》写卫国被狄人所灭之后，卫文公徙居楚丘，建城市而营宫室，中兴卫国。范氏由此揣摩，想象诗中情景云：

> 察其形势，政如丹之归燕，勾践之还越。鼠忘壁，壁不忘鼠。读诗词，比田光计倪问对，暇裕多少。（《四库全书存目丛书》第71册，第431页）

范氏从诗歌文本出发，合理想象，体会出了卫文公励精图治，希求中兴国家的奋发精神。这样的解读既没有脱离文本，又不完全黏着文本，还能填补诗篇文本的空白，是一种比较合理的文学阅读方式。

不过，范氏对《诗经》的文学解读思维和方法来源于八股文，其对诗境的体会，也很大程度上是为揣摩、学习和掌握八股技法。例如：

> （《甘棠》）吟咏此诗，意味深长，一落今人之笔，便如嚼蜡。此其何故也？其大病在题前早提召伯。诗义冷妙处在末后一点，若早提出，岂不索然？且又于召伯处添感德语，于翦伐处添惜语，于甘棠处添点染语，皆题晕也。宜深戒之。（《四库全书存目丛书》第71册，第377页）
>
> （《殷其雷》）妇人心眼中只有君子，寂寞彷徨，故一闻雷声，即触其意中人而曰"斯"。旋若会合其风采神情，而曰"振振君子"而叹之，而冀之耳。全要得其言前之神，如画家所谓胸有成竹，急起而就之者也。如时说注重"振振"，谓忠能体国，和能处众，厚不忘家等意，只堪剑首一吷。（《四库全书存目丛书》第71册，第383页）

范氏于此所谓"一落今人之笔"是指八股演说经义；所谓"胸有成竹"也是指写八股文之前的构思阶段的状态。可见，范氏说《诗》的主要目的所在。故刘毓庆说："我们在前曾言及八股文对于《诗经》文学研究高潮形成的意义，这无疑也是一个很好的证据。"①

二、《诗志》的文献价值

范氏虽然在《诗志》中提出了自己的诗经学见解，且能从文学的角度解

① 刘毓庆：《从经学到文学——明代〈诗经〉学史论》，商务印书馆2001年版，第416页。

《诗》,但是,其书的价值不在于彼,而在于书中大量保存了晚明诗经学研究成果,因而具有文献价值。关于此书的文献价值,刘毓庆有所说明,兹引如下:

> 此二著(指张以诚的《毛诗微言》和范王孙的《诗志》)引书俱达六七十种之多,其中相当多都是其同时代人之作,而且有一批作者,都是不见经传的人物,他们的著作更是鲜为人知。如陈行之、向景岩、杨见宇、赵士会等,究竟何许人也?《诗测》《诗弋》《诗揆》《诗论》《诗经笺余》究系何人所著?对于我们来说,目前还都是未知数。但据张、范二氏征引来看,这些作者,这些著作,对于《诗经》文学意义的研究,确有不可小瞧之处。而且我们从中还可以看出晚明《诗经》文学研究的繁荣景象来。当然因为许多作者生平不详,可能有些时代上要早些;所引著作,原书已佚,全貌也不得其详。但晚明人的引书也是有选择的,即使所引非晚明之物,其也可反映晚明的《诗经》研究兴趣、倾向。①

此外,刘毓庆还以为范氏所引颇为重要的一家是张所望,并对该人该书有所研究。不过,刘毓庆只对范书与文学研究相关内容有所考论,其他方面则有待更进一步的发掘。如:

> 孔子曰:"吾于《甘棠》得宗庙之敬焉。"观此可以说此诗矣。祭之日入室,僾然必有见乎其位;周旋出户,肃然必有闻乎其音声;出户而听,忾然必有闻乎其叹息之声。此宗庙之敬也。民之于甘棠,不必其有象于胸中也,亦不必矜心而作意也。经其前者,止步而凭吊;坐其下者,告语而流连。不知其为谁喜也,为谁爱也。但一言召伯所茇,而伯之衣冠棨戟皆棠也,伯之饮食笑语皆棠也。故不必赘词也。(《四库全书存目丛书》第71册,第377页)

孔子此语最早见于汉刘向《说苑》卷五:"孔子曰:'吾于《甘棠》见宗庙之敬也。甚尊其人,必敬其位。'"《孔子家语·好生篇》则作:"孔子曰:'吾于《甘棠》见宗庙之敬也。甚矣!思其人必爱其树,尊其人必敬其位,道也。'"传世各种文献虽有差异,然孔子于《甘棠》"得宗庙之敬"的主要观点皆同。而近年来发现的上博《孔子诗论》第二十四简,则为:"吾以《甘棠》得宗庙之敬。民性故然,甚

① 刘毓庆:《从经学到文学——明代〈诗经〉学史论》,商务印书馆2001年版,第416—417页。

贵其人,必敬其位;悦其人,必好其所为,恶其人者亦然。”我们知道,人之心理常常爱憎分明,爱之甚则爱屋及乌,恨之切则迁怒其家人。孔子此论从民众这一心理角度进行分析,目的在于倡导为政以德,上博简多出“恶其人者亦然”,则这种意思更为明显。孔子对政治历史的总结富于哲理,这个哲理到了范王孙的笔下,则变成了绘形绘色的凭吊图。有了范氏这般文学诠释,孔子的哲思则由抽象化为具体的形象,自然也就更加深入人心了。范氏书中此类精彩之笔时现,此不再具。

第四章　繁荣兴盛　再创辉煌

“有清一代经学号称极盛”①，清朝经学不但超越唐宋，且有过于两汉者，堪称经学之复兴时代。梁启超云：

> 综观二百余年之学史，其影响及于全思想界者，一言以蔽之，曰：“以复古为解放。”第一步，复宋之古，对于王学而得解放。第二步，复汉唐之古，对于程朱而得解放。第三步，复西汉之古，对于许、郑而得解放；第四步，复先秦之古，对于一切传注而得解放；夫既已复先秦之古，则非至对于孔孟而得解放焉不止矣。②

梁氏又云：

> 本朝二百年之学术，实取前此二千年之学术，倒影而缫演之。如剥春笋，愈剥而愈近里。如啖甘蔗，愈啖而愈有味，不可谓非一奇异之现象也。③

此皆道出清代学术逐步发展、节节复古，终而开拓新局面的特色。清初学人，主要是大明遗民，痛心于中原沦丧，外族入主，在反思明亡原因过程中，深刻认识到陆王之学空谈误国，因而掀起以复古为旗帜、以经世致用为学术宗旨的思想解放运动，以朱子为代表的宋学在新时期得以重倡。随着运动的深入，高谈性理的宋学亦逐步被抛弃，而提倡实事求是的汉学盛行起来，朴实考证成为

---

① 陈寅恪、陈垣：《〈元西域人华化考〉序》，引自陈寅恪《金明馆丛稿》（二编），三联书店 2001 年版，第 269 页。

② 梁启超：《清代学术概论》，中国人民大学出版社 2004 年版，第 136 页。

③ 梁启超：《中国学术思想变迁之大势》，《清代学术概论》，中国人民大学出版社 2004 年版，第 122 页。

了治学根本方法。就这样,陆王心学、程朱理学最终崩解,汉学在新的历史条件下经历涅槃而重生,产生了学术史上有影响的朴学。嘉道以降,西方文明的大肆东侵,中华传统文化遭到亘古未有的挑战和破坏,乾嘉朴学又渐入穷途,以复古为旗帜、以变法维新为目的的今文经学成为一代思潮,传统经学在日薄西山的清朝政治危局中回光返照,迎来了最后的辉煌。

清代诗经学成果层出不穷,200余年间诗经学专门著述多达600余种①,为历代诗经学专门著述数量之最;其以精深拓新而无让汉宋者不在少数,质量亦为历代“诗经学”之最,是为2000余年诗经学之总结。洪湛侯指出,清代诗经学是诗经清学而不是汉学或新汉学,并分之为前、中、后三期②。前期指清初至乾隆编《四库全书》以前百余年间,为“诗经宋学”过渡到“诗经清学”的转型期;中期为乾嘉时代,乃“诗经清学”形成和发展的时期;后期指道、咸至清末数十年间,此期“诗经清学”继续发展,今文三家诗派逐渐复兴③。本文同意洪湛侯之说,并在其基础上对清代徽州诗经学进行董理。

结合清代学术大环境和诗经学研究的总形势以及徽州的实际,我们认为,徽州诗经学可作出与洪湛侯基本一致的三阶段划分。但略有不同:第一个阶段为指清初至乾隆编《四库全书》以前百余年间,此为“诗经宋学”过渡到“诗经清学”的转型期。首先,清初学术兼收并蓄,博而且杂。其时官方颇倡宋学,而民间汉学逐渐风行。乾隆二十年敕编《御纂诗义折中》,既收汉学又收宋学而不加案断,表现出调和色彩。至清乾隆三十八年(1773)清廷开四库全书馆纂修《四库全书》,才宣告汉学取得压倒性优势。其次,此期朱子之学复兴,心学被彻底否定,复兴轰轰烈烈,成效却不显著。故有识之士转而借助考据之学以济朱学之穷,此类以江永为代表。亦有激进之士转而激烈批判朱学,此类以姚际恒为代表。姚氏批判学风源于宋学,虽与主流羽翼朱学学风决然相反,仍为朱学复兴思潮成果。

第二个阶段为乾嘉时代。此期徽州朴学兴起,徽州形成了典型的“诗经清

---

① 按,苏州大学陈国安博士据目前由各种书目及各图书馆所著录统计已近700种。

② 洪湛侯认为“诗经清学”指“清代古文派的《诗经》研究”,是“以乾嘉学者为主体,以考据、训诂为特色的古文经学派,不包含晚清时期复兴的今文经学。‘汉学’‘清学’都是学术流派的标志,而不作朝代的专称”。“‘诗经清学’与清代初期专讲推求义理的‘诗经宋学’和清代后期信守‘三家’遗说的‘诗经今文学’都不相同。‘诗经清学’这个概念又不同于‘清代诗经学’,因为它并不包括整个清代《诗经》研究的各个流派”。然清代诗经学毫无疑问以“诗经清学”为特色、为主体,即如洪先生所言清代“诗经学”中“诗经宋学”与“诗经今文学”,亦因有清代考据学烙印而区别于宋代“诗经宋学”和汉时“诗经今文学”。详见洪湛侯《诗经学史》。

③ 洪湛侯:《诗经学史》(下),中华书局2002年版,第457页。

学”。朴学背景下的徽州诗经学主要是倾力从事训诂、校勘、笺释、辑佚和辨伪工作，他们尊崇《诗序》，以毛攻郑，对朱子诗学虽有吸纳，却从学理根本上加以否定。此期代表人物为戴震、汪梧凤和程晋芳三大家。戴、汪、程皆有徽商家庭背景，但戴震为小商贩家庭出身，生活困顿，难以维持生计，虽有短暂的为官经历而所任为清贫的翰林编修，一生主要以教书授徒为业。与汪梧凤和程晋芳富甲一方无可比伦。这使得戴震更具有平民性，其能成为具有启蒙思想的哲学家和思想家绝非偶然。戴氏治诗，从字词、名物制度入手，详加考订，兼及义理。汪梧凤则以诗旨探究为中心，正性情和多识为目的，故亦时有考据。而程晋芳则另辟蹊径，专门比较毛郑异同、汉宋异同，在朴学兴盛的学术背景中，为颇遭唾弃的诗经宋学鸣不平。三家诗学风格迥异，然皆有朴学特色，在徽州诗经学史上占有重要地位。

后期指道、咸至清末数十年间，这一时期，就全国而言，“诗经清学”继续发展，今文三家诗派逐渐复兴。在徽州，学人们一方面沿着乾嘉朴学道路继续前进，或补苴罅漏，或另辟蹊径，笔耕不辍而后学转精。如朱濂著《毛诗补礼》六卷；江有诰《诗经韵读》四卷，皆为诗经学史上较有影响的著述。另一方面又颇能吸收新学，关注民生、民权，冀图通经致用，救衰拯危。如俞正燮、汪宗沂、胡嗣运等乃此类代表。

综观这三个时期，不难发现，清代徽州诗经学明显不同于此前的宋元明三代：首先，参与人数众多，可考的诗经学家及其著述超过了之前三代的总和。其次，与此前恪守朱学、千人一腔不同，质疑、批判朱学成为学术主流。其三，治诗方法和路径丰富多彩，有的注重字词名物的考证，有的侧重诗旨厘定，有的则选择毛郑异同为突破口，还有专门研究《诗经》音韵，或考古、或审音、或既考古又审音，甚至还有专以批判朱子为职事而治诗。其四，出现了江永、姚际恒、戴震、江有诰、俞正燮等具有全国、甚至世界性影响的治诗大家。其五，能突破传统观点和方法，更积极地吸收西方科学知识和人文思想，在东西文明的强烈碰撞中尝试传统经学乃至中华文明的再造。

第一节　清初朱学短暂复兴与徽州诗经学

一、清初朱学的短暂复兴

在农民起义和满清入关的两面夹击下，大明王朝最终灭亡。反思明亡惨重教训，明末清初的学者大都归因于学术的空疏，王学空谈误国一时成为众矢之的。“救弊之道在实学不在空言”①，回归经典，复兴古学，成为一时风尚。在这个“以复古为解放”运动的第一个阶段，亦即梁启超所谓的“复宋之古，对于王学而得解放”的历史进程中，学术界出现了宋学的回潮。不过，以朱学为代表的宋学回潮时间较为短暂，高谈性理的宋学并不比心学高明多少，在实学要求越来越高涨的历史条件下，亦逐渐遭到唾弃，汉学、先秦古学得以复兴，以复古求解放的运动迅速进入梁氏所谓的第二、第三和第四阶段。

明末清初，不仅学者出于救亡图强目的退王学而进朱学，入关后的满清统治者亦是青睐以朱学为代表的宋学，将宋学确立为官方之学。顺治二年科举取士，《诗》主朱子《集传》，《易》主程朱二《传》，四书主朱子《集注》。康熙时，更是明令士子应试作答不得逾越朱注四书五经。“又刊定《性理大全》《朱子全书》等书，特命朱子配祠十哲之列，故当时宋学昌明”②。

清初统治者提倡理学，虽则有个人爱好的因素，却更是出于顺应历史潮流，维护统治的考虑。当民间汉学潜滋暗长的时候，他们没有一味的打压，相反还积极提倡。故从康熙到乾隆，疏解了几乎所有的儒家经书。疏解固然以理学为宗，但也不废汉唐古义。《钦定诗经传说汇纂》《钦定周易折中》《御纂诗义折中》均贯穿着这样的指导思想，既收汉学又收宋学而不加案断，表现出调和色彩。阮元指出：“我朝列圣，道德纯备，包涵前古，崇宋学之性道，而以汉儒经义实之。圣学所指，海内向风，御纂诸经，兼收历代之说。四库馆开，风气益精博

---

① 颜元：《存学编 · 性理评》，《颜元集》，中华书局 1987 年版，第 75 页。

② 昭梿：《啸亭杂录 · 崇理学》，清代史料笔记丛刊本，中华书局 1980 年版，第 6 页。

矣。"[①]阮元此言很好地道出了清初学术兼收并蓄,博而且杂的特点。事实上,即使是到四库馆开,汉学取得了压倒性胜利,科考仍用程朱,宋学仍有市场,在鄙薄宋学的风气中,吸收宋学成果仍是极为常见的。

虽然从学术整体发展态势看,明中期后心学越朱子之学而取得学术领军地位。但在徽州却是朱学与心学杂存,朱学衰颓仍不失正统和主流。一直以来,徽州学人孜孜不懈地维护着朱学的纯洁性和正统性,当清初拨心学之乱反朱学之正的学风吹到徽州大地后,徽州地区便立即掀起了对心学末流更坚决的批判。徽州学人通过各种各样的努力,冀图夺回被心学抢占的阵地,复兴朱学,振衰起微。据有关文献记载,在徽州复兴朱子之学运动中,代表人物有汪佑、张颣、汪德元、杨泗祥、汪知默、胡蕊明、陈二典、朱弘、汪浚、谢天达、吴苑、吴慎、施璜、赵继序、詹绍庆、余惟枢、汪绂等。

汪佑,字启我,号星溪,休宁人。佑与同志致力于振兴紫阳大会,讲学于歙县紫阳、休宁还古两书院近三十年。性好小学及《近思录》,学宗朱熹。每遵朱子课程,半日静坐,半日读书。为学以"实心穷理,实功成实修"二语自励。居家冠、婚、丧、祭诸礼,"悉遵文公《家礼》"。著《明儒通考》《诗传阐要》《易传阐要》《礼记问答》《礼记订伪》《四书阐要》《四书耕录》《五子近思录》《四子近思录》《明儒崇正录》《明儒性理汇编》《读史笔记》和《星溪文集》。其《明儒通考》,辨别极严,无锡高世泰千里借钞,以为"得见此书,虽瞑目无憾"。吴慎,字徽仲,歙县诸生。以诚敬为宗,笃行好学,尤致力于宋五子书。尝与汪璲、施璜游学梁溪、东林,从高世泰讲学。归歙后讲学于紫阳、还古书院,四方来学甚众。著有《周易粹言》《大学中庸章句翼》。施璜,字虹玉,号诚斋,为学崇尚朱子之学,力主抵排陆王心学。主讲于紫阳、还古两书院40余年,著有《诚斋问答》《五经臆说》《紫阳通志》《还古书院志》等书。不仅有功于诗学,还保存了许多难得的徽州地方典籍和历史资料。赵继序,字芝生,号易门,乾隆六年(1741)举人。性嗜学,深研《易》理,颇有所得。其学"一以朱子为宗"。曾会讲于歙县紫阳、休宁还古书院,并主直隶驾亭、江西白鹭洲书院讲席。"一事一言,必折衷于圣人之经,以穷理尽性为宗旨,以躬行实践为功修"[②]。著有《历朝崇经记》《汉儒传经记》《周易图书质疑》《孔门弟子考经说》等。詹绍庆,字本修,婺源人。绍庆博览能文,以课徒自给,究心于宋儒性理之旨,兼肆力古学。著《三经整三疑编》《左凡印可正续集》及《大麓野钞》百余卷。余惟枢,字中台,婺源人,懋衡

① 阮元:《拟国史儒林传序》,《揅经室》上册,中华书局1993年版,第37页。

② 康熙《休宁县志》卷十二《人物》。

孙。顺治壬辰(1652)岁贡生,官至兵部主事。其潜心理学,更从邹德泳游,诗文祖汉唐。著有《毛诗解》二卷、《泮宫礼乐合集》《中台文集诗稿》等。汪绂,初名烜,字灿人,号双池,小字重生,康隆间婺源段莘人,诸生,与江永齐名,为东南大儒之一。为学尊信朱熹,虽博极两汉、六代诸儒疏义,而以宋五子之学为归。生平著述主要有《易经诠义》《尚书诠义》《诗经诠义》《四书诠义》《诗韵析》《春秋集传》《礼记章句》《山海经存》《双池文集》等,所著后汇为《汪双池遗书》。

康熙年间,杨泗祥、施璜等人制定的《紫阳讲堂会约》规定:“务经明行修,宗尚周程张朱之学,讲论悉符于践履,著述必本乎躬行,德孚闾闬,望重学林者,会长敦请赍院,阐印圣宗,以为后学标准。如侈谈二氏家言,为三教归一之说,及阳儒阴佛者,不得入会。”①同时,他们还在宣传心学最力的休宁还古书院制定了《还古会约》,规定“一本紫阳会规遗意”②。这些会约可视为复兴朱子之学的宣言,一时之间,朱子之学在徽州又蓬勃兴盛起来。

明清嬗代,朱学在徽州获得新发展,不仅受时代学风的影响,还与徽商经济的变化相联系。徽州文化以徽商经济为支撑,而徽商又是典型的官商、儒商。正如汪道昆所指出:“新都(徽州)三贾一儒,要之文献国也。夫贾为厚利,儒为名高。夫人毕事儒不效,则弛儒而张贾。既则身飨其利矣,即为子孙计,宁弛贾而张儒。一张一弛,迭相为用,不万钟则千驷,犹之能转毂相巡,岂其单厚计然乎哉!”③然而,自明万历后期起,矿监税使搜刮、勒索,徽商频受其害,纷纷破产。清兵入关,以满洲外族入主中原,徽商主营之地扬州惨遭屠城,徽州本土亦多遭兵,徽商更是屡遭荼毒,渐遂破败不振。赵吉士云:“明末徽最富厚,遭兵火之余,渐遂萧条,今乃不及前之十一矣。”④徽商的没落、大明的覆亡为徽州传统学术注入了新的力量,徽州商人、学子、前明遗民纷纷隐居乡里,开设书院,讲学授徒,耕读营生。此期,虽远远不能和之后乾嘉时期的文化兴盛相比,然在艰难时局中,徽州学人,亦颇能安心向学,潜心学术。

朱学的短暂复兴,为清代复古思潮第一阶段“复宋之古,对于王学而得解放”在徽州的具体表现。但是,徽州自南宋起,向来以朱子之学为圭臬,历经宋元明三代的发展,朱子之学的精要之义,已是阐发殆尽。明中叶后,又因心学的

① 施璜编、吴瞻泰补:《紫阳书院志·会规》(吴瞻泰、吴瞻淇整理),黄山书社 2010 年版,第276 页。

② 施璜:《还古书院志》卷十,《中国历代书院志》丛书第八册,江苏教育出版社 1995 年版(影印本),第 613 页。

③ 《海阳处士金仲翁配戴氏合葬墓志铭》,汪道昆《太函集》,《续修四库全书》第 1347 册,上海古籍出版社 1995 年版,第 390 页下。

④ 康熙《徽州府志》卷二《舆地志·风俗》。

冲击,朱子之学已是风光不再。徽州学人虽欲起衰振微,拯救朱学衰势,却又没能力作出新阐释、新发明,除了着意笔墨官司,一味排斥“异说”外,连平心静气探求义理之旨都已是不可能了。物极必反,徽州学术转型,势所必然。与此同时,顾炎武所倡导的“经学即理学”的思想传到了徽州,在学界立即产生巨大震动,空谈性理的做法被摈弃,经书的参研成为学界主流。黄生、江永、姚际恒便成为此转变期的代表。

“黄生、江永二人在顾氏的经世致用思想的影响下努力从古书中寻求对现实有用的东西,开后世皖派学者走由音韵训诂以求义理的经世传统。”①江永,字慎修,婺源江湾人。早年精心于《十三经注疏》,尤工《三礼》。其《礼经纲目》为继朱熹《仪礼经传通释》而作,史官称之“引据诸书,厘正发明,实足终朱子未竟之绪”②。又为理学要籍《近思录》集注,成《近思录集注》14 卷。《四库全书提要》谓江氏“邃于经学,究心古义,穿穴于典籍者深。虽以余力为此书,亦具有体例,与空谈尊朱子者异也”③。江永学术带有前此徽州学术的印记,又与宋元明徽州理学诸儒不同,其颇注重考据,不务空谈。治学以宋学为宗,以弥补朱学“阙略”,发明扩充朱学之义理为目的。其从训诂求义理的新的治经方法一经出现,即引起徽州学者的极大兴趣,戴震、汪肇龙、方矩、程瑶田、金榜等即从之受学,这些人后皆成为徽州朴学之干城。故周晓光认为:“后人视江永为徽派朴学的‘开宗’。其实,从江永一生的学术来看,他正处于徽州理学向徽派朴学的转变过程中,在他身上既有前此徽州理学的烙印,又有是后徽派朴学的萌芽。”④姚际恒则受清初自由立论之风影响,指出孔、孟儒学仅在“日常应事接物”“视听言动”上,程朱、陆王理气心性,道理虽高妙,却非孔、孟本义,要越程朱、陆王而直探《论语》《孟子》。其遍考九经,存真别伪,成《九经通论》。又从根本上否定后人经解对经书本身的作用,主张将之一一废除而直接回归原典,考论颇能摒除汉、宋宗派之成见,惟是是归。姚学在经学时代影响不大,但其辨伪求是的学风上承宋人,下开乾嘉。又因其为学破坏大于建设,“五四”运动之后,更是独放异彩。

---

① 朱昌荣:《皖派朴学述论》,载《清史论丛》(2005 年号),中国广播电视出版社 2005 年版,第 233 页。

② 赵尔巽等:《清史稿》卷四百八十一《江永传》,中华书局 1997 年版,第 13188 页。

③ 《四库全书提要》卷九二。《文渊阁四库全书》与此略异:“邃于经学,究心古义,穿穴于典籍者深。虽以余力为此书,亦具有实征,与讲学之家空谈尊朱者异也。”

④ 周晓光:《徽州传统学术文化地理研究》,安徽人民出版社 2006 年版,第 120 页。另外,周晓光认为程瑶田和江永一样,为此期过渡性人物。

顾炎武之外，颜元、李塨的实行、实习之学也传入徽州，又对程廷祚、程晋芳等产生了影响。到乾嘉时期，心学失去生存空间，理学完成了向朴学的转变，徽州学术枯木逢春，终于迎来了又一个学术高潮。

二、朱学复兴学风中的清初徽州诗经学

据本人初步统计，清初有黄生、汪佑、詹绍庆、余惟枢、姚际恒、施璜、胡廷机、汪微、黄叔琳、江为龙、江永、凌赓臣、汪绂、胡源宪、汪师韩、方成培、程廷祚等十七家徽州学人致力于诗经学研究，且多有专著问世，羽翼朱子之学为此期主流。

1.以朱学为指归，理学色彩浓重。

在复宋之古的学风和徽州诗经学宗朱传统的影响下，清初徽州诗经学理学色彩浓重。此期徽州诗经学与元代单纯地维护朱学的纯洁性和权威性，仅在汇辑和阐发朱子之论为能事不同；亦不同于明代诗经学沦为科举时文之学后，将研究重点放在章法、节旨，竭力揣摩朱子本意，冀求写出“入口气”时文的学风。他们不满意于世俗热衷科举，治《诗》唯摭拾前人唾余，罔识经义的学风而直探诗人本意、发明经义。在宗宋儒性理说诗过程中，颇能旁征博引，注重征实，将议论生发在考据基础上，故颇能补朱子之未备，正朱子之所失。如詹绍庆《三经整三疑编》、余惟枢《毛诗解》、施璜《五经臆记》和《诗绎注》，皆颇以宋儒性理为说诗旨趣。而汪佑《诗传阐要》，张寿林谓“是书一以朱氏集传为归，盖紫阳之功臣”①。

又如婺源汪绂。据郑虎文《汪明经肇龙家传》，在朱筠努力下，汪绂曾入郡城紫阳山子朱子祠，春秋配享，可见其股肱朱学之功得到较高的认可。其弟子中比较秀出者则有余元遴。汪氏之时，世俗热衷科举，治《诗》唯摭拾前人唾余，罔识经义；而有志于经学的儒生则据《序》《传》余义，以博洽是矜，求胜朱子，一时之作皆不足以探求诗人本意、发明经义。汪氏病之，故撰辑《诗经诠义》一书。其书首录朱子《集传序》；次论《诗序》得失；再论六义和四始；又论韵；并作图说。正文十二卷分《国风》四卷，《小雅》三卷，《大雅》三卷，《颂》二卷，而以大、小《序》附于卷末，亦不入卷次。大旨以紫阳为宗，而参以《序》说。其从《集传》者十之七八，从《小序》者十之二三，亦间有二家皆不从，而自出心裁，独抒所见，

① 张寿林：《清代诗经著述考略》，《女师学院期刊》1933 年第三卷第一期，第 5 页。

然要皆以发明朱子之意为主。每章之下,首论其大旨,次疏其字义,篇末复总论全篇大旨。大抵以推求诗意为主,颇略于名物训诂,尤不甚引据考证。汪氏说诗,主孟子"以意逆志"之说,不以考据为贵。其《自序》云:"心理皆同,圣圣一揆。学经者惟本之于心,信之以理。是非真伪,或不难辨。然他经可断之以理,而《诗》学则尤宜曲探其情。情辞世事,苟不相符,安在齐、鲁、韩、毛之果近古,西河授受之独得其情乎?"①故张寿林云:"是书大抵主涵濡诗文,以推求大旨,不尚诂训,要以朱氏《集传》为归。"②

与前述不同,黄叔琳虽宗朱子,然其书颇有汇编性质。叔琳本为歙县程氏子,因过继舅父黄氏为子而寄籍顺天大兴。故诸家著录为大兴人,世称北平黄先生。所著《诗统说》(张寿林著录为《诗经统说》)三十二卷,存未刊稿本。《四库总目》云:"是编杂采诸家诗说,分类抄录。所摭颇为繁富,而朱墨纵横,涂乙未定,盖犹草创之本也。前后无序跋,亦无目录。以其排纂之例推之,十四卷以前皆总论诗之纲领,十五卷以后乃依经文次第而论之。不列经文,惟集众说,故以'通说'为名云。"③

另外,歙县人汪师韩(寄籍钱塘)为徽州较早兼治三家诗的学人之一。师韩中年以后,一意穷经,诸经皆有撰述,尤邃于《易》。所著有《考经约义》《韩门缀学》《读诗录》《诗学纂闻》《诗四家故训》等。

2.重视训诂,带有过渡性质。

清初徽州学人,在倡宋学的过程中,颇能克服其空谈性理、束书不读的弊病,治经渐为重视考据,然又不似乾嘉学人以考据为能事,鄙薄义理之学,因而带有从理学向朴学过渡的性质。黄生,字扶孟,号白山,歙县潭渡人,为徽州著名的小学家。所著《字诂》一卷、《义府》二卷,因戴震访求而著录于《四库全书》,多为后学所援引。《四库提要》谓其《义府》:"此书皆考证札记之文。上卷论经,下卷论诸史诸子诸集。……于古音、古训皆考究淹通,引据精确,不为无稽臆度之谈。"④如其考"苍蝿之声"云:

> 诗《齐风》"匪鸡则鸣,苍蝇(蝇)之声",焦澹园谓"蝇字乃蝿字之误",诚然。按颜之推《家训》云:"《王莽传》'紫色蝿声,余分闰位'谓以伪乱真

① 转引自《续修四库全书总目提要》,中华书局 1993 年版,第 384 页。

② 张寿林:《清代诗经著述考略》,《女师学院期刊》1933 年第三卷第一期,第 10—11 页。

③ 《四库全书总目》,中华书局 1965 年版,第 145 页下。

④ 《四库全书总目》,中华书局 1965 年版,第 1029 页中。

尔。”阅此益知班氏用事出《毛诗》无疑。予因悟《小雅·青蝇(蝇)》亦当为蝇字之误。其云“止棘”“止樊”“止榛”,正合蝇所止之处。若以为蝇(蝇),殊乖物理。①

又如考“鄂不”云:

《诗·小雅》“鄂不韡韡不”,篆作□,象花蒂形,即古柎字(《说文》不字注误)。《韵会》云“柎或作不”,引《诗》“鄂不韡韡”郑云:“承华者柎,不当作柎。柎,鄂足也。古声不与柎同。”按,郑止知不音古同柎,不知不即本古柎字。颜公《送刘太冲序》云“鄂不照乎棣华,龙骥骧乎云路”,此以不作柎字用也。《吴越春秋·采葛歌》“葛不连蔓芬台台(音怡)”,古不字又一证。②

再如“施施从外来”条云:

《诗·王风》“将其来施施”,《毛传》:“难进之意。”《郑笺》:“纡行之貌。”以《诗》注观之,则《孟》“施施从外来”形容齐人醉归,欹斜偃蹇之状可掬矣。赵注喜悦之意,朱因之云喜悦自得之貌。详施字于喜义不近,及观《韵会记》字释云自得之意,乃知赵读施为訑,故有此训。“施施”用《诗》训自佳,不必借訑义也。③

还如考“郁夷”云:

诗《四牡》“周道倭迟”,韩婴作郁夷。予谓,郁当音倭(即逶字),迟当音夷(即迤字),古字音相近而通用也。④

综观黄生考论,材料丰富,手法多样,论证严密,与乾嘉朴学家并无二致。其不仅能凭借其深厚的文字学功力,使考论凿凿可信,且能从文法、句法入手,

① 《四库全书》第858册,上海古籍出版社1987年版,第304页下。
② 《四库全书》第858册,上海古籍出版社1987年版,第309页下—310页上。
③ 《四库全书》第858册,上海古籍出版社1987年版,第315页上。
④ 《四库全书》第858册,上海古籍出版社1987年版,第322页上。

作出精准考论。如论"契阔"云：

> 今人谓久别曰契阔，本诗《邶风》"死生契阔"之语。按诗意死生与契阔并对言。契，合也。阔，离也。"死生契阔，与子成说。执子之手，与子偕老"，言有生必有死，有契必有阔，此人事之不可保者，然我与子必誓相偕老。(偕老即偕死，所谓誓同生死也。不斥言死，故但云偕老。)此初时执子之手而言，既有成说矣(此倒叙文法)，讵意今之不然也，故下章云"于嗟阔兮，不我活兮(单举阔与活义，盖可见活犹生也)。于嗟洵(信也)兮，不我信(申同)兮"，言今者从军之役，我与室家有阔而已，契无日也；有死而已，生无日也(此互见文法)。是前日契阔之言果信，而偕老之愿则不得伸也。今人通以契阔为隔远之意，又读契为挈，皆承诗注之误。①

此外，黄生对孔子正乐原因的考论，颇有扫除前人误解，千年谜案，一朝冰释。该考见"雅颂得所"条云：

> 《论语》"吾自卫反鲁，然后乐正，雅颂各得其所"，乐本无不正，其不正者郑卫之声乱之也。夫子入卫而闻其声，始知先王之乐久为时俗之乐所乱，于是归鲁得以正其不正而雅颂始复其故焉。得所者，复其旧之谓也。缘古乐冲淡，人不喜听，故乐工杂以淫声，取娱俗耳。圣人雅志复古，心知其然，又亲闻桑濮之音，始灼然雅俗之辨，与太师共相订正，去俗还雅，故曰"自卫反鲁，然后乐正"。旧解略去首句，本旨遂失。②

黄生并不专攻《诗经》，除这些直接与诗经学有关的考论外，其文字训诂多有的解常为后学征引，其由文字入手考订经义的做法亦多为后学祖绍。他的诗学贡献是不言而喻的。

与戴震主张"实事求是，不偏主一家"的学术观点不同，江永治学以宋学为宗。其《群经补义》五卷取《易》《书》《诗》《春秋》《仪礼》《礼记》《中庸》《论语》《孟子》九经，随笔诠释，末附杂说，多能补注疏所未及。如《正月》篇以下，论者多因"赫赫宗周，褒姒灭之"而以为乃东迁后之诗。朱熹虽有疑问，却不能解决，故《集传》兼存此说，而云"未能必其然否"。江氏则运用天文知识考定，十月辛

---

① 《四库全书》第 858 册，上海古籍出版社 1987 年版，第 303 页下。

② 《四库全书》第 858 册，上海古籍出版社 1987 年版，第 310 页下—311 页上。

卯日食在幽王而不是平王时，故考知此诗作于幽王时，所谓“褒姒灭周”，是“逆料其必然之辞，而非已然之辞”，从而解决了朱子不能解决的问题。又如《采蘋》，王肃以为此篇所陈为大夫妻助夫之祭，采蘋藻为菹，设之于奥。奥即牖下。朱熹《诗集传》本其说。江氏则考之《仪礼》有关婚礼的文献资料，认为《采蘋》非助祭而是为女子教成之祭所歌。“季女”非大夫妻。

3.充满着怀疑精神和批判色彩。

清初徽州诗经学与此前的元明时期大不相同，充满着怀疑精神和批判色彩。温和派常能补朱子之未备，正朱子之所失。此派以江永为代表。前文所举例子颇能说明江氏这一特点。

此期更为充满着怀疑精神和批判色彩的，是休宁人姚际恒。姚氏《诗经通论》因非朱而被四库拒收，很长时间里被束之高阁而处于学术边缘。今人每将姚际恒、崔述、方玉润三人并称，称许他们能独立于汉宋之争外，自辟门径。胡适称赞此三人“大胆地推翻汉、宋的腐旧的见解，研究《诗经》里面的字句和内容”，并以为这是“一代比一代进步”的标志[①]。姚际恒治诗，虽与其时朱子之学复兴思潮不甚合拍，但其学术渊源，实际仍是宋人开创的道路[②]。故顾颉刚说：“姚首源先生崛起清初，受自由立论之风，遍考九经，存真别伪，其《诗经通论》十八卷，实承晦庵之规模而更进者，其诋之也即所以继之也。《序》中谓涵泳篇章，寻绎文义，以从是黜非，明非先悬一成见而曲就之者。其以文学说《诗》，置经文于平易近人之境，尤为直探诗人之深情，开创批评之新径。”[③]

4.体式门类丰富多彩。

清初徽州诗经学的体式门类丰富多彩。主要有：1.故训体，如汪师韩《诗四家故训》。2.笺疏、笺注体，如施璜《诗绎注》。3.集传、集解体，如余惟枢《毛诗解》、凌赓臣《诗约解》、黄叔琳《诗统说》。4.通释体，如姚际恒《诗经通论》、汪绂《诗经诠义》。5.纂集体，如汪师韩《诗学纂闻》。6.论说体，如江永《群经补义》、姚际恒《诗经通论》、黄叔琳《诗统说》、汪绂《诗经诠义》、程廷祚《青溪诗说》。7.图解体，如江为龙编《六经图》。8.辑佚体，如汪师韩《诗四家故训》。9.音义体，如江永《古韵标准》、汪绂《诗韵析》五卷。10.札记体，如胡廷机《五经解随笔》。11.选集体，汪师韩《读诗录》。12.群经总义体：詹绍庆《三经整三疑

---

① 《胡适古典文学研究论集》，上海古籍出版社1988年版，第325页。

② 参见胡念贻《论汉代和宋代的诗经研究及其在清代的继承和发展》，《文学评论》，1981年第6期。

③ 《文史》杂志，1945年4月第五卷三、四合刊，第90页上。

编》、施璜《五经臆记》、汪微《经概》、胡源宪《六经咫闻》、程廷祚《易诗书三礼鲁论义》等。

第二节　乾嘉时期的徽州朴学与诗经学

一、徽州朴学的兴起

朴学有时被称为考证学或考据学，它与历代学术的区别在于：朴学以小学为先导与枢纽，小学之中又绝重音韵学；四部中经史子集兼治但又以经史为主[①]。其治学方法，胡适以为主要有四点：历史的眼光，工具的发明，归纳的研究，证据的注重[②]。考据学的具体工作，梁启超以为分经书的笺释、史料之搜补鉴别、辨伪书、辑佚书、校勘、文字训诂、音韵、算学、地理、金石、方志之编纂、类书之编纂、丛书之校刻等十三项[③]。考据之学虽非清代之发明，但作为一学术之代称，仅为清代所独有。它以其特有的风姿矗立在学术史上，瑰伟而神奇，从而成为继先秦子学、两汉经学、隋唐佛学、魏晋玄学、宋明理学之后的又一学术奇观[④]。

清代考据学繁荣的原因，林叶连总结[⑤]为：一、受明朝前、后七子提倡文学复古之影响；二、远绍杨慎、焦竑、方以智之尚博雅；三、对明朝时文取士之不满；

① 参见漆永祥《乾嘉考据学研究》，第 2 页。

② 胡适：《戴东原的哲学》，《胡适全集》，安徽教育出版社 2003 年版，第 9 页。

③ 梁启超：《中国近三百年学术史》，人民出版社 2008 年版，第 24—25 页。

④ 敖光旭：《20 世纪的乾嘉考据学成因研究及存在的问题》，《中山大学学报》2001 年第 1 期，第 76 页。

⑤ 此外如黄克武曾将诸多意见分为六类：一、考证学源于明末前后七子的复古以及杨慎、陈第、方以智等人的经历与博学的雅好；二、考证学受到耶稣会士所传西学的影响；三、由于清廷的高压政治与笼络，士人参加政府的学术计划或自行从事与政治无关的考证工作，并有学者由此评估考证学者精神上的沦落；四、考证学与社会经济变化有关，社会中的许多成员如官员、商人的奖掖、出版印刷业的发达等都直接或间接促成此运动的发展；五、考证学源于思想性的因素或儒学内部的发展；六、考证学的出现是内在因素与外在因素的交互影响，并强调上述第四项社会经济变化的重要性。参见黄克武《清代考证学的渊源——民初以来研究成果之评价》，台北研究院近代史研究所《近代中国史研究通讯》1991 年第 11 期，第 140—154 页。

四、清初四大学者力矫王学末流之空疏[1]；五、胡渭、阎若璩唤起求真之观念；六，清廷怀柔、高压并用之政策；七、清朝表彰程、朱，列为官学；八、受两部自然科学著作之影响[2]；九、经济安定繁荣，助长朴学兴盛；十、西学之影响；十一、得力于精良之研究法[3]。作为一种学术思潮，考据学无疑具有进步意义，马积高认为主要表现在三个方面：一是它超越宋元的经注、语录去探求早期儒学和儒家经典的本来面貌；二是它纠正了理学家空谈性理的缺失，提倡实事求是的研究方法；三是拓宽了我国古代文化遗产研究的渠道，由经学而小学（文字语言学），而史学、地理学、诸子学，乃至天文历算等自然科学，其规模较宋、元、明三代的学术都要广阔，为后人全面研究文化遗产提供了一批经过整理的资料和一批可供参考的优秀成果[4]。

徽州素有考据传统，程大昌运用“以类证类”“反经推求”法考据；朱熹解经虽重义理，然亦指出“大凡理会义理，须先剖析得名义界分各有归著”[5]；方回虽常参以理语，然亦旁搜博考，随文辨证；黄生、江永更是将考据法运用得得心应手。因此，在明末清初朱学复兴而又无以为继，学风要求“由蹈空而变为核实——由主观的推想而变为客观的考察”[6]时，朴学作为学派在徽州产生便是顺

---

① 四大学者包括顾炎武、黄宗羲、王夫之和颜元。

② 指徐霞客的《徐霞客游记》和宋应星的《天工开物》。

③ 林叶连：《中国历代诗经学》台湾学生书局1993年版，第334—345页。按，林叶连于“得力于精良之研究法”条引邝士元《中国学术思想史》所归纳的考据学常用的研究法有：1.凡立一义，必凭证据，其无证而臆度者，在所必摒；2.孤证不为定说，其无反证者，姑存之，遇有力之反证，则弃之；3.罗列事项之同类者，为比较之研究，而求得其公则；4.所见不合，则相辩诘，虽弟子驳难本师，亦所不避。又引来新夏《清代考据学论述》（原载《南开学报》1983年第3期）之言，其一曰：“（顾炎武）并主张‘采铜于山’，涉猎于最原始的资料。”其二曰：“顾炎武即曾自述其考据方法说：‘列本证、旁证二条。本证者，诗自相证也；旁证者，兼之他书也。二者俱无，则宛转以审其音，参伍以谱其韵。’这段话具体提出了考据的三种基本方法，即除本证、旁证已明标其目外，最后所说的以‘宛转’‘参伍’之法来审音谱韵，实际上就是一种理证法。本证、旁证与理证构成考据方法的基本内容。他还提出‘读九经自考文始，考文自知音始’的考据门径，成为后来考据学家所遵循的从声音、训诂以求经义的入门手段。不仅如此，顾炎武还把书证与物证，即文献与实物紧密结合起来考察。《清史稿》本传曾记其事说：‘所至之地，以二骡二马载书，遇旁塞亭障，呼老兵卒询曲折，有与平日所闻不合，即发书对勘；或平原大野，则于鞍上默诵诸经注疏。’”其三曰：“顾炎武还反对孤证，主张必须以足够的原始论据来求得确当的解释。他的学生潘耒就推重其事说：‘有一疑义，反复参考，必归于至当；有一独见，援古证今，必畅其说而后止。’”其四曰：“王氏（念孙）父子在考据方法上，比前人有所丰富，梁启超曾为之归纳为六步，即注意、虚己、立说、搜证、断案、推论。”（见《中国历代诗经学》第345—346页）

④ 参见马积高《清代学术思想的变迁与文学》，第6—7页。

⑤ 朱熹：《答吴晦叔》，《朱子全书》第二十二册，上海古籍出版社、安徽教育出版社2002年版，第1918页。

⑥ 梁启超：《中国近三百年学术史》，人民出版社2008年版，第20页。

理成章的事了。朱昌荣指出:“明末清初,徽州思想文化领域出现了由王返朱、由朱至汉的‘复古’思潮,这一思潮同清初整个思想界的情形是一致。因此,我们说,清初由新安理学向皖派朴学的转变是后者形成的内在逻辑。”①徽州朴学以考经证史为方法,以经学济理学之穷,开创了徽州经学新局面。在治学过程中,程晋芳形成了“治经之道必拒(巨)细弗遗,本末该贯”②、汪梧凤形成了“事以经为证,义以圣人为衷”③的治学方法和宗旨。乾嘉朴学领袖戴震更是形成“以字考经,以经考字”④的学术规范,这个规范不仅成为清代学术研究主流得以确立的理论依据,且直接催生了乾嘉朴学的产生和繁荣。

二、朴学学风下的徽州诗经学

乾嘉时期,徽州诗经学以朴学为特色,乃典型的诗经清学。主要诗经学家有程晋芳、戴震、汪梧凤、胡清聚、程瑶田、余元遴、吴骞、江承之、汪灼、汪龙、吴蔚光、洪榜、胡匡宪、胡匡裁、胡匡轼、周廷寀、戴清、汪莱、潘宗硕、朱霈、黄承吉、吴英、董桂新、赵继序、戴大昌、项淳、许棻、程启佑、吴云山、汪汲等。

戴氏诗经学著述颇丰,既有专著,又有专篇论文,还有不少诗经资料辑考类著述和散论。其专著有三部:《诗经考》《杲溪诗经补注》《毛郑诗考正》。

《诗经考》,《戴震全集》收录时定名为《戴氏诗经考》,所据为北京图书馆所藏戴氏稿本,原稿题名《经考》,该稿本之《序》与段玉裁编印《戴东原集》所收《毛诗补传序》几乎完全相同,故知此稿又题名《毛诗补传》。此稿共二十六卷,在刊入《戴震全集》之前,一直只有抄本流传,鲜为人知,正式出版后,引起了学术界的广泛关注。卷首有戴震所作的《毛诗目录》,段玉裁《戴东原先生年谱》云:“是年《诗补传》成,有序,在癸酉仲夏。”⑤《诗经考》采用集解体例,同一内容一般只选一家为释,有的篇章则径出己见。考辨则既宗毛、又宗朱,毛、朱并重,无门户之私,也不攻讦任何一派。该书具有典型的乾嘉考据学风,有许多观点

---

① 朱昌荣:《皖派朴学述论》,《清史论丛》2005 年号,中国广播电视出版社,第 240 页。

② 程晋芳:《〈尚书今文释义〉序》,《续修四库全书》第 1433 册,上海古籍出版社 1995 年版,第 304 页上。

③ 汪梧凤:《诗学女为》,《续修四库全书》第 63 册,上海古籍出版社 1995 年版,第 627 页。

④ 按,首先概括出戴震“以字考经,以经考字”这一学术规范的是段玉裁,见其《说文解字注》。而提出该学术规范“成为清代学术主流得以确立的依据”的观点则见宋永培《〈诗经〉、群经的贯通研究与诗义考释》一文。

⑤ 按,癸酉年乃清乾隆十八年,即 1753 年。

为后学所重，如论未可泥今之篇次定作诗时世(《诗经考目录》)；论赋、比、兴不可强析(《诗经考目录》)；论一诗而数用(《诗经考目录》)；论郑卫之音非郑卫之诗(《诗经考目录》)；论名物训诂不必泥其物类(《关雎》《螽斯》等)；论《南》《豳》《雅》《颂》有专为乐章非咏时事者(《关雎》)；论毛、郑说诗求合于《左传》(《卷耳》)；论《豳诗》《豳雅》《豳颂》不得合指《七月》一篇(《大田》)；论"周人谛喾"说之无稽(《生民》)；论泮宫为学宫其说起于汉(《泮水》)等。故洪湛侯认为戴氏"论诗重要观点多发端于此"[①]。

《杲溪诗经补注》仅写成《周南》《召南》二卷，当为未完之本，内容较《诗经考》有显著提高。其体例每篇先列诗文，诗文每章后有注释。其非逐字笺注而仅注有争议及戴氏以为未得确解者。注释部分之后，列篇名和章数。题目之下，则都有类似《诗序》形式的解题，提示作诗之意。其后有时还有与诗篇相关的问题考论。本书题名《杲溪诗经补注》，关于"杲溪"，起初学界多以为乃戴震之号，其后方利山以为是溪水名，杨应芹以为有人名杲溪，是书为戴震代杲溪先生捉刀谋食之篇。然段玉裁于《戴东原先生年谱》指出："'杲溪'二字，盖以自别于诸言《诗》者。先生不随俗为别号，天下称东原先生而已。"[②]段氏为戴震弟子，其否定别号说当为有据。戴氏《乐山记》云"杲溪之南多山"[③]，则杲溪为溪水之名本无可疑。又其《屏山石室记》云："其曩有友堂(杲溪字友堂)先生者，吾族伟人也。相传晦庵朱子至新安者再，皆过其庐，则吾村之翘于歙西，诚不必以豪华盛丽为也。"[④]则知戴氏家族有一名为杲溪的先祖，为朱熹所重之交游，朱熹两次回乡皆往拜访。戴震引此族祖以为豪，又素有远大抱负，其治诗以"杲溪"题名，寓意不言自明。戴氏先祖取名"杲溪"，自然与溪水之名有关，但将戴氏书题名"杲溪"仍只认作溪水名则失却其特有意蕴。至于说代杲溪捉刀谋食，知此典故，则其谬妄可知矣。

《毛郑诗考证》四卷[⑤]，戴震《诗比义述序》曰："昔壬申、癸酉岁，震为《诗补传》未成，别录书内辨证成一秩。"[⑥]可见是书是在《毛诗补传》的基础上撰成的。本书卷首为《郑氏诗谱考证》，以下四卷实为《诗经》选注本，其体例以诗句为

---

① 参见《诗经考为戴震诗经研究的奠基之作》一文，载安徽大学徽学中心《2000年国际徽学研讨会论文》。

② 段玉裁：《戴东原先生年谱》，《戴震全集》，清华大学出版社1992年版，第3404页。

③ 戴震：《戴震全集》，清华大学出版社1992年版，第2585页。

④ 戴震：《戴震全集》，清华大学出版社1995年版，第2583—2584页。

⑤ 《毛郑诗考正》的卷数界定有四卷、五卷两种说法。五卷说乃将戴震考证后的《郑氏诗谱》一卷计入全书卷数，四卷说则不计。

⑥ 戴震：《戴震全集》，清华大学出版社1995年版，第2610页。

题,不列全文,很少征引他说,颇能显示一家之学,于训诂、校勘创获尤多。江藩认为从清初到乾嘉之间,意纯乎汉儒古训的《诗经》专著只有四部:惠周惕的《诗说》、戴震的《毛郑诗考正》、顾炎武的《诗本音》、钱坫的《诗音表》①,可见本书影响。

戴氏单篇论文共九篇(篇目见附录 2),与其专著多有重复之处,这里不予介绍。诗经资料辑考类为《经考》《经考附录》《经雅》三种,辑录有大量《诗经》研究资料,有些条目附有戴氏按语,其中不乏精审论断。《经考》卷三有《六诗》《小大雅》《王风鲁颂》《四始》《乐章》《小雅六亡篇》《篇次世次》《商颂国风》《古音叶韵》等篇。《经考附录》有《先儒论六诗》《豳雅豳颂》《南豳》《何彼秾矣》《变风变雅》《郑卫之音》《诗函五际六情》《诗之编次》《诗篇名》《删诗》《汉儒传诗四家》《毛诗序》《元以后删诗谬妄》《赝诗传诗说》等篇。《经雅》一书是戴震一部未刊长篇手稿②,分兽、家畜、鸟、虫、鱼、花草、木七个部分,计有四百一十七条(含无注条目七十六条),共有两万多字,著作年代不详,现收入《戴震全集》。《经雅》为训诂著作,对于经部书中的物种名称、形状、习性、特点以及有关物种分类、典故、文字音义等,皆有论及,且以考证物种名称为主。戴氏或参定一物数名;或考证方言土语;或辗转考出今名。是书以广博见长,于前人之误常有是订,一经检索,豁然贯通,可作为治古学者查检经部名物训诂的工具书。

程瑶田,戴震同学,江永高弟子之一。其治学精通训诂,注重实证,精心格物,一虫一介之微,无不穷其变态,提倡“用实物以整理史料”,开启了传统史料学同博物考古相结合的新路。程瑶田学问渊博,数学、天文、地理、生物、农业种植、水利、兵器、农器、文字、音韵等很多领域都有深入研究,堪称一代通儒。主要著作有《释虫小记》《释草小记》《禹贡三江考》等,合编为《通艺录》。瑶田虽无诗经学专著,却于诗学颇多贡献。如《小雅・小宛》“螟蛉有子,蜾蠃负之”,古人却错认蜾蠃养螟蛉为子。经过历代专家考证,误说被订正,早成定论。但程瑶田坚持“陈言相因,不如目验”,其在实地考察蜾蠃捕虫喂子的全过程后撰写《螟蛉蜾蠃异闻记》一文,前贤所考有了自然科学依据。

洪榜乃戴震弟子,邃于经学,为汉学专门之经学家,著述颇丰。诗经学著作《诗经释典》;《诗经古义录》皆未足业,病中举所著悉火之,未能传世。洪榜推介戴震之学不遗余力,乃戴学功臣,沾溉后学良多。

值得注意的是,此期赵继序的《历朝崇经记》《汉儒传经记》和周廷寀的《西

---

① 江藩:《汉学师承记》,中华书局 1983 年版,第 141 页。

② 按,该书成稿二百余年以来,先后经孔继涵、高鸿裁、余恕收藏,现藏于湖北图书馆。

汉儒林传经表》,以及稍后嘉道间胡秉虔的《汉西京博士考》为学术史类著述(案,此前明代凌立有《六经流别》,亦颇具学术史性质,惜佚不详),下开江藩、刘师培和皮锡瑞,学术意义不可忽视。不过,这些著述以经学家为中心,偏重经学家的研究成果,近似经学家个人传记的汇编,与江藩近似而与初具经学通史规模的刘、皮二家不可同日而语。

1.乾嘉三大家

程晋芳、戴震、汪梧凤为徽州乾嘉时期诗经学三大家。戴氏治《诗》,兼及考据和义理;汪梧凤致力诗旨探究;程晋芳则专门比较毛郑、汉宋异同得失。三家诗学风格迥异,然皆有朴学特色,在徽州诗经学史上占有重要地位。其中,戴震不仅是一位杰出的朴学家,还是一位伟大的具有启蒙思想的哲学家和思想家。其治诗不仅在字词、名物制度方面成果累累,而且从圣经、诗教出发,努力构建新的诗教体系,呈现出强烈的经世意识。其与清初姚际恒、道咸时期的江有诰并肩成为清代徽州最杰出的诗经学家,又与宋代朱熹成为整个徽州诗经学史上耀眼的双子星座。

2.诗学基本问题和理论探讨

乾嘉学人对诗经学基本问题和理论的探讨,集中在《诗序》存废、淫诗说、删诗说、诗六义(主要是其中的赋比兴)、正变说等。他们从"圣经"的立场出发,坚守孔子"思无邪"之说,认为《诗经》曾经孔圣整理,主张《序》不可废,反对朱熹的淫诗说。又多有重释赋比兴、正变说者。其中戴震对诗教体系的重构,历来被学界轻轻看过,没有引起应有的重视。

3.精彩纷呈的考据成果

乾嘉徽州诗经考据在字词名物考订、诗旨考论,以及音学考古和审音诸多方面。戴震考据成果研究颇夥,不必置喙;程晋芳、汪梧凤本人后有专章论及,此亦不具。这里粗略概括此期考据成果。

(1)字词名物考订多为的论。如《卫风·伯兮》,《传》以为伯为州里之伯,言其官也。《笺》以伯为字。《疏》谓妇人称夫宜呼其字,不当言官,盖右郑也。汪龙《毛诗异议》认为,前驱之士不止有伯,当还有仲、叔、季。《叙》言刺时,则诗乃刺者所作,非一妇人之辞。《传》以官举为得。《郑风·大叔于田》"将叔无狃"句,《传》释"狃"为习,《笺》释"狃"为复,汪龙《毛诗申成》引《释言》孙炎之说,以证"复"亦贯"习"之意。《陈风·东门之池》"可与晤歌",《传》释"晤"为遇,《笺》释"晤"为对,汪龙《毛诗申成》则引《释言》以证"遇"亦为对偶之义,从而有力地支持了《传》说。若此之类,皆能原本训诂,因其可通而通之,以申明

《笺》义。汪氏熟于许氏《说文》,其说《诗》多笃守《传》《笺》而尤邃于训诂通假之理。段玉裁多采其说入《说文注》,可见其文字学功力和影响。

(2)诗旨厘定,良多精论。如《河广》篇,汪灼《诗经言志》本孟子“以意逆志”之说,谓诗作于卫已渡河时,卫与宋皆在河南,此第借河以起兴。朱子据未迁时,谓卫在河北,宋在河南,定以为赋者非。朱霈则认为乃渡河以前,宋女嫁卫而思归之作。二家虽结论不同,然皆持之有故,能备一说。

《黄鸟》篇诗序云:“哀三良也。国人刺穆公以人从死,而作是诗也。”汪灼《诗经言志》据《括地志》,谓穆公冢在岐州雍县东南,三良复有冢在雍县故城内,从而定三良为从死而非殉葬。清初姚际恒则谓:“不知从死乃秦戎狄之俗,非国君之贤否也。”以为此诗旨在哀三良,而无刺义,真平和之论者也。此前,宋程大昌曾考订出秦国有从死之俗,三良之死为自愿。汪氏之说颇能补姚、程之未备,使问题愈益明朗。

《十月之交》,郑以此篇及《雨无正》《小旻》《小宛》皆为刺厉王诗,谓其篇第在《六月》前。毛公移置于《正月》篇下,并改《叙》为刺幽王。王肃、皇甫谧不从其说。孙毓则疑而不能决。《孔疏》谓事既久远,不审实然以否,不复强为与夺,而其言以郑为是。汪龙《毛诗异议》就郑、孔之言详辨之,指出《〈六月〉序》历数《正雅》废缺,而言《小雅》尽废,则四夷交侵。由此知《六月》继《正雅》后,若前有《十月之交》《雨无正》《小旻》《小宛》此四篇,则《正雅》之废,就不应于《六月》之《序》谈及。汪氏可谓善阐幽发微,读书得间矣。

(3)音学考古和审音硕果累累。戴震、胡匡裁外,值得一提的是汪灼。其《毛诗周韵诵法》十卷,《续修四库总目提要》云:“唐释神珙《四声五音九弄反纽图》止分喉、舌、齿、唇、牙五音,甚为简易。汪灼则以舌用中、尖,齿之露,唇之嘻,牙之张。凡舌之吐,喉鼻之分,出口之有张、撮、平、撘、全开、半开之别。侵、监、廉之字,其初出有类真、寒、先三韵为吐字诀。而假、吴、孺、噫、呜、儿、窝,抵舌抵腭,直音无收,遏舌入鼻闭口以作收为归音诀。分析愈细,标准愈难,且只足供词曲家之研究,治《诗》者固无需此。又书中往往古音、叶音一篇混见,尤属不合。”①

(4)汉宋兼采,惟是是从。戴震说诗反对门户之见,其《毛诗补传序》就揭示出以门户解诗之弊,其云:“其主汉者必攻宋,主宋者必攻汉,此说之难一也”②。汪梧凤亦提出“朱子专攻小《序》,近儒复从《序》而攻朱子,均属门户之

① 《续修四库全书总目提要》,中华书局 1993 年版,第 362 页。

② 戴震:《戴震全集》,清华大学出版社 1995 年版,第 1106 页。

见。”“故余或从《序》或从朱，一以‘思无邪’一语衷之，而私意不设。”①

乾嘉学人概以汉学为主，唯程晋芳等比较特异，在学术谱系中属于典型的程朱理学派。翁方纲谓：“其后综览百家，出入贯穿于汉宋诸儒之说，未始不以程朱为职志也。”②不过，程晋芳虽心仪宋学，却不抛弃汉学。他说：“士人或泥古以疑今，或是今而弃古，皆未可为平心善学者也。”又云：“盖欲告人以学经之法，不可专执一家。”③

第三节　后乾嘉时代的徽州学术与诗经学

一、后乾嘉时代的徽州学术

道咸之后，汉学派逐渐衰落，今文经学逐渐复兴。究其原因，林叶连以为：（一）朴学本身缺点及流弊④；（二）学术脱离现实社会；（三）内乱外患激起经世致用思想；（四）朴学重镇毁于兵祸；（三）今文辑佚之助澜⑤。此期徽州传统学术亦开始没落，除林叶连提到的一般性原因外，还有一个重要的因素：徽州商帮开始衰落和解体。道光十二年（1832），清政府废除纲法，改行票法，徽商从此丧失了他们世袭行盐专利权。与此同时，清廷迫于财政困难，又严追徽州盐商历年所欠的盐课，更使许多徽州盐商因之破产。从此以后，徽州商帮一蹶不振，并最终解体，徽州文化赖以生存的经济基础不复存在，从而江河日下，并随着中华

---

① 汪梧凤：《诗学女为》，《续修四库全书》第 63 册，上海古籍出版社 1995 年版，第 608 页。

② 翁方纲：《复初斋文集》，《续修四库全书》第 1455 册，上海古籍出版社 1995 年版，第 479 页下。

③ 程晋芳：《〈毛郑异同考〉序》，《续修四库全书》第 1433 册，上海古籍出版社 1995 年版，第 304 页上。

④ 曾国藩曰：“嘉道之际，学者承乾隆季年之流风，袭为破碎之学。辨析名物，梳文栉字，刺经典一、二字，解说繁称，杂引流衍，而不知所归。”（《曾文正集》卷一）梁启超曰：“乾嘉以来，家家许郑，人人贾马，东汉学烂然如日中天矣。悬崖转石，非达于地不止，则西汉今古文旧案，终必须翻腾一度，势则然矣。”（《清代学术概论》）林叶连曰：“乾嘉时期，考证之学极盛一时，昌言‘治经必先识字’，而学者于六书音韵之学，非穷毕生之力，无以得其要领。其研究方法日益精密，所习却日渐狭窄；其末流陷于细碎零琐，穷其枝叶，而义鲜宗极，语乏归宿。”（《中国历代诗经学》）马积高则曰：“这一学术思潮也有其严重的缺陷：这就是厚古薄今和重书本轻实践。”（《清代学术思想的变迁与文学》）

⑤ 林叶连：《中国历代诗经学》，台湾学生书局 1993 年版，第 347—351 页。

民国元年后(1912)徽州府被撤销而成为历史的记忆。

由于道、咸以后徽州传统学术没落并转型,故此期取得巨大成就的学者多数生活嘉、道、咸时期。这些学人不仅祖承了乾嘉学人的考据学风,而且后学专精,站在乾嘉学人的肩膀上取得引人注目的成就。其中影响最大的有胡秉虔、江有诰、俞正燮、朱骏声(本为江苏吴县人,因爱徽州大好河山和辉煌的徽州文化而家于黟县石村)、汪宗沂、吴承仕等。另一方面多数学人吸收了今文经学的思想、立场和方法,还颇能留心西方自然科学、人文科学,关注民生、民权,冀图通经致用,救衰拯危,从而把经术、政事、文章贯通为一,学术视野较乾嘉学人更为阔大。俞正燮、汪文台、汪宗沂、吴承仕等皆为此类杰出代表。

二、后乾嘉时代的徽州诗经学

嘉、道以降,《诗经》今文经学复兴,治《诗》者并今、古文《诗序》一概摈除,主张超越毛、郑,依三家佚文,直探齐、鲁、韩诗之真面目,以为优于《毛诗》;他们纷纷摒弃擘绩补苴、烦琐饾饤、无益实际的考据学,采用孟子"以意逆志"之说,借以探求"作者之心",阐发微言大义,以达成经世济民之理想。不过,如前分析,徽州诗经学考据之风仍是炽烈,考据之学在今文经学和西学的影响下拥有了新的特点。此期徽州诗经学家主要有朱濂、胡秉虔、胡秉元、江有诰、俞正燮、汪远孙、汪文台、吴云蒸、洪莹、董桂敷、董桂科、董桂山、董桂森、董成、江荣祖、汪烜、吴诵芬、朱骏声、章遇鸿、章平、章熺、王以宽、张未堂、吴兆棠、程以庄、程途远、程南、程本、江之纪、江汝和、汪宗沂、汪有恒、汪锡洛、汪焕其、潘步云、潘道南、潘邦协、黄启兴、胡培受、胡在田、俞起、余懋进、程诰、余龙光、胡嗣运、俞塞、戴思孝、董大鲲、方甸、王作霖、汪有恒、俞粹纯、程朝仪、许绍曾、叶敩、庐云英、吴承仕等。

胡秉虔学有根源,尤精于训诂音韵,为徽州经学家绩溪三胡之一。与王引之、张惠言、姚文田友好。著有《毛诗集释》《毛诗小识》(此二书未知是否一书)、《毛诗序录》四卷、《绳轩读经记》《古韵论》《汉西京博士考》《说文管见》三卷等。其省文假借说,发前人之所未发,颇便破古书之通假。又著《古韵论》一书,虽稍后出,独能会合诸家之论而持以平。胡氏之学,综核名实,辨析异同,为皖学之中坚,戴学之后劲。

汪文台博学强识,著述甚多,与同县俞正燮齐名。因读阮元《十三经注疏校勘记》错误不少而作《十三经校勘记识语》。如《出车》"戎仆掌御戎车",《校勘记》云:"'戎'当作'贰'。因别体字'贰'作'弍',形近而讹也。"汪文台则认为,戎车不误。本疏自明,《周礼》并无作"弍"车之误本。

黄启兴潜心经史,通六书,篆隶,尤深于《诗》学。著有《毛诗集古笺注》(又名《黄氏诗考》)四十卷。唯取各篇字义逐一训释,于名物制度征引考证尤详。至其作诗之意,则阙而不言,以俟涵泳经文者之自得。篇末有《附考》数篇,并及鲁、齐、韩、毛、朱子各家说而无所偏主。

汪宗沂少好经世之学,壮喜谈兵,晚好道家言。曾受汉学于仪征刘文淇,受宋学于桐城方宗诚,对于九流百家之学,有广泛兴趣,但他治学的重点,仍在经学,在辑录佚文遗说方面作出了很大贡献。宗沂进士出翁同龢门下,翁氏许为命世才,重其为人,称以先生,不用师弟礼。所著《诗说》《诗经读本》,为其教学讲义,新论不多,然颇寄托忧国用世之情思。

胡嗣运《枕葄斋诗经问答》八卷,为其自记讲学东山高等小学堂时与诸生说《诗》之语。首列三家《诗》传经世系图,而以《毛诗》附之。其说《诗》多以毛、郑为主,亦间采《集传》及诸家之说以参之,而设为问答之辞,故名其书为《诗经问答》。全书不载经文,亦不尽释全经。综览其书,时有新意可喜者,如问:"《齐风·鸡鸣》前两章是一人口气乎?抑是两人口气乎?请以《诗》解决之。"答曰:"以《郑风·鸡鸣》例之,则二人口气无疑矣。其诗曰'女曰鸡鸣,士曰昧旦',朱子门人吴仲方亦以《齐风·鸡鸣》为两人问答之词。"嗣运于《诗经》极为精熟,常引之阐明他书,如问:"《周礼》禁嫁殇。嫁殇,唐人谓之冥婚,《诗》中当有判语?"答曰:"《王风·大车》云:'谷则异室,死则同穴。'"又如问:"《诗》中言仁者,果有合于吾儒之旨乎?"答云:"《驺虞》一诗纯是仁者气象。"是书穿凿附会,望文生义者颇多,如以《关雎》为周公作;以女子归宁之车名还车。凡此之类,皆不足为训。

此外,嗣运尚有《读经指迷》二卷,上篇论《易》《书》《诗》《三礼》《春秋三传》;下篇杂论经学,涉及民主、民权及海外政教,可见其治经积极汲取新学的价值取向。书以七言绝句写出,颇便学童习诵,可作为初学读经歌括。

1.补苴罅漏,考据愈精

此期考据成果颇多,常有胜出乾嘉者。如胡秉虔认为古文多省(省文假借),其考《采苓》"人之爲言"之"爲",认为"爲即譌字。譌从言,爲声,故亦省作爲。《孔疏》又云:'定本作僞。'《释文》亦云:'本或作僞。'僞,从人,爲声,声近假借。《史记·五帝本纪》'便程南譌',《索隐》:'本作南爲',云爲依字读。

《汉书·王莽传》作'以劝南僞',师古曰:'僞,读曰譌',是其证也。"又考《大明》"其會如林"之"會",认为"會当即旝字。旝,从㫃,會声,故亦省作會。《说文》正引作旝。《春秋传》曰:'旝动而鼓',杜注以'旝为旃'。马融《广成颂》云:'旃旝森其如林。'是其证也。"[①]《鸱鸮》为周公居东诗已为定论,然何时、何因居东则异说纷纭。朱霈详考而以为周公居东非东征管、蔡,乃避谤于野。《鸱鸮》作于征管、蔡之前,并引朱熹晚年之说为佐证。其论充分,当为可信[②]。《诗经》中"薪"字多出,如《汉广》"错薪"、《南山》"析薪"、《小弁》"析薪扡矣"、《车辖》"析其柞薪"、《白华》"樵彼桑薪"、《棫朴》"薪之槱之"、《无羊》"以薪以蒸",解者莫衷一是。俞正燮详考后认为古草木通曰薪,今草木通曰柴。单言之则薪、荛、柴通;对举,则荛、薪,草也;柴,木也;蒸,析麻中干也。单言通而对举有别。有俞氏此考而"薪"义始明[③]。《诗》"泾以渭浊,湜湜其沚。"《笺》云:"泾水以有渭,故见渭浊。"俞氏指出《笺》"渭(从水)浊"当为"见谓(从言)浊"之误,当依唐初一本。《诗经·斯干》"载弄之瓦",瓦为柅之误,柅又作尿,其据《集韵》谓"尿,女利切,籆柄也,收丝具"[④]。

2.注重诗经博物研究

此期《诗经》博物研究亦不乏力作。如,董桂新《毛诗多识录》十六卷,赡博而不穿凿,为治《毛诗》者不可少之书。该书体例分《识鸟》《识兽》《识草》《识木》《识虫》《识鱼》《识天》《识地》《杂识》,而《识地》尤博征详引。如其识"大原"云:

> 《集传》:"大原地名,亦曰大卤。"按,《朱传》所言则大字音泰,其地在今山西太原府曲阳县。然太原曲阳是《禹贡》冀州之太原,去镐京甚远。诗言至于大原,亦祇逐出之而已,未必即至于此。考《国语》"宣文料民大原",则周地亦有大原。既言"料民",似为备镐之计,未必远料之于晋国也。《毛传》《郑笺》《孔疏》皆未实指何地,至《集传》乃以为大原,亦曰在大卤,在太原阳曲县。朱子盖引《公羊》《穀梁》"大原大卤"之文为据。然《公》《谷》本文非有定指,而唐徐彦《公羊解》云:"此地形势高大而广平,故谓之

---

① 胡秉虔:《说文管见》,中华书局1985年版,第45页。

② 朱霈:《毛诗质疑》,《四库未收书辑刊》第四辑第九册,北京出版社2000年版,第420—421页。

③ 俞正燮:《癸巳类稿》,《俞正燮全集》(第一册)(于石、马君骅、诸伟奇点校),黄山书社2005年版,第44—45页。

④ 俞正燮:《癸巳类稿》,《俞正燮全集》(第二册)(于石、马君骅、诸伟奇点校),黄山书社2005年版,第22页、第26页。

大原。"则《公》《穀》所云大原亦第如《尔雅》"大野曰平，广平曰原"，似难专指阳曲也。明周斯盛辑《山西通志》云："'薄伐猃狁，至于大原'，今在太原府阳曲县。"案，大、太二字，音本不同。《禹贡》"既修太原"，在冀州；《诗》"至于大原"，在雍州。周都丰镐，猃狁侵镐及方，至于泾阳，非自冀州太原而入。《地理志》："泾水出安定泾阳县，今原州百泉县笄头山也。"则《诗》所云泾阳，指此地而言。泾阳东北至太原二千余里，山川险阻，黄河介其中，安得饬戎车日行三十里逐雍州泾阳猃狁，由冀州太原而出乎？《禹贡》"原隰底绩"，《蔡传》引郑氏云："其地在邠州，唐有泾原节度使，今固原州即唐原州故城。汉唐以来，又以河南地为五原郡，则诗人所云'至于大原'者指原州而言，非冀州之太原也。朱子在南渡后，未至北方，《传》偶误耳。"据此则大原在甘肃平凉府固原州。①

此外，还有歙县朱濂《毛诗补礼》，广辑《传》《笺》及诸家之有关于礼的资料，集而成书，补礼、证礼。后有专篇，此不具论。

3.音学研究集其大成

古韵研究有所谓考古和审音两种方法。考古指通过考察古代文献资料，归纳古代音韵。审音则是利用今音知识和等韵原理，对古音的部类作音理上的分析和说明。在徽州，虽清代以前有《诗经》音学研究著述，然多散佚，不明其详，故江永被认为是古韵研究中运用审音方法的创始人。戴震则发扬光大乃师之学，使审音研究终成一大流派。始于江永而成于戴震的审音派，为古韵研究开拓了新的道路。江有诰作为徽州古音韵研究的殿军，则不仅精于审音，还勤于考古，两方面皆取得杰出成就。此外，胡秉虔有《古韵论》一书，考论古音，较诸家稍为后出，独能会合诸家之论而持以平。

江有诰继承和发展顾炎武的"离合"法②，分古韵为二十一部。其调整韵部次第，为研究《诗经》等上古典籍的用韵提供了坚实的学理依据，并在此基础上提出遥韵、通韵、合韵理论。江氏还主"古有四声"说，推动了上古声调研究的发展。江氏音学对后世的影响巨大，王力的《诗经韵读》就深受其影响，程俊英与其学生蒋见元合作的《诗经注析》每章注释后均加"韵读"，标出该章韵部和押韵字，古今差异大者则加注直音，颇便于读者准确把握诗的韵读，而该书所注

---

① 闵尔昌：《碑传集补》卷四十，台湾文海出版社 1966 年出版，第 2183—2190 页。

② 按，顾炎武之"离合"法，即把《诗经》韵字与《广韵》206 部对照，凡《诗经》中押韵而《广韵》中分属不同韵部的则合之，反之《诗经》中不押韵而《广韵》中属于同一韵部的则分之。

“韵读”基本依据江氏之书。

第四节　从边缘走到中心的姚际恒诗经学

对姚际恒诗经学的研究颇夥，为避免重复，本节专门讨论姚氏诗经学何以在经学时代被边缘化，而五四时期能走到中心，成为思想解放的武器。

姚氏《诗经通论》既反以《序》说为代表的汉学，又反以朱熹为代表的宋学，在经学时代被目为异端，四库馆臣不仅对其《诗经通论》评价不高，且拒为收录①。《诗经通论》于康熙四十四年（1705）冬十月写成后，很长时间未能刊布，几近湮灭。后韩城王笃于嘉庆癸酉秋，因书楼渗漏，重整旧籍，移置他所，无意中读得该书，大为诧异，如获奇珍②，才在清道光十七年（1837）将其刊布于世③。该书从书成到刻板印行花了130多年，这在经学史上是极其罕见的。

王笃的刊刻，并没有使《诗经通论》产生应有的社会影响，这种状况直到“五四”时期才发生根本性的变化。“五四”学人，主要是古史辨派在“整理国故”运动中，在旧书堆中将姚际恒、崔述和方玉润的著作找出来，作为新学术资源和思想武器，用来打到《诗经》的“经”字招牌，对《诗经》作“结账式的整理”④。他们将姚际恒、崔述、方玉润三人并称，称许他们能独立于汉宋之争，自辟门径。胡适就曾称赞此三人“大胆地推翻汉、宋的腐旧的见解，研究《诗经》里面的字句和内容”，并以为这是“一代比一代进步”的标志⑤。

姚氏之书的发掘并不容易，是在胡适直接关注和催促下，顾颉刚经多方努力才完成的。1920年11月，胡适致信顾颉刚“询姚际恒著述书”，胡氏信中说：“你的《清籍考》内没有姚际恒。此人亦是一个很大胆的人。我想寻求他的《九经通论》，不知此书有何版本？你若知道，请你告诉我。”⑥顾颉刚在11月23日回信中，告知在《浙江通志·经籍门》《安徽通志》《读画斋丛书》所查到的资料。

---

① 参见林庆彰《姚际恒著作集序》，载《中国文哲研究通讯》第4卷第2期（1994年6月），第140—144页。《姚际恒著作集》六册1994年由台北研究院文哲所出版。

② 参见姚际恒《诗经通论》（顾颉刚标点本）之王笃《序》，中华书局1958年版，第13页。

③ 此即成都铁琴山馆刊本，后有1927年双流郑璋的成都书局覆刻本。

④ 胡适：《〈国学季刊〉发刊宣言》，《胡适文存》二集，黄山书社1996年版，第9页。

⑤ 胡适：《胡适古典文学研究论集》，上海古籍出版社1988年版，第325页。

⑥ 顾颉刚主编《古史辨》（第一册），上海古籍出版社1982年（影印本），第1页。

胡氏1921年6月16日的日记记道："我前访求姚际恒的《九经通论》，至今未得。我知道《诗经通论》必有刻本，后来果借得一部。"①胡适通过顾颉刚找到《诗经通论》后，非常高兴，他在1932年5月致钱玄同信中说："颉刚的信使我很高兴，姚立方的遗著的发现，是近代学术思想史上的一件重要事，不单是因为姚氏的主张有自身的价值，并且这事可以表示近年中国学术界的一个明显的倾向。这倾向是'正统'的崩坏，'异军'的复活。在思想方面，李觏、王安石、颜元、崔述、姚际恒等人的抬头，与文学方面的曹雪芹、吴敬梓的时髦是有同一意义的。"②找到书后，顾颉刚于1922年开始点校，次年点校完毕。这个点校本一直在顾的学生中传播、评论，至1958年才由中华书局正式出版。

姚氏之书在新时期格外引人注目，主要因为其开创的新批评方法和精神。顾颉刚《序》曰："姚首源先生崛起清初，受自由立论之风，遍考九经，存真别伪，其《诗经通论》十八卷，实承晦庵之规模而更进者，其诋之也即所以继之也。《序》中谓涵泳篇章，寻绎文义，以从是黜非，明非先悬一成见而曲就之者。其以文学说《诗》，置经文于平易近人之境，尤为直探诗人之深情，开创批评之新径。"又曰："姚氏涵泳本文，摒除汉、宋宗派之成见，惟是是归，可谓超绝古今者矣。"③

姚氏之书之所以富于批评精神，能开创新批评之途，是与其所处的社会历史环境密不可分的。明末清初是个思想大变动的时代，当时不少学者体会到自《宋史》以来分儒林传和道学传所造成儒学本身的分裂；陆、王心学空谈心性，束书不读；清人入关，华夏文明面临挑战；西学传入，中西文化冲突产生。总之是儒学日敝，道统难以为继，重建儒学刻不容缓。重建儒学的第一步乃将分裂数百年的儒学绾合为一。而圣人之道存于六经，要探圣人本义，就需从经书入手而非离经求道④。经书传承历二千年之久，阙脱亡佚，误认伪造，依托羼杂等，不一而足，故又先须正经。正经之后，则又须检讨历代传注，看是否能达成辅助经书的目的，若不能，则要检讨哪些方面有差错。总之，当时儒者面临着重振儒学的重任，故黄宗羲、阎若璩、毛奇龄、姚际恒、胡渭等，皆能从上述途径治经，其中以姚际恒《古今伪书考》《九经通论》涉及的问题最多、层面最广。姚氏认为读

---

① 胡适：《胡适日记全编》（曹伯言整理），安徽教育出版社2001年版，第317页。

② 胡适：《胡适书信集》（上册），北京大学出版社1966年版，第570页。

③ 《文史》杂志，1945年4月第五卷三、四合刊，第90页上。

④ 姚氏此论颇祖绍宋人。然朱熹云："要之，经之于理，亦犹传之于经。传，所以解经也，既通其经，则传亦可无；经，所以明理也，若晓得理，则经虽无，亦可。"（黎靖德编：《朱子语类》，《朱子全书》第十七册，第3422页）可见，朱熹对待经传的态度并不比姚氏保守。

书的第一步是辨伪，其将《诗经》《春秋》《论语》《孟子》之外的大量经书判为伪书；又从根本上否定后人经解对经书本身的作用，主张将其一一废除而直接回归原典；姚氏在辨别经书真伪，抛弃一切传注的同时，提出合乎人情地“涵泳篇章，寻绎文义”；姚氏还认为孔、孟儒学仅在“日常应事接物”“视听言动”上，程朱、陆王理气心性，道理虽高妙，却非孔、孟本义，要越程朱、陆王而直探《论语》《孟子》①。

姚际恒否定经解，主张回归原典，无疑是清初重振儒学这一学术背景的产物。而从姚氏自身来看，日本学者村山吉广认为源于其“圣经观念”。吉广说：“我们现在来考察姚际恒称呼‘圣经观念’的心情，大概可以吧！确实地，这种真挚的圣经观，可以说是在《诗经通论》中决定他的立场最根本的要素。因此，使他否定《诗序》以来传注的权威，只顾诗本身，自然的去理解诗的精神也是从这里来的。同时，他不允许《诗经》中一切淫诗的存在的心情也是根源于此。他把《诗经》当成大圣人手定的圣经来尊崇。这时，他的圣经观念逾强逾好，他对待经典的方法是用谦虚的实证。他否定圣经以来的一切，直接从其中去找出自然的东西。这是他对旧说大胆的批判，在解释上导入实证精神的根源。”②村山吉广的说法，揭示出姚氏治经只顾诗歌本身的主张，是种对圣人经典的崇拜。这表明姚氏对于《诗经》的经学地位与道德教化功能是深信不疑的。

毫无疑问，姚氏经学思想自有其建设意义，但完全抛弃汉宋以来的文化成果，片面强调回归原典，不仅理论上是错误的，实践上也是行不通的，其破坏意义远远大于建设。何况仔细检讨《诗经通论》，可商榷者亦复不少。姑且不论其批评《诗序》有得亦有失，其对朱熹的批评则如赵沛霖所言：“姚氏所说的《集传》之失，其中不少正是其长。姚氏混淆是非，造成了新的混乱，后虽有方玉润等学者出而澄清，但始终难于彻底。姚氏对于朱熹的批评，虽不无是处，但从总体上看却是消极的因素偏多。他的过激源出于传统观点的影响，在本质上是保守的。”③可见《诗经通论》是不可与《毛传》《郑笺》《孔疏》和《朱传》相提并论的，学术成就也比不上有清时期三家诗学的总结性著述——陈启源《毛诗稽古编》、陈奂《毛诗传疏》、胡承珙《毛诗后笺》。事实上，“五四”学人对此亦有清醒的认识。胡适就曾说：“关于三百篇的见解，在破坏的方面，当打破一切旧说；在

① 此处参考了林庆彰《姚际恒治经的态度》一文相关论述，详见台湾中山大学清代学术研究中心编《清代学术论丛》（第一辑），文津出版社有限公司2001年版，第367—384页。

② 林庆彰译、林庆彰等编《姚际恒研究论集（中）》，台湾研究院中国文哲研究所1996年出版。

③ 赵沛霖：《诗经研究反思》，天津教育出版社1989年版，第365页。

历史的方面，当以朱熹的《诗集传》为最佳，清代的姚际恒（《诗经通论》）、崔述（《读风偶识》）、龚橙（《诗本谊》）、方玉润（《诗经原始》）四家都有可取。但这五家都不彻底[1]。在众多的辨伪大家和解诗者之中，古史辨派之所以倾心于姚际恒，并非单纯的学术兴趣，更主要的还是"五四"精神的使然。"作为'五四'新文化运动两面大旗之一的科学，其基本精神就是科学启蒙，提倡大胆怀疑，独立思考，实事求是，按事物的本来面貌认识事物；对于前人的观点和见解，不论是权威尊长，也不论是古今中外，都不迷信，不附和，一概采取分析的态度。""姚际恒在《诗经》研究中所表现出的独立思考和不为传统所囿的精神与'五四'时代精神颇有一致之处。正因为如此，顾颉刚才将他们引为自己的同调。"[2]换句话说，他们推崇姚氏，主要着眼于"破坏"。这正如梁启超所言："凡一新学说初立，对于旧学派，非持绝对严正的攻击态度，不足以摧故锋而张新军。"[3]"五四"运动之后，学界掀起了整理国故运动，这是"五四"学人继文学革命后的学术革命。他们整理、发掘姚际恒等的著作，如同文学革命中发掘、整理曹雪芹的《红楼梦》和吴敬梓的《儒林外史》一样，将其作为新学术资源和思想武器，对《诗经》作"结账式的整理"，从而推翻旧经学，建立起充满批判精神的、科学的新诗学。姚际恒欲摧毁诗经旧学（包括汉学和宋学），回归原典，故持绝对严正的攻击态度。"五四"时期的学人欲砸烂经学体系，引进西方科学学说，亦需持绝对严正的攻击态度。他们从古书堆中找出《诗经通论》，引为同调，而鼓吹对旧经学进行不留余地的批判，是最自然不过的事了。何况姚氏提出合乎人情地"涵泳篇章，寻绎文义"，由协韵、章法、句法等来求诗义，为以文学方法研究《诗经》奠定了良好的基础。明乎此，我们就能更加平心静气地面对《诗经通论》了。

第五节　戴震对诗教体系的重构

郭全芝指出："戴震的《诗经》研究具有重要的个性特征，表现在如下几点：一是在具体的阐释当中，将字义与经义结合起来，既不纯粹以《诗序》《毛传》为

---

① 胡适：《胡适的日记》，中华书局 1985 年版，第 24 页。

② 赵沛霖：《现代学术文化思潮与诗经研究——二十世纪诗经研究史》，学苑出版社 2006 年版，第 64 页。

③ 梁启超：《清代学术概论》，中国人民大学出版社 2004 年版，第 139 页。

权威,也不仅仅用涵泳诗文的方式或依据字典辞书对字词的解释获得意义,而是综合考察群经及《说文》《尔雅》的相关解释以得出结论。二是在经旨方面以孔子'思无邪'为依据,不盲从于某一经学派别的观点主张,一方面为阐释留下广阔的空间,另一方面又不脱离传统经学要义的制约。三是其解说对前人敢于大胆地怀疑与批判,同时又尽可能汲取前人合理的因素,例如运用比兴说《诗》,但又打通比兴与赋的界限,认为赋比兴都可以蕴含喻义,从而更方便解说。因而,戴震的有关解说在《诗经》阐释史上具有特殊意义。"[①]郭先生此论准确彰显出戴震诗经学的特点。在郭先生和其他一批学人的努力下,近年来戴震诗经学研究取得了丰硕成果,本文重点探讨戴氏对诗教体系的重构。

一、"姑以""思无邪"为治《诗》宗旨

皮锡瑞曾"论《诗》比他经尤难明其难明者有八"和"论诗有正义有旁义即古义亦未尽可信"[②]。可见,历代治《诗》有一个共同难题,那就是《诗》旨难定。先此,则戴震于《毛诗补传序》曾云:

> 先儒为《诗》者,莫明于汉之毛、郑,宋子朱子。然一诗而以为君臣朋友之词者,又或以为夫妇男女之词;以为刺讥之词者,又或以为称美之词;以为他人代为词者,又或以为己自为词。其主汉者必攻宋,主宋者必攻汉,此说之难一也。[③]

汉学、宋学相互攻讦,歧义纷呈,后学莫衷一是。而从《诗经》本身来看,则又因为"一诗而数用":

> 《南》《豳》《雅》《颂》,或特作诗以为乐章,或采所有之诗定为乐章,汉儒有所谓《关雎》为毕公作者,当时或有传书,如《金滕》《左传》《国语》言周公作《鸱鸮》《常棣》《时迈》《思文》之类,今不可考矣。《周南》《召南》,所

---

① 郭全芝:《清代〈诗经〉新疏研究》,安徽大学出版社 2010 年版,第 68 页。

② 皮锡瑞:《经学通论·诗经》,中华书局 1959 年版,第 1—2 页。

③ 戴震:《戴震全集》,清华大学出版社 1995 年版,第 1106 页。以下本节凡引本书皆于文中直接标注页码。

谓“房中之乐”“乡乐”是也。《仪礼》“合乐:《周南·关雎》《葛覃》《卷耳》,《召南·鹊巢》《采蘩》《采蘋》。”又射节用《驺虞》《狸首》《采蘋》《采蘩》。其《采蘋》则本为女子教成之祭而作、古人乐章,一诗而数用有如此。(《戴震全集》第1795页)

诗义纷呈,一诗数用,种种难明,并无确凿文献可考。那么,戴氏又是如何解决这个问题的呢?戴氏说:

余私谓《诗》之词不可知矣,得其志可通乎其词。作《诗》者之志愈不可知矣,断之以“思无邪”之一言,则可通乎其志。

今就全诗,考其字义名物于各章之下,不以作诗之意衍其说。盖字义名物,前人或失之者,可以详核而知,古籍具在,有明证也。作诗之意,前人既或失其传者,非论其世、知其人,固难以臆见定也。姑以夫子之断夫《三百》者,各推而论之,用附于篇题后。(《戴震全集》第1106页)

可见,戴震通过考证字义名物与探讨诗之意两个方面治诗。考证字义名物的标准是具在的古籍中的明证①;诗之意失传,没有明证,只好退而求其次,用“知人论世”的方法去推求,而推求的标准亦只好退而求其次,姑且用孔子“思无邪”的论断了。以戴震为首的乾嘉学人治学主张“以是为是”,非常重视文献证据,没有证据就阙而不论,即使有孤证,亦以为不可为据。但是《诗经》有一个绕不开的课题,那就是诗旨考定。面对这样一个难题,戴震选用圣人之论为准的,并将其建立在严密的字义名物考证的基础上,这是当时唯一能为普遍接受的研究路径。纵观《诗经》学研究史,“思无邪”的标准几乎一直贯串其中,须臾不忘。从表面看,戴震与这些《诗经》学家的做法没有什么两样,但实际上,戴氏与他们视孔子之言为圭臬的盲目信从态度有着本质的不同。戴氏明确示之以“姑以”二字,即表明他对用“思无邪”说《诗》持保留态度,他清楚地认识到这样推论出来的诗旨不一定是诗之本义。与此同时,明知诗旨难定而竭力推论之,推论出来的诗旨又不一定是本义,这不是朴学家所主张的,但是,于《诗经》乃没办法的办法,在没把握“惟事实是求”的情况下,便“惟古是求”,孔子近古,以其说

---

① 治《毛诗》者考证名物字义以《尔雅》为宗,戴氏亦重《尔雅》,然其云:“《尔雅》,《毛诗》学者所宗,不可不知其源流得失也。”又云:“窃谓《诗》之难言,《尔雅》犹或失之,况后人乎!”参见《戴震全集》第1135页、1824页。

为宗旨和标准,当为可取[①]。

戴氏以"思无邪"为说诗宗旨,其对"思无邪"有自己的理解,他说:

> 《风》虽有贞淫,诗所以表贞止淫,则上之教化时或浸微,而作《诗》者犹觊挽救于万一,故《诗》足贵也,《三百》皆无邪,至显白也。
>
> 司马氏有曰:"《国风》好色而不淫,《小雅》怨诽而不乱。"又曰:"《诗》三百篇,大抵圣贤发愤之所为作也。"……余亦曰:《三百篇》皆忠臣、孝子、贤妇、良友之言也,其间有立言最难、用心独苦者,则大忠而托诸诡言逊词,亦圣人之所取也。必无取乎小人而邪僻者之秽言,以与贤圣相杂厕焉。(《戴震全集》第1106—1107页)

戴震对"思无邪"的新解说,强调《诗经》的作用在于"美贞而刺淫"。《诗》三百篇为圣贤发愤之所作,其中一些"诡言逊辞"皆大忠者"用心独苦"之托言,作诗者目的在于挽救浸微之教化于万一。可见戴震坚持圣经观点,恪守诗教学脉。

梁启超认为:"东原却真是以识字为手段而别有'闻道'的目的在其后。"[②]胡适亦云:"戴震在清儒中最特异的地方,就在他认清了考据名物训诂不是最后的目的,只是一种'明道'的方法。他不甘心仅仅做个考据家;他要做个哲学家。"[③]总之,戴氏以"思无邪"为宗旨说《诗》,不仅在文献散佚,《诗》义纷纭的情况下,为解决说《诗》难的问题指明了路径和标准。同时,又将诗旨探讨建立在充分的名物制度考证基础上,汉宋兼采,故训和义理并重,将《诗经》研究向前大大推进了一步。但是由于"戴东原辈虽草创体例,而没有完书"[④],又由于戴氏其他方面的伟大成就掩盖了其诗经学的光辉,所以其方法论意义没有得到应有重视。

---

① 在我们看来,朴学家考据有四个目标层次:1.既合乎事实又最古;2.合乎事实;3.近古;4.阙而不论。又,学界多祖梁启超之说,以为吴派、皖派之别在于吴信古、皖求是。皖派戴震治学求是已获学界公认。程嫩生则以为戴震不仅求是还求古。参见其《以戴震治〈诗〉论吴皖之分》。本人不仅同意程说,还进一步认为,戴震治《诗》还求善,详下。

② 梁启超:《戴东原哲学》,《饮冰室合集·饮冰室文集》,中华书局1989年版,第54页。

③ 胡适:《戴东原的哲学》,《胡适全集》,安徽教育出版社2003年版,第356页。

④ 梁启超:《中国近三百年学术史》,人民出版社2008年版,第208页。

二、“四始”“正变”新说

戴震的“四始”说与《毛诗序》和司马迁等诸家皆不同。戴氏说：

> “四始”，自《毛诗序》《史记》已言之，盖经师相传之遗语，后儒因之，又有“风雅正变”之说。今考《周南》：《关雎》《葛覃》《卷耳》，《召南》：《鹊巢》《采蘩》《采蘋》《驺虞》，《小雅》：《鹿鸣》《四牡》《皇皇者华》《南陔》《白华》《华黍》《鱼丽》《由庚》《南有嘉鱼》《崇邱》《南山有台》《由仪》，《颂》之《雍》《酌》，及《豳诗》《豳雅》《豳颂》，逸篇之《九夏》《狸首》《采荠》《新宫》之属，见之于《礼经》者，皆周公所定之乐章，而太师教六诗，瞽矇掌六诗之歌，并定于周公制作礼、乐时矣。余窃谓《风》也、《小雅》也、《大雅》也、《颂》也，其定于周公者部分有四，周公以后之诗，后人所采入，因旧部而各隶其后，则周公初定之篇章，是为诗之“四始”可知也。先王《诗》《书》《礼》《乐》以造士，而冬、夏所教其初，《诗》之“正经”，惟有所谓“四始”者而已。（《戴震全集》第 1307—1308 页）

戴氏于此将《诗经》分成两部分：一是周公制礼作乐时所定的乐章；一是周公之后采入的乐章。且认定周初周公制礼作乐时所定篇章为“四始”，周初只有这些诗，也惟以此类诗为教。其所谓的“四始”包括：《周南》：《关雎》《葛覃》《卷耳》，《召南》：《鹊巢》《采蘩》《采蘋》《驺虞》，《小雅》：《鹿鸣》《四牡》《皇皇者华》《南陔》《白华》《华黍》《鱼丽》《由庚》《南有嘉鱼》《崇邱》《南山有台》《由仪》，《颂》之《雍》《酌》，及《豳诗》《豳雅》《豳颂》，以及逸篇之《九夏》《狸首》《采荠》《新宫》等。

在此基础上，戴氏认为“风雅正变之说，汉儒言之太泥”（《戴震全集》第 1805 页），并指出“四始”诗篇当然属于“正经”，但“正经”又非仅有周公所制作的“四始”乐章，后世采入的乐章，凡“得乎义之正，而为治世之正事”者皆为正经。他说：

> 徒泥“正雅”作于周初耳。苟其诗得乎义之正，而为治世之正事，何必非“正雅”乎？……《南陔》以下，则又周初雅乐，未可泥今之篇什弟次，定

作诗时世也。(《戴震全集》第1112页)

戴氏“四始”“正变”与汉儒诸家皆是不同,令人耳目一新。正是由于在戴氏看来,周初周公制礼作乐时所定篇章为“四始”,“四始”为“正经”,但“正经”不必作于周初,诗凡得义之正,为治世正事,皆可称为“正经”,故“未可泥今之篇什弟次,定作诗时世也”。

汉人关于《诗经》的内在结构的研究,主要有“六义”“四始”和“正变”。“六义”主要关注《诗经》的分类;“正变”和“四始”则体现了以《诗经》为经邦治国工具的经学观点。《鲁诗》“四始”所谓《关雎》为《风》之始,体现着以治家为基点进而风化天下的思想;《鹿鸣》为《小雅》之始体现着“尊尊亲亲”的亲和意识;《文王》《清庙》分别为《大雅》《颂》之始则具有以文王法象为典则的意义[①]。戴氏所定“四始”囊括了《鲁诗》所定“四始”的四首诗篇,因而也就兼容了《鲁诗》“四始”说所蕴含的诗教思想。与此同时,其进一步强调“四始”为周初周公所定乐章,则又将典则意义扩展到周公。而凡治世正事皆可称为“正经”的思想则在肯定周初圣王的同时,又一定程度上肯定了后世贤王,在典则的标本示范视野中,圣、贤并举,并不鄙薄后王,厚古薄今。将“正经”普世化,与戴氏重释“思无邪”一样,表明其治诗求善的济世情怀。就诗教而言则是一次重大的理论突破,具有哲学和方法论意义,可惜长时间被埋没而不为人所重视。顾颉刚曾指出《毛诗》开创的解诗方法是“以‘政治盛衰’‘道德优劣’‘时代早晚’‘篇第先后’之四事纳于一轨。凡诗篇之在先者,其时代必早,其道德必优,其政治必盛。反是,则一切皆反”[②]。戴震则吸收宋学成果,突破这种“政治——道德——时代——篇次”的伦理政治逻辑,将其改进为“人事——天道——天人合一”的义理逻辑。其以“得乎义之正”的圣贤义理标准而不是周初圣王的时代标准说《诗》,克服了汉唐诗学所说时代篇次与政治道德关系不与《诗经》文本完全相合的偏差,又克服了宋儒说诗高谈义理的空疏,从而完成了对汉唐及宋诗学的反拨,这是诗学理论一次较全面的总结和完善。

戴震运用全新的“四始”和“正变”说,即以“得乎义之正”的义理标准而不是周初圣王的时代标准说《诗》,不仅破解了汉儒之弊,而且为治《诗》找到了新的学理依据。如《楚茨之什》十四篇,旧说以为幽王时诗,朱熹以为是正雅错脱在此。戴震同意这种看法,其云:

① 李笑野:《先秦文学与文化研究》,上海财经大学出版社2000年版,第156—184页。
② 顾颉刚:《毛诗序之背景与旨趣》,《古史辨》第三册,上海古籍出版社1982年版,第402页。

朱子尝疑《楚茨》至《车辖》十篇，为正雅错脱在此。《鱼藻》《采菽》《黍苗》《隰桑》《瓠叶》同①。《黍苗》言召伯营谢，与《大雅·崧高》皆宣王封申伯事，然则诗篇次第，不可以定作诗之世次明矣。（《戴震全集》第1807页）

戴氏认为不可以诗篇次第定作诗之世次，运用其全新的“四始”和“正变”理论支持了朱熹的错简说。

三、不合“什”义，亦不同于前贤的分什

《毛诗》雅、颂都分“什”，即十篇为一组。朱熹说：“《雅》《颂》无诸国别，故以十篇为一卷，而谓之什，犹军法以十人为什也。”②程大昌说：“《雅》《颂》独云某诗之什者，其同类诗多，一卷不能尽受，则析十诗以为一卷，是之谓什，非别有义类，与前二《南》、诸《国》不同也。”③《毛传》将《小雅》分为《鹿鸣之什》《南有嘉鱼之什》《鸿雁之什》《节南山之什》《谷风之什》《甫田之什》和《鱼藻之什》七什。前六什各含作品十篇，很整齐。最后一什含作品十四篇，只好如此了。

早在汉代，郑玄已经指出《毛诗·小雅》的篇什经毛公改定，已非孔子之旧。宋苏辙、吕祖谦、朱熹都曾做过调整。朱熹将六篇笙诗放到《小雅》中，于是《小雅》就有八十篇，恰好分为八什。就这样，在朱熹这里，《小雅》的篇什变成了“鹿鸣之什”“白华之什”“彤弓之什”“祈父之什”“小旻之什”“北山之什”“桑扈之什”和“都人士之什”。江荫香认为，朱熹分什，其根据是《仪礼》。由于《仪礼》成书年代远远早于《毛诗故训传》，因此，朱熹分什，其意义在于恢复了传统④。而张思齐则认为，“朱熹分什，有他自己的考虑，未必合理，也很难说是恢复了传统。不过，有一点是可以肯定的，那就是朱熹强调了他认为具有特殊重

---

① 朱熹对此十五篇错简的辨说见《诗序辨说》。

② 朱熹：《诗集传》卷九，《朱子全书》第一册，上海古籍出版社、安徽教育出版社2002年版，第543页。

③ 按，此语四库本无，今据湖北省图书馆藏明崇祯茅氏浣花居刻芝园秘录本补。参见《四库全书存目从书》经部第60卷，齐鲁书社1997年版，第507页下。

④ 参见江荫香《国语诗经注解》，本文转引自《诗经研究丛刊》第十三辑，学苑出版社2007年版，第2页。

要性的那些诗篇。”①

戴震的分什与诸家不同,他分之为“鹿鸣之什”“六月之什”“节南山之什”“楚茨之什”“角弓之什”。其中,“鹿鸣之什”包括《鹿鸣》到《菁菁者莪》以及六笙诗,共二十二篇。“六月之什”包括从《六月》到《无羊》的十四篇。“节南山之什”包括《节南山》到《钟鼓》的十八篇。“楚茨之什”包括《楚茨》到《采菽》的十四篇。“角弓之什”包括《角弓》到《何草不黄》的十二篇。

朱熹分《大雅》为“文王之什”“生民之什”“荡之什”。戴氏则分为“文王之什”“民劳之什”“云汉之什”三什。其中“文王之什”包括《文王》到《卷阿》的十八篇。《民劳之什》包括《民劳》到《桑柔》的五篇。“云汉之什”包括《云汉》到《召旻》的八篇。

可以看出,戴氏分什有的篇什篇数太多,如“鹿鸣之什”多达二十二篇(去掉六笙诗还有十六篇),“文王之什”亦有十八篇;而“云汉之什”只有八篇,“民劳之什”更少,只有五篇。戴氏何以如此划分呢?他说:

> 以什首分卷目,先儒各不同。今不限于十篇为什,如屈原赋《九歌》实十一篇也。(《戴震全集》第1805页)

戴氏不限于十篇为什是不合“什”义的,不过,在戴氏看来,既然屈原《九歌》为十一篇而不是九篇,那么《诗经》分什不限于十篇,亦无不可。戴氏因《九歌》比较接近《诗经》时代,而模仿《九歌》分什,其意在古本还原,还是单纯借鉴,戴氏没有进一步的说明,我们不能妄断,但至少有一点可以肯定,戴氏“求是”,只有在“古籍具在,有明证”时,才下最后的结论。其进行不同于前贤的“分什”,无疑表达了自己对《诗经》学体系的理解。戴氏说:

> 按,《小雅》陈说人事;《大雅》每言天道。观乎《小雅》,可以知政;观乎《大雅》,可以达天。《毛诗序》谓:“政有小大,故有《小雅》焉,有《大雅》焉。”盖其所言之理,与乐章之体制俱因之而有别也。《小雅》犹近《风》,《大雅》则邻于《颂》。(《戴震全集》第1304页)

既然《小雅》陈说人事,观乎《小雅》,可以知政;《大雅》每言天道,观乎《大

① 张思齐:《从〈小雅·小旻〉看诗书易的共生与兼容》,《诗经研究丛刊》第十三辑,学苑出版社2013年版,第2页。

雅》,可以达天,那么戴氏对《小雅》分什应该也与国政有关,《大雅》则与天道有关。结合前面谈到的戴氏"四始"观和"正变"观,再纵览戴氏《诗经考》给各什诗篇所定诗旨,不难发现戴氏分什意旨。

为直观计,特列表如下:

1.鹿鸣之什:

篇　名	篇　旨
鹿鸣	《毛诗序》:燕群臣嘉宾也。《诗集传》:《记》曰:"私惠不归德,君子不自留焉。"盖其所望于群臣嘉宾者,惟在于示我以大道,则必不以私惠为德而自留矣。
四牡	《毛诗序》:劳使臣之来也。
皇皇者华	《毛诗序》:君遣使臣也。
常棣	《毛诗序》:燕兄弟也。闵管、蔡之失道,故作《常棣》焉。
伐木	《毛诗序》:燕朋友故旧也。
天保	《毛诗序》:下报上也。
采薇	《毛诗序》:遣戍役也。
出车	《毛诗序》:劳还率也。
杕杜	《毛诗序》:劳远役也。
南陔	(笙诗)
白华	(笙诗)
华黍	(笙诗)
鱼丽	《集传》:此燕飨通用之乐歌,即燕飨所荐之羞,而极道其美且多,见主人礼意之勤,以优宾也。
由庚	(笙诗)
南有嘉鱼	《毛诗序》:乐与贤也。
崇丘	(笙诗)
南山有台	《毛诗序》:乐得贤也。余曰:《鱼丽》尽燕宾之诚敬也。《南有嘉鱼》,有与贤不倦之意焉。《南山有台》,有得贤以保其子孙黎民之意焉。皆为乐工之辞,而燕飨宾客通用之。
由仪	(笙诗)
蓼萧	《集传》:诸侯朝于天子,天子与之燕以示慈惠,故歌此诗。

续表

篇　名	篇　旨
湛露	《毛诗序》:天子燕诸侯也。《春秋传》:宁武子曰:"昔诸侯朝正于王,王宴乐之,于是乎赋《湛露》。则天子当阳,诸侯用命也。"
彤弓	《毛诗序》:天子锡有功诸侯也。《春秋传》:宁武子曰:"诸侯敌王所忾,而献其功,王于是乎赐之彤弓一,彤矢百,玈弓矢千,以觉报宴。"
菁菁者莪	《毛诗序》:美育材也。余曰:此天子以时视学,学士见而美之也。"锡我百朋",乐其教育之辞与?

今按:《鹿鸣之什》二十二篇,《笙诗》六篇阙,实存十六篇。戴震亦如汉儒,以之为正经。然汉儒以此皆作于周初,成于圣王之手。戴氏则以为不可以今之篇次定作诗时世,"苟其诗得乎义之正,而为治世之正事"亦可为"正雅"。此什二十二篇中惟《鹿鸣》《四牡》《皇皇者华》《南陔》《白华》《华黍》《鱼丽》《由庚》《南有嘉鱼》《崇丘》《南山有台》《由仪》作于周初,成于圣王之手,为周公制礼作乐时之乐章。

结合戴氏这些观点,归纳以上其所定篇旨,可见此什以周初圣王为中心,为正小雅。中心词有:遣使、燕宾、美育材、乐得贤——臣役而君劳臣,臣归而臣朝君;臣贤用命不辍,君慈与贤不倦。君臣和乐,同心同德,亲如兄弟。戴氏于此不仅流露出了对周初政治的钦慕,且寄托了自己的政治理想。

2.六月之什

篇　名	篇　旨
六月	《毛诗序》:宣王北伐也。
采芑	《毛诗序》:宣王南征也。
车攻	《毛诗序》:宣王复古也。宣王能内修政事,外攘夷狄,复文、武之竟土。修车马,备器械,复会诸侯于东都,因田猎而选车徒焉。
吉日	《毛诗序》:美宣王田也。
鸿雁	《毛诗序》:美宣王也。万民离散,不安其居,而能劳来还定,安集之。至于矜寡无不得其所焉。
庭燎	《毛诗序》:美宣王也。

续表

篇　　名	篇　　旨
沔水	《集传》:“此忧乱之诗。”陈栎曰:“始念乱而忧及父母,终忧谗而敬以反身。忧之中不忘孝敬,诗人忠厚之意也。”
鹤鸣	《毛诗序》:诲宣王也。
祈父	《毛诗序》:刺宣王也。吕祖谦曰:责司马者,不敢斥王也。王应麟曰:《通鉴外纪》:宣王三十三年,王伐太原戎,不克;三十八年,王伐条戎、奔戎,王师败绩;三十九年,战于千亩,王师败绩于姜氏之戎;四十一年,王征申戎,破之。“转予于恤”,盖谓此四役也。
白驹	《毛诗序》:大夫刺宣王也。《郑笺》曰:刺其不能留贤也。
黄鸟	《毛诗序》:刺宣王也。《集传》:民适异国,不得其所,故作此诗。
我行其野	《毛诗序》:刺宣王也。《集传》:民适异国,依其昏姻,而不见收恤,故作此诗。
斯干	《毛诗序》:宣王考室也。《郑笺》:考,成也。
无羊	《毛诗序》:宣王考牧也。

今按:《六月之什》十四篇,旧说宣王时诗,戴氏无异议。本什前美后刺:美宣王内修政事,外攘夷狄,安离散之民,复文、武之境土。刺宣王晚期逸豫淫乐,远贤能,营美室,内忧外患,人民流离失所。先美后刺,惜宣王未能善始善终,效法先王,复兴周室。

3.节南山之什

篇　　名	篇　　旨
节南山	《毛诗序》:家父刺幽王也。
正月	《毛诗序》:大夫刺幽王也。
十月之交	《史记》:幽王二年,“三川震竭,岐山崩”。以步算推,十月辛卯,日有食之,在幽王六年。(见《唐书·志》)《毛诗序》:大夫刺幽王也。
雨无正	《毛诗序》:大夫刺幽王也。(雨自上下者也,众多如雨而非所以为政也。)余曰:《节南山》言“国既卒斩”。《正月》言“赫赫宗周,褒姒灭之”。《十月之交》言“艳妻煽方处”。《雨无正》言“宗周既灭”。《毛诗序》皆以为刺幽王,据辛卯朔日食为幽王六年,而其辞有似西周已亡者,何也?盖犹祖伊之言“天既讫我殷命,殷之即丧”云尔,不必疑为东迁后之《小雅》矣。

续表

篇名	篇旨
小旻	言不用善谋之祸也。《毛诗序》曰:大夫刺幽王也。
小宛	《毛诗序》:大夫刺幽王也。余曰:戒王也。其曰"天命不又",以天戒之也。曰"念昔先人",曰"有怀二人",曰"无忝尔所生",以祖戒之也。又曰"哀我填寡,宜岸宜狱",亦伤刑政之虐,似非一人一家之相戒也。《史记》:幽王竟废申后及太子,以褒姒为后、伯服为太子。此诗言"教诲尔子,式谷似之",或如卫石碏谏庄公云:"臣闻爱子,教之以义方,弗纳于邪。"殆未废之先而进规者。据《毛传》云:"先人,文武也。"然则是诗必同姓大夫所作,姑附余之说,以俟后之读者深考焉。
小弁	《毛诗序》:刺幽王也。太子之傅作焉。
巧言	《毛诗序》曰:刺幽王也。大夫伤于谗,故作是诗也。邹泉曰:谗人本不难知,不难辨,不难除,宜其无谗也。特以王心信之而不悟,此大夫所以伤于谗也。
何人斯	《毛诗序》:苏公刺暴公也。暴公为卿士而谮苏公焉,故苏公作是诗以绝之。
巷伯	《毛诗序》:刺幽王也。寺人伤于谗,故作是诗也。
谷风	《集传》:此朋友相怨之诗。
蓼莪	李樗曰:孝子行役而丧亲之所作也。
大东	《毛诗序》:刺乱也。东国困于役而伤于财,谭大夫作是诗以告病焉。
四月	《毛诗序》:大夫刺幽王也。在位贪残,下国构祸,怨乱并兴焉。
北山	《毛诗序》:刺幽王也。役使不均,己劳于从事而不得养其父母焉。
无将大车	黄震曰:世既乱矣,力微而挽重,无益于事,与《无田》《甫田》之意同。
小明	《毛诗序》:大夫悔仕于乱世也。范处义曰:己则悔仕,又以勉同列,盖贤者虽不得志,不忘体国,斯其所以为忠厚与?
鼓钟	《毛诗序》:刺幽王也。余曰:《毛传》言幽王会诸侯于淮上。郑康成又尝据《韩诗说》,以为昭王时《钟鼓》之诗所为作,皆未闻其审。

今按:《节南山之什》十八篇,旧说以为幽王时诗[1]。此什多为刺幽王。幽

① 按,《节南山》以下,旧说以为幽王时诗。然郑玄《诗谱》以为其下《十月之交》《雨无正》《小旻》《小宛》为厉王时诗。郑曰:"汉兴之初,师移其第耳。乱甚焉,既移文,改其目,义顺上,下刺幽王,亦过矣。"

王不修善政，无恐惧修省之心，其废申后，宠褒姒，废长立幼，不用善谋，贤能遭馋，贪残在位，朋友相怨，刑政暴虐，役使不均，君臣交相为恶，诸国无政，终至天怨人怒，家破而政亡。

4.楚茨之什

篇名	篇旨
楚茨	一章，言田功也；二章，言荐牲求神也；三章，言从献荐豆也；四章，言受嘏也；五章，言送神彻馔也；六章，言宗族燕饮也。叙陈宗庙之祭。
信南山	亦宗庙之祭。
甫田	祭方社田祖，兼报祈言之。
大田	《楚茨》已下四诗，皆言农事与祭祀，然玩其辞意，非用于祭祀之乐章也，亦犹《豳》诗之为陈王业尔。周以农事开国，故言之也特详：《风》有《七月》《雅》有《楚茨》《信南山》《甫田》《大田》；《颂》有《思文》《臣工》《噫嘻》《丰年》《载芟》《良耜》。《周礼·籥章》："中春，击土鼓，龡《豳诗》，以逆暑。中秋夜迎寒，亦如之。凡国祈年于田祖，龡《豳》雅以乐田畯；国祭蜡，则龡《豳颂》以息老物。"先儒但以《七月》一诗当之，则于祈年祭蜡，诗辞中固不能该之矣。《七月》备言寒暑之事，用之逆暑、迎寒可也。《豳雅》《豳颂》宜列于《雅》《颂》，今无明据。《雅》惟《甫田》可用之祈年，《颂》惟《丰年》可用之祭蜡。或《豳雅》四篇，《豳颂》五篇而祈年祭蜡可用。则此二篇与？周家言农事，推本于豳，故于《风》诗、《雅》诗、《颂》诗皆有述作焉。《周礼》明列之为三，不得合指为一也。
瞻彼洛矣	《集传》：此天子会诸侯于东都以讲武事，而诸侯美天子之诗。
裳裳者华	《集传》：此天子美诸侯之辞。
桑扈	《集传》：此亦天子燕诸侯之辞。
鸳鸯	此亦诸侯美天子之诗。
頍弁	《集传》：此亦燕兄弟亲戚之诗。
车辖	《集传》：此燕乐其新昏之诗。
青蝇	《毛诗序》：大夫刺幽王也。
宾之初筵	《韩诗序》：卫武公饮酒悔过也。
鱼藻	《集传》：此天子燕诸侯，而诸侯美天子之诗也。
采菽	韦昭曰：王赐诸侯命服之乐也。

今按：《楚茨之什》十四篇，旧说以为幽王时诗，戴震不同意这种看法。《诗

经考》云："朱子尝疑《楚茨》至《车舝》十篇，为正雅错脱在此。《鱼藻》《采菽》《黍苗》《隰桑》《瓠叶》同[1]。《黍苗》言召伯营谢，与《大雅·崧高》皆宣王封申伯事，然则诗篇次第，不可以定作诗之世次明矣。"（《戴震全集》第1807页）戴氏同意朱熹的错简说，故定此什除了《青蝇》《宾之初筵》两篇外，皆为正经。《青蝇》《宾之初筵》两篇非正雅，仍归入此什，而《黍苗》《隰桑》《瓠叶》三篇则归入《角弓之什》，乃仍其旧贯，不篡改经文也。

此什以言农事与祭祀为主。周以农事开国，故言之特详。"国之大事，在祭与戎"，故祭祀、讲武事之类，《诗》亦详言。此外，燕诸侯兄弟亲戚，赐命诸侯，新昏室家，如此等等，皆系乎国运，为清明政治之气象。

5.角弓之什

篇　名	篇　旨
角弓	《毛诗序》：父兄刺幽王也。不亲九族而好谗佞，骨肉相怨，故作是诗也。
菀柳	《毛诗序》：刺幽王也。暴虐无亲，而刑罚不中，诸侯皆不欲朝，言王者之不可朝事也。
都人士	《毛诗序》：周人刺衣服无常也。古者长民，衣服不贰，从容有常，以齐其民，则民德归一。伤今不复见古人也。余曰：诗之所陈，皆俭以正者。狐黄，狐之下者也。壹笠，草笠，野服也。缁撮，太古冠也，撮发而已。称士又止于充耳垂带，称女止于发美。然俭而不陋，则以士有行也，"其容不改，出言有章"是也；女有仪也"谓之尹姞"是也。作是诗者，其以刺时之奢淫而不知礼法乎？
采绿	《毛诗序》：刺怨旷也。幽王之时，多怨旷者也。《正义》云：以怨旷者为行役过时，是王政之失，故录之以刺王也。
黍苗	以《大雅·嵩高》证之，此宣王时诗明矣。
隰桑	《集传》：此喜见君子之诗。
白华	《毛诗序》：刺废申后也。
绵蛮	《毛诗序》：微臣刺乱也。《郑笺》曰……《集传》曰：为鸟言以自比也。
瓠叶	《集传》：此亦燕饮之诗。
渐渐之石	《毛诗序》：下国刺幽王也。戎狄叛之，荆舒不至，乃命将率东征，役久病于外，故作是诗也。

① 按，朱熹对此十五篇错简的辨说见其《诗序辨说》。

续表

篇　名	篇　旨
苕之华	《毛诗序》:大夫闵时也。幽王之时,西戎、东夷交侵中国,师旅并起,因之以饥馑。君子闵周室之将亡,伤己逢之,故作是诗也。
何草不黄	《毛诗序》:下国刺幽王也。

今按:《角弓之什》十二篇除《黍苗》《隰桑》《瓠叶》三篇外皆为刺幽王。幽王暴虐无亲,刑罚不中;衣服无常,奢淫而不知礼法;行役过时,国多怨旷;申后废,戎狄叛;西戎、东夷交侵中国,师旅并起,因之以饥馑,国无宁日矣。

综观戴氏给《小雅》所分五什,可归并为三类:一类是“正小雅”,包括“鹿鸣之什”和“楚茨之什”,这两什或为周初圣王所作,或与周初圣王有关,皆美清明政治气象,为后世之楷模。二类是宣王时诗,包括“六月之什”,本什有美有刺,惜宣王不能善始善终,树之以为后世之戒。三类为幽王时诗,包括“节南山之什”和“角弓之什”,两什皆刺,是典型的反面教材。

《大雅》三十一篇,分“文王之什”“民劳之什”“云汉之什”。

1.文王之什

篇　名	篇　旨
文王	《毛诗序》:文王受命作周也。《集传》:东莱吕氏曰:“《吕氏春秋》引此诗,以为周公所作,味其词意,信非周公不能作也。”
大明	《集传》:此亦周公戒成王之诗。
绵	《毛诗序》:文王之兴,本由大王也。《集传》:此亦周公戒成王之诗。
棫朴	《集传》:此亦咏歌文王之德。
旱麓	《集传》:同上篇。
思齐	《集传》:此诗亦歌文王之德而推本言之。
皇矣	《集传》:此诗叙大王、大伯、王季之德,以及文王发密伐崇之事也。
灵台	美文王也。
下武	美武王也。
文王有声	《集传》:此诗言文王迁丰、武王迁镐之事。
生民	《毛诗序》:尊祖也。后稷生于姜嫄,文、武之功起于后稷,故推以配天焉。吴澂曰:《颂》有“思文后稷”矣,《生民》乃祭之后饮酒受厘时所歌,施于人而非施于鬼神者,自当为《雅》。盖祭祀之时。歌之于鬼神者,《颂》诗也。受厘之时,歌之于生人者,《雅》诗也。

续表

篇　名	篇　旨
行苇	王与族人燕射之诗。
既醉	受厘陈戒之辞。
凫鹥	此与《丝衣》,皆绎日燕尸也,绎又祭也。《丝衣》用于正乐,此盖用于无算乐。正乐,神事也。言其事神之敬,故为《颂》诗。无算乐,人事也,言神厘之福禄,故为《雅》诗。《颂》者,下奉上,告神明也。《雅》者,道德行,备训戒也。《雅》《颂》之别,后人或失之矣。凡燕饮皆有正乐,又有无算乐。天子之绎礼虽亡,然位尊者礼隆,可推而知。大夫宾尸,末亦行无算爵(见《有司彻》),以他礼此时即云无算乐准之。宾尸亦必有乐,但他礼,乐惟欲,祭则更为之作诗,以美王祭者也。
假乐	《毛诗序》:嘉成王也。余曰:天子燕群臣,上下相嘉以德,故其所用乐章,或以明上之意,或以明下之意。《假乐》,下美上也。
公刘	《毛诗序》:召康公戒成王也。成王将莅政,戒以民事,美公刘之厚于民,而献是诗也。
泂酌	《毛诗序》:召康公戒成王也。
卷阿	《毛诗序》:召康公戒成王也。言求贤用吉士也。

今按:《文王之什》十八篇,为汉儒所谓的正大雅。本什以周之先贤圣王为中心,主要表现周得天命,以及大王、大伯、王季、文王,特别是文王之德。其时事神以敬,君臣上下相嘉以德,未尝一刻忘王业之艰也。

2.民劳之什

篇　名	篇旨
民劳	《毛诗序》:召穆公刺厉王也。顾炎武曰:《民劳》,本召穆公谏王之辞,乃托为王意,以戒公卿百执事之人。故曰"王欲玉女","是用大谏",犹之转予于恤而呼祈父,从事不均而怨大夫,所谓"言之者无罪而闻之者足戒"也。
板	《毛诗序》:凡伯刺厉王也。
荡	《毛诗序》:召穆公伤周室大坏也。
抑	《集传》:卫武公作此诗,使人日诵于其侧以自警。余曰:《小雅》言人而不及天,有怨而呼天者,非言天者也;《大雅》言人则原于天,有以见天人之通焉。此大、小《雅》之所以分也。不然,卫武自戒尔,何必为《大雅》乎?
桑柔	《毛诗序》:芮伯刺厉王也。《左传》云:周芮良夫之诗。

今按:《民劳之什》五篇,旧说以为厉王时诗,其时周室大坏,从事不均,怨谤四起。

3.云汉之什

篇　名	篇　旨
云汉	《毛诗序》:仍叔美宣王也。宣王承厉王之烈,内有拨乱之志,遇灾而惧,侧身修行,欲销去之。天下喜于王化复行,百姓见忧,故作是诗也。
崧高	申伯归谢也。
烝民	仲山甫城齐也。
韩奕	韩侯来觐也。
江汉	召穆公平淮夷也。《嵩高》已下四篇,《序》皆云:"尹吉甫美宣王也。"
常武	《毛诗序》:召穆公美宣王也。有常德以立武事,因以为戒然。
瞻卬	《毛诗序》:凡伯刺幽王大坏也。
召旻	《毛诗序》:凡伯刺幽王大坏也。

今按:前六篇美宣王有常德,喜于王化复行。后两篇刺幽王。刺幽两诗,篇幅太少,不足以另立一什,故附于此。

戴震认为:"《小雅》陈说人事;《大雅》每言天道。"故其从人事角度考虑为《小雅》分什,分什《大雅》则以"天道"为视角和标准,强调天人感应。故"文王之什"旨为得天命;"民劳之什"旨为天示警戒,天命转移;而"云汉之什"则为天示警戒,宣王恐惧修省,侧身修行,故王化复行。

另,从前表所列可知,戴氏于"节南山之什"之《十月之交》《雨无正》《小宛》等亦每言天道,可见其并未能彻底贯彻"《小雅》言人而不及天,有怨而呼天者,非言天者也"(《诗经考》之《抑》,《戴震全集》第2104页)之论。

四、重释赋、比、兴

戴氏虽认为《诗经》手法可细分为赋、比、兴,且同意孔颖达"三体三用"说,却给出了自己的定义和理解。戴氏说:

> 赋者,指明而敷陈之也,如"窈窕淑女,君子好逑"即赋也;比者,托事比拟,不必明言而意自见也。如《鸱鸮》,通篇为鸟言是也;兴者,假物引端也,如"关关雎鸠,在河之洲"之类是也。

戴氏对赋、比、兴的定义与朱熹所谓“赋者,敷陈其事而直言之者也”“比者,以彼物比此物也”“兴者,先言他物以引起所咏之辞也”极为相近,而与汉儒(如郑玄之解释:赋之言铺,直铺陈今之政教善恶。比,见今之失,不敢斥言,取比类以言之。兴,见今之美,嫌于媚谀,取善事以喻劝之。)将之与政治比附的方法大相径庭。不过,戴氏又特别强调,所谓的赋、比、兴乃说诗者总结出来的义例,非先有此义例而后有诗,三者交缠纠结,不可以将其截然分开而强析之。他说:

> 然则赋也、比也、兴也,特作诗者之立言置辞,不出此三者。若强析之,反自乱其例,盖“情动于中而形于言”,何尝以例拘。既有言矣,就其言观之,非指明敷陈,则托事比拟,则假物引端。引端之辞,亦可寄意比拟;比拟之辞,亦可因以引端;敷陈之辞,又有虚实、浅深、反侧,彼此之不同,而似于比拟、引端,往往有之。此三者,在经中不解自明,解之反滞于一偏矣。①

之所以不能强析,是因为三者你中有我,我中有你。比、兴本就缠杂不清,而即使是形式为赋体的诗文,也可以从其文辞中探寻出比喻、比拟之义。戴氏又云:

> 盖立言之体,有是三者。非直赋其事,则或比方,或托物。赋直而比曲,比迩而兴远。兴既会其意矣,则何异于比?比如见其事矣,则何异于赋?……举比以通赋与兴……推而至于隶用一字,在六书假借,引喻以明,无非比也。赋者,比之实也;兴者,比之推也。得比义,于兴不待言,即赋之中复有比义。②

戴氏于此,不仅讨论了赋、比、兴之间的关系,还论及各自的美学特征。特别值得注意的是,戴氏进一步指出:“赋者,比之实也;兴者,比之推也。得比义,于兴不待言,即赋之中复有比义。”可见,其于三者之中更重视比,认为比占据着主导地位。就这样,戴氏从学理上肯定了《诗三百》篇篇都可以解读出比喻、比拟的意义,从而为先秦时期各种场合下断章取义式的赋诗言志做出了合理解释,还为治诗者阐释大开了方便之门。戴氏强调比在诗经学中的地位,是符合先秦好用“比德”和“隐”的思维习惯和社会风气的。而正是因为“比”的最大限度地

---

① 戴震:《经考·六诗》,《戴震全集》,清华大学出版社 1995 年版,第 1303—1304 页。

② 戴震:《〈诗比义述〉序》,《戴震全集》,清华大学出版社 1995 年版,第 2610—2611 页。

存在于诗经学中，诗教体系才能够真正建立起来，《诗》才能够完成惩恶扬善的教化使命而成为特定历史时期不可替代的经典[①]。

总之，戴震治《诗》不仅求真、求是，还更求善。其通过重释“思无邪”，重新界定“四始”“正变”说，做出完全不同于前人的分什，以及提出赋、比、兴新见解，从而构建起一个说诗有据，条例严密，义理明确，是非善恶鲜明的诗教体系。章学诚说：“凡戴君所学，深通训诂，究于名物制度而得其所以然，将以明道也。时人方贵博雅考订，见其训诂名物有合时好，以为戴之绝诣在此。及戴著《论性》《原善》诸篇，于天人理气，实有发先人所未发，时人则谓空说义理，可以无作，是固不知戴学者矣。”（《朱陆篇书后》）其实，不仅《论性》《原善》诸篇，戴氏说《诗》亦旨在明道，不知此仍是“固不知戴学者矣。”

---

① 按，郭全芝先生不仅专门讨论过戴震以“比”说《诗》现象，还指出，戴氏以“比”说《诗》，兼持喻义有限的观点，从而克服了随心所欲解《诗》之弊。详情可参阅其《清代〈诗经〉新疏研究》一书。

第五章　顺势发展　影响深远

以上四章对徽州诗经学进行了学术史的概览，徽州诗经学学者及著述情况见附录一《徽州诗经学大事年表》和附录二《徽州诗经著述考》。下面讨论徽州诗经学的分期、特点、共同关注的诗经学问题，以及辐射影响，以期对徽州诗经学有一个总体把握。

第一节　徽州诗经学的分期

于学术史而言，进行分期会使叙写远离学术的原生状态，然又能使错综复杂的史实明晰化，况且每一历史均为当代史，均治史者当下之界定与解释。故治学者每每不避削足而适履。某也不敏，不避效颦之讥，亦对徽州诗经学给予分期，以期总体把握。就徽州诗经学而言，其发展理路与朝代兴废并非一一对应；又因起步晚，直到南宋才发端，与诗经学研究整体并不同步。起步晚不等于成就低，徽州诗经学颇具批判精神和创新意识，能顺应时代潮流而发展，学术影响深远。其在南宋突起后即占据了学术制高点，中经元明平庸稳定的发展，到清代又再度辉煌，呈现出马鞍形发展态势。故大致可分为三期：

第一期为发生期，时代为南宋。从北宋宣和三年（1121）徽州设立，到朱熹、程大昌诗学著作的撰成，前后仅有六十年左右，徽州诗经学就完成了从无到有，并迅成高峰的历史发展进程。综观这一阶段的徽州诗经学，不难发现具有以下几个特点：（1）参与研究人数众多，有文献可征的就有 16 家；（2）与中原地区相比，起步较晚，但后来居上，异军突起，迅成高峰；（3）出现了有全国，乃至全世界影响的大家，特别是朱熹和程大昌，他们提出了许多在诗经学史上极有影响的思想和观点；(4)基本上是在朱熹的影响下产生和发展起来的。与元、明时代不同的是，此期不只有朱熹门弟子从事诗经学研究，还有朱熹学问之友程大昌等从事诗经学研究；(5)充满着怀疑精神，不信《诗序》，不盲从毛、郑，惟文本是求；(6)受理学影响明显，形成了与汉唐经学家重训诂义疏不同的学风，抛开传注，直接从经文中寻求义理。

第二期为发展期，时间为元、明时代。此期可考的诗经学有 41 家，其中元代 10 家，明代 31 家。可根据徽州传统学术发展脉络细分为三个阶段：第一阶段为元代。由宋入元时期，方回通过考据求得义理，其治诗不盲从朱熹，带有过渡性质。但总体而言，此阶段朱子之学取得学统地位，代表官方学术权威。徽州在朱学影响下，自南宋起就产生了新安理学，而新安理学在此期获得了迅猛发展，从而达到高潮期。在新安理学影响下，徽州诗经学完全沦为朱学附庸，率以阐发朱子之学、维护朱子之学纯洁性为治学宗旨和主要内容。这样的价值取向，从积极方面来看，使朱子《诗》学有了深入全面的阐发和最广范围的传播；从消极方面来看，则因排斥、打击不同于朱学的异端思想观点，而妨碍了学术争鸣的自由，阻碍了诗经学的多样化发展，并出现千人一面、千人一腔，屋内建屋，床上架床的学术现象。第二阶段为元、明之交。此阶段徽州学人因不满元代盲目信从朱子之学，知其然而不知其所以然，墨守成说而无创新，党同伐异而独占话语霸权的不良学风，出现了对元代学术的反拨。朱升傍注诸经，以“求真是之归”来发明朱学；郑玉、赵汸以“和会朱陆”来弘扬本门宗旨的不同学术风格，为徽州诗经学吹进一股新风。第三阶段为明中后期，在王阳明、湛若水心学的冲击下，徽州学界出现朱学与心学并存局面，许多学人更加空谈心性，视经典学习和研究为“支离”事业而不屑参与。此阶段虽有程敏政力倡朱、陆始异终同，冀图和合朱、陆，终因势单力微而影响不大；而与此同时，科举八股之学日渐深入时人骨髓。故诗经学经义研究方面的著述明显下滑，而节旨、章法之类的迎合科举时文的研究渐为增多。八股学派对《诗经》节旨、章法等的研究可视为文学解读派的先声，从这个意义上讲，是有功于诗经学的。而悬朱学为功令，奉《大全》为圭臬，借疏注猎功名，致经书于无地，则表明徽州诗经学已至穷途末路，已到非变革而无以生存、发展的地步了。

第三期为高潮期，主要是清代。此期可考的诗经学有 96 家，亦可细分为三个小的阶段：第一个阶段为前朴学阶段。时间为明末清初到乾隆开四库馆，表征为从新安理学向乾嘉徽州朴学的转变，具有明显从宋学向汉学过渡的色彩。江永继承宋学的义理之学，将其建立在扎实的考据基础上，其诗经学除字词名物考订外,更突出的成绩在于考音;姚际恒则继承宋学的批评精神而反《序》、反朱熹[①]。二位经学大师分别运用渐进改良和突进革命的不同方式,使得徽州诗经学在此阶段再度崛起。第二阶段为乾嘉朴学阶段。此期《诗经》考据成果累累,几乎涉及诗经学的各个方面。其中最为引人注目的成就有:戴震对《诗经》字词名物制度的考证;程晋芳对毛、郑以及宋以降诸家正误优劣的考辨;汪梧凤多手段、多角度地对诗旨的厘定。第三阶段为后乾嘉时期。此阶段发生在道、咸以降,此时乾嘉朴学已陷入歧途而成为擘绩补苴、烦琐饾饤、无益实际之学,学界主流在国力衰败,列强虎视的新形势下,力倡今文经学。他们研究《诗经》采用孟子"以意逆志"之说探求"作者之心",阐发微言大义,以期达成经世济民之理想。但徽州受此学风影响较小,仍在步乾嘉余绪而皓首穷经,期用考据而有所发明。朱濂以《毛诗》《郑笺》为依据补、证礼经。其补、证虽不必皆得,却多有可引征者;江有诰总结顾炎武、江永、戴震等《诗经》音学,既考古又审音,取得非凡成就;俞正燮博通古今,归纳句例,逐层推论,多方类比,基本做到言之有据,考订精审。生于乾嘉之后而有此等成就殊属不易。

第二节　徽州诗经学的特点

探讨了徽州诗经学的分期,下面再看徽州诗经学的特点。

一、诗经学者地理分布和身份特点

为直观见,特将各朝代徽州六县诗经学者人数统计列简表如下:

表一:徽州诗经学者籍贯表

朝代	籍贯								备注
	婺源	歙县	休宁	绩溪	黟县	祁门	不明	总计	其中寄、入籍
宋	5	6	3	1	0	1	0	16	寄籍 4
元	5	3	2	0	0	0	0	10	

① 钱穆《国学概论》云:"吴学自攻宋起脚,皖学自绍宋入手。"而姚际恒学风表明,徽人治学亦有自攻宋起脚者。

续表

朝代	籍贯								备注
	婺源	歙县	休宁	绩溪	黟县	祁门	不明	总计	其中寄、入籍
明	8	5	8	0	3	2	5	31	寄籍 3
清	28	25	11	20	10	2	0	96	寄籍 12 入籍 1
总计	46	39	24	21	13	5	5	153	寄籍 19 入籍 1

从表一可见，徽州诗经学在宋、元、明三代，以婺源、歙县和休宁最为发达，而绩溪、黟县和祁门为不发达区。清代绩溪由于胡氏家族、董氏家族的崛起，诗经学研究学者和学术成果迅速超过休宁，而赶追上婺源、歙县。此期黟县不仅总体上有较大发展，且出现了朱霈、俞正燮（尤其是俞正燮）等较有影响的大家。清代祁门诗经学仍然远远落后于其他几县。总体而言，则徽州诗经学者地域分布以婺源最多，有 46 人；歙县位居其次，有 39 人。以下依次为休宁 24 人；绩溪 21 人；黟县 13 人；祁门最少，只有 5 人；此外尚有 5 人籍贯不明。这表明，婺源、歙县、休宁诗经学一直很发达，而黟县、祁门则自始至终较为落后。绩溪虽然诗经学很长时间里不甚发达，但在清代迅速缩小了与婺源、歙县、休宁等发达地区的差距。这也告诉我们，清代绩溪不仅因胡氏家族的努力而礼学发达，同时，诗经学亦颇有成绩。另外，各地有人数差别，表明徽州诗经研究有一定的地域中心，这个中心在清代以前为婺源。事实上，婺源有为朱熹后学筹建、引领的婺源湖山书院、紫阳书院、东山精舍等书院、学塾为当时的学术中心。清代则以歙县为中心，其时不疏园学术引领作用极为明显。而各地皆有参与者则表明徽州诗经学研究较为普及，各地皆有发展。各种数据表明，诗经学研究在徽州地区的地域分布和时间分布与徽州传统学术的总体分布基本一致[①]，这种一致性无疑很好地证明了诗经学在本地域的繁荣。

表二：徽州诗经学者身份表（粗略统计）

朝代	有功名者	先仕后隐者	布衣	不详者	徽商出身	总计
宋	13	4	5	1	1	24
元	5	5	3	2		15
明	15	8	8	9		40

① 徽州传统学术地域和时间分布情况，参见周晓光《徽州传统学术文化地理研究》，安徽人民出版社 2006 年版。

续表

朝代	有功名者	先仕后隐者	布衣	不详者	徽商出身	总计
清	72	32	7	19	5	135
总计	105	49	23	31	6	214

从表二可见,徽州诗经学家以有功名身份者居多,有 104 人。经学本为官方学术,徽州诗经学家以官宦,或虽未出仕而有功名者居多,自是一种正态分布,是情理之中的事。徽州诗经学家中隐居身份者有 49 人;而布衣平民身份有 23 人。隐居者比较集中在宋元之交、整个元代和明清之交,布衣平民身份,亦多出现在这些民族矛盾激烈的时期。元、清外族入主中原,徽州诗经学家选择隐居耕读为生,或干脆彻底放弃功名,布衣终老,这表明徽州学人淡泊名利,具有民族气节。即使如方回,曾举城降元,后亦隐居讲学,谋求晚盖。此外,直接可考的徽商家庭出身或直接从事过商业的诗经学家有 6 人,这说明徽州诗经学传播的普及性和学习、研究的群发性。

综合两表可以看出,徽州诗经学既有兴盛发展的高潮期,亦有低谷期;既有本土学人,又有寄籍外地的流寓,还有入籍者的参与;既有达官显贵,又有下层小吏,还有隐士、平民的介入。这不仅可见徽州诗经学之盛,更可见徽州诗经学的开放性、流动性,而其从一开始就充满着较彻底、较全面的批判性,或许与此不无关联。

以上是从狭义徽州文化角度给予的分析。实际上徽州文化具有巨大的辐射性。她不只发生在徽州本土,亦不只由徽州本籍人创造,还有许多外籍、外地人参与。故其影响不能局限于徽州大地。此方面内容,后文另列专节《徽州诗经学的辐射影响》给予探讨,此不具。

二、徽州诗经著述文献体式方面的特点

徽州诗经著述种类齐全,体式完备,主要有:1.故训体,如汪师韩《诗四家故训》、方纯仁《诗经训测》。2.笺疏、笺注体,如江彦明《诗经笺疏》、黄启兴《毛诗集古笺注》、施璜《诗绎注》。3.集传、集解体,如朱熹《诗集传》、戴震《戴氏诗经考》、吴云山《九经集解》、周尚文《五经集解》、胡匡宪《毛诗集释》。4.通释体,姚际恒《诗经通论》、董桂山《诗雅通释》。5.纂集体,如朱鉴《诗传遗说》、胡一桂《诗集传附录纂疏》、范王孙《诗志》、凌云鹏《五经纂要》、汪师韩《诗学纂闻》。6.论说体,如程大昌《诗论》、江永《群经补义》、朱霈《望岳楼经学质疑》、汪宗沂

《诗说》、姚际恒《诗经通论》、姚应仁《诗述述》、黄叔琳《诗统说》、汪灼《诗经言志》。7.讲章体，如许天赠《诗经正义》、范王孙《诗志》。8.讲义体，如舒尚功《诗经讲意》、程时登《诗讲义》、方岳《景献府讲诗》、程元凤《经筵讲义》、汪梦斗《经义讲议》、江恺《诗经讲义》。9.校勘体，如董大鲲《经传音画辨讹》、朱骏声《诗集传改错》《诗序异同汇考》、汪文台《十三经校勘记识语》、江承之《郑氏诗谱》。10.图解体，如吴继仕《七经图》、江为龙编《六经图》。11.博物体，如朱濂《毛诗补礼》、胡秉元《诗地理考实》、董桂新《毛诗多识录》、朱骏声《诗地理今释》。12.辑佚体，如汪师韩《诗四家故训》、周廷寀《韩诗外传校注拾遗》。13.音义体，如江永《古韵标准》、戴震《声类表》《声韵考》、汪绂《诗韵析》、汪灼《毛诗周韵诵法》、汪烜《诗韵析》、胡匡裁《毛诗韵叶》、胡秉虔《古韵论》、董大鲲《经传音画辨讹》、吴承仕《经籍旧音辨证》。14.札记体，如胡廷机《五经解随笔》、潘宗硕《读经笔记》、董桂科《治经笔记》、胡匡轼《读经随笔》、程途远《说经随录》、黄承吉《读毛诗记》。15.选集体，如程以庄《六经选要》、汪锡洛《经义录要》、汪师韩《读诗录》。16.语录体，如朱鉴《诗传遗说》、胡嗣运《枕葄斋诗经问答》《枕葄斋群经问答三种》、朱骏声《经史问答》。17.群经总义体，汪大发《九经要义补》、朱承甫《三经集》、余懋衡《经翼》、施璜《五经臆记》、汪微《经概》、胡廷机《五经解随笔》等。

三、研究内容和方法方面的特点

研究内容另辟专节“徽州学人共同关注的诗经学问题”进行讨论，这里略论研究方法。首先，徽州诗经学以考据为主要方法，从字词名物，到典章制度，到诗篇主旨皆取得了非凡的成就。字词名物方面，以戴震为代表。其《诗经考》《杲溪诗经补注》《毛郑诗考正》等无不是诗经学史上的重要考据著述。博物类，则有朱濂《毛诗补礼》对典章制度的考辨、董桂新《毛诗多识录》对诗篇所关涉的天地万物的详考。诗旨探讨，则以朱熹《诗集传》和汪梧凤《诗学女为》最为突出。诗学基本问题的研讨，则以朱熹、程大昌最有影响。怀疑和批评研究，不仅有朱熹，还有反对朱学的姚际恒。比较研究，程晋芳《毛郑异同考》、朱骏声《诗序异同汇考》最是显著。此外，如方回《鹿鸣二十二篇乐歌考》和《彤弓考》、程敏政《篁墩集》卷十一《诗考》、吴云山《九经集解》、俞正燮《癸巳类稿》、程羽文《诗本事》、黄启兴《诗考》、汪远孙《三家诗考证》、朱骏声《诗序异同汇考》、章遇鸿《郑氏诗谱考索》等，或则全面考论，或则选专题切入，然大多精审严密，为诗学作出了贡献。此外,赵继序《历朝崇经记》和《汉儒传经记》、周廷寀《西汉儒林传经表》、胡秉虔《汉西京博士考》为学术史类著述,下开江藩、刘师培和皮锡瑞,学术意义不可忽视。至于汪远孙《经典释文补续偶存》、汪文台《十三经校勘记识语》、俞粹纯《十三经二义参存》、程本《经史订讹》、吴云蒸《说文引经异字》、程朝仪《朱子解经引用说文考》虽非诗经学专著,亦对诗学有所发明,足供治诗者参考。

其次,徽州学人有"以诗解诗"的传统。朱熹反对"舍经自作文"和"令注脚成文",主张"惟文本本意是求","以诗解诗"。程大昌反对"苟循习传之旧,格其所不当据",主张"反经推求,以类证类"。姚际恒"惟是涵泳篇章,寻绎文义,辨别前说,以从其是而黜其非,庶使诗意不致大歧,埋没于若固、若妄、若凿之中;其不可详者,宁为未定之辞,务守阙疑之训,俾原诗之真面目悉存,犹愈于漫加粉蠹,贻误后世而已。"戴震主张"以字通词,以词通道","明其学,睹其心","诵其诗篇,可想见其为人"。汪梧凤反对"资之以为文章",主张"事以经为证,义以圣人为衷","内正其性情于兴观群怨之间"。此外,如清汪灼《诗经言志》,本孟子"以意逆志"之说而名其书。朱霈《毛诗质疑》,《续修四库提要》谓"言读诗论世,必求其情事之有合,不可为古人所欺,故是书多自出新解。"如此等等,皆可见徽州人治《诗》之取向。

再次,徽州诗学,多以"思无邪"为宗旨,治诗既求真,又求善。其多以字词名物制度之考证为路径,目的在于探究义理,旨在世道人心,颇重诗教。朱熹对孔子"思无邪"作出自己的解释,在此基础上提出"淫诗"说。朱子后学恪守朱熹解说,坚持圣人存淫诗而旨在"感发惩创","见风俗而存鉴戒"。反对朱熹"淫诗"说者,亦从"思无邪"出发而对朱熹给予严厉批判。姚际恒认为朱熹"实者虚之,贞者淫之",孔子"思无邪"说是"淫诗"说的有力反证,因为当时有淫风,"诗人举其事与其言以为刺",将这些诗目为淫诗,大乖圣人之训。戴震认为"《风》虽有贞淫",然乃"表贞止淫","作诗者犹欲挽救于万一"。"《三百篇》皆忠臣、孝子、贤妇、良友之言",诗篇中一些"诡言逊辞",亦不过大忠者"用心独苦"而托言的产物,并没有偏离温柔敦厚诗教传统。汪梧凤则认为,朱子误以《郑诗》为郑声,而皆指为淫奔者之词者,亦未必尽合圣人采诗之旨:"凡淫诗者,刺淫者之词,必非淫者自道。而刺淫者亦各有所以为惩戒之意,非徒咏其事以丑之也。若徒诗以丑之,讽一而劝百,其奚贵焉?故余或从《序》,或从朱,一以'思无邪'中之而私意不设。"他们从"思无邪"出发生发出的是完全相反结论,而正世道人心的济世情怀却是一致的。

最后，与上一点相联系的是，徽州学人颇有能克服纯粹学人说诗之弊病者。他们重诗教，努力重建诗教体系。首先是朱熹在佛道侵袭，儒学衰微的形势下，构建了以《二南》为中心的诗教体系，将汉儒手中的“谏书”变成哲学书。其次是戴震在儒学由于理学、心学末流的搅扰而衰颓的形势下，重释“四始”和“正变”，在吸收汉学成果的同时，容纳宋学思想，又将理学之书变成道德教本。其间姚际恒，则扫除汉宋一切传注，主张直接回归“元典”，合乎人情地“涵泳篇章，寻绎文义”，其实质是冀求从圣经中直接获得教益，这无疑是姚氏构建全新的诗教体系的一次大胆尝试。

四、从学术传承和发展来看，徽州诗经学大部分时间里是诗经朱学

综观宋、元、明三代，除程大昌、王炎等少数学者与朱熹为学问之友外，几乎皆为朱子后学。如：

休宁程永奇受学于朱熹，为新安朱熹十二高弟子之一。朱熹曾手书“持敬明义”之说百余言勉之，其遂以“敬义”名其堂。

朱鉴则为朱熹嫡长孙，朱熹长子朱塾之子。朱子卒时，鉴已十一岁，其治《诗》即以整编和推介朱子之学为目的。

宋末休宁人汪大发曾师事魏了翁，魏了翁师事程端蒙，程端蒙则为朱子亲炙弟子。（朱熹——程端蒙——魏了翁——汪大发）

婺源程直方、江恺从许月卿学，而许月卿师事魏了翁，乃朱熹三传弟子。（朱熹——程端蒙——魏了翁——许月卿——程直方、江恺）

婺源程龙受学于滕璘之子滕武子，滕璘乃朱熹门人。（朱熹——滕璘——滕武子——程龙）

祁门汪华受业朱熹再传弟子饶鲁，尽得勉斋黄氏之传。其孙汪克宽又尽得其学。（朱熹——黄榦——饶鲁——汪华——汪克宽[①]）

婺源胡一桂，则是胡方平之后，朱子四传弟子。（朱熹——董铢——董梦程——胡方平——胡一桂）

婺源胡炳文为朱熹五传弟子。（朱熹——汪华——胡舜卿——朱小翁——胡斗元——胡炳文）

朱升、倪士毅、吴彬为同学，皆为陈栎弟子，而陈栎为滕武子再传弟子。（朱

---

① 按，汪华为克宽祖父，程敏政赞其像曰：“此考亭世嫡门生第四人也；此龙兴史局布衣第一人也。”（《篁墩文集》卷五十六）故其学直接传之于克宽。

熹——滕璘——滕武子——黄智孙——陈栎——朱升、吴彬、倪士毅)①

此外,方回与魏了翁友善,魏了翁为朱熹再传弟子;程时登,许瑶所撰《行状》曰"其于《周易》则确守程朱传义……《诗》则要性情之发而验其兴观群怨之机",则知他们皆受到了朱学影响。而汪思敬、许天赠、汪佑等,难考其具体师承,但观其著述,亦是明显为述朱子之学。朱学一统局面直到诗经清学形成后,才最终被打破。

朱学一统的局面被打破后,徽州诗经学界呈现出多样化色彩。朱学不绝如缕而乾嘉皖派朴学取代新安理学成为学术主流,戴震师友及其弟子成为学术干城。其中颇有影响的有:1.江门七子(江永——郑牧、汪肇龙、戴震、汪梧凤、程瑶田、方矩、金榜);2.戴震弟子汪灼、俞正燮、凌廷堪、汪宗沂、吴承仕等(戴震——王念孙——王引之——俞樾——章太炎——吴承仕;戴震——汪灼——汪宗沂:案,汪灼到汪宗沂非止一传;戴震——孙星衍——俞正燮;戴震——凌廷堪)。

五、从学风和治学态度来看,徽州诗经学具有较强的怀疑精神和批评创新的勇气

首先,徽州诗学一开始就具有强烈的批判精神。朱熹废《序》言《诗》,勇倡"淫诗"说;程大昌力举徒诗说,鼓吹古本还原;姚际恒抛弃一切传注,既批《序》说,又批朱学;江永、程晋芳在严批宋学的学风中,和合汉宋,汲取宋学精华。戴震严批宋儒"以理杀人",其治《诗》不徒事考据,既努力探讨诗旨,又颇多理论创新。综而言之,徽州诗经学充满着怀疑精神和创新的勇气,是在否定和否定之否定的历史和逻辑进程中发展壮大起来的。如前所论,在徽州诗经学产生后,朱学独尊局面迅速形成,而徽州学人既尊重前贤,又不盲从权威,对朱学的批评始终没有中断。细加考察,徽州学人对朱学的批判是沿着以下几条路线进行的。

1.对"淫诗"说和废《序》言诗的批判。朱熹"淫诗"说具有既进步又保守的二重性,徽州学人除朱熹弟子、再传弟子竭力附和外,皆予以了激烈的批评。其中以姚际恒、戴震、汪梧凤批评得最全面、最深入。批评者关键在于见不得一个"淫"字,又过执孔子"思无邪"之说。但令批评者无法回避的是《诗经》中确实大量存在非一个"无邪"所能包容的诗篇。故姚、戴、汪三家皆以为孔子所谓的

① 此列朱子后学谱系以《新安文献志》及《新安学系录》等文献为依据。

“郑声淫”非指“郑诗”，并将朱熹所定淫诗视为“代言”之作。姚际恒提出“类淫”说，谓之为“诗人举其事与其言以为刺”[①]。戴震则谓：“《三百篇》皆忠臣、孝子、贤妇、良友之言也，其间有立言最难、用心独苦者，则大忠而托诸诡言逊词，亦圣人之所取也。必无取乎小人而邪僻者之秽言，以与贤圣相杂厕焉。”[②]又云：“郑卫之音非《郑诗》《卫诗》；桑间、濮上之音非《桑中》一诗，其义甚明。”且对于淫声则同意郑玄“淫声者，烦手踯躅之声也”[③]之说。其歧声与诗为二，抽去了淫诗说的力证。汪梧凤则云：“凡淫诗者，刺淫者之词，必非淫者自道。而刺淫者亦各有所以为惩戒之意，非徒咏其事以丑之也。若徒诗以丑之，讽一而劝百，其奚贵焉？”[④]废《序》言诗是以朱熹为代表的宋学的突出成果之一，但“《序》不可废”的观点始终不绝如缕，即使是反《序》如姚际恒者，亦是批评朱熹“阳违《序》而阴从之”[⑤]。不过，这些批评并非完全是消极的，许多《诗》学问题就是在这样的论战中逐步澄清并最终解决的。

2.批判以理说《诗》。朱熹虽主张“熟读涵味”，以《诗》论《诗》，但作得不彻底，其说《诗》主“诚”、主“敬”，构建了以《二南》为中心的诗教体系，理学色彩鲜明。徽州学人沿着朱熹开辟的以《诗》论《诗》之路而前进，努力清除朱熹以理说《诗》的弊病，终使《诗》学走上正途。姚际恒痛斥宋人说诗“入理障”。戴震则将诗旨厘定建立在严格的字词名物考订基础上，克服宋人的“无本”诗学。如此等等皆对附会义理的学风有所是正。

3.批判“叶音”。朱熹夹注“叶音”，虽非古音韵研究，却有开启之功。然“叶音”学说从根本上说又是一个错误的学说，故屡遭批评。在对朱熹“叶音”夹注诗篇的检讨过程中，新的古音韵学说建立了起来，其中江永、戴震、江有诰等成就卓著，影响极为深远。

总之，徽州诗经学具有数量多、质量高的特点。作为徽州文化内容之一的徽州诗经学是封建文化，特别是统治阶级意识形态的典型投影和标本体现，它是地域性和全国性、封闭性和开放性、承继性和批判性、考据性和义理性、学术性和经世性的统一。

徽州诗经学著述数量多。据本人初步统计，宋代有 16 家 23 种；元代 10 家 17 种；明代 31 家 36 种；清代 96 家 147 种，宋元明清四代共计 153 家 223 种。而

---

① 姚际恒：《诗经通论》（顾颉刚标点本），中华书局 1958 年版，第 4 页。
② 戴震：《戴震全集》，清华大学出版社 1995 年版，第 1106—1107 页。
③ 戴震：《经考 · 郑卫之音》，《戴震全集》，清华大学出版社 1995 年版，第 1528 页。
④ 汪梧凤：《诗学女为》，《续修四库全书》第 63 册，上海古籍出版社 1995 年版，第 608 页。
⑤ 姚际恒：《诗经通论 · 自序》（顾颉刚标点本），中华书局 1958 年版，第 8 页。

刘毓庆、贾培俊《历代诗经著述考》共收录宋代全国诗经著述共303种，元代80种（包括补遗所收3种）。明代729种。清代，苏州大学陈国安博士据目前由各种书目及各图书馆所著录统计亦近700种。宋元明清四代共计1812种。徽州诗经学著述总数占全国的12.3 %，这个数据是很能说明问题的。

徽州诗经学著述质量之高是许多地方无法比拟的。朱熹的《诗集传》为里程碑式的巨著。程大昌《诗论》开启了许多诗学问题的探讨。戴震、汪梧凤扎实的考据，解决了许多诗学问题。江永、江有诰考音辨韵，古音《诗》韵愈为精准。程晋芳的毛郑比较研究，则开诗学之别途。姚际恒批评精神，则成为五四学人手中的一面思想旗帜。至于胡适，更是一扫旧经学，重建新《诗》学，既有精彩的考据，又有全新的学理引介。一言以蔽之，徽州诗经学高峰迭出，精彩纷呈。

地域性和全国性的统一。徽州诗经学首先表现为区域性特点，除少数寄籍学人外，主要是徽州籍诗经学家著述于徽州大地，因此徽州诗经学受新安理学和徽州朴学影响极深，地域色彩鲜明。同时徽州人不仅有扎根徽州大地者，还有许多人"走出去"，或寄籍它地，或经商，或游学，或入仕，他们的足迹遍及全国各地，而徽州人不管走到哪里，就把崇尚"文教"之风带到哪。更为突出的是，徽州有诸如朱熹、程大昌、姚际恒、江永、戴震、俞正燮和江有诰等一大批具有全国性的影响的大师和著述。故，徽州诗经学一个显著的特点是地域性和全国性的有机结合。

封闭性和开放性的统一。徽州是一个偏僻封闭的文化区域，四面环山，文化发展相对独立和稳定，但同时徽商经济又具有"迁进来（安居避难）——跑出去（赚钱养家户口）——走回来（叶落归根）"的既封闭又开放的经济文化模式，徽州学人既有终老乡里的隐士、乡绅（如江永、汪梧凤），又有四处为官、各处经商的官儒和商儒（如朱熹、程晋芳、朱承甫），因而徽州诗经学既有一定的封闭性又具有开放性。

承继性和批判性的统一。徽州社会是一个典型的封建宗法社会，遍布了许多世家大族，他们极其重视家族发展，或强调耕读传家，或注重儒商结合，率皆恪守朱子家训，等级森严，颇重家学渊源，极严学统世系。就家学而言，如朱熹家族经学传家，朱松（朱熹父）、朱熹、朱鉴（朱熹孙）、朱小翁（朱熹从孙），皆勤于治《诗》。再如婺源考川明经胡氏宗族以"经学传家"，宋元时期共产生了7位理学名儒，包括胡方平、胡一桂、胡斗元（号勉斋）、胡炳文、胡伸（号环谷）、胡次森（号梅岩）、胡默（号石邱），世称"七哲世家"①。其中胡一桂撰有《诗集传附

① 《五世传知录》，载胡朝贺《胡藤圃杂著》。

录纂疏》二十卷《诗序辨说附录纂疏》一卷；胡炳文撰《诗集解》和《五经会意》。又如绩溪考川金紫胡氏，开清代绩溪胡氏家族学术风气之先的乃胡廷玑；其三子胡清聛受其学而有《诗经积疑》；胡清聛子胡匡宪，尤长于《诗》，著有《毛诗集释》；胡清焘子胡匡裁更是专治《诗经》，著有《毛诗韵叶》；到胡氏家族第四代传人中，胡匡宪之子胡秉虔则著有《毛诗集释》；第五代传人胡培翚，虽精专于礼学，然初亦治《诗》。就师法而言，前述朱子学统就是明证。另一方面徽州学人又广开书院，建立会馆，通过请名儒入院讲学、定期举行“讲会”等形式，“或证所得，或质所疑”①，既互为犄角，寻求发展，又相互切磋，疑义相与析。乾嘉学人更是能够做到互为师友，虽是批评指正亲师而不以为忤。总之，徽州诗经学表现出强烈的承继性和批判性。

考据性和义理性的统一。徽州诗经学是在朱熹的影响下产生的。朱熹诗学颇重义理而不废考据。此种优良学风为徽州学人所承继。无论是程大昌还是江永、戴震、汪梧凤、程晋芳，虽各有专长，而皆不偏废。朱熹通过对二《南》的强调和“淫诗”说的解析，构建具有宋《诗》学特色的诗教体系；戴震重新定义“四始”“正变”和“赋比兴”，别具特色地给二《雅》分什，从而完成《诗》学的诗教体系的重建；汪梧凤通过考辨，厘定诗旨，着意“内正性情”；程晋芳考辨诸家，择善而从，和合汉宋。如此等等，将考据和义理统一起来，即有功于当代，又嘉惠后学。

学术性和经世性的统一。与考据性和义理性的统一相一致的是，徽州诗经学家，并不躲在象牙塔中搞纯学术。他们怀着积极的入世情怀而进行经典研究。朱熹在儒学在佛教和道教的侵袭形势中，努力重建儒学体系。戴震在理学“以理杀人”的局面中，希冀思想启蒙。即使是诗经学末流，亦能热衷于功名，积极入世，多有关心民瘼的情思。徽州诗经学表现出了学术性和经世性的统一。

第三节　共同关注的诗经学问题

诗经学史上有许多共同关注的问题，考察徽州学人对这些问题的处理，可以比较各家的优劣，亦可见这些问题是如何在众多学人的共同努力下取得突破性

① 施璜编、吴瞻泰补：《紫阳书院志·紫阳规约》（吴瞻泰、吴瞻淇整理本），黄山书社 2010 年版，第 286 页。

进展的。

一、《诗经》基本问题研究

(一)《诗序》问题

在徽州诗经学史上，朱熹最早对《诗序》提出质疑。朱熹认为，《诗序》不可据，《诗序》是卫宏作，“后来经意不明都是被他坏了。熹又看得不是卫宏一手，多是两、三手合成一《序》，愈说愈疏”①。程大昌则认为：“凡诗发序两语，如‘《关雎》，后妃之德也’，世人之谓《小序》者，《古序》也。两语以外续而申之，世谓《大序》者，宏语也。”(《诗论》十)其祖绍欧阳修、苏辙只取《诗序》首句，不取续申之词。且认为《毛诗》有古《序》，所以胜于三家。

朱熹废《序》言诗遭到同样反《序》的姚际恒的严厉批判。姚氏说朱熹“力诋《序》之妄……而时复阳违《序》而阴从之，而且违其所是，从其所非焉。武断自用，尤足惑世”②。此非持平之论，然亦指出了朱熹废《序》的不彻底性。戴震则详考《毛诗序》作者，先后引用范晔、陆德明、成伯瑜、程子、叶梦得、晁公武、李樗、朱子、范处义、叶适、黄震、马端临、薛应旂、朱鹤龄、朱彝尊之说，并按断道：

> 按：《毛诗序》《传》，自毛公以为子夏之学，虽不子夏所为，要之师承当不诬。孟子讥高叟言诗，先儒以为子夏授诗高行子，即其人是先师相传，固已不能无失矣。郑康成言众篇之义合编，至毛公始分，未尝一语及卫敬仲。康成去敬仲不远，若《序》果敬仲附益，岂得不言？大抵《序》之首一句，所谓众篇之义者，其下附益乃毛公发明。首一句之指，敬仲无与。独《后汉书》言卫宏作《毛诗序》，不知其所作者为何？况范氏传闻多失实，当以康成所未言断《诗序》非宏作可也。③

戴震明确反对卫宏作《序》的观点。汪梧凤诗经学受戴震影响较大，其论《序》少有新见。其详引朱彝尊对《诗序》的辨说后指出：“愚谓朱氏之辨当矣。朱子专攻《小序》，近儒复从《序》而攻朱子，均属门户之见。盖《序》不可废而

---

① 朱鉴：《诗传遗说》，《四库全书》第75册，上海古籍出版社1987年版，第522页下。
② 姚际恒：《诗经通论·自序》(顾颉刚标点本)，中华书局1958年版，第8页。
③ 戴震：《经考·毛诗序》，《戴震全集》，清华大学出版社1995年版，第1544—1554页。

《序》亦未可尽从。”[1]以外，须提及俞正燮的诗序观。俞氏认为：“诗四家序不同，各诗各传各序，知《毛序》《毛传》必是一人所作，故《序》无传也。”[2]其从《汉书·艺文志》的著录，以及《序》《传》《笺》三者之间隐含的种种蛛丝马迹入手，给予了较充分的考论，否定子夏、卫宏作《毛诗序》等说法。不过，所考虽能证明《毛序》《毛传》必是一人所作，却不能证明尽皆出于一手，问题并未因此而解决。

而清初程廷祚的诗《序》观，与姚际恒相比显得平和公允；与戴震、汪梧凤等相比则较有新意和说服力。首先，提出并别致有力地论证“三百篇之有《序》非古也”的观点。他说：“孟子最深于《诗》，而其时《诗》亦无《序》，是故咸丘蒙执《北山》之辞而以为天子可以臣父，是《北山》无《序》也。高子以《小弁》为小人之诗，是《小弁》无《序》也。若孟子之前《诗》已有《序》，则二子不敢率臆以言。否则孟子亦当令反求诸《序》，而顾教之曰：‘不以文害辞，不以辞害意，以意逆志，是为得之。’盖孟子之论学《诗》如是而已矣。汉初，鲁、齐、韩三家并兴，毛氏继出，当焚坑禁学之后，去古渐远，诸儒虑诗教之失传，与夫作诗之故不可得而言也，而为之序，各记相闻，不能相一，其非孔孟以前所固有审矣。”其次，主张《序》不可废亦不可盲从。他说：“吾尝求诗之义，多有得之于《序》者，固不敢以《序》为可废也。若夫义有未安而强求其合，与以为必不然而力去之者，其说失，则均鉴于古人。”[3]

至于三家诗《诗序》问题，徽州学人亦给予了一定的关注。南宋的程大昌曾提出《毛诗》因有古《序》而胜于三家的观点。此说现已为学界否定，亦不曾为徽州后学所取，程廷祚、俞正燮、朱霈等都认为包括《毛诗》在内的四家诗皆有序。朱霈说：

> 《诗》之有《序》不独《毛传》为然，说《韩诗》《鲁诗》者亦莫不有《序》。《曝书亭集》云：“《关雎》，刺时也。《芣苢》，伤夫有恶疾也。《汉广》，悦人也。《汝坟》，辞家也。《蝃蝀》，刺奔女也。《黍离》，伯封作也。《鸡鸣》，谗人也。《雨无极》，正大夫刺幽王也。《宾之初筵》，卫武公饮酒悔过也。”此《韩诗》之《序》也。楚元王受《诗》于浮邱伯。刘向，元王之孙，实为《鲁诗》。其所撰《新序》，以《二子乘舟》为汲之傅母作；《黍离》为寿闵其兄作。

---

① 汪梧凤：《诗学女为》，《续修四库全书》第63册，上海古籍出版社1995年版，第608页。

② 俞正燮：《癸巳论稿》，《俞正燮全集》（第一册），黄山书社2005年版，第62页。

③ 程廷祚：《青溪集·论诗一》，金陵丛书乙集之十。

《列女传》以《芣苢》蔡人妻作;《汝坟》为周南大夫妻作;《行露》为申人女作;《邶·柏舟》为卫宣夫人作;《燕燕》为定姜送妇作;《式微》为黎庄公夫人及其傅母作;《大车》为息夫人作。此皆本于《鲁诗》之《序》也。《齐诗》虽亡,度当日亦必有《序》。况《左传》"郑人为之赋《清人》,卫人为之赋《硕人》",则知史家亦各有《序》。[①]

(二)"六义"问题

诗六义问题历来歧说纷纭。之所以如此,一个重要的原因在于,他们没有认识到"六义"理论是层累地构建起来的,即在不同的历史时期,不同的话语系统中,其涵义是不同的。他们或热衷于理论探讨,缺乏资料考订工作;或"古为今用",通过解释此理论来构建自己的《诗》学理论;或局限于家法、师法;或局限于对材料的综合理解;或囿于学力与学识,将此问题仅在文学理论、文艺学等学科里进行单向度的解释,缺乏开阔的视野和多学科打通的意识;缺乏取宏用精的动态分析问题的能力,以致愈说愈远。其实,"六义"并不是一个简单的理论,而是一系列相关术语的理论共同体,它们同源而异流,同名而异质。只有详尽地占有资料,严谨排比,追根溯源,辨明是非,进行历史还原,方可彻底把握这一学术难题[②]。在徽州学人中,朱熹、姚际恒、戴震和汪梧凤的"六义"学说值得注意。

在汉儒眼中,赋、比、兴为铺陈诗教、美刺时政时所采取的表达方式。朱熹对"赋、比、兴"的重释,就少有政治比附之义,将"六义"理论大大向前发展了一步。

姚际恒则在其《诗经论旨》中重新定义了比、兴。姚氏说:"兴者,但借物以起兴,不必与正意相关也。比者,以彼物比此物也。"对比朱熹的定义:"兴者,先言他物,以引起所咏之辞也。比者,以彼物比此物也。"不同在于对"兴"的界定。在姚氏看来,朱熹的定义"语邻鹘突,未为定论",因为"先言他物"与"彼物比此物"无甚差别,而自己重新定义后,则"兴、比之义差足分明"。又将传统的三分进一步细分为"赋、比而赋、比、兴而比、兴"五类,不仅从理论上肯定了兼类现象,且表现出对兴的重视。姚氏将"有未全为比,而借物起兴与正意相关者"谓之"兴而比",将先言比物而下言所比之事者谓之"比而赋"。最后,姚氏还将

---

① 朱霈:《毛诗质疑》,《四库未收书辑刊》第四辑第九册,北京出版社2000年版,第415页。

② 参见王小盾《诗六义原始》〔《经典的形成、流传与诠释》(一)抽印本〕,台湾学生书局2007年版。

"赋、比、兴"调整为"兴、比、赋",说明其对兴、比的重视。姚氏划分的目的在于克服《诗经》手法判定的淆乱,但结果并不理想。如《十月之交》,写日食为纪实,当为赋,但若从"君道比于日"的角度看,则读为比尤切(戴震就有如此解读)。这类是单纯定为赋,还是定为比,抑或更定为赋而比呢?不管姚氏怎么划分,这仍是一个见仁见智的问题。实际上,赋比兴存在兼类的看法,姚氏之前的学人如朱熹已经在治《诗》实践中贯彻。不过,他们大多没能像姚氏那样给予理论概括,从而变三分为五分。研读过程中存在困惑,自然引发理论探讨;而理论探讨又进一步推动研读。姚氏此番努力是有功于诗学的。

戴震则认为赋、比、兴你中有我,我中有你,不主张强析,且特别重比,其对《诗经》比义的发掘拓宽了诠释空间,增强了诗学诠释的文化内涵,为先秦赋诗引诗的断章取义找到了学理依据。

汪梧凤论赋、比、兴与诸家不同,主张严格区分赋、比、兴,我们将其称作狭义的赋、比、兴。汪氏认为:

> 诗之有赋、比、兴,自《三百篇》以至于今未之能外。顾其体则诗成而自具,作诗者不能画地以趋,说诗者亦不必刻舟以求也。盖赋之体,比与兴不得而乱之;比之体,赋与兴亦不得而乱之。①

在汪氏看来,传统的赋比兴观使得赋兴、比兴掺杂不清:一是当诗句为"感物即目所见而因及意中所存"时,说诗者会将其看成是兴,也会看成是赋;二是在"寄意感象于物而因以自况其情"时,则会看成是兴,也会看成是比。汪氏以《关雎》为例云:

> "关关"雎雄相应之和声以比君子淑女也。"参差荇菜,左右流之"比君子之求淑女也。"左右采之""左右芼之"比君子得淑女而亲爱娱乐之也。是比也,何以谓之兴?若如注疏以荇菜为豆实,而谓后妃将共荇菜之菹,即朱子训芼字亦云孰而荐之,亦主奉祭祀言,则皆赋也。琴瑟、钟鼓,如《朱传》宜从比;如注疏谓为房中之乐,宜从赋。②

有鉴于此,汪氏以为应将"兴"的定义狭义化,从而避免应用上的混乱。汪

① 汪梧凤:《诗学女为》,《续修四库全书》第63册,上海古籍出版社1995年版,第609页。
② 汪梧凤:《诗学女为》,《续修四库全书》第63册,上海古籍出版社1995年版,第609—610页。

氏说：

> 亦何以谓之兴？夫兴之体，必与本事绝不相涉，随取以为发端者，如《唐风·山有枢》《小雅·南山有台》及汉乐府《孔雀东南飞》之类乃可谓之兴。兴语必在章首，断无在一章之中、末者，以本无比傅联属之义故也。其在中、末者，非赋则比耳。朱子往往有赋而兴，又比兴，赋其事以起兴之说。——未明于兴之说者也。盖古之经师长于考核，而诗之神理在有字句无字句间，泥辄失之。故自毛、郑以来言赋、比、兴者，殊多未当。读诗者宜用孟子以意逆志之法求，免于以文害辞，以辞害志。而胶固心目，莫甚于赋、比、兴相乱。赋、比、兴相乱，由于不知兴之所以为兴。愚谓《三百篇》中兴体绝少。今举古今相沿所谓兴者，通于赋则归之赋，通于比则归之比，无可通者乃归于兴，则兴之体不乱而说诗者始明乎词义与本事绝不相涉者，兴体。固如是而穿凿之私智可废，不然，兴体亡而伪辨恣矣。①

汪氏此论与诸家迥异，若此说成立，则《诗经》之兴体所剩寥寥，以《诗经》为源头的中国诗歌比兴传统，则被完全颠覆。这确实是一个重大的理论问题，值得很好地研究。但是，我国诗歌与他国诗歌最典型的区别之一就在于具有比兴象征的美学特征。将“兴”狭义化，虽可使说《诗》变得简单，却与《诗经》文本发生史实不合，亦不利于中国民族特色的诗学构建。故汪氏此说应者寥若晨星，批评者倒是不少。如，黄焯《诗说》就有这样的批评：

> 若清儒汪梧凤辈谓“兴体必与本事绝不相涉，随取以为发端者，如《唐风·山有枢》《小雅·南山有台》及汉乐府《孔雀东南飞》之类乃可谓之兴”，此则拘泥太甚。予谓兴词不一类，不可以一端尽，有发端之兴，凡诗首二句借物以引起所咏之事者皆是。有譬喻之兴，如《关雎》传云兴也，后妃说乐君子之德，慎固幽深，若关雎之有别焉。凡传于兴也下言若、言如、言喻、言犹，皆以为有比喻之义，是兴之兼比者甚明。兴又有设想之兴，如《车舝》为周人疾褒姒之恶，思得贤女以配君子，而传云兴，是也。有实义之兴，如《鸳鸯》《采菽》等篇传皆云兴是。郑笺云：“此交万物之实，而言兴者，广其义也。”是兴体又不纯以发端两言为主，而不可以一端尽也。若《唐风·山有枢》《小雅·南山有台》，传笺皆以为有比喻之义。即《孔雀东南飞》首

① 汪梧凤：《诗学女为》，《续修四库全书》第63册，上海古籍出版社2002年版，第610页。

二句亦非与本事绝不相涉者，盖以孔雀不匹，以音影相接而孕，以兴焦仲卿与其妻相见日稀，而又不幸遣去以同死也。朱子传诗，谓有不取义之兴，非也。①

事实上，即使是汪氏自己亦没能坚守这个狭义的“比兴”观。如其论《桃夭》就云：“《朱传》云：‘“仲春令会男女”，然则桃之有华，正昏姻之时也。’其说本《周礼》而因诗，又以桃夭起兴，故为是论，亦未尝谓仲春之必不可昏，如《郑笺》说《摽有梅》篇之泥也。东莱吕氏谓以华色比‘之子’，则兴而兼比，参之《朱传》，庶几得风人之旨与？”②汪氏先引朱熹以桃夭为起兴，又引吕祖谦以为花色比“之子”，然后曰：“则兴而兼比，参之《朱传》，庶几得风人之旨与？”既言“兴而兼比”，则与其所谓的“今举古今相沿所谓兴者，通于赋则归之赋，通于比则归之比，无可通者乃归于兴”的说法相矛盾。其于《采菽》有按云：“旧说本礼经，甚为有据。《朱传》惟以‘采之’义为兴，而不及菽芹之用。恐凡诗之兴非泛然无所取义也。今从毛郑。”③此又与其所谓的“夫兴之体，必与本事绝不相涉，随取以为发端者”相冲突。可见，狭义“比兴”观，与《诗经》创作实际和美学特征不合，难以贯穿说《诗》实践。

当然，汪氏对有些诗篇写作手法的判定是颇得风人之旨的。如，《无将大车》，《朱传》以“将大车”为兴。汪梧凤则云：“亦浅之乎其言诗也。愚谓此诗三章皆比非兴体。大车，平地任载之车。君子之任国事，任重道远，如将大车，故君子之治国亦曰如朽索之御六马也。尘埃，昏蔽有乱世之象焉。戴岷隐曰：‘世既乱矣，力微而挽重，无益于事，与《无田》《甫田》之意同。’斯说得之。”④不从朱熹兴体说，而以诗为比体，其解为多家看重。再如汪氏论《绵蛮》云：“此诗以黄鸟之止得其所兴己之远行，诗义自明。而《朱传》云‘以鸟言自比’，岂教诲与后车之载亦可施之鸟耶？”⑤反驳义正而词严，揭示出前贤解说的疏漏。又如，汪梧凤考论《泂酌》说：“旧说以为召康公戒成王而所释诗义皆未允。《诗所》谓：‘盛世无弃物，王道存乎器，使一行潦之水，上者可以沃酒食，次者可以濯罍尊，下者可以涤器物。人材亦犹是也，在乎岂弟君子兼收而并用之，故其上者教养成就，是真父母之道矣。次者因材拂拭，亦人材之所归也。下者备用代匮，亦人类之

---

① 黄焯：《诗说》，长江文艺出版社 1981 年版，第 14—15 页。
② 汪梧凤：《诗学女为》，《续修四库全书》第 63 册，上海古籍出版社 1995 年版，第 616 页。
③ 汪梧凤：《诗学女为》，《续修四库全书》第 63 册，上海古籍出版社 1995 年版，第 731 页。
④ 汪梧凤：《诗学女为》，《续修四库全书》第 63 册，上海古籍出版社 1995 年版，第 723 页。
⑤ 汪梧凤：《诗学女为》，《续修四库全书》第 63 册，上海古籍出版社 1995 年版，第 734 页。

所依也。’其说甚合，则诗是比体而非兴矣。”[1]引李氏之说，改兴为比，亦不失为一说。

（三）叶音问题

“叶音”，也称“叶韵”“协韵”等，其说由来已久，但真正系统归纳研究则始于南宋吴棫。朱熹运用吴棫的研究成果，在《诗集传》《楚辞集注》中大量使用叶音。自此，“叶音”说影响日大。王力说：“不知道古音与今音不同，以为用今音读来不押韵处必须临时改读他音而后押韵，叫做‘叶’。”[2]故朱熹夹注叶音，颇遭后人非议。清代顾炎武、王夫之、孔广森等力破“叶音”说，从而建立起科学的古韵学。不过，江永尝为朱子辩。他认为，朱熹用叶音方法注《诗》，意在便利初学者的诵读，并非考辨古音。开创之举，不可能一蹴精善，故虽有所失，不能抹杀其成就。江永还指出唐人就有“叶音”说，叶韵即协句，也就是通常所说的押韵，其音是本音而非诗中临时改变音读。这本是一个正确的音韵理论，但唐人没有明言叶音即本音相押，结果造成后学误用，变成了别转一音以相协。

值得注意的是，江有诰在叶音被否定的学术背景下仍注叶音，因而招致批评。王力先生批评道：“他（江有诰）以为《邶风·旄丘》的‘葛’叶音吉，《新台》的‘鲜’叶音玺，《卫风·硕人》的‘颀’叶音耆，《齐风·甫田》的‘怛’叶丁折反，《唐风·有杕之杜》的‘好’，叶呼老反，《陈风·东门之枌》的‘原’叶音吡，《墓门》的‘讯’叶音谇，《月出》的‘纠’叶音矫，《泽陂》的‘枕’叶音飐，《豳风·七月》的‘穋’叶音力，等等。这就回到宋人临时改读的‘叶音’的老路上去了。也许江有诰以为他的叶音说和朱熹的叶音说不同，他的叶音少，朱熹的叶音多，那只是以五十步笑百步，其荒谬的性质是一样的。”[3]

其实，王先生的批评并不正确，他误解了江有诰。朱熹将《诗经》韵脚字“改读他音而后押韵”[4]，结果造成“字无定音”[5]。如《行露》二章：“谁谓雀无角，何以穿我屋？谁谓女无家，何以速我狱？虽速我狱，室家不足！”朱熹《诗集传》以“家，叶音谷”，以便跟“角、屋、狱、狱、足”相谐；而在三章“谁谓鼠无牙，何以穿我墉？谁谓女无家，何以速我讼。虽速我讼，亦不女从！”又以“家，叶各空反”，以便跟“牙（朱氏‘叶五红反’）、墉、讼、讼、从”相谐。同一“家”字，随文改叶，忽音谷，忽音空，漫无标准。与朱熹不同，江氏叶音并无“字无定音”现象出现。如

① 汪梧凤：《诗学女为》，《续修四库全书》第63册，上海古籍出版社1995年版，第748页。
② 王力：《朱熹反切考》，《龙虫并雕斋文集》第三册，中华书局1982年版。
③ 王力：《诗经韵读》，上海古籍出版社1980年版，第35页。
④ 王力：《朱熹反切考》，《龙虫并雕斋文集》第三册，中华书局1982年版。
⑤ 王力：《汉语音韵》，中华书局1980年版，第138页。

《瞻卬》第七章“藐藐昊天，无不克巩”之“巩”字，江氏注“韵未详”①。其没有临时将“巩”改读他音以求与“天”相押。再如《思齐》第四章“肆戎疾不殄，烈假不瑕”之“瑕”字，江氏注“韵未详”并按道：“孔氏（孔广森）以‘疾、殄、假、瑕’为韵，然‘假’‘瑕’可协，而‘疾’‘殄’不可协，且三百篇中未有一句一转韵者，仍当缺疑为是。”②其并没有在读不出谐音的地方强为之谐。江氏标注“叶音”，仅用来指明句中某字与某字押韵。如《静女》第三章“自牧归荑，洵美且异。匪女之为美，美人之贻”之“荑”字下注“与美叶”。《萚兮》第一章“萚兮，萚兮！风其吹女。叔兮伯兮，倡予和女”之“萚”字下注“与伯叶”。江氏在《刻群经楚辞先秦韵读凡例》中，对其为什么注叶音、在什么情况下标注叶音有明确的说明，他说：

> 前人误以本音为叶音，陈、顾诸公纠之笃矣。但《诗》《易》《楚辞》间有通用、合用之章。先秦、两汉并有借韵。虽不知古音的如何读，然今日非叶，则音韵不谐，故仍从字母转纽以叶之。但有字从今音可谐，而古则非正音。如“裘”字，今音求，古音其。既以“其”音为正，则读“求”者仍须从叶。“明”字古音芒，今音鸣，既以“芒”音为正，则读“鸣”者仍须从叶。读者慎勿怪今音可谐，而多此一注也。③

顾氏谓古人一字只有一音（四声互用不在此例），嘉定钱氏讥其固滞。然两汉魏晋固有一字数音者，若三代之文则无此也？至通韵、合韵则不得不迁就其音，故以叶别之，然亦不过百中一二而已，其古音与今音同者，虽隔部亦不注，以免文繁④。

可见，江氏只在两种情况下标注“叶音”：一是今音协，且与古音不同时。这是为了避免读者因今音押韵而误以今音为古音。二是今音不协，只有“借韵”才协时。江氏认为“古有正韵、有通韵、有合韵。最近之部为通韵，隔一部为合韵。《诗经》用正韵者十之九，用通韵者百分之五六，用合韵者百分之一二。”⑤其认为本部韵为正韵、相邻之部韵为通韵、隔一部韵为合韵、隔一部以上者为借韵。江氏认为三代之文有一字数音现象，在通韵、合韵的地方，为“迁就”韵字多音问题，他只好加注叶音。对于江氏借韵字读叶音，王力先生批评道：“于借韵的字

---

① 《续修四库全书》第 248 册，上海古籍出版社 1995 年版，第 77 页下。
② 《续修四库全书》第 248 册，上海古籍出版社 1995 年版，第 66 页上-下。
③ 《续修四库全书》第 248 册，上海古籍出版社 1995 年版，第 86 页上。
④ 《续修四库全书》第 248 册，上海古籍出版社 1995 年版，第 11 页上。
⑤ 《续修四库全书》第 248 册，上海古籍出版社 1995 年版，第 12 页上。

就读叶音,那和朱熹《诗集传》何异?"[①]事实上,江氏此叶与朱熹《诗集传》还是有本质区别的。首先,如前所言,江氏并非临时改变读音,并出现字无定音的情况;其次,江氏之叶,乃是"从字母转纽以叶之",其是在遵循音转规律的前提下而定叶音的;再次,借韵叶音数量极少,即使加上通韵、合韵之叶音,数量仍然不多[②],这与朱熹大量叶音自然大有区别;最后,其借韵标叶,只用于"不知古音的如何读,然今日非叶,则音韵不谐"之时,其叶音有推定古音的用意。

总之,江有诰实际上是运用"叶音"这一大家熟悉的旧的话语系统,对古今音异者笺注古音。这种作法,在其严密自足的体系中,是不应该招致批评的。在标注音读时,江永与江有诰不同。江永为避免误读,不用"叶"字,而悉以"韵"字代之。江有诰则在今音协且与古音不同时,以及诗为"借韵"时标注"叶音"。读者只要一读到江有诰标有"叶"字的地方,就会注意到此处用韵的古今差别,其体例较之江永要严密得多。

(四)错简问题

《诗经》历经几千年流传,存在断简、错简在所难免,徽州学人对此多有考论。朱熹以为:"自此篇(指《楚茨》)至《车辖》,凡十篇似出一手,词气和平,称述详雅,无风刺之意。《序》以其在变雅中,故皆以为伤今思古之作。诗固有如此者,然不应十篇相属,而绝无一言以见其为衰世之意也。窃恐正雅之篇有错脱在此者耳,《序》皆失之。"[③]

戴震同意朱熹的看法,并以为:"未可泥今之篇什弟次,定作诗时世也。"[④]且由此而以为"风雅正变之说,汉儒言之太泥"[⑤]。《诗经》包括两个来源不同的部分:一是周公制礼作乐时所定的乐章,此为"四始"为"正经";一是周公之后采入的乐章,这些乐章有正有变,"正经"不必作于周初,诗凡得义之正,为治世正事,皆可称为"正经"。

朱霈亦认同朱熹之说,且历考诸书所引,进行了更深入的考论,为朱熹之说找到了有力的证据。朱霈说:

历考诸书所引,如《吕氏春秋》曰:"三王之佐,其名无不荣,其实无不安

① 王力:《王力文集》,山东教育出版社1990年版,第570页。

② 按,据曹强统计,通韵的字读叶音的37处;借韵的字读叶音的8处;合韵的字读叶音的6处。参见其《江有浩〈诗经韵读〉叶音本意考》,《语言科学》2009年第8卷第5期。

③ 朱熹:《诗序辨说》,《续修四库全书》第56册,上海古籍出版社1995年版,第279页。

④ 戴震:《书小雅后》,《戴震全集》,清华大学出版社1995年版,第1112页。

⑤ 戴震:《戴震全集》,清华大学出版社1995年版,第1805页。

> 者，功大也。"《诗》云："有晻凄凄，兴雨祁祁。雨我公田，遂及我私。"三王之佐，皆以能公及其私矣。桓宽《盐铁论》曰："周公载纪而天下太平，国无夭扎，岁无荒与旱。当此时，雨不破块，风不鸣条，旬而一雨，雨必以无邱陵高下皆熟。《诗》曰：'有渰萋萋，兴雨祁祁。'"《后汉书》左雄曰："分伯建侯，代位亲民，民用和穆，礼让以兴，故《诗》曰：'有渰萋萋，兴雨祁祁。雨我公田，遂及我私。'"班固曰："先王制士处民，富而教之，故民皆劝功乐业，先公而后私，其《诗》曰：'有渰萋萋，兴雨祁祁。雨我公田，遂及我私。'"是皆以此诗为王者之盛事，而未尝如《序》说所谓"刺幽也"。《大田》诗所释如此，则《车辖》十篇可以类推矣。①

对于错简，汪梧凤亦有不少考论。如其于《假乐》，对说诗者因诗不合韵而断为错简说法进行了辨正：

> 或疑二、三章有错简，此不得其解者之说也。按，首章已包举下三章在内。"宜民宜人"，著其令德受命之本，而三、四章之脉已伏于此。"自天申之"，虽就本身受禄言之，实与次章蝉联而下，言其"申之"，非特其身之"干禄百福"也，"子孙"且"千亿"矣。非特千亿之盛也，且皆"宜君宜王"而能"率由旧章"矣。然非天私之也，其令德之章于身，则"威仪抑抑"；令德之发于言，则"德音秩秩"。用能无"怨""恶"，而率由群匹同受"无疆"之"福"，以为"四方之纲"矣。纲纪以明法，燕享以示恩，分略君臣，情同"朋友"。"百辟卿士"，自无不"媚于天子"者，然无非道之媚；亦各"不解于位"，以答君心；而民乃"攸塈"矣。后二章详其"宜民、人"之实，而民仅一见于章末。"宜人"正所以"宜民"，非详"人"而略"民"也。举全篇而疏之，不知所谓错简者何在，说诗而第求之于韵，末矣。②

汪氏认为，本诗"盖下美上之辞。颂而寓戒，可以见古君臣之盛焉"。"《朱传》疑公尸所以答《凫鹥》，然篇中无答前篇之意，且亦未有以见其为公尸作也。《序》云'嘉成王也'，亦无可证实"③。首章总领下三章，此章"宜民宜人"标著"上"之"令德受命之本"，且三、四章的文脉已经伏于此章。以下几章，以这个

---

① 朱霈：《毛诗质疑》，《四库未收书辑刊》第四辑第九册，北京出版社2000年版，第423页。

② 汪梧凤：《诗学女为》，《续修四库全书》第63册，上海古籍出版社1995年版，第747页。

③ 汪梧凤：《诗学女为》，《续修四库全书》第63册，上海古籍出版社1995年版，第747页。

"本"为中心,围绕"自天申之"生发开来,既写自身,又写子孙,还写如何"宜民、人"。详写"宜民",略写"宜人",以"民"字收束全篇,照应首章。全篇结构严谨,脉络清晰,"不知所谓错简者何在,说诗而第求之于韵,末矣。"此种考论,以诗证诗,发人之所未发,颇为精彩。

汪氏还参考众说,对所谓有错简的诗篇进行整理。如《闷宫》:

此诗有"庄公之子"一语,其为颂僖公无疑。然膺戎狄、惩荆舒,据《孟子》是周公事也。服淮夷、荒徐宅,据《尚书》是伯禽事也。乃诗文皆在颂僖之后,考之《春秋》,僖公时,初未见有此数事。欲从旧说则既无可据而又与《孟子》《尚书》不合;从《孟子》《尚书》则诗之先后殊失伦序。且是诗章句旧分八章,有多至三十八句,少至八句为一章者。颖滨、朱子皆有是正。然徒以四章为有脱句,而于诗之时世、事实均未确审。宋王文宪柏尝言,《闷宫》之诗,盖有错简。三章"土田附庸"之下,词气未修,血脉不贯。当以"公车千乘"以下九句接此为一章。又欲以"泰山岩岩"二章移"周公之孙"之前。元儒金履祥更欲以"公车千乘"九句置"王曰叔父"之上。今参用二说,间附己意,厘为十章,而各疏其义于后。

第一章,"闷宫有侐"至"缵禹之绪",凡十七句,叙生民之始自姜嫄、后稷也。第二章,"后稷之孙"至"克咸厥功",凡十二句,叙王业之始终自太王、文、武也。第三章,"公车千乘"至"莫我敢承",凡九句,金氏曰:"言周公四征弗庭、伐淮、践奄之功。周无徐州,故淮夷为荆州之界,而舒在今淮西也。"第四章,"王曰叔父"至"土田附庸",凡九句,叙伯禽之始封于鲁也。第五章,"泰山岩岩"至"鲁侯是若",凡十六句,叙鲁侯能继周公之绪,平淮徐也。第六章,"周公之孙"至"亦其福女",凡十三句。第七章,"秋而载尝"至"鲁邦是常",凡十二句。第八章,"不亏不崩"四句,合"俾尔昌而炽"至"眉寿无有害"八句,凡十二句。第九章,"天锡公纯嘏"至"黄发儿齿",凡十句。此四章因祭祀而受厘陈戒之辞。曰保东方,曰保鲁,曰复周公宇,皆勉僖公以法祖也。第十章"徂来之松"至"万民是若",凡十句,此新庙落成之诗,故以闷宫始,以作庙终焉。新庙即闷宫,然无可考,疑在二十年西宫灾之后。①

① 汪梧凤:《诗学女为》,《续修四库全书》第63册,上海古籍出版社1995年版,第780页。

汪氏不仅考证诗创作时间、诗本事，而且对本诗错简问题进行探讨，以期修正前贤之说。汪氏之整理，虽不敢说是最正确的，但其以诗为本位，从词气、意脉入手所进行的探讨，确乎能够推动问题的解决。

（五）孔子删诗问题

自司马迁谓"古《诗》三千余篇，孔子删之，存者三百一十一篇"后，孔子删诗问题历来为诗家争讼。朱熹以为《诗经》经孔子重新整理，未见得删与不删。汪梧凤认同朱说：

> 司马迁曰："古《诗》三千余篇，孔子删之，存者三百一十一篇。"是则秦火之后，独《诗》为完书。而凡经传所引逸《诗》，有其辞者，若《狸首》《骊驹》《祈招》《辔之柔矣》；无其辞者，若《采荠》《河水》《新宫》《茅鸱》《鸠飞》等篇，皆孔子所删二千七百余篇之文乎？《论语》云："诗三百，一言以蔽之，曰思无邪。""诵《诗三百》，授之以政，不达，使于四方，不能专对，虽多亦奚以为？"皆举全诗而言，未必定为删后之辞。季札聘鲁，请观周乐，于时，夫子未删《诗》也。自《雅》《颂》之外，其十五《国风》尽歌之。今《三百篇》与鲁乐官所歌无所损益，则删《诗》之说不足信矣。朱氏《经义考》曰："孔子删《诗》之说倡自司马子长，历代儒生莫敢异议。惟朱子谓经孔子重新整理，未见得删与不删。……"朱氏指驳删《诗》，其说百世不易，故备录之。[①]

近代学者多数不信"孔子删诗"说[②]。汪氏恪守诗教，但不纠缠于"删与不删"这个难以论断的公案，只认定《诗经》经过孔子重新整理为无可置疑的事实。在这个问题上，汪氏的做法是可取的。

（六）《诗经》与礼

徽州学人素重治《礼》。早在南宋时期就有朱熹著《仪礼经传通解》，以训诂考证手段研究古代"三礼"。又亲订《朱子家礼》维护与巩固宗法制度，成为家典族规的范本。至清代，徽州治《礼》更是冠绝一时。清初江永著《乡党图考》《礼经纲目》等，开清代徽学治《礼》之先河。故章太炎云："徽州之学成于江永、

---

① 汪梧凤：《诗学女为》，《续修四库全书》第63册，上海古籍出版社1995年版，第605—607页。

② 参见洪湛侯《诗经学史》第一章第二节"关于孔子删诗的论争"。另，王小盾《诗六义原始》则通过文献爬梳和逻辑辨证，主张孔子删诗的真实性。

戴震,江之学自《礼》入。”[①]戴震不仅于《七经小记》中有“学礼篇”,还常言:“明乎礼,可以通《诗》。”[②]又云:“为学须先读《礼》,读《礼》要知得圣人礼意。”[③]还说:“郑康成之学,尽在《三礼注》,当与《春秋三传》并重。”[④]章太炎云:“东原出而徽学遂大,一时学者多以治《礼》见称。”[⑤]凌廷堪不仅毕力治礼,发明礼经条例,还公开提出“以礼代理”。程瑶田亦是终身研“礼”,对礼学的意义和价值有独到之见,其云:“圣人之志于学者,志于学礼而已矣。志于学礼以求其能立而已矣。是故圣人自以为三十而立也,故曰立于礼也。”[⑥]其《通艺录》中《宗法小记》《磬折古义》更是究明礼乐、通彻典章、根柢经传。又有金榜著《礼笺》。至于“绩溪三胡”(胡匡衷、胡秉虔、胡培翚)之治《礼》更是享誉学界。刘师培称徽州学派“咸精《礼》学,如江永《礼经纲目》《周礼疑义举要》《礼记训义择言》《释宫补》,戴震作《考工记图》,而金、胡、程、凌于《礼经》咸有著述,此徽州学者通《三礼》之证也”[⑦]。总之,学界称“吴派”精于《易》,“皖派”深于《礼》,当是恰如其分的。在这样的学术氛围中,徽州人治诗,素来重视“以礼笺诗”“以诗证礼”。不过,徽州诗礼互证贯穿在治经整个过程中,专书除朱濂《毛诗补礼》外并不多见。

徽州学人在诗礼互证过程中,于《诗》于《礼》多有精到发明。譬如凌廷堪《诗楚茨考》认为,该诗反映了王朝卿、大夫之祭礼。首章言黍稷为酒食之用,遂及正祭之妥侑。二章言牲牢为鼎俎之用,遂及祊祭之飨报。三章言傧尸于堂之礼。四章言尸嘏主人之礼。五章言既祭而彻。六章言既彻而燕。其将诗篇同少牢馈食礼对比,详考二者,同者九异者七,并指出:“王朝卿、大夫之祭礼篇亡,不可考,《楚茨》与少牢馈食礼异者,或即其遗制欤?王深宁但云‘《楚茨》可以见少牢馈食礼’,而不知其中有王朝、侯国之不同也。”[⑧]

与主流学风不同的是,姚际恒以《礼》书为后起之伪书,故反对“以礼笺诗”,主张“以诗证礼”。其解《采蘋》云:

---

① 章太炎:《国学概论》,商务印书馆 1997 年版,第 273 页。
② 戴震:《诗生民解》,《戴震全集》,清华大学出版社 1995 年版,第 1246 页。
③ 段玉裁:《戴东原先生年谱》,《戴震全集》附录二,清华大学出版社 1995 年版,第 3426 页。
④ 段玉裁:《戴东原先生年谱》,《戴震全集》附录二,清华大学出版社 1995 年版,第 3426 页。
⑤ 章太炎:《国学概论》,商务印书馆 1997 年版,第 275 页。
⑥ 程瑶田:《通艺录》之《论学小记》6,《安徽丛书》第二期。
⑦ 刘师培:《刘申叔遗书》,江苏古籍出版社 1997 年版,第 557 页。
⑧ 凌廷堪:《诗楚茨考》,《凌廷堪全集》(纪健生校点本),黄山书社 2009 年版,第 384 页。

《射义》云："卿、大夫以《采蘋》为节，乐循法也。"《序》袭之。其云"大夫妻"，非也。古者五十始为大夫，其妻安得称"季女"耶！《大序》谓"承先祖共祭祀"，尤泛。且大夫主祭，妻助祭，何言"尸"乎？《毛传》曰："古之将嫁女者，必先礼之于宗室；牲用鱼，芼之以蘋、藻。"郑氏曰："古者妇人先嫁三月，祖庙未毁，教于公宫；祖庙既毁，教于宫室。教以妇德、妇言、妇容、妇功。教成之祭，牲用鱼，芼之以蘋、藻，所以成妇顺也。"此皆《昏义》文，毛、郑引之以解此篇为合。然又有别。毛、郑惟知以《礼》解《诗》，而不知《诗》在前，《礼》在后，盖《礼》之本《诗》为说也。①

解《鹿鸣》云：

《序》必以"嘉宾"连言者，以《仪礼·燕礼》《乡饮酒礼》皆歌此诗，意兼四方之宾及乡之宾言之。不知《燕礼》《乡饮酒礼》作于《诗》后，正谓凡燕宾取此诗而歌之，非此诗之为燕宾而作也。②

姚氏不仅认为《礼》书成《诗》后，且以为："大抵制礼作乐之说出于三百篇后，不可据以解《三百篇》也。"③《诗》前《礼》后，自然不可以《礼》解《诗》，但是姚氏解《诗》有时不得不用"礼"，他又如何处理这个难题呢？姚氏在解《采蘋》时有所说明：

吾用《礼》之本《诗》为说者以解《诗》，非以《礼》解《诗》也。其合者有四。"芼之以蘋、藻"即本首章之"采蘋、采藻"为说，一也。礼正祭在奥，而此云"牖下"。按《士昏礼》，"尊于室中北牖下"，此婿家酳妇之礼；其妇馈舅姑亦"席于北牖下"。若然，父家嫁女之祭亦在牖下可知。此本末章之"牖下"为说，郑氏曰，"祭不于室中者，凡昏事，于女礼设几筵于户外"，孔氏以"昏礼筵于户西，西上右几"释之，皆非也。祭安有不于室中而设几筵于户外者！《礼》云"户西"，非户外也。二也。不云宗庙，云"宗室"。宗室，宗子之室也。三也。云"季女"，四也。④

---

① 姚际恒：《诗经通论》（顾颉刚标点本），中华书局1958年版，第36页。
② 姚际恒：《诗经通论》（顾颉刚标点本），中华书局1958年版，第173页。
③ 姚际恒：《诗经通论》（顾颉刚标点本），中华书局1958年版，第228页。
④ 姚际恒：《诗经通论》（顾颉刚标点本），中华书局1958年版，第36—37页。

可见，姚氏虽反对用《礼》解《诗》，却主张以《诗》证《礼》，考察《礼》与《诗》的契合情况，与诸家完全不同。如其在解《硕人》第一章时说："《士昏礼》云，女登车，'姆为加景，乃驱'，即此也。"①便是说《士昏礼》之文来源于《硕人》此章。这样的例子很多，兹不遍举。

（七）《诗》与乐

《诗》与乐的关系，首先南宋程大昌认为，《南》《雅》《颂》为乐诗，二《南》外的十三《国风》为徒诗。此外清初程廷祚亦认为"有入乐之诗，有不入乐之诗"，他进一步指出："《周颂》三十一篇，祭祀之诗也；《小雅·鹿鸣》以下《彤弓》以上，《大雅·文王》之三，宴享之诗也；周、召《二南》乡乐与房中之乐也，此皆入乐之诗也。其余皆不入乐之诗也。"②不过，大多数徽州学人认为《诗三百》篇皆入乐，俞正燮谓："诗不可歌，则不采矣。"③戴震则特别指出诗篇入乐有两种情况，"或特作诗以为乐章，或采所有之诗定为乐章"④。

此外，许多学者还专门讨论了孔子"郑声淫"，朱熹以为郑声即郑诗，而姚际恒、程廷祚、戴震、汪梧凤等诸家多以为乃郑卫之声，非郑、卫之《诗》。而俞正燮不仅从孔子不言放卫声推知郑非郑国，且以为郑与雅对言。雅，正也。郑从奠，下也，定也，重也。今其声郑，则奠定专一，沈下滞重，频烦涤滥，与雅声中正平和不同⑤。

至于《大武》乐，《诗义折中》以顺次为《武》《酌》《赉》《般》《桓》（阙第五成）。而《申公诗说》则以为乃《武》《赉》《时迈》《般》《勺》《桓》。汪梧凤对此有异议："《左传》明以《赉》为《武》之三，而别《时迈》于《颂》，申氏谬附失实。"且以为《大武》乐之五成为《烈文》，汪氏曰："彼诗云'辟公'，周、召二公也。'戎功'，武功也。'四方'，训百辟分陕东西为二伯也。与《乐记》所言'五成而分周公左，召公右'者差合。"⑥

（八）诗经与文学

徽州诗经学以经学研究为主流，然亦不乏对《诗经》的文学解读。

朱熹为徽州最早文学解读《诗经》的学人。据郝桂敏《宋代〈诗经〉文献研究》分析，朱熹对《诗经》文本的文学解读有三种不同的方式：1.先取《小序》的政

---

① 姚际恒：《诗经通论》（顾颉刚标点本），中华书局 1958 年版，第 84 页。
② 程廷祚：《青溪集·论诗五（郑）》，金陵丛书乙集之十。
③ 俞正燮：《癸巳存稿》，《俞正燮全集》第二册，黄山书社 2005 年版，第 28 页。
④ 戴震：《经考·乐章》，《戴震全集》，清华大学出版社 1995 年版，第 1312 页。
⑤ 俞正燮：《癸巳类稿》，《俞正燮全集》第一册，黄山书社 2005 年版，第 157—158 页。
⑥ 汪梧凤：《诗学女为》，《续修四库全书》第 63 册，上海古籍出版社 1995 年版，第 777—778 页。

教意义,后又从文学角度解诗。如,《周南・汝坟》《召南・草虫》《召南・殷其雷》。2.从《小序》说和从文学角度解诗并存。如,《召南・野有死麇》《王风・君子阳阳》。3.指出《诗经》中反映夫妇之情的诗。如,《邶风・谷风》《邶风・雄雉》《郑风・女曰鸡鸣》《王风・君子于役》《唐风・葛生》《小雅・采绿》。

朱熹对《诗经》的文学解读最显著的表现在于他有明确的认识和理论基础。首先,把《诗经》认作是一部性情之作,是"人心之感物而形于言之余"①。作为文学家的朱熹,他清楚地看到《诗经》是文学作品,与其他经典有所不同,他说:"圣人之言,在《春秋》《易》《书》无一字虚,至于《诗》则发乎情,不同。"②其次,对《风》诗的认识更见朱熹文学的眼光。朱氏《诗集传・自序》云:"吾闻之,凡《诗》之所谓《风》者,多出于里巷歌谣之作,所谓男女相与咏歌,各言其情者也。"在《诗集传》卷一则给"国风"作出了这样的定义:"风者,民俗歌谣之诗也。"这些说法,广为征引,影响较大。在《风》诗中,朱熹敏锐地察觉到大量"淫诗"的存在,切实地说明他对这些诗篇的文学特质的把握。再次,是把比兴当作一种文学艺术手段来对待,对"比""兴"作了与前人不同的解释。他与孔颖达的解释只是毫厘之差,而其中却牵涉到了对诗歌艺术的分析和认识。在他以前的《诗经》研究者,更注重的是《诗》"止乎礼"的一面,因而对于比、兴的解释,把重心放在了"诗之所用"上。而朱熹则同时兼顾到了《诗》"发乎情"的一面,故考虑到了比兴的艺术功能。

此外,朱熹还非常重视对《诗》篇的吟诵涵泳。朱熹在《诗集传・自序》中提倡:"讽咏以昌之,涵濡以体之,察之情性隐微之间,审之言行枢机之始。"又说:"读诗之法,只是熟读涵味,自然和气从胸中流出,其妙处不可得而言。"③像此类论述《语类》中甚多,这都非常接近于艺术心态了。难怪刘毓庆要说:"朱熹实在是中国历史上少有的巨人,他不仅是宋代理学集大成的人物,以其雄浑而深厚的新儒学思想影响了中国历史七百年,而且其对于文学艺术的感悟也是少有人能及的。"④不过,正如刘先生所言,朱子注意《诗经》的艺术,但遗憾的是他不能在此基础上再前进一步,而是始终不能忘怀于诗之"六义""道理""义理"及

① 朱熹:《诗集传・自序》,《朱子全书》第十七册,上海古籍出版社、安徽教育出版社 2002 年版,第 351 页。

② 黎靖德编:《朱子语类》,《朱子全书》第十七册,上海古籍出版社、安徽教育出版社 2002 年版,第 2778 页。

③ 黎靖德编:《朱子语类》,《朱子全书》第十七册,上海古籍出版社、安徽教育出版社 2002 年版,第 2760 页。

④ 刘毓庆:《从朱熹到徐常吉——〈诗经〉文学研究轨迹探寻》,载《西北师大学报》(社会科学版) 2001 年第 2 期第 2 页。

感发“善心”的功能，不能用纯粹的艺术心态去剖析《诗》篇。作为文学家的朱氏，他能品出诗味；作为道学家的朱氏，则只可能读出诗道。进一步地说，理学家中，只有他能提出“淫诗”说；文学家中，他也只可能提出“淫诗”说。

姚氏不仅把《诗经》作为圣经来研读，而且也作为“千古佳文”来品赏，除注意探求“其义之妙”而外，还致力于揭示“其辞之妙”。吴培德指出，姚际恒对《诗经》的文学解读表现在：1.研究《诗经》的艺术表现方法。包括分析章法、节奏；分析描写艺术；分析叙事艺术等。2.探讨《诗经》的艺术影响。3.沿袭朱熹“讽诵涵泳”的读《诗》方法，提倡“涵泳篇章，寻绎文义”，并强调就《诗》论《诗》的重要。4.重以人情解《诗》。此外，姚氏还运用圈评法来对《诗经》进行评点，圈评法为文学评点常用方法。圈评是姚氏文学解读《诗经》的又一方法和特色。吴培德所论较深刻、全面把握了姚际恒对《诗经》的文学品读①。

汪氏《诗学女为》虽并没有走出以《诗》为经的解读传统，但对《诗经》的文学特质给予了一定的关注。如其谓《汉广》曰：“乐府有三叠，笛有三弄。此诗末四语三章通用，即汉魏曲后之趋也。《麟趾》《殷雷》，其体并同。”②又如汪氏认为《汝坟》“写一时喜慰难言之情，几于绘声绘影矣”，“叙征役之劳而不涉于怨，述团聚之乐而并忘其劳”，如此等等，深得诗的艺术精髓。汪梧凤不仅准确地将《陟岵》解读为征人望乡诗，而且对该诗文学艺术进行了精彩的点评，他说：“此诗孝子至情，全在‘瞻望’二字。其亲之念己祝己，俱从‘瞻望’中想象出来。不言己之念亲而反言亲之念己，不言己之自慎而反言亲之欲其慎，则所以念其亲者益切而所以保其身者益至矣。”③汪氏品读出诗篇前实后虚、虚实结合的艺术特色。

朱、姚、汪三家外，许天赠、范王孙等学者的文学解读亦有一定影响，下编有述，兹不具。

此外，还有关于四始、淫诗、《笙诗》《豳诗》、篇章等问题，皆有不少徽州学人参与探讨，此不一一论及。如《笙诗》，方回、戴震、汪梧凤等皆不同意笙诗有声无诗（辞）说。戴氏云：

> 按：六亡诗之篇名，盖取之辞中，亦犹《关雎》《葛覃》《卷耳》之类，必辞中有其字，然后有此名，非空名也，以是知其辞亡也。《仪礼》以其诗被之于

① 参见吴培德《姚际恒的〈诗经〉研究》，《诗经论集》，云南大学出版社1993年版，第70—74页。

② 汪梧凤：《诗学女为》，《续修四库全书》第63册，上海古籍出版社1995年版，第618页。

③ 汪梧凤：《诗学女为》，《续修四库全书》第63册，上海古籍出版社1995年版，第668页。

笙而曰“乐”、曰“奏”，犹《乡射礼》乐正命太师曰“奏《驺虞》”，而《周礼·钟师》《驺虞》《狸首》《采蘋》《采蘩》皆曰“奏籥章”，龡《豳》诗，龡《豳》雅，龡《豳》颂，则《豳》被于籥而曰“龡”。《燕礼》“升歌《鹿鸣》；下管《新宫》”。《左传》宋公享昭子赋《新宫》一诗，而或被于管，或赋其辞。以是知笙诗、籥诗、管诗之未尝无辞也。其所以亡，或因别有笙谱，习者取诗简合之，残灭之余，全诗不见矣。①

在笙诗本有其辞，只是后来亡其辞上，汪梧凤与戴震有共识。汪氏云：

《笙诗》，《毛传》云“有其义而亡其辞”。黄氏震谓“汉世以亡为无，当从无音”，后儒从之。虽谓有声无辞，不知“无”音固属误读，“亡”字即谓其非误读，亦传者就作《传》时言之，非谓本无辞也。若本无辞，安识其义？其辞亡而义存者，缘孔子正乐时，其辞犹在，遭战国及秦之世而亡之。其义则与众篇之义合编，故存。《笙诗》之亡可例也。②

汪氏从正考甫所校十二篇《商颂》至孔子时代只存五篇的史实，例知《笙诗》也是在流传过程中亡佚的：

正考甫校商之名颂者十二篇于周太史，归以祀其先王。至孔子二百余年之间，存者五篇而已。《笙诗》之亡可例也。③

其又从乐师奏《驺虞》《狸首》而皆有辞等史实考知，不能因《笙诗》曰“奏”便疑其无辞：

又或以《笙诗》之乐曰奏，而谓其无辞。不知《乡射礼》乐正太师奏《驺虞》，《周礼》钟师掌九夏而《驺虞》《狸首》《采蘋》《采蘩》亦曰奏，何独于《笙诗》疑之？且笙与籥，管类也。籥章有《豳诗》，下管有《新宫》，宋公享昭子赋《新宫》，则《新宫》今亡而旧故有诗也。以籥与管之有诗例之，亦不可谓《笙》独无辞。

① 戴震：《经考·小雅六亡篇》，《戴震全集》，清华大学出版社 1995 年版，第 1314 页。
② 汪梧凤：《诗学女为》，《续修四库全书》第 63 册，上海古籍出版社 1995 年版，第 607 页。
③ 汪梧凤：《诗学女为》，《续修四库全书》第 63 册，上海古籍出版社 1995 年版，第 607 页。

《九夏》金奏与《笙诗》之被于管者，同乐工徒习其音。因亡其辞，《周礼》载《九夏》之名，犹《诗序》载六《笙诗》之名耳。①

事实上，谓《笙诗》无辞，始于郑渔仲而朱子因之，黄氏误读《毛传》"亡"字以附会之，皆不足为据。

二、对具体诗学问题的研讨

徽州诗经学内容丰富多彩，几乎所有《诗经》学问题皆有涉及。这里举徽州学人对某些具体诗经学问题探讨的例子，看他们是如何研讨，力求的解的。如《谷风》：

《玉篇》："葑，芜菁也。菲，菜名也。"按：下体也者，古者祭之用牲，以上体为贵。羊首、牛首、肩臑、心肺，皆上体之物也。至于肾、肠、臂、足之类皆不用，以其在下而污秽也。芜菁之叶可食，而不如其根之美，故采葑者不弃下体也。（程大昌《演繁露》卷九）

愚按，首二句正唤下"怒"字，严说是。"采葑"二句，《左传·僖三十三年》："晋臼季使过冀，见冀缺耨，其妻馌之，敬，相待如宾。与之归；言诸文公，请用之。公曰，'其父有罪，可乎？'曰，'舜之罪也殛鲧，其举也兴禹。管敬仲，桓之贼也，实相以济。《康诰》曰："父不慈，子不祗，兄不友，弟不共，不相及也。"《诗》曰："采葑采菲，无以下体。"君取节焉可也。'"又《坊记》言"君子不尽利以遗民"，引此二句。揆此，"下体"为根。葑、菲之根本可食。以"葑、菲"喻己，"下体"喻新昏者，谓采葑、菲者只可取节，不可尽利，犹之男子惟当取妻，不可更奢于色也。故言"我昔者本望尔之德音莫违，及尔同死"也。（姚际恒《诗经通论》）

二菜（引者按，指葑、菲）上下皆可食，上喻盛年，下喻暮齿。"无以下体"言无弃其暮齿，所谓"及尔同死"也。《郑笺》"根恶弃叶"之说，后儒从之，似有可商。（汪梧凤《诗学女为》）

程、姚、汪三家皆认为葑、菲的叶和根皆可食，皆不同意《郑笺》"根恶弃叶"之说。程大昌指出，通常情况下，祭礼不用下体，因其在下而污秽，但葑、菲的叶

---

① 汪梧凤：《诗学女为》，《续修四库全书》第63册，上海古籍出版社1995年版，第607页。

不如根味美,故采者不弃其根。姚际恒则考察《左传》《坊记》而以为葑、菲者只可取节,不可尽利,以喻男子娶妻,但不可溺于色。汪梧凤则认为葑、菲上体(叶)喻盛年,下体(根)喻暮齿。“无以下体”即无弃其暮齿,也就是“及尔同死”的意思。三家考论,以程大昌最为精审,道出了不弃其下体的原因。而姚氏、汪氏对“下体”这个比喻的本体探讨皆言之凿凿,能成一说。不过,汪氏更胜一筹。

再如《淇澳》:

“瞻彼淇澳,菉竹猗猗”,陆玑《草木疏》援《尔雅》云,菉,王刍也。郭璞云,即菉蓐草也。予谓不然。史记汉世河役云“下淇园之竹以为楗”,淇水古属卫地,又《诗》“籊籊竹竿,以钓于淇”,亦卫地也。夫惟卫竹之大可为河楗,而其竿之长可以垂钓,则其不为王刍之草亦已明矣。本朝之初,试文必本注疏,不得自主己说。尝试馆职,有以绿竹为题者,试人赋竹以为钓淇之竹,而莅试者咎其不从训故,黜之不取。富韩公尝辨有司之误矣。(程大昌《演繁露》)

“绿竹”,《尔雅》谓“绿”为王刍,“竹”为篇蓄,是使为绿色之竹,二章不当又云“青青”矣。(姚际恒《诗经通论》)

《毛传》:“绿,王刍。竹,萹竹。”《朱传》:“绿,色也。淇上多竹,汉世犹然。所谓淇园之竹是也。”《水经注》曰:“汉武塞决河,以竹为用。寇恂治河内,伐竹为矢。今通望,无复此矣,唯王刍编草与昔无异耳。”愚谓淇上多竹,复有绿、竹二草,而诗所咏则草也,非竹也。首章言其盛,故曰“猗猗”;次章言其色,故曰“青青”;卒章言其象,故曰“如箦”。“箦”,床箦也。状二草之藉地,既平且密,即所谓如茵如毯也。若以“绿”为竹之色,则与“青青”复。以“青”作“菁”,为竹之盛,则又与“猗猗”复。以“箦”比竹,则竹之象直以疏,箦之象横以密。其比物也不工,诗人必不如是也。(汪梧凤《诗学女为》)

“绿竹”,程大昌从文献出发以为竹子,似乎无可辩驳,但读罢汪梧凤从文学角度的品读、考辨,又以为非草不可了。姚氏考论同于汪氏,但不及汪氏细密。

又如《鸡鸣》:

《诗传》:“桓公好内,卫姬箴之。”……《诗学》曰:“《鸡鸣》,犹《关雎》也。当属齐之正风,非彤史不能为也。”

毛氏奇龄以蝇之鸣不先于鸡，且其声不类，因疑是诗淆乱是非，为谗人之诗。王伯厚亦云蝇以为鸡，心惑于听也。然诗末章“甘与子同梦”，明是夫人之辞，盖警君者，不嫌过甚。故李氏《诗所》曰：“以物理验之，无有鸡未鸣而蝇鸣。故一说匪特鸡鸣也，且有苍蝇之声矣。言渐侵晓也。不然，君虽晏朝，臣无散归之理。而诗乃曰‘会且归矣’，有是理乎？”（汪梧凤《诗学女为》）

读《鸡鸣》诗，初疑鸡鸣早于苍蝇，思之不得其解。因考古者，后夫人入御于君，太师奏《鸡鸣》于阶下，然后夫人鸣佩玉于房中告去。始知深宫肃穆之地，安所得来鸡鸣？所云“鸡鸣”者，乃是太师所奏之乐。吹笙鼓簧，其声或与苍蝇相乱，故诗人咏之如此。（朱霈）

汪梧凤和朱霈的考论皆言之凿凿，是鸡鸣还是太师所奏之乐，读者不难取舍。

还如《小旻》：

言国论虽不定，然有圣者焉，有否者焉。民虽不多，然有哲者焉，有谋者焉，有肃者焉，有艾者焉。但王不用善，则虽有善者，不能自存，将如泉流之不反，而沦胥以至于败矣。圣、哲、谋、肃、艾，即《洪范》五事之德。岂作此诗者，亦传箕子之学也与？（朱熹）

此诗似答前篇之意。前居者责去者，此则去者之辞也。前四章言上听谋之不明，后二章有危邦不入、乱邦不居之意。其言“国虽靡止，或圣或否”者，言国未尝无人，即民之中亦有“哲”“谋”“肃”“艾”者，所谓“圣”也。使不知全身远害而“沦胥以败”，其何异“暴虎”“冯河”者乎？《朱传》据《洪范》五事，似不如《诗所》之说为长。曰：“此两章惧善类之及于害也。政之乱，国之无人，既若此矣。然犹有圣贤之徒在焉，异日有用之者，则政兴矣。当此谗贼之世，惧其如涉乱流而胥沦以尽也。君子处此，有忧世之心，而不敢犯患之事。人知其避祸以全身耳，不知其为国家计者远也。后世如东汉之末，其君子可谓暴虎冯河，死而无悔者矣，身之既烬而国从之，故郭泰有殄瘁之伤，董卓、曹操无顾忌之意。《易》曰：‘硕果不食。’又曰：‘拔茅茹以其汇，贞、吉、亨。’而夫子赞之曰：‘民所载也，志在君也。’呜呼！知此义者，则知《小旻》《小宛》‘战战兢兢’之心；《大雅》‘既明且哲，以保其身，之道矣。”（汪梧凤）

朱熹以理说《诗》，故汪梧凤以为《朱传》据《洪范》五事，似不如《诗所》之说为长，确实洞穿朱熹之弊。

最后如《小宛》：

> 此大夫遭时之乱，而兄弟相戒以免祸之诗。故言彼宛然之小鸟，亦翰飞而至于天矣，则我心之忧伤，岂能不念昔之先人哉？是以明发不寐，而有怀乎父母也。言此以为相戒之端。
>
> 扈不食粟，而今则率场啄粟矣。病寡不宜岸狱，今则宜岸宜狱矣。言王不恤鳏寡，喜陷之于刑辟也。然不可不求所以自善之道，故握持其粟，出而卜之曰，何自而能善乎？言握粟，以见其贫窭之甚。（朱熹）
>
> 此诗或以为文王诗，或以为刺厉王，或以为刺幽王，皆不能必其然否。朱子不主风刺。以为兄弟相戒免祸之诗。……此诗似于刺幽为近。
>
> "壹醉日富"，《酒诰》所谓彝酒，彝酒者，常酒也。常酒则失天下，匹夫失其身。《序》言刺幽，与《宾筵》刺时同意。饮之礼不脱屦，而即序者谓之礼跣而上堂者。谓之宴能饮酒者饮，不能饮者已，谓之讴。齐颜色，均众寡谓之沉。闭门不出客谓之湎。故君子可以宴，可以讴，不可以沉，不可以湎。此之谓温克。
>
> "握粟出卜"，《朱传》言握粟以见贫窭之甚。非是。《日知录》："古时用钱未广，《诗》《书》皆无泉货之文。而问卜亦用粟，汉初犹然，《史记·日者传》：'卜而有不灵，不见夺糈。'"（汪梧凤）
>
> 《小宛》，《毛诗序》："大夫刺幽王也。"余曰：戒王也。其曰"天命不又"，以天戒之也。曰"念昔先人"，曰"有怀二人"，曰"无忝尔所生"，以祖戒之也。又曰"哀我填寡，宜岸宜狱"，亦伤刑政之虐，似非一人一家之相戒也。《史记》：幽王竟废申后及太子，以褒姒为后、伯服为太子。此诗言"教诲尔子，式谷似之"，或如卫石碏谏庄公云："臣闻爱子，教之以义方，弗纳于邪。"殆未废之先而进规者。据《毛传》云："先人，文武也。"然则是诗必同姓大夫所作，姑附余之说，以俟后之读者深考焉。（戴震）

朱熹、汪梧凤所定诗旨皆可备一说，然不及戴震审慎。而汪氏引《日知录》对朱熹"握粟出卜"的辨正，则可视为的论。

徽州学人像这样的考论很多，难以遍举，仅此亦可见一斑矣。

第四节　徽州诗经学的辐射影响

徽州诗经学的发生和影响不只限于徽州地区和徽州籍人。流寓于他地的徽州人，受业于徽州诗经学者的外籍学人皆参与徽州诗经学的建设。学术为天下公器，徽州诗经学亦因空间传播而将影响辐射至他地。

一、徽州诗经学家迁徙徽州境外

这种迁徙包括三种情形：一是宦游四海；二是讲学他乡；三是经商异地。徽州诗经学家多信奉儒家积极入世的人生信条，乐于仕进，考取功名而宦游者居多（前文有统计数据）。朱熹虽为徽州婺源人，但其一生回故里可确考者唯有两次，加起来不过数月而已。其出生于福建尤溪，年十八贡于乡，中绍兴十八年进士第，主泉州同安簿。但朱熹一生在政治上并不得意，“自筮仕以至属纩，五十年间，历事四朝。仕于外者仅九考，立于朝者四十日”①。其一生随宦游足迹而四处著述与讲学，因而门徒遍及天下。朱熹之外，还有宋代程大昌曾为太平州教授，又为太学正试馆职，为秘书省正字，孝宗即位后，迁著作佐郎，后作江西转运副使；元代汪逢辰曾任崇德州教授，官至嘉兴簿；清代程启佑官铜陵教谕；程瑶田曾担任嘉定教谕；胡秉虔，历官甘肃丹噶尔同知；汪焕其任钱塘主簿；董桂山官青阳县教谕；董桂森官芜湖教谕；戴大昌官宣城教谕；佘龙光任江苏娄县知县；王作霖官江苏丹阳学正；吴诵芬历署湖南溆浦、龙山知县，改芜湖教谕；潘道南历任凤阳、宁国、宿松训导。如此等等，皆因宦游而客居外地而将包括诗经学在内的徽州学术传播至徽州以外的地方。

徽州学人讲学他乡的亦为数不少。如朴学大师休宁人戴震，十七岁即辍学，十八岁时其父贩布江西南丰，戴氏即随父外出谋生，课学童于邵武，两年后始归。乾隆二十年夏，戴震为祖坟官司避祸挟策入都，时在京公卿名士纷纷造访，争相师筵于家，自此戴学传入京师。还多次客游扬州，与扬州学人广泛交游，对扬州学术产生深远影响。

---

① 黄榦：《朱文公行状》，程敏政《新安文献志》，《四库全书》第1376册，上海古籍出版社1987年版，第88页上。

徽州人因经商而客居异地者比比皆是。旧时“钻天洞庭遍地徽”“无徽不成镇”[①]等民谚，就是此种现象很形象的说明。徽商素来积极支持和参与文化活动，故不乏学术大师。客居外地的诗经学大师程晋芳就是其中的代表之一。程晋芳，歙县人。其高祖量入公迁家扬州经营盐业，其祖父至其父皆在淮安山阳（今江苏省淮安市楚州区）继续经营盐业，遂为巨富。程晋芳嗜书如命，颇好藏书，为当时著名藏书家。其曾拜刘大櫆和程廷祚为师，并与袁枚、朱筠、戴震、姚鼐等名流相游，一时学名远播，后参与纂修《四库全书》，书成升为翰林院编修。

其他寄籍外地的，如宋代程俱家于衢州开化，今浙江；钱时迁居淳安蜀阜，今浙江；程时登迁乐平，今山西昔阳；明代范王孙寄籍钱塘；凌云鹏入籍浙江；赵时用，侨居瓜洲；清代黄叔琳寄籍顺天大兴，今北京市大兴县；江为龙寄籍桐城，今属枞阳；汪师韩寄籍钱塘，今浙江杭州；吴蔚光寄籍昭文，今江苏常熟，以钱塘商籍补博士弟子员；戴清寄籍江苏仪征；吴骞占籍浙江海宁，为著名藏书家；姚际恒迁居浙江仁和，今杭州，晚再迁钱塘；吴英寄籍长洲，今江苏苏州；汪远孙，占籍钱塘，今浙江杭州，以藏书之富称闻。如此等等，皆因寄籍而将诗经学等徽州学术传播至徽州以外的地方。

二、徽州诗经学著述流传至徽州境外

自书籍产生之后，学术传播以书籍传播为最主要途径。然徽州诗经学家多，著述丰赡，流传广泛，传播情形，无法细考。朱熹、程大昌、戴震、江永等大家，特别是朱熹和戴震的诗经学著述有广泛的传播，自是无需多言。而就是像姚际恒这样一个在经学时代遭到封杀的诗经学家，其《诗经通论》能被周贻徽官于四川时得见[②]，可见其在民间有广远的传播。

此外，如胡一桂《诗集传附录纂疏》虽未为《四库全书》著录，然《千顷堂书目》《经义考》《补元史艺文志》俱作八卷。朱彝尊注曰“未见”，又倒其名为《纂疏附录》。今复旦大学图书馆藏明抄本，为八卷本，与诸家目录合。而北京图书馆藏元刻本，则为二十卷本。不同卷数版本的存在本身就说明了该书流传广泛。而莫友芝谓：“后有篆文为二行木记云：‘泰定丁卯仲冬，翠岩精舍新刊。’

① 《今古奇闻》卷三，民国《歙县志》卷一《风土》。

② 周贻徽《序》：余与宝珊先后入词馆，嗣复同在谏垣。癸巳冬，余外补来蜀。明年，宝珊亦来视学，公余过从益密。宝珊通经术，尤善说《诗》，每出一语，辄非恒解。余谓匡鼎说《诗》解人颐，今乃于君见之，毋亦有枕中秘耶？宝珊因言家有姚氏《通论》藏本，行且付梓以广其传。

《诗传》纲领七叶，篇目后有行书七行木记云：‘……时泰定丁卯日长至，后学建安刘君佐谨识。’同治丙寅六月在上海，宜与周濂珂（湝清）持以相示，有‘守甓斋藏书’（朱文）、‘计光炘印’（朱文）、‘羲白父’（朱文）、‘新安汪氏’（朱文）、‘启淑信印’（白文）、‘秀水计光炘羲白氏’（白文）、‘匏如珍藏书籍私印’（朱文）、‘泠音阁’（朱文）、‘古射襄城计光炘羲伯之章’（白文）、‘闻川计氏羲伯所藏’（白文）诸印。据其木记，尚附有王伯厚《诗考》，而此失之。”[①]莫友芝所记，更可见胡氏书流传之广。

许天赠《诗经正义》，王弘诲万历丁酉所作《序重订诗经正义》云："往丈宦闽、越、燕、鲁，梓者再三，型海内者十之九，传讵不广？乃肖子聚贤甫犹虞遏佚也，谋复刊家塾不朽。先子来白下就正余，属余弁其首。余念共丈同门捷春官时，抵掌谭《诗》都下，甚欢也。"[②]范王孙《诗志》，休宁人金声《序》曰："余治《易》应举，于《诗》仅成诵，而实未之学也。庚午归田，令子弟受《诗》于范子，日为子弟说，而余肃听。……而范子无端忽为仇家构陷，殒命淮阴矣。……范子，名王孙，字士文，饩廪浙钱塘。"[③]可知范王孙曾讲学休宁、钱塘、淮阴等地。金声《叙》后，还专门详细刊列《〈诗志〉参阅社友、门人姓氏》，所列计有 72 人。可知，许氏、范氏书在徽州内外皆有传播。

江有诰著述，据谢国桢云，所著书已刻者《诗经韵读》《群经韵读》《楚辞韵读》《汉魏韵读》《唐韵四声正》《谐声表》《入声表》，凡八种。未刻者曰《廿一部韵谱》《唐韵再正》《唐韵更正》。江氏音学十书刊行始于嘉庆甲戌迄于道光辛卯；越十五年丙午板毁于火，逮咸丰壬子重刊；不数载而徽州被兵，其板再毁，王静安征君极推重其书，坊间假借诸王君，所藏原刊付印，江书始通行于世。又，段玉裁曾为之作《江氏音学序》称他"精于呼等字母之学，不惟古音大明，亦且使今韵分为二百六韵者得其部析之故"。王念孙写信跟江氏论韵时称："好学深思，心知其意者，无如足下。"夏炘《诗古均表二十二部集说》亦极推服有诰音均之学。可见江有诰书之流传和影响。

总之，徽州诗经学著述不仅在徽州地域流传和产生影响，且流传至徽州境外，嘉惠其他地区，甚至全国之后学。

---

① 莫友芝：《宋元旧本书经眼录、郘亭书画经眼录》，中华书局 2008 年版，第 48—49 页。

② 王弘诲：《序重订诗经正义》，载许天赠《诗经正义》，《四库全书存目丛书》经部第六一册，齐鲁书社 1995 年版，第 273 页。

③ 金声：《诗志叙》，载范王孙《诗志》，《四库全书存目丛书》经部第七一册，齐鲁书社 1995 年版，第 344—347 页。

三、徽州诗经学与徽州以外的传人

徽州传统学术在徽州以外广有传人，其中以朱熹和戴震在徽州外传人最多，影响最大。下面对与诗经学相关的传人代表性地做一些介绍。

作为仅次于孔子的朱熹，在中国乃至世界文化史上的影响极其深远。朱熹一生，在福建进行学术活动的时间最长，形成了比较严密、系统的学术派别考亭学派。其正式门人有四五百人，其中福建籍的有一百多人，多为中坚和骨干。黄幹、蔡元定、刘愉、真德秀世称朱熹四大弟子，这四人除黄榦是福州人外，其他三人都是闽北武夷山一带人。清人蓝鼎元在其《道学源流》中说："朱子门人……仲默闻道最早，文公以《书传》嘱之；《洪范》之数久失其传，季通未及著论，曰：成吾书者，沈也。仲默阐发幽微，不愧父师之托也。《书传》已立学宫。《洪范皇极》之秩有天地万物各得其所之妙，非浅学所能窥测也。勉斋明显端庄，造诣纯笃，朱子所望以传道，而勉斋卒能得其传。北溪（陈淳）发明正学，力排异端，《道统》《学统》诸篇，似道似学之辨，《字义详解》《四书口义》诸书，深切著明。朱子谓南来吾道得一安卿，非阿好也。……西山真子私淑紫阳，当韩侂胄指斥伪学，禁锢善类之余，独慨然以斯文自任，而正道复明于世，所著《大学衍义》，有功天下后世。"①蓝氏之言，较准确地概括了朱熹门人在创立闽学的过程中的贡献，但未具体论及朱子诗经学在福建的传播和发展。

蔡元定（1135—1198），福建建阳人。淳熙二年（1175），朱熹建晦庵草堂于建阳云谷，元定也在西山建精舍，著书立论，设"疑难堂"。两山相对，夜间悬灯相望，灯暗则示学习有疑难，次日就往来切磋研讨。蔡元定每次拜见朱熹，朱熹必留其讲论数日；晚上对床讲论，常通宵达旦。蔡元定凡见解有超越于朱熹的，总是坦诚相告，据理分析。朱熹注解《四书》和撰写《伊洛渊源录》《诗集传》《近思录》《通鉴》等著作，均与蔡元定共同参订。朱熹晚年把自编的蔡元定与自己讲论学术的言论称《翁季录》，表明蔡元定对其著述所具有的股肱之力。

黄榦（1152—1221），朱熹女婿，福建长乐人。庆元二年（1196），朝廷禁道学，诬为"伪学"，朱熹及弟子在职者均遭斥逐，从学者多改换门庭而去，唯黄榦等少数人仍坚持朱子学。嘉定九年（1216），黄榦撰《朱子行状》，实录朱子行实，全面论述朱熹的学术思想和人品道德，对朱熹推崇备至，认为"先生出，而自周以来，圣贤相传之道，一旦豁然如日月中天，昭晰呈露"。并给朱熹以"绍道

① 蓝鼎元：《蓝鹿洲全集》卷五，厦门大学出版社 1995 年版，第 517 页。

统,立人极,为万世宗师”[①]的高度评价。

刘爚(1144—1216),福建建阳人。其在道德伦理学方面充实了闽学,提出以孝为忠,并把闽学看成是“事父则孝,事君则忠”的学说,在传播朱子学方面作出了很大的贡献。

戴震为徽州朴学大师,其影响遍及海内外。卢文弨云:“东原之书出,天下后世必有能阐扬之者。”[②]段玉裁则云:“自先生以古学唱,三十年来,薄海承学之士,至于束发受书之童子,无不知有东原先生,盖其兴起者盛矣。”[③]据清史称,戴震卒后,传其小学者,有高邮王念孙,金坛段玉裁;传其测算之学者,有曲阜孔广森;传其典章制度者,则有兴化任大椿。其中段玉裁、王念孙两弟子最能光大其业。段玉裁传其学龚丽正、龚自珍、陈奂。王念孙传其学于子王引之。一代经师俞樾私淑王氏父子,又传其学章太炎。章太炎传黄侃、吴承仕。黄侃传陆宗达、殷孟伦、徐复、洪诚。马宗霍指出,戴震之学“不徒由皖而苏而浙,且及于齐鲁燕豫岭海之间矣”[④]。此论甚是而不甚精确。周晓光据支伟成《清代朴学大师列传》等书,钩稽清代徽派朴学外郡主要人物之里贯,在列里贯表后进一步指出,徽派朴学外郡主要人物散处在浙江、江苏、山东、河南、湖南、安徽、广东、福建、直隶、贵州诸省,不仅“确有较广的空间分布”,且“这种空间分布状态,不平衡性相当突出”[⑤]。

段玉裁,金坛人,乃戴震徽州籍外最有成就的传人之一。其根据乃师戴震“以字考经,以经考字”的原则,着重订正文字,探究字义,有《诗经小学》和《毛诗故训传定本》等著述,其《诗经小学》是考证《诗经》字义的专著,反映出“诗经清学”在文字训诂方面的卓越成就。玉裁治《诗》常直接引用戴震的成果,如《毛诗故训传定本》中考《陈风·墓门》二章“歌以讯止”、《小雅·北山》二章“我从事独贤”中“贤”之义等;又如《诗经小学》中“维鸡方之”条、“我是用急”条、“拊我畜我”条、“宁丁我躬”条。有时虽非直接引用,但与戴说相同,如“云何吁矣”条、“歌以谇止”条。

段氏不仅深受乃师戴震影响,还和歙县人江有诰有相互影响。有诰有《寄段懋堂先生书》云:“有诰……后得先生所著《六书音均表》读之,益佩其造诣深

---

① 黄榦:《勉斋集·朱先生行状》,《四库全书》第1168册,上海古籍出版社1987年版,第428页上、第423页上。

② 卢文弨:《戴氏遗书序》,《戴震全集》附录二,清华大学出版社1995年版,第3453页。

③ 段玉裁:《戴东原集序》,《戴震全集》附录二,清华大学出版社1995年版,第3459页。

④ 马宗霍:《中国经学史》,上海书店1984年版,第147页。

⑤ 参见周晓光《徽州传统学术文化地理研究》,安徽人民出版社2006年版,第210—216页。

邃，真能复三代之元音，发唐宋以来未宣之秘。足与顾、江二君子参分鼎立者，惟先生而已。但其书宏纲大体，固已极善，而条理似未尽密。还淳方氏有言：'学者当为宋儒诤臣，不当为宋儒佞臣。'有诰敢为先生诤臣，而献其疑焉。"[①]江氏音学书成，寄示段玉裁并请作序，段氏阅后，大为称赏，欣然作序。其《序》有曰："余谛观其书，精深邃密，盖余与顾氏、孔氏皆一于考古，江氏、戴氏则兼以审音。而晋三于二者，尤深造自得……于前人之说，皆择善而从，无所偏徇。又精于呼等字母之学，不惟古音大明，亦且使今韵分为二百六者，得其剖析之故。"[②]段氏从不轻许他人，却指出江有诰擅长考古与审音的特点，并做出了"精深邃密"如此肯定的评价，这是非常不易的。其对古音的研究，则在顾炎武、江永古音学基础上，分古韵十七部。主张支、脂、之三分；真、文分立；侯部独立。又变更《广韵》之序，而依声音的远近定十七部顺序。主"合韵"之说，谓声音相近的异部相押为"合韵"。段氏虽主张支、脂、之三分而不明所以，江氏则曾为之解说。而段氏分部、部序，以及合韵学说，又多为江有诰继承和发展，他们的相互影响是极为明显的。

扬州学派受徽州经学特别是戴震之学的影响最大。刘师培说："戴氏弟子，舍金坛段氏外，以扬州为盛。"[③]张舜徽则明确指出："扬州诸儒，不独哲学思想渊源于戴氏；其他学术方面，也都是衍戴学遗绪而进一步发展起来的。"[④]

扬州学人或直接师从徽州经学大师，如王念孙（戴震——王念孙——王引之）、焦循（戴震——王念孙——阮元——焦循）。或本身祖籍即为徽州，与徽州交往过密，以致徽州学派和扬州学派皆目为传人，如汪中、黄承吉、程廷祚、程晋芳等皆是。而戴震几度做客扬州，师友切磋学术，盛极一时。

就治学宗旨而言，扬州学派所谓的"圣贤之道存于经，经非诂不明"[⑤]与皖派"由文字以通乎语言，由语言以通乎古圣贤之心志"[⑥]如出一辙。

就学术风格而言，皖派多主"实事求是"，而扬州学派亦主张："儒者之于经，但求其是而已矣。是之所在，从注可，违注亦可。"[⑦]可见其对皖派的承袭。

---

① 《续修四库全书》第 248 册，上海古籍出版社 1995 年版，第 3 页上。

② 《续修四库全书》第 248 册，上海古籍出版社 1995 年版，第 1 页上—下。

③ 刘师培：《南北考证学不同论》，浙江人民出版社 1998 年版，第 153 页。

④ 张舜徽：《清代扬州学记》，广陵书社 2004 年版，第 8 页。

⑤ 阮元：《西湖诂经精舍记》，《揅经室二集》卷七，丛书集成初编本，中华书局 1985 年版，第505 页。

⑥ 戴震：《古经解钩沉序》，《戴震全集》，清华大学出版社 1995 年版，第 2631 页。

⑦ 阮元：《焦理堂循群经宫室图序》，《揅经室一集》卷十一，丛书集成初编本，中华书局 1985 年版，第 226 页。

再从治学方法看，皖派“综形名，任裁断”，“凡戴学数家分析条理，皆参严密瑮”[①]。亦即归纳、演绎相结合以归纳为主的方法。扬州学人亦多循此道，如王引之云：“(《经籍纂诂》)展一韵而众字毕备，检一字而诸训皆存，寻一训而原书可识。”[②]

扬州学人诗经学著述丰赡。王念孙著有《毛诗群经楚辞古韵谱》《广雅疏证》《群经字类》《读书杂志》《释大》等。阮元编著有《研经室集》《诗书古训》《十三经校勘记》《经籍纂诂》《皇清经解》等。王引之著有《经传释词》十卷、《经义述闻》十五卷。汪中有《述学》《经义知新记》等传世。焦循有《毛诗补疏》《群经宫室图》《诗陆氏疏疏》《毛诗鸟兽草木虫鱼释》《陆玑疏考证》《毛郑诗异同释》等。刘宝楠则有《毛诗注疏长编》《经义旁通》《郑氏释经例》等。这些学人不仅在治学宗旨、学术风格、治学方法等方面受皖派特别是戴震的影响，有时还直接引用皖学成果。如王引之《经传释词》“吹幸通曰”条、“宁”条，《经义述闻》“宁讯为乃”条、“不显不承”条、“歌以讯止”条等，就或引戴氏《毛郑诗考正》或引戴氏《声韵考》。

当然，扬州学派不仅受影响于吴、皖两派，还颇集两派之长而独具自己的学术风格。其治学规模之广博、研究方法之缜密、思想观念之会通，又都超越吴、皖而发扬光大之。

---

① 章炳麟：《清儒》，《检论》卷四，《中国现代学术经典·章太炎卷》，河北教育出版社 1996 年版，第 256 页。

② 王引之：《〈经籍纂诂〉序》，阮元《经籍纂诂》，中华书局 1982 年版，第 2 页。

下　编

第六章　反经推求，以类证类：程大昌诗经学研究

程大昌（1123—1195 年），字泰之，谥文简，休宁会里人。大昌笃学，对古今之学无不考究，“为时所宗，虽朱子（熹）亦加敬重”①。曾著《十论》，言当世事，献于朝，宰相汤思退以为奇。在南宋新安理学形成时期，程氏是与朱熹齐名的最重要人物之一，其对后世的影响是多方面的，甚而至于“英国皇家学会会员，著名现代科学家李约瑟博士的《中国科学技术史》曾多次引用《演繁露》中的内容”②。但是，相对朱熹而言，学术界对程大昌的学术思想及其影响的研究极为薄弱。就笔者所见，仅有周晓光《论新安理学家程大昌》、苏平《儒道合流与程大昌的经学思想》期刊论文两篇；窦余仁《论程大昌学术成就》、王洪涛《演繁露训诂考》硕士论文两篇。夏传才在其《诗经研究史概要》一书中，对程大昌的诗经学进行了简明扼要的评介。专门的研究则有黄忠慎和洪湛侯。黄忠慎的《南宋三家诗经学》成书于 1987 年，将程大昌与郑樵、朱熹并列为南宋诗经学三大家，用一章四节的篇幅对程氏及其《诗论》进行了较深入的研究，代表了目前学界对程大昌诗经学研究的最高成就。洪湛侯的《诗经学史》则在第三编第五章《南宋的重要〈诗〉家》中将程大昌与辅广、朱鉴、王应麟、王柏同列，对程氏诗经学在诗经学史上的地位和影响进行了评介。

---

① 清照旷刻本《演繁露》跋。

② 《安徽省志·人物志》，方志出版社 1999 年版，第 935 页。

第一节　程大昌的诗经学著述辨正

程大昌《诗经》学专著为《诗论》，有《芝园秘录》初刻本；《艺海珠尘金集（甲集）》本；《学海类编》本；《丛书集成初编》本；《四库》本。今本以刘尚荣点校本为优①。《四库》本的底本为程晋芳家藏本，与《学海》本分卷略有不同。长期以来，学界在书名、卷数、篇数等基本问题上歧说纷纭。有必要予以考定。

先看相关文献：

1.《文渊阁四库全书》：《诗论》一卷，编修程晋芳家藏本。

2.《四库全书存目丛书》第六〇册据湖北省图书馆藏明崇祯茅氏浣花居刻芝园秘录本影印：《诗论》一卷，宋程大昌撰。

3.《丛书集成》第292册据艺海本影印：《诗论》，宋程大昌纂，一卷。

4.曹溶《学海类编》：《诗论》一卷，宋程大昌著。

5.朱彝尊《经义考》：程氏大昌《诗议》一卷，存。

6.蒋元卿《皖人书录》：《雍录》十卷、《文简公词》一卷、《诗论》一卷（《续通考》《江南通志》作《毛诗辨证》——按，此为蒋氏原注。《续通考》《江南通志》著录情况不另具引）、《北边备对》一卷……《考古编》十卷《续编》十卷……②

7.《安徽省志·人物志》：另著有《毛诗辨证》《演繁露》《考古编》《北边备对》《尚书谱》《雍录》《易原》《诗论》等③。

8.夏传才《诗经研究史概要》：程大昌著《诗论》十八篇。（按，夏先生注曰：《诗论》，商务版《丛书集成初编》本1711册）④

9.刘毓庆《历代诗经著述考》：《诗论》一卷，程大昌撰，存⑤。

10.张国标《程朱理学新安名家—休宁九贤》：平生著述颇多，《徽州府志》（康熙本）著录载：《易原》四卷、《易老通言》十卷、《书谱》二十卷、《禹贡论》五卷、《山川地理论》五卷、《禹贡后论》十卷、《文集》二十卷。另有《考古编》《演

① 按，刘尚荣点校本题名《程氏考古编·程氏续考古编》。

② 蒋元卿：《皖人书录》，黄山书社1989年版，第421—422页。

③ 《安徽省志·人物志》，方志出版社1999年版，第935页。

④ 夏传才：《诗经研究史概要》（增注本），清华大学出版社2007年版，第122页。

⑤ 刘毓庆：《历代诗经著述考》（先秦—元代），中华书局2002年版，第214页。

繁录》《续演繁录》《文简公词》《雍录》《北边备对》《毛诗辩证》《诗论》等[①]。

遍考程氏著作,知《诗论》本载于《考古编》,故《宋史·程大昌传》《宋史·艺文志》均不列目。朱彝尊《经义考》始别立标题,名《诗议》;曹溶《学海类编》作《诗论》;《续通考》《江南通志》则作《毛诗辨证》。《考古编》第一卷程氏自序曰:"此《诗论》之所为作也",可见题名《诗论》者为是。所谓《诗议》《毛诗辨证》乃《诗论》之别称,非别有篇卷,故《安徽省志·人物志》以及张国标将《毛诗辩证》与《诗论》并列者非是。

关于《诗论》篇卷之数,《经义考》《皖人书录》《历代诗经著述考》均只说一卷;而《学海类编》一卷十八篇;《四库全书存目丛书》一卷十七篇。对比学本、四库本(程晋芳家藏本),乃知《四库全书存目丛书》把第十七、十八篇合为一篇,计十七篇,其余则同。细读程氏原书,更知《诗论》乃其《考古编》之前三卷,这三卷包括:《诗论序》一篇和《诗论》一至五篇,共六篇为卷一;《诗论》六至十二共六篇为卷二;《诗论》十三至十八共六篇为卷三。这样看来,每卷均为六篇的四库本(含《诗论序》)比较符合程氏之创,但仍应如学本题为十八篇。——不过,《四库提要》以为:"乃并末两篇为一,考原本亦作十七篇,元辅之言不为无据。然详其文意,论《诗》乐与论《商》《鲁颂》了不相属,似《考古编》刻本误合。曹本分之,亦非无见也。"[②]——此说与《诗论》全书体例不合,但从内容着眼,似乎不无道理,录之聊备一说。

解决篇数问题后,再看卷数问题,既然《诗论》收在《考古编》中分为三卷,那么仍应题为三卷而不是一卷。

综而言之,程氏《诗论》三卷,序一篇,论诗十七篇,计十八篇。此外,若论《诗论》版本优劣,则《学》本刻印更为精工,字体更为精楷,《四库》本略显逊色。值得我们注意的是,除《诗论》外,程大昌的《诗经》研究还散见之于《演繁露》《考古编》除《诗论》外的其他篇卷以及《考古编续编》等著作中,虽然有些条目可能并非着眼于《诗经》研究,但所考多独得之见,不可轻忽。

---

① 《黄山学院学报》2004年第4期,第58页。

② 《四库全书总目》,中华书局1965年版,第137页下。

第二节 反对循习传之旧，主张“反经推求，以类证类”

夏传才先生在他的《诗经研究史概要》中将程大昌诗经学划归考据派：

> 宋学怀疑汉学的传、序、笺、疏，提倡自由研究，以求实的精神注重实证，这是考据学兴起的原因，从欧阳修辑录已经散佚的郑玄的《诗谱》，苏辙考证《史记》等史籍批驳《诗序》，到郑樵、王质、朱熹、王柏等等，都是注重考证的，这也是一代学风。现在还保存的宋代《诗经》考据学名家的专著，有程大昌、蔡卞、王应麟的著作。①

程大昌是南宋与朱熹齐名的理学家，但其《诗论》几乎没有理学色彩，而以考据为主。夏先生的观点持之有据，洪湛侯《诗经学史》亦以程氏为考据派。程氏经学研究惯常运用，且卓有成效的考据方法为“以类证类”和“反经推求”。

所谓“以类证类”见于《禹贡山川地理图》《诗论》和《考古编》，如《诗论》八曰：

> 《周礼·籥章》：龡豳诗、豳雅、豳颂，则豳宜入于乐矣。然予尝取《周官》凡尝及乐者，反复推考，以类证类，然后知《籥章》之谓《豳诗》《豳雅》《豳颂》者，非今《七月》等诗也。②

“以类证类”是一种类比论证法，具有一定的科学性。但简单地比附，会画虎不成反类犬，故程氏又曰：“即是圣人非止以类证类而已也。”(《考古编》卷六，第36页上)，详细地占有资料，反复推求，便极为重要。故程氏又倡“反经推求”法：

> 详复考之，皆不安惬，故予尝反求诸经而推知其实也。(《考古编》第27

---

① 夏传才：《诗经研究史概要》(增注本)，清华大学出版社2007年版，第121—122页。

② 程大昌：《考古编》，《四库全书》第852册，上海古籍出版社1987年版，第8页下。以下本章凡引此书皆在文中直接标注页码。

页上）

此法见之于《考古编》卷五“三宅三俊一”条中。不盲信笺注，遍考诸经，详实地占有第一手资料，反复推敲揣摩，谨严切实地考证辨析以求“其实”，是此法的精髓所在。在较为科学的考据方法指导下，程大昌对诗经学史上一系列重大问题进行了考察，取得了丰硕的成果。那么，程大昌为何要研究《诗经》呢？其作《诗论》目的就在于正汉儒之误。程大昌说：

“三代以下，儒者孰不谈经？而独尊信汉说者，意其近古，或有所本也。若夫古语之可以证经者，远在《六经》未作之前，而经文之在古简者，亲预圣人援证之数，则其审的可据，岂不愈于或有师承者哉？而世人苟循习传之旧，无能以其所当据，而格其所不当据，是敢于违古、背圣人，而不敢于是正汉儒也。呜呼！此《诗论》之所为作也。”（《诗论序》，《考古编》第2页下）

由此可见，程大昌身处有宋疑古学风之中，对当时诗经学株守汉儒成说“苟循习传之旧，无能以其所当据，而格其所不当据”的局面并不满意，有心匡救时弊。

第三节　鼓吹古本还原，倡言诸国为徒诗

程大昌《诗论》认为古有《二南》而无《国风》之名；《南》《雅》《颂》为乐诗，二《南》外的十三《国风》（大昌称之为“诸国”）为徒诗；并改定《毛诗》标题，鼓吹古本还原。

一、论古有《二南》而无《国风》之名

大昌认为“《诗》有《南》《雅》《颂》，无《国风》”。他说：

夫子尝曰“雅颂各得其所”；又曰“大雅”云；又曰“人而不为《周南》《召南》”，未尝有言“国风”者。（《诗论一》，《考古编》第2页下）

因孔子未尝言“国风”之名而产生古无“国风”的怀疑。但,程氏并没有就此简单地下结论,“然犹恐夫子偶不及之,未敢遽自主执也”。(《诗论一》,《考古编》第2页下)考之《左传》,程氏发现“左氏记季札观乐,历叙《周南》《召南》《小雅》《大雅》《颂》,凡其名称与今无异,至列叙诸国自邶至豳,其类凡十有三,率皆单纪国土,无今‘国风’品目也。”(《诗论一》,《考古编》第2页下—3页上)季札观乐时,孔子才十三岁,而《诗》名有无与今《论语》所举悉同,所以程氏以此为据,认为本就没有“国风”,不是孔子偶然没有提到。接着,程氏又考察《周礼》,进一步得出成周之前有《雅》《颂》而无《风》。程氏云:

> 《周官》之书,先夫子有之。章所歙逸诗,有《豳雅》《豳颂》,而无《豳风》。则又可以见成周之前无“风”而有《诗》《雅》《颂》,正与季札所见名称相应也。(《诗论七》,《考古编》第8页上)

《周礼》所歙有《豳雅》《豳颂》而无《豳风》,可见成周之前本无《风》。这种分类又自何时始呢?程氏曰:

> 《南》《雅》《颂》以所配之乐名邶至豳;以所从得之地名史官。本其实,圣人因其故,未尝少为加损也。“夫子自卫反鲁,然后乐正,雅、颂各得其所”。其曰“得所”者,复其故列云也。既曰复其故列,则非夫子剙为此名也。(《诗论四》,《考古编》第4页下)

程氏从孔子对待文献的态度推论出,这种分类先孔子而存在,“非夫子剙为此名”。程氏此论,究竟有没有道理呢?对此前人多有辩驳:

> 其大旨谓《国风》之名出汉儒之附会,其说甚辨。惟《左传》“《风》有《采蘩》《采蘋》”语,《荀子》“《风》之所以为风”语,不出汉儒,无可指驳。则以左氏为秦人,风字出于臆说;谓荀子之学出于仲弓,仲弓非商、赐可与言《诗》之比,故荀子所传亦为臆说。毛奇龄据《乐记》“正直而静,廉而谦者,宜歌风”《表记》引《诗》“我躬不阅,遑恤我后”;又引《诗》“心之忧矣,于我归说”,皆称“国风”以驳诘大昌。不知大昌之意,惟在求胜于汉儒,原不计经义之合否。即引《乐记》《表记》以诘之,亦不难以《戴记》四十九篇指为汉儒附会也。观其于左氏所言季札观乐合于己说者,则以《传》文为可

> 信；所言“《风》有《采蘩》《采蘋》”不合己说者，则又以《传》文为不可信。颠倒任意，务便己私，是尚可与口舌争乎？①

《四库》馆臣说大昌“合于己说者，则以《传》文为可信……不合己说者，则又以《传》文为不可信”，“不知大昌之意，惟在求胜于汉儒，原不计经义之合否”，批评很尖锐，是在说大昌没有做到自己所主张的“以类证类”和“返经推求”。但是，批评并不客观公正，四库馆臣没有完全读懂程氏，也没有完全读懂《左传》。

《左传·襄公二十九年》记载吴公子季札观乐，有“为之歌《小雅》”“为之歌《大雅》”“为之歌《颂》”等语，故知“雅”“颂”之名古已有之，这点古今均无异议。关键是《左传》又有这样的记载：“《风》有《采蘩》《采蘋》”之语，四库馆臣便用此驳程。但是这里并没有将“国”“风”两字连用，何况“《左传》这句话的上文，有‘君子曰’的字样，因此，这话究竟是《左传》原来就有，抑是汉人所窜入，还不能绝对肯定”②。季札观乐，还记有“使工为之歌《周南》《召南》”“为之歌《邶》《鄘》《卫》”“为之歌《王》”“为之歌《齐》”等，然而从未有“为之歌《国风》”这样的话。诸多证据表明，其时并没有“国风”连称之名。《乐记》载有“正直而静，廉而谦者，宜歌风”，将“国风”称作“风”；《荀子·儒效》也只将“国风”称作“风”；而《荀子·大略》则有“《国风》之好色……”的话。《礼记·表记》引《诗》：“《国风》曰：‘我躬不阅，遑恤我后。’”又引《诗》：“《国风》曰：‘心之忧矣，于我归说。’”《乐记》只有“风”；《荀子》“风”“国风”并存；《礼记》则只用“国风”了。《乐记》成书年代有争论，不易判断。《表记》的著成时代，则不会早过《荀子》。合理的解释是：古有“风”的说法，却无“国风”之名，战国晚期才开始出现“国风”这个名词，并用来专指《诗经》中的包括二《南》在内的十五国诗歌。黄忠慎说：“程氏谓古无国风之名，若古谓战国之前，则其说是也。”③洪湛侯同意黄忠慎的观点，亦有类似的说法④。而这种看法较之四库馆臣客观公正，比较符合史实。

古无《国风》之名，只有《南》《雅》《颂》，那么原本《诗经》是如何分类，分类的根据又是什么呢？程氏说：

---

① 《四库全书总目》，中华书局 1965 年版，第 137 页下。

② 屈万里语，转引自黄忠慎：《南宋三家诗经学》，台湾商务印书馆 1987 年版，第 102 页。

③ 黄忠慎：《南宋三家诗经学》，台湾商务印书馆 1987 年版，第 102 页。

④ 参见洪湛侯《诗经学史》（上），中华书局 2002 年版，第 379 页。

> 盖《南》《雅》《颂》,乐名也。若今乐曲之在某宫者也。《南》有《周》《召》;《颂》有《周》《鲁》《商》,本其所从,得而还以系其国土也。二《雅》独无所系,以其纯当周世,无用标别也。均之为雅音,类既同,又有别为大小,则声度必有丰杀廉肉,亦如十二律然,既有大吕又有小吕也。若夫《邶》《鄘》《卫》《王》《郑》《齐》《魏》《唐》《秦》《陈》《桧》《曹》《豳》,此十三《国》者,诗皆可采而声不入乐,则直以徒诗者之本土,故季札所见与夫周工所歌单举国名更无附语,知本无"国风"也。(《诗论一》,《考古编》第3页上)

程氏认为《南》《雅》《颂》是乐名,《诗经》分为《南》《雅》《颂》,是这三类诗所配之乐不同类。《大雅》《小雅》均为雅类音,分为大小,乃是声度不同。此外,还有一类,程氏称之为"国",包括《邶》《鄘》《卫》《王》《郑》《齐》《魏》《唐》《秦》《陈》《桧》《曹》《豳》,即今本《国风》中除二《南》以外的十三《国风》,《国》类诗是徒诗,不入乐。古本《诗经》是不是分为《南》《国》《雅》《颂》,《国》是不是不入乐的徒诗,留待下文讨论。但是,程氏认为《南》《雅》《颂》是乐名,《诗经》分《南》《雅》《颂》,三类是配乐不同的观点,基本解决了《诗经》分类体制问题,对后世产生了很大的影响。对此,夏传才有如此的评价:

> 他在考据研究方面的主要贡献,是论证《风》《雅》《颂》的分类体制。他考据《南》《雅》《颂》各以所配之乐得名,也依此而分类。这个论点基本上是正确的。[①]

既然《诗》有《南》《雅》《颂》而无《国风》,那么,传本《诗经》中"国风"之名又是从何而来呢?来源于《左传》和《荀子》。

"国风"之名,西汉盛行,著于《诗经》篇首,开始于毛公。事实上,如前所举,《左传》《荀子》距离孔子时代不远,就已有"风"或"国风"的提法。那么,左、荀所谓的"风"或"国风"有没有根据、可不可信呢?大昌认为不可信、不可据,在其《诗论五》中指出:1.《左传》作者左氏为秦代人,并非与孔子同时的左丘明。《左传》中"君子曰",乃左氏之"托说",纯属左氏臆断之见。2.子弓之学逊于参、赐,荀况之学出于子弓,其学并不纯师孔子。既然《左传》《荀子》之学不纯,皆有讹作"风"或"国风"之嫌。

① 夏传才:《诗经研究史概要》(增注本),清华大学出版社2007年版,第122页。

二、论《南》《雅》《颂》为乐诗，二《南》外的十三《国风》为徒诗

程大昌认为，《南》《雅》《颂》为乐诗，而从《邶》至《豳》十三《国风》（程氏认为本无《国风》，故只称十三《国》，为论述方便起见，本文仍用习惯称名）是徒诗，“诗皆可采而声不入乐，则直以徒诗者之本土”（《诗论一》，《考古编》第 3 页上）。程氏考论如次：

1.《雅》《颂》之为乐无疑：（1）周之燕祭诗，如《云》《韶》等，兼采异代。当代之乐，只有《南》《雅》《颂》随事配《序》，《序》明言这些诗大抵皆入律可奏。（2）《清庙》诗共三十一篇，皆作于庙，故用乐无疑。（3）《商》诗十二篇，存五篇，皆配乐以祀，知亦非徒诗。（4）《鲁》颂，虽不皆用于祀，但其创作时皆向周王请用为颂，其节奏必定依颂成声。

2.《南》为乐无疑：（1）孔子“女为《周南》《召南》矣乎？”程氏认为“为”有作义，用今语释之即演奏。既释为作（演奏），则“翕纯缴绎，有器有声，非但歌咏而已。夫在乐为作乐，在《南》为鼓《南》”。《论语》“三年不为乐”是“为”训演奏的明证。（《诗论三》）

（2）“南”为古乐，起源很早。程氏由《鼓钟》之诗、季札观乐、文王世子胥鼓《南》等亲见古乐者“凡举《雅》《颂》，率参以《南》”考知《南》为古乐。并进一步指出，秦火后，学者将二《南》和十三《国》命名为《国风》，参匹《雅》《颂》，文王南乐从此包统到《国风》之内，其间虽有疑者而皆不敢指正。杜预释《左氏》，知《南篇》当为文王之乐，却不敢按断为二《南》。刘炫之释鼓钟，虽疑《雅》《南》之《南》当为二《南》，亦不敢自信，只是说“《南》如《周南》之意”而已。诸儒不敢主张二《南》即《南》乐，《诗》及《左氏》虽皆明载《南》乐，人们又“绝不知其节奏为何音、何类；其赞颂为何世、何主”，因此，事实真相遂被掩盖。（《诗论二》）

（3）“化自北而南也”，“南乐”是南夷南乐等说法无理无据。二《南》之诗，有江、沱、汉、汝而无齐、卫、鄘、晋，则其以分地南北为言，亦不无据；卫宏所谓“化自北而南也”，似乎言之有理。对此，程大昌的回答是：

> 十五国单出国名，而周、召独缀南，其下以汉人义类，自相参较，则既不一律矣。而谓其时化独南被，未能北及者，意其当文王与纣之世也。然而纣犹在上，文王仅得以身受命而居西为伯，召公安得伯爵而称之？况又大统未集，周虽有陕，陕外未尽为周，周虽欲限陕而分治之，召公亦于何地而

施其督莅也？又如《甘棠》一诗，正是追咏遗德，疑其尚在召公国燕之后。于是时也，周之德化既已纯被天下，无复此疆尔界矣。《驺虞》《麟趾》尽其推而放诸四海无不准者，岂复限隔何地而曰某方、某国，甫有某诗也？则宏之即周、召分地而奠南北者，非笃论也。周公居中，王畿在焉，故所得多后妃之诗。召公在外地，皆侯服，则诸侯、大夫、士、庶人皆有诗可采，亦各随其分地而纪系其实。宏乃因其及后妃也，而指为王者之化；因其在侯服也，而命为诸侯之风。然则王化所被，一何狭而不畅耶？此皆不知南之为乐，故支离无宿耳。(《诗论十五》,《考古编》第15页下—16页上)

在程氏看来，既然“化独南被，未能北及”，那么殷商犹在，周之大统未曾建立，此时文王尚只为伯爵，召公不得以伯爵称之。周之疆域仅限陕，召公不可能得封地而施教化。《甘棠》是追忆诗，可能作于召公国燕之后。其时，周德已纯被天下，不再有此疆界。《驺虞》《麟趾》推诸四海无不准，难以限于某方、某国。召公居王畿外，诸侯、大夫、士、庶人皆有诗可采，不可能只有后妃之诗，否则王化所被，就太狭而不畅了。总之，以方位地域解“南”断不可通，而以乐名解之，一切不解之处迎刃而解。

凡《六经》之文有及于《南》者，皆指南夷南乐以应塞古制，甚无理也。且夫周备古乐如《韶》《夏》《濩武》，各取一代盛极者用之，何有文王《象舞》而独采夷乐以配？此其谬误不待辨而白也。假设其时欲以广取为备，乃四夷之乐独取其一，何名为备？反复讨究，凡诸儒之所谓《南》者，揆之人情，则无理；质之古典，则无据。至于《箾》之舞《象》《钥》之奏《南》，凡季札之所亲见者，明言其为文王之诗，苟是《南》也，而非二《南》之《南》。则《六经》，夫子凡其谓《南》者，果何所指也。此予所以敢违诸儒之说而断以为乐也。(《诗论二》,《考古编》第3页下—4页上)

文王《象舞》，不会独采夷乐。若说以广取为备，则不应独取南夷之乐。将“南乐”说成是南夷南乐，没有史实依据，也不合情理。

至此，程氏得出结论道：“吾以是合而言之，知二《南》、二《雅》、三《颂》之为乐无疑也。”(《诗论三》,《考古编》第4页下)《雅》《颂》入乐，本无异议。《南》为乐名《南》，程氏的考论很有说服力的，结论亦为学界接受。在此基础上，程氏又提出二《南》外的十三《国风》为徒诗。程氏说：

> 享之用《鹿鸣》；乡饮酒之笙，由庚鹊巢射之奏《驺虞》《采蘋》。诸如此类，未有或出《南》《雅》之外者。然后知《南》《雅》《颂》之为乐诗，而诸《国》之为徒诗也。（《诗论二》，《考古编》第3页上—下）

因为文献所见乐奏未出《南》《雅》之外，便认为十三《国风》为徒诗，难以使人膺服。此外，程氏还说，虽然，《豳诗》尝同《豳雅》《豳颂》一起比竹以歈，仍不可断《国风》入乐，其“必自有徒诗而不堪入乐者”（《诗论十七》，《考古编》第16页下）。这就更见武断了。“徒诗”说系程氏首倡，虽有开《国风》音乐特点研究之功，但结论并不可靠，故一经问世，便为人所诟病，现在基本为学界所否定。

> 且即所谓可据者言之，十五《国风》同谓之周乐，《南》《雅》《颂》亦同谓之歌，不云《南》《雅》《颂》奏乐、《国风》徒歌也，岂此《传》又半可据半不可据乎？《传》又称金奏《肆夏》之三，工歌《鹿鸣》之三，亦将谓《颂》入乐、《雅》徒歌乎？是与所引孔子正乐但言《雅》《颂》不言《风》，而忘其亦不言《南》者，同一不充其类而已矣。①

但是他还没有认识到二南以外的十三国风都是各国的土乐民歌，提出这些都是不入乐的“徒诗”，这就考证不周密，因而论断错误了②。

> 程氏指《南》《雅》《颂》为乐诗，诸《国》为徒诗，言人所未曾言、不敢言，然其说终未圆融也。夫列国之诗其始多为随口吟咏之作，初无设乐、入乐之理，其后行人采诗献于大师，比其音律，孔子于三百五篇又皆弦歌之，以求合韶武雅颂之音，于是《国风》亦为乐诗矣。③

此外，皮锡瑞《经学通论》主张三百篇皆入乐，证之以《史记》《汉书》《左传》，最为透辟④。至顾颉刚考证《诗经》所录全为乐歌⑤，此问题最终尘埃落定。

---

① 《四库全书总目》，中华书局1965年版，第137页下。

② 夏传才：《诗经研究史概要》（增注本），清华大学出版社2007年版，第122页。

③ 黄忠慎：《南宋三家诗经学》，台湾商务印书馆1987年版，第104页。

④ 参见皮锡瑞《经学通论》之《诗经》“论诗无不入乐，史汉与左氏传可证”条。

⑤ 参见顾颉刚《论〈诗经〉所录全为乐歌》，《古史辨》第三册，上海古籍出版社1982年版。

三、汉儒“颂高于雅，雅高于风”以及“正变”说，穿凿不通

程氏认为，学者不知“国风”一名系秦火之后增添，以为《诗经》本就分为“风”“小雅”“大雅”“颂”四类。且求圣人太深，以为“六经以轨万世，其各命之名，必也有美有恶，或抑或扬，不徒然也”。又从而例其义，曰：“一国之事，系一人之本，谓之风。言天下之事，形四方之风，谓之雅。雅者，正也。言王政之所由废兴也。政有小大，故有小雅焉，有大雅焉。颂者，美盛德之形容以其成功告于神明也。”从而产生了汉代诗经学所谓的“颂高于雅，雅高于风”以及“正变”学说。这个为汉儒坚信不疑的学说“不胜其驳”。因为，如果说颂诗高于雅诗，那么，康王、宣王就比不上鲁僖公。雅诗高于风诗，则周公、召公比不上幽王、厉王了。

> 颂愈于雅，康、宣其减鲁僖乎？雅加于风，则二南其不若幽、厉矣。(《诗论四》，《考古编》第5页上)

汉儒自觉其非，为了自圆其说，又说：“风有变风，雅有变雅，不皆美也。”(《考古编》第5页上)而在程氏看来，“正变”说自相矛盾：

> 夫同名风雅，中分正变，是明有玙璠命之，而曰其中实杂碔砆，不知何以名为也。且其释雅曰“雅者，正也”，则雅宜无不正矣。已而觉其诗有文、武焉，有幽、厉焉，则又自正而变为政；自政而变为大小废兴。其自相矛盾类如此。(《诗论四》，《考古编》第5页上)

将风雅硬分正变是明明称之为玙璠，又说其中杂有碔砆。既然释“雅”为“正”，则《雅》诗应该无不正。可以有正的文王、武王；不该有不正的幽王、厉王。因为不通，又将“正”变为“政”，并将“政”进一步分解为“大小废兴”，迂回穿凿，矛盾重重。殊不知：

> 又有大不然者，东周之王，位号以世，虽齐桓、晋文，其力足以无上，而俯首归尊称之曰王不可少变。信如先儒所传实有《国风》，而风又非王者总统列国之称，则夫子间《黍离》于《卫》《郑》，其遂以天王之尊下伍列国矣。

(《诗论四》,《考古编》第 5 页上)

名不正则言不顺，在一个极其讲究名位尊卑的时代，王和诸侯绝对不可能同列。既然“国风”分指列国，不是王者总统列国之称，那么，“夫子间《黍离》于《卫》《郑》”便不可想象。

四、论《豳诗》非《七月》

程大昌认为《周礼·籥章》所歈《豳诗》非今《七月》等诗。大昌发现，《周礼·大司乐》，凡入乐之诗，皆列举篇名。如九夏列有《王夏》《肆夏》等；大射列有《驺虞》《狸首》等。而《籥章》所歈，虽列举诗、雅、颂三体，却没有列举其为何篇、何名。既然没有列举篇章，则不可臆断其为《诗》。假设所歈即《诗经》的《诗》《雅》《颂》，那么，所歈自是三类；假使一类有一首诗，不就该有三首诗吗？今考《豳》，共有七首诗，只有《七月》一篇与迎气祈祭相入。《鸱鸮》以下六篇，皆明指周公居东时事。既与迎气祈祭无关，又不可混入《雅》《颂》。郑玄为了解释清楚《籥章》所谓的《豳风》《豳雅》《豳颂》，乃竭力附会，取《七月》而三分之，曰：“此《风》也，此《雅》也，此《颂》也。”认为《七月》一诗而杂三体。根据《论语》记载，既然夫子以《雅》《颂》得所始为乐正，则《雅》《颂》混为一诗便不得谓为乐正。郑以为《七月》一诗而杂三体，则《七月》之乐便杂而不正。难道是夫子没有刊削《七月》吗？即使这样仍有解释不通的地方：“用以入乐，其全奏乎？抑断章而歈乎？使其全奏，则一乐所举，凡三夺其伦，籥章其失职矣。使断章而取，自应别《七月》而三奏之，不应杂三体以为一诗也。”(《诗论八》,《考古编》第 9 页上)可见，是郑氏曲取《诗经·七月》来附会《周礼·籥章》。事实上，《籥章》所歈，乃是鼎立而三的《诗》《雅》《颂》。这三者之中，《诗》之名是可以该括《雅》《颂》的。但是，现在《七月》一诗又归入到了诸儒所谓的《国风》之中，若从《籥章》之旧而称之为《诗》，则于“四始”又没有了《国风》。于是郑玄只好舍弃《籥章》本文而篡改《籥章》中《豳诗》之意，将之解释为《豳风》，这样，《籥章》所歈《豳诗》便变成了包括《七月》的《诗经·豳风》了。

通过如此分析，大昌批评郑玄说：“此可以见其迁就无据之甚矣。”(《诗论八》,《考古编》第 9 页上)接着，大昌又引介欧阳修“疑别有《豳诗》，于今不存”的观点，作为自己论断依据，为自己的考论找了一个强有力的支持。最后，又用“以类证类”的方法，做了更进一步的论证。

盖古今事有偶相类者,夫子闻《韶》于齐,而齐亦有《角招》《征招》。释者读"招"为"韶",后世因其语而和之曰:"《角招》《征招》,是诚《韶》之遗音在齐者。"今去古日远,安知前人此说不有传授亦不敢必谓其非也。赖《孟子》载此诗本语曰:"畜君何尤?"又从而辨之曰:"畜君者,好君也。"然后今世得以知其为景公君臣相说之乐而非舜《韶》也。今郑氏以籥章所龡之《豳诗》《雅》《颂》适与《豳》同,而遂取是三体于《七月》一诗,则夫《招》同于《韶》,且又在齐,其可亦指以为虞舜《九成》者矣。天下事正不可如此牵合也。(《诗论八》,《考古编》第 9 页上—下)

大昌考论《豳诗》非《七月》,不仅指出了郑氏的矛盾不通,还为自己的考论找到有力的旁证,其结论令人信服。对此,黄忠慎评价说:"程大昌以大司乐以下,诗人入乐者皆枚数篇名,以证郑氏之言纯属臆测,又以雅、颂混一,其乐不正,必为夫子所刊削,又以全奏则龡章失职,断章则不应杂三体以为诗,以证郑氏解经,迁就无据;义正词严,理由充分,令人无可反驳,其言实深中肯綮,洵然不诬也。至其与欧阳公俱疑古别有豳诗,于今不存;古诗本甚易亡逸,其怀疑自亦不无可能。"①

五、改定《毛诗》标题,鼓吹古本还原

程大昌对比《礼》之所载,研究《诗经》的析类标卷,认为古本《诗经》名品次第为:二《南》(《周南》《召南》);十三《国》(《邶》至《豳》);二《雅》(《小雅》《大雅》);《颂》。此可从季札语以及《毛传》散在各篇卷相关内容得到印证。但是,毛氏标篇记卷,各类体例不同。毛氏于二《雅》、三《颂》,每一更卷,特曰"某诗之什卷第若干"。而其或雅或颂则别出一简,列置左方而非卷首。但是,到了《周南》《召南》以及十三《国》,则皆枚数国名而系诸各卷诗名之上,如曰"周南关雎训诂传第一","邶柏舟训诂传第三",而后别出"国风"一目布之左简。类例不合,且多与季札语抵牾。以毛氏所标目录,参而较之,则二《南》、十三《国》比《雅》《颂》,均长添国土于每卷之上;以季札语参较之,《毛传》则于二《南》十三《国》之左,赘添"国风"一名。程氏认为应该削去《毛诗》之《周南》《召南》以及从《邶》到《豳》十三《国》标目中"国风"二字。并将二《南》、十三《国》、二《雅》、三《颂》列至"毛诗"二字之下。这样,所有的标目就统一了;与季札所见

① 黄忠慎:《南宋三家诗经学》,台湾商务印书馆 1987 年版,第 129 页。

名称位置也就一一吻合了。下面列表图示大昌所定《毛诗》标题：

1.今本《毛诗》与程大昌改定标题：

毛氏作：

周南关雎训诂传第一

毛诗　　国风

程氏作：

关雎训诂传第一

毛诗　　周南（程氏谓"《召南》视此正定"）

毛氏作：

邶柏舟训诂传第三

毛诗　　国风

程氏改定：

柏舟训诂传第三

毛诗　　邶（程氏谓"自《鄘》以下至《豳》视此正定"）

2.程大昌《诗经》分类：

一类：二《南》、三《颂》——乐名之附国土者

一类：十三《国》——徒诗之系国土者

一类：《小雅》《大雅》——不系国土，独志音调者

程氏企图恢复古本《诗经》的分类和标目研究并没有得到学界认可。黄忠慎说："程氏不仅有古无'国风'一词之理论，甚而改定《毛诗》标题，以为此则已复《诗三百》之本来面，且不论此举是否确已恢复《诗》之旧观，其与苏辙、方玉润诸人之另立《南陔之什》《彤弓之什》……等名目者，于诗经学皆无甚意义也。"①

六、论《毛诗》有古《序》，所以胜于三家

大昌认为《毛诗》因有古《序》，所以胜于三家。并在其《诗论十三》给予了这样几个层次的论述：1.汉世毛学不行，不见诸家《诗序》。2.古《序》亦未得见。因无古《序》，诸儒往往杂采他事比类以求诗旨。故班固曰："申公之《训》，燕、韩之《传》，或取《春秋》杂说，咸非其本义也。"3.古《序》是《诗》之喉襟。《毛传》未能悉胜三家，但因有古《序》该括章旨，训诂不至于漫然无统。4.《毛诗》古

① 黄忠慎：《南宋三家诗经学》，台湾商务印书馆1987年版，第142页。

《序》赖河间献王而流存。《毛诗》虽未立于天子学官，但后来居上，自振东都。谢曼卿、卫宏、郑众、贾逵、郑玄皆推而广之，万世亦皆师承，三家诗遂不能与之相抗。

但是，正如黄忠慎所说："程氏以为《毛诗》有古《序》，乃能胜三家，此说未必尽然，盖三家《诗》亦自有《序》也。"[①]三家有没有《序》呢？且看黄氏的考论：

> 刘向世传《鲁诗》，其《新序》以《二子乘舟》为伋之傅母作，《黍离》寿闵其兄而作。其《列女传》以《芣苢》为蔡人妻作，《汝坟》为周南大夫作，《行露》为申人女作，《邶·柏舟》为卫宣夫人作，《燕燕》为定姜送归妇作，《式微》为黎庄公夫人及其子傅母作，《大车》为息夫人作。由是知《鲁诗》有《序》。《齐诗》亡逸最早，亦最残缺，故郑樵谓"《齐诗》无《序》"。然魏人张揖习《齐诗》，其《上林赋》注曰："《伐檀》刺贤不遇明王也。"可见《齐诗》似亦有《序》。朱彝尊曰："《齐诗》虽亡，度当日经师，亦必有《序》。"虽说没有证据，然说《诗》者无《序》，又何以说《诗》？郑玄初学《韩诗》于张恭祖其注《礼记》，以"于嗟乎驺虞"为叹仁人，以《燕燕》为定姜之诗，以《商颂》为宋诗，玄注《礼》之时，未得毛传，所述盖《韩诗》也。又《水经注》引《韩诗》《周南叙》曰："其地在南郡、南阳之间。"至诸家所引者，如"《关雎》，刺时也。""《芣苢》，伤夫有恶也。"（《文选》注）、"《汉广》，悦人也""《汝坟》，辞家也"（《后汉书》注）等等，不胜枚举，可见《韩诗》不唯有《序》，且其例与《毛序》首句相等。清王先谦有《诗三家义集疏》之作，蒐罗三家遗说甚为完备，三家《诗序》于是书可见一斑。于此亦可知程氏以《毛诗》之卒胜三家，乃因有古《序》之故，其说恐非是。近人傅孟真先生谓西汉博士好假借经书，以发挥其政治哲理，屈先生按此而云三家为使经书配合政治，郢书燕说，遂叠见曾出，三家《诗》之先盛后衰，殆以此欤？[②]

前人，特别是清代学者，如王先谦等对三家诗作了很多研究和辑佚工作，取得了丰硕的成果，现在三家诗皆有《诗序》已为常识，程氏之论并不成立。

---

① 黄忠慎：《南宋三家诗经学》，台湾商务印书馆 1987 年版，第 144 页。

② 黄忠慎：《南宋三家诗经学》，台湾商务印书馆 1987 年版，第 144 页。

七、论周道阙而《关雎》作

元辅以为论"《关雎》为文王诗"，四库馆臣按："此解非论文王，元辅此语亦未明。"

《鲁诗》说："周道阙，诗人本之衽席，《关雎》作。"又说："周之康王夫人晏出朝，《关雎》豫见，思得淑女，以配君子。"又说："周衰而诗作，盖康王时也。康王德缺于房，大臣刺晏，故诗作。"[①]此与《毛诗》谓《关雎》为文王之诗不同。程氏于此特谓"作"之言奏乐也。《关雎》之乐，文王时已有，"为夫晏朝者之不能宪祖也，遂取故乐奏之，以申儆讽"。"虽人更百世，南更万奏"，无论何时何人演奏，仍是文王之乐。倘释"作"为著作，就解释不通了（《诗论十六》）。程氏释"作"为奏，是有文献依据的，《论语·八佾》篇记载："子语鲁大师曰：'乐其可知也，始作，翕如也，从之，纯如也，皦如也，绎如也，以成。"始作或谓五音始奏[②]，或用金奏[③]，无论为何，"作"为奏之意无可置疑。既释"作"为奏，则鲁、毛之说就能并行不悖了。此前，程氏于《诗论》第三篇亦尝释《论语》"为《周南》《召南》"之"为"为作，亦是奏义。郑樵亦曾释《论语》"人而不为《周南》《召南》"之"为"为作。不过，黄忠慎并不认可此说。

此外，程氏《诗论十四》论采诗、序诗因乎其地，辞意大致可采，但黄忠慎以为值得商榷者颇夥。程大昌还认为，不得以今音读《诗》。"古来音韵节奏必皆自有律度，如从今而读《雅》《颂》等之其为诗章焉，孰适而当为《雅》？孰适而当为《颂》也？乃其在古必有的，然不可汩乱者，所谓'雅颂各得其所'者是也。"（《考古编》第16页下）对于有些隐辞寓意，陈古刺今的诗歌，为何得以入《雅》？大昌以为这些诗"诗之、乐之皆无害。至其片言政乖、民困，不可于朝燕颂言，则或时人私自调奏而朝廷不知，亦不能绝也。朝廷不知而国史得之，录以示后，以见下情壅于上闻，而因为世戒，是或自为一理也欤？其可悉用常情而度古事哉？"（《诗论十七》，《考古编》第17页上）如此等等，不一而足。

综而言之，大昌《诗论》有得有失，但正如夏传才先生指出的那样："程大昌著《诗论》十八篇，专门考证研究《诗经》的体制、入乐、大小序等问题。后人研

---

① 详见王先谦《诗三家义集疏》卷一。

② 参见《论语》何晏集解。

③ 《周礼·大师乐》引郑玄曰："始作谓金奏。"《太平御览》卷五百六十四引《论语》注："时闻金奏，人皆翕如。"

究这三个问题,经常征引他的观点和材料。所以《诗论》具有一定的研究文献价值。”①

第四节 散见于《演繁露》等著述中的《诗经》考论

程大昌亦有一些对《诗经》具体问题的研究,散见于《演繁露》《考古编》等著作中。在这里,程氏继续运用以类证类、反经推求(反求诸经而推知其实)的治经方法,获得了不少独到的发明。

一、“淇奥”条(《演繁露》卷一)

《卫风·淇奥》:“瞻彼淇奥,绿竹猗猗。”《毛传》:“绿,王刍也。竹,萹竹也。”②《鲁诗》绿作菉,《尔雅·释草》:“菉,王刍也。”郭璞云:“即菉蓐草也。”③陆玑《毛诗草木鸟兽虫鱼疏》“菉竹漪漪”条:“有草似竹,高五六尺,淇水侧人谓之菉竹也。菉竹一草名,其茎叶似竹,青绿色,高数尺,今淇澳傍生,此人谓之为绿竹。”④可见论者以为这里所谓“竹”,乃禾本科的草类。程大昌却不同意这种解释:

> 《诗》“瞻彼淇澳,菉竹猗猗”,陆玑《草木疏》援《尔雅》云,菉,王刍也。郭璞云,即菉蓐草也。予谓不然。史记汉世河役云“下淇园之竹以为楗”,淇水古属卫地,又《诗》“籊籊竹竿,以钓于淇”,亦卫地也。夫惟卫竹之大可为河楗,而其竿之长可以垂钓,则其不为王刍之草亦已明矣。本朝之初,试文必本注疏,不得自主己说。尝试馆职,有以绿竹为题者,试人赋竹以为钓淇之竹,而莅试者咎其不从训故,黜之不取。富韩公尝辨有司之误矣。(《考古编》第74页上)

① 夏传才:《诗经研究史概要》(增注本),清华大学出版社2007年版,第122页。

② 阮元校刻《十三经注疏》,中华书局1980年版,第321页。

③ 《尔雅》,中华书局1985年版,第94页。

④ 陆玑:《毛诗草木鸟兽虫鱼疏》(丛书集成初编影印本),中华书局1985年版,第8页。

他认为绿竹就是指绿色的竹子。此说并非无据。《诗经》写竹，除程氏所举出自《卫风·淇奥》的“瞻彼淇澳，菉竹猗猗”，出自《卫风·竹竿》的“籊籊竹竿，以钓于淇”外，还有《小雅·斯干》：“秩秩斯干，幽幽南山。如竹苞矣，如松茂矣。”《大雅·韩奕》则写到笋作佳肴：“其蔌维何？维笋及蒲。”事实上，先秦以来至两汉，关中温和多雨[①]，“北方多竹，是汉代以前的一般情形”[②]。磻溪（今宝鸡市东南）附近“幽隍邃密，林障秀阻”[③]；“有鄠、杜竹林”[④]；“渭川千亩竹”[⑤]；张衡《西京赋》犹称“筱簜敷衍，编町成篁”[⑥]；《汉书·沟洫志》：武帝时，“发卒数万人塞瓠子决河”，“下淇园之竹以为揵。”《淮南子·兵略训》：“栝淇卫箘簬”，栝，箭栝也；箘簬，箭竹也。又《后汉书·寇恂传》：“讲兵肄射，伐淇园之竹，为矢百余万。”这说明中原卫地的淇园之竹，两汉既曾充治河之具，又曾治攻城之矢。

但是，随着生态环境的破坏，气候发生变迁，曾经绿竹猗猗的北方已不复有竹。郦道元《水经注·淇水》：“今通望淇川，无复此物（按，指竹），唯王刍编草不异。”[⑦]在这种情况下，对“绿竹”之类的诗句笺释莫衷一是便不足为怪了。然《尔雅》《毛传》均为古注，其时卫尚有竹，二书释绿竹为草，更有《鲁诗》“绿”作“菉”为佐，其说亦不可轻易废之。钱锺书《管锥篇》：“窃谓诗文风景物色，有得之当时目验者，有出于一时兴到者。出于兴到，固属凭空向壁，未宜缘木求鱼；得之目验，或因世变事迁，亦不可守株待兔。”[⑧]名物考辨确实不易。

二、“萱草”条（《演繁露》卷二）

写到萱草或谖草，《卫风·伯兮》有“焉得谖草，言树之背”。《毛传》：“谖草令人忘忧。背，北堂也。”“谖”是个通假字，通“萱”。萱草，俗名忘忧草。北堂种萱，盖取其“后顾无忧”或“无后顾之忧”之意。同时，萱草宜于幽暗处生长，自然植于北堂处（参宋王《野客丛书·萱堂桑梓》）。“北堂”已为母亲居处，则“萱堂”后来也指母亲居处。久之，“萱堂”以及“堂萱”“北堂萱”也成为母亲的

① 参见竺可桢《中国近五千年来气候变迁的初步研究》。

② 扬之水：《诗经名物新证》，北京古籍出版社 2000 年版，第 166 页。

③ 郦道元注、王国维笺《水经注笺》（袁英兴、刘寅出整理标点本），上海人民出版社 1984 年版，第 583 页。

④ 班固：《汉书》，中华书局 2007 年版，第 306 页。

⑤ 司马迁：《史记》，中华书局 1959 年版，第 3272 页。

⑥ 《文选》卷二，薛综注：“筱，竹箭也；簜，大竹也。”“篁，竹墟名也。”

⑦ 郦道元：《水经注疏》，江苏古籍出版社 1989 年版，第 856 页。

⑧ 钱钟书：《管锥编》，中华书局 1986 年版，第 90 页。

代称。程大昌并不满足这样的解释,他说:

《诗》曰“焉得谖草,言树之背”,注直以谖为萱草。《诗》“永矢弗谖”,谖训为忘,故曰永誓不忘也。又凡字必从其类,而萱当从草,今特舍草从言,义皆可疑。后见许氏《说文》萱之字从草,宪又作萱、作蘐,俱以况袁为翻切,乃知古谖字本作蘐,自唐明皇改古文代以今字,乃讹蘐为谖耳。(《考古编》第83页下—84页上)

程氏以其深厚的文字学功力发现,训谖为萱草,违背了“凡字必从其类”的原则,谖草既为草类,必当与萱一样从草,“今特舍草从言,义皆可疑。”有此疑后,查《说文解字》,了解到“萱之字从草,宪又作萱、作蘐,俱以况袁为翻切”,乃推知古谖字本作蘐。且以为是自唐明皇时改古文代以今字,后乃讹蘐为谖耳。程氏之考,解决了我们《诗经》“谖草”写作“谖”的疑惑。“谖”既为草,乃“蘐”之讹,而蘐草即萱草,忘忧草也,故释《卫风·考盘》“独寐寤言,永矢弗谖”之“谖”为“忘”,也就顺理成章了。

三、“秬鬯”条(《演繁露》卷七)

《大雅·江汉》咏道:“厘尔珪瓒,秬鬯一卣,告于文人。”此处的“秬鬯”,《毛传》曰:“秬,黑黍也。鬯,香草也。筑煮合而郁之曰鬯。”可见,毛以鬯为香草名,郁乃指筑煮,酿秬为酒,郁之以鬯,于是酒名秬鬯。《郑笺》:“秬鬯,黑黍酒也。谓之鬯者,芬香条鬯也。王赐召虎以鬯酒一罇,使以祭其宗庙,告其先祖诸有德美见记者。”《周礼·春官》,叙官“郁人”,郑注:“郁,郁金香草,宜以和鬯。”叙官“鬯人”,郑注:“鬯,酿秬为酒,芳香条畅于上下也。秬如黑黍,一秠二米。”依此则知,郑以为,酿秬为酒,和以名为郁金的香草,便是秬鬯。《毛传》《郑笺》明显不同,且看程大昌的意见如何:

大祭祀必用郁鬯。郁鬯也者,酿秬黍以为质,而资郁金草以为之色。故诗人形容其状则曰“黄流”也。黄流者,用以灌地,而求神最重之礼也。天子自祭则以圭柄之勺酌鬯而灌。《书》谓王入太室祼者,是成王亲行灌鬯之礼也。方成王未自至洛,而先命周公告之文武,则其文曰“予以秬鬯二卣”。周公以其礼之重也,故得之而不敢更宿,即禋于文王、武王。则用鬯之礼乃

> 如此其重也耶！《礼记》曰“天子赐珪，瓒然后为鬯”，未赐则资鬯于天子，文侯之命曰“锡尔珪瓒，秬鬯一卣”，此则初赐珪瓒，未及自为之鬯，即并鬯以赐，使归告之也。召虎之《诗》亦曰：“厘尔圭瓒，秬鬯一卣，告于文人也。”（人字疑侯）（《考古编》第129页下—130页上）

可见，程大昌亦以秬鬯为酒。程氏结合《尚书》《礼记》，详考裸礼，指出大祭祀必用郁鬯，使人对“秬鬯”在古代社会的重要性有了明确的认知。秬鬯，酿秬黍以为质。秬黍，黑黍，即郑笺所谓的一稃二米。又因秬鬯酒资郁金草以为之色，故其色黄；行裸礼时以秬鬯灌地（即灌鬯之礼），故曰流。这就是诗人形容其状曰“黄流”的原因。

四、“薇”条（《演繁露》卷八）

《小雅·采薇》共六章，前三章皆以“采薇采薇”起兴，且分别用了“薇亦作止”“薇亦柔止”“薇亦刚止”的句子。“薇亦作止”，《毛传》：“薇菜作生也。”《郑笺》云：“西伯将遣戍役，先与之期以采薇之时。今薇生矣，先辈可以行也。重言采薇者，丁宁行期也。”孔颖达《正义》亦云：“文王将以出伐，豫戒戍役期，云采薇之时，兵当出也。王至期时，乃遣戍役而告之曰，我本期以采薇之时，今薇亦生止，是本期已至，汝先辈可以行矣。”“薇亦柔止”，《毛传》曰：“柔，始生也。”《郑笺》云：“柔谓脃脕之时。”《正义》曰：“王遣戍役，戒之云，我本期以采薇之时遣汝，今薇亦始生柔脆矣，汝中辈可以行矣。”“薇亦刚止”，《传》曰：“少而刚也。”《笺》云：“刚谓少坚忍时。”这些解释均以为王与士卒相约薇菜生时出发，岁暮归家。只是玁狁犯我，何时出兵和归家，当因战局而定，焉可事先预定？若为轮戍，又何以以采薇之时为期？诗中详言薇菜生长变化，又与诗义有何关涉？何况岁首外戍，岁末归家，与当时轮戍制度不合，更与下面的诗意抵牾。可见此说甚为不通。且看程氏之解：

> 《诗》之言及采薇者甚多，即伯夷首阳之所食也。《说文》：薇，似藿藿豆也。豆叶本圆而末尖，皮微皱涩，薇叶正与之肖。山中极多，吾乡俗呼苦遮（据俗语直言贵易晓）。味苦，以芼火肉，最相谐宜。其苗，春则盛发，至秋老硬，然不萎死，虽雪中亦可采也。《采薇》之诗曰“薇亦作止”，谓春而苗茁也。又曰“薇亦柔止”，谓及夏而夭脆也。又曰“薇亦刚止”，谓霜露降而

> 苗叶坚劲也。(《考古编》第137页上)

古人戍边,其周期一般为二年,即头一年的暮春出发,至来年的冬至月(十一月)以后回归。朱熹《诗集传》引程子(颐)曰:"古者戍役,两期而还。今年春莫行,明年夏代者至,复留备秋,至过十一月而归。又明年中春至,春暮遣次戍者。每秋与冬初,两番戍者皆在疆圉,如今之防秋也。"(《诗集传》卷九)暮春出发,来年岁暮回归,知此制度再释诗篇,虽其叙述简略,然亦不致惑然不解。先民生活清苦,粮产不丰,常需采野菜补充食物之不足,故《诗》之言及采薇者甚多。程氏指出山中薇菜不仅多而且生长期长,"春而苗茁","夏而夭脆","霜露降而苗叶坚劲","其苗,春则盛发,至秋老硬,然不萎死,虽雪中亦可采也",几乎四季可采而食之。程氏之考辨,使我们不仅掌握了薇菜的生物习性,明白其在先民生活中的重要性,且明白了《诗》之言薇菜季节变化大有深意。

五、"葑菲"条(《演繁露》卷九)

《邶风·谷风》:"采葑采菲,无以下体。"《毛传》:"葑,须也。菲,芴也。下体,根茎也。"《郑笺》:"此二菜者,蔓菁与葍之类也,皆上下可食,然而其根有美时、有恶时,采之者不可以根恶时并弃其叶。"《正义》:"言采葑菲之菜者,无以下体根茎之恶,并弃其叶。"[①]《演繁露》:

> 《玉篇》:"葑,芜菁也。菲,菜名也。"按:下体也者,古者祭之用牲,以上体为贵。羊首、牛首、肩臑、心肺,皆上体之物也。至于肾、肠、臂、足之类皆不用,以其在下而污秽也。芜菁之叶可食,而不如其根之美,故采葑者不弃下体也。(《考古编》第143页上—144页下)

葑亦作蘴,芜菁又名蔓青,今名大头菜。菲,又名莱菔,今名萝卜。葑菲的根和茎叶皆可食,但根是主要食用部分。程氏之意,采葑菲者,不以其根为下体而弃之,为其根味美也。大凡蔬菜,其根皆恶不可食;但葑菲特殊,不仅其根可食,且较茎叶之味更美。《郑笺》和《正义》不解葑菲之性,为一般所误,故曲为之说。

按程氏所说,下体污秽,本为人所不取;但就葑菲而言,其叶虽可食,却不如

① 《十三经注疏》,中华书局1980年版,第303页。

下体（根）之味美，故要区别对之。程氏释"无以下体"为不以其为下体而弃，修正了《郑笺》和《正义》的说法。

六、"彤管"条（《演繁露》卷十四）

"彤管"见之于《邶风·静女》中。其诗曰："静女其娈，贻我彤管。彤管有炜，说怿女美。"郑笺注"彤管，笔赤管也"。由于将"彤管"释为赤笔管，并确认为女史所用的记功书过的工具，从此就推演出一套"女史之法"或"彤史之法"。《毛诗训诂传》说："古者后夫人必有女史彤管之法。史不记过，其罪杀之。后妃群妾以礼御于君所，女史书其日月，授之以环，以进退之。生子月辰，则以金环退之，当御者，则以银环进之，着于左手。既御，着于右手。事无大小，记以成法。"宋代疑古之风起，汉儒旧说旧注旧笺受到普遍怀疑，在这种学术文化背景下，对彤管的解释也一改汉儒之窠臼。欧阳修、王安石等均认为彤管是乐管。王质曰："彤管，乐器之加饰者也。"（《诗总闻》）朱熹在《诗集传》中不附会汉儒之说，但也没有考出彤管竟为何物，其曰"彤管，未详何物，盖相赠以结殷勤之意耳"。此注开始将彤管的道德训教意义剥离掉，开释彤管为男女爱情信物说之端。此外还有释"彤管"为针管；为一种皮红内白的茅草；为一种玉石等诸多说法。且看程氏对此又有何解：

> 《诗》"彤管有炜"，笺云："彤管，笔赤管也。"郑氏以为后夫人必有女史，彤管之法，史不记过，其罪杀之。毛郑说诗多异，惟此制略相通，其必有所本。按汉制，尚书郎主作文书起草，月赐赤管大笔一双。《会稽典》录盛吉为廷尉，每冬至断囚，持丹笔垂泣，则皆丹彤其管，以别于常用之笔。第不知其得赐、得用制度何似耳。（《考古编》第185页上）

程氏身处汉儒笺注受到普遍否定的宋代疑古学术文化背景中，没有盲目跟风，而是独立思考，冷静考证，坚持汉儒的赤笔管说，并为此说提供了新的文献证据。程氏的此种治学态度确实难能可贵。

七、"爰契我龟"条（《演繁露》卷十六）

《大雅·绵》："爰始爰谋，爰契我龟。"《毛传》："契，开也。"《郑笺》："契灼其龟而卜之。”[①]所谓“契”,所谓“开”,都是合钻、凿与灼三事而言。《汉书·叙传上》引班固《幽通赋》,颜注云:“挈,刻也。《诗·大雅·绵》之篇曰‘爰契我龟’,言刻开之,灼而卜之是也。”一般认为,龟甲经过修整以后,须在背面作出窠槽,然后就热,受热的地方便会爆裂,占者于是根据裂纹来判断吉凶。钻是钻出窠槽,凿是凿出窠槽,钻凿的目的,在于使甲骨变得薄一点儿,这样才易于烧灼见兆。兆即烧灼后龟甲正面现出来的裂纹,横纹曰“坼”,即兆枝;直纹曰“墨”,即兆干。程大昌不同意这样的解释,他说:

> 古卜:卜人令龟已遂,预取吉兆,墨画其上,然后灼之。灼文适顺其画,是为食墨者,吉;其兆不应墨,则云不食,不食则龟不从也。故《洛诰》曰:“我卜河朔黎水,我卜涧水东,瀍水西,惟洛食。”是龟之所食者,画洛之兆,而河朔黎水之兆不食也。古公亶父之改居,经始而谋度之,未敢以为可居也,以墨令龟,而兆与墨同,故曰契。契者,合也。以谋与龟协合也。上言“爰始爰谋”,以我合龟也;“曰止曰行”,龟之语我者,可以止,可以行也。(《考古编》第199页上)

《礼记·曲礼上》疏曰:“契谓两书一札,同而别之。”《说文·大部》:“契,大约也。从大从㓞。”[②]徐锴《繫传》引《周礼》郑玄注:“大约,邦国约也。”朱骏声《通训定声》:“凡质剂之书券,今言合同;簿书之冣目,今言总账;狱讼之要辞,今言案卷。言结皆曰契。”[③]王筠《句读》:“许言大约者,字从大,故举大以该小也。”[④]又《说文·㓞部》:“㓞,巧㓞也。从刀,丰声。”徐灏《段注笺》:“巧㓞,言其刻画之工也。”李孝定《甲骨文字集释》:“丰当即象㓞之齿,从刀,所以栔之也。”[⑤]又:“栔,刻也。徒㓞,从木。”可见为“刻”义的是㓞、栔二字。王筠《句读》:“经典皆用契,而不用栔,亦借锲、挈为之。”[⑥]契当“刻”讲时,是㓞或栔的假借字。

“爰契我龟”中的“契”究竟是“刻”还是“合”呢?我们以为,程氏用古卜之法以及相关文献为证,似乎更为合理。古卜用龟甲,诚然需刻,但刻的目的乃在

---

① 《十三经注疏》,中华书局1980年版,第510页。
② 许慎:《说文解字》,中华书局1963年版,第213页。
③ 朱骏声:《通训定声》,中华书局1984年版,第668页。
④ 王筠:《说文解字句读》,中华书局1988年版,第394页。
⑤ 李孝定:《甲骨文字集释》,台湾研究院历史语言研究所1965年版,第1547页。
⑥ 王筠:《说文解字句读》,中华书局1988年版,第153页。

于使甲骨变薄易灼。若如一般意见，烧灼后的裂纹，有横纹（坼），有直纹（墨），这些横直裂纹盘根交错、杂乱无章，卜者又凭何判断凶吉？事实上，甲骨刻后还需墨之——此“墨”，非传统看法中所谓的“直纹”，乃程氏所谓的“墨画其上”（详见前所引）——墨后再烧灼，烧灼后察看烧灼出的裂纹是否合墨，合则吉，不合则凶。既知乎此，则不难知道“爰契我龟”之“契”需释为“合”，方使诗意流畅无碍。

除《大雅·绵》“爰契我龟”外，《国风》中还有《邶风·击鼓》：“死生契阔，与子成说。执子之手，与子偕老。”此处“契阔”，《毛传》以为乃“勤苦也。”[①]然诗下文曰：“于嗟阔兮，不我活兮。于嗟洵兮，不我信兮。”马瑞辰《毛诗传笺通释》：“活，当读为曷其有佸之佸。《毛传》：‘佸，会也。’”[②]洵通“敻”，远也，这里指别离已久。全段意为分离越来越久，以前的约定无法践守。所以前面“死生契阔”云云，是夫妻之间的誓言，闻一多《诗经通义》：“死生契阔，犹言生则同居，死则同穴，永不分离也。”[③]这里的“契阔”是偏义复词，偏用契义，指结合。《毛传》不够妥当。

总之，《诗经》中两处“契”皆应释作“合”。由于契、锲常通用，更由于人们不了解《诗经》时代的占卜之法，故，笺释之时常有乖误。程大昌从考证古卜方法入手，厘定“契”的含义，修正了前人的说法。

八、“秦穆公以人从死”条（《考古编》卷十）

关于《秦风·黄鸟》的主旨。《诗序》曰：“《黄鸟》，哀三良也。国人刺穆公以人从死，而作是诗也。”孔颖达《毛诗正义》所谓“此不刺康公而刺穆公者，是穆公命从己死，此臣自杀从之，非后主之过”，明显是为康公辨诬之辞。而宋代苏轼、苏辙、朱熹又有康公迫死之说，与孔氏针锋相对。苏辙《和子瞻风翔八观·秦穆公墓》：“三良百夫特，岂为无益死？”朱熹《诗集传》：“今观临穴惴惴之言，则是康公从父之乱命，迫而纳之于圹，其罪有所归矣。”

历来又有关于《秦风·黄鸟》创作背景的不同认识，认为当时“三良”是自杀以从死。《毛诗故训传》：“三良，三善臣也。谓奄息、仲行、针虎也。从死，自杀以从死。”齐、鲁、韩三家诗说与《郑笺》皆谓穆公生前约人从死，三良皆自杀

---

① 《十三经注疏》，中华书局1980年版，第300页。
② 马瑞辰：《毛诗传笺通释》，中华书局1989年版，第122页。
③ 程俊英、蒋见元：《诗经注析》，中华书局1991年版，第80页。

以从。

应劭《风俗通义·皇霸》论及“五伯”:“世之纪事者,不详察其本末,至书于竹帛,同之伯功,或误后生,岂不暗乎?”作为自己“详察其本末”的所得,应氏提到:“而缪公受郑甘言,置戍而去,违黄发之计,而遇崤之败,杀贤臣百里奚,以子车氏为殉,《诗·黄鸟》之所为作,故谥曰缪。”及至张守节《史记正义》引汉应劭语时,则言及详细的情节:“秦穆公与群臣饮酒,酣,共曰:‘生共此乐,死共此哀。’于是奄息、仲行、针虎许诺。及公薨,皆从死。《黄鸟》诗所为作也。”

程大昌则在其《考古编》“秦穆公以人从死”条中进行了这样的考证:

> 古今罪秦穆公以人从死,非也。此自其国俗尝有愿徇者,而三良亦在愿中耳。田横死,其二臣亦穿冢以从。是时,横已失国,岂能强之使徇乎?《诗》曰:“如可赎兮,人百其身”者,伤其自欲从徇,不可救止更代也。恐非穆公遗命使然也。秦献公元年下令止从死者,然则自穆公以至康、共,其国俗既以愿徇为义,国亦不立法禁,故献公既葬,出子知非令典,始以国法绝之。(《考古编》第64页上)

程氏此考,一来为缪公辨诬,二来指出秦国有从死之俗,其三又认定“三良”从死属于自愿性质。程氏为自己的立论提供了有力的史例:“田横死,其二臣亦穿冢以从。是时横已失国,岂能强之使徇乎?”针对此前人们对《黄鸟》诗句的错误解读,程氏指出:“《诗》曰‘如何(按:与《儒学警悟》本和张海鹏《学津讨原》本不同,李调元校正的《涵海》本作“可”)赎兮,人百其身’者,伤其自欲从徇,不可救止更代也,恐非缪公遗命使然也。”对于历史上秦国从死制的废禁情祝,程氏解释说:“秦献公元年下令止从死者,然则自缪公以至康、共,其国俗既以愿徇为义,国(按:李调元校正的《涵海》本作‘固’)亦不立法禁,故献公既葬出子,知非令典,始以国法绝之。”

我们认为,程大昌的说法具有很大的可信性。历来在考察《黄鸟》主旨时,人们之所以更乐于接受反对人殉、哀悼“三良”说,而难于接受自杀以从死说,主要的原因是人们大多从人道主义的立场去看待“三良”的死非其命,从阶级对立的角度去揣度秦穆公以人从殉的发指暴行,在主观情感占上风的思维过程中,历史真实、社会背景等客观因素往往被忽略。

九、“桑无附枝”条（《演繁露续集》卷五）

《豳风·七月》：“蚕月条桑，取彼斧斨，以伐远扬，猗彼女桑。”“蚕月条桑”，《毛传》未作详解。朱熹《诗集传》则解曰：“蚕月，治蚕之月。条桑，枝落之，采其叶也。”后来有戴震解为：“条桑，‘条’如‘厥木惟条’之条，修畅也。当蚕月则有修畅之桑矣，视其远枝扬起者伐之，养桑之法宜然也。”[①]马瑞辰则以为“条桑”即是挑桑，故曰“挑拨而取之”[②]。这些解释均不如程大昌的考释来得详明：

> “蚕月条桑”，释者曰：“斫取其条而撷叶以用也。”今浙桑则然，岁生岁伐，率皆稠行低干，无有高及二丈者。吾徽之桑则高矣，必得梯，叶乃可采，不剪其条也。春每气应，土脉欲动，木津未上，则相与腰刀，相其良监。凡柯枝繁密而相翳者，倒垂乱行而不上达者，或又半枯半萎不善茁叶者，率皆删剟弃之，不使分其正力。俗语谓之“剃桑”，言能剪恶存好也。张堪守渔阳，劝民耕种，百姓歌曰：“桑无附枝，麦穗两歧。”夫桑枝以无所附着为贵，则是尝加删剪而无有交戛相妨者矣。古亲蚕法有皇后采桑，钩若并条列剥之，则何所用钩也？《左传》晋重耳与从者谋于桑下，蚕妾在上而重耳不知也。《列女传》秋胡子见妇人采桑，下车愿托荫桑下。凡若此者，皆是采叶不劚其枝也。若并枝劚去，则何缘有荫也？故剃桑之来古也。（《考古编》第241页上—下）

程氏一方面对历史典籍进行爬梳，一方面又对浙桑和徽桑进行实物考辨，让我们清楚地了解到，由于桑树品种的不同，种植、采摘方式也相应有别。事实上，桑树的特性是副芽多，而且舒长迅速，已经展开的叶芽受到损伤，副芽便很快长成叶丛来替代。若枝条折断，副芽也会迅速长成叶片更肥大的新枝条，以“再生”的方式替补。这原是野桑与桑蚕在自然界中互相适应的“生物链”，人工育蚕与植桑，自然也须顺应其势。另外，桑的品种极多，古人以荆、鲁概之。鲁桑为品种名，后世形成鲁桑系，鲁桑干小叶大多津，可树下摘取，宜饲大蚕。荆桑乃实生桑，各地随俗而名异，其干高枝长早熟，需树上摘取，宜饲小蚕。程氏的考辨为我们正确理解诗意提供了有力的保证。

---

① 戴震：《戴氏诗经考》，《戴震全集》，清华大学出版社1995年版，第1957—1958页。

② 马瑞辰：《毛诗传笺通释》（陈金生点校本），中华书局1989年版，第456页。

十、"拜"条(《演繁露续集》卷六)

对于《召南·甘棠》一诗"勿翦勿伐""勿翦勿败""勿翦勿拜"中的"翦""伐""败""拜"四个词的理解,朱熹以为:"翦,翦其枝叶也。伐,伐其枝条也。""败,折。"郑玄曰:"拜之言拔也。"可见,笺注者认为这四个词在诗中词义相近。但这些解释不能令人信服,何以"拜"亦有折义呢?这些注家对此均是语焉不详,程氏则很好地解决了这个疑问。程氏曰:

> 许叔重曰:"拜,首至地也。"《甘棠》勿剪勿拜三章,皆曰勿剪。剪者,断也。勿拜,则不止不剪,且不敢屈其枝而垂之,敬之至也。《孟子》论天下易事曰"为长者折枝",即肢体之肢与木枝一义,则拜者,折枝之谓也。(《考古编》第248页上)

"拜",古文字作"",像一个人两手着簟之形,亦像一个人双手向下至地之形。作为极有中国传统文化特色的礼仪"拜",其形成与古人席地而坐的风俗有关。顾炎武说:"古人席地而坐,引身而起则为长跪,首至手则为拜手,手至地则为拜。"(《日知录·杂事》)《尚书·舜典》有"禹拜稽首"的记载,说明舜时已有拜礼施行。《史记·周本纪》述武王伐纣进朝歌时,"商人皆再拜,稽首",这说明殷商时代拜和稽首已经细分。《礼记·郊特牲》:"拜,服也;稽首,服之甚也。"由于拜是手至地,故行拜礼时人的肢体弯曲,因此,拜又被称为"折枝(肢)"。这样看来,将《甘棠》之"拜"释为"折",绝非臆断。由于拜有敬重之义,则《甘棠》用"拜",亦暗含敬重之义。而这层意义并不为人识,直到被程大昌品味出来,程氏真可谓诗之知音者。

总之,程大昌诗经学是有宋疑古风气影响下的产物,其《诗论》有不少论断引发后人非议。但我们不能因之而轻视、否定其学术价值。程氏对《诗》分类、诗与乐的关系、采诗问题、四始问题等的探讨无疑有利于诗经学的发展。其以类证类、反经推求的严谨治学方法,更是值得我们借鉴。至于其对一些《诗经》具体问题的考辨,千载之下仍大有启迪,更是功不可没。

第七章　考字辨音，归纳条例：江永诗经学研究

江永，字慎修，一字春斋，婺源江湾人。梁启超视江永为皖南文化（即徽州文化）集大成者，他说："皖南，故朱子产地也，自昔多学者。清初有歙县黄扶孟治文字学，专从发音上研究训诂，是为皖南学第一派；有当涂徐位山治史学及地理学，虽稍病芜杂，然颇有新见，是为第二派；雍正间则休宁程绵庄、歙县黄宗夏皆学于李恕谷，而宗夏兼师王昆绳、刘继庄，颜李学派之入皖自此始，绵庄又斯派图南之第一骁将也，是为第三派；同时有休宁汪双池以极苦寒出身，少年乞丐庸工自活而遍治诸经，以程朱学为制行之鹄，又通音乐医方诸学，是为第四派；宣城梅勿庵崛起康熙中叶，为历算学第一大师，其弟和仲、尔素，其孙循斋并能世其学，是为第五派。五派各自次第发展，而集其成者为江慎修，蜕变而光大之者则戴东原。"[①]作为皖南学五派的"集其成者"，江永当之无愧，他一生的著述便是其标志。据戴震等著录，江氏传世著作有二十种，"四十一岁成《礼经纲目》八十卷（按，戴震著录作'八十八卷'）……六十七岁成《七政衍》《金水二星发微》《冬至权度恒气注》《历辨》《岁实消长辨》《历学补论》《中西合法拟草》七书各一卷；六十二岁为岁贡生，成《近思录集注》十四卷……六十九岁成《四书典林》四十卷，又成《推步法解》五卷；七十六岁成《乡党图考》十一卷；七十七岁成《律吕阐微》十一卷；七十八岁成《春秋地理考实》四卷；七十九岁成《古韵标准》六卷、《四声切韵表》四卷、《音学辨微》一卷；八十岁成《周礼疑义举要》六卷、《礼记训义择言》八卷（按，钱大昕著录作'六卷'）、《深衣考误》一卷、《读书随笔》若干卷（按，戴震、钱大昕著录均作'十二卷'）；又明年而卒"[②]。另外，安徽省图书馆还有如下藏书，为戴震所未著录：《仪礼释例》一卷，《仪礼释宫增注》一卷，《昏礼从宜》一卷，《律吕新论》二卷，《学庸图说》二卷，《群经补义》五卷，

① 梁启超：《近代学风之地理的分布》，《饮冰室合集》五，中华书局 1989 年版，第 69 页。

② 王昶：《江慎修先生墓志铭》，钱仪吉编《碑集传》，台湾文海出版社 1966 年版，第 6338—6339 页。

《考订朱子世家》一卷,《河洛精蕴》九卷,《四书典林》三十卷,《四书古人典林》十二卷。以上合计三十种,二百二十六卷,数百万字。以治经为主,同时涉及文字、音韵、训诂、数学、天文、历法、钟律、历史、地理等,江永治学,长于广摭博讨,订讹补缺,又能集众家之长,但不人云亦云。戴震评价道:“此盖先生之学,自汉经师康成后,罕见俦匹。”[①]因此,对乡先贤来说,江永是“集其成者”;对于乡后辈来说,他是“岿然大师”;就其学问之渊博而言,他是一位百科全书式的大学者。

第一节　对《墓门》“讯”字等的考论，开启徽州后学

江氏《诗经》字词名物考据主要见之于《群经补义》之《诗经补义》。四库馆臣说:“是书(指《群经补义》)取《易》《书》《诗》《春秋》《仪礼》《礼记》《中庸》《论语》《孟子》九经,随笔诠释,末附杂说。多能补注疏所未及,惟有过矫郑义者。”[②]与戴震主张“实事求是,不偏主一家”的学术观点不同,江永治学以宋学为宗,对朱熹推崇备至,又颇能克服宋学空谈性理之弊,将所论建立在严密的考证基础上,故带有从宋学向乾嘉朴学过渡的性质。其《诗经补义》不考论《诗经》全书而以补苴前贤未备为主,内容虽不多,却对戴震、汪梧凤等徽州诗经学家产生了较大影响,一些诗经学问题,或因其而提出,或因其而得以解决。

一、对《采蘋》的考论

《昏义》言:古者妇人始嫁三月,祖庙未毁,教于公宫;祖庙既毁,教于宗室。教成祭之,牲用鱼,芼之以蘋藻。其事与《采蘋》之诗正合。然则《采蘋》者大夫妻将嫁,教成而祭于宗子之庙,以鱼为羹,而芼之蘋藻,为铏羹,奠于奥之牖下。此祭宗子不主,而季女主之,故曰“谁其尸之,有齐季女”,非大夫妻奉祭祀也。季女者,未嫁之称,言尸之,则非助祭也。《郑笺》主此,

① 戴震:《江慎修先生事略状》,《戴震全集》,清华大学出版社 1995 年版,第 2608 页。

② 《四库全书总目》,中华书局 1965 年版,第 278 页下。

似为长。[1]

王肃以为此篇所陈为大夫妻助夫之祭，采蘋藻为菹，设之于奥。奥即牖下。朱熹《诗集传》本其说。江氏于此，则考之《仪礼》有关婚礼的文献资料，认为《采蘋》为女子教成之祭所歌。其由“季女”这个未嫁女的称呼考出本诗人物不是大夫妻；又由“尸之”考出“非助祭”，从而认为《郑笺》为长。江氏此考为后学接受，且产生较大影响。如，戴震和汪梧凤均在此基础上作了进一步的考证，得出了基本相近的结论。

二、对“平王之孙，齐侯之子”的考论

> “平王之孙，齐侯之子”，分明是鲁庄公时王姬归于齐之事。旧解“平”为正，恐未安。东迁后之诗，何以不入《王风》而入《召南》？其以此诗为有王者之化，异于《黍离》诗篇，故特附之《召南》乎？（《群经补义》第18页下）

“平王之孙，齐侯之子”，《毛传》曰：“武王女，文王孙，适齐侯之子。”顾炎武则谓：“成王时，齐侯则太公，而以武王之女适其子，是甥舅为婚，周之盛时，必无此事。逮成王顾命丁公，始见于经而去武王三十余年，又必无及笄之女矣。”后儒据《春秋》庄公元年及十一年两书王姬归齐之文，或断为桓王妹下嫁齐襄（申培）；或断为桓王女下嫁齐襄（戴林）；或断为庄王妹下嫁齐桓（洪容斋）。由于泥于《召南》无东周以后诗，而以“平王”为“平正之王”“齐侯”为“齐一之侯”。朱子从《毛传》而兼存平王即平王宜臼，齐侯即襄公诸儿之说，且云“未知孰是”[2]。总之，关于此诗聚讼纷纭，莫衷一是。江氏指出解“平”为“正”的错误，支持了顾炎武的说法而否定《召南》无东周以后诗的观点，以为此诗记鲁庄公时王姬归于齐之事。并进一步指出，作为东迁后之诗，之所以不入《王风》而入《召南》，乃是因为此诗为有王者之化，异于《黍离》诗篇。

---

① 江永：《群经补义》（四库全书本），上海古籍出版社1987年版，第18页上，以下本章凡引此书，皆只注页码。

② 顾炎武：《日知录》（卷三），商务印书馆1933年版，第4页。

三、对“衣锦褧衣”的考论

衣锦褧衣，夫人始嫁之服也。衣锦者，纯衣而以锦缘，非通身用锦也。褧衣，禅縠之衣，登车则服之，为行道御风尘，犹《士昏礼》“姆加景也”。褧、絅、景一字同音，《中庸》“衣锦尚絅，恶其文之著”，断章取义耳。锦衣惟夫人可服，《丰》篇似用之，士庶僭也。士宜纯衣，纁袡而加景。妇人服不殊裳，《丰》篇言“衣锦褧衣，裳锦褧裳”，举上下体言之，非衣裳殊也。诸侯锦衣狐裘，亦是以锦为缘。(《群经补义》第 18 页下)

江氏不仅考出“褧”“絅”“景”为一字同音，且据礼制指出“锦衣惟夫人可服”，从而得出《中庸》“衣锦尚絅，恶其文之著”为断章取义的结论。江氏将考论建立在扎实的小学基础和典章制度之上，自然胜过诸家。

四、对“济盈不濡轨”的考论

“济盈不濡轨”，轨是车行之迹，济盈何能濡之？辙迹由轮所践而成，不濡轨犹曰不濡轮焉耳，轨音九，与牡叶。(《群经补义》第 18 页下)

戴震后来专门写了名为《辨诗礼注轨轨轵𫐐四字》的考据文章，在江氏基础上，彻底解决了前人对“济盈不濡轨”中“轨”字的误认。问题虽由戴震最终解决，事实上，江氏不仅发现了该问题，还给予了正确的解释，只是过于简略，未能将误解之由解释清楚罢了。

五、对《墓门》等“讯”字的考论

“夫也不良，歌以讯之。”“凡百君子，莫肯用讯。”以韵读之，“讯”皆当为“谇”字，相似而讹也。《说文》：讯，问也。谇，告也。于义皆当为告，不当为问。《离骚》“謇朝谇而夕替”，王逸注引《诗》“谇予不顾”，可证也。(《群经补义》第 18 页下—19 页上)

《墓门》和《雨无正》中的“讯”皆当为“谇”字之讹,今为学界通识,且被新出土的《阜阳汉简》所证实。“讯”字问题由陆德明《经典释文》揭橥,陆氏曰:“讯之,本又作谇”。清代经学家对此讨论甚多,有从字形角度考论的,此类为钱大昕首张:“六朝人多习草书,以卒为𠂇,遂与卂相似,陆元朗不能辨正,一字两读,沿讹至今。”亦有从音韵角度考论的,此类首张者当为江永,然学界多归之于戴震,如洪湛侯说:“戴震在《诗经考》中采用由声音求字义的方法解释词语的例子,不胜枚举。表现在校勘方面。例如《墓门》‘歌以谇之’的‘谇’字,戴震考证说:‘“谇”,诸本皆作“讯”,以韵考之不协。谇,告。讯,问。义训相反。’”①我们应该将这份功劳返还给江永。

六、对《豳风·七月》的考论

> 《豳风·七月》一诗有《风》、有《雅》、有《颂》。盖《风》《雅》《颂》各有其音节,非如郑氏分章之说也。雪山王氏谓《豳》诗以鼓钟琴瑟四器之声合籥,笙师以所龡十二器以雅器之声合籥。(《群经补义》第19页上)

江氏不同意郑玄所谓的分章之说,以为《七月》一诗因所奏之乐不同,奏《风》乐则为《风》、奏《雅》乐则为《雅》、奏《颂》乐则为《颂》。江氏此说,今为多数学者所接受。

七、对《十月之交》的考论

> “十月之交,朔日辛卯。日有食之,亦孔之丑。”此幽王六年乙丑,周正十月辛卯朔日食,夏正则八月建酉也。去之数千年,历家犹能追算此日入交加时在辰,而《集传》谓夏正建亥之月,误矣。(《群经补义》第19页上)

江氏运用天文知识推断《十月之交》所载日食发生在幽王六年,从而辨明了《集传》以十月为夏正建亥的错误。江氏此考对戴震和汪梧凤等均有较大影响。如汪梧凤:“(《十月之交》)愚谓诗不可据,而日食固可据也。厉、平之世无十月辛卯朔日食之事,事在幽王六年。而《国语》《史记》《竹书纪年》载山崩川竭,天时之变及皇父作都,俱与诗词相合,其为幽王诗无疑。”“‘十月’,《郑笺》:‘周之

① 洪湛侯:《徽派朴学》,安徽人民出版社2005年版,第81页。

十月，夏之八月。’说甚明。《朱传》以为夏正，非也。以步算之法上推……”[1]戴震则在《戴氏诗经考》《毛郑诗考正》《书小雅十月之交篇后》等处多次对这个问题进行考辨，后学转精，通过戴氏的考论，结论最终更令人信服。

八、对“《正月》篇以下为东迁后之诗”的考论

有谓《正月》篇以下为东迁后之诗，盖因“赫赫宗周，褒姒灭之”，似西周已灭，故也。《集传》兼存此说，而云“未能必其然否”。愚谓：当以日食决之，使平王在位时，有十月辛卯日食之年则可；今推之不得其年，则信为幽王时之诗。褒姒灭周，是逆料其必然之辞，而非已然之辞也。然则东周已后有《风》无《雅》，亦信矣。（《群经补义》第19页上）

江氏认为不可因诗中有“赫赫宗周，褒姒灭之”这样的句子，将其定为东迁以后事。朱熹虽有疑问，却不能解决这个问题，故《集传》兼存此说，而云“未能必其然否”。但是在江氏看来，这个问题不难解决，一如《十月之交》，可用日食进行考定。十月辛卯日食，在幽王而不是平王时，故此诗作于幽王时，所谓褒姒灭周，是“逆料其必然之辞，而非已然之辞”。这样，江氏不仅使得这些诗篇可以准确系年，破除了旧说之误，且能从而正确把握诗旨，实乃《诗》之功臣也。

九、对韩城的考论

武王之子封于韩。《括地志》：“同州韩城县南十八里为古韩国。”然《韩奕》之诗言韩城燕师所完，奄受追貊北国，则韩当不在关中。王肃谓涿郡方城县有韩侯城。王符《潜夫论》曰：“周宣王时有韩侯，其国近燕。故诗云‘溥彼韩城，燕师所完’。”考《水经注》云：“圣水径方城县故城北，又东径韩侯城，东方城，今为顺天府之固安县，在府西南百二十里。”与诗之“王锡韩侯，其追其貊，奄受北国”者正相符。或又以梁山在韩城为可疑，然而燕地亦自有梁山。《水经注》：“鲍邱水过潞县西，高梁水注之，水东径梁山。南潞县，今之通州，其西有梁山，正当固安县之东北也。”禹治冀州水，恒卫既从，则燕地之梁山，固其所奠定者。韩城之梁山名偶同耳。然则韩始封在

[1] 汪梧凤：《诗学女为》，《续修四库全书》，上海古籍出版社1995年版，第717页。

韩城，至宣王时徙封于燕之方城与？（《群经补义》第19页上—下）

江氏通过对《括地志》《潜夫论》《水经注》等文献中相关资料进行爬梳和排比，既考证出了韩城原有的地理方位，又考证出其迁徙变动情况，为正确理解诗篇打下了基础。

十、对泮宫的考证

尝疑鲁僭郊禘自僖公始。而泮宫亦由僭郊而作，故云鲁人将有事于上帝，必先有事于頖宫，此亦仿天子而为之。王将郊，立于泽以听誓命。泮宫亦犹泽宫，于此听誓命，亦即以为齐宫。犹隐公祭钟巫而齐于社圃也。有事頖宫告，将郊上帝也。泮者，鲁之水名。作宫其上，故曰泮宫。宫成而僖公饮酒，鲁人遂大为铺张扬厉之辞。克淮夷，献馘献囚，淮夷献琛，皆无其事，夸张虚美。今诗并无立学教民之意，所谓“无小无大，从公于迈”者，从公饮酒耳。则泮宫非学也。《明堂位》以頖宫为周学，已不足信。汉文帝使博士作《王制》，谓天子之学曰辟雍；诸侯之学曰頖宫。释者谓辟雍之制，水旋邱如璧，诸侯半之。又因献馘献囚之虚辞，谓天子出征，受成于学，执有罪反释奠于学，以讯馘告。夫立学祀先圣、先师，非讯馘讯囚之地。出征受兵于庙，归而饮至于庙，以告祖，宜也。《周礼》《左传》皆无学中献捷之礼，其为附会诗词无疑矣。以泮宫为学，相沿已久，今虽不能反正其说，而读书者何能无疑？（作泮宫亦土功之事，说者谓立学教民为得礼，故《春秋》不书。非也。）僖始僭郊，为大恶，不可书。故于三十一年，卜郊不从，始书之。则因郊而作泮宫，亦讳不书矣。（《群经补义》第19页上—20页下）

江氏认为泮宫为鲁僖公僭越举行郊祭而建，《泮水》诗即为頖宫修成而僖公饮酒所作。诗为鲁人铺张扬厉之辞，所谓的克淮夷，献馘献囚，淮夷献琛，皆为夸张虚美而本无其事。又因诗并无立学教民之意，而“无小无大，从公于迈”乃从僖公饮酒，故知泮宫非学校。且据《周礼》《左传》考知出兵和献捷皆于祖庙举行，从无学中献捷之礼，进一步认定頖宫非学校。受江氏影响，戴震在其基础上对頖宫有更全面、精审的考证，并撰有专文。

第二节　提出古韵研究标准和方法，总结古韵研究的得失和原则

江氏诗经学杰出贡献并不在《诗经补义》，而在《古韵标准》。江氏《古韵标准》四卷，以《诗经》为主发明古韵的分部以及《诗经》的押韵方法和特点。《四库全书》有收，四库馆臣说："自昔论古音者不一家，惟宋吴棫，明杨慎、陈第，国朝顾炎武、柴绍炳、毛奇龄之书，最行于世，其学各有所得。而或失于以今韵部分求古韵，或失于以汉魏以下、隋陈以前随时递变之音均，谓之古韵。故拘者至格阂而不通，泛者至丛脞而无绪。永是书惟以《诗》三百篇为主，谓之《诗》韵；而以周秦以下音之近古者附之，谓之补韵，视诸家界限较明。其韵分平、上、去声各十三部，入声八部。每部之首，先列韵目。其一韵岐分两部者，曰分某韵。韵本不通，而有字当入此部者，曰别收某韵。四声异者，曰别收某声、某韵。较诸家体例亦最善。每字下各为之注，而每部末又为之总论。书首复冠以例言及《诗韵举例》一卷。大旨于明取陈第，于国朝取顾炎武，而复补正其讹缺；吴棫、杨慎、毛奇龄之书，间有驳诘；柴绍炳以下，则自郐无讥焉。古韵之有条理者，当以是编为最，未可以晚出而轻之也。"①又谓："国朝顾炎武作《诗本音》，江永作《古韵标准》，以经证经，始廓清妄论而开除先路。"②可见江氏此书在《诗经》音韵研究史上的地位和影响。

一、研究古音韵的原因

江氏说：

属而为辞，诗歌箴铭，宫商相调。里谚童谣，矢口成韵。古岂有韵书哉！韵即其时之方音，是以妇孺犹能知之、协之也。时有古今，地有南北，音不能无流变。音既变矣，文人学士，骋才任意，又从而汩之，古音于是益淆讹，

---

① 《四库全书总目》，中华书局 1965 年版，第 369 页中—下。

② 《四库全书总目》，中华书局 1965 年版，第 365 页中。

如棼丝之不可理。①

江氏认为，古代没有韵书，韵即当时的方言，所以当时妇孺皆知，皆能协韵。但是"时有古今，地有南北，音不能无流变。音既变矣，文人学士，骋才任意，又从而汩之，古音于是益淆讹，如棼丝之不可理。"所以需要对古音进行专门的研究。

二、古音韵研究的标准和方法

江氏说：

> 《三百篇》者，古音之丛，亦百世用韵之准。稽其入韵之字，凡千九百有奇。同今音者十七，异今音者十三。试用治丝之法，分析其绪，比合其类，综以部居，纬以今韵，古音犁然；其间不无方语差池，临文假借，按之部分，间有出入之篇章，然亦可指数矣。以《诗》为主，经、传、《骚子》为证，《诗》未用而古今韵异者，采它书附益之。标准既定，由是可考古人韵语，别其同异，又可考屈、宋辞赋，汉魏、六朝、唐、宋诸家有韵之文，审其流变，断其是非。视夫泛滥群言，茫无折衷，概以后世淆讹之韵为古韵者，不有间乎？（《古韵标准》第484页下—485页上）

江氏认为不可以后世淆讹之韵为古韵，故其以《诗经》为古音韵研究的标准，而经传诸子等韵文则只为佐证和补充之材料。确定《诗经》为标准语料后，再逐字逐条予以分析，聚合同类，分部别居。其分部则以今韵（《广韵》）为出发点，参考其他韵文，结合对《诗经》语料分析实际，对《广韵》予以分合，从而确立新的韵部。这个过程和方法，拿梁启超的话来说，就是"一定要找出古人用韵的规律来，换句话说，就是想编一部'古佩文韵府'"②。丁忱说："（江永）以《诗经》韵字为标准，以经传诸子等韵文为佐证来研究古韵，首创'集例列部'的方法；同时，他还运用等韵学的理论来研究古韵，既归纳韵部，又辨析字音结构。

---

① 江永：《古韵标准》，《四库全书》第242册，上海古籍出版社1987年版，第484页下，以下本章凡引本书，皆在文中直接标注页码。

② 梁启超：《中国近三百年学术史》，人民出版社2008年版，第239页。

因此,他所分的古韵韵部便较之前人更为精密合理。”[1]此言得之。

江氏以《诗经》为古音韵研究语料核心和标准,《诗经》以外的语料只取少量来证明。江氏说:

> 经传、楚辞、子史、百家可证《诗》韵者引之,亦不必多引,取证明而已。凡旁证取其近古者,魏晋以后间引一二。欲考其详,自有顾氏专书。音变源流及《诗》外之字亦多采顾说。(《古韵标准》第488页下)

江氏以唐韵为基础而予以分合,从而确立新的韵部的做法源自顾炎武[2]。江氏说:

> 顾氏书悉用唐韵,最为有见,今本之。每部首先列韵目;一韵岐分两部者曰“分某韵”;韵本不通而有字当入此部者曰“别收某韵”;四声异者曰“别收某声、某韵”。顾氏分十部,今何以平上去皆十三部也?第四部为真、文、魂一类,第五部为元、寒、仙一类,顾氏合为一也;第六部为萧、肴、豪分出一支,不与尤、侯通;第十一部为尤、侯一类,当分萧、肴、豪之一支,不与第六部通,而顾氏亦合为一也;第十二、十三自侵至凡,九韵当分两部,而顾氏又合为一也。其说详于各部总论。(《古韵标准》第486页下—487页上)

其于《诗》某句韵某字,不用“叶”字,悉以“韵”字代之。此既与陈第“古无叶音”说合,又能与宋人“叶音”说相区别:

> “叶”字本无病,自陈氏有“古无叶音”之说,顾氏从之。又或以古音有异,须别转一音者为叶音。今亦不必如此分别,凡引《诗》某句韵某字,悉以韵字代之。(《古韵标准》第487页下)

除分合顾炎武的分部,其改正旧叶之误,即定《诗经》音读,亦多与顾氏不同。他的做法是随韵辨正,而不是另拟专章:

---

① 丁忱:《汉语声韵学教程》,武汉大学出版社1999年版,第55页。

② 按,梁启超《中国近三百年学术史》指出,清人主要用《佩文韵府》,《韵府》本于南宋《礼部韵略》,《韵略》则本于唐《广韵》,虽有异同,差别不大。

顾氏《诗本音》改正旧叶之误颇多，亦有求之太过反生葛藤，如一章平上去入各用韵，或两部相近之音各用韵，率谓通为一韵，恐非古人之意。《小戎》二章以合、軜、邑叶骖，以念字叶合、軜、邑，尤失之甚者，今随韵辨正，亦不能尽辨也。（《古韵标准》第488上—下）

三、古韵研究史的检讨

江氏对古韵研究的历史进行了简明扼要的回顾，并对各家的得失给予了检讨。所作回顾和检讨，概而言之，有以下几个方面值得注意：

1.唐人不识古音，并提出“古人韵缓，不烦改字”①的原则。

2.宋吴棫作《韵补》，其“搜群书之韵，异乎今音者，别之为古音”是为古韵研究之始。明杨慎则对其增益，而著《转注古音》。二家为古韵研究之权舆，而《韵补》尤《毛诗》功臣。但是，吴、杨二家虽淹博，却缺识断和精审。

3.陈第提出“古无叶音，《诗》韵即当时本音”说，最有功于诗学。但不善辨喉牙齿舌唇之异，以及字母清浊，其以直音之法注音，谬误不可胜数。

万历间，闽三山陈第季立著《毛诗古音考》，又有《屈宋古音义》。其最有功于《诗》者，谓古无叶音，《诗》之韵即是当时本音。此说始于焦竑弱侯，陈氏阐明之，焦氏为之作《序》。其书列五百字，以《诗》为本证，他书为旁证。五百字中，有不必考者，亦有当考而漏落者。盖陈氏但长于言古音，若今韵之所以分，喉牙齿舌唇之所以异，字母清浊之所以辨，概乎未究心焉，故其书皆用直音。直音之谬，不可胜数。以此知音学须览其全，一处有阙，则全体有病。（《古韵标准》第485页下—486页上）

4.顾炎武“考古之功多，审音之功浅”。

细考《音学五书》，亦多渗漏。盖过信古人韵缓不烦改字之说，于“天”“田”等字皆无音。《古音表》分十部，离合处尚有未精，其分配入声多未当。此亦考古之功多，审音之功浅，每与东原叹惜之。（《古韵标准》第486页上）

---

① 按，陆德明于《经典释文》中提出，被后世古音学家视为古韵研究的基本原则。

5.毛奇龄常将借韵认作通韵。

毛氏著《古今通韵》,其病即在"通"字。古韵自有疆界,当通其所可通,毋强通其所不可通。若第据汉魏以后乐府诗歌,何不反而求之《三百篇》某韵与某韵果通乎?有数字通矣,岂尽一韵皆通乎?偶一借韵矣,岂他诗亦常通用乎?今书三声分十三部,入声分八部,疆界甚严,间有越畔,必求其故,正所以遏其通也。(《古韵标准》第486页下)

6.唐人"叶韵"本无病,后人则误用之。

唐人叶韵之"叶"字,亦本无病,病在不言叶音是本音,使后人疑诗中又自有叶音耳。叶韵,六朝人谓之协句。颜师古注《汉书》谓之合韵。"叶"即协也,合也,犹俗语言"押韵"。故"叶"字本无病,自陈氏有"古无叶音"之说,顾氏从之。又或以古音有异,须别转一音者为叶音。(《古韵标准》第487页下)

江氏认为,并非"古无叶音",唐人就有"叶音"说,叶韵即协句,也就是通常所说的押韵,其音是本音,并非诗中临时改变音读。这是一个正确的音韵理论。但是唐人没有明言叶音即本音相押,故造成后学误用,流弊所及,变成了别转一音以相协。

7.朱熹用叶音说注《诗》非为考辨古音。

然古人著书草创者,未必尽精,《韵补》岂遂为不刊之典?叶韵者,诗中之末事。朱子取《韵补》释《诗》,所以便学者诵读,意不在辨古音。故:"桃之夭夭,灼灼其华。之子于归,宜其室家。""昼尔于茅,宵尔索绹。""其桐其椅,其实离离。""岂弟君子,莫不令仪。"此类今音可读,即不复加叶音。今书意在辨古音,此类势不得复仍旧贯。凡吴氏之叶音,《集传》从之而不安者,亦不得不行改正,书之体宜尔。且朱子于经书既得其大者,古韵一事不暇辨析毫厘,亦何损于朱子?笃信先儒,固不在此区区也!(《古韵标准》第488页上)

朱熹用叶音方法注《诗》，颇遭后人诟病，江氏则予以回护：1.朱熹为《诗经》标注音读，乃开创之举，不可能一蹴而达于精善。2.朱熹注音意在便利初学者的诵读，并非考辨古音。故虽有所失，不能抹杀其成就。

此外，江氏还论及周颙、沈约、陆法言等的音韵研究，认为他们的目的在于研究今音，为时所用，虽导致古音消亡，但不能因此而抹杀他们的功劳。此不具论。

四、古韵研究基本原则和学理

江永《古韵标准·例言》不仅说明了古韵研究的标准、方法，检讨了前贤诸家的得失，还对古韵研究基本原则和学理给予了概括①。这些原则和学理既有江氏的独得之见，亦有对前贤的继承。概括起来，有以下几条：

1.韵即方音，音有流变。

> 古岂有韵书哉！韵即其时之方音，是以妇孺犹能知之、协之也。时有古今，地有南北，音不能无流变。音既变矣，文人学士，骋才任意，又从而汩之，古音于是益淆讹，如棼丝之不可理。（《古韵标准》第484页下）

2.《诗经》为古音之丛，百世用韵标准。

> 《三百篇》者，古音之丛，亦百世用韵之准。稽其入韵之字，凡千九百有奇。同今音者十七，异今音者十三。（《古韵标准》第484页下）

3.唐人释经，不具古音。

> 唐人释经，不具古音。且云古人韵缓，不烦改字。（《古韵标准》第485页上）

4.既要坚持又不能过信“古人韵缓，不烦改字”之说。

---

① 这里只论及《古韵标准·例言》中相关内容。其他原则，如元音“揜”“侈”说和“数韵共一人”说，则在后文相应部分再论。

细考《音学五书》,亦多渗漏。盖过信古人韵缓不烦改字之说,于“天”“田”等字皆无音。《古音表》分十部,离合处尚有未精,其分配入声多未当。此亦考古之功多,审音之功浅,每与东原叹惜之。(《古韵标准》第486页上)

5.借韵与通韵有别,不可滥定通韵。

毛氏著《古今通韵》,其病即在“通”字。古韵自有疆界,当通其所可通,毋强通其所不可通。若第据汉魏以后乐府诗歌,何不反而求之《三百篇》某韵与某韵果通乎?有数字通矣,岂尽一韵皆通乎?偶一借韵矣,岂他诗亦常通用乎?今书三声分十三部,入声分八部,疆界甚严,间有越畔,必求其故,正所以遏其通也。(《古韵标准》第486页下)

6.读韵不可强纽为一声,应以本声读之。

四声虽起江左,按之实有,其声不容增减,此后人补前人未备之一端。平自韵平,上去入自韵上去入者,恒也;亦有一章两声或三四声者,随其声讽诵咏歌;亦有谐适不必皆出一声,如后人诗余、歌、曲,正以杂用四声为节奏,诗韵何独不然。前人读韵太拘,必强纽为一声。遇字音之不可变者,以强纽失其本音。顾氏始去此病,各以本声读之。不独诗当然,凡古人有韵之文皆如此读,可省无数纠纷,而字亦得守其本音,善之尤者也。然是说也,陈氏实启之。陈氏于“不宜有怒”句,引颜氏“怒有上去二音”之说,驳之曰:“四声之说起于后世。古人之诗,取其可歌可咏,岂屑屑毫厘,若经生为耶?且上、去二音亦轻重之间耳。”又于“绸缪束刍,三星在隅”注云:“刍,音邹。隅,音鱼侯切。或问:‘二平而接以去声可乎?’曰:‘中原音韵,声多此类,音节未尝不和畅也。’”是陈氏知四声可不拘矣。他处又仍泥一声,何不能固守其说耶?《四声通韵》今皆具于举例,其有今读平而古读上,如“予”字;今读去而古读平,如“庆”字;可平、可去,如“信”“令”“行”“听”等字者,不在此例。(《古韵标准》第487上—下)

7.著述有三难。

余谓凡著述有三难：淹博难、识断难、精审难。二家淹博有之，识断精审则未也。（《古韵标准》第485页上）

8.草创之书未必尽精。

然古人著书草创者，未必尽精，《韵补》岂遂为不刊之典？（《古韵标准》第488页上）

9.不可以今律古，亦不可以古律今①。

今为《三百篇》考古韵，亦但以今韵合之，著其异同，斯可矣。必曰"某字后人误入某韵、混入某韵"，此顾氏之过论，余则不敢。（《古韵标准》第489页上）

10.诗家分韵尚宽，审音之书尚严。

今韵之有条理处，别有《四声切韵表》《音学辨微》二书明之。顾氏曰："三百五篇，古人之音书。魏晋以下，去古日远，辞赋日繁，而后名之曰韵。至宋周颙、梁沈约而四声之谱作。然自秦汉之文，其音已渐戾于古。至宋益甚，而休文作谱，乃不能上据《雅》《南》，旁摭《骚子》，以成不刊之典，而仅按班、张以下诸人之赋，曹、刘以下诸人之诗，所用之音撰为定本，于是今音行而古音亡，为音学之一变。"按顾氏所以责休文者似矣，愚谓不然。当时四声之说新立，声病之论甚严，又反切之学盛行于南北，而等韵字母亦渐传自西域，演于缁流。休文盖因李登、吕静之声类，周颙之四声切韵而谱之。观其与王筠论《郊居赋》"霓"字之读，首须严于辨声。若夫东冬锺支脂之别之为三寒，桓删山萧宵肴豪析之为四江，次冬锺不随阳唐侯间尤幽不厕。愚模此类，盖因当时通行之音，审其粗细，以别部居。若一部之中，同韵异等，如公宫；同母异呼，如饥龟；同音异字，如岐、奇，皆别其音切，不令淆混。由当时反切等韵之理大明，故能条分缕析。然则四声乃严于审音

---

① 按，此条为作者根据江氏文意所作之归纳。江氏反对宋人的"叶音"说，又反对顾氏"误入、混入"说。前者之失在于以今律古，后者之失在于以古律今。另，江氏反对"叶音"说的论述颇多，兹不具引。

之书，亦为避八病之用，不止为诗家分韵而已。如欲分韵，则当时未有近体，取韵本宽，一声分十数部足矣，奚必二百六部，若此其严密哉？（《古韵标准》第489上—下）

此外，江氏还分析、归纳了上古韵文今读失韵的原因和在确认上古韵文韵脚时容易出现的毛病。上古韵文今读失韵的原因有五：一则方音有流变；一则临文不细检；一则读古不审，沿古反误；一则韵学不精，杂用流鄙；一则恃才负气，自我作古。江氏曰：

《三百篇》后，古音亦渐龙矣。屈宋辞赋往往有龃龉之韵；汉虽近古，时有古音，而踳驳舛谬者亦不少。其故有数端，一则方音有流变；一则临文不细检；一则读古不审，沿古而反致误；一则韵学不精，杂用流于野鄙；一则恃才负气，以为不妨自我作古。夫音有流变，时为之；韵之舛错，则才人为之也。魏晋而后，古韵益微。降及唐、宋，日习今韵，而又间为古韵，如习汉音者，强效乡音，其似者如叔敖之貌，其劣者若东施之颦，此何足为典据？而二家惟事征引，殊少抉择，古韵亦茫无界畔，似诸韵皆可混通，此识断之难言也。（《古韵标准》第485页上—下）

确认上古韵文韵脚时容易出现的毛病有十一种：1.韵在上而求诸下；2.韵在下而求诸上；3.韵在彼而误叶此；4.本分而合之；5.本合而分之；6.间句、散文以为韵；7.是韵而反不韵；9.读破句；10.据误本；11.杂乡音。江氏曰：

古有韵之文，亦未易读，稍不精细，或韵在上而求诸下，韵在下而求诸上，韵在彼而误叶此；或本分而合之，本合而分之；或间句、散文而以为韵；或是韵而反不韵，甚则读破句，据误本、杂乡音，其误不在古人而在我。二家往往不免，此精审之难言也。（《古韵标准》第485页下）

第三节　归纳《诗经》用韵条例

江氏对《诗经》用韵方法和形式进行了全面深入的研究，归纳出其条例。江氏说："韵本无例，诗用韵变动不居，众体不同，则例生焉。不明体例，将有误读韵者，故先举此以发其凡。自是而古韵可求，其非韵者，亦不致强叶误读矣。"（《古韵标准》卷首）江氏的条例有：

1.连句韵

有连两句、连三句、连四句、连五句、连六句、连七句、连八句、连九句、连十句、连十一句、连十二句等。如《小戎》首章，连三句。"游环胁驱"，韵在上，不在下。《七月》五章，连八句。"嗟我妇子"非韵。《烈祖》"黄耇无疆"与下连韵，上文"赉我思成"至"时靡有争"别是一韵。

2.间句韵

有间一句、间二句、间多句而遥韵三种。

3.一章一韵

如《关雎》首章。有后章仍用前章韵者，如《车攻》七、八章，《正月》四、五章，《灵台》三、四章。

4.一章易韵

江氏特别指出，易韵不可不审，如《斯干》八章"乃生男子"不易韵，而九章"乃生女子"则易韵，诗体固不拘也。如谓是一韵，从旧读"瓦""仪""议""罹"皆叶"地""杨""以"，非古音。从颜氏说，读"地"如陀，既未安，而"裼"字亦不可强读如唾，以为闲句又非体。惟陈氏转韵之说得之，但陈氏不知"瓦"字韵连下耳。若《鹿鸣》首章、《大东》二章易韵甚分明，误叶则平声第一部、第九部皆与第八部混而一之，有乖古韵矣，今正之。

5.隔韵

如《兔罝》一、二、三章，首句与第三句韵，次句与第四句韵。

6.三句隔韵

如《葛覃》首章，兮、萋、飞、喈韵，谷、木韵。

7.四声通韵

如《关雎》三章，芼、乐，去入为韵。又如《汉广》一、二、三章，广、泳、永、方，平上去通韵。

8.五句见韵

《巷伯》六章，章首"彼谮人者，谁适与谋"复第二章，语起下文，本不为韵，旧叶"谋"满补反，误。一说此二句衍文，如此则是第三句见韵。

9.隔数句遥韵

《抑》三章，"克共明刑"与"兴迷乱于政"遥韵。首句及中间皆非韵。又此篇

第九章“其维哲人”数句，皆无韵。《臣工》一章，此篇韵不分明，“如何新畬”似与“来咨来茹”遥韵。《有客》一章，“以絷其马”隔三句。

10.隔韵遥韵

如，《桑中》首章，“送我乎淇之上矣”与唐、乡、姜，平去遥韵。中间中、宫自为韵，旧叶误。又如《巧言》首章，首尾且、辜、怃、怃、辜为韵，中隔“昊天已威”二句，威、罪，平上自为韵。

11.隔章尾句遥韵

《麟之趾》一、二、三章，“于嗟麟兮”遥韵。《驺虞》一、二章，“于嗟乎驺虞”首章与“葭”“豝”韵，次章即与首章遥韵，旧叶误。

12.隔章章首遥韵

如《东山》一、二、三、四章；《瞻彼洛矣》一、二、三章；《荡》二章至八章。

13.分应韵

《有瞽》一章，“设业设虡”以下应“瞽”字韵，“喤喤厥声”以下应“庭”字韵。

14.交错韵

《烈文》，公、邦，崇、功，疆、皇、忘，相错为韵。《丝衣》，紑、俅、觩、柔、敖、休，基、牛、鼐，相错为韵。江氏于此按道：“此二诗因当时方音韵可相通，故错互用韵，今各随其本音读之可也。”

16.句中韵

《小星》二章，“维参与昴”，“抱衾与裯”，参、衾亦韵。《柏舟》五章，“日居月诸”一句中自为韵，《日月》篇同。

17.叠句韵

《车辖》四章，“析其柞薪”叠句，二“薪”字自为韵。

18.《雅》无韵之句，《公刘》四章末二句即以“之”字为韵，顾氏谓无韵非是。《巷伯》六章，首二句复次章，起下文。顾氏谓“者”与“虎”韵，非是。《谷风》三章，末二句无韵。《宾之初筵》首章，首二句无韵；三章，首二句无韵。《假乐》首章，首二句无韵。《抑》三章，“颠覆厥德”四句无韵，“酒”“绍”不可为韵；九章，“其维哲人”三句无韵。《桑柔》八章，首二句无韵。吴氏读“瞻”诸良反，非是；十六章，戾、詈为韵，寇、可非韵，末二句无韵。《烝民》二章，末二句无韵，顾氏谓“若”转音如遇反，非是。《常武》三章，首三句无韵。《召旻》四章，末句无韵。

19.《颂》无韵之句

顾氏谓《天作》末句无韵，江氏则谓“子孙保之”，“之”与“岐”为韵。《我将》“于时保之”，“之”与“威”为韵。《思文》，后四句无韵。《丰年》，首二句无韵。

《访落》,末二句无韵。《载芟》,末三句无韵。《良耜》,“播厥百谷”二句无韵,末句无韵。

20.《雅》无韵之章

《思齐》三章、四章、五章。《召旻》四章。

21.《颂》无韵之章

朱子曰:“《周颂》多不叶韵,疑自有和声相叶。清庙之瑟,朱弦而疏越,一倡而三叹,叹即和声也。”顾氏曰:“凡《周颂》之诗,多若韵若不韵者,意古人之歌必自有音节,而今不可考矣。”《赉》篇以“止”“之”“思”语助为韵,别是一体。顾氏谓无韵,今不从。

《清庙》《维天之命》《昊天有成命》《时迈》《噫嘻》《武》《桓》(顾氏强叶韵,今不从。顾氏谓“王”“方”为韵,“天”“间”为韵,唯首三句无韵。今不从。“间”与“天”,古音不相协也)、《般》。

第四节　分古韵十三部,主“数韵共一入”说

清代音韵学的主要成就在古韵分部。他们研究上古韵文,进行分析、归纳,将《广韵》的二百〇六部,予以分合,重新确定韵部,以求合乎上古用韵实际。这项工作开始于宋朝的郑庠,他把二百〇六部并成六部。清初顾亭林则在他的基础上析为十部。江永在顾的基础上又将古韵分为十三部。此后,则有段茂堂的十七部,戴东原的十八部,江晋三的二十一部等析分。此即戴震所谓的“以渐加详”。江永的分部为:

平声第一部　东冬钟江(举平以赅上去,下同)。

第二部　脂之微齐佳皆灰咍,又支之半,尤之半。

第三部　鱼模,又虞之半,麻之半。

第四部　真谆臻文殷魂痕,又先之半。

第五部　元寒桓删山仙,又先之半。

第六部　宵,又萧肴豪之半。

第七部　歌戈,又麻之半,支之半。

第八部　阳唐,又庚之半。

第九部　庚耕清青。

第十部　蒸登。

第十一部　侯幽，又尤之半，虞之半，萧之半，宵之半，肴之半，豪之半。

第十二部　侵，又覃之半，谈之半，盐之半。

第十三部　添严咸衔凡，又覃之半，谈之半，盐之半。

与顾氏的十部相比，江氏分部的特点是：1.真元分部；2.侵谈分部；3.宵幽分部；4.侯鱼分部。戴震曰："陆德明于《邶风》'南'字云：'古人韵缓，不烦改字。'顾氏取其说。江慎修先生见于覃至凡八韵字，实有古音改读入侵者，元、寒至仙七韵字，实有古音改读入真者，音韵即至谐，故真已下十四韵、侵已下九韵，各析而二，自信剖别入微在此。"①可见此为江氏独得之见，其并以此而自矜。江氏在坚守陆德明"古人韵缓，不烦改字"的同时，又认为古今"音有流变"，故重分韵部，为古韵研究做出了重大贡献。江氏分部如下：

1.真元分部。真谆臻文殷魂痕归真部；元寒桓删山仙归元部。先韵则一为二："颠巅天田阗年千先坚贤渊玄"等字归真部；"边笾骈莲戋笺跹前肩鹃涓豣妍研燕县"等字归元部。

2.侵谈分部。侵部除侵韵字以外，另收覃韵的"耽潭楠南男骖湛"、谈韵的"三"、盐韵的"绶(纤)潜僭"、东韵的"风枫"；谈部则包括覃韵的"涵"、谈韵的"谈餤惔甘蓝"、咸韵的"谗"、衔韵的"岩监"、盐韵的"詹"、严韵的"严"等。

3.幽宵分部。幽部包括尤侯幽三韵字(尤部除去归入之韵的字)，另收萧韵的"萧潇条聊"、宵韵的"陶儦"、肴韵的"胶呶茅包苞匏炮"、豪韵的"牢鼛滔慆骚袍陶裪敖曹漕叟"。宵部除宵韵字以外，另收萧韵的"恌苕蜩僚哓"、肴韵的"殽郊巢"、豪韵的"号劳高膏蒿毛旄刀忉桃敖"。

4.鱼侯分部。鱼模两韵字归鱼部，侯韵则归入幽部。江氏把虞韵字分为两部分："吁芋夫肤"等字归鱼部；"禺齵儒须诛邾殊俞踰揄臾区躯朱珠符凫瓯雏刍输厨拘"等字归幽部。

由此可知，江氏只是将侯韵转入幽部，所以实际上只比顾氏多了3部。江氏还将入声分为八部：第一部：屋烛，又沃之半，觉之半。第二部：质术栉物迄没，又屑之半，薛之半。第三部：月曷末黠辖，又屑之半，薛之半。第四部：药铎，又沃之半，觉之半，陌之半，麦之半，昔之半，锡之半。第五部：麦之半，昔之半，锡之半。第六部：职德，又麦之半。第七部：缉，又合之半。叶之半，洽之半。第八部：叶，叶之半，又业之半，狎之甲，乏之泛。如梁启超所言："四声虽有清浊高低

① 戴震：《戴震全集》，清华大学出版社1995年版，第2525页。

舒促之别，韵总是一贯，所以拿平声可以代表上、去、入。”①又，上古入声研究分歧最大处在于分配。这里从略。

除分部外，江氏古韵学理论还有两点值得注意：

1.元音“揜”“侈”说。所谓“揜”，就是发音时开口度较小；所谓“侈”，就是发音时开口度比较大。江氏精于审音，其将韵部前3部分成六部的理论根据即是主要元音的“揜”“侈”。

2.“数韵共一入”说。该说见于江氏《四声切韵表·凡例》，其言曰：

> 韵学谈及入声尤难，而入声之说最多歧，未有能细辨等列，细寻脉络，为之折中，归于一说者也。依韵书次第，屋至觉四部配东冬钟江，质至薛十三部配真谆臻文魂痕寒桓删山先仙，唯痕无入②，药至德八部配阳唐庚耕清青蒸登，缉至乏九部配侵覃谈盐添严咸衔凡。调之声音而谐，按之等列而协，当时编韵书者，其音实出于此，以此定入声，天下古今之公论，不可易也。然执是说也，则此三十四韵之外，皆无入矣。胡为古人用入声韵与三声协者，多出无入声之韵也。而以一字转两三音，如质质、恶恶恶，偏旁谐声字，如至室、意亿、暮莫、肖削之类，亦多出无入声之韵也。顾宁人于是悉反其说，惟侵覃以下九韵之入及歌戈麻三韵旧无入，与旧说同，其余悉反之，旧无者有，旧有者无，此又固滞之说也。其说以为屋承东、术承谆、铎承唐、昔承清，若吕之代嬴，黄之易芈，以其音之不类也。不知入声有转纽，不必皆直转也。曷不即侵覃九韵思之乎！侵寝沁缉犹之真轸震质、清静劲昔、青迥径锡、蒸拯证职也；覃感勘合、谈敢阚盍犹之寒旱翰曷、桓缓换末也；盐琰艳叶、添忝㮇帖、严俨酽业犹之先铣霰屑、仙狝线薛也；咸豏陷洽、衔槛鉴狎、凡范梵乏犹之删潸谏黠、山产裥辖、元阮愿月也。推之他韵，东董送屋、唐荡宕铎亦犹是也。如必以类直转乃为本韵之入，则此九韵不能转入矣。缉承侵、合承覃不亦吕嬴黄芈乎！入声可直转者，惟支脂之微数韵耳。猥俗者谓孤古故谷为顺转，不知谷乃公钩所共之入，而孤之入为各，犹暮之为莫，恶之为恶也。余别为之说曰：平上去入声之转也，一转为上，再转为去，三转为入，几于穷，仅得三十四部，当三声之过半耳，变则变，故入声多不直

---

① 梁启超：《中国近三百年学术史》，人民出版社2008年版，第240页。

② 陈新雄以为，痕非无入，因只有麧、䘩、龁、纥、淈五字，以字少而并入魂韵入声没韵中。参见其《江永古韵学说对段玉裁古韵分部之启示》，载单周尧主编的《明清学术研究》，中国社会科学出版社2009年版，第180页注释二。

转，变则通，故入声又可通用。除缉合以下九部为侵覃九韵所专，不为他韵借，他韵亦不能借，其余二十五部诸韵，或合二三韵而共一入，无入者间有之，有入者为多。诸家各持一说，此有彼无，彼有此无者皆非也。……

数韵同一入，非强不类者而混合之也，必审其音呼，别其等第，察其字音之转，偏旁之声，古音之通，而后定其为此韵之入，即同用一入，而表中所列之字，亦有不同，盖各有脉络，不容混紊，犹之江汉合流，而《禹贡》犹分为二水也。

戴震在《答段若膺论韵》中将顾炎武、江永、段玉裁进行了比较，他说："顾氏于古音有草创之功，江君与足下皆因而加密。顾改侯从虞，江改虞从侯，此江优于顾处；顾药、铎有别，而江不分，此顾优于江处。其郑为六，顾为十，江为十三，江补顾之不逮，用心亦勤矣。此其得者，宜引顾、江之说，述而不作；至支、脂、之有别，此足下卓识，可以千古矣！"[①]此评得之。

当然，江永的古韵研究也存在着一定的不足。如其古韵分部，在第一部支之半，脂之微齐佳皆灰咍，尤之半，原本可以再分为三部。从他的另一部音韵著作《四声切韵表》看，支佳的入声是昔麦；脂微齐皆灰的入声是质术迄物屑黠没；之咍的入声是职德，界限分明。江永已经走到了真理的边缘，更进一步就能达到支脂之分立，只是惜其未果（参见曾运乾《音韵学讲义》相关论述）。另外，江永在入声的处理上也不太妥当，江氏之后的学人，将先秦古韵的入声分为十一部，而江永只分八部，结果多有舛误之处。

① 戴震：《答段若膺论韵》，《戴震全集》，清华大学出版社 1995 年版，第 2536 页。

第八章　尊经衷圣，内正性情：汪梧凤诗经学研究

汪梧凤（1725—1773），歙人，字在湘，号松溪，与戴震交游甚密，俱师从江永，游学不疏园，为乾嘉时著名朴学家。梧凤三次省试不第，此后无意仕途，遍读群书。著有《屈原赋音义》3卷[①]附于戴震《屈原赋注》后，《诗学女为》二十六卷，《松溪文集》不分卷[②]等。其中《诗学女为》为汪氏诗经学著述，《续修四库总目提要》云："是编（指《诗学女为》）盖以子灼习《诗》时相质问，因历举古今传说异同，而通会以己意，计日程课，久而编次成书。取夫子谓伯鱼语，名曰《诗学汝为》。其中凡录《诗义折中》若干篇，余则以《朱传》为主。……其识甚卓。如斯之类亦自不乏。故书虽不逮戴震《毛郑诗考正》之善，要可节取也。"[③]陈子展《国风今译》《诗经直解》《诗三百解题》、黄焯《毛诗郑笺平议》、蓝菊荪《诗经国风今译》等有影响的诗经学著作均引用了大量汪氏《诗学女为》中的诗经学研究成果，可见该书在诗经学研究史上占有一定的位置。

第一节　"内正性情于兴观群怨之间"的读《诗》目的论

《诗学女为》既为教子而著，因而颇具特色。首先，汪氏课子，以当时官方指定的诗经学教材朱熹《诗集传》和《诗义折中》为主，间取其他。是书不列《诗经》文本，只列标题，只对乃子汪灼有疑处历举古今传说异同，会通己意而解说

---

① 按，学界亦有将《屈原赋音义》著作权断给戴震者，此姑从旧说。

② 关于《松溪文集》分卷，张舜徽《清人文集别录》著录曰："《松溪文集》不分卷，乾隆间不疏园刻本。"《四库未收书辑刊》影印本则标识为"一卷"，该书卷首有"秀水郑诚斋、桐城刘海峰两先生鉴定"和"不疏园藏板"题记。

③ 《续修四库全书总目提要》，中华书局1993年版，第339页。

之。具体来说，汪梧凤《诗经》研究标准及取舍详略主要有以下三点：

1.以孔子“思无邪”说为终极美学准的，对诗篇进行总体把握。

> 故余或从《序》，或从朱，一以“思无邪”中之而私意不设。予之说《三百五篇》皆如是，聊举四诗以例其余。[①]

2.以“事以经为证，义以圣人为衷”为稽考众说，具体论断的标准。

> 凤因参合诸说，事以经为证，义以圣人为衷，乃为之说曰……（《诗学女为》第627页）

3.考论详略则“以便初学省览”为目的而进行。解说亦是有话则长，无话则短，并不作烦琐考证。

> 《钦定诗义折中》一书颁在学官，星日为昭矣。臣凤草莽愚昧，寝食其中者十载。兹编恭录若干篇以凛圣人雅言之训，其余概以《朱传》为主。而《序》《说》之可信者存之；《序》与《说》俱不可通，乃博采众论间附鄙意。《朱传》为家弦户诵之书，故仍用《朱传》者，不更采录。若礼器、名物、山川、地理，《朱传》或未载，或载而不详者，备加参考，以便初学省览。（《诗学女为》第611页）

总之，汪氏《诗学女为》乃为课子所作，故于《朱传》或未载，或载而不详的礼器、名物、山川、地理进行较翔实的考订，间或训诂文字。其名物考辨重在梳理知识脉络，意在向学童传授历史知识和名物掌故，绝少去附会微言大义，力求将诗经学讲授透彻、简明，便于初学者把玩。

其次，尤其难能可贵的是，汪氏将《诗》视为正性情、修齐治平之本，反对以之炫博、猎誉和取禄。

自西汉设立五经博士后，经学学习和研究出现了不良倾向，一如皮锡瑞所

---

① 汪梧凤：《诗学女为》，《续修四库全书》第63册，上海古籍出版社1995年版，第608页。以下本章凡引本书皆于文中直接标注页码。

说："方苞谓古未有以文学为官者，诱以利禄，儒之途通而其道亡。"①隋唐以降，科举考试成为读书人追求禄利的捷径，诗经学研究更是蒙上重重利禄污垢。明清时期，八股取士，情况愈演愈烈。只要翻开《四库全书总目》的"存目"部分，就可以看到此时经学著述有大批专供科场考试揣摩弋取之书。《诗经》自不例外，时人读《诗》竟只为功名。汪梧凤则不受世风影响，反对以《诗》为利禄工具。他说：

> 《诗》以正性情，为修齐治平之本，而多识其余事也。后世资之以为文章，陋矣！昔者子孽好《晨风》《黍离》而慈父感悟；周盘诵《汝坟》卒章而为亲从仕；王裒读《蓼莪》而三复流涕；裴安祖讲《鹿鸣》而兄弟同食；李栖和伯亦自言"吾于诗《甫田》悟进学；《衡门》识处世"，此皆可谓善学《诗》者。吾今授女以《诗》，女其能以数君子为师，而内正其性情于兴观群怨之间；毋务博以炫华；毋矜辨以猎誉；授政能达、专对不辱，非所望于女也。循循于门庭朝夕间，幸无子弟之过，足矣！（《诗学女为》第605页）

汪梧凤认为读《诗》的目的有二：1.正性情，为修齐治平之本；2.多识。故主张"内正其性情于兴观群怨之间；毋务博以炫华；毋矜辨以猎誉；授政能达、专对不辱，非所望于女也。"当然汪氏所谓的"正性情""多识"，并未出孔子诗教范畴，其论并没有走出以《诗》为经的解读传统，亦不免有迂腐穿凿、深文周纳之弊，但在当时能不为世风所染，诚为可贵。

最后，汪氏特别注重诗篇章法研究，有一定的文学鉴赏倾向，还不时整体观玩《诗经》文本，在系统透视中体会出圣人删诗、编诗的言外意旨。

第二节　以史证诗、以礼笺诗、系统观照

汪氏采用以史证诗、以礼笺诗和系统观照等方法探讨诗篇主旨，汇通前人之说，爬梳辨正，常有精彩发明。

---

① 皮锡瑞：《经学历史》，中华书局1959年版，第73页。按，与方苞不同的是，皮锡瑞对此种倾向持肯定态度，认为"欲兴经学，非导以利禄不可"。

一、以史证诗

诗经学研究素有以史证诗，以诗证史的传统。汪氏课子，屡屡以史证诗，于此颇见功力。

《卷阿》朱子云："此诗旧说亦召康公作。疑公从成王游，歌于卷阿之上，因王之歌而作此以为戒。"汪梧凤同意朱熹的解说，但是对于写到"凤凰"的三章有不同的看法。此三章，《郑笺》以为指实事，而欧阳氏谓成王时未尝有凤凰至。朱子不同意郑氏的说法，以两章为比，一章为兴。汪氏考《竹书纪年》，有成王十八年凤凰见，三十三年王游卷阿的记载，则欧阳修成王时无凤凰至的说法并不成立，《郑笺》"其说未尽无因"，朱熹以之为比、为兴就非为确解了。凤凰究竟是实有之鸟还是仅为一种传说，这是一个难以破解的历史谜团，汪氏为了破惑，更引《尚书·君奭》篇为佐，既然该篇有"耇造德不降我则，鸣鸟不闻"的说法，"则前此有至焉者矣。"（《诗学女为》第749页）这就是说，史书对凤凰来翔的记载非为偶见，则不应无端造疑。此外，汪氏还引《古今乐录》所载《神凤操》"凤凰翔于紫庭，子何德以感灵，赖先人恩泽臻于胥乐民以宁"，以为"此可为《朱传》'因王之歌而作'之证"。（《诗学女为》第749页）

《桃夭》诗，最为学人纷争的是古婚礼举行时间，汪氏以为：

> 荀卿云"霜降逆女，冰泮衰止"，则自九月至二月皆可昏。《春秋·桓公三年》九月书："夫人姜氏至自齐"，《庄公元年书冬十月》"王姬归于齐"，可知昏期不必定仲春也。《朱传》云："'仲春令会男女'，然则桃之有华，正昏姻之时也。"其说本《周礼》而因诗，又以桃夭起兴，故为是论；亦未尝谓仲春之必不可昏，如《郑笺》说《摽有梅》篇之泥也。东莱吕氏谓以华色比之子，则兴而兼比。参之《朱传》，庶几得风人之旨与？（《诗学女为》第616页）

九月至二月皆可昏，典籍有据，毋庸置疑。又，《周礼》有明文"仲春令会男女"，仲春必不可昏的说法则不成立。有此认识，结合朱熹和吕祖谦的诠释，此诗诗意也就容易把握了。

汪氏考辨《采薇》曰："《采薇》《出车》《杕杜》，《毛传》以为文王诗，非也。……顾氏宁人曰：'《竹书纪年》自共和以后多可信，盖亦必有所传。其前则好事者为之尔，然则其后说更为可据。而况以史证经且即以诗证诗。'文王时无猃狁，宣王时有南仲，而《采薇》《出车》《杕杜》之为宣王时诗无疑矣。”（《诗学女为》第703页）汪氏定此诗作于宣王时比较可信（也有少数人以为作于夷王时）。另外，从所引顾炎武之语知，汪氏亦持有“诗即是史”的观点。这一观点对汪氏诗经学的影响很大，它决定了汪氏诗经学的考论方法以及主旨和年代厘定。

《凫鹥》，汪梧凤曰：“此绎祭之乐歌。何休曰：‘天子、诸侯曰绎，大夫曰宾尸。’《孔疏》：‘宾尸即用其祭之日，今有司彻是也。绎以祭之明日。’《春秋》宣八年言辛巳有事于太庙，壬午犹绎，是谓在明日也。《朱传》合而言之，以为祭之明日绎而宾尸，误矣。”（《诗学女为》第746页）汪氏不仅定此诗为绎祭之乐歌，而且根据《春秋》所记，定“绎”乃祭名，非如朱子所言指“祭之明日”。汪氏所定诗旨、对“绎”的解说，可备一说。

《桑柔》，朱子云：“此诗之作不知的在何时，其言‘灭我立王’，则疑在共和之后。”汪梧凤按曰：“厉王奔彘，共和行政，其间年数，《史记》与《竹书纪年》不符，而《竹书》载流彘后二十二年至二十六年皆大旱。今诗云‘民靡有黎’，又曰‘降此蟊贼，稼穑卒痒’，疑即其时。”（《诗学女为》第752页）汪氏引《竹书纪年》为证，解决了朱熹的疑惑，其说言之凿凿。

《瞻卬》与下篇《召旻》，《序》皆云“凡伯刺幽王大坏。”汪梧凤以为，凡伯无可考。汪氏曰：“《笺》引《春秋》隐公七年，天子使凡伯来聘。盖证周之世卿有凡国伯爵者，非即其人也。《板》序亦云：‘凡伯刺厉也。’故或以为厉王时人。考幽王三年嬖褒姒，上距厉之监谤六、七十年，而《板》诗已云‘老夫灌灌’，岂能至此时尚存耶？予于《板》诗不敢信《序》，而此与《召旻》，朱子均不指作诗之人，今从之。《瞻卬》，《释文》：‘本亦作仰。’”（《诗学女为》第758页）汪氏通过年代上的舛误断“厉王时人”的说法不成立，并从朱熹之说，不勉强定作诗之人、之时。

《昊天有成命》，朱子据《国语》以此诗为祀成王，谓康王以后诗。汪梧凤同意朱说，且考论道：“《竹书纪年》康王三年定乐歌，吉禘于先王。则此诗当为康王吉袷升祔成王于武王之诗。安溪李氏亦主祔祭之说。然以为祔文王，则非。”（《诗学女为》第762页）不仅对朱子之说有所推进，且纠正了李光地之误。

《载见》，《序》以为“诸侯始见乎武王庙也。”《疏》则云：“成王于此亲为祭主，诸侯于成王之世始见武王，非谓立庙以来诸侯始见也。”汪梧凤按道：“《竹书纪年》：‘成王四年春正月初，朝于庙’，诗疑作于是时，故曰‘载见’。‘载见’者，始见也。其说互见后《访落》篇。朱子以为语辞而易《序》，非是。”（《诗学女为》第772页）汪梧凤征引《竹书纪年》为诗系年、定旨，并否定“载”为语词之说。

汪氏以史证诗处还有很多,兹不赘述。其旁征博引,条分缕析,或正前人之误,或补前人之阙,时至今日,仍多有启发。

二、以礼笺诗

自郑玄开以礼笺诗之先河后,代有兴作,且郑玄得失屡为后儒议论。汪氏以礼笺诗主要着眼于前人疏漏之处。后学转精,汪氏在前人基础上爬梳考辨,时有精到发明。

1.详考礼经,正前儒之误。如《执竟》,《序》以为“祀武王也。”《朱传》则曰:“此祭武王、成王、康王之诗。”汪氏按道:

> 祀武则诗不应独致详于成、康。且曰“自彼陈康”,夫“彼”者,别于此之辞。上之成、康,下之成、康,并无异义,而何以“彼”之?凡言“彼”,非实指其时、地,必实指其人,非可作语辞也。《下武》“成王之孚”,愚亦作成王。《昊天有成命》之“成王不敢康”,从《朱传》。则此亦宜从朱作成王、康王也。然三王并祭祀,典所无。以为大祫于太庙乎?何竟不及文王?以为祔祭于武王之庙乎?则武王至孝王时,昭穆亲尽,于是始有不祧之世室,前此未闻有专庙也。岂以是诗为孝王时作乎?即有专庙,何忽兼祀成、康于其庙乎?此必不可通者。《序》所以不主成、康,为二王也。安溪李氏以此诗为康王祔祭,是矣。然以为祔于武王,非也。考之礼,祔皆丧祭,然一在卒哭后,一在谭后。卒哭后之祔,孙从其祖,盖是时未立庙,先以其主寄祔于祖庙之旁,祔毕仍迎主归奉于寝。凡练、祥诸祭,即祭于寝,至时祭而仍寄庙,如是三年。《左传》所云:“丧祭于祖,烝尝禘于庙也。”此李氏之说也。愚谓此寄祔非升祔,不应有诗。是诗当为昭王吉祫升祔康王于成王之章礼。新王免丧有吉禘。吉禘者,吉祫也。凡毁庙之主与未毁之主,皆升祫于太祖,以为死者入庙必合先王、先公而并谛审之,且二祧当祧一主入毁庙矣。是必迎毁庙之主齐食太祖,然后将新祧一主随旧祧众主并迁焉。而新祔之主乃得从二祧三亲返于祢宫,且升祔之后,昭、穆一变,新主当居穆位。然吉、祫、审、禘,旧主未更,故暂与考列,俟祧定而正于其位,方禘祭。未定时,则成、康同居穆位,故诗人以成、康并称而本之于武王。(《诗学女为》第765—766页)

汪氏详考礼制,否定了朱熹并祭三王的说法,并修正李光地的观点,认定此诗当为昭王吉祫升祔康王于成王之章礼。汪氏之考足破此诗之惑。

《雍》诗,汪梧凤考辨尤详。汪氏认为前贤误解《礼经》,皆不解"太祖"之义,从而误定诗旨。汪氏先笺释了"太祖"之义;再考祫祭大典,并认定祫、禘同为合祭,非不同祭典;接着又考释"皇考""烈考"所指;最后,考论宗庙祭祀,荐大牲者乃天子,朱子以为诸侯所荐则误。汪氏说:

> 《雍》,《序》:"禘太祖也。"予谓:太祖,后稷也。礼,不王不禘。王者禘其祖之所自出,而以其祖配之。祖者,凡先祖之通辞也。祖之所自出者谓始祖也。禘于始祖之庙而以凡有庙无庙之主皆配食于始祖,故可言审谛无遗失,亦可言昭穆之次审谛而不乱。其说见《左传·闵二年》注疏中。自赵匡误解《礼经》以释《春秋》,谓:"既立始祖之庙,又推始祖所自出而以始祖配之。"后儒遂袭其谬,多不可通矣。或曰:"鲁不有文王庙乎?"予曰:"《传》有之。襄十二年秋,吴子寿梦卒临于周庙。注云,周庙,谓文王庙是也。""然则鲁之禘也,不祖文王乎?"曰:"鲁之祀文王也,犹宋之祀帝乙,郑之祀厉王、出王庙也。"非鲁之所独也。其得配周公于其庙也,则成王、康公灵而赐之者也,非鲁不得用也。今以侯国特赐之典而定王者祫禘之大礼可乎?且周自后稷以前,无复可推矣,又乌可强求自出之祖以就异说,而反昧帝喾为稷父之非乎?至汉儒以禘、祫分为两祭,则又不然。祫者,合也。祭称祫,犹特祭称禃。禘,合祭也。言祫所以释禘之义。《尔雅》释"禘"为大祭是也。如三年吉禘、五年大禘与四时之烝尝禘,俱是合祭,故吉禘称吉祫;大禘称大祫;烝、尝、禘称烝祫、尝祫、禘祫,非于诸祭之外,又别有所为祫祭也。此皆禘祭大典,不容不辨其误者,故附论于此。
>
> 此诗《笺》《疏》以为"成王祭文王"。朱子以为"武王祭文王"。皆由不解"太祖"之义而误。予谓:太,始也。太祖即始祖,文虽异名,理则一致。且周人以讳事神而诗中不避"昌"字,正以禘于始祖以尊临之,为庙中不讳之义。如但云临文不讳,则于他文不避可也,岂有专祭其主而斥其名者乎?或引"骏发尔私"为证,予谓彼诗戒农官,与武王无涉,此正所云临文不讳者。且又安知非即《国语》之墢字乎?不得以彼例此也。皇考、烈考、孝子,毛郑以来其解互异,然皆不可通。故说是诗者,惟《吕氏读诗记》最善。其言曰:"礼,不王不禘。周所以王天下得行禘礼于太祖者,皆文王、武王之功也。故成王于禘之时推其得禘之由,播之乐歌以告太祖,曰:大哉!我皇考

> 武王，绥予孝子以已成之业。其君臣贤圣再造区夏，所安者上及于皇天，用能昌大于后。居王位而行禘礼，而膺寿祉之多，是皆武王之力，而文王、太姒之所右助也。文王虽同建王业，而武王实得天下，故归功之言详于武王，而卒章本于文王、太姒焉。《闵予小子》之颂曰：'遭家不造，嬛嬛在疚，于乎皇考，永世克孝。'故'皇考'者武王之称也。'烈考'与文母相配而言，故'烈考'者文王之称也。"其说允矣。
>
> "于荐广牡，相予肆祀"，《笺》云："天子是时进大牡之牲，百辟与诸侯又助我陈祭祀之馔。"按，宗庙之事，天子荐大牲，《礼经》可考，而朱子以为诸侯所荐，误矣。（《诗学女为》第771—772页）

汪氏以礼笺《诗》，随处可见，如《丰年》《有駜》《烈祖》，大多精审有见，兹不详述。

2.反对偏执于礼，强调以事、理推考，以补礼经之阙。

先儒笺释，拘礼典太过，礼典所无，必以为非；礼典有者，虽诗不必，亦必附会之。汪氏对此颇不以为然，且看他是如何笺释《葛覃》的。

> 《葛覃》：《礼》"后妃亲蚕不亲葛"，故《毛传》作"后妃在父母家"诗，曲解末章以就其说，支离弥甚。不知亲蚕之典始于前古，故《礼》详。亲葛之事即始后妃躬自为之，非有仪制孰垂宪章？盖豳俗近古，后妃尤习勤。《礼》之所无，事之所有，无或疑焉。或曰："后妃当归宁之候，正及始絺之时，因感在父母家曾任治葛之事，歌以饬女红而勤妇职。末章乃以末事终之。"其说似非无见。然诗取垂教，维其义胜而已。此一诗也，务絺绤以教勤；服澣濯以教俭；崇师氏以教敬；宁父母以教孝。张氏栻所谓"诵无斁之章则知周之所以兴；诵休其蚕织之章则知周之所以亡。"《序》云《葛覃》为后妃之本者，义如是也。何必以《礼》无亲葛之文而必强为之说哉！（《诗学女为》第614—615页）

在这里，汪氏反对"以《礼》无亲葛之文而必强为之说"的错误做法，认为"豳俗近古，后妃尤习勤。《礼》之所无，事之所有，无或疑焉"。我们知道，上古时期，劳动力低下，"一夫不耕，或受之饥；一妇不织，或受之寒"。其时社会等级不像后世那样森严，统治者和下层人民一样，亦要参加劳动，后妃不只亲蚕，而且亲葛。我们不必因《礼》"后妃亲蚕不亲葛"而曲为之说。汪氏之解较之前儒，要通达得多。

三、系统观照

汪氏认为,孔子删《诗》与否难以论断,但是《诗经》经过孔子重新整理是无可置疑的事实。乐师编《诗》本成系统,又经圣人整理,便更有条理,故汪氏论《诗》往往从整个体例上去把握,希求有所发明。

《将仲子》一诗,历来从《序》解,以为仲子即祭仲,诗刺庄公。所谓"不胜其母,以害其弟。弟叔失道而公弗制,祭仲谏而公弗听,小不忍以致大乱焉。"朱熹则以《序》为无据,本郑夹漈斥为淫奔之辞。汪梧凤不同意朱熹的观点,其考《左传・襄公二十六年》载有,齐侯、郑伯为卫侯故如晋。子展赋《将仲子兮》,晋侯乃许归卫侯。故认为"是诗有关于兄弟不为无据",从而定本诗为"托为郑庄公拒谏之词以讽之"(《诗学女为》第654页)。在用史料证诗之后,汪氏又从整部《诗经》的编排体例进行论证,汪氏说:"况《国风》之例,多以君卿大夫比次于前,民俗居后。若民间淫奔之诗,何得次此乎?上篇美武公,下篇爱叔段,则此诗为刺庄公无疑。盖庄公杀弟之心蓄之已久,授之大邑纵其欲,而诛之已有成算。祭仲不知而谏之。……"(《诗学女为》第655页)

《鹤鸣》,《序》:"诲宣王也。"《郑笺》:"教宣王求贤人之未仕者。"汪氏对朱熹之说不以为然:"是诗《朱传》说理极精,然篇次《沔水》之后,《沔水》志在去谗,此诗志在用贤,其义实相表里,故从旧说。"(《诗学女为》第713页)

《柏舟》,汪梧凤以为:"毛郑孔本《小序》皆以为仁人不遇之作。《朱传》独断为妇人之诗,且疑妇人为庄姜,真可谓善读是诗者。……是诗宜从《朱传》为庄姜作,无可疑焉。何则?《正风》,《周南》始《关雎》《召南》始《鹊巢》,所谓造端乎夫妇也。《柏舟》则夫妇之道乖矣,故以首《变风》。且《绿衣》《燕燕》《日月》《终风》皆庄姜诗,《柏舟》次于其前,篇以类从,义以相贯。况以事证词,以词逆志,尤有可得而言者。《春秋传》曰……若韩婴、刘向亦以是诗为妇人作而实之以宣姜,则又不知类之甚者矣。"(《诗学女为》第629页)

《黄鸟》,汪梧凤:"此诗或以为与前篇皆共伯归国而作,然无可考。今据篇次推之,当在宣王之末。《沔水》刺用谗,观《祈父》则谗不能去也;《鹤鸣》诲求贤,观《白驹》则贤且远引也,甚至民不自存,来者思归,而宣王之诗终矣。《序》以《祈父》三诗皆刺宣之作,其说固未可废。"(《诗学女为》第714页)

《板》,汪梧凤:"前篇以'是用大谏'终,此篇以'是用大谏'始。二诗若相首尾,前则托王而作劝勉之词以相戒,冀闻之者悟也。此则斥王而作危迫之词以相责,冀闻之者悔而惧也。诗主讽刺,义兼君臣,泥者失之。《序》以为凡伯作。考史籍,厉王时未见有凡伯事,不知何据?”(《诗学女为》第750页)

《常武》汪梧凤:“《崧高》以下四篇,《序》皆云尹吉甫美宣王,而《常武》则以为召穆公诗。按,《韩奕》《江汉》作者无可考。《常武》诗云:‘王谓尹氏,命程伯休父’,《毛传》:‘尹氏掌命卿士。’《疏》云:‘当是尹吉甫也。命臣者,内史之事。吉甫卿士而掌命臣者,盖为卿而兼内史也。’愚谓:史掌策命,此诗知尹氏为内史,而《崧高》以下五诗类,叙见吉甫姓氏者三篇,似可援例以定,乃独指《常武》为召穆作,此不可解。”(《诗学女为》第757页)

无论孔子整理与否,毕竟《诗经》经过众乐师之手,其编排次第肯定有某种依据,诸多证据表明,《诗经》并非按创作先后编排(从局部看,或许有时间先后的考虑,可参见马银琴《两周诗史》),汪氏认为《诗经》编排“篇以类从,义以相贯”的观点有一定的道理的。但问题是这个“类”究竟是什么?而具体到《国风》,汪氏则以为是“多以君卿大夫比次于前,民俗居后”。果真如此吗?学界的分歧很大。今人多以《国风》大多为民歌,则汪氏之“类”便非是。汪氏用《左传》中子展断章取义而赋“将仲子兮”证明诗有关于兄弟,其结论亦不可靠。如果定《将仲子》为爱情诗,紧跟其后的《叔于田》亦是爱情诗,难道就不是“篇以类从,义以相贯”了吗?从这个意义上讲,汪氏并没能驳倒朱熹之说,在没有新的佐证之前,恐怕只能是两说并存了。《鹤鸣》一诗,汪氏认为朱熹“说理极精,要非诗旨”,一语道破理学家解诗之弊。另外,其于《柏舟》《黄鸟》《板》《常武》等均能从编排整体着眼进行考辨,均将《诗经》看作一个有机的阐释系统进行整体关注,汪氏此种解读有一定的启发意义。不过,因为错简、漏简等原因,运用此法解读《诗经》,必须慎之又慎,否则便会差之毫厘,谬以千里。

第三节　以诗旨考辨为重点,兼及名物训诂

汪氏诗经学最突出的贡献在于对《诗经》主旨的考辨上。其诗经学成就和影响虽然不及朱熹和戴震,但是,在诗经学史上自有其不可替代的作用和地位。同朱熹一样,其《诗学女为》具有集传性质,在遍考前贤相关研究成果的基础上,精审细绎,或取或舍,且不时按断之。同戴震一样,勤加考证,是正前贤。有一

个特别值得注意的问题，汪梧凤与戴震二人诗经学的影响关系。对比两书，我们发现，汪氏引戴氏有三十多处，可见戴震对其影响所在。但是，他们曾同游学不疏园，同师从江永，是互为师友的关系。那么，汪氏诗经学有没有影响到戴震？从戴氏诗经学著作中似乎不曾看到引用汪氏研究成果的地方，这是不是说明不曾有什么影响呢？我们认为，问题并没有这么简单。汪氏、戴氏治诗途径似乎不同，侧重点和关注的问题亦很不同。戴氏重在训诂发明，汪氏重在主题考辨。他们的诗学著作似乎是互补的。关于这个问题后面将专门讨论，这里提及，只是为了强调汪氏《诗经》主旨考辨的学术史意义。事实上，仅以陈子展《诗三百解题》为对象进行粗略统计，便发现其中收录有汪氏《诗经》主题考辨成果三十多条，可见其影响。例如：

《还》：齐俗尚勇好胜，虽霸业未成而功利夸诈之习已有其渐。季札所谓泱泱大国风也。说者动以田猎为刺，愚不谓然。秋冬射猎，古人兼资文武，其道固宜。如是特荒于禽，若太康之十旬不返，则宜指为大戒耳。此诗盖以著齐之风俗而非刺其君上也。（《诗学女为》第663页）

《汾沮洳》：《汾沮洳》，愚以为刺遗贤而非刺俭。……严氏虞惇曰："昔公仪子相鲁，之其家，见织帛，怒而出其妻。食于舍而茹葵，愠而拔其葵。曰：'我已食禄，又夺园夫红女利乎？''采莫''采桑''采荬'，盖'茹葵'之类，非特俭啬而已，是亦与民争利也。俭不中礼则吝；吝必至于贪。《伐檀》《食鼠》之所为作也。"说亦有见，存之。（《诗学女为》第667页）

又如《駉》，汪梧凤以为：

> 此大阅而祭马祖之诗，非专颂牧马之盛也。以其诗为乐章体，合乎颂，故鲁人谓之《颂》，夫子仍其名耳。后三篇仿此。（《诗学女为》第778页）

汪氏此论，颇得后学称许。如韩高年曾云："近人汪梧凤《诗学女为》云：'此大阅而祭马祖之诗，非专颂牧马之盛'，对此诗之旨意可谓独有会心。"①

此外，如《园有桃》：愚谓前篇刺贤者不用，是篇刺用者非贤也。（《诗学女为》第667页）《羔裘》：是诗为党私妨贤之在位者而作。（《诗学女为》第673页）《有杕之杜》：美好贤也。（《诗学女为》第674页）《驷铁》：专为田狩而作，不独美襄公，亦以见秦俗。（《诗学女为》第676页）《蒹葭》：《蒹葭》，怀人之作也。（《诗学女为》第677页）《东门之杨》：此诗乃泛刺无信爽约者，不必定指男女。

① 韩高年：《礼俗仪式与先秦诗歌演变》，中华书局2006年版，第265页。

(《诗学女为》第 682 页)《白驹》:《白驹》,送归隐之诗也。……旧说指为讽刺,其意亦于言外见之。(《诗学女为》第 714 页)《有駜》:此孟冬大饮之诗。(《诗学女为》第 779 页)《烈祖》:此祭而受嘏之乐歌,与前篇并汤庙所用也。(《诗学女为》第 783 页)

可见,汪梧凤对有些诗篇的主题提出了确解,破解了千百年来的困惑;对另外一些诗虽未提出新见,却或进行修订,或提出新证,完善了前贤之说,使之论证更为严密。

汪氏《诗学女为》于训诂用力不多,但亦能择善而从,嘉惠后学。如:

《毛郑诗考正·北山》"大夫不均,我从事独贤"汪梧凤释此句时云:"戴氏震曰:'贤',多也。犹'某贤于某若干纯'之贤。《孟子》'我独贤劳',即所谓劳事独多也。"马瑞辰《通释》也承戴说云:"郑笺、赵注并以贤为贤才,失其义矣……贤之本义为多。《小尔雅》:'贤,多也。'《说文》:'贤,多才也。''事多者必劳,故贤为多,即为劳。'《周官·司勋》:'事功曰劳,战功曰多。'多与劳对文则异,散文则通。戴氏震训贤为多,而谓《孟子》非以贤为劳,不知多与劳义正相成。"三家递相发明,终使词义清晰。

《黍离》"彼稷之穗",汪梧凤辨正道:"《朱传》:'穗,秀也。'严氏粲曰:'《论语》注:"吐华曰秀",是秀为未穗,今所谓秀则已成穗而秀茂,与"彼秀"别。'不知凡谷之华皆吐于穗,非华而穗也。故始茁曰秧;分科曰苗;既穗曰秀,秀则穗而华矣。严氏误。"(《诗学女为》第 650 页)汪氏区而别之,厘正了前人之误。

《君子阳阳》:汪梧凤:"右招我由敖",敖,敖翔,舞之态也。《朱传》本《郑笺》作"舞位"。考舞位有表、有兆、有缀,独不见敖之名,未可据。(《诗学女为》第 651 页)汪氏释"敖"为敖翔,描写舞态,不失为一说。

《丰》:《陆堂诗学》曰:"郑氏先注《礼》后笺《诗》,往往欲改《诗》从《礼》。如,此章之以'堂'为'枨',尤觉细琐。"(《诗学女为》第 660 页)汪氏于此指出了郑玄因以《礼》笺《诗》而改字笺释以从己说的错误。

《桑柔》"仓兄填兮",《传》《笺》皆训久,以"填"为古"尘"字,"尘"有久之义也;朱子云"未详",又引或说"疑与'瘨'同";或曰:"如'哀我填寡'之'填'。"汪氏引胡一桂"满也,积也。言悲悯满积于中。"予以笺释,且认为江淹《恨赋》"悲来填膺"之"填"本此。(《诗学女为》第 752 页)其论亦言之凿凿。

《维天之命》:朱子曰:"'何'之为'假',声之转也。'恤'之为'溢',字之讹也。"汪梧凤按道:"何、遐为声之转,如'遐不眉寿''遐不作人'之类可证。'何'之转'假',未闻。"(《诗学女为》第 760 页)批评了朱熹"何""假"声转说之误。

汪梧凤《诗经》训诂成就虽不可与戴震同日而语，其集成众说，断以己意，不乏精审之论。有些成果在其他部分再论，兹不赘述。

第四节　对《诗经》的文学解读

汪梧凤是一个正统的经学家，其说《诗》一本“思无邪”而不敢逾越，这是他的局限。但是他又有一定的独立人格，反对将《诗经》“资之以为文章”，作为博取功名利禄工具，视《诗》为“正性情”之书。从此出发，汪氏沉潜涵泳，对《诗经》的文学特质给予了一定的关注。

1.注意到诗的歌谣体特色。《汉广》今人多认定为一首爱情诗。《毛诗序》则认为是“文王之道，被于南国，美化行乎江汉之域，无思犯礼，求而不可得也。”汪梧凤于主旨无甚发明，基本同意《序》说。但是汪氏说：“乐府有三叠，笛有三弄。此诗末四语三章通用，即汉魏曲后之趋也。《麟趾》《殷雷》，其体并同。”（《诗学女为》第618页）汪氏于此，虽未明言此诗为民歌，却注意到诗的歌谣体特色。

2.对《诗经》艺术成就的探讨。①描写生动形象。且看汪氏对《汝坟》的解读：

> 《汝坟》之伐枚、伐肄，君子从役而妇人代职以养父母者也。其曰“父母孔迩”，言昔则远而今则迩也。顾父母本迩，今若倍觉其迩而曰“孔迩”。写一时喜慰难言之情，几于绘声绘影矣。叙征役之劳而不涉于怨，述团聚之乐而并忘其劳，非文王之化，奚以及此？故《朱传》以父母为指文王，义似纡曲。而《小序》“勉之以正”之说，亦无取焉。（《诗学女为》第618页）

汪氏虽仍附会“文王之化”而解读此诗，但他所谓的“写一时喜慰难言之情，几于绘声绘影矣”，“叙征役之劳而不涉于怨，述团聚之乐而并忘其劳”，如此等等，确实深得诗篇的艺术精髓。《载驰》一诗，大多从许穆夫人的爱国情怀着眼进行解读，但是，在那即将国破家亡的危急关头，许穆夫人之所以能唤起国人的爱国热情，博得大国的同情和支持，除了其人格魅力外，其所赋《载驰》一诗的艺术魅力不容忽视。且看汪梧凤对该诗的解读：

《载驰》,许穆夫人谋存宗国也。夫人之未字也,许求之齐,亦求之夫人。曰:许小而远,齐大而近,一旦有车驰之难,孰可与虑社稷?盖是时颠覆已兆,狄人之祸,其知之矣。假使卫能虑患,自结于齐,国之存亡未可知也。至此,戴公渡河庐漕为苟安旦夕之计,漕不可久,卫不可复,夫人所为痛心而私计者也。当是时,齐桓创霸,可借复国。故首章欲驰驱归卫以告其兄弟,岂只唁之而已哉?既碍于义,不获果行,则卫虽告难,已终莫能效其力,故曰"大夫跋涉,我心则忧"也。二章追思往事,致其悲咽,缠绵反复,莫可明言。曰"既不我嘉,不能旋返""既不我嘉,不能旋济",恨其不用我言以致不能返国也。曰"视尔不臧,我思不远""视尔不臧,我思不閟",言我今视尔之颠沛,更无远谋,亦第思之不止而已耳。"尔"卫侯也。亲之,故尔之。皆就卫言,非指谏阻归唁者。三章知许人之尤已愁郁结而不解。曰"言采其虻",思疗疾也。卒章思控告于大邦,若黍苗之待泽。曰"芃芃其麦",思阴雨也。至于欲控齐国,尽情乞救,如鲍胥秦廷七日之哭,而卒不得其人。曰"谁因谁极"、曰"不如我所之",伤庸庸者之不足与谋,而总不如己之亲反卫国也。其后齐桓以诸侯之师,城楚邱而卫以再造。夫人之善谋,可谓烛照而数计矣。(《诗学女为》第645—646页)

汪氏真善读诗者,其对《载驰》的章法结构、情感态度的把握可谓是直入肠髓。我们读此诗,有汪氏一样的感觉,该诗首章将"大夫跋涉,我心则忧"并列,就像电影"蒙太奇"手法一样,写出了卫国告急和自己爱莫能助,忧心忡忡;二章追思往事,恨其不听忠言,边哭边诉,爱之愈深,恨之愈切;三章通过涉高丘而采虻疗忧,以及"女子善怀"和"众稚且狂"的对比,将诗人忧愤交织,愁郁难解等等万般情态淋漓尽致的描摹出来。末章则既伤无人与谋,更伤无人比我更急更忧,唯有以自己一弱女子之身"我行其野",效鲍胥秦廷之哭,控于齐国,尽情乞救。我们不仅可以读出诗人边泣边诉的音容笑貌;还读出了一颗爱国的赤子之心;更读出了"谁说女子不如男"的巾帼气概。再如《鸿雁》,汪梧凤说:"《鸿雁》,流民感上之能安集已也。……跌宕出之,其情如诉,其声如闻矣。"(《诗学女为》第712页)

②反言以刺。《君子偕老》,汪梧凤以为:

此诗惟"子之不淑"二语是显刺,余皆以"君子偕老"句作主而反复咏叹之,但极言其服色之华,容貌之盛,不及淫乱一词,而匪僻者已颜变、愧生,无自容之地矣。

“邦之媛也”，《毛传》：“美女为媛。”女曰媛，士曰彦，皆德美之称，非美其色也。反言以深刺之。（《诗学女为》第643页）

③意在言外。汪氏于《简兮》一诗则读出了言外之意。在汪氏看来，诗篇不仅尽态极妍地描写出了舞姿，而且篇末远托西方，寄怀彼美，似与本章不相关涉，却写出了精神怀抱、情感意趣。诗已尽矣，而意无穷，余音袅袅，令人回味。

是“简兮简兮”击鼓戒备，将舞之时也。“在前上处”，总干而山立，方舞之始也。次章为干舞，状其武猛曰“如虎”；状其巧捷曰“如组”，自誉其舞也。三章为籥舞。文武之舞毕而献工之礼行。奏鼓以始之，锡爵以终之。始终只尽态极妍以自写其舞状，醉颜不露一毫色相。末乃远托西方，寄怀彼美，又若与本章绝不相涉者，而前数章感愤不平、轻世肆志之精神，胥涌见于笔墨之外矣。（《诗学女为》第637页）

④诗格亦奇。《北山》，汪梧凤认为：“此行役者之作，通篇皆怨不均。其曰‘我从事独贤’，亦怨辞也。犹曰，此大夫之不均也，宁我独贤乎？前三章其词婉；后三章其词激。然形容不均之状戛然便止，不更着一语，可谓怨而不怒，诗格亦奇。”（《诗学女为》第723页）

⑤虚实结合，情景相生。《陟岵》是一首征人望乡的诗。征人服役在外。长期与父母、兄弟分离，每登高远望，浮想联翩。不从自己如何想念父母、兄弟出发，而是想象父母、兄弟在如何想念自己。怀念出之于实情，而想象则全凭乎虚构。虚实结合，情景相生，创造出高远的意境。汪梧凤说：

此诗孝子至情，全在“瞻望”二字。其亲之念己祝己，俱从“瞻望”中想象出来。不言己之念亲，而反言亲之念己；不言己之自慎，而反言亲之欲其慎。则所以念其亲者益切，而所以保其身者益至矣。（《诗学女为》第668页）

3.抓住关键词句进行解读。诗歌每每有关键词句，即安排有主题句，即诗有诗眼。汪氏解《诗》每每抓住诗眼，准确地捕捉到了诗人的匠心所运。前引《陟岵》一诗，汪氏就是紧扣“瞻望”这个关键词对诗篇进行解读的，正因为抓住了这

个诗眼,故能很好地理解诗篇虚实结合,情景相生的意境。再如《沔水》,汪梧凤云:

> 《沔水》,《序》以为规宣王也。顾诗明言"我友",则非规宣王而规其友之诗耳。历考诸儒之说,于本诗辞义率多牵就不可通。愚谓善会篇末二语而不泥"朝宗"之解,则其义得矣。……于是首章则以父母动之,以不知忧君国者或犹知念父母也。然犹合兄弟邦人诸友而统言之。卒章则直呼其人而告之,若曰,尔其敬尔职乎?谗言之兴行且及尔矣。夫不念君国之祸,不顾父母之忧,不敬之大者也。而安于不敬者,亦计图容身肥家耳。不知谗且及身,亦卒不可保是。又动以切肤之灾,不啻垂涕泣而道之矣。故章末二语为作诗本旨,一揭出便戛然而止。诗人固已金针度与矣,而惜乎读者之不能以意逆也。(《诗学女为》第712—713页)

4.对《诗经》美学特征的体认。①怨而不怒。如前引汪氏对《北山》的解读。②有《离骚》之悲愤。《日月》一诗,汪梧凤不同意《诗序》"卫庄姜伤已"之说。以为乃"庄姜忧完之不定位也。"围绕一个"忧"字,汪氏对诗篇有如此敷衍:

> 若曰日月固并照、并冒、并出者也,今则已失其常道而不古处矣。不古处以不相好故也,不相好以无良故也。如妻如此,如子可知其胡能定完之位乎?然完者,吾之所恃以终此身也。苟完而有定乎,宁使其终不我顾、我报,而我亦可与之相忘也。苟完而不定乎,虽使其终我顾、我报,而亦不足称述也。盖绝望于其夫,不得不注心其子,其再四言之曰"胡能有定"者,望其有定而终忧其无定。所谓一篇之中三致意焉者,此也。《朱传》以是诗为不见答于庄公而作,不若《郑笺》定完之说为长。
>
> "畜我不卒",《郑笺》:"畜,养。卒,终也。"按,庄姜夫既如此,则所恃以终此身者完耳。今已逆知其不能定位,是将不得所终也。父母畜我,固欲我之有所终,而乃至于此,故呼父母而痛切陈之。曰"畜我",如追罔极之恩也;曰"不卒",如诉殁身之悲也。歌以代哭,此之谓矣。何屺瞻曰:"'父兮母兮'二句,《郑笺》微曲,当如《朱传》。"(《诗学女为》第631页)

汪氏所谓"一篇之中三致意焉",所谓"歌以代哭",使人如读屈原之《离骚》,司马迁之《报任安书》。在汪氏指引下,再细品诗篇,"于我心有戚戚焉"。其所定诗旨，虽仍有过实之嫌，则无疑较《序》说为胜。与《日月》一样，汪氏亦将《终风》定为庄姜所作。汪氏在此不仅将诗篇描绘的悲愤之情等同于《离骚》，而且将其与《秋风》《团扇》之类的宫怨诗进行比较，虽说结论有些迂腐，却也看出汪氏对这些诗篇美学特征的认同。汪氏说：

韦氏调鼎曰："是诗《传》说，为是《序》首句'庄姜伤己'，信矣。下云'遭州吁之暴'，亦谓庄公过宠州吁侮慢已而。毛郑遂以为州吁之暴恶侮慢。眉山、东莱诸公多从之。玩'谑浪笑敖''悠悠我思''愿言则怀'等语，则不可施于母子之间矣。按，何氏焯亦云：'《朱传》作庄公者近之。'"凤谓：庄公虽狂荡暴疾，而始之待庄姜者，礼虽不至，情实未衰。迨为众妾所惑，如风之蔽日，日深一日，而情亦遂薄矣。首章曰"终风且暴"，日出而风，虽风有耀，庄公之本心未尽蔽，所以"顾我则笑"也。但其"谑浪笑敖"之习，我无德以化之，故中自悼耳。次章曰"终风且霾"，风而雨土，日光蔽矣。"惠然肯来"，蔽或开也。"莫往莫来"，遂终蔽也。遂曰终蔽，宁遂忘之？亦惟有"悠悠我思"而已。三章曰"终风且曀，不日有曀"，则蔽渐深，日全无光矣。故寝则不寐，而郁不得舒，如鼽者之思嚏也。至于卒章"曀曀其阴，虺虺其雷"，则狂惑愈深，开霁望绝而其心伤矣。然不曰伤而曰怀，则犹冀其君之一悟、过之一改也。其忧愁幽思，有《离骚》之悲愤焉。《秋风》《团扇》之词，方斯淫矣。（《诗学女为》第632页）

桃为果之下品，棘则枣之小者，均非美材而实殽登俎，喻所用之非人也。魏小而逼于晋，又以下材当国，危亡在旦夕，君相不知忧而士忧之，忽而歌谣，忽而行国，悲歌往复，冀闻者之少勤其思，其犹《离骚》之意与？两章首二语，先儒之解未稳。愚谓前篇刺贤者不用，是篇刺用者非贤也。（《园有桃》汪梧凤案）（《诗学女为》第667页）

5.对后代诗歌的影响。汪梧凤定《女曰鸡鸣》为"此贤夫妇相警励之辞"，此说洵为定论。不仅如此，汪氏对本诗艺术特色进行了分析，还谈到其手法对后代的影响。

《郑笺》："子，谓宾客也。"欧阳氏曰："宾客一时相接，岂有偕老之理？"子者，皆妇人谓其夫也。御其琴瑟，莫不静好，是夫妇相爱之意。卒章"来之""顺之""好之"，方言来宾客而顺好之也。杂佩以问，张衡《四愁诗》曰

"何以报之英琼瑶""何以报之青玉案"是也。一、二章勉之以才，三章勖之以德。(《诗学女为》第656—657页)

汪氏以为此诗一、二章勉之以才，三章勖之以德。"杂佩"以赠、以问、以报，与张衡《四愁诗》手法相同，洵为有识。

前文所引汪氏对《陟岵》的解读，可知汪氏乃《陟岵》知音。不仅如此，在汪氏看来，《陟岵》这一高超的艺术手法为唐人所继承和发展，"'遥知兄弟登高处，遍插茱萸少一人'，正用之也；'遥怜小儿女，未解忆长安'，反用之也。"(《诗学女为》第668页)。汪氏真可谓善读诗者。

再如，汪梧凤对《小明》的解读：

愚谓此诗盖戍役过期之作。冬而征及冬而反，其初计如此。今久留艽野，感时赋事，其曰"二月初吉""日月方除""日月方奥"者，追念行期也。"明明上天"，纪时也。《尔雅》："冬曰上天载离寒暑，岁已周也。""岁聿云莫"，嗟归期之莫必也。于是既自伤悼，复念其友之在位者而勖之。杜诗"已去汉月远，何时筑城还"，即此诗前三章之意。李陵与苏武诗"努力崇明德，随时爱景光"，即此诗后二章之意也。(《诗学女为》第723—724页)

在这里，汪氏明确地指出了后代诗歌对《诗经》的继承和发展。又如《野有蔓草》，汪梧凤引《陆堂诗学》曰："以殊色为美人盛于《国策》，而《静女》诗实为作俑，其余《国风》及《离骚》无不以怀君友。'清扬婉兮'，齐人以美庄姜；晋曹颜远诗'褰裳非所难，清扬不可俟'亦用以怀友。"(《诗学女为》第662页)指出了《静女》开创意义。

6.从文学角度进行考辨，破除前贤的误解和偏见。汪梧凤除了有一双慧眼欣赏《诗》篇外，更有入木三分的文学批评造诣。且看汪氏是如何以一个文学鉴赏者的眼光来对《淇澳》进行考辨，从而破解该诗一个千古争讼的难题的。

《毛传》："绿，王刍。竹，萹竹。"《朱传》："绿，色也。淇上多竹，汉世犹然。所谓淇园之竹是也。"《水经注》曰："汉武塞决河，以竹为用。寇恂治河内，伐竹为矢。今通望，无复此矣，唯王刍编草与昔无异耳。"愚谓淇上多竹，复有绿、竹二草，而诗所咏则草也，非竹也。首章言其盛，故曰"猗猗"；次章言其色，故曰"青青"；卒章言其象，故曰"如箦"。"箦"，床箦也。状二

> 草之藉地，既平且密，即所谓如茵如毯也。若以“绿”为竹之色，则与“青青”复。以“青”作“菁”，为竹之盛，则又与“猗猗”复。以“箦”比竹，则竹之象直以疏，箦之象横以密。其比物也不工，诗人必不如是也。（《诗学女为》第646页）

本诗中的“绿竹”究竟是草还是竹子，许多学者都进行了有力的考辨，但是均没有谁像汪氏这样以诗论诗，从文学修辞和章法的角度进行如此周密的推敲和琢磨。从文学的角度看，我们还非将其解读为草而不可的了。

又如《卢令》，汪梧凤认为将诗理解为陈古以风则支离矣。此外，他还对一些字词重新训释，认为只有这样理解，才层次井然，见出诗之次第。他说：

> 仁，内美也。鬈，发好貌美也。偲，《毛传》训才，《说文》训强。言才技之美也。由内及外，因人见技，三章方有次第。《郑笺》训鬈作拳勇。与“偲”字复。《朱传》训偲作于思，与“鬈”字复。疑非是。（《诗学女为》第665页）

汪氏这般解读，确实为我们正确理解诗篇开启了一条康庄大道。事实上，汪氏对《诗经》的文学解读早为学者注意，如段楚英在他的《诗经中的情歌》一书中就有这样的文字：

> 《毛诗序》：“《蒹葭》，刺襄公也。未能用周礼；将无以固其国焉。”朱熹《诗集传》：“言秋水方盛之时，所谓彼人者，乃在水之一方，上下求之而皆不可得。然不知其何所指也。”清人汪梧凤说：“《蒹葭》，怀人之作也。秦之贤者，抱道而隐，诗人知其地而莫定其所，欲从靡由，故以蒹葭起兴而怀之。溯洄溯游，往复其间，庶几一遇之也。自毛、郑迄苏、吕无不泥《序》说，秦弃周礼，黄茅白苇。《朱传》一扫空之，特未定其所指耳。然谓‘秋水方盛之时，所谓彼人者，乃在水之一方，上下求索之而皆不可得’，则已明以为怀人之作矣。”姚际恒《诗经通论》：“此自是贤人隐居水滨，而人慕而思见之诗。”①

总之，汪氏对《诗经》进行了较为精彩的文学解读，时至今日，仍有很大的启

---

① 段楚英：《诗经中的情歌》，武汉出版社1994年版，第18—19页。

迪作用。

第五节 对朱子诗经学的扬弃

汪氏《诗学女为》虽旁征博引，参稽极广，然率以朱熹《诗集传》为主，以断是非。据本人粗略统计，其引《诗义折中》和《诗经传说汇纂》共二十四处，引李光地《诗所》和戴震诗经学著作（以《诗经考》为主）均达三十多处。而其于朱熹《诗集传》或从或否，率皆征引，几乎每篇皆有。故本节专论汪氏对朱熹诗学的扬弃。由于前文在讨论诗经学基本问题时，论及了汪氏对朱熹"淫诗"说的否定，这里只列举其对朱熹具体《诗》论的取舍和辨正。

1.全从朱说。此类有《关雎》《兔罝》《草虫》《甘棠》《柏舟》《雄雉》《简兮》《竹竿》《蒹葭》《衡门》《九罭》《六月》《巷伯》《黍苗》《卢令》《天保》《小宛》《既醉》《云汉》《瞻卬》《昊天有成命》《闵予小子》等。

2.认同朱说，但须参以他人之说，义方完备。此类有《卷耳》《桃夭》《桑柔》等。

3.朱说与他说并存。此类如，《芣苢》《旄邱》《民劳》《野有死麕》《寥萧》《行苇》《卷阿》《执竞》《閟宫》等。

4.不认同朱说。如，《樛木》以为郑义较胜。《汝坟》，以《朱传》"父母为指文王"义似纡曲。且《小序》"勉之以正"说"亦无取焉"。《采蘋》，《朱传》从《序》说以为"大夫妻能奉祭祀"。汪梧凤则以为本昏义从《郑笺》为得。此类还有，《日月》《行露》《桑中》《君子阳阳》《将仲子》《遵大路》《子衿》《菁菁者莪》《溱洧》《东方之日》《伐檀》《东门之池》《鸱鸮》《鹤鸣》《小旻》《小弁》《大东》《无将大车》《楚茨》《裳裳者华》《车辖》《采菽》《绵蛮》《大明》《灵台》《假乐》《振鹭》《丰年》《雍》《武》《小毖》《丝衣》等。

5.训诂从朱。如，《日月》"畜我不卒"，《郑笺》："畜，养。卒，终也。"汪梧凤按道："庄姜夫既如此，则所恃以终此身者完耳。今已逆知其不能定位，是将不得所终也。父母畜我，固欲我之有所终，而乃至于此，故呼父母而痛切陈之。曰'畜我'，如追罔极之恩也；曰'不卒'，如诉殁身之悲也。歌以代哭，此之谓矣。何屺瞻曰：'"父兮母兮"二句，《郑笺》微曲，当如《朱传》。'"（《诗学女为》第631页）再如《谷风》"不我能慉"，汪氏按道："毛、朱并训养。《郑笺》训骄。《说文》

训起。惟'养'义为通。考马氏融《广成颂》云:'疏越蕴慉',注,与'畜'通,蕴畜犹积聚也。诗上言'有无黾勉',下言'鞠育颠覆',则训积为尤胜,非言夫之不我养,言不以我为能慉,所谓'既阻我德'也。"(《诗学女为》第636页)此外,《驷铁》《鱼丽》《正月》《鼓钟》《生民》均属此类。

6.训诂不从朱。汪氏训诂不从朱熹在《凯风》《雄雉》《简兮》《卢令》《天保》《节南山》《小宛》《甫田》《思齐》《桑柔》《泉水》《淇澳》《伯兮》《陟岵》《黄鸟》《伐柯》《伐木》《鸿雁》《十月之交》《巧言》《都人士》《何草不黄》《皇矣》《下武》《生民》《凫鹥》《维天之命》《载见》《良耜》《有驳》等篇均有。如《雄雉》:"展矣君子,实劳我心。"汪梧凤按道:"《尔雅》:'展,诚也。''实劳'言劳之甚。'展'字训诚,犹言非为他人,诚以君子之故,实劳我心耳。《朱传》云:'言诚,又言实。所以甚言君子之劳我心也。'其说费解。"(《诗学女为》第634页)又如《小宛》"握粟出卜",汪梧凤曰:"《朱传》言握粟以见贫窭之甚。非是。《日知录》:'古时用钱未广,《诗》《书》皆无泉货之文。而问卜亦用粟,汉初犹然,《史记·日者列传》:"卜而有不灵,不见夺糈。"'"(《诗学女为》第720页)如此等等,率皆可取。

第九章　贯穿汉宋，考辨毛郑：程晋芳诗经学研究

程晋芳（1718—1784），先名志钥，又名廷镄，字鱼门，号蕺园。歙县人，自其高祖量入公迁扬州后，以经营盐业起家，其祖父至其父皆在淮安山阳（今江苏省淮安市楚州区）继续经营盐业，遂为巨富。晋芳曾拜刘大櫆和程廷祚为师，并与袁枚、朱筠、戴震、姚鼐等名流相游。曾参与纂修《四库全书》，书成，升为翰林院编修。程晋芳嗜书如命，颇好藏书，为当时著名藏书家。又不理家产而性乐善好施，奖掖后进，因而家境迅速败落，晚年竟至债务缠身，"不能举火"。1784年，病逝于友人毕沅巡抚衙门。一生著述颇丰，主要有《周易知旨编》三十卷、《尚书今文释义》四十卷、《尚书古文解略》六卷、《诗毛郑异同考》十卷、《春秋左传翼疏》三十二卷、《礼记集释》二十卷、《诸经答问》十二卷、《读诗疏笺钞》不分卷、《群书题跋》六卷等①。

程晋芳籍贯有江都、新安、歙县、淮安等多种说法。但其在《兄溉堂墓志铭》（《文集》卷六）中自称世为安徽歙县之岑山渡人，且无论是诗集还是文集，都题为"古歙程晋芳鱼门"，如《续修四库全书》所收《毛郑异同考》就题名"歙程晋芳学"，可见其一直以歙县人自居。翁方纲《墓志》则曰："新安程君，少以文名江南。"《明清进士题名碑录索引》将其籍贯题为"江南歙县"。《清人室名别称字号索引》亦题为"歙县"。今人胡适在《戴东原的哲学》一文中亦曰："他的同乡（指戴震，引者按）朋友程晋芳（1718—1784）作《正学论》，其中有一篇前半痛骂颜元与李塨，后半专骂戴震。"可见视程晋芳为徽州人不仅有出自程晋芳自己的文献依据，还得到学界普遍认可。有鉴于此，本文将程晋芳诗经学纳于徽州诗

① 程晋芳著述卷数，诸家皆有不同，本文所录据翁方纲《墓志》。《毛郑异同考》，《续修四库全书总目提要》（江瀚撰）云："《毛郑异同考》十二卷（原稿本）。"而《续修四库全书》第63册收录该书，为北京图书馆分馆所藏清抄本的影印本，该本作十卷，为手抄本。程晋芳自序亦曰"既卒业，编成十卷"，则当以十卷为是。

经学研究视野。

第一节　贯穿汉宋，巨细弗遗

程晋芳于经学用力颇勤，成果颇丰，然而其经学著述除《诗毛郑异同考》外大多散佚。今人多根据其尚存的自序、序跋、书信和《正学论》以及翁方纲的《墓志》等材料窥见其经学思想及其特点。

> 其后综览百家，出入贯穿于汉宋诸儒之说，未始不以程朱为职志也。①
>
> 晋芳论学大旨，具见于是集卷一《正学论》七篇中。……此七篇中，非特辟颜元、李塨、戴震诸家说，且并当时之为朴学者并深斥之。②

翁方纲和张舜徽将程晋芳归入宋学谱系。今人司马朝军通过系统深入的比较，指出程晋芳的学术旨趣与《四库全书总目》的异同有六个方面的表现："第一，程晋芳学术宗旨与《总目》相反。程晋芳学宗程朱，苦志于道，所作《正学论》七篇乃其纲领性文字。……《正学论》重宋轻汉，与《总目》所论正相反。在四库馆中，程晋芳、翁方纲、姚鼐等程朱派是非主流派，他们的论调在《总目》中被过滤掉了。""第二，程晋芳的《易》学观与《总目》相反。""第三，程晋芳的《书》学观与《总目》相近。""第四，程晋芳的《诗》学观与《总目》相反。""第五，程晋芳的《礼》学观与《总目》相反。""第六，程晋芳的士气观与《总目》相反。"最后，作者归纳曰："总之，程晋芳在学术谱系中属于典型的程朱理学派，其学术观点基本上与《总目》格格不入。"③这个归纳准确把握住了程晋芳的经学思想，程氏在汉学大行其道、占据主导地位的时世中，认为程、朱不可轻议，其以恪守程、朱为己任，较之其他乾嘉学者，特别是朴学家们自有不同。其在徽州学人中，则颇能绍继江永，别开一军。不过，程晋芳虽心仪宋学，却不抛弃汉学。他说：

---

① 翁方纲：《复初斋文集》，《续修四库全书》第1455册，上海古籍出版社1995年版，第479页下。

② 张舜徽：《清人文集别录》卷六，中华书局1963年版，第179页。

③ 司马朝军：《〈四库全书总目〉编纂考》，武汉大学出版社2005年版，第48—52页。

士人或泥古以疑今，或是今而弃古，皆未可为平心善学者也。①

乾隆时，汉学（朴学）大兴，逐渐出现或全盘否定宋学，或竭力诋毁汉学的不良学风。程晋芳指出这种因泥古而疑今和因是今而弃古的做法皆非平心善学。其批评目的在于纠正学界的偏颇：

盖欲告人以学经之法，不可专执一家。②

自西汉时起，经学便为今文经学、古文经学之争所纠缠。两派各有师法和家法，互相攻讦，形同水火。晋芳则明确告诉后学“不可专执一家”，主张古今齐举，汉宋并重，兼收并蓄，融会贯通。这对于纠正当时学风的偏颇，特别是朴学之弊无疑具有积极作用，就是今天，仍有很强的指导意义。在此认识基础上，程氏又云：

治经之道必巨细弗遗，本末该贯，而后其学成。③

程氏主张，治经之道在于“巨细无遗，本末该贯”。所谓“巨”和“本”乃是指圣人之道，而“细”和“末”无疑是指文字音韵、文物制度之类。在其看来，二者都极为重要，只有“无遗”和“该贯”而后才“其学成”。就这样，程氏以其理论自觉，打通了宋学和汉学的壁垒，形成了既与乾嘉朴学家一样重视名物训诂，又积极合理吸收宋代义理之学的新的学风。不仅如此，晋芳还反对为考据而考据，他说：

经术正而人心正，所关于世道者，诚不小也。④

又其甚者，因考据字义而旁及于金石文字。夫金石文字之足以资助史

① 程晋芳：《〈毛郑异同考〉序》，《续修四库全书》第1433册，上海古籍出版社1995年版，第304页上。

② 程晋芳：《〈毛郑异同考〉序》，《续修四库全书》第1433册，上海古籍出版社1995年版，第304页上。

③ 程晋芳：《〈尚书今文释义〉序》，《续修四库全书》第1433册，上海古籍出版社1995年版，第304页上。

④ 程晋芳：《勉行堂文集·〈图学辨惑〉跋》，《续修四库全书》第1433册，上海古籍出版社1995年版，第334页下。

> 学，夫人而知之矣。然不过订日月、校职官、证琐事，而于制度云为安危治乱之端，其所系者终小。[①]

晋芳认为为学不在于训诂，而在于探究安危治乱之道，以求有用社会人生，认为考证之学仅有助于订日月、校职官、证琐事，于安危治乱之端关系不大。批评了当时一些学者埋头于古书堆，不问世事的错误学风。这在"家家许郑，人人贾马"，考据之学还未充分暴露其缺点的乾嘉时期，洵为不易。

总之，晋芳治经，以阐发圣人之道为宗旨，又以考据为路径，主张汉宋兼采，经世致用。其对众经多有研究，虽"所得不深"[②]，然亦时有独得之见。其《诗毛郑异同考》，江瀚便以为："其考毛、郑异同颇多允当。"[③]

晋芳研治《诗经》用力颇勤，且有其学术上的考虑，他说："《大易》一书经足下（指程廷祚）再三研究，无能别辟蹊径；《春秋》则方子望溪亦几罄其义；《尚书》前人所述咸多善本，又有足下《通议》；惟《毛诗》先儒论说各执一是，鲜能相通，足下《青溪诗说》持论至精而结体尚略，愚殆将从事于此。"[④]自汉而清，五经研究已很全面、充分，想有作为，诚非易事。晋芳意识到了这一点，故从比较毛、郑异同的角度展开了他的诗经学研究。

程晋芳着意比较毛郑异同，还出于有意识地矫正其时重汉轻宋、重毛轻郑的学风。其《序》曰：

> 今之学者类稍知注疏，不尽从事宋学矣。然即一经之中，注疏之异同得失亦未易辨也。……宋贤谓康成以礼释经，与毛乖迕，然岂无郑得而毛失者乎？……且宋贤之说经也，一则苦于澜翻，一则好为臆断，然去取毛郑之间，亦间有合者，而自出新义，有夐出毛郑之外，足以胜之者。士人或泥古以疑今；或是今而弃古，皆未可为平心善学者也。……非敢谓已之所说必不倍于经言，盖欲告人以学经之法，不可专执一家。[⑤]

---

① 程晋芳：《勉行堂文集·正学论四》，《续修四库全书》第1443册，上海古籍出版社1995年版，第293页下。

② 张舜徽：《清人文集别录》卷六，中华书局1963年版，第179页。

③ 《续修四库全书总目提要》，中华书局1993年版，第340页。

④ 程晋芳：《勉行堂文集·与家绵庄书一》，《续修四库全书》第1433册，上海古籍出版社1995年版，第321页下。

⑤ 程晋芳：《勉行堂文集·〈毛郑异同考〉序》，《续修四库全书》第1433册，上海古籍出版社1995年版，第304页上。

其时学者惟重名物训诂，重毛轻郑，唾弃宋学。但是，事实上，不仅有郑得毛失之处，宋贤说经虽自有弊病，然亦有胜义。先入为主，专执一家，绝非善学。晋芳有鉴于此，对毛郑以及唐宋以降诸家异同详加考辨，以期辨明是非，改变学风。下文将以《续修四库全书》63 卷据北京图书馆分馆藏清抄本的影印本为工作本对其《毛诗异同考》进行一些探讨。而其《诸经问答》散佚无考，故无论焉。至于其《读诗疏笺抄》，今上海图书馆藏有稿本。是书为程晋芳读《毛诗正义》之笔记，不分卷，分装四册，为叶昌炽旧藏。先录《诗谱》序、《周南召南谱》以及《诗经》正文，低一格则或钞毛《传》，或钞郑《笺》，或钞孔颖达《正义》，天头上间有附注，注明《说文》本字或《释文》所载异文，有人疑其为《毛郑异同考》初稿。然本人仔细比对二书发现，《读诗疏笺抄》与《毛郑异同考》内容绝不相类，故定非后者之初稿。从该书内容和题名来看，仅仅是晋芳读书笔记而已，虽抄录取舍可以一定程度上反映程氏诗学观点，但学术价值不大，故不具论。

第二节　辨别毛郑得失，详加案断

程晋芳暇日浏览说《诗》诸家，因即《毛传》《郑笺》，条其同异，得“《笺》之与《传》异者且四五百条”，又“杂取诸家辨正，复断以己意”，其具体方法和步骤可由该书卷首凡例得知。该凡例说：

> 一是编先列《传》《笺》，间取《释文》，再及《正义》。《正义》可节者节之，其不可节者宁失之繁，以便观玩。
>
> 一毛郑同而是者不录，其同而未确者，亦取而辨之。
>
> 一《正义》绾合毛郑大有，若心惜其袒郑者多，今并驳正。
>
> 一是书之作，非特辨毛、郑得失，兼欲学者博观宋以降书，故凡有裨于二家者，咸载之，而陈长发《稽古编》所采尤备。
>
> 一《传》《笺》相近，本不烦置辩，中有后人误驳者，亦间举正一二。①

可见，本书以考辨毛、郑异同为中心和重点，兼取毛郑后学的研究成果，是一

① 程晋芳：《毛郑异同考》，《续修四库全书》第 63 册，上海古籍出版社 1995 年版，第 371 页上。以下本章凡引该书皆在引文后直接注页码。

部诗经学异同资料的汇聚和优劣案断的著述。那么,程氏是如何考论毛郑异同的呢?

细读其书,我们发现,程氏对毛、郑诗学成果进行了详细的比对,并旁征博引,广搜典籍,并结合唐宋以降的研究成果和自己对《诗经》文本的理解,以按语形式对其进行了是非优劣判断。这些案断大致可以分为以下类型:(一)《笺》《传》俱非;(二)《传》《笺》皆通;(三)《传》是《笺》非;(四)《传》非《笺》是;(五)其他情况。

一、《传》《笺》俱非

晋芳考辨毛、郑,明确标示《传》《笺》俱非者有一百多条,其详考诸家之说,或从孔颖达《正义》,或从王安石、苏辙、郑樵、朱熹等宋儒,或从陈启源《毛诗稽古编》等,确实难以案断者则存疑。此又可细分以下几类:

1.汉儒过于据实。如,《小星》"实命不同"条:

> 《传》解"命"字似是命运之义,《孔疏》以康成主礼数而言,故亦谓毛公作"礼命"解,果如此,毛、郑皆误矣。人无贵贱,苟能知命则一切怨尤胥泯?此一章诗所可取者在此,以为千古高才受抑者劝,若但曰命数不同,则绝无意味。汉儒据实之过,往往好是,非所敢从。(《毛郑异同考》第377页上)

2.古训有失之太曲。如,《蒹葭》"白露为霜"条:

> 《传》《笺》小异而大同,其实皆非也。白露为霜,则时又改矣。岁晚怀人,其心倍切矧,其人正在葭苍露白之一方乎?古训有失之太曲者,未敢以为然也。(《毛郑异同考》第413页下)

3.其义可存,但与上下文不合。如,《天保》"俾尔戬谷"条:

> 《传》《笺》此条同,而朱子以《说文》引《诗》"实始戬商"训。《笺》为"灭灭有尽"义,故曰"尽善",其义亦自可存,但上文既曰"单厚",下文又曰"罄无不宜",此又云"尽善",何"尽"义之多也。"福祥"之说且可存之以备参考。若何玄子谓:"戬当作晋,进也。"则愈武断矣。(《毛郑异同考》第

427 页下)

4.《笺》自出一意,详玩诗词,似无此意。如,《湛露》"其桐其椅"条:

《笺》自出一意,以喻二王,详玩诗词,似无此意。欧阳氏"桐、椅喻在燕诸侯有威仪",亦胜郑说。(《毛郑异同考》第 429 页下)

5.《传》未甚明,《笺》尤鹘突。如,《节南山》"无小人殆"条:

此《传》未甚明,《笺》尤鹘突。颍滨曰……(《毛郑异同考》第 439 页上)

6.因文生义。如,《大明》"造舟为梁"条:

古人说经往往因文生义,致启后来之疑,虽《尔雅》《说文》不能免也。驾船为桥以便于渡,至今犹然,岂独天子?且文王虽受天命而有二事殷,何敢僭为天子之制?故王子雍调停其说如前。张子曰:"造舟为梁,文王所制,而周世遂以为天子之礼也。"亦是子雍之意。大抵郑重昏礼,从浮梁以推可见,故曰"不显其光"也。(《毛郑异同考》第 471 页上)

7.《笺》义尤为杜撰。如,《抑》"彼童而角"条:

《笺》义尤为杜撰,不可从。《读诗记》引王氏曰:"童无角理,譬我施恶,无报我以善之理。谓童而角,实或小子耳,无是礼也。"此义为长。秦氏松龄谓:"小子非指厉王。"尤是。(《毛郑异同考》第 509 页下)

8.说虽古,恐未然。如,《访落》"未堪家多难"条:

陈长发以《闵予小子》四篇皆出一人手笔,详玩诗词,其说颇近。如此篇必以为成王自作,则拘泥矣。毛谓此篇为致政之后,说虽古,恐未然。成王冲龄祚,即三年免丧,犹是幼年,故仍以小子自称,且周公归政之后,家难已平,语与事不合,此自是周公代成王延访群臣之诗耳。(求古,以古为近

是。但又需玩味诗词)(《毛郑异同考》第534页上)

9.《笺》说亦不能划一。如，《烈祖》“鬷假无言”条：

郑于此“假”训升，而于下“以假以享”训“假”同毛为“大”，是其说亦不能划下(案，疑为“一”字之误)也。(《毛郑异同考》第544页下)

10.《传》义固未确，《笺》亦拘浅。如，《樛木》“宜其室家”条：

《传》义固未确，《郑笺》亦拘浅。颍滨云：“妇人甚少而盛，不以色骄其君子而以宜其室家。”《吕氏读诗记》取李氏曰：“室家皆得其宜也。”似胜古义。严华谷取《孔疏》引《左氏》云：“女有家，男有室。室家谓夫妇皆得其宜也。”此亦可存而不及苏、李之义广且该也。(《毛郑异同考》第374页上)

二、《传》《笺》同或皆通

程氏以为《传》《笺》同或皆通者约五、六十条，又有以下几种情况：
1.二义相通，皆可从。如，《召旻》“蟊贼内讧”条：

二义相通，可从也。(《毛郑异同考》第523页上)

2.毛义简浑，而《笺》亦可通。如，《日月》“日居月诸，照临下土”条：

毛义简浑，而《笺》亦可通。(《毛郑异同考》第380页下)

3.《传》质而实，《笺》为典核。如，《君子偕老》“象服是宜”条：

《传》质而实，《笺》为典核矣。(《毛郑异同考》第390页上)

4.《笺》虽广《传》意而于诗义颇近。如，《兔爰》“雉离于罗”条：

《笺》虽广《传》意而于诗义颇近。《兔爰》雉罗，狡者脱而耿介者罹祸也。(《毛郑异同考》第396页下)

5.皆可存，不破字为胜。如，《泮水》"狄彼东南"条：

二义皆可存。苟义明而不烦破字，则又胜耳。(《毛郑异同考》第538页下)

6.皆可通，而《笺》尤胜。如，《樛木》"福履将之"条：

将，大、扶助。皆《释诂》文，皆可通。似《笺》尤胜。(《毛郑异同考》第374页上)

7.《传》《笺》异而皆通。如，《六月》"载是常服"条：

《传》《笺》虽异而皆通，宋以降多用郑说，毛亦可存也。(《毛郑异同考》第430页下)

8.毛义明而《笺》与毛不远。如，《正月》"谓天盖高，不敢不局。谓地盖厚，不敢不蹐"条：

此王述毛义为明，《笺》亦与毛义不远也。(《毛郑异同考》第440页上)

9.《传》《笺》略同，而《笺》能广《传》。如，《都人士》"绸直如发"条：

此《传》《笺》略同，《笺》能广《传》之义，尤善宋贤。自宋子始疑为"亦是言发"。华谷益详论之，究不及古训之质。(《毛郑异同考》第462页下)

10.不同而皆通，但毛终胜郑：如，《齐》"烈假不瑕"条：

二义虽不同而皆可通。《朱传》云："其大难虽不殄绝，而光大亦无玷缺。"盖本毛义。要之，毛终胜郑，以其不破字耳。(《毛郑异同考》第479页上)

11.《传》《笺》小异而大同。如，《皇矣》“貊其德音”条：

“貊”自宜从“莫”读，《传》《笺》小异而大同。(《毛郑异同考》第 482 页上)

12.《传》《笺》同而费解。如，《瞻卬》“时维妇寺”条：

《传》《笺》同而费解，当从欧阳氏。(《毛郑异同考》第 521 页下)

13.《笺》文过深而亦可存。如，《鸳鸯》“戢其左翼”条：

《传》意已足，《笺》文过深而亦可存。(《毛郑异同考》第 456 页下)

三、《传》是《笺》非

程氏认定《传》是而《笺》非者有两百条左右，主要表现为以下几类：
1.《传》简质可从，《笺》节外生义。《葛覃》“葛之覃兮”条：

《毛传》简质可从。盖此直是赋耳。《传》《笺》凡言兴者，皆是比义。欲言妇功，先引可为絺绤之葛，郑、王所云皆节外生义，未之敢从。(《毛郑异同考》第 372 页上)

2.《传》义自足，《笺》为赘词。如，《鹊巢》“百两御之”条：

百两者，数之盛且备也。毛义自足，郑以百官言之，亦赘词耳，而于大义无碍。(《毛郑异同考》第 375 页上)

3.郑好举典，毛义为长。如，《葛覃》“害浣害否”条：

郑好举典，六服岂可浣耶？观下传可知矣。只是近体之衣耳。毛义为长。(《毛郑异同考》第 373 页下)

4.郑多异义,点金作铁。如,《绿衣》“绿兮衣兮,绿衣黄里”条:

毛于文字未尝有所改更,至郑而多异义。若为“褖衣”,则是黑色六衣之一。男与玄端相配,女为御于君之服,其色本正黄色,虽尊,亦六衣之一色耳。古者衣里皆用素纱。若黑衣以黄为里,是正色之衣。用正色之里,于诗义不可通矣。此不过借色之正间,衣之表里,以见妾宠而妻弃。岂果有绿衣黄里之事哉?陆堂谓康成点金作铁,得无信乎?(《毛郑异同考》第379页)

5.毛不破字,《笺》说终觉委曲。如,《静女》“说怿女美”条:

毛不破字,则“说怿”,毛当训为喜乐,《笺》说终觉委曲,不必从。由宋以来,用郑义者鲜矣。(《毛郑异同考》第387页下)

6.《笺》太拙。如,《二子乘舟》“愿言思子”条:

“念我思”训亦太拙,似宜从《传》。(《毛郑异同考》第389页上)

7.《笺》随文生义,非有定见。如,《二子乘舟》“不瑕有害”条:

《笺》训“瑕”又与《泉水》异,是所谓随文生义,非有定见,当以《传》解为长。(《毛郑异同考》第389页上)

8.《笺》失诗旨。如,《墙有茨》“中冓之言”条:

遘者邂逅之意。此冓字与遘不同,古字多借用,故或作遘也。《说文》:“冓,交积材也。象对交之形。”汉《梁王共传》“听闻中冓之言”,应劭曰:“中冓,材遘在堂之中也。”师古曰:“搆,谓舍之交积材木也。”《吕记》独取应说,近之。《朱传》取颜说,当以其本《说文》也。则与堂搆义近,非搆合之搆,《传》云“内冓”义或在此。而《笺》以“宫中搆成”解之,则以冓为搆,失诗之旨矣。《玉篇》“冓”作“寓”,云“夜”也。引诗“中冓之言”,中夜之言也。盖本《韩诗》。夫“冓”既从“宀”,则为室宇之形,仍从材木之训可也。

齐、鲁、韩三家说《诗》多杜撰,《玉篇》不用《说文》而据《韩诗》,疏矣。(《毛郑异同考》第389页下)

9.《笺》有喜引纬书之弊。《君子偕老》"胡然而帝也"条:

"帝"训审谛,古义也。康成以"五帝"解之,动引纬书,亦是一病,帝自是天神之最尊者,故天、帝并言耳。(《毛郑异同考》第390页下)

10.《笺》于《传》外出意,虽可存而非诗本义。如,《定之方中》"崇朝其雨"条:

《笺》于《传》外出意,亦自可存,而非诗本义。(《毛郑异同考》第392页上)

11.《笺》反《传》为言,似太驳杂。如,《南山》"葛屦五两,冠緌双止"条:

《传》义甚浑而亦有尊卑之说,《笺》反《传》为言,以奇偶释之,似太驳杂矣。颍滨云:"……"尤简明而实本苏意。(《毛郑异同考》第404页下—405页上)

12.《笺》过于迂曲。如,《南山》"曷又鞠止"条:

《传》义颇长,《笺》未免过于迂曲。东莱训"鞠"为养,谓养其奸而至于极。义亦可存。(《毛郑异同考》第404页下)

13.《笺》近于稚。如,《园有桃》"园有桃,其实之殽"条:

《传》义可取,《笺》谓不取于民而食园桃,不过因魏俗俭而为是说,近于稚矣。(《毛郑异同考》第408页上)

14.《传》浑成,《笺》为剩义。如,《菁菁者莪》"菁菁者莪,在彼中阿"条:

古者于士人但有教学而无征役，此不待言说及之也。《传》浑成，《笺》为剩义。（《毛郑异同考》第430页上）

15.《笺》执一字以解重文。如，《吉日》“麀鹿麌麌”条：

文之重者其义必异，不得执一字以解重文。如麌为兽名，麌麌则不得为兽名矣。毛义为长。（《毛郑异同考》第431页下）

16.郑义可存，但不及毛之细腻。如，《皇矣》“无然畔援”条：

郑义亦自可存，但不及毛之细腻耳。（《毛郑异同考》第482页下）

17.郑为臆说。如，《凫鹥》“凫鹥在亹”条：

此宜从《毛传》，郑亦臆说也。（《毛郑异同考》第498页上）

18.《说文》有据，毛义为胜。如，《民劳》“以谨惛怓”条：

《说文》训“怓”为乱，从此以推，毛为胜矣。（《毛郑异同考》第505页下）

19.本无正文，宜从毛义。如，《民劳》“戎虽小子，而式宏大”条：

“戎”训为汝，本无正文，似宜从毛义。子雍所解尤得之。（《毛郑异同考》第506页上）

20.所定诗旨不同而释义有别。如，《关雎》“寤寐思服”条：

郑义主于求贤，故以“服”为事。宋以降主求贤之说者多从郑。至吕、严诸家每从毛解（《传》：“服思之也”），朱子曰：“服犹怀也。”鄙意不取求贤之说，故亦以毛义为长。（《毛郑异同考》第371下）

21.他人注释错入《笺》中。如《閟宫》“居常与许”条:

陈氏说固典核,但“常”既为鲁地,不必泥定北鄙,而谓“常”非诗之常也。“许”之为许田,似无可疑。《笺》既云“许田矣”,又云“许许田”,未闻也。此必他人注释错入《笺》中耳。(《毛郑异同考》第543页下)

四、《传》非《笺》是

程氏认定《传》非《笺》是者比《传》是《笺》非者略少,然亦不下一百七十条。
1.《笺》胜《传》,如《谷风》“何有何亡”条:

此《笺》胜《传》。(《毛郑异同考》第384页上)

2.《笺》较《传》切而自《传》发。如《日月》“德音无良”条:

《笺》较《传》尤切而亦自《传》而发。(《毛郑异同考》第381页上)

3.《传》义未备,得《笺》乃明。如,《葛覃》“薄污我私”条:

《传》义未备,得《笺》与《释文》乃益明。(《毛郑异同考》第373页上)

4.《笺》精细胜《传》。如《頍弁》“先集维霰”条:

此《笺》精细胜《传》。(《毛郑异同考》第457页上)

5.以文义论,似《笺》胜《传》。如,《大明》“矢于牧野,维予侯兴”条:

以文义论,似《笺》胜《传》。(《毛郑异同考》第471页上)

6.舍《笺》义无可释,姑仍之。如,《丝衣》“载弁俅俅”条:

《疏》解《传》义,亦以“载”为戴,究不知《传》本义如何?今舍《笺》义无

可释,姑仍之。(《毛郑异同考》第536页上)

五、其他情况

1.毛无传或郑无笺。程晋芳认为,毛不传释,是因为义所共见,容易理解,故不烦训释。郑无笺释的义例与《传》同。毛无传例:

> “退食”,毛无传者,义所共见,不烦训也。郑“减膳”之说似非是。盖郑以《序》有“节俭”之文,故为是附会耳。“自公”之训亦远不及毛。(《羔羊》“退食自公”条)(《毛郑异同考》第376页上)

郑无笺例:

> 《笺》于不可扫无释,当亦同《传》。《传》义颇备,故苏、吕诸家从之,朱子亦无异说。(《墙有茨》“墙有茨,不可扫也”条)(《毛郑异同考》第389页下)

程晋芳常根据毛、郑义例推知其取舍。如《瞻卬》“懿厥哲妇”条:

> 毛不破字,“懿”虽无传,知必不以为“噫”也。“懿”似宜从“美”训,言其以哲妇为美,而不知其为枭鸱。师古注《谷永传》固如是。(《毛郑异同考》第521页下)

晋芳特别对《传》说非是而《郑笺》无释者,详考诸家之说,择善而从。如《绸缪》“见此粲者”条:

> 《笺》于此无释,《传》亦非也。此“粲”只是“三英粲兮”之“粲”,凡美者必有光华,李氏樗曰:“《国语》虽曰‘女三为粲’而曰‘粲,美物也’,是言美女也。”斯为定论矣。(《毛郑异同考》第411页下)

2.部分从毛、部分从郑。程晋芳既不阿毛,亦不谀郑,具体问题具体对待,唯是是从。故其有时在同一条考论中，部分从毛、部分从郑。如《东山》“勿士行枚”条：

> 事宜从《毛传》，“行枚”则以郑说为长，至郑谓“亦初无行陈衔枚之事”则非是。吕氏祖谦曰：“归士之情，自幸全身而归，愿勿从事于行陈。”朱子曰：“自今可以勿为行陈衔枚之事矣。”皆胜古训。（《毛郑异同考》第422页上—下）

又如《卷阿》“伴奂尔游矣”条：

> 毛氏所训，详味经文，似不甚融洽。郑氏为近之，但“纵弛”二字不可为训，且与下句相复。鄙意古字多通，后来莫考。“伴奂”或如“冰泮水涣”之义近，于“萧散”与“游”义为近。姑存管见以俟考。（《毛郑异同考》第502页下）

3.阙而不断。晋芳明确表示存疑俟考的将近10条，如《静女》篇之“彤管”，历来歧说纷纭，有“笔管”说、“乐器”说、“针管”说、“（一种皮红内白的）茅草”说、“（一种表达男女之情的）信物”说等。程氏并不纠缠，既不附会“女史之法”或“彤史之法”之类的说教，亦不凭空猜测，妄加认定，以为“不若存疑之为得也”。（《毛郑异同考》第387页下）表现出极为严谨的学风。

再如《干旄》“素丝祝之”之“祝”，程氏亦未轻下结论，他说：

> “祝”训为织，他本未见，其义毛由上文“纰”“组”而来，故为织也。郑喜破字，训“属”则易解。刘熙《释名》：“祝，属也。”想本于郑。颍滨、朱子、华谷皆从郑，吕氏从毛。荆公曰：“组成而祝之，故初言纰，中言组，终言祝。祝，祝断也。”案，祝有断义于祝发见置，然置在此诗则犹未确，三义皆当存疑。“不获已”仍从毛氏，盖未有既训为断绝，又训为属著者也。又案，康成注《周官》“疡医祝药劀杀之齐”云“祝读为注，附著药也”。疏云：“注谓注药于中食，去脓血。”此诗训“属”亦是此义。但此篇“祝”无注音，故不互相引耳，究未知古所谓祝药者竟何如也？（《毛郑异同考》第394页上）

《干旄》“素丝祝之”之“祝”，毛训为“织”、郑训为“属”、王安石训为“祝断”。程氏细品、详考而不得确解。又因郑玄注《周官》“疡医祝药劀杀之齐”云“祝读为注，附著药也”，疏谓“注谓注药于中食，去脓血”，认为此诗郑训为“属”与《周官》疏同，但此诗郑于“祝”无注音，又不知祝药之究竟，故不引郑玄《周官》疏为其此诗注之证。按断极为谨慎。

又如《七月》“四月秀葽”条之“葽”、《泉水》“不暇有害”之“瑕”、《钟鼓》“忧心且妯”之“且妯”等字词名物，程氏皆存以俟考。至于《钟鼓》“钟鼓将将”，《毛传》以此乐为淫，《郑笺》与毛相反而以为正。程晋芳则因诗文根本不曾透露是淫是正，故存疑而不厚此薄彼，盲目轻信。

程氏存疑还有一种方式，即按而不断。如《终风》“愿言则怀”条：

> 小学诸书，“怀”无“伤”训。训安、训“思”则有之。宋、苏氏、吕氏从郑，以毛义无所本也。但郑义太曲，恐不可训。而伤感亦即怀思之义，《朱传》为“思”，是仍从毛训。徐氏光启曰：“怀，怀抢不解之意”，亦是以广毛朱耳。（《毛郑异同考》第 381 页下）

毛义无所本，郑义又太曲，诸家从毛从郑者皆有。程氏虽比较倾向毛说，但考辨无据，恐失主观，故只引介诸家之说，按而不断，任由读者自己抉择。这类情况非此一例，虽未彻底解决问题，却是比较开通、可取之法。

第三节　《孔疏》和合毛郑，得失参半

《毛诗正义》为诗经学史上一里程碑式的集成之作，其成果斐然，意义深远。孔颖达为毛、郑作疏，多能精准祖述，发明毛郑；然又不免无视毛郑异同，刻意回护捏合，弄巧成拙。晋芳勤加勾乙，对《孔疏》得失作出如下判断。

1.《孔疏》胜《传》《笺》。如《苕之华》“其叶青青”条：

> 《笺》亦广《传》义而稍觉其赘。《孔疏》云：“上言将落，则此已落矣。又言其叶，明唯叶在耳。”此最明晓。（《毛郑异同考》第 467 页下）

又如《北山》“或王事鞅掌”条：

此《孔疏》以“鞅掌”为烦劳，得之。《传》云“失容”，未知果是烦劳否？要当从仲叔说。（《毛郑异同考》第447页下）

再如《都人士》“垂带而厉”条：

此则《孔传》为长。（《毛郑异同考》第463页上）

还如《閟宫》“新庙奕奕”条：

《传》以为闵公庙者，以僖公时，当作闵公庙耳。《正义》所解“凡庙皆新”似为完备。（《毛郑异同考》第544页上）

2.《孔疏》不若《传》《笺》。如，《白驹》“贲然来思”条：

黄白即饰也。《传》《笺》似异而是同。《疏》谓：“贲必贤者之貌。”《笺》《传》不言貌，此思贤者，当以车服表之。皎皎为马之貌，贲不宜为人之貌，盖谓其衣服之饰也。解虽核而稍赘，在《传》《笺》下矣。（《毛郑异同考》第435页上）

又如《节南山》“蹙蹙靡所骋”条：

此当以《笺》为是，《正义》特环合两家之说耳。（《毛郑异同考》第439页下）

再如《车攻》“决拾既佽”条：

（《传》）便利之义，《说文》亦然；《正义》纠合二家，亦得；而《郑笺》终长。（《毛郑异同考》第431页下）

3.《孔疏》和合二家。和合得之，如《采薇》“象弥鱼服”条：

象弥言弓，鱼服言矢，于义当然，《传》第云鱼皮，《笺》足之，《正义》回合

二家，最得。（《毛郑异同考》第429页上）

又如《干旄》“孑孑干旄”条：

《传》意未必指卿为大夫，《疏》斡旋毛、郑之间，最善。（《毛郑异同考》第393页上）

再如《褰裳》“岂无他士”条：

《笺》明于《传》，《疏》可谓善回合矣。（《毛郑异同考》第400页上）

和合不当，如《伐木》“鸟鸣嘤嘤”条：

“嘤嘤”当从郭氏（郭璞）“两鸟鸣”之训，《传》以为惊惧，《笺》以为相切直，《疏》欲联合毛、郑，详为之说，皆未帖切也。朱子以两鸟相应而鸣，以为“鸟声之和”，古字书无此训。（《毛郑异同考》第427页上）

又如《荡》“女炰烋于中国”条：

《传》以“炰烋”为形，《笺》以为气，自不同。《孔疏》合而一之，非也。《易·大有》，《释文》引干宝注“彭亨，骄满貌”，《疏》联形气为一，当或本此而不引之，何也？大抵“炰烋”训气健乃是正义，当与后“咆哮”字义同。（《毛郑异同考》第508页上—下）

再如《新台》“得此戚施”条：

面柔、口柔，当时自别为一义。《正义》牵《笺》合《传》，终觉勉强，宜从《国语》本训，以《传》为主。宣公淫暴之行，岂口柔、面柔可喻耶？《说文》“籧篨，粗竹席也。”《方言》：“簟粗者谓之籧篨，或谓之籧筁。”此之命名则不可解。意古者编竹，粗者为器，如今俗所谓簟罗者，形与胸背臃肿相似，故名之耶？若“戚施”，则尤难解矣。（《毛郑异同考》第388页上—下）

还如《笃公刘》“既顺乃宣”条：

> 《疏》以“时耕”(《笺》：“既顺其事矣，又乃使之时耕。”)与“宣遍”(《传》：“宣，遍也。”)意同，恐亦是强合。要之，“时耕”之说得《疏》引《绵》诗而定，故胜《传》也。(《毛郑异同考》第 499 页下)

第四节　博采唐宋以降诸家诗说，唯是是从

诚如前所说，晋芳汉宋兼采，唯是是从，故其于毛郑之外，又博采有宋以来诸家诗说，详加考辨，择善而从。其所取有欧阳修、王安石、苏辙、朱熹、吕祖谦、陈启源、严华谷、孙毓、朱鹤龄等，其中以陈启源最多。程晋芳明确指出，宋人讲解，俱有可取：

> 毛、郑皆训“悠”为思，无可易，而训诂未有以悠为思者。荆公曰“悠者，思之长也”，义乃完足。宋人讲解，俱有可取，大率类此。(《关雎》“悠哉悠哉”条)(《毛郑异同考》第 371 页下)

宋贤说经既有可取，自然不可尽废：

> 《传》以斧斨为礼乐，《笺》以斧斨为周公、成王。颖滨谓：“斧破而斨存，尚可以为用，斧破而斨缺，则尽矣。喻周公既危，成王亦不安也。”亦是广《笺》义，盖《传》本难从而《笺》有可释也。究之，亦属别义。朱(原著误书为“失”)子曰：“东征之役，既破我斧而缺我斨，其劳甚矣。”义似浅直而最确切，宋贤说经岂可尽废耶？(《破斧》“既破我斧，又缺我斨”条)(《毛郑异同考》第 423 页上)

因为好古而力主《传》《笺》，尽弃宋儒说经优秀成果，并非客观治学之道，亦不利于诗经学研究的深入和发展，晋芳对此深为不满：

"荓蜂"训为麏曳，古训自不可废，荆公训"荓"为使，不知何本？而训"蜂"为蜂□之蜂，与下文"辛螫"似有关会。颍滨亦以"蜂"为螫人之蜂。此义亦可存。朱子取之非无故也。近好古之儒，力主《传》《笺》，攻击王、朱，似觉过甚。（《小毖》"莫予荓蜂"条）（《毛郑异同考》第535页上）

程氏不仅批评汉唐经师论《诗》之失，亦非一味盲从宋儒，对宋儒，即使是朱熹亦时有批评，率皆能够择善而从，绝不厚此薄彼。如，

《传》简朴可从，《笺》太曲折，非诗意。《孔疏》云："文姜初归于鲁国，其从者庶姜、庶士如云，以此强盛，故桓不能禁。夫如云、如雨、如水者，叹其媵从之盛，以大国之女，适大国之侯，宜其周旋中礼，无忝身名，而孰知其后丑行不可道耶？国君果能防制其妻，岂在从者之盛不盛耶？汉唐经师间有迂论，此论是也。"（《敝笱》"其从如云，其从如雨，其从如水"条）（《毛郑异同考》第406页上—下）

《传》本《说文》，不应有误，但《说文》云："发（鬓），好也。"而毛公无"鬓"字，遂觉不明，或传写失之耳，此义似无可易。《正义》曲为《笺》说，不能胜也。朱子训"鬈"为须发好，于《说文》之义别增"须"字。宋贤如此等，似未可从。（《卢令》"其人美且鬈"条）（《毛郑异同考》第405页下）

既然汉学和宋学都存在缺点和不足，我们就不能因为汉学建立在扎实的名物训诂基础之上以为皆实而可征，均可以之为准的；也不能因宋学多谈义理而谓其无可依傍，尽皆抛弃。程晋芳在《击鼓》"爰居爰处，爰丧其马"条指出：

王子雍谓，"爰居爰处"以下，从军者决别之辞，是右郑也，于义亦通。严华谷云："'爰始''爰谋''爰笑''爰语'之类皆无于何之训，惟《四月》'爰其适归'言何所适归，盖其者未定之辞也。'爰止'训于今以为，皆发语之辞。朱子曰：'于是居于是处，于是丧其马而求之于林下，见其失伍离次，无斗志。'先后诸家皆不及此解。经生勿以汉学骄人而谓宋贤无可依傍也。"（《毛郑异同考》第381页下）

宋贤说经多有可取，故诗经学上许多问题，虽经汉唐经师努力，而非待宋贤之说出而不明。如《卷耳》"采采卷耳，不盈顷筐"条：

此郑不为笺。严华谷云："此兴不兼比者也。"最著，与毛"忧者之兴也"合。吕氏谓"卷耳宜酒醴"，似属别解。又《传》以第一"采"字训事，盖本于《尚书》文义，不知诗之义又有不同者，如此及采，采芣苢是也。郑无笺，《孔疏》云，"言勒事，采此菜也"，皆为合。朱子曰："采采，非一采也。"汉唐诸解有待宋始明者，此类是也。（《毛郑异同考》第373页下）

进入清代，特别是乾嘉以降，学界开始了对前代经学进行较为全面的总结。但是，在总结的过程中出现了完全否定和摒弃宋学，主张直接承绍汉学的不良学风。程晋芳对此颇为不满，故诗经清学成果少有引介，所引唯以陈启源《毛诗稽古编》最备，有60多条，虽多有所从，然亦不无批评。如《七月》"朋酒斯飨"条：

朋酒斯飨，《毛传》以为党正饮酒之礼，《郑笺》以为国君大饮烝之礼，说既截然不同，朱子本张子之言以为民飨其君，至今多用其说。陈长发力辨其非，欲从古训，不知《朱子语录》言之已详，执成周太平之礼解豳国质朴之风，未见其得也。自以宋义为归，未敢高言汉学。（《毛郑异同考》第421页下）

又如《草虫》"亦既觏止"条：

此章诗本不为昏姻而作，汉儒大旨已讹。"毛传"训"觏"为遇，本自不错。《笺》则《大谟》，又引《易》"男女觏精，万物化生"以证，诬更甚矣。宋人不用郑说是也。而陈长发犹以郑分两义非无所见，信古成癖不可哂与！（《毛郑异同考》第375页上）

再如《大明》"会朝清明"条：

此亦郑义为长，长发之言得失参半。（《毛郑异同考》第472页上）

第五节 《毛郑异同考》的考辨条例和原则

细读《毛郑异同考》,可知程晋芳不仅逐条考辨毛郑异同,还提出了一些考辨条例和原则,现粗略总结如下:

1.古人引诗,不必皆用本义。如《旱麓》“鸢飞戾天,鱼跃于渊”条:

古人引诗,不必皆用本义,《中庸》引此二句以之喻“理”耳,而未见其必是此义也。朱子引《抱朴子》之言以证“自然”之旨,庶乎近之,然《郑笺》亦可存参。(《毛郑异同考》第476页下)

2.古人读异未必定为逸诗。如《维天之命》“假以溢我”条:

《左传》“何以恤我,我其收之”杜预以为逸诗,盖文与毛本异耳。究之,古人读异未必定为逸诗。陈氏所论甚正。朱子初从古义,后从《左传》。鄙意谓《左传》所引即非逸诗,而亦当存为别解。(《毛郑异同考》第525页下—526页上)

3.不可因文生义,各篇笺释应一致。如《鹑之奔奔》“鹑之奔奔,鹊之疆疆”条:

《释文》引《韩诗》云“奔奔疆疆,乘匹之貌”,此郑所本。汉人解经,每因文生义,不必悉宗。《尔雅》诸书,此等是也。《表记》引此证君命逆则臣有逆命,故注云:“疆疆奔奔,争闻恶貌。”两处不同如是。(《毛郑异同考》第391页下)

郑于此“假”训升,而于下“以假以享”训“假”同毛为“大”,是其说亦不能划下(案,疑为“一”字之误)也。(《烈祖》“鬷假无言”条)

4.以古为近是,但需合诗词。如《访落》“未堪家多难”条:

陈长发以《闵予小子》四篇皆出一人手笔，详玩诗词，其说颇近。如此篇必以为成王自作，则拘泥矣。毛谓此篇为致政之后，说虽古，恐未然。成王冲龄祚，即三年免丧，犹是幼年，故仍以小子自称，且周公归政之后，家难已平，语与事不合，此自是周公代成王延访群臣之诗耳。（《毛郑异同考》第534页上）

5.毛公去古未远，其说未可轻废。如《有瞽》"应田县鼓"条：

《苏传》宗郑，《吕记》宗毛而附载郑义。朱子兼引毛、郑。《孔疏》之为郑说可谓详矣。何玄子云："《书·君奭》'申劝文王之德'，《礼记》亦讹作'田观文王之德'，'申''田'相混。郑、孔之说可信。"陈祥道又谓："大射有朔鼙、应鼙。诗又以应配𫂸，则朔鼙𫂸鼓也。"其说皆可存。然毛公去古未远，说亦未可轻废，两存为是。陆陆堂谓："两家之说皆非。'应'即是𫂸，古者田、陈通用，谓应既陈又县鼓耳。"说虽新，未之敢据。（《毛郑异同考》第532页上）

6.重文与单字不同，不可执单字为训。如《板》"无然宪宪""无然謔謔"条：

重文犹执单字为训，恐本义未必然也。毛训必有所自来，不得泥《尔雅》《郑笺》以议毛氏。颍滨训"宪宪"为轩轩，宋贤释经虽好武断，然"轩轩"即"欣欣"之意，此说似可存参。又，郑注《礼记》《乐记》"武坐致右宪左"读"宪"为轩，此或苏氏所本。（《毛郑异同考》第506页下）

宋贤多以"謔"为戏侮，是就一字解耳。不知古人重字即不与一字同也。毛训必有所本，郑义终觉支离，《孔疏》则强为牵合。（《毛郑异同考》第506页下）

7.苟义明而不烦破字，不必旁求别解。如：

"丁"训为当，无可易。郑之所解殊觉晦奥。颍滨曰："与其耗于下土，宁使我躬当之，无使人人被其患也。"可谓直截了当矣。（《云汉》"宁丁我躬"条）（《毛郑异同考》第513页上）

郑喜破字如此等，直宜从毛，不必旁求别解。（《江汉》"来旬来宣"条）

(《毛郑异同考》第517页下)

吕氏、朱子从郑,颖滨、华谷从毛,苏、严是也。凡毛义质而有味,自宜从毛,无取破字。(《思文》"立我烝民"条)(《毛郑异同考》第528页下)

8.无害正义,各说无伤;古义善者,未可轻废。如:

此《笺》视《传》义为深矣。朱子谓:"'载沉载浮'犹言载清载浊、载驰载驱之类,以比未见君子而心不定也,既见君子,心休休然安定也。"亦说得去。凡诗苟无害于正义,则各为说亦自无伤,但古义善者,未可轻废耳。(《菁菁者莪》"载沉载浮"条)(《毛郑异同考》第430页上—下)

毛以为文王锡诸侯,郑以为天锡文王,皆通。欧阳氏以为文武锡我君臣,盖本《孔疏》,亦可存。朱子谓:"诸侯助祭,使我获福。"严华谷谓:"辟公夹辅,以克兴周佑。"则义外之义,然亦无伤于理。杨用修驳《集传》固是。凡诗读之各出意而无害于志者,皆不必深辨也。(《烈文》"烈文辟公,锡兹祉福"条)(《毛郑异同考》第526页下)

9.别义可存。如《泮水》"戎车孔博"条:

此则当从毛,郑为别义,亦可存。(《毛郑异同考》第539页下)

10.须有典据,虚实之义各从乎时。如《楚茨》"既齐既稷,既匡既敕"条:

此条子雍之说可从。郑以"匡"为筐,似亦宜从。毛作"匡正"解,康成通三《礼》,故释《诗》多有典据,然虚实之义各从乎时,故愚未敢尽从。(《毛郑异同考》第452页上)

11.不可以时文技法解诗。如《思齐》"惠于宗公"条:

《毛传》宋儒多从之。而胥臣引诗,郑义与之合,似《笺》未可废也。张子曰:"未追王,故称公。"陆陆堂以"惠于宗公"三句为"肃肃在庙","刑于寡妻"三句为"雍雍在宫"。说理固胜,但此是时文家数,恐古人作诗未必如此。陈长发以《笺》胜《传》,鄙意亦然。(《毛郑异同考》第477页上—下)

12.因古人成说，非释经正体。如《生民》“实发实秀”条：

吕氏取王氏“发者，其华发也”为正注，而以《郑笺》附注于下，不知郑义实胜，王氏粗而不切矣。朱子从毛，而毛不及郑之细贴。华谷取王氏“发，生茎”之义，其实即发管也，指管为茎，遂尔悬绝。宋贤好因古人成说，略变其文以为己解，而去古已远，非释经正体也。（《毛郑异同考》第 491 页上—下）

13.后解与前解相近、相同，不如墨守旧解成说。如《东门之枌》“越以鬷迈”条：

训总为数，未知何本。王子雍因下有“绩其麻”之文，遂谓鬷数为绩麻之缕，究不知毛意如何也？自宋以降多从郑义，朱子训“鬷”为众，众亦总也，不如墨守郑说之为得矣。（《毛郑异同考》第 414 页下）

14.不可以后出而忽之。如《生民》“实覃实訏，厥声载路”条：

“实”字，毛无训，不烦训也。定本作“是”，毛义亦当如是。宋贤于“覃”“訏”二字亦多从毛义，是也。“载路”，吕氏、朱子取陈氏之说，以为“满路”，此胜古训，不可以后出而忽之。（《毛郑异同考》第 490 页下）

15.其义可存，但需详玩诗词。如：

《传》《笺》此条同，而朱子以《说文》引《诗》“实始戬商”训。《笺》为“灭灭有尽”义，故曰“尽善”，其义亦自可存，但上文既曰“单厚”，下文又曰“罄无不宜”，此又云“尽善”，何“尽”义之多也。“福祥”之说且可存之以备参考。若何玄子谓：“戬当作晋，进也。”则愈武断矣。（《天保》“俾尔戬谷”条）（《毛郑异同考》第 427 页下）

《笺》自出一意，以喻二王，详玩诗词，似无此意。欧阳氏“桐、椅喻在燕诸侯有威仪”，亦胜郑说。（《湛露》“其桐其椅”条）（《毛郑异同考》第 429 页下）

除以上基本条例外，程晋芳还有以下考辨方法，值得注意：

1.根据古代风俗习惯，典章制度等进行考辨，往往能索源得流，厘定是非。如《韩奕》“鞗革金厄”条：

> 陈氏启源曰：“据《疏》语则毛郑之解‘金厄’元是一物，但取义异耳。然古人制器尚象，多即以所似之物名之，如毕以星得名，爵以鸟得名皆是。即此章‘玄衮’，衮乃龙首也。‘赤舄’，舄乃鹊字也。金厄既似厄虫，亦可名厄，何必言‘如’？”（《毛郑异同考》第516页下）

2.运用古音韵学成果进行考辨。如《扬之水》“不流束蒲”条：

> 《诗》平与上、去叶乃其常也。孙毓以“蒲”不叶“许”，岂未喻此耶？至束薪虽为木，蒲为草，亦自可流，何必拘拘若是？苏、吕诸家多从郑义，华谷谓二义皆通，盖亦有见于此也。（《毛郑异同考》第396页下）

3.根据学派特点进行考辨。如《采蘩》“于以采蘩”条：

> 《传》《笺》皆可通，宋贤好虚义，故从毛者多耳。（《毛郑异同考》第375上）

4.从致误的历史因由角度入手进行考辨。如《敬之》“佛时仔肩”条：

> 此“佛”字似郑义为长，宋贤多用之。严华谷云：“辅谓之佛者，言正救其失，不专顺从之也。《学记》云：‘其求之也，佛佛不顺也。’犹《孟子》所谓‘法家拂士’也。”又案，《笺》云，是时自知未能成文武之功，周公始有居摄之意。此《传》外之意，恐是西京谀莽之词，流传至康成，犹用之也。《疏》云，若使为臣奉主，每事禀承，虽可以尽心，而不得行意，欲制礼作乐，非摄不可，故不得已而居之。凡此等，皆谬悠之论，不可为训。（《毛郑异同考》第534页下）

5.从笺注语言的语法角度入手进行考辨。如《七月》“殆及公子同归”条：

>《传》不成语，王子雍申之，非也。《笺》谓“女嫁”，是。已而谓“感事苦而生欲嫁之志”，亦非也。女以将及公子同归而远其父母为悲，宋人平解最得。(《毛郑异同考》第420页下)

程晋芳除了《毛郑异同考》外，还有其他的诗经学著述，如《毛诗答问》等，但多散佚无考。其《勉行堂文集》卷四中收有其《读〈关雎〉》[①]一文，则值得重视。该文开篇云“《关雎》为刺讥，吾无所容辨矣”，可见其持刺诗说。接着对由汉迄北宋所主张的“后妃乐得淑女以配君子”说进行了辩驳。程氏认为该说首先错在“拂情”，即不合情。他说：

> 夫太姒既已为元妃，奚必求窈窕之贤若欲让居己右者？虽甚盛德，不必若是之拂情。

其次错在不合理：

> 且诸侯一娶九女，以后妃之贤，媵从皆宜淑善，足以佽助中宫，而乃以偕行者为不足以匹配君子，舍此而他求，不已过乎？

程氏此论甚辨，然其又有所谓“士之稍稍自立者，即能广引同类，无嫉妒心。若大贤则奚止于是？女子亦然。后妃所以宣阴教，赞圣治者，非常情所能窥，而徒以不妒为首称，何见之小也！”云云，则附会牵合“诗教”，不无五十步笑百步之嫌。

至于其定诗旨云：“窃意当时，婚姻之始，和气翔洽，乐官作为是诗，奏之合卺而酳之时，遂世世用之房中勿替。盖方景运初开，文事日盛，摹写思慕之忱，曲尽而不伤于雅。”不同意朱子指为宫人所作，认为“不必以言之亲切而谓非宫人不能作也。”反对《逸斋补传》所谓的“是诗毕公所作”等，强调“似不必定求其人以实之也”。如此等等，不妄测，不坐实，深得治《诗》之法矣！

---

① 《续修四库全书》第1433册，上海古籍出版社1995年版，第326页上。

第十章　补苴罅漏，另辟蹊径：乾嘉后学朱霈等的诗经学

第一节　不为古人所欺，多自出新解的朱霈诗经学

朱霈，字井南，号约斋，原名荣朝，字熙佐，黟县人。乾隆癸卯(1783)举人。嗜书博览，尤用力于诗，手抄汉魏至清诗凡数十卷。晚而穷经，搜写众说，自出所见。家距黄山九十里，因名其楼曰望岳楼，并以题所著。著有《望岳楼诗稿》《望岳楼经学质疑》和《三礼质疑》等。《望岳楼经学质疑》十卷，有清嘉庆六年(1801)望岳楼木活字本，包括《周易质疑》《尚书质疑》《毛诗质疑》和《春秋质疑》四个部分。其中《诗经质疑》一卷，不引经文，亦不研讨所有诗篇，只因疑而质之。《续修四库提要》说："霈言读诗论世，必求其情事之有合，不可为古人所欺，故是书多自出新解。"[①]这个评价是比较恰当的。

一、诗旨考订

朱氏解《氓》诗，从"氓"的本义出发，探求人物身份，从而厘定诗旨，颇有新意。他说：

> "氓"不可混作"民"解。扬子《卮言》："'氓'之为字从亡从民，流亡之民也。"《周礼》："凡治野，以下剂致民，以田里安民，以乐昏扰民，以土宜教

① 《续修四库全书总目提要》，中华书局1993年版，第359页。

> 民。”又云“新氓之治”，注新徙来者也。若是本国之民，已授田矣，又何必以田里安之？已安土矣，又何必以土宜教之乎？固知“氓之蚩蚩”，盖异国之人，离其本土，而淫于外州也。送之至于顿邱，望之而见其复关。可见，其人非卫国之人矣。《一统志》：直隶大名府清丰县，古顿邱，卫邑。复关堤，在直隶大名府开州城西南，古黄河北岸。[①]

朱氏因“氓”的本义为流亡之民，而将《氓》诗男主人公定为异国之人，认为诗表现的是异国之人，离其本土，而淫于外州。并以诗言“以望复关”，而复关在今直隶大名府开州城西南为佐证，考论充分，可备一家之说。

《鸡鸣》诗写到鸡鸣和苍蝇之声，论者多有争讼。如，毛奇龄以蝇之鸣不先于鸡，且其声不类，因疑是诗淆乱是非，为谗人之诗。王伯厚亦云蝇以为鸡，心惑于听也。然诗末章“甘与子同梦”，明是夫人之辞，盖警君者，不嫌过甚。而李光地《诗所》曰：“以物理验之，无有鸡未鸣而蝇鸣。故一说匪特鸡鸣也，且有苍蝇之声矣，言渐侵晓也。不然，君虽晏朝，臣无散归之理。而诗乃曰‘会且归矣’，有是理乎？”朱氏则不仅不作此无益的推衍，还从根本上否定是鸡在鸣叫。他说：

> 读《鸡鸣》诗，初疑鸡鸣早于苍蝇，思之不得其解。因考古者，后夫人入御于君，太师奏《鸡鸣》于阶下，然后夫人鸣佩玉于房中告去。始知深宫肃穆之地，安所得来鸡鸣？所云“鸡鸣”者，乃是太师所奏之乐。吹笙鼓簧，其声或与苍蝇相乱，故诗人咏之如此。（《四库存未收书辑刊》第419页）

朱氏考证到，古时后妃入御于君，则太师清晨在寝宫阶下奏《鸡鸣》，夫人应声鸣佩玉于房中，以警君晏起早朝。而太师所奏乐声或与苍蝇相乱，故诗人咏之如此。此论颇有新意。

《诗序》：“《伐柯》，美周公也。周大夫刺朝廷之不知也。”朱氏以为《序》上句不误，为古史原本；而下句则是《九罭》的《序》误合于此。他接着说：

> 因以首句为断，知是专美周公征东之事而未尝有所他及。曰“伐柯”比伐畔也；“匪媒不得”比欲得管叔、武庚非公不能也；“其则不远”言欲伐兴

① 《四库未收书辑刊》第四辑第九册，北京出版社2000年版，第416页。以下本节引此书直接在引文尾部标明页码。

> 谤之人，即以其所受谤之人往而伐之也；至“我觏之子”二句，则东人喜大难之平，救其死亡，而欲报之以厚礼，所谓箪食壶浆以迎王师者也。（《四库存未收书辑刊》第412页）

朱氏此论，确如他自己所说，“较之诸儒，略觉文从字顺耳”。

朱氏对于《唐风·无衣》的考辨亦颇为有力，他说：

> 《无衣》，美武公也。武公新得七命之服，列于诸侯，其大夫创见而夸美之。上句“岂曰无衣”泛指诸侯而言；下云“不如子之衣”，子即指武公而言。郑康成云：“子者，称所敬之词。故《易传》公子翚谓隐公曰‘百姓安子，诸侯说子’，是诸侯之臣亦呼君曰子。”自《孔疏》以子字属天子之使，后人辗转相因，愈解愈蔓。至《集传》以“子，天子也”释之，益不可训矣。勿论以天子为子，古无是称。即有之，若以为武公自作则傲上无王之词，亦如五代刘仁恭谓梁使者曰：“旌节吾自有之，但要长安本色耳。”夫子奚为而录此妄诗也？若以诗人著其事而阴刺之，则岂有刺人无王而乃自蹈于傲上无王之罪？较之《集传》，前所谓未有刺人为淫而反自蹈于淫之旨，又更甚焉者也。窃怪《序》说本明，诗辞亦无难解，只因误认一“子”字，遂至千古以来名儒辈出，始终不得其安，则甚矣。（《四库存未收书辑刊》第419—420页）

朱氏以《无衣》为美武公。“岂曰无衣”泛指诸侯言，下云“不如子之衣”，子即指武公言。《孔疏》以子字属天子之使者，朱熹以子为“天子”，皆非。朱霈对此诗“子”字的认定，洵不可易。

《河广》，《序》曰：“宋襄公母归于卫，思而不止，故作是诗。”《笺》曰：“宋桓公夫人，卫文公之妹，生襄公而出。襄公即位，夫人思宋，义不可往，故作诗以自止。”《诗集传》从之，朱霈则有异议。他说：

> 宋桓夫人之出，经传都无可据。《说苑》：“宋襄公兹父为太子，桓公有后妻，子曰公子目夷，公爱之。兹父请立目夷。公问其故，对曰：‘臣之舅在卫，爱臣。若终立，则不可以往绝迹于卫，是背母也。且臣自知不足以处目夷之上。’后目夷逃之卫，兹父从之。三年，桓公有疾，乃召还。”刘向祖元王受诗于浮邱伯，则此说《鲁诗》所传。今考《左传·鲁僖八年》：“宋公疾，太

子兹父固请曰：‘目夷长且仁，君宜立之。’公命子鱼，子鱼辞曰：‘能以国让，仁孰大焉？臣不及也。’遂走而退。”故未闻其逃之卫也。九年三月丁丑，宋公御说卒，又岂有三年乃召还之事？况御说，宋之贤君，若如《河广》诗所云，则亦贤夫人也，宋公何故而出之乎？狄入卫，宋桓立戴公以庐于曹，为与夫人同母故也。若夫人果出，宋公于兄弟婚姻之义已绝，又何汲汲奉戴公而立之乎？“河广”之云，《孔疏》以为假有渡者之词，亦以其碍于桓、襄之时地，为诗迂曲其词以求合于经耳。愚则以为《说苑》及《序》说皆不可信。盖必渡河以前，宋女嫁卫而思归之作，与《竹竿》同调。诸儒既泥《序》说，朱子攻《小序》不遗余力，乃于此篇实有可疑而反从之，窃所不解。（《四库存未收书辑刊》第 416—417 页）

朱氏因宋桓夫人之出，经传无据而怀疑《序》说。首先，宋桓夫人贤惠，无出之之理。其次，戴公为夫人同母兄弟，故立宋桓，若宋桓夫人被出，则必不如此。最后认定诗为必渡河以前，宋女嫁卫而思归之作。

二、作者以及创作时代的考订

《终风》，一般认为庄姜所作，朱霈不以为然，他说：

《终风》，《序》与朱子皆属之庄姜，一以为州吁之暴，一以为庄公之狂。今案，州吁虽虐，君母之前，岂容“谑浪笑傲”？“顾我则笑”则是欲为卫宣、晋献之行，而州吁无是也。况《左传》既明言“庄姜恶之矣”，又岂望其“惠然肯来”而至于“悠悠我思”乎？然以为斥庄公，则庄姜固贤夫人，观《绿衣》《燕燕》《日月》，何等温柔敦厚，而篇中“谑浪笑傲”等语，一似疾之深、忧之甚，与前三诗气味不伦。故愚妄谓此定姜恶卫衎之诗。《左传》：“献公初立，定姜不纳酌饮，叹曰：‘是夫人也，将不惟卫国之败，其必始于未亡人。呜呼！天祸卫国也夫！’”其忧之深、疾之甚，与此诗情事气韵无一不肖。若州吁则并无暴妄使予之迹。庄姜何为显斥之乎？刘向以《燕燕》为定姜送妇作，则诗之章次，亦复不至隔绝。此独得之见，而于《序》与《集传》皆不欲从也。（《四库存未收书辑刊》第 415 页）

朱氏于此分析了视此诗为庄姜所作的种种不合情理之处，从而否定了《终风》庄姜作者说,所析合情合理,颇有说服力。

《常棣》论者皆以为周公所作,朱氏通过考证否定了这个说法:

> 《左传》富辰曰:"昔周公吊二叔之不咸,故封建母弟以藩屏周。召穆公思周德之不类,故纠合宗族于成周而作诗。"则既明言《常棣》为召穆公作,而杜元凯、孔冲远偏信《国语》以为周文公之诗,遂曲解"召穆公亦云"句,谓周公作诗,召公歌之,故言"亦云"。不知"亦"字承"以亲屏周"而言,"云"即指召穆公所作《常棣》之诗也。若以为周文公作,则文公亲诛管蔡而云"死丧之威,兄弟孔怀",又云"兄弟急难",又云"兄弟阋于墙,外御其侮",又云"丧乱既平,既安且宁。虽有兄弟,不如友生",揆之文公时事,岂不大相刺谬?惟作召穆公诗读之,则情事皆合矣。夫三《传》之与《国语》事同而说异者多矣。后人读书论世,务求其至是而已,同不同,非强合也。《序》言《常棣》"燕兄弟也",此古史所据,必然不谬。下云"闵管蔡之失道",则是后人添设之辞。孔、杜之谬,泥信此耳。朱子攻击《小序》而于此说反以为得之,何欤?(《四库存未收书辑刊》第422页)

朱氏爬梳文献,推敲诗篇,断然否定周公所作之说,将著作权断给了召穆公,洵为有识之见。

《鸱鸮》为周公居东诗已为定论,然为何居东,何时居东,则异说纷纭。且看朱氏有何看法:

> 居东诗,诸儒皆不信《郑笺》"避居东都"之说。朱子《集传》亦以"辟"为诛。然晚年《复蔡九峰书》说:"云弗避之"说只从郑氏为是。愚详味《金縢》始末,知其义不可易。但《郑笺》惟成王多杀周公官属之说为无稽耳。盖武王没,成王幼,周公摄政。《史记》言召公犹为不怿。然太保虽无是心,而管蔡之疑,其初未必不是乃心王室,何故辄挟武庚以叛乎?其谤之也,不过令公退避而止耳。至成王悟而迎公,不信管蔡,管蔡乃始改心易虑,积愤与疑,以激成挟叛之举。周公与成王乃不得已而诛之。东征之行,成王之所以命讨也。若谓管蔡猜忌之初即欲起兵清君侧,周公正处危疑之际,不待成王疑释而即悍然兴师以诛杀其兄,此莽操之行,大圣人纵不避嫌,亦断不为也。其曰居东者,非东征管蔡,盖避谤于野耳。东,不详地名。茅鹿门谓:"反归于鲁也。"时丰镐在西,鲁在东。古者罢相,则就归所封之国。如

汉绛侯周勃就国,平津侯公孙宏乞骸骨归国是也。曰斯得者,迟之之词也。是时成王之疑固已渐开,于是乃作诗以贻王。曰贻者,自远而寄之也。若云诗作于东征之后,则事已大明,周公何不直诉其枉,而必托词鸱鸮,使王暗中摸索,反得以明其心耶?且谓东征不返者,成王故止公耶?公自不入朝耶?如是成王止而不召,则是无诛无赏,不几等于郑人之恶高克乎?抑或周公自不入朝,则是不进不退,拥兵据地胡为者?东征之役,成王迎之,则不过劳军于郊;若不迎,则固可坐受献馘,何必言我国家,礼亦宜之,如此郑重而痛惜之乎?故知周公被谤而二年居东,成王复迎公而管蔡叛也。《九罭》《狼跋》诸诗,居东时,士大夫惋惜周公愤郁而作也。《集传》惟守孔疏解,故释诸诗每有牵强之词。若释于《复蔡书》说之后,吾知必无此迂曲耳。故读是诗,当以朱子晚年之说为定。(《四库存未收书辑刊》第420—421页)

朱氏以为周公居东并非东征管、蔡而是避谤于野。《鸱鸮》作于征管、蔡之前,并引朱熹晚年之说为佐证。其论充分,当为可信。

此外,朱氏据《左传》"'嗟我怀人,置彼周行'能官人也",谓《卷耳》为文王作。谓《抑》诗是刺王,非卫武公作诗。言"亦既抱子"与九十五岁之武公不合。谓《鲁颂》"戎狄是膺,荆舒是惩"上句指周公,证之《明堂位》。下句指僖公,证之本传,谓作《商颂》者是宋桓公,非宋襄公。正考父在戴武宣之世,去襄公远甚,《史记》之谬不待攻。如此之类,皆能言之成理。

三、名物和字词考订

朱霈于名物和字词考订亦有所得,多能修正前贤之误。如《采蘩》:

"被之僮僮",被者,次也。夫人助祭,首服副,不应佩被。故疏"在公"为视濯,非正祭之时;"还归"为已释副而服被,为祭毕之时。《孔疏》自明。若以蚕事论之,《礼》"告桑服,编受茧,服副",亦非服次。《集传》解"在公"为公桑,由信陆农师之说,谓"覆种用蘩"。不知蘩有二种:一曰白蒿,陆草也,可以生蚕;一曰萝蒿,水草也,可以为菹。今既采于沼沚之间,当为萝蒿。萝,鄂州云莪,即古蘩生泽田沮洳之处,恐非诗人所指也。然今亦未有以白蒿覆种者。《伪诗说》"《采蘩》,夫人亲蚕之作",吾无取乎尔。(《四库

存未收书辑刊》第413—414页)

朱氏于此通过对蘩的种类、习性、用途的考察,否定了《采蘩》为夫人亲蚕之作的说法。

再如,《汉广》诗有:“之子于归,言秣其马。”朱氏考论道:

《左传》“反马”,《杜注》:“送女必留其马”,则“之子于归,言秣其马”是指嫁事而言,与《东山》诗“之子于归,皇驳其马”同调。首章因其出游而美之;二章、三章因其于归而慕之也。若以为从旁效其殷勤,则佻达何啻《郑风》!(《四库存未收书辑刊》第413页)

朱霈考之于《左传》杜注,发现“之子于归,言秣其马”反映的是“送女必留其马”礼制。并指出,《汉广》叙写了爱慕、追求、婚娶的全过程,诗篇内容和风格颇同于《郑风》。朱氏此论对重新审视《汉广》诗的主题和美学特征无疑颇有启迪。

又如,《小星》,朱氏通过古人对星宿命名方法和特点,厘定前人音义之误。他说:

“为参与昴”,《毛传》:“参,伐也。昴,留也。”《孔疏》:“昴之为言留。”盖引《元命苞》之说。其实星名古皆象形。参象旗;毕象鱼叉;昴象罶。罶以承梁之空,故昴一名大梁,而后人又改称昴。《史记·律书》“北至于留”,言留不言昴。是诗本“留”字,固不必作“力求”叶也。(《四库存未收书辑刊》第414页)

朱霈此解可能受到戴震的影响,虽非其创解,却能进一步指出诗本“留”字,固不必作“力求”叶,将问题更推进一步。

朱氏考订名物字词,对前贤之误多有是正,其正朱熹《诗集传》尤为用力,亦多允当。如,

古人称谓无定。《离骚》以君为美人;汉武以贤士为佳人,是男子亦得称佳人、美人。《易》曰“其君之袂”;《左传》云“君氏卒”,是妇人亦可称人君。然则《樛木》之“乐只君子”即以属后妃,说亦无甚碍。朱子云:“妾谓

嫡曰女君，则后妃有君子之德，固可以君子目之。”此说是矣。乃《集传》分注出“小君内子”，反觉纠缠。（《四库存未收书辑刊》第413页）

朱霈指出，此诗“君子”即是后妃，古有如此用法，该词并不强调女性身份，不必注出“小君、内子”之类，朱熹所注反觉纠缠。

《泉水》诗中“姑姊”，朱熹以为指诸娅，朱霈以礼考之，否定了这个解释：

《泉水》，邢侯夫人作。邢州有干山，言山为邢国邑，今顺德府唐山县也。诗邢侯之姨，想因姊妹而复结婚姻，故卫女嫁邢耳。诸姑伯姨，自当主卫国言。感父母之没，而念骨肉之存也。《集传》指诸姬言，则礼未有以姑姊作媵者。（《四库存未收书辑刊》第415—416页）

朱霈此解，与汪梧凤“姑姊，《朱传》即指诸姬，考古无媵姑姊者，不若郑、孔主在母家者为是”①之解前后呼应，为我们获取正确的理解提供了有力的考辨。

《黍离》之“黍”，朱氏有如此考证：

黍似粟而两头锐，其苗如粟，穗如稻。秆亦如粟，长不过三四尺，用以酿酒作餈，北地盛而南方不见有种之者。《集传》谓“苗似芦，高丈余，穗黑色，粒圆重”，似误以穄为黍。朱子南宋人，实未尝目见此黍耳。魏子才《六书精蕴》云：“禾，下从氽，象细粒散垂之形。”（《四库存未收书辑刊》第417页）

朱霈以为《诗集传》注释有误，并指出朱熹之误出于未尝目见。

《鸨羽》诗“王事靡盬”之“盬”，《集传》训为不坚固，朱氏以为不妥。他说：

《鸨羽》诗“王事靡盬”，《集传》言：“盬，不坚固也。”董氏卣曰：“《说文》：‘煮海为盐，煮池为盬。’盬苦而易败，故《传》以不坚训之。”愚案《前汉·息夫躬传》“器用盬恶”，亦是作不坚固解，而以释诗，终觉不妥。扬子《方言》云：“盬，且也，又杂猝也。注，皆仓卒也。”则诗“盬”字作仓卒解较顺适。盖谓王事且无仓卒，使我不能艺黍稷也。后《四牡》等篇皆通。王符《潜夫论》曰：“‘王事靡盬，不遑将父’言在古间暇而得行孝，今迫促不得养

① 汪梧凤：《诗学女为》，《续修四库全书》第63册，上海古籍出版社1995年版，第639页。

也。"言迫促似亦以盬为仓卒意。(《四库存未收书辑刊》第419页)

朱氏考之于扬雄《方言》以及王符《潜夫论》,断诗中"盬"为仓促之义,文从字顺,多篇皆通,可为的诂。

《载驰》诗"大夫跋涉"究竟何指,许穆夫人有没有亲往归唁,历来争论不休。朱霈针对朱熹的说法有如此考辨:

> 《载驰》章"大夫跋涉",《集传》指许国来追之大夫,则是夫人已在路矣。孔氏以为卫大夫跋涉而来告难于我。二说不同。愚玩诗词,以为卫大夫者固非,然以为夫人既已归唁,许大夫乃追之于路,则穆姜固贤夫人,所谓发乎情止乎礼义乎?礼义者,谓何不应鲁莽从事如此。当是时,许公纵私许夫人归唁而远适异国,在朝自应与闻,百尔君子,岂无一人谏止?今乃不能阻之于未出之先,又岂能挽之于在路之后耶?故知夫人欲亲往唁,格于许人之礼,论而止。于是遣其大夫跋涉来曹,而夫人遂以不得亲唁为忧,其初原未尝亲往也。白云许氏考戴公庐曹在周十二月,今之十月,麦与虫皆非其时。则可知所谓陟阿邱而行其野者,即是深宫抑郁设想无聊之极思,非果归途所见有麦与虫也。所谓"大夫君子,无我有尤"者,即是在朝阻议之大夫,《集传》又以为跋涉之大夫,亦觉迂曲。(《四库存未收书辑刊》第416页)

朱霈认为许穆夫人格于礼而并没有亲往归唁,乃遣大夫跋涉来曹。此说虽未必可作定论,却也不失为较为有力的一说。

朱氏还有名物字词考订虽非创举,然常能为前贤之训提供有力的支持,使问题明朗化。如,《丘中有麻》其同意毛氏"留,大夫氏;子嗟,字;子国,子嗟父"之训。在朱氏看来,"毛时书籍犹多,或有所据"(孔颖达语)。则千载而下,不能凭空臆揣,而定为妇人留其所与私者之诗。并引《路史》:"留,国名,陶唐氏后。"《名物疏》云:"留,古刘字,今河南侯氏县有刘。"《聚韵会言》:"留姓出会稽,本卫大夫留封人之后。"支持毛说而不指名地批评朱熹"淫诗"说。其于《皇皇者华》"周爰谘诹",引《左传》《国语》而支持了毛氏以忠信为周之说,从而否定了《集传》以周为偏之训。

四、对朱熹《诗集传》的批评

朱霈《毛诗质疑》对前贤诗经学多有批评，其中对朱熹的批评最多。前引诸条多为是正朱熹之误，这里再举几例。如，

> 《采葛》，惧谗也。诗说贤者被谗见斥于野闵之而作。《楚辞》“何昔日之芳草兮，今直为此萧艾也”，盖用此诗。《集传》指为淫奔，谓其与采唐、采麦、采封相似。然采苓、采苦、采封亦刺谗，是固不可援以为例也。（《四库存未收书辑刊》第418页）

朱霈反对朱熹的“淫诗”说，以为《采葛》为《楚辞》香花美草象征手法的渊源，将诗定为贤者被谗见斥于野闵之作。此外还将《将仲子》《山有扶苏》等朱熹目为淫诗的许多诗篇另定诗旨。

《何彼秾矣》一诗，朱霈一方面肯定了朱熹不强定世次的通达，另一方面又指出了朱熹附会“文王之化”的错误。他说：

> 《何彼秾矣》最为诗家所聚讼，揔不若《集传》“周王之女姬姓，故曰王姬”，初不指定世次为妙。邹氏忠允曰：“帝子下降，何国蔑有？即齐以名邦联姻王室，但不止此二姬。特由鲁主昏则书，鲁不主昏则不书耳。”是其世次终不能定为何王之时。然《集传》又以为文王、太姒之教久而不衰，似亦可以不必。夫女德之贤否，何常之有？以太姬为武王元女而好巫觋歌舞之事；卫宣姜之淫而其女为宋桓夫人、许穆夫人；鲁穆姜之姣而其女为宋共姬，则亦岂能一一推美于太姒之教乎哉！（《四库存未收书辑刊》第414—415页）

朱霈此解不仅言之凿凿，而且直接剥去了“文王之化，太姒之教”之类圣贤教化神圣、神秘的外衣。或许他并没有理论上的自觉，仅仅靠艺术直觉察觉出先贤的附会穿凿，却为后学将《诗经》拉下神坛给予了有益的启示。

此外，《陟岵》“由来无弃”，《集传》训为“死而弃其尸”，朱霈以为“似非母之所忍望于其子”（《四库存未收书辑刊》第419页），而同意吕祖谦“言毋弃母而不归也。”的说法。《伐檀》，朱霈以为朱熹《诗集传》“专美君子之不素餐”于“不

稼不穑”四句语气不合，且朱熹注内“然其志”三字似觉添设，“盖此四句乃诗人诘责之词；末二句又诗人指点之词。‘彼君子兮’则指伐檀者而言也”（《四库存未收书辑刊》第419页），并援引董仲舒《春秋繁露》“坎坎伐辐，彼君子兮，不素食兮。先其事而后其食，谓治身也”作为自己立论的证据。此外，指出朱子注《孟子》“不素餐兮”引《魏风·伐檀》之篇，谓“无功而受禄谓之素餐”，于彼用《序》说，于此反对《序》说，两相矛盾。

当然，朱霈并非一味否定朱熹的诗经学研究成果，他不仅同意朱熹《楚茨》至《车辖》错简说，还对朱子其他研究成果予以肯定。如《采薇》《出车》，朱熹以为必非文王之诗，朱霈以为此说“此是千古确识”（《四库存未收书辑刊》第422页）。再如，朱熹将《沔水》定为忧乱之诗，朱霈亦以为“自是确论”。可见，朱氏一以诗义为是非，并非出于门户之私，更非个人偏见。

值得注意的是，朱氏之论亦多有深文周纳，凭空臆说之处。《续修四库提要》说：“其纠正《集传》诸条尤当，惟太史公、郑司农、伏生辈，皆言文王受命七年而崩，霈概斥为惑于《乾凿度·元命苞》之说，然以郑司农例伏生、太史公可乎？以有宋诸儒之理论驳两汉诸儒之擴经乎？《竹书纪年》言武王崩年五十四，霈据《周本纪》：‘武王告周公旦曰：“惟天不飨殷，自发未生，于今六十年。”’谓武王受命有天下年六十岁，不知《本纪》言发未生，非言发初生。又论姜嫄，舍郑笺而别为臆说，则皆深而反失之。”[①]洵为不诬。

第二节　博采收遁，补礼证礼的朱濂诗经学

朱濂，字理堂，号澫（藕）庄，生于歙县义成，移居岩镇，廪贡生。《安徽通志》谓其“孝友为乡党则”，“生平然诺不欺，以身率教”。又谓其“为文闳达渊雅，淹贯经史，尤精诗礼之学”。朱濂因“上世礼文阙略，夏殷无征。周公制礼，始称郁郁之盛。嗣以秦政酷烈与周官相反，特疾恶之而搜求焚烧之。独悉汉求遗书，乃稍稍间出。然河间所得，曲台所传，犹多散佚。学者憾焉”[②]。故广录《毛传》《郑笺》所训有关于礼者而成《毛诗补礼》六卷。朱濂此书为徽州诗经学史上少有的考辑礼仪制度专书之一，学术意义较大。

---

① 《续修四库全书总目提要》，中华书局1993年版，第359页。

② 朱濂：《毛诗补礼·自序》，安徽省图书馆藏道光乙亥版。

一、博采增益，昔遁今收

《毛诗补礼》虽名补礼，然正如朱氏所云“凡可以补礼文之阙及可与礼文相证明者，均取为昔遁今收之助”，实际包括补礼和证礼两个部分，其中补礼 114 条，证礼 100 条，二类大体相当。其所谓“补礼”乃补礼经之阙，其所谓“证礼”乃证明古代礼制盖即如此。朱濂此书与稍稍先出的包世荣《毛诗礼征》不同。包氏将礼制分为四十三类，每类之下，节录《通典》相关内容以为“总叙”，然后辑录有关诗句以及《毛序》《传》《笺》阐发相关礼制。朱濂书则按《诗经》篇目顺序编目成卷，所作补证以《毛传》《郑笺》所训有关礼制者为依据，又旁及他书，并以“案此明言某某取以补（证）礼”的形式转入阐伸和发挥，所作阐发虽不免有失，然率能遍考典籍，持之有据，多“使中古三代之制度焯然复明于世，洵嘉后学而为毛、郑之功臣也”。然其书既不分类，又多遗漏，误说亦是不少，故洪湛侯以为“较之包世荣之书，瞠乎后矣”[①]。然又如洪先生所言：“六经同出于商周之世，所反映之典章礼仪、文物制度以及时代之意识形态，大致相同相近，是以兼治数经，或更有助于精通一经。东汉郑玄，笺《诗》在注《礼》之后，以《礼》注《诗》，后世褒贬不一。徒事礼仪、礼制之烦琐考证，忽略诗篇之文学感兴，舍本逐末，自不可取；然而诗中涉及之名物制度，不循《礼》而无法索解者，则仍须读《礼》沟通，自不得视习《礼》为余事。汉唐以来，对于《诗经》礼仪制度的诠释甚多，然皆散见于注疏之中，很少辑成专书的，清代随着考据学的发展和深入，道光年间，先后出现包世荣《毛诗礼征》和朱濂《毛诗补礼》两部专著，一时引人注目。”[②]朱氏之书在《诗经》学史上自有其不可忽视的地位和影响。此外，学者多以为传世礼书并不可靠。如姚际恒就认为《周礼》是伪书不可为据，《周礼郑注》尤不足据；《诗》在前，《礼》在后，且《礼》本《诗》为说，故不可以《礼》解《诗》。姚氏观点虽不无偏颇，却告诉我们对传世礼书要持审慎态度。与礼书相反，《诗经》要真实可靠得多，诗学传承有较为严格的家法师法，诸多说解渊源有自，故以《诗》证礼、补礼，不仅可行而且颇有学术价值。

下面运用包世荣《毛诗礼征》对礼制的分类——其分类本之于杜佑《通典》——对朱濂《毛诗补礼》所辑录的礼制进行归纳、分类，从而分析朱氏之得失。

---

① 洪湛侯：《诗经学史》（下），中华书局 2002 年版，第 541 页。

② 洪湛侯：《诗经学史》（下），中华书局 2002 年版，第 538 页。

礼制	证　　礼	补　礼
郊天	1.后稷始封于邰,得事天《生民》 2.瓦豆曰登之制《生民》 3.鲁得郊祀天,亦配以后稷,牲用骍《閟宫》 4.殷郊禘感生之黑帝《长发》	1.郊祀天地,作乐歌及祭神州之祇用夏正月《昊天有成命》 2.高辛氏之前,有郊禖《生民》 3.诸侯之犯軷用羊有尸《生民》
郊	郊祭后稷,以配天而作乐歌《思文》	1.文王受命得郊祀《棫朴》
雩	1.旱祭用三牲圭璧《云汉》 2.凶荒杀礼之节《云汉》	1.春夏有祈谷于上帝之祀,其吏以大夫为之,一部一人《噫嘻》
大享明堂	1.祀文王于明堂,与天异牲《我将》	
褙	1.农事祭典《甫田》	
祭社稷	1.殷时诸侯门社之制,定为天子之法《绵》 2.农事祭典《甫田》	1.春藉田祈社稷,秋报社稷之制《载芟》 2.侯国孟冬为民祈年于公社《七月》
山川	1.武王巡守告祭柴望之礼,时未太平,不必封禅《时迈》 2.伯夷掌四岳之祀及四岳之名《崧高》	1.武王巡守,有四岳河海之祀《般》
耕籍		1.天子有亲与后、世子出观农事之行《甫田》 2.诸侯助祭遣于庙,有正君臣之礼、戒诸官保介之命《臣工》 3.春藉田祈社稷,秋报社稷之制《载芟》
天子宗庙	1.成王时祭先王、先公之乐歌《天作》 2.武王大封诸侯于文王之庙《赉》 3.殷二宗庙不在六庙之中《烈祖》 4.庙为衅礼,室为饮燕《斯干》 5.正祭之节《信南山》	1.周公摄政五年成洛,六年率诸侯祀于清庙而作乐歌《清庙》 2.周公摄政六年制礼作乐,乐初成,大合而奏于大祖之庙《有瞽》 3.禘太祖文王庙之乐歌为四海歌颂之声《雍》 4.天子宗庙以卿为尸,不以公为尸《既醉》 5.成王即政行朝享之祭,告嗣位。诸侯助祭,然后朝王。二伯率诸侯助春祠之祭《载见》 6.微子受周命来见祖庙,用殷正朔,行其礼乐《有客》 7.嗣王除丧朝武王庙而谋政《闵予小子》 8.周公居摄六年,始告成《大武》于太祖之庙《酌》 9.天子诸侯祭亦有阳厌《抑》 10.新王即政正月朔日有朝享之祭,朝享偏祭群庙,诸侯助祭《烈文》 11.天子绎祭以正祭之明日,士爵弁服视濯省牲至旅而用兕觥之节《丝衣》 12.天子所起之地有别庙《江汉》

续表

礼制	证　　礼	补　礼
后妃庙	1.鲁禘祫不废时祭《閟宫》	1.姜嫄鲁亦有庙，及弃为司马犹称后稷《閟宫》
诸侯、大夫、士宗庙	宿县 1.堂上、堂下四县同音《鼓钟》 供菜、献牲：1.教成之祭，宗室奠之，季女尸之，及俎豆粢盛之《采蘋》 2.燔炙笾豆献酬之节《楚茨》 3.祭祀之礼，奉牛奉羊之属，各有其事《楚茨》 4.殷诸侯祭用纯色之牲《旱麓》 5.周公、成王太平时有冬荐鱼、春献鲔之礼《潜》	供菜、献牲：1.王后共荇菹《关雎》 2.国君夫人共蘩菹《采蘩》 3.教成之祭，宗室奠之，季女尸之，及俎豆粢盛之《采蘋》 4.豳公子有率民采蘩之节《七月》 5.成王时民入瓜税为菹《信南山》 6.古者卜筮，有用精凿享神之糈《小宛》 7.诅之用牲《何人斯》 8.鲁祭用牲、用俎之异《閟宫》
立尸	1.教成之祭，宗室奠之，季女尸之，及俎豆粢盛之《采蘋》	1.齐戒时，尸宾官与之酒食《信南山》 2.天子告利成，及鼓钟送尸之节《楚茨》 3.天子尸亲嘏受之以筐，及嘏辞《楚茨》 4.天子有子孙献尸佐食加爵之节《宾之初筵》
时享	1.搠邑之制《大叔于田》 2.献禽有上杀、中杀、下杀《车攻》 3.秋冬报为尝烝之祭兼取，秋祭四方，冬祭八蜡之说《丰年》	
祫禘	1.练有始禘，三年丧毕祫于太庙，明年有终禘《元（玄）鸟》	
天子七祀		1.宗庙明日绎尸，天地社稷山川四方百物七祀皆祭日绎尸《凫鹥》
诸侯助祭		1.新王即政正月朔日有朝享之祭，朝享偏祭群庙，诸侯助祭《烈文》 2.诸侯助祭遣于庙，有正君臣之礼、戒诸官保介之命《臣工》 3.成王即政行朝享之祭，告嗣位。诸侯助祭，然后朝王。二伯率诸侯助春祠之祭《载见》 4.微子受周命来见祖庙，用殷正朔，行其礼乐《有客》

续表

礼制	证　　礼	补　礼
大学	1.辟雍之制《灵台》	
诸侯立学		1.鲁立四代之学，其行礼之饮酒、养老、兵事之受成告克，当在周学之泮宫《泮水》
巡狩	1.武王巡守告祭柴望之礼，时未太平，不必封禅《时迈》	1.武王巡守，有四岳河海之祀《般》
享司寒	1.藏冰、出冰之时《七月》	
告祭	1.武王巡守告祭柴望之礼，时未太平，不必封禅《时迈》	1.天子告利成，及鼓钟送尸之节《楚茨》 2.周公居摄六年制礼作乐，本于文王五年之末有太平告文王之乐歌及成王即政始用周礼《维天之命》 3.文王象舞之乐歌大合乐奏之，或祈告所用《维清》 4.周公居摄六年，始告成《大武》于太祖之庙《酌》 5.讲武类祃之祭，配以后稷《桓》
高禖		
祓禊		
冠礼		
昏礼（附，妇教）	1.昏礼年与时《摽有梅》 2.国君夫人之归宁《泉水》 3.母出与庙绝《河广》 4.诸侯夫人有傅姆《南山》 5.大夫有一妻二妾《绸缪》 6.五日一御，通及庶人《采绿》 7.周家天子造舟亲迎之制《大明》	1.昏礼用牲《汉广》 2.嫁车送迎之数《鹊巢》 3.国君妾御抱衾、裯之节《小星》 4.凶荒杀礼用麇之肉代币《野有死麇》 5.王姬下嫁之车服《何彼秾矣》 6.王姬下嫁同族媵女，《正义》能申《传》义而推之《何彼秾矣》 7.侄娣二媵贵贱之次《绿衣》 8.春秋交会之月为纳采之期《匏有苦叶》 9.庶人得如士，越国娶妇《谷风》 10.诸侯夫人嫁服在途用锦衣，及郊而更翟衣乘厌翟入朝见君。庶人之妻则锦衣为嫁服《硕人》 11.士瑱象，君臣异物，及悬瑱之纨有五色、三色之不同。壻至女门，导妇揖出，及著为正门两塾间之宁《著》 12.妇入门左辟，及三月庙见，然后执妇功之节《葛屦》

续表

礼制	证　　礼	补　礼
乡饮酒		1.党正饮酒用羊牲称兕觥《七月》
封建	1.洛邑与宗周通封畿之制《王城谱》 2.天子大夫四命出封畿加一命，如子男车服《大车》 3.齐地初封百里，后增五百里《齐谱》 4.诸侯有公行、公族之官，魏晋有之《汾沮洳》 5.文王为西伯，其属南仲为命卿《天保》 6.天子有命，王朝卿士封国若家之典《黍苗》 7.文王时仕者世禄《文王》 8.殷时大国三卿《绵》 9.后稷始封于邰，得事天《生民》 10.申伯以王朝卿士出为侯牧褒赏之节《崧高》 11.武王大封诸侯于文王之庙《赉》 12.鲁受上公之地，及山川土田之赐《閟宫》 13.卫为州伯《旄邱》 14.文王徙宅建邦于程《皇矣》	1.附庸有内小臣《车邻》 2.丘甸之制，始于夏禹《信南山》 3.灵台、灵囿之制《灵台》 4.文王作丰筑城伊淢之制《文王有声》 5.契之始封，契孙相土在夏为王官伯《长发》 6.王季九命作伯，锡圭瓒《旱麓》
宗庙觐遇会同	1.侯伯卿士有述职、存省之法《鸿雁》 2.韩为北方偏西诸侯，故觐王在秋《韩奕》 3.朝贡有发币公卿，王朝有反币复礼之节《大东》	1.牧伯之大夫有述事之职《小明》 2.蕃国贡献往来，讲于所近中国州牧《韩奕》 3.周公摄政五年成洛，六年率诸侯祀于清庙而作乐歌《清庙》 4.诸侯助祭遣于庙，有正君臣之礼、戒诸官保介之命《臣工》 5.成王即政行朝享之祭，告嗣位。诸侯助祭，然后朝王。二伯率诸侯助春祠之祭《载见》 6.殷时二王后，八州州牧之朝《元(玄)鸟》

续表

礼制	证　　礼	补　礼
聘问		
飨食燕礼	1.金罍、兕觥之制《卷耳》 2.佩玉之制，及主国之臣燕来聘士大夫《女曰鸡鸣》 3.天子燕见四海诸侯，有车迎之节《蓼萧》 4.天子燕诸侯礼之差别《湛露》 5.庙为衅礼，室为饮燕《斯干》	1.田畯为田大夫即啬夫，耕者有设酒食之节《七月》 2.燕群臣嘉宾用币《鹿鸣》 3.饫燕之别《常棣》 4.天子燕食朋友、故旧之具《伐木》 5.飨有酌醴之法《吉日》 6.燕用祭之乐器，及同姓之臣庆辞《楚茨》 7.天子服皮弁服宴同姓《頍弁》 8.庶人享瓠饮宾《瓠叶》 9.族燕有设席授几缉御之节《行苇》 10.天子饯燕，奠斝菹醢殽盖歌咢之节《行苇》 11.酌大斗祈黄耇之节《行苇》 12.新国杀礼，飨燕群臣，牲用豕，爵用匏《公刘》
军旅	1.此明兵车之法，将居鼓下《清人》 2.师行日三十里《六月》 3.宣王南征军赋之盛《采芑》 4.爪牙之士，职为闲守之卫，不在从军《祈父》 5.士为末介，无倅车《绵蛮》 6.军役之栈军辇之制《何草不黄》 7.周家戎事乘骣之制《大明》 8.西伯得征兵统内诸侯《皇矣》 9.宣王出师命将，有将有监，及命将于太祖《常武》 10.天子六军之制，亦有中军《常武》 11.劳还率、还役之乐歌，及将率建旂《出车》	1.黄衣、狐裘为兵事韦弁服之制《羔羊》 2.矛有重英，悬羽之制《清人》 3.小戎兵车，及驾马之制《小戎》 4.殷末六师之制《棫朴》 5.攻城之具及战车之制《皇矣》 6.灭国犹申致附之祀《皇矣》 7.公刘发部在道军行备御之制。此亦可证夏时大国三军之礼《公刘》

续表

礼制	证　　礼	补　礼
田猎	1.苗田入防之始射禽，始而抗绥《车攻》 2.田犬之名《驷驖》	
射礼	1.锡命诸侯《无衣》 2.天子能锡命诸侯《采菽》 3.天子赐有功诸侯彤弓《彤弓》	1.宾射之正二尺《猗嗟》 2.天子将射改县之节《宾之初筵》 3.天子敦弓镞矢及养老先行择士之射《行苇》
马政	1.驂马之制《干旄》 2.祭马祖及差马用刚日《吉日》 3.鲁僖公马四种之名《駉》	1.祭马祖及差马用刚日《吉日》
丧期		
葬		
乐章	1.豳诗七月有风雅颂三体《七月》 2.诗之入乐《小、大雅谱》 3.殷人尚声，时祭奏堂上、堂下之乐《那》 4.古者三正迭用《长发》	1.硕人为诸侯乐正之属舞人《简兮》 2.房中之乐及所用乐器、舞位《君子阳阳》 3.文王象舞之乐歌大合乐奏之，或祈告所用《维清》 4.周公摄政六年，象武王伐纣之事作《大武》而奏于庙《武》 5.商人时祭成汤而作乐歌，及食尝无乐，为夏礼《那》
宫室	1.天子路寝如明堂，及天子燕寝即诸侯路寝之制《斯干》 2.五亩之宅之制《七月》 3.公馆之陈《何人斯》	1.闉阇之制《出其东门》 2.寝卧衽席之制《斯干》
车舆	1.卿士重较之制《淇奥》 2.帷裳为妇人车制《氓》 3.此明兵车之法，将居鼓下《清人》 4.候人之属及大夫赤芾乘轩《候人》 5.上公非同姓，亦得乘金路《采芑》 6.约軝为帱革《采芑》	1.诸侯路车有朱革之质而羽饰《载驱》 2.三代戎车异名《六月》 3.后乘车履石与王同《白华》

续表

礼制	证　　礼	补　礼
衣服	1.展衣之色,《传》《笺》不同《君子偕老》 2.羔裘之饰《羔裘》 3.诸侯锦衣狐裘之制《终南》 4.织文鸟章之制《六月》 5.殷士裸将,服其本服《文王》	1.王后见舅姑服袆衣《葛覃》 2.命妇成自祭之服,庶士不言朝服,则为府史之属,可证韦注之失《葛覃》 3.夫人视濯溉服被之节《采蘩》 4.国君夫人笄有六珈之饰《君子偕老》 5.褕翟、阙翟,有羽饰衣之制《君子偕老》 6.耳瑱弁琪之饰等差《淇奥》 7.人君童子时佩成人之佩《芄兰》 8.卿士在王朝退入诸庐有释皮弁服服朝服之节《缁衣》 9.此明古者民间衣服之制《出其东门》 10.夫人缅笄而朝《鸡鸣》 11.齐用角枕、锦衾《葛生》 12.祥祭朝服之韠《素冠》 13.诸侯世子除丧服,士服见天子《瞻彼洛矣》 14.狐裘黄黄,台笠缁撮,瑱用石,为庶人之服《都人士》
饮食	1.酒食妥侑之节《楚茨》 2.取陈食农《甫田》	
其他	1.鸾和所在,当从《毛诗》说,正礼说之失《驷驖》 2.《传》义定星正南北之法《定之方中》 3.夫人听内事于国,与王后同《硕人》 4.三恪之说《陈谱》 5.大夫以道去其君之法《羔裘》 6.占梦之法,纪其事《无羊》 7.开凿卜龟之法《绵》	1.彤管女史之法《静女》 2.诸侯不立鸡人之官,挈壶氏兼告时之职《东方未明》 3.男子、女子初生之事《斯干》 4.容刀之珌有等差《瞻彼洛矣》 5.古者明王之爱国用《鸳鸯》

从上表可以看出：1.朱濂补礼、证礼对高禖、祓禊、冠礼、聘问、丧期、葬等无有涉及，对祫禘、天子七祀、大学、乡饮酒、田猎、饮食等则虽有涉及却考论不详。如《郑风·子衿》"青青子衿"，《传》云："青衿，青领也。学子之所服。"此言学校学子之服，可以补礼。《大雅·韩奕》"韩侯顾之"，《传》谓："顾之曲顾道义也。"此言亲迎曲顾之义，可以补礼，如此等等，朱氏皆遗之未补。2.包氏对礼制有较为严格、系统的分类，能给予读者以完整的概念，便于研习上古礼仪制度；而朱氏则较为淆乱，其考释随文而发，基本没有对礼制给予系统关注。其随诗篇传统次序叙列说解，颇便于初学者习《诗》。3.上古礼制繁杂、淆乱，又因年代久远而多有阙失，朱氏对诗经学著述进行爬梳，汇集相关文献证礼、补礼，其文献价值是不可埋没的。

二、专辑礼仪制度，有得有失

1.补证信而有征

朱氏爬梳辨正，所补、所证多信而有征。例如《瓠叶》首章，《传》云："幡幡，瓠叶貌，庶人之菜也。"《笺》云："孰瓠叶者，以为饮酒之葅也。此君子谓庶人之有贤行者也，其农功毕乃为酒浆以合朋友习礼讲道艺也。酒既成，先与父兄室人亨瓠叶而饮之，所以急和亲亲也。朋友则加之以羞。"又，次章《笺》云："斯，白也。有兔白首者，以为饮酒之羞也。饮酒之礼，既奏酒于宾，乃荐羞每酌。言，言者。礼不下庶人，庶人依士礼立宾主为酌名。"朱氏按道：

> 此明庶人亨瓠饮宾，故取以补礼。《豳风》："断壶，落其实也。"此瓠叶，采其叶也。一为农夫之食，一为庶人之菜，其用等耳。乡饮酒、燕礼、大射仪皆先进酒，乃荐脯、醢。羞，庶羞。故知然也。《稽古编》云："此庶人饮酒事耳，而可以观礼。为酒本以宴宾，先与父兄室人酌而尝之，亲亲也。用瓠叶，俭也。宾至加兔羞，备献酢酬之仪，物俭而礼重也。"①

朱氏于此引乡饮酒、燕礼、大射仪相关文献，并参考陈启源《毛诗稽古编》之说，以为《小雅·瓠叶》首章可以明庶人亨瓠饮宾之礼。《瓠叶》是一首写下层贵族宴会宾客的诗。每章末两句写宾主饮酒，由尝而献而酢而酬，菜肴虽甚简约，但酬酢很热烈。朱熹《诗序辨说》说这是"燕饮之诗"。王质《诗总闻》说"当

① 朱濂：《毛诗补礼》卷四，安徽省图书馆藏道光乙亥版。

为在野君子相见为礼”。王先谦《诗三家义集疏》更具体地指明“诗人因时王惜物废礼,故言虽匏叶、兔首之微薄,亦可以合群习礼。”朱濂取此补礼,不失为信而有征。不过,江瀚撰《续修四库全书总目提要》并不认可朱氏此补,《提要》曰:“《瓠叶》首章,《传》‘幡幡瓠叶,貌庶人之菜也。’毛特极言其物之微薄,何尝以全诗皆言庶人之礼?《郑笺》泥于《传》意,以君子为庶人之有贤行者,实与《序》思古意不合。今乃谓此明庶人享瓠饮宾,取以补礼,用瓠叶俭也。宾至加兔羞备酢酬之仪,物俭而礼重。夫岂其然?魏源《诗古微》据《后汉书·刘昆传》以此诗为古人乡射之乐章。虽属难信,古者礼不下庶人,其非言庶人之礼,则断可识矣。”①

2.补正能订诸家之失

朱氏所补、所证又多能订诸家之失。如《君子偕老》“副笄六珈”,《传》:“副者,后夫人之首饰,编发为之。笄,衡笄也。珈,笄饰之最盛者,所以别尊卑。”《笺》云:“珈之言加也,副既笄而加饰,如今步摇上饰。”对此朱氏按道:

> 此明国君夫人笄有六珈之饰,取以补礼。《正义》云:“王后之衡、笄皆以玉为之,惟祭服有衡、笄,垂于副之两傍当耳,其下以统悬填笄卷发者。此副及衡、笄与珈饰惟后夫人有之,卿大夫以下则无,故云所以别尊界也。以言六珈必饰之有六,据此则侯伯夫人为六,王后则多少无文也。”案,追师注云:“副之言覆,所以覆首为之饰。编,编列发为之,其遗象若今假紒矣。今毛言‘副,编发为之’,疑同于‘编列发为之’之编矣。”郑云:“如今步摇,其制不可考。”陈氏祥道:“《礼》书曰,‘汉之步摇,金为凤,下有邸,前有笄,缀五采玉以垂下,行则动摇。’此其制与?”又,《续汉书·舆服志》云:“皇后入庙,步摇以黄金为山题,贯白珠、桂枝相纠,八爵、九华、熊虎、赤能、天鹿、辟邪。”郑氏所见之步摇制盖如此。笄以卷发,衡以悬统,截然二物。《疏》言衡、笄皆以玉为之。《传》以下文言“填”,故并“衡”言之,俱未尝合衡、笄为一物也。唯《疏》文“惟祭服有衡笄,垂于副之两傍当耳”句衍一“笄”字。严华谷不察,遂误以衡、笄为一物,而反讥《疏》之混毛、郑为一说,而明己之从《传》,失之矣。②

朱氏于此博考详辨,指出“笄以卷发,衡以悬统,截然二物”,《传》未尝合衡、

① 《续修四库全书总目提要》,中华书局1993年版,第383页。

② 朱濂:《毛诗补礼》卷一,安徽省图书馆藏道光乙亥版。

笄为一物，《疏》文则因衍一"笄"字而颇遭误读。严华谷不察此，误以衡、笄为一物，而反讥《孔疏》混毛、郑为一说。朱氏此处的补正确乎能订前贤之失。

3.补正不乏附会

朱氏所补出于附会的也不乏其例。如《小雅·采绿》"五日为期，六日不詹"，《毛传》："妇人五日一御"，《孔疏》且纷纷议论天子诸侯大夫进御之同异。朱濂不察，竟说此明五日一御，通及庶人，取以补礼，这就大错特错了。其实这是一首妇女思念征夫的诗，"五日为期，六日不詹"，不过泛言"本五日为期，今六日尚不瞻见，只是过期之意"（姚际恒《诗经通论》）。朱熹《诗集传》亦云："去时之约耳。"朱濂据毛孔误说以补礼，便是很不可取的了。

又如《公刘》"乃造其曹，执豕于牢，酌之用匏"，《传》："曹，群也。执豕于牢，新国则杀礼也。酌之用匏，俭且质也。"朱氏按断道：

> 此明新国杀礼飨燕群臣，牲用豕，爵用匏，取以补礼。《疏》申《传》为公刘之待群臣。《左传》说"飨礼设几而不倚"，此不辨飨燕之异。下云："食之饮之"，或亦兼食燕矣。《行苇》说"族燕云老者加之以几"，则群臣之中据有老者言之耳。飨礼当烹太牢以饮宾，此唯用豕者，《秋官·掌客》云："凡礼宾客，国新杀礼。"公刘新至豳地，杀礼也。匏是自然之物，故云俭且质也。养马谓之闲，养牛羊豕谓之牢。又《郊特牲》云："帝牛必在涤三月，稷牛惟具。"何休《公羊注》云："涤，宫名，养帝牲三牢之处。涤，取其荡涤洁清也。"①

朱氏此考不乏附会牵强之处。其实，公刘之时代，尚处于从原始部落向国家转变时期，其时不仅物质匮乏，而且礼制颇疏。朱氏不明此理，以后世礼制考察公刘时代，不免胶柱。又，马瑞辰《传笺通释》据《说文》"祰，告祭"疑此"造"字为"祰"之假借。并据惠琳《音义》引诗"造"作"告"。《艺文类聚》引《说文》"祭豕先曰禮"；《广雅》"禮，祭"；《玉篇》"禮，豕祭也"；《广韵》"禮，祭豕先"。而以此诗"曹"或即"禮"之省。《续修四库全书总目提要》由此以为："然则古有祭豕先之礼，可补者在此而不在彼也。"②朱氏有误诚然，但这般改字释经，失之更远。

---

① 朱濂：《毛诗补礼》卷五，安徽省图书馆藏道光乙亥版。

② 《续修四库全书总目提要》，中华书局1993年版，第383页。

第三节　积年排比，善于归纳的俞正燮诗经学

俞正燮(1775—1840),字理初,黟县人。道光元年(1821)举人。年轻时即深受戴震学风影响,又拜孙星衍为师,乃戴震三传弟子。由于俞氏身处嘉道间,其时,西方列强迅速崛起,开始积极于海外殖民掠夺,而大清王朝则已日薄西山,风光不再。就学术而言,乾嘉朴学已渐入歧途,难以为继,故有识之士将目光从古籍转向现实生活,以经世致用为目标冀求变革图强的今文经学渐成主流。受时代风气影响,俞正燮不仅重视正经、正史,还旁涉诸子百家,亦颇注意当时之学,关心西方。张舜徽指出:"正燮承其乡先辈诸儒之绪,而扩充之,故生平自治经外,于史学、诸子、天文、舆地、医方、星相以及释道之说,无不探究。"①《俞正燮全集·前言》则谓:"对当时列强、邻邦和边境的研究,体现出俞正燮书生报国的忧患意识,也是清代朴学向经世致用转变的重要标志。"②俞氏治学,善于归纳,张穆《癸巳存稿序》云:"理初足迹半天下,得书即读,读即有所疏记、每一事为一题,巨册数十,鳞比行箧中。积岁月,证据周遍,断以己意,一文遂立。读其书者如入五都之市,百货俱陈,无不满之量也。"③《清史稿·俞正燮传》亦云:"正燮读书,置巨册数十,分题疏记,积岁月乃排比为文,断以己意。"④王立中则于《俞正燮先生年谱叙录》指出:"此种归纳方法,用之于史,清儒仅先生一人。"⑤正是因为掌握了科学的治学方法,又能笔耕不辍,故所著《癸巳类稿》《癸巳存稿》等取得了非凡的学术成就。蔡元培说:"余自十余岁时得读俞先生之《癸巳类稿》及《存稿》而深好之,历五十年而好之如故。"⑥周作人甚至说:"中国思想界有三贤,即是汉王充、明李贽、清俞正燮。"⑦

俞正燮虽无诗经学专著,然其《癸巳类稿》《癸巳存稿》皆有专条考论《诗经》,其考胜义纷呈,颇值学界留意。

---

① 俞正燮:《俞正燮全集》(第三册),黄山书社2005年版,第242页。

② 俞正燮:《癸巳类稿》,《俞正燮全集》(第一册),黄山书社2005年版,第13页。以下本节凡引此书此册,皆在文中直接标注页码。

③ 转引自《俞正燮全集》(第三册)附录二,黄山书社2005年版,第230页。

④ 《俞正燮全集》(第三册)附录一,黄山书社2005年版,第199页。

⑤ 《俞正燮全集》(第三册)附录四,黄山书社2005年版,第288页。

⑥ 《俞正燮全集》(第三册)附录四,黄山书社2005年版,第282页。

⑦ 《俞正燮全集》(第三册)附录一,黄山书社2005年版,第221页。

一、归纳句例，力求达诂

《诗经》学界素来信奉"诗无达诂"之说，故歧说纷纭而不以为怪。俞氏治诗则通过博引广征，多层面类比，解通具体句例，并进一步提出"诗能达诂"的通则。如其考论《小雅·四月》"先祖匪人，胡宁忍予"之"匪人"义：

《诗·四月》"先祖匪人"，《笺》《正义》《诗集传》言："先祖非人乎，何使己当此难世?"无所归咎，怨恨之甚，其言不安。《正义》引王肃言"已不得祭其先祖"，王肃所造《孔丛·记义》云：孔子曰"于四月，见孝子之思祭也"，《左传·文十三年》"季文子赋《四月》"，注云："思归祭祀"，然不能与祭，遂以"先祖匪人"诘其上，亦为不词。欧阳氏修言"先祖任用非人"，王氏楙言"先祖不以子孙为人"，陈氏启源言"先祖，读断；匪人，乃自指"，金氏甡言"匪人，谓非比他人"，皆望文生义。李氏黼平言"人，为《说文》奇字之儿，仁人也，即《中庸》《表记》'仁者儿也'之儿，为相儿偶，与忍字相对"，今案：人，不必作儿。诗"匪人"，当如《中庸》《表记》"仁者人也"之人，《中庸》注云："人也，读如相人偶之人，以人意相存问之言"；《表记》注云："人也，谓施以人恩也"，《春秋传》曰："执，未有言舍之者，此其言舍之何？人也。"(今《公羊》"仁也"。)匪人者，谓先祖匪复以人意相慰恤，如下章言"天子莫我有"，为《葛藟》"亦莫我有"之有，匪与莫，其义同也；人与有，其义同也。冀先祖之人己，天子之有己，忠孝之人，情切而词悲也。《云汉》之诗曰"后稷不克"，克，刻识也。"昊天上帝，则不我虞"虞，度也。"莫我有"也，"不我虞"也，"不克"也，"匪人"也，同也。诗无达诂，得其句例则达诂也。(《癸巳类稿》第57页)

"匪人"之义历来歧说纷纭，俞氏不仅认为郑《笺》《正义》和《诗集传》"无所归咎，怨恨之甚，其言不安"。且认为《孔丛子》《左传》杜预注"然不能与祭，遂以'先祖匪人'诘其上，亦为不词。"还斥欧阳修、王楙、陈启源和金甡之说为"皆望文生义"。至于李黼平之说，俞氏亦是断然否认，以为"人，不必作儿(音rén)。"俞氏多方比勘而后论断道："匪人者，谓先祖匪复以人意相慰恤。如下章言'天子莫我有'为《葛藟》'亦莫我有'之'有'。匪与莫，其义同也；人与有，其义同也。冀先祖之人己，天子之有己，忠孝之人，情切而词悲也。"不仅如此，俞氏又从《诗经》中找内证："《云汉》之诗曰：'后稷不克'，郑玄笺：'克，当作刻，刻识也。'昊天上帝，则不我虞'郑玄笺：'虞，度也'。"俞氏对这些句例进行对比，发现"莫我有也，不我虞也，不克也，匪人也，同也。"最后，俞氏曰："'诗无达诂'，得其句例，则达诂也。"其不仅解通了"匪人"这一具体句例，还进一步提出了诗能达诂的通则，洵为治诗巨手。

"例不十，法不立。"俞氏对诗篇达诂的考求，每每从句例入手，取得了惊人的成就。《诗经》中"薪"字多出，如《汉广》"错薪"、《南山》"析薪"、《小弁》"析薪扡矣"、《车辖》"析其柞薪"，《白华》"樵彼桑薪"、《棫朴》"薪之槱之"、《无羊》"以薪以蒸"，解者莫衷一是。俞氏详考典籍，认为古草木通曰薪，今草木通曰柴。单言之则薪、荛、柴通；对举，则荛、薪，草也；柴，木也；蒸，析麻中干也。单言通而对举有别。有俞氏此考，"薪"义自此而明。

《木瓜》篇有"木瓜""木桃""木李"，此三物究竟是什么，历来不能定论。如任昉《述异记》云："桃之大者谓之木桃，诗'投我以木桃'是也。"于木瓜、木李无义。姚宽《西溪丛语》谓是假果，且斥《郑笺》《初学纪》《六帖》为误，兼以"孔子见苞苴之礼行焉"。陆佃《埤雅》则云"江东父老视木实似瓜有鼻食不木者为木瓜。圆实小于木瓜而木者为木桃，大于木桃而无鼻者为木李"。如此等等，实在是一本糊涂账。且看俞氏对此有何高论：

> 按《尔雅》不为木桃、木李立名，而《毛传》则有义可寻，毛解木瓜云"可食之木"。乃通释桃李加"木"之文也。何以言之？诗又云"琼琚""琼瑶""琼玖"，琚为佩上物，须明加琼，瑶则美玉，玖则黑玉，无须琼文。《说文》云"琼，赤玉"，毛解琼琚，改云"琼，玉之美者"，亦豫通"琼玖"之义也。王得臣《麈史》、袁文《瓮牖间评》引韩愈《雪诗》"踏作琼瑶迹"，"疑是屑琼瑶"，或以韩愈诗为误，或谓《说文》"赤玉"为误，则是乖戾之谈。《文选》谢惠连《雪赋》云"瑶阶""琼树"，注引《庄子》云"南方积石千里，树名琼枝"，亦见《蜀都赋》注（今《庄子》无），亦言树枝似玉耳。凡字有本义，有转生义。琼，赤玉，是本义；美玉，则是转生义。美玉，色不止赤，然无缘专定为白也，诗与"玖"连文，固不得依《说文》为赤黑玉，亦岂得依唐诗解"琼玖"为雪白之黑玉乎？诗他言琼英、琼莹、琼华，则凡玉皆可言琼，犹之木为桃李总名也。诗一章言木瓜、琼琚，以瓜皆蔓生，而此瓜实生于木，则曰木瓜，犹琚有用石用珠之别，而此琚实美玉，则曰琼琚，此文言之相从者也。桃与李之必生于木，犹瑶与琚之必可知为玉也。一章言琼琚，则"瑶""玖"皆加

琼，故一章言木瓜，而桃李亦皆加木，此又文之避不成辞而相从者也。知袁文说琼之误，则知陆佃等说木之误，《毛传》"可食之木"，"琼，玉之美者"，皆通三章言之，古经师解经一字，而众篇并明，知琼瑶、琼玖之为辞，而木桃、木李之为辞，与《尔雅》之不为立名，其意皆可见。《尔雅·释木》篇云"楙，木瓜"，是此诗木瓜也；《大雅·抑》篇云"投我以桃，报之以李"，是此诗木桃、木李也。《述异记》"桃大者谓木桃"，是无以处木瓜之文，故知古训最闳远，《埤雅》之说，今人犹有此名，盖缘诗生名，而不可以说诗，陆于诗名物叠咏者，解释并工妙，此盖未当。（《癸巳类稿》第50—51页）

俞氏指出，桃、李加"木"与瑶、玖加"琼"同。首先，诗首章言木瓜，二、三章言桃、李，则亦须加"木"字。诗首章言琚，琚为佩上物，须明加"琼"字，瑶则美玉，玖则黑玉，无须"琼"字。但由于首章有"琼"字，故二三章亦加"琼"字。这是"文之避不成辞而相从者也"。其次，木为桃、李总名也，桃与李之必生于木，故于桃、李前加总名是允许的。瑶与玖必为玉，琼的本义为"赤玉"，但有转生义"美玉"，则瑶与玖前加"琼"也是允许的。再次，琼玖，不得依《说文》解为赤黑玉，亦不得依唐诗解为雪白之黑玉。则木桃、木李亦不可因前有木字而作另解。最后，《尔雅·释木》之"楙"，即此诗所谓的木瓜；《大雅·抑》"投我以桃，报之以李"，与此诗木桃、木李同。总之，俞氏此考，不仅解决了"木桃""木李"之类的具体问题，还进一步提出"文之避不成辞而相从"的通则，有较强的学术意义。

二、逐层推论，多方类比

俞氏考《驺虞》"驺虞"义，指出《毛序》所谓《驺虞》为《鹊巢》之应，与《麟趾》应《关雎》，同为德化相应，非必兽应鸟而取符瑞。并用《韩诗》《鲁诗》说，认为驺虞为天子掌鸟兽之官。

俞氏先出此论断，然后又逐层推论之：1.郑玄谓"'吁嗟乎驺虞'，以叹仁人"，谓官备在五豝，不合《韩》《鲁》，亦不合毛。2.毛《传》以驺虞为兽的观点是错误的。《山海经》《王会解》《书大传》等皆不支持毛说。3.《周南》"吁嗟麟兮"，上有"麟之趾"，语义明晰，乃就所比叹美之。此云"彼茁者葭，一发五豝，吁嗟乎驺虞；彼茁者蓬，一发五豵，吁嗟乎驺虞"，殪、豝、豵之后，忽杂以白质黑文不食生物之兽，上拟其君，辞既不达，礼亦不顺。《周官·肆师》疏、《诗谱》皆沿《毛序》而误。4.从《墨子·三辨》《礼记·乐记》知《驺虞》为乐章。若图而射之,则更无取于仁义如毛氏说。5.从贾谊《新书》、左太冲《魏都赋》、刘渊林注引《鲁诗传》、班孟坚《东都赋》知,驺虞为驺中之虞,义长于毛者,说《诗》文辞意俱合。

俞氏解驺虞为驺中之虞后,又列举类例,从各种典籍和《诗经》中为自己的论断寻找他证和内证。俞氏云:"《汉书》西河郡有驺虞县,盖三分有二时,方七十里囿地连虞官名县者,如船司空,县名。驺之虞,船之司空,名同,一也。《诗·祈父》云:'祈父,予王之爪牙',呼祈父即呼王,叹驺虞即叹仁君,以人及人,义同,二也。《汉书·东方朔传》'奈何乎陛下',吁嗟、奈何,驺之虞、陛之下,学古辞同。三也。《左传》魏绛述《虞人之箴》'敢告仆夫','告仆夫'在后,'吁嗟驺虞'亦在后,《诗》《箴》语次同,四也。"(《癸巳类稿》第48页)俞氏胪列的这四个用例,分别从词语结构、词义、仿古风尚和语序等角度进行类比,从而有力地支持了自己的论断。

至此,俞氏基本上已将问题考论清楚,但他意犹未尽,又进一步通过自己提问题诘问自己的方式对该问题作出了史学角度的考论:

> 难者曰:"《诗谱》,《南》惟《甘棠》《何彼秾矣》为武王时诗,文王时何言天子掌鸟兽官?"不知制由后定,如皋门、应门之名;又《乐记》、周、召之治在武王之事太公之志后,四《诗》说不同师,不定是文王时作,则天子掌鸟兽官与《乐记》合,五也。难者曰:"驺虞是兽,猛而善走,故《山海经》言日行千里,《淮南子》言散宜生得驺虞之乘,同于《大传》。"此则古人命名,皆有依取,古以鸟名官,岂得谓祝鸠不是司徒?又《齐世家》有"泰誓苍兕",《左传》有"舟鲛",不谓兕非兽、鲛非鱼,亦不得以兽与鱼当《泰誓》《左传》之文。《商子·禁使篇》云:"驺虞以相监使马能言,则驺虞无所逃其恶",是牧者亦得名驺虞,取善走也。囿官名驺虞,《大传》云"虞不避虎豹也",然则梁驺,囿名;驺虞,官名,又得一证于驺虞之兽,六也。《毛传》义有不安,后人徒争有无驺虞之兽,于《诗》义无当,用采《韩》《鲁》义以明之。《解颐》《新语》引《齐诗章句》,不见所出,近《韩》《鲁》说,或郑君《射义》注是《齐诗》欤!(《癸巳类稿》第48页)

俞氏于此通过对诗篇创作时代,制度制定的时世,古人命名的特点等考辨,进一步为自己的论断寻找到有力支持。不仅如此,俞氏还指出,后人徒争有无驺虞之兽,于《诗》义无当。

《何彼秾矣》，《毛传》有“武王女，文王孙，适齐侯之子”的说法。何休认为这是因为“天子嫁女于诸侯，备娣姪如诸侯礼者，义不以天子之尊，绝人继嗣之路”。而皇甫谧因武王女元姬妻胡公，而以为王姬宜为媵，不得适齐侯之子。从而批评何休“事无所出，未可据信也”。俞氏首先列举尧以二女妻舜，秦穆公纳女五人于重耳，季孙宿以襄公姑姊二人妻邾庶其等史实，揭示出“皇甫谧欲武王以次女作媵，事不相侔”。其次，指出女媵甚卑，不得谓之娶。而能备侄娣以嫁女的富贵人家，甘心以女为人媵，且娶则当聘，聘富贵能备侄娣人之女为媵，皆非人情，又无以措辞。又指出，媵不必为女，男子亦可为媵。有莘、伊尹，晋井伯皆男子，皆因送女而为媵。还指出，媵女既为嫁女的陪送，必自女母家至婿家，若婿家自娶者，不得名为媵。又据《左传》指出，鲁文公、齐桓公、邾文公、陈哀公、卫庄公、皆非一妃。众妃之中，元妃为嫡最贵，他妃虽不能与元妃同尊，但非即是媵。

《凯风》“睍睆黄鸟，载好其音”，《传》云“睍睆，好貌”。《笺》云“以兴颜色说也”。《笺》以《传》“好貌”属黄鸟颜色者，“绵蛮黄鸟”，《传》云“绵蛮，小鸟貌”，其义一也。俞氏不同意郑说，认为“此‘睍睆，好貌’，是人视黄鸟好也。”（《癸巳类稿》第49页）俞氏曰：

> 《说文》：“睍，出目也”；“睅，大目也，或作晥”，言人注目视此黄鸟，如《小宛》云“题彼脊令，载飞载鸣”，是此视黄鸟例也。或曰：睇视脊令，见其飞，因言其鸣耳，此黄鸟止好音，何用视之？答曰：谢灵运《山居赋》云“观貌相音”，《礼记·坊记》引诗云“相彼盍旦，尚犹患之”，盍旦亦声也。《小雅·伐木》云“相彼鸟矣，犹求友声”，彼相鸟声，是此视黄鸟好音例也。（《癸巳类稿》第49）

有《说文》的文字依据，又有谢灵运《山居赋》《礼记·坊记》等外证，和《小宛》《伐木》等来自《诗经》的内证，俞氏此说，确乎不可改易。

再如《诗》“韎韐有奭”之“韎韐”义，俞氏考论云：

> 《诗》“韎韐有奭”，《传》云：“韎韐者，茅蒐染草也。一曰，韎韐，所以代韠也。”《传》意言韎韐之韎为茅蒐，乃染草也，其下韎韐乃连文为义。《笺》云：“茅蒐，韎韐声也。韎韐，祭服之韠。”《笺》意亦言茅蒐为韎韐之韎声也，其下韎韐乃连文为义，上俱省“之韎”二字耳。《士冠礼》“韎韐”注云：

“韎韐，缊韨也，士缊韨而幽衡，合韦为之，士染以茅蒐，因以名焉，今齐人名蒨为韎，(句)韐韨之制似韠。”注意言韦染以茅蒐，合茅蒐之音为韎，即蒨韎也。其韐韨韠则同。《文选·西京赋》注引《毛传》曰“韎者，茅蒐染草也”，不连韐为文，引书之体有此。实则韎韐之韎为茅蒐，茅蒐则为染草，若单言韎，则不得谓之茅蒐染草。《说文·革部》“韐”云“防汗也”；韦部“韎”云“茅蒐染韦也”，文各有当。毛、许、郑三君之文至当，不可改易矣。《诗》《正义》引郑驳《异义》云：“韎，草名，齐、鲁之间言韎韐，(句)声如茅蒐，字当作韎，陈留人谓之蒨。”郑意韎为茅蒐合声。《国语》“韎韦之跗注”，韦昭注云“急疾呼茅蒐成韎”，盖茅蒐，草名也，齐、鲁言韎韐之韎如茅蒐，写其言当作韎，即蒨也。韎音古如谋，《诗》正义、《仪礼》疏自为说，皆误。(《癸巳类稿》第58页)

俞氏指出，韎韐之韎为茅蒐，茅蒐则为染草，若单言韎，则不得谓之茅蒐染草。此是俞氏多方考证，逐层推论，引类比较所作出又一精审考论。

三、博通古今，考订精审

俞氏为知识渊博的通儒，故其名物制度考订极为精审，常能发人所未发。如其考启明、长庚古义。

启明在日前，长庚在日后，其最明者。《诗传》云：“日旦出，谓明星为启明；日既入，谓明星为长庚。”但指其明者言之，不定指何星也。《论衡·是应》篇云：“古质，不能推步五星，不知岁星、太白何如状，诗言‘东有启明，西有长庚’，或时昏见于西，或时晨见于东，诗人不知，则名曰启明、长庚矣。”其论最确。五星：木、岁星，火、荧惑，金、太白，水、辰星，土、填星。以古法，岁星，岁在寅则星在丑，岁在卯则星在子，十二岁一周天。荧惑，二岁一周天。太白，一岁一周天，然其行度，晨出东方二百四十日，又入四十日，又出西方二百四十日，又入三十五日，又晨出东方二百四十日。辰星，一岁一周天，其行度，春分见奎娄，夏至见东井，秋分见角亢，冬至见牵牛。填星，二十八岁一周天。《史记索隐》引《韩诗》云“太白，晨出东方为启明，昏见西方为长庚”，则专指太白，而《大宗伯》疏引《星备》云“太白日行八分度之一，八岁一周天，惟辰星日行一度”，今法，作诗者所不晓，古法则如此。是五星常在日前者惟辰星，而太白有在日前时，有在日后时，启明、长庚，不定何星，但太白、辰星当其位，即以为名耳。有两启明无长庚时，有有启明无长庚时，有有启明有长庚时。（《癸巳类稿》第56页）

俞氏于此指出，《诗经》时代，人们天文知识不甚丰富，将晨见于东者名为启明，昏见于西者名为长庚，但并不定指何星。后人则认为启明、长庚为同一星，并以为即是太白星。俞氏有丰富的天文知识，其发现晨见于东者有辰星和太白星，昏见于西者则为太白星。这样，古人所谓的启明、长庚，既非分别位处东、西不同方位的两颗不同的星（古人分别命名为启明、长庚，就是持这样的观点），又非只有一颗星，或在东、或在西（《韩诗》云“太白，晨出东方为启明，昏见西方为长庚”即持这样的观点）。事实上，日出前，东方会出现的明星有辰星和太白两颗，而日后出现在西方的明星则为太白星。正因为如此，结果可能出现三种不同的天文现象：有两启明无长庚时，有有启明无长庚时，有有启明有长庚时。俞氏此考，破解几千年之误，非只有功于诗学也。

俞氏考“吹笙鼓簧”之簧义，认为即今啸子，通俗文为哨子。喇叭、唢呐、口琴皆有之。其单用则曰哨子，亦曰叫子。晋时犹以此为乐器，唐时乐器犹有吹叶。乐工所习，与儒者文字不相通；又古时有长啸、啸聚、鸣鼓、吹唇，及兵行巡哨之法，儒者不知哨即啸，啸出于簧，簧即叫子，因谓啸法不传，簧只是笙。唐以后经注、《文选》注，与古书时制，俱不相协。俞氏从《世本》推考认为，“女娲破小管，纳舌鼓之，名曰簧，自为一乐器；其后配笙，又自为一乐器，于经史及时制，皆可通也。”（《癸巳类稿》第52页）

《溱洧》诗所赠之勺药，毛、郑以来，谓即今红药，此乃“自牧归荑”之比；《韩诗》薛君以为“勺药，离草”，或谓药为贻椒之类；陆佃以为“芍药破血，欲其不成子姓”，俞氏认为这些说法皆望文生义，亦非说经正义。其据《汉书》司马相如赋、枚乘《七发》、张衡《南都赋》《论衡・谴告》、服虔《子虚赋》注、《鲁灵光殿赋》注引伏俨注《子虚》和所引《礼斗威仪》等指出：“郑玄注云‘主调和也’，是汉人承古语，谓是一勺和羹药料。盖《齐》《鲁》之义，中馈日用物也。”（《癸巳类稿》第53页）

俞氏考《韩奕》“奕奕梁山，维禹甸之”和“溥彼韩城，燕师所完”之梁山和燕师。其遍考《禹贡》《水经注》《左传》《史记》《汉书》《家语》《檀弓》，指出禹甸梁山，必当为《禹贡》之梁山，在今韩城。周初，有燕，有北燕。春秋时南燕止称燕也。其在蓟之燕，正谓之北燕。作《奕》诗时，蓟不单名燕。诗言韩姞“汾王之甥，蹶父之子”，则蹶父姞姓，为厉王婿，以燕公族人为卿士。诗言“韩侯迎止于蹶之里”，知蹶父不在燕，久居周，已有族里，如鲁之凡、蒋、祭在周圻内。诗言“溥彼韩城，燕师所完”，“奄受北国”，韩城在河西，居镐东北，得受王命，为北诸侯长，蹶父亦得假王灵，用其国人，为韩筑城。郑玄不知南燕姞姓，故疑之。王符不知燕韩之地何在，王肃以寒号城为韩侯城，后人从其说，于诗之燕与姞则不能通。有俞氏此考诸多不解，一一冰释。（《癸巳类稿》第60—62页）

俞氏考《新台》之卫宣公籧篨戚施说（“籧篨不鲜”，“籧篨不殄”，“得此戚施”）云：

> 《新台》云：“籧篨不鲜”，“籧篨不殄”，“得此戚施”。《尔雅》云：“籧篨，口柔也。戚施，面柔也。”口柔为籧篨者，以籧篨疾不能俯也，疾名籧篨者，不能俯之人，如籧篨席困然。面柔为戚施者，以戚施疾不能仰也，疾名戚施者，不能仰之人，如黿鼉詹诸，皮黿黿，行鼉鼉，常若有愧戚然。初，宣公烝于夷姜，《雄雉》诗兴言“泄泄其羽”，言“宣公整其衣服而起，奋讯其形貌，志在妇人”，又兴言雄雉“下上其音”，言“宣公小大其声，怡悦妇人。”至此纳宣姜，卫人恶之，拟其故态，言宣公当口柔、面柔，下气、怡色、柔声，以媚女妻。而宣姜以盛年丰色，燕婉之求，得此老夫，宣公必当愧之，不能俯仰，虽欲媚之，必当嗫嚅局蹐，如席困然，如詹诸然，实则宣公淫纵，宣姜与之同心，而诗人犹意有羞恶如此，此《诗》教之所以为敦厚也。①

论者对《新台》“籧篨”“戚施”多不得确解，俞氏此考，深得诗意，破除了论者之困惑。

此外，《六月》“吉甫燕喜，既多受祉。来归自镐，我行永久。饮御诸友，炰鳖脍鲤。侯谁在矣？张仲孝友。”《传》云：“御，进也。”《笺》云：“御，侍也。王饮之酒，使其诸友恩旧者侍之。”俞氏以为《传》是《笺》非。至于其考《斯干》“载弄之瓦”之瓦，“候人遂媾”义，以及考玁狁、巡狩、寀、衶等，皆能发蒙探幽，令人信服②。

---

① 俞正燮：《癸巳存稿》，《俞正燮全集》（第二册），黄山书社2005年版，第21页。

② 参见俞正燮《癸巳存稿》。

结　语

一、结论

发端并繁荣于南宋的徽州诗经学虽然不能独立成派，却在不同时期拥有较为独立的学风，取得了辉煌的成就。徽州诗经学虽然由于朱熹等大家的杰出贡献而举世瞩目，却实乃众多学人共同努力的结晶，是新安理学和徽派朴学的产物。

南宋新安理学形成时期的徽州诗经学充满怀疑精神和创新勇气。朱熹的《诗集传》以及其他诗经学著述，以简洁、完备的笺注形式解说诗篇，不仅有精善的字词名物制度考订，还对诗旨多有审慎的厘定；不仅能够做到以《诗》论《诗》，还能精到地阐发义理；不仅能汇集诸家之说择善而从，还能理论创新，新见层出。朱熹诗学颇能克服单纯学者说《诗》之弊，既不烦琐曲折故作高深，又能着眼诗教，寄托积极的入世情怀。

元明新安理学繁荣时期，徽州诗经学理学色彩日益浓厚，朱子诗经学独步徽州，取得绝对的话语霸权；又由于《诗集传》成为科举考试必考之书，故对科举时文技法的揣摩和对朱熹诗学发明的理解、诠释汇集合流，从而形成了科举时文学派诗经学，诗经的文学性在特殊的历史条件下，以特殊的形式悄然产生、发展和壮大。

清初学术兼收并蓄，博而且杂，心学被彻底否定，复兴古学成为学术主流。姚际恒抛弃汉唐以降一切注疏，直接回归元典。乾嘉时代，朴学兴起，徽州学人从批判朱子之学入手，选取一定的专题，特定的视角，对《诗经》从字词名物制度的考订，到诗旨的厘定进行了全面总结性研究，从而涌现出一本又一本专题性诗经学论著，亦不时产生一些有影响的综合性巨著，许多诗经学问题皆因徽州学人的努力而解决或有突破性进展。戴氏既考字词名物制度又不废义理之学;汪梧凤主探诗旨,多方考订;程晋芳大张宋学之旗和合汉宋。三家诗学风格迥异,然皆有朴学特色,在徽州诗经学史上占有重要地位。嘉道以降,今文经学兴盛,西方新学广播,俞正燮、汪宗沂、胡嗣运等诗经学在乾嘉学人的基础上百尺竿头更进一步,又颇具新学特点,振衰起危的济世情怀跃然纸上。

综观整个徽州诗经学,基本上是在朱熹的影响下产生、发展和繁荣起来的。但徽州诗经学从来就不是一个封闭的独立的系统。各代诗经学家皆受到前贤和同时代学人的影响。清代皖派学人常与吴派、浙派、扬州学派交往,相互影响极其明显。徽州诗经学开山鼻祖朱熹则受到郑樵、欧阳修、苏辙、二程、吕祖谦等诸家影响较深。

此外,朱熹受"四书"之学影响重新构建了以二《南》为中心的诗教体系,将诗经变成了理学教科书。戴震则重释"四始"和"正变",重新审视诗篇的篇次和世次,并以此为依据之一重订诗旨,既克服了汉学诗学理论的不能自圆其说之弊,又克服了宋学无本之学的空疏。朱熹、戴震之间的姚际恒,更是扫除汉宋一切传注,主张直接回归"元典",合乎人情地"涵泳篇章,寻绎文义",其实质是冀求从圣经中直接获得教益,这无疑是姚氏构建全新的诗教体系的一次大胆尝试。姚氏主张直接回归"元典"而批评朱熹说《诗》入理,意在净化诗经学,用诗情而不是诗理来完成诗教重任,但既如朱熹一样视《诗》为经,就必然讲求义理,诗情无非是诗理传达的途径和方式,强调涵泳诗情无非是使得诗理更加深入人心罢了,故姚氏涵泳的归宿仍难以脱离义理。

总之,徽州诗经学从属于封建经学,是徽州精英人物参与封建时代社会意识形态构建的结晶。其间对《诗经》的文学探讨虽不绝如缕,却直到"五四"时期皆没有成为学术主流。

二、余论　终结旧经学,开创新诗学:胡适《诗》学[①]研究

胡适(1891—1962),原名胡洪骍,绩溪人,"五四"文学革命和中国新文化运动的领军人物,现代《诗经》学的开山人。他对《诗经》研究领域的经学时代的

① 按,由于胡适认为"《诗经》不是一部经典",而是"一部古代歌谣的总集",并主张"大胆地推翻前人的附会""用社会学的,历史的,文学的眼光重新给每一首诗下个解释",故胡适为"诗经学"的终结者"新《诗》学"的开创者。故在胡适这里,甚至自胡适起,准确的术语应该是"《诗》学"而不是"《诗经》学"(诗经学),但文中为方便起见,有时仍使用"诗经学""现代《诗经》学"这样的术语。特此说明。

终结、文学时代的开辟作出了特殊的贡献。

胡适诗经学著述不多，但学术影响都比较大，其中比较有代表性的有：《中国哲学史大纲》之第二篇《中国哲学发生的时代》；《诗三百篇言字解》《论汉宋说诗之家及今日治诗之法》《为朱熹辩诬法》《谈谈诗经》《我们今天还不配读经》等。综观胡适诗经学著述，其贡献主要在治诗思想和方法上，至于其对《诗经》具体问题的研讨，贡献并不大。

（一）反对《诗经》汉学、推崇《诗经》宋学，特别是朱熹诗经学

胡适早在1911年4月13日的日记中就发表了对诗经学的看法，他在那篇日记中写道："读《召南》《邶风》，汉儒解经之谬，未有如《诗笺》之甚者矣。盖诗之为物，本乎天性，发乎情之不容已。诗者，天趣也，汉儒寻章摘句，天趣尽湮，安可言诗？而数千年来，率因其说，坐令千古至文，尽成糟粕，可不痛哉？故余读诗，推翻毛传。唾弃郑笺，土苴孔疏，一以己意为造'今笺新注'。自信此笺果成，当令三百篇放大光明，永永不朽，非自夸也。"[①]胡适自己后来对此论有所解释，他说："今日回思，我想我那时是被宋儒陶醉了。我幼年期所读的〔'四书''五经'〕一直是朱熹注。我也觉得朱注比较近情入理。因而当我接触到毛公、郑玄一派的注释时，我为他们〔汉、宋〕两派之间明显的差异炫惑了；所以才引起我自己企图来写点批判性的文章。这些文章也显示出我幼年期以批判法则治学的精神，我把它叫做考订古文字真义的'归纳法'。"[②]可见，胡适1910年才开始接触《诗经》汉学，并从一开始起就表现出对汉儒说《诗》的严厉批判态度和以其所谓的考订古文字真义的"归纳法"研治《诗经》。

胡适在对《诗经》汉学进行抨击的同时，对《诗经》宋学，特别是朱熹诗经学予以了高度赞扬。他于《论宋儒注经》中说："宋儒注经之功，非以之与汉注、唐疏两两相比，不能得其真相。汉儒失之迂而谬，唐儒失之繁而奴。宋儒之迂较之汉儒已为远胜，其荒谬之处亦较少。至于唐人之繁而无当及其不注经而注注之奴性，则宋儒所不为也。"又为自清乾嘉以来，屡遭批评的《诗经》宋学辩解道："宋儒注经，其谬误之处固不少，然大率皆有所循。后人不知宋儒集注之功之大，徒知掇拾一二疵瑕以为宋儒诟病，非君子忠厚存心之道也。"[③]"清朝讲学的人都是崇拜汉学、反对宋学的，他们对于考据训诂是有特别的研究，但是没有什么特殊的见解。他们以为宋学是不及汉学的，因为汉在一千七八百年以前，宋

① 胡适：《胡适留学日记》（上册），安徽教育出版社2006年版，第12页。

② 胡适口述，唐德刚整理、翻译：《胡适口述自传》，安徽教育出版社2005年版，第129页。

③ 胡适：《胡适留学日记》（下册），海南出版社1994年版，第170页。

只在七八百年以前。殊不知汉人的思想比宋人的确要迂腐的多呢!”[①]

胡适推崇朱熹,他明确肯定“朱子在宋儒中地位最高”,“朱子注《诗三百篇》,较之毛传、郑笺已远为胜……毛传、郑笺乃并‘此亦淫奔’四字亦不敢道,其为奴性,甚于宋儒,何啻百十倍乎?”[②]“关于《三百篇》的见解……在历史的方面,当以朱熹的《诗集传》为最佳。”[③]“朱子的《诗集传》(1117)在他身后做了几百年的标准读本,这本注解也是他可以自傲的。他这件工作有两个特色足以开辟后来的研究道路。一个特色是他大胆抛弃了所谓《诗序》所代表的传统解释,而认定《雅》《颂》和《国风》都得用虚心和独立的判断去读。另一个特色是他发现了韵脚的‘古音’;后世更精确的全部古音研究,科学的中国音韵的前身,至少间接是他那个发现引出来的。”[④]

胡适完全否定《诗经》汉学只能是一家之言,但他对《诗经》宋学,特别是朱熹诗经学特殊的成就和地位的肯定则为学界普遍接受。胡适此种诗经学思想与他两个基本理念有关:首先是文化(文学)进化观。胡适认为:“二千年来《诗经》的研究实是一代比一代进步的了。”(《谈谈诗经》)其次是重视评判的态度和科学的精神。胡适主张“重新估定一切价值”,要求“用评判的态度和科学的精神,去做一番整理国故的工夫”,从而实现“再造文明”的理想。在这样的理念支撑下,作为五四运动的领袖人物,胡适在对诗经学进行考察与评判时,“表现了他特有的文化品格及学术原则,那就是特别注重于变革——无论是对朱熹‘大胆废序’‘自己解释’的赞赏,还是对宋代以前儒者‘奴性’的鄙弃、对宋代以后儒者‘成见’的嘲讽,无不充分地表明,他在对待传统《诗经》学的态度方面有着他的独到之处,那就是——考察从变革上着眼,评判以创新为尺度”[⑤]。

(二)批评《诗经》宋学,积极推介姚际恒、崔述和方玉润的诗经学

众所周知,胡适治学主张“大胆假设,小心求证”。而如前所述,胡适推崇宋学,特别是朱子之学。不过,“宋学对他而言,最重要的莫过于疑古的思想和格物致知的理论两点”[⑥]。“宋代理学对胡适的影响,大概是怀疑思想最有价值,

---

① 胡适:《谈谈〈诗经〉》(1925年9月的演讲稿),收《古史辨》第三册,第579页。

② 胡适:《胡适留学日记》(下册),海南出版社1994年版,第170页。

③ 胡适:《胡适日记》(曹伯言整理),安徽省教育出版社2001年版,第227页。

④ 胡适:《中国哲学里的科学精神与方法》,《胡适文选》(俞吾金选编),上海远东出版社1995年版,第442页。

⑤ 汪大白:《藤蔓之论——中国古代文学研究》,中国文联出版社2001年版,第38—39页。

⑥ 徐雁平:《胡适与整理国故考论——以中国文学史研究为中心》,安徽教育出版社2003年版,第65页。

而至于‘大胆的疑古，小心的考证’，‘归纳’‘假设’等治学方法的领悟，只能求诸清代考据学”①。胡适对清代学者治学方法的认识和总结，主要是通过阎若璩、钱大昕，以及戴震、段玉裁、王念孙、王引之等的著述。其1917年4月7日的日记已将这一范围初步划定（章炳麟除外）：

论汉学方法之书，最要者莫如下列诸籍：
一、段玉裁《与同志论校书之难》书。（《经韵楼集》）
二、王引之《经义述闻》卷廿九——三十，《通说》上下。
三、王引之《经传释词》。
四、阎若璩《古文尚书疏证》。（一百廿八卷）
惠栋《古文尚书考》。（二卷）
五、俞樾《古书疑义举例》。
六、章炳麟《国故论衡》。②

通过对这些汉学家治学方法的总结，胡适认识到，清代考据之学之所以有科学的价值，就是因为汉学家有假设通则的能力，并能广求证据以证实假设的是非。对宋儒和清代汉学家治学方法进行总结后，胡适提炼出自己的新考据治学方法：大胆假设，小心求证。③

在新考据学治学方法指引下，胡适形成了对《诗经》研究作“结账式”的整理的思想。其于1923年1月刊出的《〈国学季刊〉发刊宣言》中说：

我们认为，我们若想少年学者研究《诗经》，我们应该把《诗经》这笔烂账结算一遍，造成一笔总账。《诗经》的总账里应该包括这四大项：

（A）异文的校勘：总结王应麟以来，直到陈乔纵、李富孙等校勘异文的账。

（B）古韵的考究：总结吴棫、朱熹、陈第、顾炎武以来考证古音的账。

（C）训诂：总结毛公、郑玄以来直到胡承珙直到马瑞辰、陈奂，二千多年训诂的账。

① 徐雁平：《胡适与整理国故考论——以中国文学史研究为中心》，安徽教育出版社2003年版，第67页。

② 胡适：《胡适日记》（曹伯言整理），安徽教育出版社2001年版，第208—209页。

③ 按，胡适新考据治学方法的形成，还受到杜威等西方思想家的影响，是融合中西的产物。此处对此不做展开论述。

(D)见解(序说):总结《诗序》《诗辨妄》《诗集传》《伪诗传》,姚际恒、崔述、龚橙、方玉润……等二千年猜谜的账。①

事实上,胡适欲为《诗经》研究作“结账式的整理”,在《〈国学季刊〉发刊宣言》发表十余年前就已形成,而这一计划的付诸实践,亦得到了顾颉刚、钱玄同、郑振铎、俞平伯等的积极响应,取得了丰硕的成果,推动了《诗经》研究在新时代的发展,并在较长的一段时间里,形成了波及面广泛、影响深远的“整理国故”运动。就胡适自己而言,他先是提出作《诗经》的“今笺新注”(1911),后重新动手做《诗经新解》(1922,未完成,只做了《周南》等内容),胡适治《诗经》,继承了欧阳修、郑樵、朱熹、王柏等精神和方法,大胆假设,充满了怀疑精神。顺着欧阳、郑、朱、王的治学路径,胡适在尘封的古书堆里,抢救性发掘出姚际恒的《诗经通论》、崔述的《读风偶识》、方玉润的《诗经原始》等。姚、崔、方诗经学充满着离经叛道的新见解,因而在清代被边缘化,甚至被唾弃的。但正是他们诗经著述的这些特点符合胡适挑战既有权威,打破传统经学体系,重新构建诗经学的学术要求。因此胡适对其进行了不遗余力的推介,使之走进了当时学人的学术视野,成为了学术热点。

不破不立,胡适反对毛郑而推崇废序言诗的朱熹,又推崇激烈批判朱熹的姚、崔、方三家诗学,其主要目的就在于鼓吹学术批判精神,为构建新诗学打下思想基础。胡适在1932年5月致钱玄同的信中说:

姚立方的遗著的发现,是近代学术思想史上一件重要事,不单是因为姚氏的主张有自身的价值,并且这事可以表示近年中国学术界的一个明显的倾向。这倾向是“正统”的崩坏,“异军”的复活。在思想方面,李覯、王安石、颜元、崔述、姚际恒等人的抬头,与文学方面的曹雪芹、吴敬梓的时髦是有同一意义的。②

胡适推崇具有批判精神的诗经学著述,其在《一个最低限度的国学书目》中推荐的《诗经》著述有五部,包括朱熹、姚际恒、龚橙、方玉润、陈奂等。其有意略去《毛传》《郑笺》,意在除旧布新,借此诸家开辟《诗经》研究新门径。单纯就此书目而言,是与其反汉学思想相一致的,实在是有些不通经籍源流,不足以作为

① 胡适:《〈国学季刊〉发刊宣言》,《胡适文存》二集,黄山书社1996年版,第9页。
② 胡适:《胡适书信集》(上册),北京大学出版社1966年版,第570页。

青年系统研习《诗经》的基本书目。但是,只要我们了解其苦心所在,也就不会求全责备了。何况胡适还说:

> 关于三百篇的见解,在破坏的方面,当打破一切旧说;在历史的方面,当以朱熹的《诗集传》为最佳,清代的姚际恒(《诗经通论》)、崔述(《读风偶识》)、龚橙(《诗本谊》)、方玉润(《诗经原始》)四家都有可取。但这五家都不彻底。①

在胡适看来,朱、姚、崔、龚、方五家在破坏的方面都有可取,但都不彻底,故新的诗经学要在此基础上有所突破。

(三)打破《诗经》神圣的经典光环,主张将《诗经》当作民间歌谣来读

胡适不仅受到我国古代充满批判精神的前贤的影响,还受到西方阐释学的影响。阐释学研究《圣经》,在深入的文字考证、句法分析和背景考察之后,逐步将《圣经》当作文化和历史现象来诠释,从而认定其中的《雅歌》为"爱情诗集"。受此影响,胡适亦将《诗经》从神坛上拉了下来。他在题为《谈谈诗经》的演讲中指出:《诗经》不是一部经典;孔子并没有删《诗》,"诗三百篇"本是一个成语;《诗经》不是一个时代辑成的;《诗经》到了汉朝,才真变成了一部神圣的经典。

胡适既认定《诗经》不是经典,接着就彻底抛开《大序》《小序》,从层层叠叠旧说的瓦砾中解放出来,拾起"诗言志"这个说《诗》纲领,指出"诗是人的性情的自然表现",用文学的眼光重新打量,以平常的人情物理进行阐说,对《诗经》的爱情诗予以了充分的肯定。他说:

> 《诗经·国风》多是男女感情的描写,一般经学家多把这种普遍真挚的作品勉强拿来安到什么文王、武王的历史上去;一部活泼泼的文学因为他们这种牵强的解释,便把它的真意完全失掉,这是很可痛惜的!譬如《郑风》二十一篇,有四分之三是爱情诗,《毛诗》却认《郑风》与男女问题有关的诗只有五六篇,如《鸡鸣》《野有蔓草》等。说来倒是我的同乡朱子高明多了,他已认《郑风》多是男女相悦淫奔的诗,但他亦多荒谬。《关雎》明明是男性思恋女性不得的诗,他却在《诗集传》里说什么"文王生有圣德,又得圣女姒氏以为之配",把这首情感真挚的诗解得僵直不成样了。
>
> 好多人说《关雎》是新婚诗,亦不对。《关雎》完全是一首求爱诗,他求

---

① 胡适:《胡适日记》(曹伯言整理),安徽教育出版社2001年版,第227页。

之不得，便寤寐思服，辗转反侧，这是描写他的相思苦情；他用了种种勾引女子的手段，友以琴瑟，乐以钟鼓，这完全是初民时代的社会风俗，并没有什么希奇。意大利、西班牙有几个地方，至今男子在女子的窗下弹琴唱歌，取欢于女子。至今中国的苗民还保存这种风俗。①

以胡适为代表的五四时代的学人对《诗经》的解读，将《诗经》世俗化，其意并不是要重现那难以重现的诗本义，也不是为了探寻编《诗》者的意旨，他们强调《诗经》的文学性，大力倡导情性，倾心从事个人主观感受的言说，具有鲜明的时代色彩。他们以还原文学面目的方式对儒家最重要的经典之一《诗经》进行全新的建构，不仅是白话文学史建设的正本清源工作，而且其本身就是新文学的建构。周作人说："我们若是将《诗经》旧说订正，把《国风》当作一部古代民谣去读，于现在的歌谣研究或新诗创作上一定很有效，这是可以断言的。"②此言洵为得之。

（四）"用社会学的，历史的，文学的眼光重新给每一首诗下个解释"

胡适在坚持《诗经》的研究"一代比一代进步"信念的同时，又提出"《诗经》的研究，虽说是进步的，但是都不彻底，大半是推翻这部，附会那部；推翻那部，附会这部"③的观点。故其主张给《诗经》的每一首诗重新下个解释，胡适说：

研究《诗经》大约不外下面这两条路：第一，训诂。用小心的精密的科学的方法，来做一种新的训诂功夫，对于《诗经》的文字和文法上都从新下注解。第二，解题。大胆地推翻二千年来积下来的附会的见解；完全用社会学的、历史的、文学的眼光重新给每一首诗下个解释。

所以我们研究《诗经》，关于一句一字，都要用小心的科学的方法去研究；关于一首诗的用意，要大胆地推翻前人的附会，自己有一种新的见解。④

胡适从汉学家那里继承来了考据的方法，又秉承了宋学家的怀疑精神，形成

---

① 胡适：《谈谈诗经》（1925 年 9 月的演讲稿），收《古史辨》第三册，海南出版社 2005 年版，第584—585 页。

② 周作人：《古文学》（1923 年 9 月），见《周作人民俗学论集》，上海文艺出版社 1999 年版，第299 页。

③ 胡适：《谈谈诗经》（1925 年 9 月的演讲稿），收《古史辨》第三册，上海文艺出版社 1999 年版，第579 页。

④ 胡适：《谈谈诗经》（1925 年 9 月的演讲稿），收《古史辨》第三册，上海文艺出版社 1999 年版，vc第 580 页。

了“大胆假设,小心求证”的科研方法,从而将其诗经学研究建立在了坚实的基础之上。同时,他还从西方学来了“比较”和“归纳”的方法。他说:

> 我希望大家对于《诗经》的文法细心地做一番精密的研究,要一字一句地把它归纳和比较起来,才能领略《诗经》里面真正的意义。清朝的学者费了不少的时间,终究得不着圆满的结果,也就是因为他们缺少文法上的知识和虚字的研究。①

正是由于胡适持有文学进化论,所以他能够克服传统诗经学单纯的历史研究的方法,提出全新的“社会学的,历史的,文学的”方法,从而为《诗经》研究别开洞天,并最终形成新的诗经学,影响极其深远。如果我们说,五四以后的诗经学差不多均是在胡适方法指导下建立起来的,绝非过誉之辞。当然,胡适在诗经学研究的过程中,特别是涉及一些具体的问题时,常常因以今释古,立论过于大胆,缺乏文献支撑而遭非议。如其释《小星》云:

> 《嘒彼小星》一诗,好像是写妓女生活的最古记载。我们试看《老残游记》,可见黄河流域的妓女送铺盖上店陪客人的情形。再看原文:嘒彼小星,三五在东。肃肃宵征,夙夜在公。实命不同。嘒彼小星,维参与昴。肃肃宵征,抱衾与裯.实命不犹。我们看她抱衾裯以宵征,就可知道她的职业生活了。②

幸而此等立论并不多见,否则像这样的论诗学风,实在是最为贻误后学的!此风断不可长!

① 胡适:《谈谈诗经》(1925年9月的演讲稿),收《古史辨》第三册,第584页。
② 胡适:《谈谈诗经》(1925年9月的演讲稿),收《古史辨》第三册,第585页。

参考文献

一、诗经学著述

1.《毛诗注疏》,汉·毛亨传、郑玄笺,唐·孔颖达疏、陆德明音义,《四库全书》本,上海古籍出版社1987年版。

2.《阜阳汉简诗经》,《文物》,文物出版社,1984年第8期。

3.《诗本义》,宋·欧阳修,《四库全书》本,上海古籍出版社1987年版。

4.《诗集传》,宋·苏辙,《四库全书》本,上海古籍出版社1987年版。

5.《诗辨妄》,宋·郑樵,顾颉刚辑点本,上海古籍出版社2002年版。

6.《诗集传》,宋·朱熹,《朱子全书》本,上海古籍出版社、安徽教育出版社2002年版。

7.《诗序辨说》,宋·朱熹,《续修四库全书》本,上海古籍出版社2002年版。

8.《诗序辨说》,宋·朱熹,《朱子全书》本,上海古籍出版社、安徽教育出版社2002年版。

9.《诗传遗说》,宋·朱鉴编,《四库全书》本,上海古籍出版社1987年版。

10.《诗集传附录纂疏》,元·胡一桂,《续修四库全书》本,上海古籍出版社2002年版。

11.《七经图》,明·吴继仕辑,《四库全书存目丛书》本,齐鲁书社1997年版。

12.《诗经正义》,明·许天赠,《四库全书存目丛书》本,齐鲁书社1997年版。

13.《诗志》,明·范王孙,《四库全书存目丛书》本,齐鲁书社1997年版。

14.《古韵标准》,清·江永,《四库全书》本,上海古籍出版社1987年版。

15.《诗经通论》,清·姚际恒,顾颉刚点校本,中华书局1958年版。

16.《经学质疑》,清·朱霈,《四库未收书辑刊》本,北京出版社2000年版。

17.《诗学女为》,清·汪梧凤,《续修四库全书》本,上海古籍出版社 2002 年版。

18.《毛郑异同考》,清·程晋芳,《续修四库全书》本,上海古籍出版社 2002 年版。

19.《毛诗补礼》,清·朱濂,安徽省图书馆藏道光乙亥版。

20.《毛诗传笺通释》,清·马瑞辰,陈金生点校本,中华书局 1989 年版。

21.《毛诗后笺》,清·胡承珙,《续修四库全书》本,上海古籍出版社 2002 年版。

22.《诗经讲义》,闻一多,天津古籍出版社 2005 年版。

23.《南宋三家诗经学》,黄忠慎,台湾商务印书馆 1987 年版。

24.《阜阳汉简诗经研究》,胡平生、韩自强,上海古籍出版社 1988 年版。

25.《诗经研究论集》(一),林庆彰编,台湾学生书局 1992 年版修订再版。

26.《中国历代诗经学》,林叶连,台湾学生书局 1993 年版。

27.《诗经论集》,吴培德,云南大学出版社 1993 年版。

28.《诗经的文化精神》,李山,东方出版社 1997 年版。

29.《诗经名物新证》,扬之水,北京古籍出版社 2000 年版。

30.《诗三百解题》,陈子展,复旦大学出版社 2001 年版。

31.《诗经古义新证》,季旭升,学苑出版社 2001 年版。

32.《思无邪斋诗经论稿》,夏传才,学苑出版社 2000 年版。

33.《儒家元典与中国诗学》,李凯,中国社会科学出版社 2002 年版。

34.《历代诗经论说述评》,冯浩菲,中华书局 2003 年版。

35.《朱熹诗经学研究》,檀作文,学苑出版社 2003 年版。

36.《朱熹诗经诠释学美学研究》,邹其昌,商务印书馆 2004 年版。

37.《二十世纪诗经学》,夏传才,学苑出版社 2005 年版。

38.《宋代〈诗经〉文献研究》,郝桂敏,中国社会科学出版社 2006 年版。

39.《三礼用诗考论》,王秀臣,中国社会科学出版社 2007 年版。

40.《诗经别裁》,扬之水,中华书局 2007 年版。

41.《诗六义原始》(抽印本),王小盾,台湾学生书局 2007 年版。

42.《从文学到经学——先秦两汉诗经学史论》,刘毓庆、郭万金,华东师范大学出版社 2009 年版。

43.《诗经文献研读》,侯文冉、杨延,广西师范大学出版社 2010 年版。

44.《〈诗经〉名物的文学价值研究》，吕华亮，安徽大学出版社 2010 年版。
45.《跨学科视野下的诗经研究》，陈致，上海古籍出版社 2010 年版。
46.《清代〈诗经〉新疏研究》，郭全芝，安徽大学出版社 2010 年版。
47.《诗经研究丛刊》（第一辑到第十七辑），中国诗经学会，学苑出版社。

二、史志、学术史类著述

48.《史记》，汉・司马迁，中华书局 1959 年版。
49.《汉书》，汉・班固，中华书局 1962 年版。
50.《后汉书》，南朝宋・范晔，中华书局 1965 年版。
51.《宋史》，元・脱脱等，中华书局 1977 年版。
52.《元史》，明・宋濂等，中华书局 1983 年版。
53.《明史》，清・张廷玉等，中华书局 1974 年版。
54.《清史列传》（王钟翰点校本），中华书局 1987 年版。
55.《清史稿》，清・赵尔巽等，中华书局 1977 年版。
56.《中国古代史》，夏曾佑，河北教育出版社 2000 年版。
57.《安徽通志》，道光十年刊本。
58.《安徽通志》（光绪四年重修本），安徽通志馆排印。
59.《安徽省志》，方志出版社，1999 年版。
60.《皖志史稿》，宫为之，安徽人民出版社 1997 年版。
61.《江南通志》，清・黄之隽等，《四库全书》本，上海古籍出版社 1987 年版。
62.《新安志》（淳熙），康熙四十六年刊本。
63.《歙志》（万历），明・张涛修、谢陛纂。
64.《绩溪县志》（乾隆），清・陈锡修、赵继序、章瑞钟纂。
65.《绩溪县志》（嘉庆），清・清恺等修、席存泰等纂。
66.《休宁县志》（嘉庆）清・何应松修、方宗鼎纂。
67.《黟县志》（嘉庆），清・吴甸华修，程汝翼、俞正燮纂。
68.《徽州府志》（道光），清・马步蟾修、夏銮纂。
69.《黟县三志》（同治），清・谢永泰修、程鸿诏纂。
70.《祁门县志》（同治），清・周溶修、汪韵珊纂。
71.《婺源县志》（光绪），清・吴鹗修，汪正元纂。

72.《歙县志》(民国),石国柱、楼文钊修,许承尧纂。

73.《中国历代书院志》,江苏教育出版社 1995 年影印。

74.《新安文献志》,明·程敏政,《四库全书》本,上海古籍出版社 1987 年版。

75.《新安学系录》,明·程曈,王国良、张健点校本,黄山书社 2006 年版。

76.《经学历史》,清·皮锡瑞,周予同注释本,中华书局 1959 年版。

77.《国朝汉学师承记》,清·江藩,上海书店 1983 年版。

78.《宋元学案》,清·黄宗羲著,全祖望补修,陈金生、梁运华点校本,中华书局 1986 年版。

79.《明儒学案》(修订本),清·黄宗羲,中华书局 2008 年版。

80.《清儒学案》,徐世昌,中华书局 2008 年版。

81.《清代学术概论》,梁启超,朱维铮导读本,上海古籍出版社 1998 年版。

82.《中国近三百年学术史》,梁启超,北京市中国书店 1985 年版。

83.《中国近三百年学术史》,钱穆,商务印书馆 1997 年版。

84.《中国早期启蒙思想史》,侯外庐,人民出版社 1956 年版。

85.《中国思想通史》,侯外庐,人民出版社 1956 年版。

86.《中国诗学思想史》,萧华荣,华东师范大学出版社 1996 年版。

87.《清代朴学大师列传》,支伟成,岳麓书社 1998 年版。

88.《宋明经学史》,章权才,广东人民出版社 1999 年版。

89.《中国经学史》,吴雁南、秦学颀、李禹阶,福建人民出版社 2001 年版。

90.《〈诗经〉研究史》,戴维,湖南教育出版社 2001 年版。

91.《诗经学史》,洪湛侯,中华书局 2002 年版。

92.《诗经研究史论稿》,张启成,贵州人民出版社 2003 年版。

93.《从经学到文学——明代〈诗经〉学史论》,刘毓庆,商务印书馆 2003 年版。

94.《清代扬州学记》,张舜徽,广陵书社,2004 年版。

95.《现代学术文化思潮与诗经研究——二十世纪诗经研究史》,赵沛霖,学苑出版社 2006 年版。

96.《两周诗史》,马银琴,社会科学出版社 2006 年版。

三、工具书

97.《尔雅》,中华书局 1985 年版。

98.《毛诗草木鸟兽虫鱼疏》(丛书集成初编影印本),三国吴·陆玑,中华书局 1985 年版。

99.《四库全书总目》(整理本),清·纪昀等,中华书局 1997 年版。

101.《续修四库全书总目提要》,中国科学院图书馆整理,齐鲁书社 1996 年版。

102.《说文解字注》,汉·许慎,清·段玉裁注,上海古籍出版社 1981 年版。

103.《通训定声》,清·朱骏声,中华书局 1984 年版。

104.《说文解字句读》,清·王筠,中华书局 1988 年版。

105.《千顷堂书目》(瞿凤起、潘景郑整理本),清·黄虞稷,上海古籍出版社 2001 年版。

106.《贩书偶记》,孙殿起录,上海古籍出版社 1982 年版。

107.《贩书偶记续编》,孙殿起录,上海古籍出版社 1980 年版。

108.《碑传集》,清·钱仪吉录,(台湾)文海出版社 1966 年版。

109.《续碑传集》,清·缪荃孙录,(台湾)文海出版社 1966 年版。

110.《碑传集补》,闵尔昌录,(台湾)文海出版社 1966 年版。

111.《清代人物生卒年表》,汪庆柏编,人民文学出版社 2005 年版。

112.《中国历史人物生卒年表》,吴海林、李延沛编,黑龙江人民出版社 1981 年版。

113.《室名别号索引》,中华书局 1982 年版。

114.《中国丛书综录》,上海图书馆编,上海古籍出版社 1982 年版。

115.《近三百年人物年谱见知录》,来新夏,上海人民出版社 1983 年版。

116.《皖人书录》,蒋元卿,黄山书社 1989 年版。

117.《乾嘉学术研究论著目录:1990—1993》,林庆彰,台湾研究院中国文哲研究所 1993 年版。

118.《二十世纪诗经研究文献目录》,寇淑慧,学苑出版社 2001 年版。

119.《历代诗经著述考》(先秦—元代),刘毓庆,中华书局 2002 年版。

120.《历代诗经著述考》(明代),刘毓庆、贾培俊,中华书局 2008 年版。

四、其他著述

120.《十三经注疏》,清·阮元校刻,中华书局 1980 年版。

121.《考古编》，宋·程大昌，《四库全书》本，上海古籍出版社 1987 年版。

122.《演繁露》，宋·程大昌，《四库全书》本，上海古籍出版社 1987 年版。

123.《四书集注》，宋·朱熹，《朱子全书》本，上海古籍出版社、安徽教育出版社 2002 年版。

124.《程氏考古编·程氏续考古编》，宋·程大昌，刘尚荣点校本，辽宁教育出版社 2002 年版。

125.《续古今考》，元·方回，《四库全书》本，上海古籍出版社 1987 年版。

126.《朱枫林集》，明·朱升，刘尚恒校注本，黄山书社 1992 年版。

127.《太函集》，明·汪道昆，万历十九年金陵刊本。

128.《日知录》，清·顾炎武，商务印书馆 1933 年版。

129.《青溪集》，清·程廷祚，金陵丛书乙集之十。

130.《戴震全集》，清·戴震，清华大学出版社 1995 年版。

131.《勉行堂文集》，清·程晋芳，《续修四库全书》本，上海古籍出版社 2002 年版。

132.《俞正燮全集》，清·俞正燮，于石、马君骅、诸伟奇校点本，黄山书社 2005 年版。

133.《礼经释例》，清·凌廷堪，中华书局 1985 年版。

134.《清经解》，清·阮元编，上海书店 1988 年版。

135.《清经解续编》，清·王先谦编，上海书店 1988 年版。

136.《经义考》，清·朱彝尊，中华书局 1998 年版。

137.《扬州画舫录》，清·李斗，汪北平、涂雨公点校本，中华书局 1960 年版。

138.《歙事闲谭》（李明回、彭超、张爱琴校点本），清·许承尧，黄山书社 2001 年版。

139.《国学要籍研读法四种》，梁启超，国家图书馆出版社 2008 年版。

140.《刘申叔遗书》，刘师培，江苏古籍出版社 1997 年版。

141.《胡朴安学术论著》，王元化主编，浙江人民出版社 1998 年版。

142.《胡适文存》，胡适，黄山书社 1996 年版。

143.《国学概论》，钱穆，商务印书馆 1997 年版。

144.《诗经韵读》，王力，上海古籍出版社 1980 年版。

145.《龙虫并雕斋文集》（第三册），王力，中华书局 1982 年版。

146.《汉语音韵》，王力，中华书局 1980 年版。

147.《管锥编》,钱钟书,中华书局 1986 年版。

148.《古史新探》,杨宽,中华书局 1965 年版。

149.《朱熹佚文辑考》,束景南,江苏古籍出版社 1991 年版。

150.《胡适全集》,胡适,安徽教育出版社 2001 年版。

151.《古史辨》,顾颉刚主编,上海古籍出版社 1982 年版。

152.《金明馆丛稿》(二编),陈寅恪,三联书店 2001 年版。

153.《楚汉文学综论》,潘啸龙,黄山书社 1993 年版

154.《徽商研究论文集》,安徽人民出版社 1985 年版。

155.《朱子新学案》,钱穆,巴蜀书社 1986 年版。

156.《胡适古典文学研究论集》,上海古籍出版社 1988 年版。

157.《宋明理学与文学》,马积高,湖南师范大学出版社 1989 年版。

158.《姚际恒著作集》六册,林庆彰编,台北研究院文哲所 1994 年版。

159.《胡适与整理国故考论——以中国文学史研究为中心》,徐雁平,安徽教育出版社 2003 年版。

160.《中国学术思想史论丛》(一),钱穆,三联书店 2009 年版。

161.《首届国际徽学学术讨论会文集》,黄山书社 1996 年版。

162.《'95 国际徽学学术讨论会论文集》,安徽大学出版社 1997 年版。

163.《'98 国际徽学学术讨论会论文集》,安徽大学出版社 2000 年版。

164.《2000 年国际徽学研讨会论文》,安徽大学出版社 2001 年版。

165.《徽学 2000 年卷》,安徽大学出版社 2001 年版。

166.《徽学》第二卷,安徽大学出版社 2002 年版。

167.《徽学》第三卷,安徽大学出版社 2004 年版。

168.《清代学术论丛》(第一辑),中山大学清代学术研究中心编,台湾文津出版社有限公司 2001 年版。

169.《藤蔓之论——中国古代文学研究》,汪大白,中国文联出版社 2001 年版。

170.《清儒学术拾零》,陈祖武,湖南人民出版社 2002 年版。

171.《清代学术思想的变迁与文学》,马积高,湖南人民出版社 2002 年版。

172.《徽州社会文化史探微》,王振忠,上海社会科学院出版社 2002 年版。

173.《胡适与整理国故考论——以中国文学史研究为中心》,徐雁平,安徽教育出版社 2003 年版。

174.《朱子大传》,束景南,商务印书馆 2003 年版。

175.《朱熹经学与中国经学》,蔡方鹿,人民出版社 2004 年版。

176.《徽州宗族研究》,赵华富,安徽大学出版社 2004 年版。

177.《论徽学》(上编),黄德宽,安徽大学出版社 2004 年版。

178.《八股文与明清文学论稿》,黄强,上海古籍出版社 2005 年版。

179.《徽州刻书》,徐学林,安徽人民出版社 2005 年版。

180.《胡适口述自传》,唐德刚整理,安徽教育出版社 2005 年版。

181.《徽派朴学》,洪湛侯,安徽人民出版社 2005 年版。

182.《新安理学》,周晓光,安徽人民出版社 2005 年版。

183.《〈四库全书总目〉编纂考》,司马朝军,武汉大学出版社 2005 年版。

184.《明代徽州文学研究》,韩结根,复旦大学出版社 2006 年版。

185.《明清学术研究》,单周尧主编,中国社会科学出版社 2009 年版。

186.《清史论丛》,中国社会科学院历史研究所清史研究室编,中国广播电视出版社 2005 年版。

187.《徽州传统学术文化地理研究》,周晓光,安徽人民出版社 2006 年版。

188.《徽州文化十二讲》,汪良发主编,合肥工业大学出版社 2008 年版。

189.《徽州学研究》(第二卷),安徽黄山学院徽文化研究所编,中国文史出版社 2009 年版。

190.《徽州学散论》,方利山,中国戏剧出版社 2009 年版。

五、单篇论文

190.《皖派朴学述论》,朱昌荣,安徽师范大学硕士论文。

191.《戴震〈诗经〉学研究》,程嫩生,浙江大学 2005 年博士论文。

192.《清代〈诗经〉学研究》,何海燕,华中师范大学 2005 年博士论文。

193.《程晋芳研究》,程治国,兰州大学 2007 年硕士论文。

194.《清代诗经学研究》,陈国安,2008 苏州大学年博士论文。

195.《江有诰〈诗经韵读〉研究》,曹强,陕西师范大学 2009 年博士论文。

196.《清代诗经著述考略》,张寿林,《女师学院期刊》1933 年第三卷第一期。

197.《文史》杂志,1945 年第五卷三、四合刊。

198.《论汉代和宋代的诗经研究及其在清代的继承和发展》,胡念贻,《文学评论》1981 年第 6 期。

199.《徽州文化研究的学术意义》,刘伯山,《新华文摘》,1998 年第 4 期。

200.《20 世纪的乾嘉考据学成因研究及存在的问题》,敖光旭,《中山大学学报》2001 年第 1 期。

201.《江永〈古韵标准〉方音审取古音说》,李开,《语言研究》2006 年第 1 期。

202.《〈诗经〉研究的三种视角》,张蕊、俞启定,《中国韵文学刊》2008 年第 3 期。

203.《朱熹诗经学的地域视界》,刘伟生,《中国韵文学刊》2008 年第 4 期。

附录一　徽州诗经学大事年表

西晋武帝太康元年庚子(280)

徽州，历史上早期曾称歙州、新安郡、新都郡，晋武帝太康元年(280)更名新安。此后，隋称新安郡；唐称歙州(一度亦名新安郡)。徽州地区领有歙、黟、休宁、祁门、绩溪、婺源六县。这一行政区域的划分大约是在唐开元至永泰(713—765)之际被最终确定下来，延及宋、元、明、清四朝而未改。

北宋神宗元丰元年戊午(1078)

程俱生。

哲宗元祐四年己巳(1089)

进士试立经义、诗赋两科。

徽宗宣和三年辛丑(1121)

睦州方腊起义被平，歙州改为徽州。新安文化自此跨入徽州文化时期，徽州诗经学就此发端。按，此后，“徽州”“新安”二名并行不悖，官方文书用“徽州”，而日常多用“新安”。

程俱被赐上舍出身。

徽宗宣和五年癸卯(1123)

程大昌生。

南宋高宗建炎四年庚戌(1130)

朱熹生。

高宗绍兴二年壬子(1132)

南宋王朝南迁临安。徽州文化迎来了新的历史契机，自此辉煌地发展起来。

高宗绍兴八年戊午(1138)

王炎生。今按：与淳熙中观文殿大学士王炎名姓偶同，但非一人。

高宗绍兴十四年甲子(1144)

程俱卒。

高宗绍兴十八年戊辰(1148)

朱熹进士及第。

高宗绍兴二十年庚午(1150)

朱熹第一次回婺源祭祖扫墓,并到歙县拜望外祖父祝确处士以及其父生前好友余靖,留下《谒表伯余宋佑诗》。又与内弟程洵讨论诗歌创作事,朱熹谓:“学者所急,亦不在此。学者之要务,反求诸己而已。《语》《孟》二书,精之熟之,求所以见圣贤用意处,佩服而力持之可也。”并与其他学者切磋学问。

程永奇生。

高宗绍兴二十一年辛未(1151)

程大昌登进士第,主吴县簿,未上,丁父忧。服除,著《十论》,言当世事,献于朝,宰相汤思退以为奇,擢为太平州教授。

高宗绍兴二十五年乙亥(1155)

程大昌《易原》书成。

高宗绍兴二十九年己卯(1159)

朱熹作《诗集解》。

南宋孝宗隆兴元年癸未(1163)

朱熹完成《诗集解》初稿。

孝宗乾道二年丙戌(1166)

朱熹首次修改《诗集解》。

孝宗乾道三年丁亥(1167)

朱熹继续修改《诗集解》。

孝宗乾道五年己丑(1169)

王炎中进士。

章元崇中进士,授予潜(今属浙江临安)簿。

孝宗淳熙二年乙未(1175)

朱熹、陆九渊为“鹅湖之会”。

程大昌进讲《禹贡》。

孝宗淳熙三年丙申(1176)

四月,朱熹第二次回婺源省墓,撰《祭告远祖墓文》《归新安祭墓文》《藏书阁记》,重修《婺源茶院朱氏世谱》,并赠书学中,讲学于汪氏敬斋,到歙县紫阳山瞻仰祝确处士故庐，题有“旧时山月”四字。徽州学者日执经请问，朱熹随其资质高下，诲诱不倦，至六月初旬始归。今按：关于朱熹回徽次数，有两次和三次两种说法。三次说认为，宋宁宗庆元二年（1196）朱熹会徽州，主教于歙县天宁山房。在天宁大会上，答弟子问十四条，与会者有后来创办紫阳书院的郡守赵师端兄弟及徽州弟子滕璘、程洵等三十人。江永作《郡城天宁寺朱子会讲辨》以为“事属子虚。”歙县《紫阳书院志》：“先正受业者甚众，今论定高弟子十二人。”即婺源程洵、滕璘、滕珙、李季札，绩溪汪卓，歙县祝穆、吴昶，休宁程先、程永奇、汪莘、许文蔚，祁门谢琎。

孝宗淳熙四年丁酉（1177）

朱熹《诗集解》改成，作今本《诗集传》前所附之序。

孝宗淳熙五年戊戌（1178）

朱熹开始《诗集传》的写作。（洪湛侯认为朱熹于淳熙四年写成《诗集传》初稿，此从姚永辉的说法）

孝宗淳熙六年己亥（1179）

朱熹知南康军，复白鹿洞书院，《诗集传》初成。

孝宗淳熙七年庚子（1180）

朱熹大规模修改《诗集传》，并提出“雅、郑之辨”。

孝宗淳熙八年辛丑（1181）

朱熹友人吕祖谦去世。

孝宗淳熙十一年甲辰（1184）

朱熹修成《诗集传》。

孝宗淳熙十三年丙午（1186）

朱熹作《诗序辨说》附《诗集传》后。

光宗绍熙元年庚戌（1190）

朱鉴生。

光宗绍熙三年壬子（1192）

金修曲阜孔庙。

朱熹定居于建阳考亭。

光宗绍熙五年甲寅（1194）

朱熹知潭州，入为焕章阁待制兼侍讲。

程大昌以龙图阁学士致仕归，于故乡会里创建西山书院，以讲学著述为事。

宁宗庆元元年乙卯(1195)

程大昌卒。

宁宗庆元二年丙辰(1196)

传说朱熹讲学于郡城天宁山房,是为徽州讲会之始。

宁宗庆元五年己未(1199)

朱熹今本《诗集传》出。

方岳生。

宁宗庆元六年庚申(1200)

程元凤生。

宁宗嘉泰二年壬戌(1202)

朱熹卒。

朱熹孙朱鉴十一岁。

宁宗嘉定元年戊辰(1208)

郡守孟植筑晦庵祠堂于学宫,纪念朱熹,以朱熹为治学理念的书院在徽州出现。

宁宗嘉定十一年戊寅(1218)

王炎卒。

宁宗嘉定十四年辛巳(1221)

程永奇卒。

宁宗嘉定十六年癸未(1223)

马廷鸾生。

理宗宝庆元年乙酉(1225)

宝庆以后,朱熹之学盛行,治经者莫不尊崇朱说。

理宗宝庆三年丁亥(1227)

朱熹被追封为信国公,后改封徽国公。

方回生。

理宗绍定元年戊子(1228)

程元凤中进士。

理宗绍定四年辛卯(1231)

许月卿从学于董孟程,得朱子之学嫡传。

理宗绍定五年壬辰(1232)

方岳中进士。

理宗端平二年乙未(1235)

蒙古攻宋。

朱鉴以承议郎权知兴国军事,《诗传遗说》六卷编成。

理宗淳祐元年辛丑(1241)

正月,理宗视学,手诏以周敦颐、张载、二程及朱熹从祀孔子庙。

程元凤改宗学博士,以《诗》《礼》讲于荣王府,旁讽曲谕,随事规正,多所裨益。

理宗淳祐二年壬寅(1242)

程龙生。

理宗淳祐六年丙午(1246)

紫阳书院建。

方岳迁宗学博士,通讲荣王邸。

胡一桂生。

理宗淳祐七年丁未(1247)

马廷鸾中进士,授池州教授,尤焴辟之为史馆校刊。

理宗淳祐九年己酉(1249)

程时登生。

理宗淳祐十年庚戌(1250)

胡炳文生。

理宗淳祐十一年辛亥(1251)

程直方生。

理宗淳祐十二年壬子(1252)

陈栎生。

理宗宝祐六年戊午(1258)

朱鉴卒。

理宗开庆元年己未(1259)

吴潜召马廷鸾为校书郎。

理宗景定二年/蒙古世祖中统二年辛酉(1261)

汪梦斗魁江东漕试,授承节郎,江东司制干官。

蒙古召军中所俘儒士,听赎为民。下令保护各地孔庙。

理宗景定三年壬戌(1262)

方岳卒。

理宗景定五年甲子(1264)

胡一桂领乡荐,试礼部不第,退而讲学。

度宗咸淳三年丁卯(1267)

方回得魏了翁《古今考》手稿于魏了翁之子,乃推衍其意,编《续古今考》。

度宗咸淳五年己巳(1269)

程元凤卒。

马廷鸾由参知政事进右丞相,旋罢归。

度宗咸淳七年/元世祖至元八年辛未(1271)

蒙古取国号为"元"。设国子学。制朝仪。

程龙登进士第,授黄陂县主簿,徙严州(治今浙江建德)推官。按,一说,程龙登进士第为南宋度宗咸淳元年乙丑(1265),今依《新安文献志》所载程枢撰《程龙家传》。

度宗咸淳十年甲戌(1274)

程时登中举。明年,入太学。

端宗景炎元年/元世祖至元十三年丙子(1276)

元军攻取临安,宋恭帝降,谢太后等被俘北去。

程时登 1276 年归隐。

帝昺祥兴二年/元世祖至元十六年己卯(1279)

陆秀夫于厓山负帝昺投海。南宋亡。

元至元二十六年乙丑(1289)

马廷鸾卒。

大德三年己亥(1299)

朱升生。

大德六年壬寅(1302)

胡一桂卒。

大德八年甲辰(1304)

汪克宽生。

大德十一年丁未(1307)

方回卒。

延祐甲寅—庚申(1314—1320)中

胡炳文以荐授信州(治今江西上饶)道一书院山长,调兰溪州学正,辞而不赴。

延祐二年乙卯(1315)

科举重开。所定科举之法,《易》用朱熹《本义》,《诗》用朱熹《集传》,《书》用蔡沈《集传》。以上三经兼用古注疏,《春秋》则用三传及胡安国传,《大学》《中庸》《论语》《孟子》并为一经,用朱子章句集注,唯《礼记》犹独用郑注。观诸经所主,显然侧重朱学。

延祐三年丙辰(1316)

陈栎编撰《新安大族志》,该书全面反映了徽州大族的情况。

至治二年壬戌(1322)

程龙卒。

泰定二年乙丑(1325)

程直方卒。

泰定三年丙寅(1326)

汪克宽中浙江乡试,旋归隐与弟汪时中以经学教授于徽州,从学者甚众。

泰定四年丁卯(1327)

胡一桂《诗集传附录纂疏》翠岩精舍刊本刊行,盱江揭佑民、建安刘君佐为之序。

天历元年戊辰(1328)

程时登卒。

元统元年癸酉(1333)

胡炳文卒。

元统二年甲戌(1334)

陈栎卒。

至正四年甲申(1344)

朱升讲学郡城紫阳祠,与诸生合撰《诗经旁注》。

至正十二年壬辰(1352)

朱升"秩满归里"。隐居歙县石门,讲学授徒,不复出仕元朝。

至正十七年丁酉(1357)

明朝大军下徽州,朱元璋微服拜访朱熹五传嫡系弟子朱升。朱升献"高筑墙,广积粮,缓称王"三策。

至正十九年乙亥(1359)

曹泾辞紫阳书院山长,不复出仕。

明洪武元年戊申(1368)

正月,明太祖朱元璋称帝,国号明,建元洪武。八月,元朝亡。

洪武二年乙酉(1369)

二月,诏修《元史》,宋濂、王祎为总裁。汪克宽、赵汸被延聘与修《元史》。

洪武三年庚戌(1370)

诏定八股文取士的科举考试制度。

朱升卒。

洪武五年壬子(1372)

汪克宽卒。

洪武十七年甲子(1381)

三月,颁科举取士式,乡、会试首试《五经》《四书》,遂为定制。

永乐元年癸未(1403)

《永乐大典》始修。

永乐五年丁亥(1407)

《永乐大典》,由解缙等编成。

永乐十二年甲午(1414)

十一月,胡广、杨荣、金幼孜等奉诏纂修《五经大全》。顾炎武云:"八股行而古学弃,《大全》出而经说亡。"《四库全书总目》亦云:"盖自胡广等《五经大全》一出,应举穷经,久分两事。"

永乐十五年丁酉(1417)

《五经大全》颁行,定为国子监及府、州、县学生员必读之书。

正统十年乙丑(1445)

程敏政生。

成化二年丙戌(1466)

程敏政中进士,授翰林院编修。

成化十六年庚子(1480)

程曈生。

成化二十三年丁未(1487)

此年会试,乃以反正、虚实、浅深扇扇立格,八股之制,创立于此。科举出题限于四书五经,以八股文格式写作,文分八段,起承转合须按规矩,最初三段与末一段可采散文形式,中间四段皆须用排偶句。考生作文必须本诸圣贤之意,不许自发议论。

弘治元年戊申(1488)

冬,程敏政被勒令致仕,回老家休宁,"读书南山中",著《道一编》。

弘治十二年己未(1499)

程敏政卒。

正德四年己巳(1509)

王守仁在贵阳书院开讲“知行合一”、“致良知”等学说,王学始张。

嘉靖三十九年庚申(1560)

程曈卒。程曈生平著有《闲辟录》《阳明传习录考》《朱子晚年定论考》《新安经籍志》(一名《续新安文献志》)、《紫阳风雅》和《新安学系录》等。所著《新安学系录》“与朱子合者存,背者去”(《江南通志》语),是第一部新安理学的“学案”。

嘉靖四十四年乙丑(1565)

许天赠中进士,令海宁,《诗经正义》付梓。

游应乾中进士。

嘉靖至隆庆间壬午—壬申(1522—1572)

方纯仁作《诗经训测》。

万历年间癸酉—己未(1573—1619)

吴继仕编《毛诗正变指南图》。

万历二年甲戌(1574)

汪应蛟中进士。

万历三年乙亥(1575)

朱琏作《谨识诗经正义后》。

万历二十五年丁酉(1597)

许天赠《诗经正义》重刊,王弘诲作《序重订诗经正义》。

万历二十年壬辰(1592)

余懋衡中进士。

万历二十三年乙未(1595)

鲍应鳌中进士。

(约)万历三十三年乙巳(约1605)

汪佑生。

万历三十五年丁未前后(1607年前后)

余懋衡在世。稍后万历三十八年庚戌(1610)黄宗羲生。

万历四十三年乙卯(1615)

吴继仕《六经原流》不分卷刊印,吴继仕作《七经图序》,焦竑作《七经图序》。此前,万历四十一年癸丑顾炎武生。

江彦明中副榜。

万历四十四年丙辰(1616)

舒尚功中进士。

泰昌至明崇祯间庚申—甲申(1620年—1644年)

范王孙作《诗志》。

姚应仁撰《诗述述》。

天启二年壬戌(1622)

黄生生(万正中《徽州人物志》以为生于1672)。

崇祯元年戊辰(1628)

余自怡中进士。

崇祯三年庚午(1630)

江彦明再中副榜。前一年崇祯二年己巳朱彝尊生。

崇祯八年乙亥(1635)

江懋奇拔贡生。

崇祯十七年甲申(1644)

三月,李自成兵入北京。崇祯自缢于煤山。清兵入关,李自成败走。

清顺治四年丁亥(1647)

姚际恒生。

康熙八年己酉(1669)

杨泗祥、施璜等制定《紫阳讲堂会约》,会约核心是"崇正学"。

康熙十四年乙卯(1675)

姚际恒撰《诗经通论》。

康熙十八年己未(1679)

开博学宏词科,应试者143人。

康熙二十年辛酉(1681)

江永生。

汪佑卒。

康熙二十三年甲子(1684)

康熙至曲阜祭孔,孔尚任御前讲经,破格拔为国子监博士。

康熙二十四年乙丑(1685)

汪微中进士。

康熙二十五年丙寅(1686)

胡廷机拔贡生。

康熙三十一年壬申(1692)

汪绂生。

康熙三十五年丙子(1696)

黄生卒。此前康熙三十四年(1695)黄宗羲卒。

康熙三十九年庚辰(1700)

江为龙中进士。

康熙四十四年乙酉(1705 年)

姚际恒《诗经通论》成。稍后,康熙四十八年乙丑(1709)朱彝尊卒。

康熙五十四年乙未(约 1715)

姚际恒卒。曹雪芹约生于本年。此前,康熙五十年辛卯(1711)王士祯卒。

康熙五十七年戊戌(1718)

程晋芳生。

雍正二年甲辰(1724)

元月十九日,戴震生。纪昀生于本年。

雍正三年乙巳(1725)

汪梧凤生。

程瑶田生。

余元遴生。

雍正十三年乙卯(1735)

洪榜生。

乾隆五年庚申(1740)

高宗颁谕,提倡读宋儒书,令儒臣研精理学。

江永随程恂入都,与方苞、吴绂、梅瑴成、杭世骏等论学问难。

乾隆七年壬戌(1742)

汪龙生。

江永《近思录集注》成。

戴震随父行商江西、福建,是年自邵武返乡,得同县宿儒程恂器重,遂师从程氏。

乾隆八年癸亥(1743)

吴蔚光生。

乾隆十年乙丑(1745)

洪榜生。此前的1744年,汪中生。

戴震《六书论》成。

乾隆十二年丁卯(1747)

戴震《转语二十章》成。

清廷重刻《十三经注疏》《二十一史》成,高宗撰序,号召学人"笃志研经,敦崇实学。"

乾隆十三年戊辰(1748)

汪灼生。

乾隆十四年己巳(1749)

戴震《尔雅文字考》十卷初成,主张"儒者治经,宜自《尔雅》始"。

程瑶田初识戴震并定交。

汪绂作《紫阳书院记》,倡导朱子"居敬穷理,实践力行"之教。

乾隆十五年庚午(1750)

江永辞谢经学举荐。

戴震自南京返乡,时值淳安方棨如掌教紫阳书院,婺源江永讲学于书院怀古堂,戴震得以向二先生质疑问学。

乾隆十七壬申(1752)

江永馆于歙县西溪不疏园,从学者有郑牧等七人,是为"徽派朴学"奠基之始。

戴震应聘不疏园教汪梧凤之子汪辉、汪灼,又师从江永研求经学。

江永重要著述,除《礼书纲目》《近思录集注》外,大都完成于壬申后。

戴震始对《毛诗补传》加以改删而撰诗经学代表作《毛郑诗考正》,但该书成书年代难以确考,当成于《诗经考》《杲溪诗经补注》之后。

乾隆十八年癸酉(1753)

戴震早年《诗经》学重要著作《诗经考》(又名《诗补传》)成书,有《序》在是年仲夏。又致信是镜(字仲明),阐发自己经学主张,并寄《诗补传序》求正。

乾隆十九年甲戌(1754)

戴震避仇入都。

乾隆二十年乙亥(1755)

戴震致书王鸣盛,就《尚书·尧典》"光被四表"训诂论治经方法。

乾隆二十一年丙子(1756)

戴震馆于王安国家,教其子念孙。念孙从学一年,稽古之学奠基于此。

黄叔琳卒。

程启佑中举人。

乾隆二十二年丁丑(1757)

凌廷堪生。

戴震南下,旅居扬州,馆于两淮盐运使庐见曾衙署,与惠栋、沈大成定交。

乾隆二十四年己卯(1759)

汪绂卒。

江永《三百篇诗韵谱》一卷成。

乾隆二十五年庚辰(1760)

江永《古韵标准》六卷成。

吴蔚光年十八,以钱塘商籍补博士弟子员。

乾隆二十七年壬午(1762)

乾隆南巡。

江永卒。曹雪芹约卒于此后的1763年。戴震作《江慎修先生事略状》。

戴清生。

朱濂生。

程晋芳应诏应试,列第一。

乾隆三十一年丙戌(1766)

戴震《杲溪诗经补注》《声韵考》成书。

乾隆三十二年丁亥(1767)

程廷祚卒。

乾隆三十三年戊子(1768)

汪莱生。

乾隆三十四年己丑(1769)

戴震为余萧客《古经解钩沉》撰序,阐发由训诂以通经,通经以明道的为学主张。

乾隆三十六年辛卯(1771)

汪梧凤卒。按:一说,汪梧凤卒于乾隆三十八年,则为癸巳(1773)。

黄承吉生。

程晋芳中进士。

乾隆三十七年壬辰(1772)

胡秉虔生(洪湛侯以为生卒年不详,万正中《徽州人物志》于胡秉虔本条中作生于1777卒于1840,又于胡秉元条目中作生于1770,卒于1840)。

乾隆三十八年癸巳(1773)

开四库全书馆,始修《四库全书》,动用2860人。徽州戴震、程晋芳等被征为纂修官。

江有诰生,道光恩贡生。

乾隆四十年乙未(1775)

俞正燮生。

乾隆四十一年乙未(1776)

戴震为王千仞《诗比义述》作序,讨论《诗》之赋比兴。

乾隆四十二年丁酉(1777)

戴震作《声类表》,为段玉裁《六书音均表》作序,有云:"五支六脂七之之异,实千有余年莫之或省者,一旦理解……宁非稽古大快事欤!"七月一日,戴震卒。

潘宗硕中举。

乾隆四十三年戊戌(1778)

余元遴卒。

董桂新生约于本年。按:万正中《徽州人物志》作董桂新生于1773,卒于1804。

乾隆四十五年庚子(1780)

洪榜卒。

乾隆四十七年壬寅(1782)

《四库全书》历时十年之久于是年修成。

乾隆四十八年癸卯(1783)

朱霈中举。

乾隆四十九年甲辰(1784)

程晋芳卒。

乾隆五十一年丙午(1786)

汪龙中举,授知县。

吴云山中举。

乾隆五十三年戊申(1788)

朱骏声生(原籍江苏吴县,道光中任黟县训导,老病解职后,因爱黟山水清丽，遂家于黟县石村，因自号石隐山人）。

乾隆五十六年辛亥(1791)

周廷寀《韩诗外传校注》附《拾遗》一卷，《儒林传经表》二卷营道堂刻本刊行。

乾隆五十七年壬子(1792)

夏，董桂新着手诗经学研究的资料准备。

段玉裁编《戴东原先生文集》。

乾隆五十九年甲寅甲寅(1794)

董桂新始撰《毛诗多识录》。汪中卒于本年。

乾隆六十年乙卯(1795)

项淳中进士。

嘉庆元年丙辰(1796)

汪文台生。

嘉庆二年丁巳(1797 **年**)

董桂新《毛诗多识录》十六卷成书。其《自序》云："壬子夏，读书丽泽山房，温习之余，检阅诸书与传笺，反复校雠，凡《三百篇》中之名物，窃皆默识诸心。甲寅，因仿'多识'之义，分别录之，间附己意，三阅寒暑，成书十六卷。"

嘉庆三年戊午(1798)

是年七月，汪龙《毛诗异议》初稿成，作自序。

嘉庆四年己未(1799)

胡秉虔中进士，历官甘肃丹噶尔同知。

凌廷堪《礼经释例》三稿成，撰《自序》一篇。

嘉庆六年辛酉(1801)

朱霈《望岳楼经学质疑》十卷望岳楼木活字本印行。

董桂山中举人。

董桂森中举人。

洪榜卒。

嘉庆八年癸亥(1803)

程瑶田汇生平著述为《通艺录》并刊刻将竣，有《自叙》一篇。

吴蔚光卒。

嘉庆九年甲子(1804)

赵继序《历朝崇经记》一卷刊行。

凌廷堪《燕乐考原》成，撰《自序》一篇。

嘉庆十年乙丑(1805)

董桂敷(董朝勋长子，董桂新兄)中进士。是年纪昀卒。

嘉庆十三年戊辰(1808)

汪焕其中举，任钱塘主簿。

凌廷堪《礼经释例》五易其稿而后成。

嘉庆十四年己巳(1809)

董桂新卒。此后的1811年，曾国藩生。

洪莹，洪榜(1735——1801)族子中一甲一名进士，授翰林院编修。

凌廷堪卒。

嘉庆十七年壬申(1812)

段玉裁致书江有诰，讨论古音韵学。(《答江晋三论韵》)为江有诰《江氏音学》撰序，述一代古音学源流，称道江氏“集音学之成”。

嘉庆十八年癸酉(1813)

汪龙获交金坛段玉裁，读其所注《说文》，向所疑义得补正者若干条，重写《毛诗异议》定本。段亦多采其说入《说文解字注》。

汪莱卒。

嘉庆十九年甲戌(1814)

程瑶田卒。

江有诰《江氏音学十书》成并刊刻。

段玉裁编《戴东原年谱》。

嘉庆二十二年(1817)

戴大昌《读经》八卷刊行。

嘉庆二十三年戊寅(1818)

董桂科中举人。

道光元年辛巳(1821)

汪灼卒。

俞正燮中举人。

王念孙有书答江有诰，论上古音韵，称江著《诗经韵读》“与敝见如趋一轨”(《答江晋三论韵学书》)。江有诰复书致谢(《复王石臞先生书》)。

道光三年癸未(1823)

是年夏秋间，汪龙病中嘱托弟子鲍方椠将其《毛诗异议》付梓。冬，汪龙卒。

董桂科中进士。

道光四年甲申(1824)

是年夏,汪龙《毛诗异议》由鲍方矩主持开雕。

道光五年乙酉(1825)

道光四年甲申夏汪龙《毛诗异议》由鲍方榘开雕,越十月雕成刊印。

道光六年丙戌(1826)

江之纪中进士。

道光七年丁亥(1827)

戴清卒。

道光十一年辛卯(1831)

江有诰《江氏音学十书》刊刻成。

吴诵芬中举。

道光十二年壬辰(1832)

清政府废除纲法,改行票法,徽商从此丧失了他们世袭行盐专利权。与此同时,清廷迫于财政困难,又严追徽州盐商历年所欠的盐课,更使许多徽州盐商因之破产。从此以后,徽州商帮一蹶不振,并最终解体,徽州文化赖以生存的经济基础不复存在。

胡秉虔卒。

道光十三年癸巳(1833)

俞正燮五十九岁春闱下第,《癸巳类稿》十五卷刊行,程恩泽为之定篇第并作序。

道光十四年甲午(1834)

程诰中举人。

道光十五年乙未(1835)

胡嗣运生。

道光十六年丙申(1836)

余龙光中举人。

道光十七年丁酉(1837)

汪宗沂生。

王笃刊本姚际恒《诗经通论》刊行。此即成都铁琴山馆刊本,桂林周贻徽为之序。后有1927年双流郑璋的成都书局覆刻本。

章遇鸿中举人。

朱濂《毛诗补礼》成书。

程廷祚遗著《青溪集》刊行。

道光十八年戊戌(1838)

三月,朱濂作《毛诗补礼自序》,是书刻板印行。六月朱濂卒。

道光二十年庚子(1840)

英国发动鸦片战争。

俞正燮卒。

道光二十二年壬寅(1842)

黄承吉卒。

道光二十三年癸卯(1843)

汪绂《诗经诠义》刊行。

道光二十四年甲辰(1844)

汪文台卒。

道光二十六年丙午(1846)

江有诰《江氏音学十书》板毁于火。

咸丰元年辛亥(1851)

江有诰卒。

咸丰二年壬子(1852)

江有诰《江氏音学十书》重刊,未几,徽州被兵,其板再毁。

咸丰三年癸丑(1853)

洪秀全起义军(发动于1852年)攻克南京,并定都更名天京。此后数年之内,太平军数度侵入皖南徽州地区,焚掠州县,徽州地区经济文化遭到极大破坏。

咸丰八年戊午(1858)

朱骏声卒。

咸丰十年庚申(1860)

太平军入绩溪,征召四方贤士,胡在田拒不应召,绝食而卒。

同治元年壬戌(1862)

京师同文馆成立。

同治三年甲子(1864)

天京陷落,太平天国起义失败。此后的1872年曾国藩卒。

光绪二年丙子(1876)

汪文台《十三经校勘记识语》四卷江西书局刻本刊行。

光绪六年庚辰(1880)

汪宗沂中进士。

光绪八年壬午(1882)

胡嗣运入副贡生,候选州判。

光绪九年癸未(1883)

汪烜《诗韵析》五卷《首》一卷《末》一卷《校勘记》一卷紫阳书院刻本刊行。

光绪二十四年戊戌(1898)

六月光绪帝下诏变法,九月变法失败,史称"百日维新"。

光绪三十二年丙午(1906)

汪宗沂卒。

光绪二十七年辛丑(1901)

清政府明令科举废八股,改试策论。并将全国书院改为学堂。

光绪三十一年乙巳(1905)

资产阶级民主革命组织中国同盟会在日本东京成立,推举孙中山为总理,并创办机关刊物《民报》。

光绪三十二年丙午(1906)

清政府正式废除科举制度。

光绪三十四年戊申(1908)

胡嗣运《枕葄斋诗经问答》八卷刊行。

宣统三年辛亥(1911)

十月,武昌起义爆发,清亡。

中华民国元年壬子(1912)

一月,中华民国成立。民国元年后,徽州府被撤销。

中华民国四年乙卯(1915)

胡嗣运卒。

中华民国七年戊午(1918)

9月,胡适发表《中国哲学史大纲》。

中华民国十四年乙丑(1925)

9月,胡适在武昌大学作《谈谈〈诗经〉》讲演。

中华民国二十三年甲戌(1934)

婺源划归江西,徽州地区被肢解。

1951 年

汪原放出版《诗经今译》第 1 册《国风》

1958 年

顾颉刚点校《诗经通论》(以王笃刊本《诗经通论》为底本),由中华书局出版。这一校点本的问世对《诗经通论》的研究是个极大的助益和推动。

1987 年

徽州地区撤销,黄山市成立,绩溪县划入宣城地区。

附录二　徽州诗经著述考

说明：

1.本考中凡刘毓庆、贾培俊《历代诗经著述考》有考者皆从简。

2.本考适当收入一些虽非诗经学专著，却有诗经学内容的著述（如俞正燮《癸巳类稿》）。

一、宋代诗经著述考

1.程大昌（1123—1195），字泰之，休宁会里人。《诗论》三卷，存。

2.朱熹（1130—1202），字元晦，后改仲晦，晚号晦翁，婺源人。撰《诗集传》二十卷，《诗序辨说》一卷；《诗风雅颂》四卷，《序》一卷；《诗传音释元》；《朱子语类·诗》等，皆存。

3.王炎（1138—1218），字晦叔，一字晦仲，号双溪，婺源武溪人。撰《诗经考疑》，佚。

4.章元崇，字德昂，绍兴、庆元时歙县人。《诗学管见》，佚，《歙县志》著录。

5.程永奇（1150—1221 年），字次卿，号格斋，休宁陪郭人。《六经疑义》二十卷，佚，《江南通志》《新安文献志》著录。

《新安文献志》："君于经传玩索，有疑误者必谨识之，晚岁订其大义，所系者为《六经疑义》二十卷、《四书疑义》十卷……文公《语类》出于众手，纯驳不一，自加诠择，为《朱子语粹》十卷。"

6.朱鉴（1190—1258），字子明，婺源人，朱熹嫡长孙，朱熹长子朱塾之子。编《诗传遗说》六卷，与《诗集传》表里参看，可得朱子诗经学大观。

7.方岳（1199—1262），字巨山，号秋崖，祁门何家坞人。《诗疑》一篇，存。见《新安文献志》卷三十四。《景献府讲诗》，亦佚。

8.程元凤(1200—1269),字瑞甫,一字申甫,歙县槐塘人。《经筵讲义》,佚。《宋史》卷四百一十八谓程元凤淳祐初(1241)"改宗学博士,以《诗》《礼》讲荣王府,旁讽曲谕,随事规正,多所裨益"。

9.马廷鸾(1223—1289),字翔仲,婺源甲路人。《六经传集》,佚,《宋史》《婺源县志》著录。

10.程时登(1249—1328年),字登庸,号述翁,歙县人,迁饶州乐平梅岩,乐平乃今山西昔阳,故诸家著录皆为山西乐平人。《诗传遂意》《诗讲义》《古诗订义》,皆佚,《经义考》《皖人书录》均不著录,事见《新安文献志·先贤事略》《补元史·艺文志》。刘毓庆《历代诗经著述考》:《诗传遂意》,道光《徽州府志》《歙县志》作《诗经遂意》。其所谓"遂意"者,或即"要其性情之发"者欤?

11.汪大发,生卒年无考。字敷之,号腾波,宋末休宁人。《九经要义补》,佚,《江南通志》著录。

12.钱时,《学诗管见》,佚。

《经义考》注曰"佚"。钱时,《宋史》附《杨简传》后。胡止澄《安徽通志艺文考稿》于《学诗管见》下曰:"时之学出于杨简,有《融堂书解》已见前,是书见《江南通志》及本省前志。"又于《书解》条下曰:"时字子是。清《四库》以为淳安人,本省《道光志》列于休宁之次。但《徽州府志》引《新安文献志》载:时,歙县汝溪人,尝主象山书院。理宗嘉熙中,以乔行简荐,授秘阁校勘,迁史馆检阅。记载细密,当非无据。"而《四库总目》称其《融堂书解》不专主一家之学,不旁依前人,自抒心得,不惑于曲说,亦宋人经解中之特出者。疑其《学诗管见》亦当如之,惜已不传。

13.汪梦斗,宋末绩溪西园(今高迁乡)人。《经义讲议》,佚。

《新安文献志·先贤事略上》:"汪杏山梦斗,字以南,康范先生子,号杏山。宋景定辛酉魁江东漕试,授江东(阙)。咸淳间转史馆编校。元初用尚书。谢昌言等荐授徽州路学教授,尝受檄考郡县儒人,为定籍。"

14.江恺,《诗经讲义》,佚。

《经义考》注曰"佚"。《宋史翼》卷三十五据《徽州府志》曰:"江恺,字伯几,婺源人……初贡礼闱,宋亡,隐居冲陶石室。时婺源贡楮丝,官吏竞黩货,民甚苦之。恺以书白部使者,贡遂得蠲。程苟轩龙尝称之曰:'欲知隐不为徒隐,须看当时二幅书。'著有《四书、诗经讲义》《箕裘集》等书。人称雪矼先生。"

15.朱承甫,歙县人,盐商。《三经集》一卷,存。《安徽文献书目》著录,安徽省图书馆藏有明写刊本。

16.程逵,歙县人,生平事迹不详。《五经解题》二十卷,佚。

二、元代诗经著述考

1.方回(1227—1307),字万里,号虚谷,别号紫阳山人,歙县人。《〈鹿鸣〉二十二篇乐歌考》一篇,《彤弓考》一篇,皆存。《四库全书》《新安文献志》《新安名族志》著录。

2.程龙(1242—1322),婺源人。《毛诗传释疑》,《经义考》注曰"佚"。

3.胡一桂(1247—1302 延祐初),字庭芳,婺源人。《诗集传附录纂疏》二十卷,《诗序辨说附录纂疏》一卷,《续修四库全书》收录;《读诗》一篇,《新安文献志》收录。

4.胡炳文(1250—1333),字仲虎,号云峰。元初婺源考川人。《诗集解》《五经会意》,皆佚,《经义考》注曰"未见"。

5.程直方(1251—1325 年),字道大,号前村。婺源人。《学诗笔记》,见《千顷堂书目》。《经义考》注曰"未见"。

6.陈栎(1252—1334),字寿翁,休宁陈村人。《诗经句解》《经义考》注曰"未见"。《诗大旨》《读诗记》(或作《诗记》),见《千顷堂书目》、钱大昕《补元史艺文志》及倪灿、卢文弨《补辽金元艺文志》。《经义考》未注录。

7.张学龙,婺源人,生平事迹不详。《诗经训释》,佚。

8.汪逢辰,字虞卿,歙县潜口人。《七经要义》,佚,《新安名族志》著录。

9.曾仲堃,休宁人,生平事迹无考。《诗经讲义》,佚。

10.曹泾,字清甫,号宏斋,歙县人(《皖人书录》作休宁人)。《五经讲义》四卷,佚,《新安文献志》著录。

三、明代诗经著述考

1.朱升(1299—1370),休宁回溪人。《诗经旁训》,四卷,《六经源流》一篇,皆存。

朱升《朱枫林集》卷三《大学中庸旁注序》云:"前年(至正四年)读书郡城紫阳祠,始为诸生作《书旁注》……既而又命诸生用其义例,旁注《诗经》,未克成。"故知《诗经旁训》系由朱升指导学生合撰于至正四年(1344)。上海图书馆、北京图书馆藏有元刻四卷本。《明史・艺文志》卷一著录"朱升《诗旁注》八卷”，殆系后之翻刻者倍扩而成。

2.汪克宽（1304—1372），祁门县桃墅（今属塔坊乡）人。《诗集传音义会通》三十卷，见《千顷堂书目》《明史·艺文志》《经义考》《安徽艺文考·诗》，佚。

3.汪思敬，名敬，以字行，永乐、天顺时祁门人。《经传考补》《六经发明》，佚，《新安文献志》《新安名族志》《徽州书目汇编》《祁门县志》著录。

4.方纯仁，字时勉，婺源平盈人。《诗经训测》，佚，《徽州府志·艺文志》著录，刘毓庆、贾培俊以为作于嘉靖至隆庆间。

5.许天赠，字德夫，黟县人。《诗经正义》二十七卷。

《经义考》注曰“未见”。刘毓庆、贾培俊以为作于嘉靖至隆庆间，《四库全书存目丛书》据明万历刻本收录。《诗经讲意》，见张本编《新刻诗经八进士释疑讲意》引。刘毓庆、贾培俊《历代诗经著述考（明代）》疑即许氏《诗经正义》之异名。今按，许天赠《诗经正义》卷首列有修订人名单，名单中有其妻弟舒崇功。舒崇功有《诗经讲义》为《黟县志》著录。今疑许天赠《诗经讲意》为《诗经讲义》之误录。

6.郑佐，字时夫，号吕溪，歙县岩镇人。《五经杂著》（又名《五经集义》），佚，《新安名族志》著录。

7.游应乾，字顺之，婺源人。《五经约义》，佚。

8.汪应蛟，字潜夫，一字澄源，婺源人。《学诗略》一卷，《经义考》，注曰“存”，《安徽艺文考·诗》亦注存，刘毓庆、贾培俊《历代诗经著述考（明代）》注曰“佚”。另有《诗礼品节》，佚，《婺源县志》著录。

9.赵时用，字德友，号霖宇，休宁人，侨居瓜洲。《经略问》，佚，《安徽人物大辞典》著录。

10.吴继仕，字公信，休宁人。编《毛诗正变指南图》七卷，存。（万历年间著述）；《六经原流》不分卷。《皖人书录》《续修四库全书总目》著录。

11.鲍应鳌，字山甫〔刘毓庆、贾培俊《历代诗经著述考（明代）》作“山父”〕，歙县人。《诗经同门稿》，未见。

12.舒尚功，字谦夫，黟人。《诗经讲意》，见道光《徽州府志·艺文志》，未见。

13.范王孙，字士文，休宁人，寄籍钱塘。《诗志》二十六卷，存。

14.姚应仁，字安之，徽州人。《诗述述》一卷，刘毓庆、贾培俊以为作于泰昌至崇祯间，哈尔滨图书馆有明刻本。

15.程元初，字全之，万历、崇祯时歙县人。《诗经叶韵》四卷，见《千顷堂书目》《经义考》。朱氏注曰“未见”。《诗经反切音释》一卷，皆佚。《千顷堂书目》著录，刘毓庆、贾培俊：《经义考》著录程元初有《诗经音释》，注曰“未见”。当即《诗经反切音释》之简称。

16.江彦明，字晏其，婺源人。《诗经笺疏》，著述年代不明，《经义考》注曰“未见”。

17.汪尹耕，《诗经要会》，《婺源县志》收录，佚。

18.凌云鹏，字万里，休宁人，浙江籍举人，著《五经纂要》，《休宁县志》收录，佚。

19.吴苍舒，新安人。《七经图考》，《皖人书录》著录，佚。

20.程敏政，字克勤，号篁墩，徽州休宁人。《篁墩集》卷十一有《诗考》一篇，存。

21.余懋衡（约1607年前后在世），字持国，婺源人。《经翼》，《婺源县志》著录，未见。

22.杨贞一，歙县人，《中国语文学家辞典》作“新都（今四川新都县）人”。《诗韵辨略》三卷，佚，《四库总目》著录。

23.凌立，字尔三，歙县人。《六经流别》，佚，万正中《安徽人物志》著录。

24.余自怡，字士可，明末婺源沱川人。《经书疑义》，佚，《婺源县志》著录。

25.程羽文，字荩臣，明末清初新安（治今安徽歙县）人。撰《诗本事》一卷，《皖人书录》著录，佚。

26.洪应绍，字彦卿，号海洲，歙县人。《诗解》，佚，万正中《徽州人物志》著录。

27.吴汝遴，字慎先，别号抑庵，明代中后期休宁人。《葩经臆说》《诗经集解》，佚，施璜《还古书院志》著录。

28.江懋奇，字正叔，婺源人。《五经丽文》二卷，佚，万正中《徽州人物志》著录。

29.李希士，《三经约言》，佚。

李希士，字圣始，自号见韦，黟县人。《三经约言》，《皖人书录》著录。

30.汪有恒，字圣基，黟县人。《经义注释》，佚，嘉庆《黟县志》著录。

31.俞塞，婺源人。《诗起》，未见。

今按，诸家有“俞起，《诗起》，未见”之著录，今疑与俞起为同一人。又有以俞塞为清代人者。

四、清代徽州诗经学著述考

1.汪佑(约1605—1681),字启我,号星溪,休宁人。《诗传阐要》,存,《歙县志》著录。

2.施璜,字虹玉,顺治、康熙时休宁人。《五经臆记》《诗绎注》,未见,《碑传集》《歙事闲谭》著录。

3.詹绍庆,字本修,清初婺源庆源人。《三经整三疑编》,未见,《婺源县志》著录。

4.余惟枢,字中台,婺源人。潜心理学,更从邹德泳游,诗文祖汉唐。《毛诗解》二卷,未见,《婺源县志》著录。

5.姚际恒(1647—约1715),字立方,一字善夫,号首源,休宁苏田人(《皖人书录》作歙县人)。后迁居浙江仁和(今杭州),晚再迁钱塘,故又称仁和或钱塘人。《诗经通论》十八卷《论旨》一卷,存。

6.胡廷机,字瑜公,绩溪人,《五经解随笔》,佚,《皖人书录》著录。

7.汪微,字思白,号棣园,歙县岩镇人。辑《诗伦》二卷,撰《经概》五卷,皆存,《皖人书录》著录。

8.黄叔琳(1672—1756),字昆圃(案,张寿林云,字宏献,号昆圃),康乾间歙县人,寄籍顺天大兴(今北京市大兴县),本为歙邑程氏子,以父为大兴黄氏后,故为大兴人。《诗统说》(张寿林著录为《诗经统说》)三十二卷,存未刊稿本,《四库总目》著录。

9.江为龙,字我一,一作津一,号砚崖,康熙时歙县人,寄籍桐城(今属枞阳)。辑《六经图》十六卷,存,《四库总目》著录。

10.江永(1681—1762),字慎修,一字春斋,婺源江湾人。《三百篇诗韵谱》一卷、《群经补义》五卷,存,《四库全书》收录。

11.凌赓臣,字以成,歙县人。《诗约解》四卷,未见,万正中《徽州人物志》著录。

12.汪绂(1692—1759),初名煊,字灿人,号双池,小字重生,康熙、乾隆间婺源段莘人。《诗经诠义》十二卷首一卷末二卷、《诗韵析》五卷(《清儒学案》作六卷)《附录》二卷,存。《清史稿》《续修四库》著录。

张寿林:"《诗经诠义》十四卷(或作十五卷)……双池丛书本。是书大抵主涵濡诗文,以推求大旨,不尚诂训,要以朱氏《集传》为归。"

13.胡元宪，字监成（万正中《徽州人物志》作“胡原宪，字监臣”），绩溪人。《六经咫闻》，未见，《绩溪县志》著录。

14.汪师韩（1707—？），字抒怀，号韩门，又号上湖，康乾间歙县人，寄籍钱塘（今浙江杭州）。《诗学纂闻》一卷、《诗四家故训》，存，《碑传集补》《清史稿》著录。

15.方成培（1713—？），字仰松，号岫云，歙县横山人。《诵诗记疑》，佚，道光《徽州府志》、民国《歙县志》著录。

16.赵继序，字易门，休宁人。《孔门弟子考经说》，未见。《历朝崇经记》一卷、《汉儒传经记》二卷，存，《续修四库》皆有收录。

17.程廷祚（1691—1767），字启生，号绵庄，歙县人。《易诗书三礼鲁论义》《青溪诗说》十五卷，存，《歙县志》著录。

程晋芳《青溪诗说跋》谓廷祚于《诗》不专主注疏，亦不曲从宋学。其言《周南》当属文王，至《召南》属召公者，地去岐周渐远，服召公之化，即服文王也。似有特见。《静女》是思贤而非男女之相慕。《桧风·羔羊》取颖滨之说，以为桧君好盛服，故以其朝服燕而以其朝天子之服朝，有过而非大恶。《候人》正《毛传》以候人为贤者之误。于《南陔》六诗，力辨有声无诗之误。于“至于太原”谓是雍之原隰。于《裳裳者华》取朱氏善说，以为讲武既毕，天子与诸侯燕之诗。于《维天之命》，谓是祭文王之诗，《序》谓告太平，义颇迂滞。于《天作》以为祫祭。皆确有所见。如是者至多，足以垂世矣。

18.程晋芳（1718—1784），初名廷镄，字鱼门，号蕺园，歙县岑山渡村人。《毛郑异同考》十卷，存。《读诗疏笺抄》不分卷，亦存。《诸经问答》，佚。

19.戴震（1724—1777），字慎修，一字东原，休宁隆阜人。一生著述颇丰，其诗经学著述存传于今者可分三类：一、诗经学专著：《诗经考》，此乃戴震诗学的奠基之作。《杲溪诗经补注》（原名《补传》），可视为《诗经考》的增订稿，只写成《周南》《召南》二卷，内容较《诗经考》有显著提高。《毛郑诗考正》，是戴震诗经学的代表作。二、诗经学单篇论文共九篇：《毛诗补传序》《书郑风后》《书小雅十月之交篇后》《书小雅后》《诗摽有梅解》《诗生民解》《辨诗礼注軓轨轵𨊠四字》《与是仲明论学书》《诗比兴述序》。三、诗经资料辑考类三种：《经考》《经考附录》《经雅》。此三类辑录有大量《诗经》研究资料，有些条目附有戴氏按语，其中不乏精审论断。

20.汪梧凤（1725—1772），歙县人，字在湘，号松溪。《诗学女为》二十六卷，存。

21.胡清熙(《皖人书录》作"恳"),字思平,乾隆时绩溪城东人。《诗经积疑》,佚,《绩溪县志》著录。

22.余元遴(1725—1778),字秀书,一字药斋,婺源沱川人。《诗经蒙说》,未见,《清史稿》著录。

23.黄启甲,清婺源人,字辛也,号甘林,恩子。乾隆寅子(1792)举人,拣选知县。性嗜学,唯下帷读书,不与外事。《韩诗拾遗》四卷,未见,《皖人书录》著录。

24.吴骞(1733—1813),字槎客,葵里,号兔床,乾隆、嘉庆时休宁人,占籍浙江海宁,为著名藏书家。《毛诗考异》二卷,未见,万正中《徽州人物志》著录。

25.江承之字安甫,乾嘉时歙县人。编校《郑氏诗谱》,未见,万正中《徽州人物志》著录。

26.汪灼(1748—1821),字渔村,歙县人,汪梧凤子。《毛诗周韵诵法》十卷、《诗经言志》二十六卷,存,《续修四库》皆有收录。

27.汪龙(1742—1823),字叔辰,又字蛰泉(案,万正中《徽州人物志》作:字岂潜,一字蛰泉,号叔辰),歙县人。《毛诗异议》四卷、《毛诗申成》十卷,《续修四库》皆有收录。另有《诗谱叙》一卷,附《毛诗申成》后。

28.吴蔚光(1743—1803),字哲甫,号执虚,自号竹桥,又号双湖外史,乾嘉间休宁大斐人,寄籍昭文(今江苏常熟)。《毛诗臆见》四卷,未见,万正中《徽州人物志》著录。

29.洪榜(1745—1780),字汝登,一字初堂,歙县人。《诗经释典》《诗经古义录》,佚。

30.胡匡宪,字懋中,号绳轩,恩贡生,绩溪城西人。《毛诗集释》二十卷、《绳轩读经记》《石经详考》,皆存。

31.胡匡裁,字燮臣,号别庵,乾隆时绩溪城西人。《毛诗韵叶》,佚,《绩溪县志》著录。

32.胡匡轼,原名匡梅,字君衡,乾隆时绩溪城西人。《读经随笔》,佚,《绩溪县志》著录。

33.周廷寀,字霁原,一字赞平,绩溪人。著有《西汉儒林传经表》二卷,又有《韩诗外传校注》附《拾遗》一卷,《续修四库》皆有收录。

34.吴英,字简舟,乾隆时休宁人,寄籍长洲(今江苏苏州)。《经句说》,未见,万正中《徽州人物志》著录。

35.戴清(1762—1827),字静斋,乾隆、道光间休宁人,寄籍江苏仪征。《群经释地》十卷，未见，《续碑传集》著录。

36.汪莱（1768—1813），著《十三经注疏正误》，存，《皖人书录》著录。

汪莱，字孝婴，号衡斋，歙县瞻淇（今占汜）人。汪莱通中西术，兼晓乐律，治学刻意求新，往往参用西法，与清王朝封闭、保守的政治倾向格格不入，著述颇富，却少刊刻。

37.戴大昌，字斗源，（按，万正中《徽州人物志》作号斗垣），婺源人，官宣城教谕。与凌廷堪友，所著书屡引其说。《读经》八卷，《续修四库》有收录。

38.项淳，字芸堂，一字任田，乾隆时歙县人。《项任田经说》，未见，《皖人书录》著录。

39.程启佑，字后纯，歙县人。《周颂韵考》，未见，《皖人书录》著录。

40.潘宗硕，字在闲，乾嘉时歙县人。《读经笔记》，未见，万正中《徽州人物志》著录。

41.黄承吉（1771—1842），字谦牧，号春谷，有梦陔堂、亨年室等堂号，歙县人。《经说》《读毛诗记》，存，《扬州画舫录》著录。

42.朱霈，字井南，号约斋，原名荣朝，字熙佐，乾嘉时黟县人。《望岳楼经学质疑》十卷，存。

43.吴云山，字苍伯，号古罍，乾隆时渚口祁门人。《九经集解》十二卷，未见，《祁门县志》著录。

44.许棻，字广存，一字春及，乾嘉时黟县人。《学诗集证》《学诗小识》，未见，《黟县志》著录。

45.董桂新（约 1778—1809 案，万正中《徽州人物志》作 1773—1804），字茂文，学者称为柳江先生，乾嘉间婺源县城人。《毛诗多识录》十六卷，《碑传集补》著录，今存。

胡韫玉《董桂新传》谓桂新平生所著以《毛诗多识录》为最精诣之作。其体例分《识鸟》《识兽》《识草》《识木》《识虫》《识鱼》《识天》《识地》《杂识》。而《识地》尤博征详引，足为学者考订之资。

46.朱濂（1762—1838），字理堂，号藕庄，歙县人。《毛诗补礼》六卷，存，《续修四库全书》著录。

47.胡秉虔（1772—1832，洪湛侯以为生卒年不详，万正中《徽州人物志》以为乃 1777—1840，又于胡秉元条目中作 1770—1840），字伯敬（此从胡培翚、胡韫玉，《皖人书录》以为字伯敏），号春乔，乾隆、道光间绩溪城内人。《毛诗序录》四卷、《毛诗集释》《绳轩读经记》《十三经条考》佚；《古韵论》《汉西京博士考》

《毛诗小识》,存。《续修四库》收录有《汉西京博士考》及《古韵论》。

48.江有诰(1773—1851),字晋三,安徽歙人,恩贡生,曾执贽于段玉裁门。《诗经韵读》四卷,《续修四库》有收录。

49.俞正燮(1775—1840),字理初,乾隆、道光间黟县人。《癸巳类稿》《癸巳存稿》,皆存。

50.胡秉元,字仲吉,号云林,乾隆、道光间绩溪人。《诗地理考实》,存,《绩溪县志》著录。

51.汪远孙(1794—1836),字久也,号小米,乾隆、道光间黟县宏村人,占籍钱塘(今浙江杭州)。《三家诗考证》《诗考补遗》未见,《续碑传集》著录。

52.汪文台(1796—1844),字南士,黟县人,府廪生。《十三经校勘记识语》四卷,《续修四库》收录。

53.董桂敷,字宗邵,号筱槎,一作九楂,婺源人。《十三经管见》,佚,《碑传集补》著录。

54.董桂科,字蔚云,号恒轩。《石经考》《治经笔记》,佚,诸家皆不见著录,唯胡韫玉《董桂新传》所附《董氏所著书目考》有录。

55.董桂山,字小丛,号香雪。《诗雅通释》,佚,诸家皆不见著录,唯胡韫玉《董桂新传》所附《董氏所著书目考》有录。

56.董桂森,字香轮,一字淮江,清乾隆、道光间婺源县城人。《诗书解义》,佚,诸家皆不见著录,唯胡韫玉《董桂新传》所附《董氏所著书目考》有录。

57.董成,字秩西,号瀛峰,婺源人。《读经志疑》,佚,诸家皆不见著录,唯胡韫玉《董桂新传》所附《董氏所著书目考》有著录。

58.江荣祖,字仁仲,婺源人。《经书要旨》,佚,《婺源县志》著录。

59.汪烜,婺源人。《诗韵析》五卷《首》一卷《末》一卷、《校勘记》一卷,存,今湖北省图书馆藏清光绪九年紫阳书院刻本。

60.吴诵芬,字兰府,号梅生,祁门渚口人。辑有《五经精义》,未见,《祁门县志》著录。

61.朱骏声(1788—1858),字丰芑,号允倩,晚号石隐山人。原籍江苏吴县,道光中任黟县训导,老病解职后,因爱黟山水清丽,遂家于黟县石村,因自号石隐山人。《诗集传改错》《诗序异同汇考》《诗地理今释》《七经纬韵》《诗传笺补》《经史问答》等,存,《清史稿》《碑传集补》著录。

62.章遇鸿,字可仪,嘉道时绩溪城内人。《毛诗蠡测》《郑氏诗谱考索》,未见,《绩溪县志》著录。

63.章平，字赓陶，号兰轩，绩溪城西人。《诸经温故》(万正中《徽州人物志》作"《诸经典故》)，未见，《贩书偶记》《绩溪县志》等著录。

64.章熺，字玉亭，绩溪人。《诸经传引言序》，未见，《绩溪县志》著录。

65.王以宽，字恕生，号双和，嘉道时黟县城东人。《经翼典览》，佚，《黟县志》著录。

66.张未堂，字伟澜，婺源人。编《历朝诗学正宗》，未见，《皖人书录》著录。

67.吴兆棠，歙县人。《诗小序及诗传》，未见，《皖人书录》著录。案：生平事迹不详。与休宁溪头村人吴兆棠(1905—1966)，字昭说非同一人。

68.程以庄，字临之(万正中《徽州人物志》作"字瑞芝")，休宁人。《六经选要》，未见，《休宁县志》著录。

69.程途远，字玉章，号平山，绩溪人。《说经随录》，未见，《绩溪县志》著录。

70.程南，字圣可，号庸庵，绩溪人。《诗经录要》，未见，《绩溪县志》著录。按：与婺源人著《樵余诗话》一卷(《安徽文献书目》著录，有清刊本)的程南不是同一人。

71.程本，字翰文，号一峰，婺源人。《经史订讹》，未见，《皖人书录》著录。

72.江之纪，字修甫，号石生，婺源人。《郑风补笺》二卷，未见，《婺源县志》著录。

73.江汝和，字海石(一说字作梅)，黟县人。《群经集证》，未见，《黟县志》著录。

74.汪宗沂(1837—1906)，字仲伊，一字咏春，晚年筑室韬庐(一作弢庐)，号韬庐主人，歙县西溪人。《诗说》《诗经读本》，存，《皖人书录》著录。

75.汪锡洛，字叙卿，嘉道间黟县人。《经义录要》，未见，《黟县志》著录。

76.汪焕其，字邻梓，号石门，婺源人。《经义质疑》，未见，《皖人书录》著录。

77.潘步云，字华雯，歙县人。《煦堂经说》，未见，《皖人书录》著录。

78.潘道南，字佩三，号仰峰，婺源桃溪人。《十三经通义》，未见，《婺源县志》著录。

79.潘邦协，字律和，歙县人。《读经疑义》，未见，《皖人书录》著录。

80.黄启兴，字石香，婺源黄村人。《毛诗集古笺注》四十卷，未见；《诗考》五卷《附录》一卷，存，《婺源县志》著录。

胡培翚《黄氏诗考序》谓黄氏《诗考》不空演文句，唯取各篇字义逐一训释。于名物制度征引考证尤详。至其作诗之意，则阙而不言，以俟涵泳经文者之自得，诚为有裨《诗》学之书。末复为《附考》数篇，并及鲁、齐、韩、毛、朱子各家说而无所偏主，盖慎之也。

81.胡培受，字子谦，号小云，道光、光绪间绩溪人。《小云经说》，未见，《绩溪县志》著录。

82.胡在田（？—1860）字雨公，道光、咸丰绩溪城内人。《毛诗郑义发明》八卷，未见，《绩溪县志》著录。

83.程诰，字鲁庵，绩溪人。《诗经注解》，未见，《绩溪县志》著录。按：与明弘治、嘉靖时歙县临河人程诰同名。

84.余龙光，字翽山，嘉道时婺源沱川人。《经学管窥》，未见，《婺源县志》著录。

85.胡嗣运（1835—1915），字鹏南，绩溪人，官至通判。《枕葄斋诗经问答》十四卷，《续修四库全书》收录有光绪三十四年戊申刊八卷本。另有《读经途经指述》二卷，《续修四库》收有光绪戊戌刊本。

86.董大鲲，婺源县城人。《经传音画辨讹》，未见，《婺源县志》著录。

87.方甸，绩溪人。《毛诗志疑》二卷，未见，《绩溪县志》著录。

88.王作霖，字雨臣，婺源中云人。《诗易正宗》，未见，《婺源县志》著录。

89.汪有恒，又名有常，字圣基，黟县人。《经义注释》，佚，嘉庆《黟县志》著录。

90.俞粹纯，字希文，婺源新源人。《十三经二义参存》，未见，《婺源县志》著录。

91.许绍曽，字探梅，号林下人，清末歙县唐模人。《诗说》，未见，《歙县志》著录。

92.周尚文，绩溪人，生平事迹不详。《五经集解》，未见，《绩溪县志》著录。

93.余懋进，婺源人。《五经管窥》，未见，《婺源县志》著录。

94.戴思孝，婺源人。《壁经解》，未见。

95.叶敩，歙县人。《六经译》，未见。

96.庐云英，休宁人。《重编五经图》十二卷，未见。